UNE FEMME ENCOMBRANTE

Dominick Dunne est né à Hartford, dans le Connecticut, deuxième enfant d'une famille nombreuse, de tradition catholique irlandaise. Dunne faisait ses études à Canterbury School à New Milford, quand il fut mobilisé pendant la seconde guerre mondiale. Il fut décoré pour avoir sauvé la vie d'un soldat blessé dans un combat. Après la guerre, il fréquenta le Collège Williams in Williamstown, Massachusetts, où il obtint, en 1949, un diplôme de lettres. Son diplôme en main il partit pour New York. Au lieu de poursuivre ses premières ambitions et de devenir acteur, Dunne décida d'entrer dans le monde relativement nouveau, à l'époque, de la télévision, et travailla pour NBC. En 1954, il se maria dans l'Arizona. En 1957, les Dunne et leurs deux fils partirent pour Hollywood, où Dunne commença une carrière au cinéma et à la télévision qui dura vingt-cinq ans. Leur troisième enfant, Dominique, naquit en Californie. A la fin des années 70, Dunne décida de s'engager dans une nouvelle carrière. Il quitta Hollywood et vécut pendant six mois dans une cabane dans les montagnes de l'Oregon et commença à travailler sur son premier roman. Il partit pour New York en 1980 pour le terminer. *The Two Mrs Grenvilles* (*Pour l'honneur des Grenville*) sera publié en 1985. Il devint un best-seller international et plus tard une série télévisée très regardée sur NBC. En 1982, sa fille Dominique, qui venait de terminer son premier film en tant qu'actrice, fut assassinée par son ex-mari, à Los Angeles. Cette tragédie changea à jamais la vie de toute la famille. Sur la proposition de Tina Brown, qui venait d'entrer à la rédaction de *Vanity Fair*, Dunne tint un journal pendant le procès du meurtrier de sa fille. Ce journal fut adapté sous la forme d'un article intitulé « Justice », qui parut en avril 1983 dans *Vanity Fair* et qui est devenu le premier chapitre de *Fatal Charms*, un recueil d'articles de Dunne paru dans *Vanity Fair*.

De par sa vie et son travail, Dominick Dunne a côtoyé la *jet set* de Manhattan à Los Angeles. *Une femme encombrante*, au-delà du suspense haletant, nous en brosse les mœurs avec un grand talent.

DOMINICK DUNNE

Une femme encombrante

TRADUIT DE L'AMÉRICAIN
PAR PAUL MONDOLINI

J.-C. LATTÈS

Ce livre est paru pour la première fois aux éditions
CROWN PUBLISHERS INC., sous le titre original :

AN INCONVENIENT WOMAN

Pour Griffin et Carey DUNNE
avec toute mon affection

1

À la fin, il avait été accusé des pires turpitudes et traîné dans la fange. L'archevêque, Mgr Cooning, l'avait même dénoncé du haut de la chaire de Sainte-Vibiana comme un monstre de corruption. Pourtant, avant ces temps de la honte et du mépris, Jules Mendelson, du moins en apparence, avait atteint les sommets de la réussite : toute sa personne inspirait le respect et la crainte. Depuis son très brillant mariage, il était l'objet de cette vénération dont on entoure les gens très riches en Amérique.

«Les Nuages», la propriété des Mendelson, située sur la montagne qui domine Los Angeles, est toujours inhabitée mais pas tout à fait délaissée ; les énormes grilles de fer qui, autrefois, fermaient l'entrée d'une résidence ducale du Wiltshire, sont maintenant disloquées, leurs gonds ayant été forcés par des vandales. Le gardien actuel a fixé du contre-plaqué derrière les barreaux pour empêcher les curieux de regarder à l'intérieur ; même s'ils le pouvaient, ils ne verraient rien de la maison ni de ses jardins, car à quelques dizaines de mètres de l'entrée, l'allée tourne brusquement sur la droite. La serre où Pauline Mendelson cultivait ses orchidées est à l'abandon, mais les chenils sont maintenus en bon état et des chiens policiers gardent les lieux la nuit, comme par le passé.

Dans le temps, les gens disaient que c'était des «Nuages» qu'on avait la plus belle vue sur la ville. Pauline Mendelson, très sensible à ce genre de choses, avait fait construire une pièce d'où l'on pouvait profiter au maximum des levers de soleil sur la cité, et où Jules et elle étaient censés prendre leur petit déjeuner, ce qu'ils n'avaient fait qu'une seule fois. Une autre pièce avait été conçue pour qu'ils puissent contempler les couchers de soleil sur l'océan. Presque tous les soirs, ils se retrouvaient tous les deux devant un verre de vin afin de discuter des événements de la journée avant de s'habiller pour le dîner.

Probablement aucune femme ne se comporta aussi bien dans un scandale que Pauline Mendelson. Là-dessus, tout le monde est d'accord. Elle garda la tête haute et n'inspira ni la pitié ni le mépris. La ville, ou plutôt cette partie de la ville qui seule compte dans la vie de ces gens, était au comble de l'émotion. Rien d'aussi palpitant n'était arrivé depuis des années, sauf chez les gens de cinéma, mais personne, dans leur entourage, ne fréquentait les gens de cinéma. Moins d'une année après les événements qui avaient retenu l'attention de la cité pendant tant de mois, Pauline devint Lady Saint-Vincent et partit pour l'Angleterre. Non seulement elle s'était remariée rapidement mais, étant par sa naissance une des sœurs Mac Adoo, ces spécialistes des beaux mariages, comme le disaient souvent les journaux, elle avait, en dépit de circonstances dramatiques, trouvé un brillant parti. On dit maintenant que toutes les traces de sa vie avec Jules Mendelson ont été effacées et que, dans sa nouvelle existence, elle est mal à l'aise avec les gens qui l'ont connue à Los Angeles, même avec Rose Cliveden, et Dieu sait que, si Pauline Mendelson avait une bonne amie, c'était bien Rose Cliveden.

Aux « Nuages », le temps des splendeurs avait duré plus de vingt ans. En regardant les signatures des livres d'or mis en vente chez Boothby, en même temps que le mobilier, les effets personnels et, bien entendu, l'extraordinaire collection d'objets d'art, on pouvait avoir une idée de la passion dévorante de Pauline Mendelson pour ce qu'elle appelait les « gens intéressants ». Quant aux tableaux, ou plutôt leur mise en vente aux enchères, ils déchaînent encore des passions dans le monde de l'art. Le Metropolitan Museum de New York prétend qu'on lui avait promis la collection, comme le Country Museum de Los Angeles ou le Kimball de Fort Worth, sans compter d'autres musées aux prétentions plus modestes. Mais c'était là un trait typique de Jules Mendelson. Il adorait que les conservateurs des musées viennent lui rendre visite – lui faire la cour, comme il disait – et lui chantent les louanges de sa magnifique collection. Il aimait à parcourir avec eux le hall et les différentes pièces de la maison en leur expliquant la provenance de chaque toile, à quelle période de la vie de l'artiste le tableau avait été peint. Il se plaisait à laisser croire à chacun de ses visiteurs que c'était à son musée que la collection reviendrait un jour. Et certainement il avait l'intention de la léguer à l'un d'entre eux, car il disait souvent qu'il n'accepterait jamais qu'elle soit dispersée et que, pour l'abriter, il laisserait une somme d'argent destinée à la construction d'une aile qu'on ajouterait au musée donataire et qu'on appellerait «Pavillon Jules Mendelson». Mais, en réalité, il n'avait jamais pris les dispositions nécessaires, bien qu'ayant l'intention de le faire, tout comme pour Flo. Ou «cette pauvre Flo», comme on disait maintenant. C'est Pauline qui avait décidé de démembrer la collection et de la faire vendre aux enchères en même temps que les meubles et les effets personnels, excepté les *Roses blanches* de Van Gogh et le moulage en bronze d'une petite danseuse de Degas, portant le ruban rose d'origine dans ses cheveux, deux œuvres qui, dit-on, sont installées à Kilmartin Abbey dans le Wiltshire.

Pauline Mendelson faisait partie de ces gens parfaitement à l'aise dans les milieux les plus fermés de plusieurs villes, bien qu'elle semblât n'appartenir à aucun d'eux. Même après avoir vécu vingt-deux ans à Los Angeles, où elle tenait une place éminente, elle avait toujours eu l'air d'une visiteuse plutôt que d'une résidente. Ses réceptions aux «Nuages» étaient fameuses, à juste titre. Elle ne laissait rien au hasard dans la préparation de ses soirées. C'est à l'occasion d'une de ces réceptions que le jeune Philip Quennell était entré dans l'orbite de ce couple célèbre. Pauline aimait inviter chez elle des écrivains et des artistes pour leur faire rencontrer ses prestigieux amis. Philip l'avait vue une fois recevant la communion à la messe célébrée à la cathédrale Saint-Patrick à la mémoire d'Andy Warhol, et rencontrée une autre fois, par hasard, pendant un entracte dans un théâtre de New York. Pauline connaissait la belle-mère de la jeune femme qu'il accompagnait et, après les présentations, les deux femmes avaient bavardé un court moment tandis que Philip restait un peu à l'écart. Elle s'exprimait sur le ton du contralto mondain :

– Très superficiel, vous ne trouvez pas ? Mais moi, je m'amuse bien ! Pas vous ?

Ils acquiescèrent. Puis, passant du coq à l'âne :

– C'est épouvantable ce qui est arrivé à Rocky, non ?

Il s'agissait de quelqu'un dont Philip ignorait l'existence, mais que sa compagne connaissait ; l'avion privé de cet homme s'était récemment écrasé au sol.

– Ses deux pilotes ont été tués, mais lui s'en tirera avec le temps, avait ajouté Pauline.

Puis, une sonnerie avait retenti, annonçant le second acte, et il ne l'avait pas revue. Étant donné l'extrême brièveté de ses contacts avec Pauline Mendelson, Philip Quennell avait été surpris de trouver une invitation à dîner, apportée à son hôtel par un chauffeur, le jour même où il était arrivé à Los Angeles pour une visite qui devait durer beaucoup plus longtemps qu'il aurait jamais pu l'imaginer. C'était le jour de son anniversaire. Il avait vingt-neuf ans, et il en aurait trente le soir même mais, bien entendu, cette étape de sa vie n'était connue que de lui seul et ne pouvait avoir aucun rapport avec cette invitation gravée au nom de M. et Mme Jules Mendelson sur un bristol de couleur écrue.

Il était en retard. Le valet chargé du parking le lui fit savoir. De même que la domestique qui lui ouvrit la porte.

À l'intérieur, dans le hall, sur une console où des cartons portant le numéro des tables du dîner avaient été disposés par ordre alphabétique, il n'en restait plus qu'un, le sien. On pouvait entendre, venant d'une pièce éloignée, la rumeur joyeuse des conversations et des rires d'une soixantaine de convives. Bien qu'il fût en retard et pressé par un maître d'hôtel qui l'entraînait précipitamment vers ce bruit de voix, il était impossible à Philip de ne pas remarquer la splendeur de la maison des Mendelson. Au rez-de-chaussée, six portes donnaient sur le grand vestibule de l'entrée. Un escalier courbe de proportions superbes semblait monter dans les airs sur des ailes invisibles, le long d'un mur aux moirures vertes, sur lequel s'alignaient six tableaux de Monet représentant des nymphéas, premier aperçu de Philip sur la collection Mendelson ; au pied de l'escalier, des masses d'orchidées dans des vases et des cache-pots chinois bleus et blancs.

– Quelle merveille ! dit Philip à la cantonade.

– C'est la passion de Mme Mendelson, dit une femme dont l'allure était celle d'une secrétaire efficace. Elle les cultive elle-même. Mais voulez-vous d'abord signer le livre d'or, s'il vous plaît ? dit-elle.

Elle lui tendit un stylo et il écrivit son nom à la suite de ceux d'un ancien président des États-Unis et de son épouse, et d'une grande star du cinéma, Faye Converse, qui maintenant ne paraissait plus guère à l'écran. Il parcourut du regard les signatures. Il ne connaissait personne mais reconnut beaucoup de noms illustres. Ce n'était pas avec ce genre de personnes que Philip avait l'habitude de dîner.

C'est alors que l'une des six portes s'ouvrit et que le bruit de la réception s'amplifia. Jules Mendelson apparut dans le hall. Il referma la porte derrière lui et s'avança à grandes enjambées avec la détermination d'un homme à qui l'on vient de dire qu'on l'appelle au téléphone pour une communication urgente. Il était énorme, à la fois par la stature et la corpulence, disgracieux, et pourtant imposant ; sa seule apparence suffisait certainement à intimider les faibles. L'aura de sa puissance flottait autour de lui comme un parfum aux senteurs violentes. Mais en le rencontrant les gens découvraient un être étonnamment aimable et, ce qui était encore plus surprenant, un homme extrêmement bien élevé.

Philip le regardait fixement, fasciné comme beaucoup d'autres gens qu'il lui arriverait de voir, par la suite, en face de Jules Mendelson. Présenté par la secrétaire, Mendelson serra la main de Philip au passage, rencontra son regard et le classa immédiatement parmi les «gens intéressants» de Pauline, auxquels lui ne s'intéressait pas du tout. Seules retenaient son attention les personnalités politiques, sénateurs et autres, ambassadeurs, grands hommes d'affaires comme lui-même, et conservateurs de musées. Un magazine avait rapporté qu'il avait simplifié son nom de famille - Mendelssohn à l'origine – parce qu'il avait calculé qu'il perdait sept minutes et demie chaque jour à corriger ou à expliquer son orthographe. Son arrière-grand-père était le petit-cousin des Mendelssohn de Berlin, l'une des familles les plus importantes de la grande bourgeoisie et de la petite noblesse juives. Né à Chicago, Jules Mendelson, à partir de son héritage, avait créé une immense fortune. Tout cela était de notoriété publique.

– Je suis désolé d'être aussi en retard, monsieur, dit Philip; mon avion est arrivé cet après-midi mais une de mes valises a été égarée, et c'est justement celle qui contenait mon smoking.

Jules s'en moquait et n'entendait pas prêter la moindre attention à une histoire aussi insignifiante. Il avait en tête une tout autre affaire qui le concernait davantage.

– Entrez, entrez, monsieur Quennell, dit-il en lui indiquant d'un geste de la main une pièce sur la droite; Pauline est au salon. On m'appelle au téléphone. Je vous rejoindrai après.

L'an dernier, quand Malcom Mc Knight qui est en train d'écrire la biographie de Jules Mendelson demanda à Philip Quennell quelle impression il avait eue lors de leur première rencontre, Philip se rappela cet épisode et parut hésiter.

– Qu'est-ce qui vous est venu à l'esprit ? insista Malcom.

Philip ne put se résoudre à dire à Malcom que sa première impression avait été l'étonnement de constater que sur un pareil monument un smoking pût garder une telle élégance. Il répondit en fait : «J'ai pensé qu'il ne ferait pas bon contrarier un homme pareil.» Mais cette idée-là lui était venue après coup.

Pour un nouveau venu sans relations, il était extrêmement bien placé ce soir-là, entre Camilla Ebury, dont il allait tomber amoureux, et Rose Cliveden, célébrité mondaine locale, d'âge plus mûr, qui, sans le vouloir, bien sûr, allait faire des ravages dans la vie de Pauline Mendelson. La raison de l'excellente place de Philip n'avait aucun rapport avec l'estime qu'on pouvait ou non lui porter. Seulement, quelqu'un du nom de Hector Paradiso avait interverti les cartons de leurs tables respectives, pour des raisons connues de lui seul, s'attribuant une place plus avantageuse à la table où était assise l'épouse de l'ancien président.

– La place qu'il occupe dans un dîner, c'est pour lui une question de vie ou de mort, glissa Rose penchée vers Philip assis à sa droite.

On la sentait légèrement ivre et nettement vexée. Elle avait sur le cou un goitre naissant qui montait et descendait quand elle parlait d'une voix assombrie par des années de tabagie intensive.

– Voilà que maintenant il se met à changer les plans de table. C'est proprement inimaginable ! Depuis un certain temps, il est devenu d'une vanité impossible !

– Faites attention à ce que vous dites à Rose, dit Camilla Ebury. Même ivre morte, elle se souvient de tout. C'est la mémoire absolue.

– Qui est Rose Cliveden ? demanda Philip.

– Vieille famille de Los Angeles, vieille fortune, vieille amie de Pauline Mendelson. Trois mariages, trois divorces. Une aventure, autrefois, avec Jack Kennedy. À la maison Blanche. Du moins, c'est ce qu'elle raconte. Tout le monde sait qu'elle a tendance à exagérer. Que voulez-vous savoir d'autre ?

– Voilà un tableau assez complet. Vous pourriez travailler avec moi.

– À quoi travaillez-vous ? demanda-t-elle.

– J'ai débarqué hier, pour écrire le texte d'un film documentaire. Très honnêtement, je m'étonne d'avoir été invité ici ce soir.

– Pauline collectionne les gens, répliqua Camilla Ebury.

Elle avait une sorte de beauté paisible que Philip n'avait pas remarquée au premier abord. Ses cheveux blonds étaient séparés par une raie au milieu et retenus en arrière par deux barrettes en or, un style qui lui rappelait les débutantes qu'il aimait à regarder danser quand il était à Princeton. Au cours de la conversation, il découvrit qu'elle était veuve depuis peu de temps, bien qu'ayant seulement une ou deux années de plus que lui.

– Ne mourez jamais dans un pays dont vous ignorez la langue, dit-elle, en racontant la mort subite de son mari dans une rue de Barcelone. C'est le cauchemar absolu. L'ambassade était totalement inefficace. Dieu merci, il y avait Jules Mendelson. Quelques coups de téléphone et tout était arrangé, et j'ai pu rapatrier le corps du pauvre Orin.

À ce moment, remarquant qu'il l'écoutait avec attention, elle prit le carton qui portait son nom, et le lut à voix haute bien qu'il le lui eût mentionné déjà deux fois.

– Philip Quennell. Pourquoi êtes-vous venu jusqu'à notre précieuse côte Ouest ? demanda-t-elle.

– Pour échapper à la chaleur.

– Quelle chaleur ?

– J'ai écrit un livre que de très importants personnages ont ressenti comme une offense, et j'ai pensé qu'il valait mieux pour moi quitter New York pendant un certain temps.

– Oh ! mon dieu ! Êtes-vous l'auteur de ce bouquin qui a mis tout le monde en fureur à New York ?

– Oui.

– Alors ce n'est pas étonnant du tout que Pauline vous ait

invité, dit Camilla en souriant, c'est le genre de choses qu'elle adore.

Quand elle souriait, mystérieusement, des fossettes apparaissaient dans ses deux joues, et son regard scintillait.

– N'est-on pas allé jusqu'à vous frapper ?... Il me semble l'avoir lu quelque part.

Il avait effectivement écrit un livre sur une opération financière louche, qui avait mis en fureur plusieurs personnalités importantes du milieu des affaires new-yorkais. Un personnage très connu à Wall Street avait menacé de lui faire briser les jambes, et Philip n'y avait pas vu qu'une simple figure de style. Son avocat non plus. On savait que ce personnage avait «des relations», comme on dit. Lorsque Casper Stieglitz, un producteur de Hollywood, l'avait contacté par l'intermédiaire de son agent pour voir s'il aimerait écrire le scénario d'un documentaire sur la prolifération de la drogue dans l'industrie cinématographique, il avait saisi l'occasion, bien que ne sachant rien du sujet. Il l'avait saisie surtout parce qu'il pensait qu'un séjour de cinq ou six mois dans le sud de la Californie pourrait bien être exactement ce dont il avait besoin compte tenu des circonstances.

– C'est vraiment une brillante réception, dit Philip en promenant ses yeux autour de la pièce.

Camilla qui suivait son regard acquiesça.

– C'est toujours très brillant chez Pauline, dit-elle.

– Y a-t-il une raison particulière à une soirée comme celle-ci ? Je veux dire, est-ce pour un invité d'honneur ou un anniversaire, ou quelque chose de ce genre ? Ou est-ce que vous autres, ici, invitez tous les soirs soixante personnes à dîner avec des vins extraordinaires et un orchestre au grand complet ?

Camilla éclata de rire.

– Vous avez raison, c'est un peu spécial. Je ne vais pas prétendre que je trouve cela tout à fait normal, mais il y a tant d'années que je viens à des réceptions ici que, peut-être, je n'en ai plus une vue très nette.

– Votre vue, ne la perdez jamais madame Ebury, et ouvrez tout grand vos oreilles dans de telles occasions, sinon vous pourriez manquer quelque chose.

Camilla considéra Philip avec intérêt.

– Je m'appelle Camilla, dit-elle.

– Et moi, Philip.

– Je sais.

– Quels sont ces gens ? demanda Philip, en tendant la main pour désigner les invités. À part l'ancien président et la vedette, évidemment.

– Oh… ! des puissants de ce monde, je suppose. Mon père les décrivait comme ceux qui ont le pouvoir de maintenir les choses hors de portée des journalistes, dit Camilla.

– Quelle sorte de choses ?

– Oh ! des choses…

– Vous voulez dire qu'il y a des cadavres plein les placards…

Elle rit.

– C'est à peu près ça…

Philip regarda de nouveau autour de la pièce.

– Tout ceci est absolument éblouissant d'une certaine manière ; tout au moins pour moi.

– Je suppose que c'est vrai pour un voyageur qui, comme vous, reste ici quelques jours ou quelques semaines. Mais si vous deviez faire un plus long séjour, vous verriez que chaque soirée n'est qu'une variation sur le même thème. Sauf que chez les Mendelson c'est un peu plus extravagant. Mais cela dit, les Mendelson ne sont pas vraiment de Los Angeles comme nous qui sommes nés et avons été élevés ici. Deux ou trois cents d'entre nous dînent ensemble en variant les combinaisons. Nous élargissons rarement le cercle, et il est rare qu'on parle de nous dans les journaux.

Elle sourit en ayant presque l'air de s'excuser et eut un geste d'impuissance.

– Continuez, je suis fasciné, dit Philip.

– Eh bien, nos contacts avec la population qui gravite

autour du cinéma sont inexistants, et rares sont ceux que nous entretenons avec des gens de Pasadena, sauf parfois à l'occasion de soirées officielles ou de certains galas de bienfaisance. Je ne prétends pas que ce soit bien, mais c'est ainsi et ça l'a toujours été. Pour vous dire la vérité, j'adorerais rencontrer quelques vedettes.

Philip se mit à rire. Camilla le regarda et vit qu'il l'écoutait avec une attention toute particulière. Elle se rapprocha de lui et dit à mi-voix :

– Maintenant que vous m'y faites penser, je crois qu'à l'origine, cette réception avait une raison. Nous avions tous dans l'idée qu'on annoncerait ce soir que Jules allait être envoyé à Bruxelles par le Président pour prendre la tête de la Délégation américaine auprès de la Communauté européenne. Cela veut dire rester là-bas pendant toute l'année 1993, et Pauline s'en fait une immense joie. Elle parle français parfaitement, et j'ai l'impression que parfois elle s'ennuie ici.

– Et cela ne se fera pas ?

– Oh si, certainement ! Mais apparemment, on ne va pas l'annoncer dès maintenant.

Une soirée chez les Mendelson, même pour les initiés, était une expérience enivrante. Le dîner était préparé par leur chef, célèbre dans le milieu des gastronomes ; quant au vin, il venait des caves de Jules Mendelson, et il était extraordinaire. Il y avait des antiquités, des œuvres d'art inestimables sur les murs de toutes les pièces. Dans la bibliothèque que les Mendelson utilisaient comme salon lorsqu'ils étaient seuls, des tableaux français, des meubles anglais, des fauteuils, des sofas recouverts de chintz brillant. Sur une grande table on pouvait voir des photographies dans des cadres d'argent : plusieurs de Pauline et Jules en compagnie de présidents des États-Unis et de leurs épouses à des dîners à la Maison Blanche, d'autres portant les signatures des souverains d'Espagne et de Grande-Bretagne. De l'autre côté de la pièce, une table identique pour les magazines et les journaux quotidiens. De hautes portes-fenêtres garnies de magnifiques rideaux et de lambrequins ouvraient sur une terrasse avec des tables sous des parasols, et au-delà, sur un jardin, puis une pelouse. Chez les Mendelson, tous les visiteurs en voyant cette pièce s'exclamaient : « Quelle merveille ! » Philip Quennell, peu habitué à un tel faste, ne put réprimer un cri d'admiration et resta bouche bée lorsque, à la recherche d'un lavabo, il traversa la bibliothèque et vit les *Roses Blanches* de Van Gogh, son tableau favori, accroché au-dessus de la cheminée. Il savait qu'il valait au moins quarante millions de dollars, même sur un marché de l'art en crise. Il avait envie de toucher la pâte épaisse et brillante et il fut sur le point de le faire, mais il résista. À ce moment, il eut l'impression qu'il n'était pas seul dans la pièce. Il se retourna et vit Pauline Mendelson, assise ou plutôt perchée sur le bord d'une chaise près du téléphone.

– C'est mon trésor, dit-elle en désignant le tableau. C'est le cadeau de Jules quand nous nous sommes mariés. Il y a vingt-deux ans.

Elle ressemblait trait pour trait aux photographies qu'il avait vues d'elle dans la presse : resplendissante dans une tenue de velours noir sortie, il en était sûr, des mains d'un couturier parisien, et d'une coupe classique qui n'avait rien à voir avec les tendances de la saison. Elle était plus élégante que belle, bien qu'on employât toujours le mot « belle » pour la décrire dans les chroniques mondaines et les revues de mode. Elle était grande et mince, et même sans la double rangée de perles qui attirait le regard, on aurait remarqué la beauté de son cou. En un éclair il revit la photographie qu'avait faite Avedon de ce cou ravissant. Il n'était pas surprenant qu'elle eût épousé l'un des hommes les plus puissants du pays.

– J'ai vu ce tableau à l'exposition Van Gogh au Metropolitan Museum, dit-il.

– C'est bien lui, répondit-elle.

Il était impensable qu'elle ait pu pleurer ; pourtant, ses yeux étaient légèrement humides et sur son visage se lisait un certain désarroi. Elle se leva et se dirigea vers une table au-dessus de laquelle était accroché un miroir Chippendale. Dans une boîte, elle prit un poudrier et un bâton de rouge à lèvres et, rapidement, arrangea son maquillage. Il remarqua qu'elle paraissait ne pas se soucier de ses soixante invités et qu'elle n'avait aucune hâte à le quitter pour aller les retrouver.

— Je me suis souvent demandé qui en était le propriétaire. Il ne portait que la mention «prêté par un collectionneur privé».

— Prêté pour la première et dernière fois, croyez-moi. Je ne le laisserai plus jamais partir d'ici. Un véritable cauchemar. On aurait dit que toute la montagne était en état de siège quand on l'a sorti de la maison pour l'envoyer en avion vers la côte Est.

— Pourquoi ?

— La sécurité. Vous n'imaginez pas toutes les mesures qu'on avait prises. Il y avait même des hélicoptères de la police qui tournaient au-dessus de nos têtes. C'est qu'il vaut, oh ! je n'ose même pas vous dire à combien il est évalué, mais c'est ridicule, surtout si l'on pense que le pauvre Van Gogh n'a jamais pu en tirer un sou.

Elle parlait avec rapidité, s'arrêtant à peine pour respirer, d'une voix basse, presque un chuchotement, avec ce genre d'accent rigoureusement inimitable pour qui n'a pas eu des nurses anglaises et des gouvernantes françaises, et n'a pas fait ses études dans une école du genre Foxcroft.

Philip comprenait pourquoi les gens du monde étaient fascinés par elle.

— Par-dessus le marché il m'a manqué, pendant tout le temps qu'il a été là-bas, loin de sa place au-dessus de la cheminée. C'est une toile tellement réconfortante que la pièce semblait vide sans elle. J'ai essayé de suspendre d'autres tableaux au même endroit, mais, après les *Roses Blanches*, aucun ne convenait. J'adore ce fond vert.

— Ah ! oui, répondit-il, en regardant de nouveau le tableau.

– Est-ce vrai que Reza Bulbenkian a menacé de vous briser les jambes ? demanda Pauline à brûle-pourpoint. Pensez-vous qu'il parlait sérieusement ?

– Je n'en suis pas sûr.

– Hum ! dit-elle.

– Connaissez-vous Reza Bulbenkian ?

– Il est au Conseil d'administration de Jules, qui lui-même appartient au sien, et je déjeune quelquefois avec Yvonne Bulbenkian quand je suis à New York.

– C'est un personnage.

– Oui, c'est vrai, acquiesça Pauline avec un sourire, Hector dit toujours (avez-vous rencontré mon ami Hector Paradiso ? Pas un petit saint, mais très amusant), Hector dit toujours qu'Yvonne a les mains calleuses, tant elle a fait d'efforts pour grimper à l'échelle sociale. – Pauline se mit à rire. – Elle a appelé ses jumeaux Oakley et Ogden, vous imaginez ! et elle leur parle en français, les pauvres petits... New York a tellement changé maintenant ! Je crois que je n'ai plus très envie d'y aller. Ce n'est plus du tout comme lorsque j'y habitais.

Elle alla vers une orchidée et enleva un bouton desséché.

– Combien de temps allez-vous rester en Californie ?

– Plusieurs mois si tout va bien. Je suis ici pour écrire un film.

– J'en ai entendu parler. Pour Casper Stieglitz !

– Vous savez tout, vraiment.

– Je ne sais pas bien qui est Casper Stieglitz. Nous ne voyons pas beaucoup les gens de cinéma.

– Excepté Faye Converse.

– Faye est différente. Elle n'appartient pas seulement à Hollywood mais au monde entier. Elle sait parler de tout et pas seulement de ce qui se passe sur un plateau, ce qui est terriblement ennuyeux, vous ne trouvez pas ? Les bavardages autour des films rendent Jules fou.

– C'était très aimable à vous de m'inviter ce soir, madame, dit Philip.

– Ayant été menacé par Reza Bulbenkian, vous aviez une

22

place parmi nous. Et appelez-moi Pauline, et non madame. Bien entendu, je vais vous appeler Philip. Vous paraissez bien jeune pour un homme qui a soulevé tant de vagues. Quel âge avez-vous ?

– Jusqu'à minuit, j'ai vingt-neuf ans. Après, j'en aurai trente.

– Grands dieux ! Mais il faut fêter cet événement !

– Oh non ! dit-il avec un accent de sincérité, je détesterais cela.

Ils rirent tous les deux. C'est alors que Jules Mendelson entra dans la pièce. La masse immense de son corps occupait toute l'embrasure de la porte.

– Pauline, on vous cherche, annonça-t-il.

– Oui, j'arrive, dit Pauline en se tournant vers lui.

– Je me sens perdu dans ces soirées quand vous n'êtes pas là, ajouta-t-il, comme si Philip n'était pas présent.

– Oh ! Jules, ne dites pas de bêtises.

– C'est vous qu'ils viennent voir, vous savez.

– N'ai-je pas un mari charmant ? demanda Pauline en s'adressant à Philip et en désignant Jules d'un geste de la main.

– Que faites-vous ici ? interrogea Jules.

Il y eut un moment de silence, puis elle dit :

– Kippie vient d'appeler.

Jules regarda sa femme.

– Kippie ? Il appelait de France ?

– Non, d'ici. Il est revenu.

– Est-ce qu'il vient à la maison ?

– Non.

– D'où appelait-il ?

– Je ne sais pas, Jules, il n'a pas voulu le dire.

– Tout va bien ?

– Non, répliqua-t-elle.

Pendant un moment, ils se regardèrent. Conscient de la présence de Philip, Jules poursuivit la conversation à voix presque basse.

– Qu'est-ce qu'il voulait ?

– De l'argent. Quoi d'autre voudriez-vous que ce soit ?

– Pas question.

– Je sais, Jules. Je le lui ai dit.

– Nous parlerons de tout cela plus tard après la réception. Je vous attendrai, dit-il tandis que son regard se reportait sur Philip.

– Oui, dit Pauline.

Philip fut frappé par la tristesse de sa voix.

– Votre ami Hector a encore fait des siennes, dit Jules sur le ton de la taquinerie comme s'il voulait distraire sa femme de son problème.

– Je sais, je sais. C'est une longue histoire. Je ne me suis plus rappelé que Rose et Hector ne se parlaient plus en ce moment, dit Pauline.

Philip remarqua qu'elle faisait un effort pour reprendre son rôle d'hôtesse.

– Mais vous savez comment est Hector, Jules. Demain tout sera arrangé entre Rose et lui, et il en fera une histoire hilarante. Vous connaissez Philip Quennell ?

– Comment allez-vous, monsieur Quennell ? dit-il en lui tendant la main.

Il paraissait ne pas se rappeler l'avoir rencontré une heure avant dans son propre vestibule.

– Comment avez-vous trouvé le vin rouge ? demanda Jules à Pauline.

– Merveilleux, Jules.

– Château-Margaux. De la vente Bresciani.

– Je sais, chéri. Tout le monde en parlait à table.

– Qu'avez-vous pensé de ce vin rouge ? demanda Jules à Philip.

– J'ai bien peur de faire partie de ces gens qui posent leurs doigts sur les bords du verre quand un maître d'hôtel vient pour les servir, répondit Philip.

– Vous ne buvez pas ?

– Non.

– Vous devriez goûter celui-là. Il est exceptionnel. La quintessence du Bordeaux 1985.

– Non, merci. Vraiment, dit Philip.

Une nette expression de dédain apparut sur le visage de Jules. Visiblement il pensait que son invité était un imbécile de négliger une telle chance de déguster un des grands vins de France.

– Problème de santé ? s'enquit Jules avec sa façon brutale de poser les questions.

– Pas aussi dramatique, répliqua Philip ; simplement aucun goût pour la chose.

Pauline qui observait la scène vint promptement au secours de Philip.

– Comme vous le constatez, mon mari est un grand amateur de vins. Puis elle expliqua :

– Philip va écrire un scénario pour Casper Stieglitz.

Jules hocha la tête avec indifférence. Pauline, aucunement découragée, insista :

– C'est Philip Quenell, celui à qui Reza Bulbenkian veut faire briser les jambes.

Alors Jules se tourna vers lui ; tout à coup son intérêt était éveillé. Son visage fermé s'éclaira d'un large sourire, et toute sa sévérité disparut comme évaporée.

– C'est donc vous qui avez écrit *La Reprise* ? Il me semblait bien que votre nom m'était familier. Qui donc a pu vous raconter tout cela ?

Philip sourit mais ne répondit pas.

– Vous avez été diablement précis. On ne peut pas vous le reprocher. Vous devez savoir que vous êtes en très bonne place sur la liste noire de Reza, continua Jules.

– Oh oui, je le sais.

– Cela dit, ce ne sont que des mots. Reza ne ferait pas de mal à une mouche, ou ne prendrait pas la peine de demander à quelqu'un de lui faire du mal.

Philip n'en était pas très sûr, mais il affirma :

– J'en suis certain.

– Ça ne coûte pas très cher de faire assassiner quelqu'un, mais ça coûte très cher de lui faire casser les bras ou les jambes, parce que dans ce cas on peut vous identifier, ajouta Jules.

– Vous en connaissez très long sur des choses bien curieuses, Jules, intervint Pauline.

– Reza, vous le savez, a été le seul à ne pas aller en prison.

– Oui, je sais, dit Philip, il n'est pas allé en prison parce qu'il a témoigné contre ses anciens associés.

Jules regarda Philip.

– Je ne pourrai pas résister au plaisir de dire à Reza que vous êtes venu dîner chez moi, dit-il avec un sourire malicieux.

Il y eut un instant de silence. Puis, Pauline conseilla :

– Si vous devez changer d'hôtel ou louer un appartement, Philip, assurez-vous que miss Maple est au courant.

– Miss Maple ?

– Vous l'avez vue en arrivant. Elle vous a présenté le livre d'or. C'est la secrétaire de Jules. Je veux qu'elle sache où vous joindre.

Philip comprit qu'il avait passé l'examen avec succès. Il serait réinvité.

– Pauline, répéta Jules avec un signe de tête en direction de la musique, pour l'inciter à retourner vers les invités.

Elle passa la main sous son bras. Jules lui tapota la main.

– Quelqu'un vous a embrassé, remarqua Pauline.

Elle prit la pochette de son mari, l'effleura de la langue et enleva le rouge à lèvres de sa joue.

– Rose, dit-il avec une grimace.

Pauline, en riant, remit le mouchoir dans la poche de Jules qui lui sourit, puis tous les deux retournèrent auprès de leurs hôtes. Philip les observait. Même si leur vie commune était vide de passion, pensait-il, c'était un couple, un homme et une femme, étroitement liés par de longues années de mariage. C'est ce qu'il souhaitait pour lui-même.

Quand Philip revint à sa table, Camilla n'y était plus. Il tourna ses regards vers la piste de danse et l'aperçut tournoyant dans les bras d'un grand homme brun, trop bronzé, qui dansait trop bien, un peu à la manière d'un professeur de tango, pensa Philip. Camilla riait avec insouciance et Philip, à sa grande surprise, sentit un pincement de jalousie. Pourtant il connaissait à peine Camilla Ebury.

À côté de lui, Rose Cliveden, complètement ivre, renversa son verre de vin sur sa robe de satin bleu. Philip jugea qu'elle devait avoir dans les cinquante ans mais paraissait plus âgée. Elle avait dû être très jolie, à vingt ans, à trente ans et même à quarante. Comme si elle lisait dans ses pensées, Rose déclara :

– Sous une lumière tamisée comme dans les trains, je suis encore très bien.

Philip eut un rire embarrassé.

– Va-t'en, va-t'en, foutue tache, ordonna Rose en trempant sa serviette dans un verre d'eau et en frottant vigoureusement sa robe de satin bleu.

– Qu'avez-vous renversé ? demanda Philip.

– Du vin rouge.

– Ce n'est pas un vin à renverser. Un vin extraordinaire. Château-Margaux provenant de la vente Bresciani… la quintessence du Bordeaux 85. *Une grande année.*

– Une vraie chierie, oui, répliqua Rose.

Une cigarette pendait au coin de sa bouche. Elle l'enleva de ses lèvres et l'écrasa dans le sucre cristallisé, prenant le sucrier en argent pour un cendrier.

– Rose ! Regarde ce que tu fais ! s'indigna une dame assise de l'autre côté de la table.

Mais tout le monde était habitué aux façons de Rose, et dans leur groupe on considérait comme excessivement drôles les bêtises qu'elle faisait quand elle avait trop bu.

Rose, dans les vapeurs de l'alcool, continuait :

– Cette robe m'a coûté les yeux de la tête, et c'est la première fois que je la porte… Je l'ai achetée exprès pour la soirée de Pauline…

Elle dégrafa puis raccrocha de travers une broche de diamant sur son sein gauche. Elle portait toujours des bijoux démodés, de grosses pierres avec des montures jamais remises au goût du jour.

— Qui est Kippie ? demanda Philip tout à trac.

— Le fils à problèmes. Il était un peu kleptomane. Toutes les boutiques de Westwood et Beverly Hills ont été alertées.

— Je ne savais pas qu'ils avaient un fils.

— C'est celui de Pauline : un très joli garçon, de son premier mariage avec cet imbécile de Johnny Petworth.

— Jamais entendu parler de ce John Petworth.

— On l'appelle Johnny. Ils ont planqué Kippie en France où je crois qu'il se défonce tranquillement. La fille de Madge White s'est retrouvée enceinte de lui alors qu'ils n'avaient que quatorze ans l'un et l'autre. Oh ! Quelle histoire ça a été !

— Il est ici, dit Philip.

— À cette soirée ?

— Non. À Los Angeles.

— Kippie est ici ?

Elle paraissait très étonnée. À ce moment, Pauline passa devant Rose et Philip en compagnie de Faye Converse et de l'ancienne présidente.

— Pauline ! appela Rose.

— Oh ! s'il vous plaît, dit Philip très vite, ne voulant pas que Pauline pense qu'ils étaient en train de parler d'elle.

— Je veux demander à Pauline ce qu'il en est de Kippie.

Et elle entreprit de se lever pour suivre son amie.

— Voulez-vous danser, chère madame ? demanda-t-il, se levant comme pour l'emmener vers la piste de danse.

— Je ne peux pas danser, et pourtant vous auriez du mal à trouver une meilleure danseuse que moi.

— Alors, pourquoi ne pouvez-vous pas danser ?

— J'ai un doigt de pied cassé. Restez donc ici à bavarder avec moi. Camilla vous a monopolisé toute la soirée. Ce salaud d'Hector m'a laissée tomber. Saviez-vous qu'il avait changé son numéro de table ?

— Oui, oui, vous me l'avez déjà dit, répliqua Philip qui avait entendu l'histoire plusieurs fois et ne se souciait pas de l'entendre à nouveau.

Rose prise de court contempla Philip un moment.

– Passez-moi cette bouteille de vin rouge, s'il vous plaît, dit-elle. Si vous comptez sur les garçons pour vous servir, vous attendrez une heure. Maintenant, dites-moi un peu quelle sorte de conversation vous aimeriez avoir.

Regardant autour d'elle, elle vit que Pauline revenait.

– Oh, Pauline ! appela-t-elle.

– Dites-moi, madame Cliveden, comment Jack Kennedy faisait-il l'amour ? interrogea Philip, essayant de l'empêcher à tout prix de parler de Kippie à Pauline.

– Oh ! merveilleux, tout simplement merveilleux ! dit Rose.

Elle se tourna vers lui, soudain parfaitement attentive.

– Il était si beau ! Et si attentionné ! Et tellement passionné ! Jusqu'à l'instant où il jouissait ; à partir de là il ne pouvait même plus supporter le moindre contact, la moindre tendresse, et précisément au moment où une femme en a le plus besoin, quand tout est terminé ; le feu de l'action, je veux dire.

Soudain, elle regarda Philip et saisit le carton d'invitation qui portait son nom.

– Mais qui êtes-vous ? Pourquoi me posez-vous toutes ces questions ?

– Voilà, je te rends à tes amis, dit l'homme brun en tirant en arrière la chaise de Camilla Ebury.

Puis il ajouta :

– Je n'aime pas tellement les fleurs de couleur violette, mais regarde comme Pauline les a merveilleusement mélangées avec du rose.

– Hector Paradiso, tu n'es qu'un pur salaud ! lança Rose avec hauteur.

Hector évita soigneusement de prêter la moindre attention à Rose.

– Hector, voici Philip Quennell dont je t'ai parlé. Hector Paradiso.

– Enchanté, dit Hector. Oh ! mais voici Pauline, je lui ai promis cette danse.

Et il disparut.

– J'ai pensé que vous alliez danser avec moi, déclara Camilla en prenant le bras de Philip. Tu ne vois pas d'objection à ce que je t'enlève M. Quennell, n'est-ce pas, Rose ? Venez, allons-y.

Elle l'arracha presque de son siège et l'entraîna vers la piste de danse.

– Je présume que le bellâtre latin qui vous faisait virevolter dans tous les sens est le responsable de l'échange des cartons : Hector Paradiso ? demanda Philip en se laissant conduire vers la piste.

– Oui, c'est Hector. Il fait partie de ces hommes qui ne ratent jamais une seule danse.

– Toutes les femmes semblent subjuguées par cet Hector.

– D'une certaine façon, oui, je suppose, dit Camilla. Rose et lui ne se parlent pas pour le moment, mais au fond ils sont très amis.

– Je veux bien le croire. Il paraît qu'elle s'est cassé un doigt de pied.

– Rose a toujours quelque chose de cassé. Elle tombe beaucoup.

– Mais qu'a-t-il donc de si remarquable cet Hector ?

– Il est vraiment l'ami d'élection de Pauline. Elle l'adore. Il la fait rire et lui raconte tous les potins.

– Je ne sais pas pourquoi, mais j'ai l'impression que tout ce charme latin et ces cha-cha-cha cachent une vie très compliquée.

– Il faut que je vous dise qu'Hector Paradiso est mon oncle. Ça me paraît plus honnête.

– Oh ! dieux du ciel ! c'est la seconde fois en un quart d'heure que je mets les pieds dans le plat. Voulez-vous que je vous ramène à votre table ?

– Non, mais je ne verrais pas d'inconvénient à ce que vous dansiez d'un peu plus près. Voilà, c'est mieux. J'ai demandé à mon oncle Hector de me raccompagner chez moi, mais il m'a dit qu'il voulait rester jusqu'à la fin des fins et commenter la soirée avec Pauline.

– Tout à fait entre nous, je crois que Pauline et Jules voudront rester en tête à tête quand la réception sera achevée. À cause de Kippie. Il est de retour. Il est en ville.

– Kippie ? Ici ? Comment diable le savez-vous ?

– Je le sais, c'est tout.

Camilla hocha la tête en le regardant, mais ne manqua pas un seul pas de danse.

– Peut-être Hector a-t-il un rendez-vous tard dans la nuit et n'a-t-il pas voulu me le dire. Ce ne serait pas la première fois. Dieu sait où Hector va finir la nuit quand les soirées sont terminées.

– Parlez-moi de Kippie.

– Beau garçon. Des cheveux trop longs, du moins la dernière fois que je l'ai vu. Des problèmes continuels. La fille de Madge White s'est retrouvée enceinte de lui alors que l'un et l'autre avaient à peine quatorze ans. Oh ! quelle histoire à l'époque ! Il se drogue, ou du moins il se droguait. Maintenant je ne sais pas. Il a été dans un centre de désintoxication quelque part en France.

C'était le genre de réponse que Philip appréciait.

– C'est net et concis.

– Quoi ?

– Votre réponse.

– Merci.

– Quel âge ?

– Kippie ? Il me semble qu'il avait trois ou quatre ans quand Pauline a épousé Jules.

– Donc il doit avoir vingt-cinq ou vingt-six ans.

– Pourquoi cette fascination subite pour Kippie ?

– Eh bien, savez-vous… Je ne sais pas.

Ils éclatèrent de rire tous les deux, continuèrent à danser. Derrière eux, Jules et plusieurs amis aidaient Rose, qui chantait à tue-tête des airs de « Camelot », à faire une sortie aussi digne que possible. Blondell, la femme de chambre de Pauline, l'attendait à la porte de la chambre d'amis. C'est alors que Philip se souvint de son anniversaire.

– Quelle heure est-il ?

– Minuit, répondit Camille. Ne me dites pas que vous souffrez du décalage horaire, qu'en réalité il est pour vous trois heures du matin, et que vous voulez partir. J'ai horreur des histoires de décalage horaire.

Philip partit d'un grand rire.

– Je n'allais rien dire de tel. J'allais dire quelque chose de tout à fait différent.

– De quel genre ? demanda Camilla.

– Du genre « Que penseriez-vous d'un dernier verre chez vous ? »

– Mais c'est très mal ce que vous me proposez là.

– Eh bien ?

– J'ai très envie que vous me rameniez, dit-elle en rejetant en arrière sa tête appuyée sur la joue de Philip pour le regarder en face.

– J'espérais très fort que vous diriez cela.

Récit de Flo   Cassette n° 1

J'étais heureuse d'être sa maîtresse. Ce mec avait une femme. Je le comprenais. Je n'aurais pas su faire ce que sa femme savait faire, toutes ces réceptions, tout ce bla-bla-bla. Il avait besoin de ce genre de femme pour ce genre de vie. Mais je savais faire des choses que sa femme ne savait pas faire. Je veux dire qu'il avait une queue monstrueuse. Une queue d'âne. Il n'y a pas beaucoup de filles capables de s'en arranger. Moi je pouvais. Je veux dire, vous voyez, on est tous bons à quelque chose. Moi, c'est à ça que je suis bonne.

2

Jules Mendelson se levait toujours à cinq heures et se faisait raser par un coiffeur appelé Willi qui venait à la maison
tous les matins à cinq heures et demie quand il faisait encore
nuit. C'était un service que Willi accomplissait pour Jules
depuis vingt-cinq ans. Celui-ci l'avait généreusement récom-
pensé en lui donnant de quoi s'acheter, sur Sunset Boulevard,
un petit salon de coiffure maintenant florissant.

Il était entendu une fois pour toutes que Willi ne devait
pas dire un mot en rasant Jules sauf si ce dernier lui adressait la parole car, à ce moment-là, il aimait à réfléchir aux
affaires qui l'attendaient dans la journée. Il n'y avait d'exception que les matins où une coupe de cheveux s'ajoutait au
rasage. Alors, les deux hommes échangeaient des informations sur les résultats des matches de foot et de base-ball, auxquels tous deux s'intéressaient passionnément.

Jules quittait «Les Nuages» pour aller à son bureau vers
six heures de façon à prendre les appels téléphoniques de ses
associés à New York dès l'ouverture de la Bourse, et à
s'entretenir avec ses partenaires de Londres. Invariablement,
il s'esquivait des réceptions à onze heures du soir, après un
signe discret à sa femme, et sans dire au revoir à personne
pour ne pas rompre le rythme de la soirée. Pauline prenait
alors les choses en main jusqu'au départ du dernier convive.
Hector Paradiso était toujours le dernier à partir. Il adorait,

après la fête, parcourir les pièces avec Pauline, l'aidant à éteindre les bougies en s'assurant que le maître d'hôtel et les domestiques avaient bien vidé tous les cendriers. Ensuite, ils avaient l'habitude de s'installer dans la bibliothèque sous les *Roses Blanches* de Van Gogh, autour d'une dernière coupe de champagne, pour commenter chaque détail de la soirée.

C'était un rite auquel ils prenaient tous deux beaucoup de plaisir, et ils s'en réjouissaient à l'avance car c'était l'épilogue parfait de toute soirée. Aussi Hector, qui avait quelque chose d'urgent à dire à Pauline, fut-il très surpris lorsqu'elle lui déclara, après avoir éteint les bougies, qu'elle avait une «effroyable migraine» et qu'elle allait se coucher immédiatement, sans la coupe de champagne ni la conversation habituelles. Elle ne lui dit pas que Kippie était revenu.

Hector Paradiso aimait Pauline mais ne se sentait pas obligé de jouer le rôle de soupirant. C'était un type de rapport que tous les deux avaient admis, sans en avoir jamais parlé. Hector était au comble du bonheur, lors de ces soirées, devenues de plus en plus fréquentes, quand Jules était en voyage ou occupé à travailler.

Pauline le pressait de l'accompagner à une vente de charité, au musée, ou à la première d'un ballet ou d'un opéra. Les photographes raffolaient de Pauline qui avait atteint une véritable célébrité dans les chroniques mondaines et les journaux de mode, et Hector se tenait à son côté avec un large sourire et parfois un geste de la main, comme si l'hommage des médias s'adressait également à lui et à la place que tenait sa famille dans l'histoire de la cité.

En quittant «Les Nuages», ce soir-là, Hector pensait à Pauline, à sa perfection absolue, avec émerveillement. Il était très cancanier. Tout le monde le savait et Pauline mieux que tout autre. Aussi le fait qu'il n'ait jamais fait allusion devant âme qui vive à ce qu'il savait des relations entre Jules Mendelson et Flo March donnait la mesure de son entière dévotion à Pauline.

Hector menait une vie compartimentée. Les intimes qui

partageaient certains moments de son existence ignoraient tout du reste de sa vie. Avec lui, il en avait toujours été ainsi. Grand, fringant, chauve et en parfaite santé, il ne portait pas ses quarante-huit ans. Il appartenait à cette classe d'hommes très rares à qui la calvitie donne du charme. On disait qu'il descendait d'une des familles espagnoles du temps des Concessions, comme les Sepulvedas et les Figueroas, dont plusieurs artères principales portaient les noms en hommage au rôle qu'ils avaient joué lors de la fondation de la ville ; et il était toujours ravi quand un nouveau venu, entendant son nom de famille, « Paradiso », lui demandait : « Comme le boulevard Paradiso qui va vers l'aéroport ? »

La fortune que possédait autrefois sa famille s'était évaporée depuis longtemps, mais il vivait plus que confortablement, sans travailler, sur les revenus d'un bien légué par sa sœur, Thelma Worthington, la mère de Camilla Ebury, qui s'était suicidée une douzaine d'années auparavant après une histoire d'amour malheureuse. Sa maison, petite mais parfaite, dans Humming Bird Way, entre Oriole et Thrush, au milieu des collines d'Hollywood, avait été le cadre de nombreux cocktails au cours des dernières années. Il disait souvent que c'était l'une des rares maisons où passaient les groupes les plus divers de la ville. Ils y passaient, sans doute, mais ne s'y rencontraient jamais.

Tous ceux qui voulaient un renseignement sur la haute société de Los Angeles s'adressaient à Hector. Il connaissait tout le monde, et ceux qu'il ne connaissait pas, il en avait entendu parler. Il pouvait détailler tous les liens qui unissaient les anciennes familles de la ville depuis des générations. Par exemple la vieille Bronwyn Doheny, la mère de Caroline Phillip, morte à quatre-vingt-onze ans, et dont les obsèques devaient être célébrées le lendemain à l'Église Épiscopale de Tous-les-Saints, à Beverly Hills.

– Bronwyn était née Parkhurst, expliquait-il à son ami Cyril Rathbone, qui tenait la chronique mondaine du magazine *Mulholland*. Elle était la deuxième fille du juge Parkhurst.

Son grand-père avait construit cette immense maison de style français qui est devenue le Centre de la Lumière Céleste. Toute cette zone a été envahie par les Noirs comme vous savez. Quand je n'étais encore qu'un enfant, j'allais aux fêtes d'anniversaire de Caroline dans cette maison avant qu'ils ne la quittent pour Hancock Park. Or, le premier mari de Bronwyn qui n'était pas –je vous répète qui n'était pas – le véritable père de Caroline, mais ceci est une tout autre histoire, s'appelait Monroe Whittier... et après la mort de Monroe, elle épousa Justin Mulholland, celui qui avait détourné de l'argent, vous vous rappelez cette histoire ? Eh bien, Justin Mulholland, qui est mort en prison, était le cousin de Rose Cliveden.

Quand Hector Paradiso ne dansait pas, c'était le type de conversation qu'il pouvait tenir pendant des heures. En outre, il était, et ce, depuis des années, celui qui conduisait le cotillon et apprenait aux débutantes à faire des révérences jusqu'au sol, au bal de Las Madrinas où les filles de l'élite de Los Angeles faisaient leur entrée dans le monde.

Après minuit, la vie prenait une autre tournure qui peut-être aurait choqué certains de ses amis. Même un couple aussi évolué que Pauline et Jules Mendelson n'aurait pu imaginer jusqu'où allaient ses aventures nocturnes. Bien qu'on ait pu soupçonner quelque étrangeté dans sa vie – après tout il ne s'était jamais marié –, ce n'était pas là un sujet qu'on abordait ; même pas Rose Cliveden qui se disputait souvent avec Hector, mais avait la ferme intention de lui laisser l'usufruit d'une partie de son capital, si elle venait à mourir avant lui. Antérieurement, dans sa vie, il y avait eu des femmes, comme Astrid Vartan, la vedette du patinage sur glace à qui il avait été fiancé, et même, pendant une courte période, Rose Cliveden elle-même. Rose, qui n'était jamais à court d'expressions imagées, avait raconté que «son équipement» comme elle disait était réduit au minimum : «Un bouton de rose, ma chérie, rien de plus», mais qu'il savait merveilleusement utiliser sa langue.

Après minuit, Hector se rendait dans des lieux dont ses amis de la haute société n'avaient jamais entendu parler et où, bien évidemment, ils n'étaient jamais allés. L'un de ces endroits, plutôt moins louche que d'autres, était un cabaret-club, le «Miss Garbo's», ouvert toute la nuit, à l'ouest d'Hollywood.

Hector, toujours soucieux de sa réputation, même dans un quartier où il était fort improbable qu'il rencontrât qui que ce soit appartenant à son milieu, gara sa Mercedes lui-même au fond du parking, de façon qu'en sortant il n'ait pas à attendre sa voiture devant le club, éventuellement en compagnie d'un personnage équivoque.

Très attaché aux apparences, Hector pensait toujours à ce genre de choses. Il aurait souhaité qu'il y eût une porte dérobée par laquelle il puisse entrer discrètement, et il lui était souvent venu à l'esprit de suggérer à Manning Einsdorf, le propriétaire du club, d'en faire ouvrir une pour les gens comme lui.

Quelqu'un cria très fort depuis le bar :

– Salut, Hector !

Il se retourna et vit Joël Zircon, un imprésario d'Hollywood, lui aussi habitué des lieux, debout au bar avec un ami.

– Hello, Joël ! répondit Hector, sans mettre dans sa voix la même familiarité que lui.

– C'est Willard Arker, dit Joël en présentant son ami. Willard est le maître d'hôtel de Casper Stieglitz.

– Salut, Hector, dit Willard en tendant la main.

Hector inclina la tête mais ne prit pas la main tendue. Il n'était pas venu au Miss Garbo's pour faire la conversation, et encore moins avec le valet d'un producteur de cinéma.

– Quel genre de soirée avons-nous aujourd'hui ? demanda Hector.

– Pas mal, pas mal, dit Joël.

– Où est Manning Einsdorf ?

– Il va arriver dans quelques minutes. Il a une nouvelle chanteuse qui ouvre la prochaine partie du spectacle.

– Je préfère disparaître avant qu'elle n'arrive. Les découvertes de Manning Einsdorf, j'en ai assez entendu, dit Hector.

– Eh bien, vous n'avez pas l'air de très bonne humeur, dit Manning Einsdorf qui arrivait au bar.

Il avait une soixantaine d'années et ses cheveux blancs étaient disposés de manière à recouvrir une calvitie naissante. Il portait de grosses bagues à chaque main.

– Vous apportez toujours ici une note de distinction, Hector.

Hector, avec son plastron d'une blancheur éblouissante et sa cravate noire, sentit qu'il était au centre de l'attention de ce groupe admiratif. Il se sentait différent d'eux, plus important ; d'une essence supérieure, pour tout dire. Il approuva d'un léger signe de tête et se retourna pour voir ce qui se passait dans la salle.

– Vous arrivez d'une de vos soirées chez les gens chics ? demanda Manning.

Hector acquiesça. C'était un petit jeu auquel ils jouaient ensemble. Il tira de sa poche un étui en or et prit une cigarette. Pour l'allumer, Manning lui tendit une pochette d'allumettes estampillée «Miss Garbo's».

– Chez qui ? s'enquit Manning.

Comme tous les non-initiés Manning Einsdorf était extrêmement curieux de la vie sociale de ses clients, et Hector Paradiso, enchanté de sa réputation d'homme du monde, ne savait pas résister au plaisir de l'impressionner.

– Chez Pauline Mendelson, répondit Hector, toujours conscient de l'effet produit par ce nom si connu.

– Hou là là ! dit Manning. Et comment Pauline était-elle habillée ce soir ?

Pauline eût été immensément surprise d'apprendre qu'elle faisait l'objet de conversations innombrables parmi les clients de bars comme le Miss Garbo's, de même que chez les coiffeurs, les fleuristes, les encadreurs ou les fabricants d'abat-jour, pour qui elle était le modèle de l'élégance et de la distinction.

– Comme tout le monde : velours noir, col montant, décolleté dans le dos. Très classique, répliqua Hector.

– Et quels bijoux ? Laissez-moi deviner. Les émeraudes ? demanda Manning.

Hector secoua la tête.

– Deux rangées de perles parfaites, grosses comme des grains de raisin, et un simple bracelet de diamants.

– La classe ! Cette femme a de la classe, dit Manning. Qu'est-ce que je vous offre, Hector ?

– Un whisky soda ! dit-il au barman. Ce n'est plus l'heure d'aller dormir ! Mais ce soir, pas de Tiers monde, S. V. P. !

– Regardez là-bas, au bout du bar, celui qui dorlote son verre à deux mains... avec la veste de cuir et les cheveux blonds, dit Manning.

Hector tourna les yeux vers l'extrémité du bar. Un jeune homme y était assis sur un haut tabouret. Conscient d'être remarqué, il regarda lui aussi et sourit.

– N'insistons pas. Ça fera très bien l'affaire, dit Hector. Comment s'appelle-t-il ?

– Lonny, répondit Manning.

– Lonny quoi ?

– Comment foutre voulez-vous que je le sache ? Il ne m'a rien dit d'autre que Lonny.

– Vous devriez connaître les deux noms.

– Pour quoi faire ? Ces gars-là n'ont aucun désir de figurer dans le *Who's who* de Los Angeles. Ils ont autre chose en tête. Quand des types de ce genre vous donnent deux noms, neuf fois sur dix le second est faux. Alors, à quoi bon perdre son temps à le leur demander ?

– Et quels sont les titres de gloire de ce Lonny ? interrogea Hector, en fixant le jeune homme.

– Ce mec est censé détenir la partie manquante du manuscrit de *Déjeuner aux chandelles*, dit Manning. Il l'a piqué à Basil Plant une nuit où celui-ci était complètement soûl, agressif, et refusait de le payer. Il croyait que Basil lui courrait après le lendemain et lui paierait une fortune pour récupérer son bien mais Basil était tellement perdu de drogue et d'alcool qu'il ne s'est pas souvenu de l'incident, puis peu de temps après, il est mort. Si bien que Lonny possède trois cent quatre-vingt-dix pages d'un roman qu'il est trop bête pour lire, mais dont il tire une énorme vanité.

– Ce n'est pas exactement ce que je voulais savoir en demandant quels étaient ses titres de gloire, dit Hector. Soyons brefs. Est-il bien monté ?

– Je n'ai pas d'expérience personnelle en la matière. Je n'ai vu que ses vidéos, dit Manning.

– Et alors ?

– En érection, ça lui monte cinq ou six centimètres au-dessus du nombril, si c'est ça que vous voulez savoir.

– C'est exactement ce que je veux savoir. Présentez-moi, et fixons le prix maintenant, devant vous, pour qu'il n'y ait pas de malentendu après. J'ai eu de petits ennuis avec ce Portoricain que vous m'aviez trouvé la semaine dernière.

– J'en ai entendu parler.

– Je paie soixante-quinze, pas plus.

– On traite à cent dollars ces jours-ci.

– Soixante-quinze, répéta Hector.

– Et le joli garçon qui vous plaît, au bout du bar, est à cent cinquante, c'est à prendre ou à laisser. Avec lui, pas de marchandage.

– Comment le savez-vous ?

– Il me l'a dit. Il se considère comme une star de la vidéo.

– C'est une somme exorbitante, dit Hector d'une voix indignée.

– Permettez-moi de vous faire voir les choses sous leur vrai jour, dit Manning.

C'était un homme d'affaires habile qui avait l'habitude de discuter argent avec un Hector parcimonieux.

– Avec cent cinquante dollars, on n'arriverait pas à s'offrir un seul des dessus-de-table du dîner de ce soir, chez Pauline, et... on ne peut pas baiser un dessus-de-table.

Hector sourit.

– Je l'ai toujours dit, Manning, vous avez de la classe.

– Donc affaire conclue ?

Hector se tourna vers le barman.

– Zane, servez une autre bière à Lonny au bout du bar, avec les compliments de M. Paradiso.

– Je parie qu'il va dire «comme le boulevard Paradiso sur le chemin de l'aéroport», dit Zane.

Zane, en riant, porta une bière à l'autre bout du bar. Lonny l'accepta et leva son verre en manière de salut à Hector. Hector alla alors vers lui, les deux hommes se serrèrent la main.

Il y eut un roulement de tambour et la voix de Manning retentit dans le haut-parleur :

– Madame et Messieurs, le «Miss Garbo's» est fier de vous présenter Miss Marvene Mc Queen pour ses débuts dans la chanson à Los Angeles.

Les rideaux orange s'ouvrirent et l'on vit apparaître une chanteuse blonde, dans une robe noire à fines bretelles, debout devant un piano. Elle avait de longs cheveux dans le style Veronica Lake des vedettes de cinéma des années quarante.

– Est-ce un travesti ? demanda Hector.

– Hector, s'il vous plaît ! C'est une femme.

Manning était vexé.

– Chut ! fit-il en direction de quelques clients qui parlaient trop fort.

– Combien la payez-vous ? questionna Hector.

– En fait, c'est elle qui me paie. Elle débute.

– Apparemment sa famille n'a jamais entendu dire qu'il existait des dentistes. Elle a les dents en avant.

– Non, pas exactement. Elle a deux dents de devant qui se chevauchent.

– Vous n'allez pas me dire qu'elle gagne sa vie en chantant ?

Regardez autour de vous. Personne ne l'écoute, votre nouvelle découverte. Comment est-ce qu'elle gagne sa vie ?

– C'est la critique littéraire du *Mulholland*, mais gardez-le pour vous, elle ne veut pas qu'on le sache.

– C'est Hortense Madden ?

– Elle-même.

– Hé ! Manning ! dit le barman, la chanteuse a foutu le camp parce que vous parliez pendant son numéro.

– Qu'elle aille se faire foutre elle-même, dit Hector.

– Pas par moi en tout cas. C'est pas mon type, dit Lonny la vedette de vidéo, prononçant ses premiers mots de la soirée.

Hector regarda Lonny en riant.

– On y va ? dit-il.

Lonny, tout en fumant un joint, examinait les photos encadrées d'argent dont les tables du salon d'Hector étaient couvertes, des stars des années passées – Tyrone Power, Rosalind Russell, Dolores del Rio.

Lui avait enlevé sa cravate noire, ouvert largement le col de sa chemise et, un verre de whisky à la main, contemplait le jeune homme. Il avait dans les bras sa chienne, Astrid, un terrier écossais. Hector remarqua pour la première fois que Lonny portait un jean noir, une chemise Lacoste noire, et des chaussures de sport noires.

– Rhapsodie en noir, dit Hector.

– Qu'est-ce que ça veut dire ?

– On dirait que tous les gens intéressants sont habillés en noir ce soir.

Lonny fit un vague signe de tête avec indifférence. Il prit une photo et demanda :

– Qui est-ce ?

– Elle s'appelle Pauline Mendelson.

– C'est une star ?

– Oh ! mon Dieu, non. Seulement une amie.

– Elle a l'air classe.

– Elle l'est.

Lonny saisit la photographie d'une jeune mariée et dit :

– Je n'ai jamais été à un mariage.

– Jamais été à un mariage, vraiment ?

– Je veux dire un vrai mariage : une mariée en blanc avec des demoiselles d'honneur, qui entre dans l'église au bras de son père. Hé ! mais c'est toi sur la photo. C'est ta fille ?

– Non, ma nièce. La fille de ma sœur. Son père était mort et c'est moi qui l'ai conduite à l'autel.

– Ça fait longtemps ?

– Neuf ans. Le mari est mort brusquement dans la rue à Barcelone.

– Sans blague ? Triste, vraiment triste.

– Comment t'appelles-tu, Lonny ?

– Edge.

– Lonny Edge. C'est un joli nom. C'est ton vrai nom ou c'est un nom de tapin ?

– C'est mon vrai nom, et je n'aime pas qu'on me traite de tapin, Hector.

Il y avait comme une menace dans sa voix. Hector remarqua cette intonation et fronça le sourcil. Sous le coussin de son fauteuil se trouvait le pistolet qu'il gardait toujours à portée de main pour se protéger au cas où surviendrait quelque incident désagréable avec un de ses visiteurs de la nuit.

– C'est comme ça que je gagne ma vie, expliqua Lonny, et ça ne me pose aucun problème.

– Oh, bien entendu, dit Hector avec un sourire crispé, ce n'était qu'une manière de parler. Ne te vexe pas, mon vieux.

– Il se trouve aussi que j'ai un nom très connu dans la vidéo, poursuivit Lonny.

– Oui, oui, il me semble bien que j'ai vu quelques-uns de tes films. *Dur*, *Dur*, ce n'était pas toi ?

– Oui, mon pote, c'était moi, dit Lonny enchanté d'être reconnu.

– Film superbe ! Viens donc un peu plus près, Lonny, dit Hector qui désirait maintenant en venir à la partie intéressante du programme.

Le lendemain matin, une heure avant l'aube, cinq coups de feu retentissaient au 9221 de Humming Bird Way ; Hector Huberto Luis Paradiso y Gonsalvo, le dernier survivant de la grande famille Paradiso qui avait contribué à la fondation de la ville, se retourna et, dans le miroir au-dessus de la cheminée, vit comme dans un rêve le sang couler sur sa peau qui prenait une teinte d'un gris violacé. Au-delà miroir, son regard rencontra les yeux de son assassin au moment où celui-ci tournait la tête pour jeter un rapide regard derrière lui avant de se précipiter vers la porte. Astrid, la chienne, aboyait furieusement derrière cette silhouette qui s'enfuyait.

Se déplaçant de côté et s'appuyant contre le mur pour ne pas tomber, Hector parvint à gagner la porte de la bibliothèque. Tandis qu'il progressait péniblement vers le téléphone, son sang coulait sur le sol. Sur son bureau était posée une pile de papier à lettres bleu de chez Smythson, la boutique de Bond Street à Londres, avec son nom Hector Paradiso gravé en haut de chaque feuille. C'était le cadeau de Pauline Mendelson qu'il avait préféré à tous les autres. « Tellement attentionné, si typique de Pauline ! » avait-il dit à l'époque à Cyril Rathbone devant qui il faisait parfois étalage de son amitié avec cette grande dame.

Quand il se pencha sur la première feuille de la pile pour écrire le nom de l'auteur des cinq coups de feu, plusieurs gouttes de sang tombèrent sur le papier.

La chienne Astrid s'était accrochée à sa jambe et poussait des gémissements.

Hector réussit à décrocher le téléphone intérieur qui reliait la maison à la chambre de son valet dans la petite maison près de la piscine de l'autre côté de la pelouse.

– Si, dit la voix endormie de Raymundo.

– La police…, dit Hector d'une voix étouffée. Appelle la police.

– Qu'est-ce qui ne va pas, señor Hector ? demanda Raymundo.

– Appelle la police…

Sa voix était si faible qu'elle était à peine audible.

– Et fiche-moi en l'air tous les trucs porno avant l'arrivée de ma nièce.

Il faut que vous compreniez quelque chose. Je n'ai jamais envisagé que Jules Mendelson puisse divorcer et m'épouser, et il ne m'a jamais laissé me faire des idées là-dessus pour mieux me garder à sa disposition. S'il avait à se plaindre de sa femme, il ne m'en a jamais parlé.

En fait, le mariage des Mendelson était idéal, une sorte de grande association, sauf qu'il m'aimait, tout comme il aimait Mme Mendelson. Mais pas de la même façon. Jules était un homme qui, toute sa vie, avait fait ce qu'il avait voulu. Et il pensait qu'il pouvait nous avoir toutes les deux, et il l'aurait très bien pu en ce qui me concerne. Vous avez vu des photos de Jules. Il n'avait pas beaucoup de chances de gagner un prix dans un concours de beauté. Et je n'étais jamais sortie avant avec un type de cet âge. Il y a quelque chose dans le pouvoir qui ressemble à du Sex-appeal, et ce qui manquait à Jules du côté Beauté, il le rattrapait largement du côté Pouvoir. Quand Jules entrait dans une pièce ou dans un restaurant, les gens se retournaient. Mon amie Glyceria, la femme de chambre de Faye Converse, m'a dit que, de son temps, les femmes trouvaient Henry Kissinger séduisant. C'est une autre version de la même chose, vous savez.

Et il était gentil avec moi. Il voulait m'améliorer. Une fois il me dit : « Il faut que tu te mettes à lire les journaux, et pas seulement la page des potins. » Si par hasard vous vous posiez

des questions sur la monnaie européenne après 1992, je serais
probablement capable de vous tirer d'embarras, parce qu'il
parlait de ça sans arrêt. Et il voulait que je porte de belles toi-
lettes. Il s'est mis à me faire des cadeaux somptueux, comme
cette bague avec les saphirs et les diamants, et ces boucles
d'oreilles en diamant jaune. Quand je voyais ce connard de
Casper Stieglitz, avant de rencontrer Jules, tout ce qu'il a jamais
été capable de me donner c'est des dessous en satin de chez
Frederick d'Hollywood. Très vite j'ai commencé à devenir
amoureuse de Jules.

3

La nuit précédente, Philip Quennell et Camilla Ebury avaient fait l'amour pour la première fois. Réveillé plus tard que Camilla, Philip allongé sur le lit, immobile, la regardait pendant qu'elle se brossait les cheveux. La bretelle de sa chemise de nuit avait glissé le long de son épaule et elle était entièrement absorbée par ce qu'elle faisait.

— Quand j'étais petite, ma nanny (elle s'appelait miss Templeton, mais on l'appelait Temple pour faire plus court) m'obligeait à brosser mes cheveux cent fois chaque matin quoi qu'il arrive. J'avais horreur de ça, mais c'est devenu une habitude et maintenant je trouve que ma journée n'est pas ce qu'elle devrait être si je ne l'ai pas commencée de cette façon.

— Comment savez-vous que j'étais réveillé ? demanda Philip.

— Je pouvais vous voir dans le miroir.

— Joli dos.

— Hum ?

— J'ai dit joli dos.

— Je ne sais pas si vous me croirez, mais vous m'intimidez.

Il lui sourit.

— Dormez-vous toujours avec votre collier de perles autour du cou ?

— Toujours. Il appartenait à mon oncle.

– C'est l'échangeur de cartons d'invitation, cet oncle ?

Elle rit.

– L'oncle Hector, oui. Mais je ne l'appelle jamais oncle Hector. C'est Hector Paradiso.

– Comme le boulevard sur le chemin de l'aéroport ?

– Oui. Les Paradiso étaient une grande famille à l'époque des Concessions. L'arrière-grand-père d'Hector, ou son arrière-arrière-grand-père, était l'un des fondateurs de la cité, il y a très très longtemps. Ma mère était sa sœur aînée.

– Maintenant laissez-moi mettre tout cela en ordre : du côté de votre père, si j'en crois Pauline Mendelson, on est dans le gaz naturel, et du côté de votre mère, on vient d'une vieille famille remontant à la fondation de la ville. C'est ça ?

– Exact.

– Dans mon pays on dirait que vous êtes une jeune femme de bonne famille.

– Je suis liée à tout ce qui compte dans la société, tout au moins à Los Angeles.

– Je sais que cela ne me regarde pas, mais pourquoi l'oncle Hector avait-il un collier de perles ?

– Ce collier appartenait à sa mère, c'est-à-dire ma grand-mère, que je n'ai jamais connue. Quand Hector était dans l'armée, il le gardait sous son uniforme. Il prétendait que les perles lui portaient bonheur. Après la guerre il l'a donné à ma mère, et quand maman est morte, j'en ai hérité. Je ne l'enlève presque jamais sauf, bien entendu, quand je prends un bain ou quand je vais à la piscine – le chlore est terrible pour les perles – ou quand je porte la rivière de diamants de maman, ce qui n'est pas fréquent, parce que c'est assommant d'aller la chercher à la banque et de la rapporter le lendemain matin, à cause de l'assurance.

Philip eut un petit rire.

Elle le regarda, déconcertée.

– Qu'est-ce qui vous fait rire ?

– Les histoires des gens riches me font toujours rire.

Les cent coups de brosse terminés, elle se leva, alla vers

le lit. Il tendit la main, rabaissa les deux bras de Camilla et contempla ses seins. De l'index, il en effleura le bout puis fit tourner son doigt autour.

– Parfait, dit-il.

La veille, chez les Mendelson, il l'avait trouvée séduisante, mais pas vraiment belle. En la voyant maintenant, il révisait son opinion.

– C'est vraiment très charmant, dit-il.

– Qu'est-ce qui est vraiment charmant ?

– Votre pudeur.

– Écoutez, Philip. Je ne veux pas que vous pensiez que j'ai l'habitude de ramasser les messieurs dans les soirées pour les amener chez moi. Pas du tout.

Elle aurait voulu dire : « C'est la première fois depuis la mort de mon mari. » C'était vrai, mais elle ne le dit pas parce qu'elle savait que cela aurait l'air d'une déclaration.

– Mais je ne pense pas du tout cela, dit Philip gentiment.

Pendant un moment, ils se regardèrent. Philip lui prit alors la main et l'attira sur le lit à côté de lui.

Plus tard, Camilla descendit au rez-de-chaussée pour faire du café, puis elle le remonta dans la chambre. Elle pouvait entendre Philip faire couler l'eau dans la salle de bains. Bien qu'elle eût passé la nuit avec lui, à faire l'amour en variant les plaisirs à l'infini et qu'elle eût recommencé le matin, elle eut l'impression de faire intrusion dans sa vie privée.

– Oh ! excusez-moi, dit-elle.

Il sourit.

– Entrez, entrez, c'est votre salle de bains. J'ai emprunté un rasoir.

– Mais qu'utilisez-vous comme crème à raser ?

– Tout simplement du savon. Ça marche très bien.

Comme elle passait devant lui pour ouvrir l'armoire de toilette, son corps frôla celui de Philip. Celui-ci, toujours sensible aux contacts physiques, le fut encore une fois de façon évidente. Tous deux le remarquèrent. Tous deux sourirent.

Le téléphone sonna dans la chambre.

– C'est probablement Bunty, dit Camilla. Vous ai-je dit que j'avais une petite fille ?

– Non.

– Elle a huit ans. Elle passe le week-end dans le ranch familial de son amie Phyllis à Solvang. Autrement, je ne vois pas comment vous auriez pu passer la nuit ici… Allô ! Oh, bonjour, Jules. Quelle merveilleuse soirée… Je me suis follement amusée. J'allais appeler Pauline pour la remercier, mais il me semblait qu'il était encore trop tôt.

Il y eut un long silence, puis Philip entendit Camilla crier: « Non ! » Il y eut un autre silence, et de nouveau elle dit: « Non ! C'est incroyable ! Comment cela a-t-il pu arriver ? »

De nouveau il y eut un silence, puis Camilla dit: « D'où m'appelez-vous, Jules ? »

Philip s'enroula dans une serviette et rentra dans la chambre. Il perçut immédiatement qu'il s'était passé quelque chose de grave et peut-être de tragique.

Il entendit la voix de Jules Mendelson, répondant:

– De chez Hector.

– J'arrive, dit Camilla.

– Non, non, Camilla ne venez pas, dit Jules.

Son débit était précipité.

– Ce n'est vraiment pas utile et cela ne ferait que vous bouleverser. Je peux m'occuper de tout ici. Ce que vous devriez faire, c'est aller chez Pauline et rester avec elle.

Ce n'était pas ce que Camilla avait envie de faire mais, comme c'était ce que Jules lui conseillait, elle se rendit à ses raisons.

– Oui, bien sûr, Jules. Avez-vous mis Pauline au courant ?

– Oui, je l'ai appelée.

Quand elle eut raccroché, Philip demanda:

– Qu'est-ce qui se passe ?

– Hector est mort.

– Comment ?

– Tué à coups de revolver apparemment.

Ils se regardèrent. Il posa sa main sur la sienne :

– Je suis désolé.

Elle secoua la tête.

– Mon père, ma mère, mon mari, et maintenant mon oncle. Qu'est-ce que j'ai donc fait ? Pourquoi tout cela m'arrive-t-il à moi ?

– Habillez-vous. Je vous conduirai en voiture.

– Jules m'a dit de ne pas venir. Il a dit que j'aille chez Pauline, qu'il m'y retrouverait et me raconterait tout.

– Jules Mendelson est-il un parent de votre oncle ?

– Non.

– Était-ce son meilleur ami ?

– Non. Hector était seulement l'ami de Pauline. J'ai toujours pensé que Jules ne l'aimait pas tellement. Pourquoi me demandez-vous cela ?

– Vous êtes la seule parente d'Hector encore vivante, n'est-ce pas ?

– Oui.

– Comment se fait-il que Jules Mendelson sache avant vous que votre oncle est mort ? Pourquoi est-ce lui que la police a averti ?

– Je n'en sais rien, mais cela ressemble tellement à Jules de s'occuper de tout. Derrière sa façade sévère, c'est un homme incroyablement gentil, qui ferait n'importe quoi pour ses amis. Je vous ai raconté comment il m'avait aidée lorsque Orin est mort brutalement à Barcelone !

– Oui, je comprends tout cela, mais je n'arrive toujours pas à m'expliquer que la police l'ait appelé lui, et pas vous.

– Je suppose que vous avez raison.

– Je ne sais pourquoi, mais vous ne me faites pas l'effet d'une femme qui accepte de se tenir à l'écart, uniquement parce que quelqu'un le lui demande.

– C'est vrai.

– Allons ! Je vous emmène là-bas…

Un jour Jules m'a dit qu'il ne se sentait pas à la hauteur en face de la famille de Pauline. J'avais du mal à l'imaginer, mais il disait que c'était comme ça. Le père de Pauline était un grand sportif et Jules n'avait aucun goût pour les sports, sauf le football, et en spectateur, à la télé. Ce que personne ne savait c'est que Jules, malgré sa taille impressionnante, avait une petite jambe toute grêle. Il en souffrait beaucoup. Quand il était enfant, à Chicago, il avait été victime du dernier cas connu de polio. C'est pour cela qu'il ne jouait pas au golf ni au tennis, ni à aucun de ces jeux auxquels le père de Pauline attachait tant d'importance.

Il sentait aussi que Pauline n'avait jamais vraiment quitté son milieu de la côte Est, même en devenant une figure connue de la société de Los Angeles. Il disait qu'elle lui donnait l'impression d'être continuellement en visite. Quand ses sœurs venaient la voir, c'est-à-dire plusieurs fois par an, il se sentait étranger parmi elles, elles pouffaient de rire en parlant de gens qu'elles avaient connus et dont lui n'avait jamais entendu parler.

Il m'avait dit que, si jamais il lui arrivait quelque chose, Pauline n'attendrait même pas un an avant de quitter Los Angeles.

4

Avoir connaissance d'un événement avant tout le monde et même avant les médias n'était pas une expérience entièrement nouvelle pour Pauline Mendelson. Dans le passé, grâce à la situation et à l'influence de son mari, elle avait appris bien avant les autres, y compris la police, certaines mésaventures fâcheuses de son fils unique, Kippie Petworth. La kleptomanie de Kippie avait cessé, non sans avoir provoqué plusieurs situations embarrassantes qu'il avait fallu étouffer, tout cela grâce à Jules qui n'était pourtant que le beau-père du jeune garçon. Mais, tout le monde le savait, le père de Kippie, Johnny Petworth, était incapable de faire face à la moindre crise, sauf aux cartes ou au backgammon.

Quoique ayant vécu bien des événements désagréables, rien n'aurait pu laisser prévoir à Pauline le choc qu'elle reçut, à l'aube de ce matin-là, quand, après un coup de téléphone, Jules se leva d'un bond et se précipita pour quitter la maison à une heure impossible.

– Mais que se passe-t-il, Jules ? demanda-t-elle, quand il raccrocha brutalement, après une conversation incompréhensible.

Il ne répondit pas, sauta du lit, puis s'habilla sans prendre le temps de se raser ou se baigner. Elle craignait évidemment pour son fils, arrivé la veille inopinément, après avoir abandonné sa clinique en France avant la fin de son traitement.

– C'est Hector, dit Jules sur le pas de la porte.

– Hector ! dit Pauline, retombant sur son oreiller, soulagée. Oh ! Dieu merci ! Pendant un moment j'ai cru que c'était encore Kippie.

– Il est mort, dit Jules.

– Hector ? murmura Pauline, effarée. Comment ? Qu'est-il arrivé ?

– Je ne sais rien. Je vous appellerai de là-bas.

– Un accident de voiture ? Quoi ? Comment ?

– Je ne sais pas, Pauline, répéta-t-il.

– Où allez-vous ?

– Chez lui.

– Oh ! Jules ! Et Camilla ? Faut-il faire quelque chose ?

– Non.

– Évidemment, si on vous a appelé, on l'a appelée également.

Jules acquiesça.

– Avez-vous beaucoup à faire aujourd'hui ?

– Peu importe, je me libérerai. Bien. Attendez ici.

Un instant plus tard, elle put entendre les aboiements frénétiques des chiens qui gardaient la propriété la nuit et se précipitaient vers Jules tandis qu'il traversait la cour en direction du garage. « Allez ! Allez ! Couché ! Couché ! » entendit-elle Jules crier aux chiens.

– Quelque chose qui ne va pas, monsieur Mendelson ? demanda le gardien de nuit qui était au service de la maison depuis quinze ans.

– Apparemment, répondit Jules, sans s'étendre davantage. Il faut que je monte jusqu'à Humming Bird Way. Rappelez-moi comment on y va. Je n'arrive pas à m'en souvenir.

– Vous quittez le Strip, vous montez par Dheny, tournez à droite dans Oriole qui devient Humming Bird, dit Smitty.

– Je reconnaîtrai quand j'y serai. J'y suis allé cent fois, dit Jules.

– J'espère que tout ira bien, monsieur Mendelson, dit Smitty.

Restée seule, Pauline mit la radio sur «All News», mais elle n'entendit rien qui pût avoir le moindre rapport avec sa vie ni, pour autant qu'elle savait, avec celle d'Hector. Uniquement des histoires de viol, de meurtres, de gangs, de trafics de drogue, et l'annonce du divorce d'une vedette de la télévision. Encore assommée par la brutalité de la nouvelle de la mort d'Hector et son caractère mystérieux, elle ne pouvait pleurer, mais une insupportable sensation de solitude montait en elle. Au cours des jours à venir, elle répéterait des douzaines de fois: «Il a été notre premier ami à Los Angeles...» Elle était obsédée par l'idée qu'Hector avait voulu rester avec elle la veille au soir, comme d'habitude, pour parler des petits événements de la soirée, et tout particulièrement de sa dernière escarmouche avec Rose Cliveden. Mais elle avait dit non. Mon Dieu! pensait-elle, peut-être, s'il était resté, rien ne serait arrivé.

Sur Sunset Boulevard, le flot de voitures s'écoulait avec une lenteur d'escargot, puis s'arrêta complètement.

— Cela me rend folle de rester coincée ici, dit Camilla en tambourinant des doigts sur le tableau de bord. D'habitude, la circulation est fluide.

— Il doit y avoir un accident ou quelque chose, plus bas, dit Philip.

— Plus probablement un événement quelconque à l'hôtel Beverly Hills. C'est cela qui bloque tout, j'en suis sûre.

Philip klaxonna plusieurs fois.

— Klaxonner n'arrangera rien, vous savez, dit-elle.

— Je sais. Je ne peux pas supporter les gens qui klaxonnent. Mais je sens à quel point vous êtes anxieuse... Pensez-vous qu'Hector gardait de grosses sommes d'argent chez lui?

— Je sais que non. Et d'ailleurs, il n'avait pas beaucoup d'argent.

— Que voulez-vous dire par là?

— Naturellement, les gens qui n'ont pas du tout d'argent sont portés à penser qu'il en avait beaucoup, mais les riches diraient plutôt qu'il n'en avait pas.

– La richesse est toute relative, c'est ce que vous voulez dire ? demanda Philip, amusé.

– Quelque chose de ce genre. Jules me l'a expliqué. Et, en second lieu, Hector était extrêmement radin.

– Hector avait-il été marié ? s'enquit Philip.

– Fiancé plusieurs fois, en particulier à une actrice, une certaine Astrid Je-ne-sais-qui, avant que je sois née, mais il ne s'est jamais marié, dit Camilla qui regarda par la portière. Merci de m'avoir accompagnée.

– Puis-je vous poser une question ?

– Bien sûr.

– Vous n'aimiez pas votre mari ?

– Quelle drôle de question ! Pourquoi me demandez-vous cela ? répliqua Camilla surprise.

– Vous parlez de lui avec beaucoup de détachement.

Elle regarda dans le vide, droit devant elle, réfléchissant avant de répondre.

– Je suppose que nous aurions fini par divorcer si Orin n'était pas mort… Nous n'étions pas vraiment heureux, mais Bunty l'adorait, et je n'étais pas profondément malheureuse, simplement pas fantastiquement heureuse. Satisfait ?

– Réponse honnête.

– Je regrette, madame, personne n'est autorisé à entrer dans la maison, dit le policeman en faction devant le domicile d'Hector Paradiso.

Déjà l'allée avait été barrée avec un ruban orange tendu entre les arbres. Des voitures de police étaient rangées des deux côtés de la rue et un camion de télévision la parcourait dans les deux sens à la recherche d'une place pour se garer. Une ambulance, porte arrière ouverte, était arrêtée dans l'allée et le chauffeur appuyé au pare-chocs fumait une cigarette. De l'autre côté de la rue, des voisins encore en pyjama regardaient la scène.

– Je suis la nièce de M. Paradiso, dit Camilla.

– Je suis désolé, madame, je ne peux pas vous laisser entrer. Ce sont les ordres !

– Cette personne est Mme Camilla Ebury, dit Philip. Mme Ebury est la seule parente vivante d'Hector Paradiso.

– Je vais aller à l'intérieur pour demander, madame Berry, mais pas tout de suite, dit le policeman.

– Peut-être pourriez-vous simplement leur dire à l'intérieur que je suis ici, dit Camilla. Je m'appelle Ebury, pas Berry. E-B-U-R-Y. Ma mère était la sœur de M. Paradiso. C'est M. Jules Mendelson qui m'a appris la nouvelle.

Comme toujours, le nom de Jules Mendelson provoqua un changement d'attitude. Alors que l'agent de police se dirigeait vers la maison, la porte s'ouvrit et deux policiers sortirent, encadrant un jeune homme mains au dos, entravées par des menottes.

Le camion de télévision avait trouvé une place pour décharger son matériel et le cameraman se rua pour prendre une photo du trio. Le garçon aux menottes hurla : « Hé, vous autres, ne me prenez pas en photo. » Puis il baissa la tête et se détourna.

Comme il levait les yeux son regard croisa celui de Camilla et ils se regardèrent fixement.

– Ce n'est pas moi qui ai fait ça, miss Camilla. Je le jure devant Dieu. Je dormais dans ma chambre près de la piscine. Votre oncle m'a appelé sur le téléphone intérieur et m'a dit qu'il était arrivé quelque chose. Le temps de m'habiller, il était mort et celui qui a fait le coup était parti. Je le jure devant Dieu, miss Camilla !

– Oh ! Raymundo ! dit Camilla en le regardant fixement.

Les policiers l'entraînèrent vers la voiture de police. L'un d'eux ouvrit la porte et l'autre poussa Raymundo à l'intérieur.

– Qui est Raymundo ? s'enquit Philip.

– C'est le valet de mon oncle, il est ici depuis deux ans.

De la porte d'entrée, le policeman cria :

– Vous pouvez entrer maintenant, madame Ebury. Avec votre ami.

Comme ils se dirigeaient vers la porte, s'avisant que le cameraman était en train de prendre des photos d'eux,

Camilla fouilla dans son sac, prit une paire de lunettes noires et les ajusta sur son nez.

– Il y avait un blond, avec l'air d'un marine en permission, qui est sorti de la maison en courant, glapit une voix venant de derrière les arbres.

– Qui est-ce ? demanda Philip.

– Une voisine un peu folle, dit Camilla.

Ils entrèrent dans la maison. Il y avait un petit vestibule central, puis à gauche la salle à manger et à droite, le salon et la bibliothèque. La maison était envahie par des policiers et des hommes en blouse blanche.

– C'est la nièce, capitaine, dit le fonctionnaire de police.

Philip prit le bras de Camilla et la fit s'avancer.

Camilla fit un signe de tête :

– M. Quennell, dit-elle, présentant Philip en même temps qu'elle observait autour d'elle le spectacle dramatique.

Le salon était sens dessus dessous. Un coup de feu avait été tiré dans le miroir placé au-dessus de la cheminée ; et le dessus en verre de la table à café avait été cassé en mille morceaux par une balle. Il y avait du sang sur le tissu bleu d'un sofa, et sur le sol une traînée rouge qui allait jusque dans la bibliothèque. Camilla sursauta en voyant les jambes de son oncle étendu dans la pièce voisine.

– Serez-vous en mesure d'identifier le corps, madame Ebury ? demanda le capitaine Mariano.

Elle avait pâli et semblait sur le point de s'évanouir. Elle regarda Philip.

– Est-ce que M. Mendelson ne l'a pas identifié ? questionna Philip.

– M. Mendelson n'est pas entré dans cette pièce, répondit Mariano.

– Ai-je le droit d'identifier le corps ? interrogea Philip.

– Connaissiez-vous bien le défunt ?

– Pas très bien. Presque pas du tout en fait, mais nous étions à la même réception hier soir, et je saurai le reconnaître.

– Est-ce que vous êtes d'accord, madame Ebury ? demanda le capitaine.

Camilla fit oui d'un signe de tête, et Philip pénétra dans la bibliothèque. Sur le sol, étendu sur le ventre, dans une mare de sang, gisait Hector Paradiso, entièrement nu, mort. On pouvait voir plusieurs impacts de balles sur son torse.

Philip fit un signe de tête affirmatif :

– C'est bien Hector Paradiso.

Il pensa à Hector, la veille au soir dansant avec tant d'application, souriant de toutes ses dents éclatantes de blancheur dans son visage bronzé, à présent spectral et blanchâtre sous des zébrures rouges.

– Combien de balles a-t-il reçues ? demanda Philip.

– Il semble qu'en tout cinq coups de feu ont été tirés, dit le capitaine.

– Qu'est-ce que c'est que ces marques rouges sur son dos ?

– La victime semble avoir été frappée avec ses propres chaussures, répliqua le capitaine.

Philip hocha la tête. Il entendit la voix de Camilla venant de l'autre pièce :

– Je suis stupéfiée, simplement stupéfiée que Raymundo ait pu faire une chose pareille, disait-elle. Mon oncle avait pris la responsabilité de faire venir ici la famille de ce garçon et leur avait procuré à tous des cartes de résidents pour qu'ils puissent travailler légalement ; il les avait aussi envoyés à l'école pour qu'ils apprennent l'anglais.

– Nous ne sommes pas du tout certains que Raymundo soit coupable, madame Ebury, dit un policier. Sauriez-vous, par hasard, où était votre oncle la nuit dernière, madame Ebury ?

– Oui. Il était chez Jules Mendelson, répliqua Camilla.

– Je sais. Nous avons parlé avec M. Mendelson. Je veux dire, après être parti de chez les Mendelson.

Camilla regarda le capitaine et comprit ce qu'il voulait dire :

– Non. Je n'ai aucun moyen de le savoir.

Philip revint dans la pièce.

– Où est M. Mendelson ? demanda-t-il.

– Il est parti, dit le capitaine Mariano.

– Il y a combien de temps ?

– Il n'est resté que quelques minutes.

– Peut-être devriez-vous l'appeler chez lui, dit Philip à Camilla.

– Oui.

– Je ne crois pas qu'il soit rentré chez lui, intervint le capitaine. Je l'ai entendu téléphoner à Sandy Pond, et lui demander s'il pouvait le voir immédiatement.

– Qui est Sandy Pond ? interrogea Philip.

– Le patron du *Los Angeles Tribune*, répondit Camilla.

Une voix retentit depuis la bibliothèque, puis deux brancardiers traversèrent le salon, portant la dépouille d'Hector Paradiso dans un sac de plastique noir. Dans le silence qui suivit, on entendit les gémissements d'un petit animal.

– Qu'est-ce que c'est ? s'enquit le capitaine Mariano.

– Oh, mon Dieu ! dit Camilla… Astrid !

– Qui est Astrid ? demanda Philip.

– Le chien d'Hector, dit Camilla. – Elle l'appela plusieurs fois. – Astrid ! Astrid !…

Les gémissements s'amplifièrent quand Camilla entra dans la bibliothèque. Elle s'agenouilla sur le sol et regarda sous le canapé.

– Astrid, sors de là, ma belle, dit-elle d'une voix douce.

Elle allongea le bras sous le canapé et ramena le petit terrier écossais. La chienne semblait terrifiée, et Camilla la serra dans ses bras, l'embrassa sur la tête et la caressa.

– Cette petite chienne sait qui a tué Hector Paradiso, dit Philip.

– Je me fous éperdument de savoir si M. Einsdorf a donné des ordres pour qu'on ne le dérange pas avant midi, hurlait Joël Zircon dans le combiné. Réveillez-le.

Plusieurs minutes plus tard, Manning Einsdorf, furieux d'avoir été dérangé dans son sommeil, arriva au téléphone :

– C'est odieux, Joël ! J'ai besoin de me reposer. Hier, le club est resté ouvert jusqu'à quatre heures du matin.

– Hector Paradiso ! Tu connais la nouvelle ?

– Oh, mon Dieu ! C'est le sida ?

– Non, Manning. Cinq balles dans le corps.

– Mort ?

– Évidemment.

– Oh, mon Dieu ! Tu crois que Lonny... Oh, mon Dieu ! On en a parlé aux informations ?

– Non. Pas un mot jusqu'ici.

– Comment l'as-tu appris ?

– Par un copain que je vois de temps en temps, qui bosse aux ambulances. C'est lui qui m'a appelé.

– Oh ! mon Dieu !

– Ça fait trois fois que tu répètes « oh, mon Dieu », Manning. Tu ferais mieux de te remuer les fesses, de foncer là-bas et de détruire toutes les adresses et les numéros de téléphone des tapineurs et des macs que tu as en ta possession, ou tu risques de te retrouver dans une belle merde.

– Cette salope de Lonny ! dit Manning Einsdorf.

– Et comment s'appelait cette chanteuse à la con avec les dents en avant ?

– Marvene Mc Queen.

– Dis à Marvene qu'elle n'a pas vu Hector Paradiso chez toi hier soir. Et à Zane aussi.

– Ne t'en fais pas pour Zane, dit Manning.

Jules disait toujours que si l'on arrivait à se voir soi-même dans la peau d'un personnage, on pouvait devenir ce personnage. Je ne peux pas vous dire tout ce que ça représentait pour moi lorsqu'il disait cela. Vous voyez, j'avais toujours pensé que je serais célèbre, mais je n'arrivais pas à imaginer dans quel domaine. Lui savait, il avait toujours su qu'il deviendrait un personnage important, et certainement, il y avait réussi.

5

Un peu plus tard, le même jour, Philip retourna au Château-Marmont, un hôtel-résidence situé sur Sunset Boulevard. Bettye, la secrétaire de Casper Stieglitz, avait retenu pour lui une chambre ou plutôt, comme elle disait, une mini-suite. Philip avait découvert que ce n'était rien d'autre qu'une pièce unique faisant fonction de salon et de chambre à coucher.

– Parfait pour écrire, avait dit Bettye à Philip lorsqu'elle lui avait téléphoné à New York pour lui confirmer sa réservation. Tous les écrivains qui viennent de New York descendent là.

Bettye avait cru sentir chez Philip un vague mécontentement, alors qu'il n'y en avait pas le moindre, et elle avait ajouté sans doute pour faire ressortir les charmes de son futur logis :

– C'est là que John Belushi a été victime d'une overdose.

– Ah, oui ! avait interrompu Philip.

– Mais c'était dans l'un des bungalows. Pas dans la pièce où vous serez.

La valise perdue avait été réexpédiée à l'hôtel par la compagnie aérienne et Philip put reprendre une douche et quitter les vêtements qu'il portait depuis qu'il avait pris l'avion à New York le matin et avait dû garder à la soirée des Mendelson la veille au soir, puis toute la matinée suivante lors de l'identification du corps d'Hector Paradiso, pour enfin revenir aux « Nuages » et remettre Camilla Ebury entre les mains réconfortantes de Pauline Mendelson.

Cette fois, il n'y avait ni maître d'hôtel ni femme de chambre pour les recevoir. Pauline était seule, debout devant la porte, à les attendre. Elle se dirigea vers la voiture du côté où se trouvait Camilla et lui ouvrit la portière. Les deux femmes s'embrassèrent.

– C'est affreux, dit Pauline.

– Pauvre Hector ! dit Camilla. Quelle amie tu étais pour lui ! Il t'adorait.

– Moi aussi, je l'adorais. Je m'en veux mortellement de ne pas lui avoir permis de rester hier soir après le départ des derniers invités. Il voulait parler de la soirée avec moi et j'ai dit « non ».

– Oh, Pauline ce n'est pas ta faute ! dit Camilla. De toute façon, j'ai entendu dire que Kippie était revenu. Il était bien normal que tu souhaites rester avec lui.

Pauline eut un vague sourire en entendant le nom de son fils, mais elle ne répondit pas.

Camilla continua :

– Comment est-il ?

– Oh ! comme ci, comme ça, dit Pauline.

Pendant le bref silence qui suivit, le bruit d'une balle de tennis frappée avec force leur parvint d'un court invisible situé quelque part derrière la maison.

Pauline portait sur les épaules un sweater de cachemire et elle le ramena sur sa poitrine comme si elle frissonnait. Instinctivement, Camilla et Philip pensèrent que le joueur de tennis était Kippie. Pauline se retourna et salua Philip avec chaleur. Si elle était surprise de le voir en compagnie de Camilla avec, sur le dos, le costume qu'il portait la veille au soir, elle ne le montra d'aucune façon.

– Je ne vois pas la voiture de Jules, dit Camilla.

– Il est parti très tôt ce matin, aussitôt après avoir reçu cet appel téléphonique, et il n'est pas encore rentré, dit Pauline.

– Qui l'a appelé ? interrogea Camilla.

– Je ne sais pas. La police, je suppose.

Camilla et Philip échangèrent un regard.

À l'intérieur de la voiture, la chienne recommença à gémir.

– Qu'est-ce que c'est que ce bruit ? demanda Pauline.

– Oh, mon Dieu ! j'avais oublié, dit Camilla, c'est Astrid. Je ne pouvais pas la laisser dans cette maison. La pauvre petite bête s'était cachée sous le canapé dans la bibliothèque. J'ai pensé que Rose voudrait la récupérer, puisque c'est elle qui l'avait donnée à Hector.

– C'est exactement ce qu'il lui faut, dit Pauline. Elle est déjà en train d'échafauder des plans pour les obsèques : messe solennelle au Bon Pasteur à Beverly Hills. Elle veut qu'elle soit célébrée par Mgr Cooning, tu imagines ? Et après les funérailles grand déjeuner au Country Club de Los Angeles. Vois-tu un inconvénient à ce qu'elle se charge de tout ?

– Diable, non ! Rose fait merveille quand elle prépare une réception, et c'est exactement ce que deviendra cet enterrement si elle s'en occupe.

Philip n'avait pas cessé d'observer Camilla et Pauline.

– Les journalistes vont se régaler de cette affaire. Je m'étonne qu'ils ne soient pas déjà en train de sonner à votre porte.

– Oh ! Je n'en ai pas l'impression ! dit Pauline.

– Il y a tous les ingrédients nécessaires, non ? Vieille famille de notables, personnage en vue de la bonne société locale, millionnaire, au moins dans l'esprit des gens, oncle de Camilla Ebury, ami intime de Mme Jules Mendelson. Tout cela me paraît de nature à faire une très belle première page.

– Oh, je ne pense pas qu'ils s'amuseront à ce genre de jeu, répéta Pauline en secouant la tête. C'est du moins ce que m'a dit Jules quand il m'a appelée. Il était au bureau de Sandy Pond au *Los Angeles Tribune*.

– Mais Pauline ! on a emmené Raymundo menottes aux mains ! Je l'ai vu de mes propres yeux.

– Ils l'ont relâché maintenant. Une erreur apparemment. En tout cas, entrez.

Philip, nouveau venu et étranger à ce groupe, déclina l'invitation. Vingt-quatre heures plus tôt, il ne connaissait personne et il se sentait mal à l'aise au milieu de ces gens qui devaient souhaiter rester entre eux.

– Je n'entrerai pas, Pauline. Il vaut mieux que je retourne à l'hôtel, et que je téléphone à Casper Stieglitz pour lui dire que je suis arrivé.

Pauline le regarda et lui dit en souriant :

– Joyeux anniversaire !

Philip lui rendit son sourire, très touché qu'elle se soit souvenue.

– Je ne savais pas que c'était votre anniversaire, Philip, dit Camilla.

– Il est arrivé tant de choses depuis hier soir, que je l'avais moi-même oublié.

– Quel âge avez-vous ? demanda-t-elle.

– Trente ans.

– Moi, j'en ai trente-deux.

– J'aime les femmes plus âgées.

Camilla dit en riant :

– Je ne te remercierai jamais assez de m'avoir placée à côté de ce merveilleux jeune homme hier soir, Pauline. Je ne sais pas ce que j'aurais fait sans lui.

Camilla et Philip se regardèrent.

– Je vous appellerai, dit-il.

Comme Philip sortait de la cour en voiture, Jules remontait la grande allée dans sa Bentley. Il stoppa devant la porte d'entrée, descendit et alla à l'endroit où Pauline et Camilla étaient restées debout. Il prit Camilla dans ses bras et la serra très fort. À Philip qui s'en allait, il parut très las.

Quand Philip Quennell avait dit à Jules Mendelson, la veille, après avoir refusé son Château-Margaux, qu'il n'avait aucun problème du côté de l'alcool mais qu'il ne l'aimait pas,

68

il n'avait pas dit la vérité. Dans son passé, il y avait eu un événement qui, justement, l'avait amené à vouer toute une partie de sa vie à l'expiation. Deux fois par an, il retournait dans la petite ville du Connecticut où il était né et où vivait Sophie Bushnell, qui passait son existence dans une chaise roulante depuis l'accident qui l'avait handicapée à vie.

À sept heures du matin, le lendemain de la mort d'Hector Paradiso, Philip était assis dans une petite salle de réunion sur Robertson Boulevard, dans West Hollywood. Il lisait le *Los Angeles Tribune* et buvait du café en attendant que commence la réunion des AA (Alcooliques Anonymes). Il parcourait rapidement le journal, à la recherche d'une information sur le tragique événement auquel il s'était trouvé mêlé et fut surpris de ne rien voir en première page ni dans les pages suivantes. Plus encore de ne rien trouver dans les informations locales. Finalement, là où étaient annoncés les décès, il découvrit à un endroit discret un communiqué en deux lignes sur la mort d'Hector Paradiso. Il plia le journal en deux, puis en quatre, pour pouvoir relire l'annonce à tête reposée et voir si elle contenait un commencement de réponse aux questions qu'il se posait.

– Il y a quelque chose de pas catholique là-dedans, dit une fille assise sur une chaise à côté de lui et qui lisait le journal de Philip par-dessus son épaule.

La fille, qui sentait le parfum de luxe, tapota de son ongle soigneusement manucuré l'entrefilet concernant Hector Paradiso. Elle répéta :

– Je dis qu'il y a quelque chose de pas catholique dans cette affaire.

Philip se tourna pour la regarder. Elle était jeune et très jolie, avec des cheveux acajou et des yeux d'un bleu très vif dont l'expression était mi-drôle, mi-provocante. Bien qu'habillée avec élégance, ses manières, sa voix et sa façon de s'asseoir n'étaient pas en harmonie avec le bon goût de ses vêtements. Que pouvait bien faire à une heure aussi matinale, dans le décor grisâtre d'une réunion d'Alcooliques

Anonymes sur Robertson Boulevard, cette fille dont le sex-appeal l'emportait largement sur le chic.

– Vous voulez que je vous dise comment je vois l'affaire ? demanda-t-elle.

– Certainement.

– Il est allé à la soirée de Pauline Mendelson, non ?

– Comment le savez-vous ?

– Il va toujours aux soirées de Pauline Mendelson. C'était son chouchou. Vous savez que toutes ces dames de la bonne société ont leur chouchou !

Philip sourit. Elle lui plaisait.

– Mais comment savez-vous qu'il y avait une soirée chez Pauline Mendelson ?

– Je l'ai lu dans la chronique de Cyril Rathbone de *Mulholland*, répondit-elle en haussant les épaules. Je la lis toujours.

– Alors, continuez.

– Dans mon scénario, avant de rentrer chez lui, il s'arrête chez « Miss Garbo ».

– Qui est Miss Garbo ?

– Vous n'êtes pas d'ici, ou quoi ?

– Effectivement, non.

– C'est un bar. Une boîte de nuit. Un endroit où de riches messieurs d'un certain genre s'arrêtent, avant de rentrer chez eux.

– Comment savez-vous tout cela ? demanda-t-il.

– Mon dernier travail. Je connaissais des tas de types comme ça. Lui aussi d'ailleurs.

– C'était quoi, votre dernier travail ?

– C'est d'Hector qu'on parle, pas de moi, dit-elle.

– Comment vous appelez-vous ?

– Flo.

– Flo quoi ?

– Flo M., répondit-elle en appuyant sur le M. Pas de nom de famille chez les AA !

– Vous avez raison. Désolé. Je suis Philip Quennell.

Elle reprit :

– Vous êtes Philip K.

– Non, pas K, Q, dit-il. Je suis Philip Q.

– Bon, je n'ai jamais été très bonne en orthographe.

– Elle ouvrit un sac suspendu à son épaule par une chaîne en or, et en tira un étui à cigarettes également en or. Philip remarqua son nom « Flo », inscrit dessus en lettres de saphir.

– Je m'arrêterais bien de fumer, mais je suis trop amoureuse de cet étui à cigarettes pour le ranger dans un tiroir et ne jamais plus l'utiliser...

Elle alluma sa cigarette avec un briquet assorti, en or lui aussi.

– Ce n'est pas une très bonne raison ! dit Philip.

– Pour moi, c'en est une, répliqua Flo. Mais je me sens en faute chaque fois que j'ouvre cet étui. Du temps où je touchais à la drogue, j'y mettais des joints.

Philip rit. Il était sur le point de poser une autre question au sujet d'Hector Paradiso, quand la réunion commença. Flo changea de place et s'assit sur une chaise dans la rangée derrière lui. Ni l'un ni l'autre ne leva la main pour participer à la discussion, mais chacun fut très attentif à ce que disait l'orateur et aux gens qui demandaient à intervenir.

– Vous ne voudriez pas dîner avec moi, un soir, par hasard ?

Flo le regarda et sourit :

– Non, j'ai déjà un fiancé.

Philip acquiesça d'un air compréhensif :

– Je ne vous faisais pas des avances, si c'est à cela que vous pensiez, dit-il.

Elle posa une main sur sa hanche et dit en souriant :

– Ah, oui ? Vraiment ?

Il rit.

– C'est à cela que vous pensiez ?

– L'idée m'avait traversé l'esprit, répondit-elle. Vous n'êtes pas précisément impossible à regarder, vous savez !

– Vous non plus, mais ce n'est pas ce que j'avais en tête,

vraiment ! Je pensais qu'il serait agréable de prendre un café en bavardant.

– Oh ! je vois. Nous sommes passés du dîner à la tasse de café, n'est-ce pas ? Pour discuter des vertus de la sobriété, non ? Hé ! Hé ! C'est une bonne approche, Philip Q ! Je parie que ça marche la plupart du temps.

Elle lui sourit et, en guise d'adieu, fit un petit geste circulaire de la main gauche, rejetant en arrière sa chevelure rousse d'un mouvement de tête. Il la regarda s'éloigner le long de Robertson Boulevard. Il y avait dans sa démarche une espèce de balancement qu'il ne put s'empêcher d'admirer. Le voulait-elle provocant ou non ? toujours est-il qu'il l'était. Philip pouvait imaginer qu'on sifflait sur son passage quand elle était plus jeune. Elle entra dans un parking à ciel ouvert et monta dans un cabriolet Mercedes rouge. Il se demanda d'où venait tout son argent.

Ce jour-là, Philip avait rendez-vous pour la première fois avec Casper Stieglitz, pour qui il devait écrire un documentaire sur la propagation de la drogue dans les milieux du cinéma. Casper Stieglitz avait un bureau dans l'immeuble des films Colossus appartenant à la Warner Bros à San Fernando Valley. Philip, qui n'avait pas l'habitude des autoroutes, se munit d'un plan de la ville. À sa grande surprise, il trouva le studio sans aucune difficulté et constata qu'il était en avance de trente-cinq minutes sur l'heure de son rendez-vous. Il décida de prendre un autre café plutôt que d'arriver en avance. Sur le trottoir, devant une crêperie, il y avait des distributeurs de journaux professionnels d'Hollywood, Le *Reporter* et le *Daily Variety*, sans compter d'autres feuilles locales dont Philip, nouveau venu dans la ville, n'avait jamais entendu parler. Jusque-là, il ne connaissait que Le *Los Angeles Tribune* ou le *Times*. Il mit une pièce de vingt-cinq *cents* dans l'un des distributeurs et prit un journal, *The Valley Sentinel*.

Assis au comptoir devant une tasse de café, il trouva un article en troisième page, titré : « Mort d'un millionnaire bien connu dans la haute Société». Les faits étaient réduits au minimum. Hector Paradiso, descendant d'une vieille famille dont l'origine remontait au temps des Concessions, avait été trouvé mort «dans des circonstances mystérieuses» dans sa maison de Humming Bird Way. Plusieurs coups de feu avaient été tirés. On rappelait que Cyril Rathbone, le chroniqueur mondain de *Mulholland* qui se présentait lui-même comme le meilleur ami d'Hector, avait dit : « Il avait l'allure d'un grand d'Espagne. »

– Encore du café ? demanda la serveuse.

Philip jeta un coup d'œil à sa montre. L'heure de son rendez-vous avec Casper Stieglitz approchait.

– Non, merci, dit-il.

Il déchira la page du journal, la mit dans sa poche, prit son ticket et déposa l'argent sur le comptoir en laissant un pourboire.

En arrivant à la porte des «Films Colossus», il se sentit impressionné : c'était la première fois qu'il pénétrait dans un studio d'Hollywood. À la guérite du gardien, il déclina son identité.

Le gardien qui portait des lunettes noires ne répondit pas. Il se saisit du téléphone et composa un numéro.

– Il y a un monsieur Quennell ici, pour M. Stieglitz, dit-il.

– Puis-je me garer là-bas ? demanda Philip en montrant une aire de parking vide.

– Bonne idée, si vous avez envie de vous les faire arracher et de vous retrouver avec une voix de soprano, dit le gardien. C'est réservé à Marty Lesky.

– Oh, pardon ! s'excusa Philip.

Même lui, savait que Marty Lesky était le patron des films Colossus.

Il pouvait entendre, sortant du téléphone du gardien, la voix d'une personne qui parlait à toute vitesse à l'autre bout de la ligne, depuis le bureau de Casper Stieglitz. Sans doute Bettye la bavarde, pensa-t-il. Le gardien raccrocha.

— Bettye vous fait dire que M. Stieglitz a un rendez-vous imprévu hors de son bureau ce matin, et qu'il aimerait que vous veniez chez lui pour prendre un verre, en fin d'après-midi.

— Mais je ne sais pas où habite M. Stieglitz !

— Bettye vous fait dire de l'appeler en rentrant à votre hôtel, dit le gardien.

Je devais habiter à Bruxelles quand Jules prendrait la tête de la Délégation américaine pendant l'année de la mise en place de la Communauté européenne. Je suis sûre que vous êtes au courant de tout ça. Il ne va plus y avoir qu'une seule monnaie comme ici. Plus de francs français, de lires italiennes, de marks allemands et toutes ces histoires-là.

Jules avait déjà trouvé un appartement pour moi. Sur l'avenue Hamoir. Il me semble que ça s'appelait comme ça. C'était censé être une bonne adresse dans un bon quartier de Bruxelles. Bien sûr, M. et Mme Mendelson avaient retenu une très belle maison sur l'avenue du Prince-d'Orange. J'espère que vous avez remarqué mon accent pour dire « Prince d'Orange ». Il m'avait envoyée prendre des leçons de français chez Berlitz.

Je veux dire, ce mec faisait vraiment beaucoup pour moi, il faut le reconnaître.

À un journaliste du *Valley Sentinel* qui l'interviewait au moment où elle arrivait aux obsèques d'Hector Paradiso, Rose Cliveden répondit :

– Hector… Tout le monde l'adorait.

Elle ne faisait qu'exprimer le sentiment général. Rose, toutefois, était incapable de donner une réponse simple, quelle que soit la question posée, et elle ajouta, tout à fait inutilement, compte tenu des circonstances :

– Il n'avait aucun ennemi au monde.

– Il en avait au moins un ! dit le journaliste.

Rose lui lança à travers ses lunettes noires un regard qui se voulait foudroyant.

Le reporter, comprenant qu'il avait touché un point sensible, insista :

– Un seul suffit !

– Excusez-moi, dit Rose avec hauteur, et elle laissa le journaliste au bas des marches de l'église du Bon Pasteur à Beverly Hills, essayant de rattraper Pauline et Jules Mendelson qui étaient passés devant le reporter sans répondre.

Une canne à la main, car elle souffrait toujours de son orteil cassé, elle s'arrêta dans l'entrée pour regarder autour d'elle.

– As-tu déjà vu une telle foule ? dit Rose à Madge White en trempant ses doigts gantés de blanc dans le bénitier et en faisant un vague signe de croix d'un unique geste circulaire. Oh! Loretta Young est là! Elle est merveilleuse, n'est-ce pas? Et Ricardo et Georgina Montalban... Regardez! c'est Cesar Romero. Toutes les vedettes catholiques sont présentes. Tout le monde aimait Hector. Jane Wyman n'a pas pu venir. Elle est en train de tourner sa série, et tu connais Jane. Le boulot, le boulot, le boulot! Mais elle a envoyé des fleurs magnifiques. Des lis jaunes de chez Petra. Oh! mais voilà Faye Converse!

Elle salua la vedette et deux ou trois autres personnes d'un geste de la main, sans quitter un instant l'air solennel approprié à la circonstance. «Pauvre Hector!» répétait-elle sans arrêt.

L'église était pleine à craquer. Ceux qui n'avaient pu trouver ni une chaise, ni une place debout, pas même dans la tribune du chœur, étaient restés à l'extérieur sur les marches de l'église ou sur la pelouse. Plus tard, au déjeuner de Rose Cliveden, au Country Club de Los Angeles, Monsignor Mac Mahon déclara qu'il n'avait vu une foule comparable qu'à la messe de minuit, à Noël.

Des gens étaient là qui avaient rencontré Hector une ou deux fois ou même pas du tout, et qui voulaient simplement contempler les riches ou célèbres amis du défunt. Tous les autres étaient de vieux amis, mais Rose décida d'attendre Freddie Galavant pour qu'il la conduise jusqu'à sa place par l'allée centrale. Freddie avait été nommé à un poste d'ambassadeur dans un pays latino-américain, sous l'administration précédente, et sa présence, comme celle de Winthrop Soames, Sandy Pond, Sims Lord et Ralph White, témoignait de la notoriété d'Hector, bien qu'aucun de ces hommes n'eût jamais été particulièrement proche de lui.

Jules Mendelson, arguant du fait qu'il n'était pas catholique, avait refusé de prononcer l'éloge funèbre. Il avait dit que Freddie Galavant, toujours si fier d'être appelé «Monsieur l'Ambassadeur», serait bien meilleur que lui dans ce rôle bien que lui non plus ne fût pas catholique.

La personne que le choix de l'ambassadeur chagrinait le plus était Cyril Rathbone, le chroniqueur mondain de *Mulholland*. Il se considérait comme l'ami intime d'Hector et aurait trouvé normal d'être pressenti pour prononcer l'éloge funèbre. Tout le monde savait que Cyril était en extase devant le son de sa propre voix lorsqu'il s'exprimait dans son anglais précieux et volubile.

Dès le moment où il avait appris la mort d'Hector, il s'était vu débitant de magnifiques pensées devant les gens qu'il admirait le plus dans la ville. Mais son offre avait été repoussée par plusieurs organisateurs de la cérémonie, en particulier par Jules Mendelson à qui Sims Lord, son avocat, avait révélé que Cyril était sous le coup d'une inculpation pour atteinte aux mœurs. « Une sévère correction du genre sado-masochiste », avait dit Sims.

– Cette raison est suffisante, avait déclaré Jules quand il apprit la nouvelle. Freddie, c'est vous qui parlerez.

– Mais je connaissais à peine Hector ! dit Freddie Galavant.

– Nous vous donnerons les informations nécessaires, répliqua Jules, mettant ainsi un terme à la discussion. Il n'avait pas l'habitude de voir ses décisions remises en question, même par des ambassadeurs.

Finalement, Rose fut placée derrière Camilla Ebury, et à côté de Pauline et de Jules. Bien qu'il fût venu en voiture avec Camilla Ebury, Philip décida de ne pas s'asseoir au premier rang à côté d'elle, sentant qu'il était un ami de trop fraîche date pour prendre une place aussi en vue. Camilla le comprit très bien, et Pauline, qui avait remarqué Philip au moment où il allait s'asseoir à l'écart, admira le tact du jeune homme. Elle se pencha vers Camilla et lui chuchota à l'oreille :

– N'oublie pas d'amener Philip à la maison, après.

Camilla sourit et pressa légèrement la main de son amie. Rose avait horreur des couronnes mortuaires et avait donné des instructions à Petra von Kant, la fleuriste dont tous ses amis étaient les clients - « Elle nous connaît tous, elle sait ce que nous aimons » -, pour que l'église soit décorée avec des branches de bouleau et de grandes corbeilles de tulipes roses et de jacinthes, sachant bien que tous les vrais amis d'Hector commanderaient leurs fleurs chez Petra. Quant aux autres, leurs couronnes de glaïeuls et d'œillets, avec des rubans empesés et des lettres dorées, toutes choses que Rose et ses amis exécraient, elles seraient reléguées dans les chapelles latérales, de façon à ne pas rompre l'harmonie des couleurs soigneusement étudiée par Rose et la fleuriste. Seul, l'énorme rameau de phalaenopsis blanc, venu des serres de Pauline Mendelson, tranchait sur la composition de Petra mais, ainsi que chacun le savait, Pauline avait été l'amie préférée d'Hector. Son rameau avait été placé sur le cercueil d'acajou.

Pour Rose Cliveden, la seule petite déception de ces funérailles, par ailleurs parfaites, était l'absence de l'archevêque. Mgr Cooning avait opposé un refus très ferme aux maintes requêtes qu'elle lui avait adressées pour qu'il célébrât la messe de Requiem ; et cela en dépit de sa très généreuse contribution à la nouvelle décoration de la Résidence archiépiscopale d'Hancock Park. L'archevêque, renommé pour ses sermons enflammés contre le déclin de la moralité dans la nation, n'ignorait rien de la vie secrète d'Hector Paradiso, il l'avait entendu en confession plus d'une fois et soupçonnait que les circonstances de sa mort étaient bien différentes de la version qu'on en donnait. La providence voulut qu'il fût appelé au Vatican pour une conférence.

La personne la plus bouleversée par la mort d'Hector était Pauline. Elle avait entretenu l'idée – sans jamais l'exprimer – que, si Hector avait été capable d'aimer les femmes, il l'aurait aimée, elle. Quand Hector l'embrassait, comme il le faisait quelquefois, son baiser et même la façon dont il la prenait dans ses bras n'étaient pas des gestes d'amoureux. Pauline savait que, même si elle l'avait encouragé – ce qui était impensable –, il ne se serait rien passé de plus. C'était une forme de relation qui leur plaisait à tous deux. Et Hector, à sa manière, avait aimé Pauline si sincèrement que même Jules,

qui au cours de ses années de mariage était devenu plus sub-
til, ne se formalisait pas de cette «amitié amoureuse». Il l'avait
franchement détesté pendant un certain temps puis il avait
fini par apprécier la drôlerie d'Hector qui connaissait tout
sur tout le monde. «Les gens qui ne font rien m'agacent»,
disait Jules. En différentes occasions, Hector avait été le com-
pagnon de voyage des Mendelson lorsqu'ils louaient des
yachts et partaient pour la côte dalmate, la côte turque ou
les îles grecques.

Pauline ne pouvait supporter l'idée qu'Hector était mort
dans des circonstances sordides, et c'est pourquoi, bien qu'à
contrecœur, elle avait accepté la théorie du suicide propo-
sée par Jules lorsqu'ils étaient restés seuls après le départ de
Camilla et de Rose.

– C'est mieux comme cela, avait affirmé Jules. C'est une
mort minable et déplaisante.

Il rougit légèrement :

– Ses inclinations sexuelles étaient peut-être pédéras-
tiques, dit-il.

– Comme vous êtes perspicace, Jules !

– Alors, vous le saviez ?

– Bien sûr, je le savais !

– Et cela vous était égal ?

– Oh, Jules ! vraiment, il était mon ami.

– Ce genre de mort, si les circonstances viennent à être
connues, rejailliront fâcheusement sur Hector, sur sa famille
et sur tout son entourage.

– Camilla est la seule famille qui lui reste, elle n'est que
sa nièce, et la mort d'Hector ne va certainement pas rejaillir
fâcheusement sur elle.

– Bon ! Mais je pense à la famille des fondateurs de la ville.
Le nom des Paradiso sera éclaboussé.

– Et l'entourage dont vous parlez ? S'agit-il de nous,
Jules ?

– Le fait qu'il ait été ici quelques heures avant la tragédie
et que vous soyez considérée comme sa grande amie, tout cela

nous mêlera inévitablement à cette affaire. C'est un genre de publicité dangereuse au moment où ma nomination à la Conférence économique de Bruxelles approche. Il y aura certainement des retombées, et la meilleure solution est celle-ci.

– Qu'il se soit suicidé ?

– Oui.

– Mais qui va croire une pareille histoire, Jules ? Les gens ne sont pas bêtes à ce point !

– C'est là une opinion que je ne partage pas.

– Mais *moi*, je ne crois pas à cette histoire, Jules, affirma tranquillement Pauline.

– Croyez-y.

– Me donnez-vous l'ordre de croire à une chose à laquelle je ne crois pas ?

– Oui.

Il y avait une dureté tout à fait inhabituelle dans sa voix.

– Nous dirons qu'Hector était malade, et le Dr James le confirmera. J'ai pensé un moment à dire qu'il était atteint du sida, mais mieux vaut une maladie de cœur. C'est plus respectable. Nous dirons qu'il était terrifié par l'opération, terrifié à l'idée de rester infirme et de devenir un fardeau pour ses amis. Peut-être aussi avait-il trop bu… et a-t-il commis cet acte tragique.

– Jules, s'il vous plaît, le Dr James était un ami d'Hector, pas son médecin traitant. C'était Mickie Cox, son médecin.

– Il n'y a que vous qui sachiez cela, Pauline et, justement, vous l'avez oublié, dit Jules.

Il se pencha vers elle et l'embrassa sur la joue.

– Mais bien évidemment, le docteur refusera d'accréditer cette histoire d'opération et de problèmes cardiaque.

– Pas du tout ! dit Jules en martelant ses mots.

Pauline comprit que le Dr James ferait ce que Jules lui dirait de faire.

La rumeur du suicide commença à se répandre à l'église avant et après la messe. « Non, non et non ! » dit Sims Lord, quand on lui demanda si Hector Paradiso avait été assassiné. «Non, non et non»! dit Freddie Galavant en réponse à la même question. Comme Sandy Pond et Ralph White, ou plusieurs autres personnalités de la ville, beaucoup de gens furent déçus; un meurtre avait un côté plus affriolant que le «suicide» que l'on commençait à évoquer.

Philip Quennell, assis vers le fond de l'église, fut surpris de voir la jeune femme rencontrée à la réunion des Alcooliques Anonymes, et qui s'était présentée sous le nom de Flo, s'engager dans l'allée centrale. Son luxueux sac à main était suspendu à son épaule par une chaîne d'or.

Une fois installée, elle s'agenouilla, fit le signe de la croix, et pria tête baissée. Au contraire de la plupart des assistants, elle ne regardait pas autour d'elle pour voir qui était présent. Un homme avec de longs cheveux ramenés sur le sommet du crâne pour cacher sa calvitie, assis immédiatement devant Philip, donna un coup de coude à ses deux voisins et, avec un sourire entendu, désigna la jeune femme. Ces hommes, inconnus de Philip et de la plupart des gens présents, étaient Manning Einsdorf, le propriétaire du «Miss Garbo's», Joël Zircon, l'imprésario, et Willard, le maître d'hôtel de Casper Stieglitz, en somme tous ceux qui avaient parlé à Hector un moment avant sa mort.

Pendant l'éloge funèbre, l'ancien ambassadeur dit qu'Hector avait été lié d'amitié avec beaucoup de gens.

– Il adorait ses amis, dit Freddie Galavant, en fixant Pauline, Camilla et Rose. C'était un homme qui possédait un tel tact et une telle sensibilité qu'il avait choisi de les tenir à l'écart de certains aspects de sa vie qui peut-être pourraient expliquer ce drame. Bonsoir, mon doux Prince et que la voix des anges berce ton sommeil…

On entendit quelques sanglots dans l'église, en même temps qu'un unique gloussement de Cyril Rathbone, très occupé à susurrer à l'oreille de ses voisins qu'il aurait sûrement fait mieux.

Devant lui, Philip remarqua que Flo pleurait. Il la vit

fouiller dans son sac pour y prendre un mouchoir, et il se rendit compte qu'elle avait oublié d'en apporter un. Quand elle essuya ses larmes avec ses doigts, il se pencha en avant entre Manning Einsdorf et Joël Zircon, donna une petite tape sur le bras de Flo, prit son propre mouchoir dans sa poche et le lui tendit. Flo remercia d'un signe de tête, mais ne se retourna pas pour voir qui avait eu ce geste. Elle savait que c'était Philip Q. Elle l'avait aperçu du coin de l'œil lorsqu'elle cherchait une place. Pendant la communion, les catholiques, pour s'approcher de l'autel, longèrent le cercueil jusqu'à la grille où le prélat qui disait la messe à la place de Mgr Cooning attendait, le ciboire entre les mains. Flo March était parmi les communiants.

Dehors, après la messe, sur les marches de l'église, Rose Cliveden remonta ses lunettes noires sur son front et parcourut la foule du regard, tandis que les porteurs déposaient le cercueil dans le corbillard.

– J'ai pleuré comme une Madeleine pendant toute la messe, dit-elle à Pauline qui se tenait à côté d'elle.

Ses larmes avaient coulé sur la poudre qui recouvrait ses joues y faisant des ravages qu'elle n'essayait pas de réparer.

– Il y a des tas de gens bizarres à cet enterrement, reprit-elle, mais Pauline n'était pas d'humeur à bavarder.

Rose ne fut pas découragée par son silence :

– Je croyais connaître tous les amis d'Hector. D'après vous, qui sont ces gens-là ? Voyez ce type étonnant avec ses cheveux gris étalés sur le sommet du crâne...

Elle dévisageait Manning Einsdorf qui, flanqué de Joël Zircon et de son ami Willard, observait la foule.

– Avez-vous déjà vu autant de laque sur une tête ? continuait à commenter l'intarissable bavarde. On dirait Ann Miller ! Je suis absolument certaine que notre Hector n'a jamais pu fréquenter personne de cette espèce. J'ai l'impression que ces gens sont de simples badauds qui ont envie de voir des célébrités, vous ne croyez pas ?... Faye Converse, voilà celle qu'ils veulent voir !

Du coin de l'œil, elle aperçut dans la foule Jules en conversation avec une jeune femme inconnue. Jules, en s'approchant d'elle, lui avait dit avec irritation :

– Qu'est-ce que tu fais ici ? Je suis presque tombé de ma chaise quand je t'ai vue communier devant l'autel.

Il lui parlait sans la regarder, en ayant l'air de chercher quelqu'un d'autre dans la foule.

– Je connaissais M. Paradiso, dit la jeune femme dans une attitude de défense. Qu'est-ce que tu crois ? Que je vais aux enterrements de gens que je ne connais pas ?

– Hector ? Tu connaissais Hector ?

– Oui.

– D'où ?

– Quand j'étais serveuse au café Viceroy, je lui servais tous les matins son café et son croissant, dit Flo. Il n'était pas très généreux pour les pourboires, toutes les filles étaient d'accord là-dessus, mais il me racontait de bonnes histoires. Je pourrais t'en raconter deux ou trois sur des gens qu'il voyait après avoir quitté les soirées du grand monde, qui te feraient dresser les cheveux sur la tête. Je ne crois pas un mot de cette histoire de suicide. Je te dirai ce qui, selon moi, lui est arrivé.

– Je ne veux pas le savoir, dit Jules avec brusquerie comme s'il avait peur qu'elle ne se mît à parler tout de suite.

De la main il fit signe à son chauffeur de mener sa voiture dans la petite rue sur le côté de l'église.

– Bon. Je dois partir. Voici ma voiture.

– Tu as honte qu'on te voie causer avec moi, n'est-ce pas, Jules ?

– Non, répondit-il très vite.

– Si, je le vois. Je le sens.

– Je te verrai plus tard, jeta Jules précipitamment.

Comme elle détournait les yeux, son regard croisa celui de Philip Quennell. Elle lui fit un vague signe de tête, et il put lire sur ses lèvres les mots : « Merci pour le mouchoir. »

Il lui répondit d'un sourire, mais elle n'alla pas vers lui pas plus qu'il n'alla vers elle.

– Regarde, Pauline, Jules nous fait signe d'aller dans Bedford Drive, sur le côté de l'église, dit Rose. Allez-vous au cimetière ?

– Non, nous n'y allons pas, dit Pauline.

– Mais vous venez à mon déjeuner au club, bien sûr ?

– En vérité, non, Rose. Tu comprends, n'est-ce pas ?...

– Bien sûr, ma chérie, mais tu as tort d'avoir cette réaction au sujet du Country Club.

– Appelle-moi plus tard.

– N'est-ce pas merveilleux, Pauline, cette façon dont l'église catholique a levé son interdit sur l'enterrement des suicidés ?

J'ai su à quel point c'était terrible d'être pauvre le jour où j'ai eu de l'argent. Mon enfance, j'ai toujours voulu l'oublier, ne plus jamais y penser. Ma mère est morte dans l'incendie d'un asile. Je n'ai jamais su qui était mon père. Elle disait qu'il nous avait plaquées quand j'avais un an, mais à mesure que je prenais de l'âge, j'ai fini par penser qu'en réalité elle ne savait pas très bien qui il était.

7

Quand, vingt-deux ans plus tôt, une semaine avant leur mariage, au cours d'une réunion dans un cabinet d'avocats qui représentaient les intérêts de Jules Mendelson, on demanda à Pauline Mac Adoo de signer un contrat qui fixait les limites des sommes qui pourraient lui être allouées en cas de divorce, elle parcourut le document sans faire aucun commentaire. Mais lorsque Marcus Stromm, avocat de Jules Mendelson depuis de nombreuses années, prit dans un plumier sur son bureau un stylo et le lui tendit, Pauline lui lança le contrat à la figure avec une telle violence que le stylo tomba et éclaboussa d'encre noire le monogramme de sa chemise blanche… Puis, sans un regard pour Jules qui, resté à côté d'elle, avait observé la scène en silence, Pauline se leva et sortit du bureau. Ni les prières ni les objurgations de Jules qui l'avait suivie sur le palier, rien ne put l'empêcher de sauter dans le premier ascenseur qui arrivait, sans lui répondre ni lui jeter un regard.

Pour Pauline qui appartenait à une famille distinguée de New York et Northeast Harbor, l'affront d'être invitée à signer un tel contrat comme si elle était une groupie épousant une vedette de rock ne fit que corroborer les très sérieuses réserves exprimées par ses sœurs le jour où elle leur avait annoncé son intention d'épouser Jules Mendelson dès la fin de son divorce d'avec Johnny Petworth.

– Non, non, Pauline, lui avaient dit ses sœurs. Peu importe tout l'argent que possède M. Mendelson. Ce n'est pas l'homme qu'il te faut. Ce n'est pas du tout l'homme qu'il te faut.

Son père, qu'elle respectait énormément, et qui en retour l'adorait, eut une seule phrase pour la dissuader : « Jules est très gentil, Pauline, et certainement très riche, mais aucun club ne l'acceptera. »

Elle savait ce que cela signifiait. C'était une phrase qu'elle avait entendue toute sa vie quand il s'agissait de distinguer des gens comme eux de tous les autres. Dans leur style de vie, les clubs jouaient un grand rôle. Un ancêtre Mac Adoo avait fondé une dynastie qui avait bâti des fortunes dans des entreprises commerciales ou maritimes, dans l'industrie textile ou métallurgique, les chemins de fer ou les affaires immobilières ; et même si ces fortunes s'étaient évaporées au cours d'un siècle, si celle des Mac Adoo était minime par rapport aux normes financières courantes, leur situation dans la Société n'avait pas changé.

– Ce n'est pas ce qui serait gênant pour moi, papa, dit Pauline.

– À la longue, ça le serait pourtant, avait répondu son père.

Une telle désapprobation familiale n'avait fait que renforcer sa détermination. En outre, Jules serait un beau-père idéal pour Kippie âgé à l'époque de trois ans et dont tout le monde disait qu'il était adorable mais avait un sérieux besoin d'une poigne masculine.

Ce soir-là, à la suite de l'incident avec Marcus Stromm, Pauline quitta Los Angeles pour New York. Dans sa vie, il y avait un autre homme qu'elle aimait plus que Jules Mendelson, bien que son avenir fût moins brillant. C'est pour le retrouver qu'elle s'enfuit. Jules, fasciné par l'esprit d'indépendance qu'elle manifestait et intimidé par son arbre généalogique, la suivit et passa à son doigt un diamant beaucoup plus gros que celui qu'il lui aurait offert une semaine plus tôt.

– Mon Dieu ! fit Pauline, stupéfiée par sa dimension et se demandant même s'il n'était pas trop gros. Elle savait que ses sœurs se moqueraient de sa taille mais elle savait aussi qu'à la fin elles diraient : « Oh ! Pauline ! Avec ton allure, tu peux te le permettre ! »

– C'est le « Lamballe », dit Jules, aussi fier qu'il l'avait été la veille après avoir acheté les *Roses Blanches* de Van Gogh qu'il voulait lui offrir en cadeau de mariage.

– Mon Dieu ! répéta Pauline, qui avait déjà entendu parler de ce diamant comme ayant d'abord appartenu à une princesse française, puis à la fille d'un munitionnaire allemand, et à une héritière américaine, avant qu'on le perdît de vue jusqu'à sa réapparition dans une vente aux enchères à Genève.

– C'est très beau ! dit-elle.

Une semaine plus tard, Pauline et Jules se mariaient à Paris. Seul était présent Sims Lord, le nouvel avocat de Mendelson, qui remplaçait Marcus Stromm. Ils allèrent passer leur lune de miel à l'hôtel Mamounia à Marrakech. Un soir qu'ils étaient assis sur leur terrasse au coucher du soleil, il lui dit :

– Il faut que je vous avoue quelque chose.

– Quoi donc ?

– Autrefois, quand j'étais jeune, je me suis trouvé mêlé à une histoire très désagréable. S'il vous plaît, ne me demandez pas de quoi il s'agit. C'est arrivé comme ça, je n'y peux rien.

– Pourquoi donc y faites-vous allusion si vous ne pouvez rien me dire ?

– S'il vous plaît, Pauline, acceptez-moi comme je suis.

– Vous avez un casier judiciaire ?

– Non. C'est l'un des avantages d'une fortune familiale.

Il paraissait si accablé à ce moment que Pauline cessa de poser des questions. Elle savait qu'un jour il lui raconterait tout.

– Oh ! Je connais ce genre de choses, dit-elle pour le réconforter. J'avais un oncle qui s'appelait Harris. Harris Curtis. Le mari de la sœur de ma mère. On l'a trouvé mort dans un hôtel minable de West Side, et pas un des journaux de New York ne révéla qu'il était habillé en femme. Papa avait arrangé toute l'affaire.

– Harris Curtis ? Déguisé en femme ? J'ai entendu bien des choses sur son compte, mais je n'ai jamais entendu parler de cette histoire, dit Jules.

– Pauvre tante Maud ! Elle n'a plus jamais été la même depuis.

– Eh bien, je n'étais pas habillé en femme, dit Jules. De cela vous pouvez être sûre.

Pauline se mit à rire et le sujet ne fut plus jamais abordé.

Jules était prêt à vivre dans n'importe quel endroit choisi par Pauline. C'est elle qui avait eu l'idée de s'installer à Los Angeles, de racheter la résidence du vieux von Stern, au sommet d'une montagne et d'en faire cette fameuse demeure connue sous le nom des «Nuages.» Le prix demandé était de cinq millions de dollars, somme considérée comme abusive et exorbitante à l'époque, mais Jules ne lésinait jamais quand il voulait quelque chose.

Il arriva avec Pauline pour une dernière visite, puis il tendit à Helmut von Stern médusé un chèque portant la totalité de la somme.

– J'ai réfléchi, monsieur Mendelson, dit von Stern en jetant un regard avide sur le chèque qu'il tenait à la main.

– À quoi donc avez-vous réfléchi, monsieur von Stern ? demanda Jules.

– Après mûre réflexion…

– Vous voulez dire, à propos de la vente de votre maison ?

– À propos du prix, en vérité. Il me semble qu'il serait plutôt de l'ordre de cinq millions cinq…

– Je vois, dit Jules qui tendit le bras, arracha le chèque des mains de Von Stern et le déchira en deux. Êtes-vous prête, chérie ? dit-il à Pauline, dont il prit le bras pour l'entraîner vers la porte qui débouchait sur une cour en ruine. Au revoir monsieur von Stern.

Von Stern, le souffle coupé, se rendit compte qu'il venait de commettre une grave erreur. La maison, dans un état déplorable, était en vente depuis trois ans. Comme les Mendelson montaient dans leur voiture, von Stern les rappela. Le ton de sa voix exprimait la panique.

Jules précédant Pauline suivit von Stern jusque dans le vestibule de la maison.

– J'ai réfléchi, moi aussi, dit-il.

– À quel sujet ?

– Au sujet du prix. Ma dernière offre est maintenant de quatre millions cinq. C'est à prendre ou à laisser.

Pauline avait été fascinée par le comportement de son nouveau mari. Cet après-midi-là, les Mendelson achetèrent la propriété de von Stern et la rebaptisèrent « Les Nuages ».

Les clubs qui auraient eu tant d'importance pour des gens comme eux à Southampton, Palm Beach, Northeast Harbor ou Newport, en avaient moins à Los Angeles, et le problème de l'admission de Jules devenait moins urgent. Rose Cliveden et Sims Lord firent un effort en faveur de Jules, mais Freddie Galavant qui, par la suite devait devenir un ami, déclara au comité d'admission : « S'il n'était pas aussi riche, en voudriez-vous comme membre du club ? »

Personne n'avait répondu, et la question n'avait plus jamais été soulevée.

Dans les années qui suivirent leur mariage, Jules et Pauline devinrent un couple renommé dans le monde de la finance et de la politique. Toutes les appréhensions de la famille de Pauline s'étaient depuis longtemps envolées. Ses sœurs étaient même fières de leur extraordinaire beau-frère et recevaient les Mendelson en grande pompe plusieurs fois par an. Jules avait été un personnage important dans les coulisses de toutes les conférences économiques sous deux présidents des États-Unis et, à deux occasions au moins, avait été photographié dans le cortège présidentiel, s'entretenant avec le chef d'État lui-même.

« Demandez à Jules », disaient les gens, lorsqu'on discutait de questions financières. Quand Jules parlait, Pauline l'écoutait avec la plus grande attention, non seulement dans les réceptions où on l'interrogeait sur les problèmes économiques ou les élections, mais aussi à la maison, lorsqu'ils étaient seuls, sans témoins. Sa capacité d'écouter si attentivement l'homme qu'elle aimait était considérée comme l'un de ses traits les plus séduisants. Leur mariage était jugé comme parfait, et en un sens il l'était.

Jules ne voulut pas se rendre au déjeuner de Rose Cliveden au Country Club de Los Angeles, après les funérailles d'Hector. Ce n'était pas parce qu'il n'y avait pas été admis, il y aurait été le bienvenu comme invité de Rose Cliveden. Mais, sachant qu'on colporterait toutes sortes de ragots à propos de la fin mystérieuse d'Hector Paradiso, il n'avait pas envie d'avoir à répondre aux questions qu'on lui poserait sur les circonstances de cette mort. Pauline, vraiment affectée par la disparition de son ami, n'avait aucune envie non plus d'assister à ce lunch qu'on voulait solennel, mais qui, avec Rose Cliveden, risquait de prendre des allures de réception mondaine.

Philip Quennell fut très heureux d'être invité à déjeuner tranquillement aux «Nuages», avec Camilla. Il fut également très content de faire, en compagnie de Jules, le tour des œuvres d'art de la maison, en attendant le déjeuner. L'attitude du collectionneur, qui semblait contempler chacun de ses tableaux pour la première fois, l'intéressait. Pour chacun d'eux, il avait une histoire à raconter : sur son origine, le stade de l'évolution du peintre, le sujet traité ou même le prix de la toile. Ils s'arrêtèrent devant un Bonnard représentant Misia Sert assise sur un divan dans un salon.

– Ce n'est que l'une des différentes peintures consacrées par Bonnard à son modèle préféré, dit-il. Le baron Thyssen en a une à Lugano, l'une des sœurs Annenberg en a une à Palm Beach, mais la mienne est de loin la meilleure. Regardez son expression ! Je l'ai achetée pour huit cent mille dollars il y a trois ou quatre ans chez Boothby. Et, pas plus tard que la semaine dernière on m'en a offert quatorze millions. Pauline déteste que je parle d'argent à propos d'art, mais comment m'empêcher d'en parler lorsque les prix s'envolent comme en ce moment. Bien entendu, je n'ai aucune intention de le vendre pour cette raison, pas plus qu'aucun autre de mes tableaux ; sauf à la rigueur pour améliorer le niveau de ma collection. Car je veux qu'elle reste un tout.

Philip acquiesça.

– Tout cela reste entre nous, bien sûr ! poursuivit Jules. Vous êtes ici l'invité de ma femme, et en compagnie de Camilla qui est une vieille amie de la famille, dit Mendelson comme s'il voulait rappeler à Philip qu'être admis dans une maison aussi prestigieuse entraînait pour lui des obligations.

– Bien entendu, répéta Philip, sachant que Jules avait en tête le livre qu'il avait écrit sur Reza Bulbenkian.

– Quel genre de revenus avez-vous ? demanda Jules.

– Pas suffisants pour songer à m'engager avec Camilla Ebury, si c'est à cela que vous pensez, répliqua Philip.

Jules, percé à jour, eut un petit rire amusé. La réponse de Philip lui plaisait. Depuis que Pauline lui avait parlé du livre qu'avait écrit Philip et qui avait mis hors de lui Reza Bulbenkian, curieusement il éprouvait de la sympathie pour lui, bien que Reza fût un de ses amis, ou en tout cas une de ses relations d'affaires.

Par les portes grandes ouvertes de la bibliothèque, ils rejoignirent la terrasse. Une statue de femme nue, signée Rodin, se dressait au sommet de l'escalier de pierre qui descendait vers la pelouse. Sur l'herbe et sous les arbres, se trouvait la collection de sculptures de Jules Mendelson.

– Dieu du ciel ! s'exclama Philip en les découvrant.

Jules, enchanté de la réaction du jeune homme, eut de nouveau un petit rire.

– C'est stupéfiant, vous savez, le nombre de gens qui ne voient là que des statues dans un jardin. Là-bas, c'est ma dernière acquisition : un Miró. Une de ses rares sculptures. Ravissant, n'est-ce pas ? Je ne suis pas encore sûr qu'elle soit vraiment au bon endroit. Je les change de place plusieurs fois avant de prendre une décision définitive. Le Rodin est la première sculpture que j'ai achetée. Il y a des années, elle appartenait à mon grand-père, puis elle est sortie de la famille et je l'ai rachetée ; c'est avec elle que j'ai commencé ma collection. Après, sont venus les Henry Moore. Si cela vous intéresse, regardez au-delà de l'oranger les fesses du Maillol. C'est mon œuvre favorite.

Très près de là, des chiens aboyaient en bondissant contre une clôture.

– Ils ont l'air féroce ! dit Philip. On dirait vraiment qu'ils vont vous mettre en pièces.

– C'est ce qu'ils feraient s'ils ne vous reconnaissaient pas, dit Jules froidement.

Derrière eux, Pauline apparut sur la terrasse.

– Jules ! Je vous enlève Philip. Camilla veut vous parler du testament d'Hector avant le déjeuner, dit-elle, elle est dans la bibliothèque.

– Cela veut dire que Pauline a envie de vous montrer son jardin, dit Jules en souriant.

En gravissant l'escalier de la terrasse, il mit affectueusement son bras autour de la taille de sa femme.

– Avez-vous aimé le panégyrique de Freddie ? demanda-t-il.

– Dans l'ensemble, oui, répondit Pauline, mais je me serais très bien passée des anges et de leurs hymnes, accompagnant Hector dans son repos.

Jules et Philip éclatèrent de rire.

– Grattez-moi le dos, s'il vous plaît, chérie. J'ai une démangeaison, dit-il, montrant du doigt le dessus de son épaule.

Pauline alla vers lui et frotta l'endroit qu'il avait désigné.

– Ici ? demanda-t-elle.

– Non, plus haut. Un peu sur la gauche. C'est ça. Plus fort.

– Qui était cette fille à qui vous parliez à l'enterrement, Jules ? interrogea Pauline tout en continuant à frotter.

– Quelle fille ? demanda Jules.

Philip, qui les regardait dans leur numéro conjugal, faillit répondre : « Flo. Flo M. » Il se retint.

– Quand vous cherchiez le chauffeur, continua Pauline.

– Je ne sais pas. Laquelle ? J'ai parlé à des tas de gens à cet enterrement.

– Très jolie. Rousse. Plutôt éveillée, m'a-t-il semblé.

Elle disait «éveillée» d'une telle manière qu'une oreille attentive aurait pu l'interpréter comme un synonyme de «vulgaire».

– Ah! oui! celle-là? Elle m'a dit qu'elle était une amie d'Hector, dit Jules.

Il y avait quelque chose de vague dans sa réponse comme si cette personne n'avait pas assez d'importance pour qu'il perde son temps à en parler.

– Elle portait un très beau tailleur de chez Chanel. J'avais failli commander le même, dit Pauline.

Elle ignorait totalement que la fille dont elle parlait était la maîtresse de son mari.

Ni Jules ni Philip ne réagirent, et ils ne se regardèrent pas. Jules ne savait pas que Philip connaissait Flo, mais Philip, l'esprit en alerte, commençait à penser qu'il pouvait bien y avoir un rapport entre Jules et la coûteuse Mercedes que conduisait Flo.

– Je ne me rappelle pas son nom, dit Jules en haussant les épaules, et il s'en alla retrouver Camilla dans la maison.

– Je suis plutôt touchée que Jules ne soit pas indifférent à la mort d'Hector, dit Pauline.

– Comment cela? demanda Philip.

– Au début, Jules ne pouvait pas le supporter. Il n'aime pas du tout les hommes qui parlent sans arrêt de qui était assis à côté de qui au dîner de la veille. De plus, il ne tolère absolument pas qu'un homme ne fasse rien dans la vie, si bien que le pauvre Hector n'avait aucune chance de l'intéresser. Mais Hector a été pour moi un excellent ami. Les femmes comme moi ont besoin d'un Hector dans leur vie, pour leur dire qu'elles sont toujours jolies, ou en beauté tel ou tel soir, ce genre de choses que nos maris, trop pris par leurs affaires, oublient de nous dire.

Philip se tourna vers Pauline dont le ravissant visage à ce moment précis était triste. Mais, voyant qu'il la regardait, elle sourit et continua:

– À la longue, bien que ne l'avouant jamais, Jules avait fini par avoir une certaine affection pour Hector. L'été dernier, en Grèce, Hector a été un don du ciel sur le bateau. Pendant tout le temps du voyage, il a été d'une drôlerie !

Tandis que Pauline parlait, ils avaient traversé la pelouse et atteint l'orangerie aux murs couverts de treillages et d'arbres en espaliers.

– C'est très beau, dit Philip.

– Qu'est-ce qu'une maison sans jardin ? Je me vante de peu de chose, mais de mon jardin et de ma serre je suis vraiment fière. Regardez ici ma bordure de plantes vivaces, divin, n'est-ce pas ?

Philip acquiesça d'un signe de tête.

– Venez voir la serre. Après, nous irons déjeuner.

Un homme assez âgé, en jean et pull-over, vint saluer Pauline.

– Bonjour, madame Mendelson.

– Je vous présente Jarvis. C'est un vrai trésor. On dit que je suis la plus experte dans l'art de cultiver les orchidées, mais c'est tout à fait faux. C'est Jarvis qui fait tout. Pourtant c'est à moi qu'on adresse les compliments. Jarvis, je vous présente Philip Quennell.

Les deux hommes se serrèrent la main.

– Ce n'est pas vrai du tout, madame Mendelson, dit Jarvis en souriant à Pauline.

Il se tourna vers Philip :

– Sur les orchidées, Mme Mendelson en sait plus long que n'importe qui.

– Jarvis et moi sommes en train de mettre au point un phalaenopsis dont nous espérons qu'il fera sensation parmi les amateurs d'orchidées.

Philip hocha la tête. Il s'intéressait aux humains, pas aux orchidées.

– Vous voyez, Jarvis, dit Pauline en riant, M. Quennell n'est pas vraiment passionné par nos expériences botaniques.

En revenant vers la maison par la pelouse, Pauline, se tournant vers Philip, vit qu'il souriait.

– Pourquoi souriez-vous ? demanda-t-elle.

– Je suppose que dans ce pays on ne trouverait pas un pour cent de gens qui vivent comme vous vivez et je suis heureux de savoir que de telles choses existent.

– Pensez-vous que ce soit vrai ? Moins de un pour cent ? Je n'y avais jamais pensé.

– Il n'y a que nous, dit Pauline quand ils entrèrent dans le jardin d'hiver pour le déjeuner, comme si Philip pouvait s'attendre à rencontrer de nombreux convives.

C'était une pièce en demi-cercle, entièrement vitrée.

– Venez ici, près de moi. Camilla ici et Jules là.

Ils étaient assis autour d'une table en verre, sur des chaises en bambou de style Regency, avec vue sur la pelouse. Pendant un moment, Camilla et Pauline parlèrent de la messe, de l'éloge funèbre. Dudley, le maître d'hôtel, servait le vin. Philip posa la main sur son verre.

– Je suis stupéfié que les journaux n'aient rien dit de plus sur cette affaire, dit Philip.

Personne ne répondit et il continua :

– Il y a pourtant là de quoi faire de gros titres en première page.

De nouveau, il n'y eut pas de réponse.

– Selon vous, qui a tué Hector, monsieur Mendelson ? demanda Philip.

– Personne n'a tué Hector, répliqua Jules tranquillement. Hector s'est suicidé.

– Ça, je n'y crois pas, dit Philip avec assurance.

Jules n'avait pas l'habitude de voir ses déclarations discutées et encore moins mises en doute.

– Les faits sont incontestables, dit-il.

Les muscles de son cou se raidirent, mais sa voix était volontairement mesurée.

– Incontestablement, répéta Jules, c'est le mot que

l'inspecteur Daniels lui-même a employé. Il accentua le mot *inspecteur*, comme si c'était une preuve de ce qu'il avançait. C'est un suicide, insista-t-il. Et le coroner– un Japonais dont j'ai oublié le nom - l'a formellement reconnu. J'étais présent, je l'ai entendu.

– Mais vous n'y croyez pas vraiment, monsieur Mendelson ?

Jules le regarda sans répondre. Philip devait se souvenir longtemps de ce regard, par la suite.

– Je veux dire, dit Philip sans se démonter, que nous avons tous vu suffisamment de films pour savoir qu'une seule balle dans la bouche ou dans la tempe est plus efficace que cinq balles dans la poitrine, sans compter qu'il est pratiquement impossible de se tirer cinq coups de feu à la suite dans le torse.

De nouveau, il y eut un silence. Puis Jules, devenu cramoisi, jeta sa serviette sur la table, repoussa sa chaise sans un mot et se dirigea vers le vestibule qui séparait la véranda de la maison. En passant, son corps immense heurta la statuette de Degas, la petite danseuse, avec ses pieds en cinquième position, et dans ses cheveux le ruban de satin rose d'origine. Elle bascula du socle de marbre sur lequel elle était posée depuis quatorze ans dans le jardin d'hiver des Mendelson.

– Jules ! Le Degas ! hurla Pauline en se levant.

Étonnamment agile pour un homme aussi corpulent, Jules se retourna, allongea le bras et saisit la tête de la danseuse au moment où elle allait toucher le sol de marbre.

– Oh ! Formidable, Jules ! Elle n'a rien ?

Il prit la statuette dans ses bras comme si c'était un enfant qu'il venait de sauver d'un naufrage ou d'un incendie et l'examina attentivement. D'une voix étonnamment calme il s'adressa à Pauline :

– Vous savez, vous aviez raison. Vous vouliez toujours que je fasse faire une vitrine pour elle.

– Est-elle cassée, Jules ? demanda Pauline.

– Fêlée, dit-il.

– Oh, Jules ! Comme c'est dommage ! s'exclama-t-elle, pensant moins à la perte de valeur subie par ce trésor qu'à l'amour de son mari pour la précieuse statuette.

– Eh bien, nous l'aimerons encore plus, dit-il.

Il parlait doucement, comme un père.

– J'ai bien peur que tout cela ne soit entièrement ma faute, dit Philip. Je n'ai pas imaginé un instant que je pouvais vous mettre en colère, monsieur.

Jules regarda Philip, puis quitta la pièce sans répondre.

Philip comptait sur Camilla pour le soutenir. Après tout elle était avec lui chez Hector. Elle avait vu le corps de son oncle, le sang sur les murs, les impacts de balles dans le miroir et au plafond.

Jusque-là silencieuse, elle se contenta de dire :

– Il est certain que, s'il y avait eu quelque chose de louche, le coroner et l'inspecteur ne seraient pas arrivés tous les deux à la même conclusion, Philip.

– Je ne vous comprends ni les uns ni les autres, répliqua Philip d'une voix qui avait perdu son calme. Un homme a été assassiné, on monte un scénario pour étouffer l'affaire, et vous avalez tout et, même, vous en rajoutez.

– Il faut que vous compreniez, Philip. Jules pense que c'est mieux ainsi. Il tente seulement de protéger la réputation d'une grande famille. Vous l'avez entendu dire vous-même que le coroner avait conclu au suicide.

– Il y a quelque chose qui ne colle pas, objecta Philip en repoussant sa chaise.

Il était clair qu'il avait envie de s'en aller, mais qu'il avait encore quelque chose à ajouter.

– Admettons un instant que j'accepte la théorie du suicide, à laquelle je ne crois pas bien entendu. J'ai été là-bas. J'ai vu le corps. Le suicide d'un homme en vue qui se tue de cinq balles de revolver, c'est une histoire qui mérite d'être portée à la connaissance du public. On ne peut pas s'empêcher de penser à une volonté délibérée de mettre la vérité sous le boisseau.

– Je ne comprends vraiment pas pourquoi tout cela vous préoccupe à ce point, dit Pauline tranquillement, tout en déplaçant une cuillère sur la nappe dans un mouvement de va-et-vient.

Cette conversation la mettait au supplice. Elle savait que Philip avait raison, mais elle se sentait incapable de contredire son mari.

– Je vais vous le dire, répliqua Philip : je ne crois pas que les gens puissants aient le droit de décider de ce que le public doit ou ne doit pas savoir.

– C'est parfois nécessaire, dit Pauline.

– Je ne suis pas d'accord.

– Si la presse en parle, cela peut entraîner des histoires à n'en plus finir.

– Si elle n'en parle pas, cela signifie que je participe à la même duperie que vous, et je ne peux pas l'accepter.

Philip, conscient d'avoir outrepassé les limites du savoir-vivre, se leva.

– Bien entendu, je vais me retirer, Pauline. Mais, avant de vous quitter, je veux vous dire pourquoi il m'est si pénible de cautionner votre version abracadabrante : un tueur va pouvoir se promener en toute liberté... Souvenez-vous-en. Je trouve que c'est un manque de conscience. Au revoir.

Il s'inclina à la fois devant Camilla et Pauline et sortit de la pièce. Dans le vestibule, il remarqua que, sur une des consoles, la danseuse de Degas avait été couchée sur le dos. Elle paraissait abandonnée, comme si elle savait que les musées ne voudraient plus d'elle.

Dudley ouvrit la porte. Philip lui fit un signe de tête en sortant. Le maître d'hôtel ne lui retourna pas la politesse.

La voiture de Philip était à l'endroit où il l'avait laissée, mais il nota que la Bentley bleu foncé de Jules n'était plus là. Il mit le contact, puis fit une manœuvre en marche arrière, en se demandant pourquoi il s'était comporté de cette façon chez des étrangers.

Comme il se dirigeait vers l'entrée de la cour, Camilla accourut vers lui.

– Je viens avec vous! criait-elle.

Philip était couché dans le lit de Camilla, les mains croisées derrière la tête, le regard fixé sur le plafond. Camilla, allongée à côté de lui, passa légèrement la main sur la poitrine de Philip, puis se pencha en avant:

– J'avais follement envie de faire cela, dit-elle.

Il la regarda un moment tandis qu'elle continuait à l'embrasser, puis il se mit à lui caresser la tête à deux mains. Quand elle leva les yeux, il lui sourit et l'attira à lui pour prendre ses lèvres.

Plus tard, alors qu'ils étaient dans les bras l'un de l'autre:

– Vous alliez quitter la maison de Pauline en me laissant? dit Camilla.

– Oui, je ne parlais pas en l'air, vous savez. J'étais sincère.

– Oh! je le sais. Vous vous êtes fait un ennemi. Il faut que vous le sachiez.

– Je sais. Imaginez un peu: s'attaquer à Reza Bulbenkian et à Jules Mendelson, la même année!...

– Il pourrait vous arriver quelque chose.

– Rien ne m'arrivera.

Plus tard, quand Philip s'en alla, Camilla l'accompagna jusqu'à sa voiture.

– Pauline vous aime bien, elle, je le sais; et Jules est en adoration devant elle, dit Camilla comme si elle avait déjà pensé à la façon d'éviter des ennuis à Philip.

– Oui, je le crois, mais je pense qu'au fond Pauline préférerait l'amour à l'adoration.

– Que diable voulez-vous dire?

– Méditez là-dessus.

Jules était un homme riche et célèbre. J'étais flattée qu'il me consacre des heures et des heures de son temps. C'était pas seulement un type riche qui s'envoyait en l'air avec moi. Il m'apprenait des choses. Il voulait que je m'améliore.

Avez-vous déjà vu un vieux mec avec une fille jeune dans un restaurant ? Ils ont un mal fou à faire la conversation : une fois hors du plumard ils n'ont plus rien à se dire. Eh bien, Jules ne voulait absolument pas de ça entre nous. C'est pourquoi il m'apprenait continuellement des choses. Et, laissez-moi vous dire, j'avais très envie d'apprendre.

8

Philip Quennell n'était pas encore familiarisé avec les rues de Beverly Hills, et il eut quelque difficulté à trouver la petite impasse appelée Palm Circle où habitait le producteur Casper Stieglitz. Quand il pressa le bouton de l'interphone, une lumière rouge s'alluma sur la télévision en circuit fermé.

– Philip Quennell. J'ai rendez-vous avec M. Stieglitz, dit-il en levant la tête face à la caméra.

– Suivez l'allée et, après le tennis, allez jusqu'à la porte de la maison, dit une voix aux inflexions anglaises, mais pas authentiquement anglaises.

Les portes de bois, bien moins imposantes que celles de la propriété des Mendelson, s'ouvrirent lentement et précautionneusement, comme si elles étaient surveillées de près par le gardien.

En longeant le court de tennis, Philip entendit des rires et vit deux jeunes filles très jolies : une blonde et une brune, vêtues de shorts extrêmement courts et de sweaters en laine angora, qui jouaient au tennis comme des amateurs.

– Ce coup était out ! Ina Rae, et tu le sais très bien, grosse tricheuse ! dit la blonde.

– Va te faire foutre, Darlene ! dit Ina Rae.

Le langage d'Ina Rae suscita d'autres rires.

Devant la maison, il y avait une cour pavée, bien plus petite que celle des Mendelson. Philip contourna en voiture un rond-point planté de géraniums et s'arrêta devant la maison. Le bâtiment avait dû être autrefois de style hispanique, mais les arches avaient été remplacées par des linteaux horizontaux et le toit de tuiles rouge ancien par un toit mansardé, ce qui donnait un petit air français à cette maison espagnole.

La porte d'entrée s'ouvrit et un maître d'hôtel en tenue négligée, pantalon sombre et chemise blanche aux manches relevées, apparut sur le seuil. Il s'essuyait les mains à un long tablier vert.

– Excusez ma tenue, monsieur Quennell, dit-il d'une façon extrêmement cordiale, mais j'étais en train de faire l'argenterie. Je m'appelle Willard. M. Stieglitz est dans le pavillon près de la piscine.

Traversant le hall, ils allèrent jusqu'au salon manifestement agencé par un décorateur de cinéma. D'immenses tableaux à fond blanc couvert de taches colorées étaient alignés sur les murs. Philip y jeta un coup d'œil.

– M. Stieglitz est un collectionneur, dit Willard.

Par une porte-fenêtre, ils sortirent sur une terrasse. Philip suivit le maître d'hôtel autour de la piscine, jusqu'au pavillon où Willard fit glisser une porte coulissante en verre et annonça vers l'intérieur :

– M. Quennell est arrivé, monsieur Stieglitz.

Il recula d'un pas pour que Philip puisse entrer le premier.

La grande pièce ne recevait de lumière que de la porte entrouverte et d'une petite lampe allumée tout au fond. De lourds rideaux étaient tirés devant les fenêtres.

– Puis-je vous apporter quelque chose à boire ? demanda le maître d'hôtel.

– Non, merci, dit Philip. Il fait très sombre ici, je n'y vois rien.

– Cette pièce est aussi la salle de projection de M. Stieglitz. Il vient de visionner un « Premier montage », et les rideaux sont encore tirés.

On entendit le bruit d'une chasse d'eau.

– M. Stieglitz arrive tout de suite, dit le maître d'hôtel avec un accent anglais affecté.

Philip s'assit dans un fauteuil profond. Devant lui, sur une table basse massive, se trouvaient des coupes remplies de boules de gomme, des bretzels au chocolat et diverses sortes de noisettes et d'amandes. Des scripts y étaient entassés par dizaines, dans des chemises cartonnées de différentes couleurs.

De nouveau, on entendit la chasse d'eau. Puis la porte s'ouvrit. Casper Stieglitz entra dans la salle de projection. Il était entièrement vêtu de velours noir, pantalon et chemise. Sur la tête il portait un chapeau à large bord du genre planteur, enfoncé sur son front jusqu'aux sourcils. Son visage était très bronzé, comme s'il passait beaucoup de temps sous une lampe à rayons ultraviolets plutôt qu'au soleil. Il avait des lunettes noires à grosses lentilles, bordées de noir, au travers desquelles il était impossible de distinguer ses yeux.

– Willard, dis à ces nénettes sur le court de tennis de la fermer un peu. Elles transforment cet endroit en bordel avec leur langage ordurier, dit Casper Stieglitz. Est-ce qu'elles se rendent compte ou non qu'elles sont à Beverly Hills ?

Il parlait d'une voix enrhumée, comme s'il avait le nez bouché.

– Bonjour, monsieur Quennell. Casper Stieglitz.

Stieglitz tendit à Philip sa main gauche en reniflant et bredouilla le mot « arthrite » pour expliquer qu'il ne pouvait pas se servir de sa main droite.

– Vous semblez avoir un rhume terrible, dit Philip.

– Oui, oui. J'en ai un vrai.

Il mit la main dans la poche de son pantalon de velours noir, en tira un mouchoir et se moucha, mais l'opération paraissait plus bruyante qu'il n'était nécessaire pour se dégager le nez.

– J'ai bien aimé votre livre sur ce type de Wall Street.

Casper éclata de rire.

– J'aime bien la façon dont vous l'avez écrit : un peu dur,

mais bien torché. Je vous croyais plus vieux. Quel âge avez-vous ?

– Trente ans.

– Trente ans euh !... Je vous croyais plus âgé. Maintenant, heu... Le film que j'ai en tête est une affaire d'un tout autre ordre. Nous avons un problème ici, dans l'industrie du cinéma : la drogue.

– Oui. Mon agent me l'a dit.

– Cela dit, ce n'est pas un film qui sera distribué dans les salles. Vous comprenez ?

– Ah ! dit Philip surpris, je croyais que si.

– Non.

– Alors, c'est pour la télévision ?

– Non, pas la télévision.

– Je ne comprends plus.

Casper Stieglitz, de nouveau, éclata de rire. Philip remarqua que ses dents trop lisses, trop solides, trop parfaites, ressemblaient à des dragées. Dans les minutes qui suivirent, à mesure que ses yeux s'habituaient à la pénombre, il lui vint à l'esprit que la peau de Casper, tendue et dépourvue de rides, sortait d'un lifting, impression qui se confirma quand il aperçut les cicatrices rouges d'une récente opération derrière les oreilles. Casper se pencha en avant et plongea la main dans une coupe pleine de noisettes qu'il se mit à manger tout en parlant.

– Vous voyez, j'ai été arrêté à tort pour trafic de drogue, il y a quelques mois, un colis en provenance de Colombie, tombé par inadvertance heu... entre les mains d'un de mes employés. L'imbécile a apporté le paquet ici, croyant qu'il s'agissait des bobines d'un film en cours de tournage en Amérique centrale...

Pendant un moment, il sembla perdre le fil de ses pensées...

– C'est une longue histoire...

Philip regarda Stieglitz attentivement.

– Je ne comprends pas du tout ce que je viens faire là-dedans.

— J'y arrive, répliqua Casper, se rappelant où il en était de son histoire.

Il renifla et se moucha de nouveau.

— Le juge chargé de l'affaire, se rendant compte de la terrible erreur qui venait d'être commise, m'a demandé de faire un film sur la propagation de la drogue dans l'industrie cinématographique, qui pourrait être montré à des groupes comme «Cocaïnomanes Anonymes» et dans différents endroits, cliniques etc., où l'on mène ce terrible combat.

— En échange de quoi aucune poursuite ne sera engagée contre vous... Est-ce que je me trompe ? demanda Philip.

— Toute cette histoire est ridicule, dit Casper. Je suis totalement hors du coup, mais... heu... nous avons pensé, mes avocats et moi, qu'au lieu de risquer la redoutable publicité que ne manquerait pas de susciter pareille affaire, il serait plus facile de prendre les devants, de faire ce foutu film et de repartir d'un bon pied. Une sorte de service rendu à la communauté. Vous avez entendu parler du bénévolat ?

— Là-dessus, je connais tout, dit Philip calmement. Vraiment, je ne sais pas si ce travail m'intéresse, monsieur Stieglitz.

— Casper, appelez-moi Casper, Phil. Écoutez-moi. Heu... Voulez-vous des amandes ? Des noix de cajou ?

— Non, merci. Je ne veux rien. Non. Il faut que nous parlions de cette affaire. Ce n'est pas du tout ce que je pensais. Mon agent m'avait dit qu'il s'agissait d'un véritable film.

— Voyons ! Vous gagnerez le même fric que si vous écriviez un film. Payé comme un premier film, bien entendu. Je veux dire, vous n'avez encore écrit aucun scénario, mais vous toucherez plus d'argent que pour votre bouquin sur la magouille de *La Reprise*. Ici, il s'agit d'un documentaire avec interview du juge et du trafiquant, etc. Ce serait pour vous un départ fantastique dans la profession.

Philip hocha la tête.

— On le fera circuler entre différentes associations qui s'occupent du problème de la drogue ; ce sera une sorte de vitrine qui vous permettra de montrer ce que vous savez faire. Vous voulez m'excuser une seconde, je reviens tout de suite, il faut que j'aille pisser.

En se levant, il éternua de nouveau et les noix de cajou à moitié mâchées qu'il avait dans la bouche atterrirent sur la figure de Philip.

– Oh ! désolé ! mon vieux, dit-il en fouillant dans sa poche dont il extirpa un mouchoir sale.

Philip déclina l'offre en secouant la tête.

– Il faut que j'aille pisser, redit Casper, et il disparut dans la salle de bains.

On entendit le bruit de la porte qu'il fermait au verrou derrière lui.

Philip regarda son visage dans le miroir derrière les bouteilles du bar. Des particules de cajou à demi mastiquées restaient collées à son nez et à ses sourcils. Il tourna le robinet pour se laver mais constata qu'il n'y avait pas de serviette. Il alla jusqu'à la porte de verre coulissante par laquelle il avait pénétré dans la salle de projection, et sortit au grand soleil. Revenant sur ses pas, il fit le tour de la piscine et regagna la terrasse, puis rentra dans la maison. Le maître d'hôtel avait disparu. À la recherche d'une salle de bains il ouvrit une porte et découvrit un autre bar tapissé de glaces. Une seconde porte le mena à une autre pièce. C'était la chambre de Casper Stieglitz avec un lit massif couvert d'un dessus-de-lit aux couleurs dominantes de la maison : une combinaison de teintes orange et marron. Au-delà se trouvaient la salle de bains et le dressing-room.

Dans la salle de bains, il tourna le robinet d'eau chaude plaqué or et se lava soigneusement le visage avec du savon parfumé au santal. Puis, il s'essuya avec une petite serviette de couleur marron qui portait un monogramme compliqué constitué par les initiales C. S. entrelacées, en satin blanc, qu'il prit sur un séchoir chauffant où se trouvait un ensemble de serviettes portant le même monogramme. Comme il ne se sentait pas encore convenablement nettoyé, il recommença l'opération.

Quand il eut terminé, il regarda quelques-unes des douzaines de photos encadrées, accrochées aux murs de la salle de bains et du dressing-room. Sur presque toutes, Casper Stieglitz, encore jeune, se pavanait avec une jolie fille, jamais la même, à des cérémonies de remises de prix, des dîners entre gens de cinéma ou des premières de films. Sur toutes les photographies, il était radieux, riait, avait l'air heureux. On le voyait en conférence à propos d'un script au bord de sa piscine ou étendu sur un matelas pneumatique, portant un toast à la santé d'une starlette blonde.

Ses vêtements étaient rangés dans des placards, des dizaines de chemises de soie étaient pendues à des cintres, à côté de douzaines de vestes de sport, suivies d'une multitude de complets et de smokings en tout genre, bleu nuit, marron et noir. Un placard entrouvert laissait voir des sweaters, tous en point natté, en cachemire de toutes les couleurs, pliés très soigneusement et empilés les uns sur les autres. Sur une étagère étaient alignées des bouteilles d'after-shave, des brosses au dos en or, et une cassette de cuir aménagée spécialement pour des douzaines de boutons de manchettes, ainsi qu'un immense plateau d'argent sur lequel une quantité de lunettes de soleil étaient disposées avec soin.

On frappa à la porte de la salle de bains.

— Vous êtes là, Phil ? demanda Casper.

— Oui, répondit Philip : je me lave la figure.

— La salle de bains des invités est à côté du hall d'entrée, dit Casper.

Le ton de sa voix signifiait clairement que Philip n'aurait pas dû être là où il était.

— Je n'aime pas tellement qu'on utilise ma salle de bains personnelle !…

— Comment pouvais-je le savoir ? rétorqua Philip.

À ce moment, il aperçut quelques objets bizarres tout en haut des placards. Au premier abord on aurait dit des champignons de modistes sur lesquels sont présentés les chapeaux, mais il vit qu'ils supportaient des perruques. Il les compta. Il y en avait trente et une, et chacune avait un style différent, allant des cheveux fraîchement coupés aux cheveux trop longs nécessitant les soins du coiffeur…

— J'aurai terminé dans une minute, dit Philip.

Au-delà du dressing-room, il pouvait entendre les fous rires d'Ina Rae et de Darlene, venant d'une chambre voisine.

— Où sont les godes ? demanda Ina Rae.

— Je croyais que tu les avais apportés, répondit Darlène.

— Non, idiote ! c'est toi qui en étais chargée. Casper va être furieux.

— Comment se fait-il que tu aies besoin d'un gode de toute façon ?

— Ce mec a une bite, on dirait un tampax, dit Ina Rae.

Darlène hurla de rire.

Philip sortit de la salle de bains. Casper était là. On comprenait qu'il était ennuyé qu'on ait pu découvrir ses perruques.

— Intéressante, votre maison, monsieur Stieglitz, dit Philip.

— Quand je l'ai achetée, je l'ai fait remodeler entièrement. C'est Thelma Todd qui l'avait bâtie, dit-il. Elle a été assassinée, vous vous en souvenez ?

— Non, dit Philip.

— C'était longtemps avant que vous soyez né. Bien avant moi aussi, d'ailleurs… Alors, ce film sur la drogue ?

— Je crois que je ne suis pas l'homme qu'il vous faut, monsieur Stieglitz.

— Cinquante mille tout de suite, cinquante mille à la remise du manuscrit. Cinquante encore quand on entamera la production. Ça n'est pas mal, non ? pour un jeune comme vous.

Philip dit en riant :

— Je suis au Château. Laissez-moi parler à mon agent et je vous appellerai.

— Vous m'appellerez quand ? Il faut que je donne une réponse au gars du « Service social » ou je serai en infraction.

— Ce soir. Demain matin au plus tard.

— Il y a des gens qui tomberaient à genoux et me baiseraient les mains si je leur faisais une offre pareille !

110

– J'en suis sûr, dit Philip, mais je suis sûr aussi que je ne suis pas le genre de type dont vous avez besoin pour un tel projet.

Il revint sur ses pas, traversa le salon puis le vestibule et ouvrit la porte. Dehors, le soleil était aveuglant. Il mit sa main devant ses yeux. Il faudrait décidément qu'il achète des lunettes noires, bien qu'il en eût horreur...

Il montait dans sa voiture quand il entendit qu'on l'appelait. Il se retourna et vit Willard, le maître d'hôtel de Stieglitz. Philip baissa la vitre et Willard vint jusqu'à lui.

– Oui ? dit Philip. Il n'arrivait pas à se rappeler le nom du maître d'hôtel.

– M. Stieglitz ne s'intéresse pas vraiment à l'histoire d'Hollywood. Cette maison-ci n'a pas été construite par Thelma Todd mais par Gloria Swanson quand elle était mariée au marquis de la Falaise. Après leur divorce, M. Hearst a essayé de l'acheter pour Marion Davies, mais Miss Swanson l'a vendue à Constance Bennett.

– Je croyais qu'elle appartenait à Totie Fields.

– Oh ! plus tard ! Bien plus tard ! dit Willard, écartant tout rapport de Totie Fields avec la maison.

Philip sentait bien que ce n'était pas pour lui dire cela que le maître d'hôtel l'avait interpellé.

– Excusez-moi, je n'arrive pas à me rappeler votre nom...

– Willard.

– Ah ! oui, c'est ça : Willard. Est-ce que vous devez entretenir toutes ces perruques quand vous avez fini d'astiquer l'argenterie ?

Willars resta bouche bée.

– Vous avez vu les perruques de M. Stieglitz ? Il en mourra ! Il en mourra, pour sûr. Il croit que personne ne sait qu'il porte de faux cheveux.

– Je ne le raconterai pas.

– Je vous ai vu à l'enterrement d'Hector Paradiso.

– Vous allez dans des endroits inattendus, Willard ! Hector était un de vos amis ?

– Une connaissance serait plus exact.

– On dit qu'il s'est suicidé, dit Philip.

– Vous n'en croyez pas un mot, n'est-ce pas, monsieur Quennell ?

– C'est ce qu'on dit. Même dans le rapport d'autopsie.

Willard jeta un regard derrière lui vers la maison.

– Il vaut mieux que je rentre. M. Stieglitz va se demander ce qui m'est arrivé.

– Je pense qu'Ina Rae et Darlene veillent de très près sur lui, bien qu'elles aient oublié les godemichés, dit Philip.

– On ne peut vraiment pas trouver plus vulgaire que ces deux-là, grogna Willard, secouant la tête en manière de désapprobation.

Soudain, il se mit à parler à toute vitesse :

– Avez-vous déjà entendu parler d'un bar qui s'appelle le «Miss Garbo's » ?

– Non, répondit Philip, bien que ce fût précisément celui dont Flo lui avait parlé à la réunion des AA. C'est quel genre de bar ?

– Le genre qui, après minuit, pourvoit aux besoin des messieurs d'un certain âge qui recherchent… euh… de la compagnie… contre… euh… une certaine rétribution.

– Je vois. Pourquoi me dites-vous cela ?

– Hector Paradiso s'est arrêté là en rentrant chez lui après la soirée de Pauline Mendelson.

– Je croyais qu'Hector Paradiso était un grand amateur de dames !

– Hector Paradiso était pédé comme un phoque, monsieur Quennell.

– Comment savez-vous qu'il était au «Miss Garbo's » cette nuit-là ? demanda Philip.

– J'y étais moi-même. Je l'ai vu. Je lui ai même parlé. Joël Zircon, l'imprésario de Mona Berg, me l'a présenté.

– Êtes-vous certain que c'était le même soir ?

– Il était en smoking. Il venait de la soirée de Pauline Mendelson. Il a dit que Pauline portait une robe de velours noir, un collier de perles et ressemblait à madame X du tableau de Sargent.

– Hector a dit ça ? À vous ?

– À Manning Einsdorf.

– Qui est Manning Einsdorf ?

– C'est le propriétaire du bar. Il était à l'enterrement, lui aussi. Des cheveux gris ramenés sur le haut du crâne.

Une voix appela depuis la maison :

– Willard !

Willard se redressa d'un coup, fit demi-tour et partit en courant. Puis, il revint sur ses pas pour dire précipitamment à Philip :

– Hector est parti avec un blond vers deux heures du matin. Je l'ai vu.

– Un blond ?

– Oui. Un garçon qui s'appelle Lonny.

À l'exception de quelques legs personnels écrits à la main sur son papier à lettres bleu, Hector était mort intestat.

– Typique ! dit Jules Mendelson quand il l'apprit.

Tout le monde savait qu'Hector avait toujours été nul en affaires. Parmi ses legs personnels qui n'avaient pas été faits devant notaire ni en présence de témoins, il laissait son argenterie de famille à Camilla Ebury, sa porcelaine « Flora Danica » à Pauline Mendelson, sa chienne appelée Astrid à Rose Cliveden, et un millier de dollars à Raymundo son valet.

– C'est typiquement le testament d'un zozo ! dit Jules, en jetant le papier bleu sur le bureau de Sims Lord, l'avocat qui se chargeait de toutes ses affaires.

Pauline avait suggéré à Jules que Sims Lord devrait s'occuper de liquider la propriété d'Hector, dans l'état où elle était, et effectuer les démarches nécessaires pour que tout soit conclu aussi vite que possible.

Quelques jours après, Sims Lord reçut un coup de téléphone d'une femme nommée Mercedes Sandoval. Elle avait travaillé comme secrétaire à temps partiel pour Hector, pendant des années. C'était elle qui rédigeait ses invitations, payait ses factures et tenait ses comptes. Elle apprit à Sims Lord qu'un chèque avait été émis par Hector la nuit de sa mort et encaissé le lendemain.

Le chèque était établi au nom d'une personne qui s'appelait Lonny Edge.

– Dois-je le faire savoir à la police ? avait demandé Mercedes.

– Envoyez-moi le relevé, avait répondu Sims Lord, je veillerai à ce qu'il soit transmis à la police.

– Oh, merci, monsieur Lord. Je ne sais pas ce que nous aurions fait sans vous !

Récit de Flo   Cassette n° 8

Je ne sais pas si j'y ai vraiment pensé à l'époque, mais plus je réfléchis maintenant à tout ce qui est arrivé, plus je me rends compte que Jules a vraiment commencé à vieillir, sous mes yeux, à ce moment-là. Un tas de choses lui tombaient sur le dos, toutes en même temps.

Quand Jules était jeune, il s'était trouvé embarqué dans une sale affaire à Chicago, en 1953, il me semble. Je ne veux pas du tout salir sa mémoire, déjà pas mal souillée par la façon dont il est mort, mais c'est une partie importante de l'histoire. Il y avait une fille qu'il avait emmenée dans un hôtel. Ce n'était pas une pute ni rien de ce genre, plutôt une pauvre fille très vulgaire qu'il avait ramassée dans un bar. Comme moi, je suppose.

Ce qu'il faut comprendre, à propos de Jules, c'est qu'il était très porté sur le sexe, sans en avoir l'air. La fille a eu peur. Il avait une bite comme celle d'un âne. Je vous l'ai déjà dit ? Oui, il me semble. Toujours est-il que la fille s'est enfuie sur le balcon de l'hôtel. Il l'a attrapée par le bras pour la faire rentrer et, on ne sait pas comment, elle a eu le bras cassé et a basculé du balcon dans la rue.

Toute l'affaire a été étouffée. La famille de Jules a dépensé un fric fou. On s'est occupé des parents de la fille. Il n'y a jamais eu aucun rapport de police. Mais Arnie Zwillman savait. Et Arnie Zwillman l'a fait chanter.

9

Quand Camilla Ebury demanda à Pauline, quelques jours plus tard, si Kippie serait disponible pour jouer en quatrième quelques parties de doubles mixtes, Pauline lui apprit qu'il était retourné en France, dans cette clinique de Lyon pour drogués, si chaleureusement recommandée par le directeur de l'École du Rosay en Suisse. Kippie avait été renvoyé deux fois de cette école malgré la proposition de Jules de financer la construction, pour l'établissement, d'une bibliothèque toute neuve, à Gstaad.

– Je croyais qu'il était tiré d'affaire et qu'il ne retournerait pas à Lyon, dit Camilla.

– Oh, non ! répondit Pauline. Il faut qu'il y reste encore trois mois au moins. Cela fait partie du traitement.

– Pourquoi est-il revenu, alors ?

– Pour voir le dentiste. Il a perdu une dent de devant, je ne sais comment. Une bagarre, je suppose, mais il ne m'a pas fait de confidences. Vous savez comment il est. Il a purement et simplement refusé d'aller chez un dentiste français, surtout à Lyon, ce que je comprends fort bien. Le Dr Shea lui a implanté une nouvelle dent en quelques séances. On ne voit absolument rien. Et il a pu retourner en France.

– Comment était-il ?

– Oh ! Tu connais Kippie : absolument charmant ! Blondell l'a gâté. La cuisinière, qui l'adore, lui a fait de la purée de

116

pommes de terre, du hachis Parmentier et toutes sortes de plats, le maître d'hôtel était aux petits soins, mais Jules est brouillé avec lui à tout jamais. J'essaie de jouer les médiateurs entre eux, sans succès.

Pendant un instant elle resta silencieuse, puis elle ajouta :

– Mais maintenant, il semble se tenir tranquille. Il avait même l'air impatient de retourner en France, ce qui m'a beaucoup étonnée.

Une semaine auparavant, le soir de la réception chez les Mendelson, Kippie Petworth avait téléphoné à sa mère pour lui dire qu'il était de retour à Los Angeles. Cette nouvelle avait été une totale surprise. Pauline était assise à côté de l'ancien Président qui lui racontait une anecdote interminable qu'elle avait déjà entendue plusieurs fois, lorsque Dudley, le maître d'hôtel, était venu la chercher. Les deux coudes sur la table, le menton posé avec grâce sur sa main ouverte, elle écoutait son hôte de marque avec une attention profonde, comme si elle entendait son récit pour la première fois et elle souriait ou riait exactement quand il le fallait. Elle leva la main pour empêcher le maître d'hôtel d'interrompre la conversation avant que l'ancien Président en ait terminé.

– C'est vraiment trop drôle ! dit-elle à la fin du récit, riant à gorge déployée avec les autres invités.

Puis elle se tourna alors vers Dudley, s'attendant à un problème avec la cuisine, ou avec l'orchestre de danse qui venait d'arriver.

– C'est Kippie, lui dit Dudley à l'oreille.

– Kippie ? dit-elle.

Il y avait de la surprise dans sa voix, mais nul n'aurait pu déceler à son ton qu'un drame familial était peut-être en vue.

– Au téléphone, dit Dudley. Je lui ai dit que vous aviez du monde à dîner, mais il a insisté pour vous parler.

– Il appelle de France ?

– Je ne pense pas. Je crois qu'il est ici.

– Voulez-vous m'excuser, monsieur le Président, dit Pauline

en posant sa serviette damassée sur la table ; il semble qu'il y ait un petit problème avec le soufflé, à la cuisine...

— La tâche des femmes est infinie, dit le Président et chacun salua ces mots d'un petit rire approbateur.

— Je vais dans la bibliothèque, Dudley. Voulez-vous rester devant la porte et veiller à ce que personne n'entre ?

Plusieurs invités l'accrochant au passage, entre l'atrium et la bibliothèque, elle rendit chaque salut, chaque parole aimable, mais ne s'arrêta pas une seconde.

— Quelle merveilleuse robe ! dit-elle à Madge White, dont la fille avait couché avec Kippie et s'était retrouvée enceinte lorsque les deux enfants avaient quatorze ans.

— Merci, Sandy. Je suis contente que vous vous amusiez bien, dit-elle à Sandy Pond dont la famille était propriétaire du *Los Angeles Tribune*. Et à Faye Converse :

— Faye, s'il y a du monde qui attend pour le cabinet de toilette, prends ma salle de bains au premier étage. Blondell t'y conduira.

— Pauline, il faut que je vous parle, dit Hector Paradiso en la prenant par le bras.

— Vous avez chamboulé l'ordre des places à table, c'est très vilain ! lui dit-elle tout en continuant d'avancer vers la bibliothèque. Pourquoi diable avez-vous fait cela ? Jules va être furieux.

— Je me sentais exilé là où vous m'aviez placé, dit Hector.

— Je ne serai plus fâchée si vous me promettez de danser avec Rose. Je crois que vous l'avez blessée.

— Mais, Pauline... J'ai quelque chose à vous dire.

— Pas maintenant, Hector.

Elle entra dans la bibliothèque et ferma la porte derrière elle en l'écartant d'un geste quand il essaya de la suivre. Comme d'habitude, elle jeta un coup d'œil sur les *Roses Blanches* de Van Gogh au-dessus de la cheminée et ce simple regard lui procura un instant de calme. Elle saisit le téléphone :

— Allô ! Allô ! Kippie, c'est maman.

Kippie avait appelé de chez Arnie Zwillman, mais ne l'avait pas dit à sa mère. De toute façon, elle ne savait pas qui était Arnie Zwillman.

Jules Mendelson, le beau-père de Kippie, lui, l'aurait su. Arnie Zwillman, aux yeux de gens comme les Mendelson et leurs amis, était infréquentable, ce qui entrait pour une bonne part dans l'intérêt qu'il inspirait à Kippie Petworth. Autrefois, il avait tenu un hôtel à Las Vegas, appelé le Vegas Seraglio, et la prime d'assurance qu'il avait touchée après l'incendie qui l'avait détruit était à l'origine de sa fortune. Si on voulait provoquer la fureur d'Arnie, qui pouvait être parfois terrifiante, il suffisait d'insinuer qu'il avait fait flamber le Vegas Seraglio pour toucher l'argent de l'assurance. Dans d'autres circonstances, Arnie pouvait être, comme le proclamaient nombre de ses amis, « un très gentil garçon, le genre de mec qu'on a plaisir à rencontrer ».

Quand on admirait sa maison, Arnie ne manquait jamais de dire que c'était l'ancienne demeure de Charles Boyer. Mais qui avait connu la maison de la vedette aurait eu de la peine à la reconnaître. Des portes de verre coulissantes avaient remplacé des murs entiers, des miroirs recouvraient les boiseries françaises. Quant à l'ancienne bibliothèque, elle était devenue un sauna. Le bleu turquoise, le rose et l'orange, couleurs favorites de Gladyce Zwillman, la quatrième femme d'Arnie, dominaient dans ce qu'elle appelait « son décor ». Maintenant, Gladyce était partie et Adrienne Basquette était entrée en scène avec l'espoir qu'elle pourrait devenir la cinquième Mme Arnie Zwillman.

Adrienne entendit la sonnerie, alla à la porte et alluma les lumières extérieures. Cette porte de verre, haute de trois mètres, était à l'épreuve des balles ; il y avait en avant de la vitre un motif en fer forgé pour assurer la sécurité des habitants et les protéger des regards indiscrets. À travers, Adrienne vit un beau jeune homme blond dont la bouche était ensanglantée. « Il est adorable », pensa-t-elle. Les femmes pensaient toujours que Kippie était adorable.

– Où est Gladyce ? demanda-t-il, quand la porte fut ouverte.

– Mais, dites-moi, d'où sortez-vous ? interrogea Adrienne sur un ton qui fit comprendre à Kippie que Gladyce avait quitté la scène depuis quelque temps.

– De France, dit-il.

– Hou là là ! s'exclama Adrienne, votre bouche est vraiment massacrée.

– Moi aussi, je me sens massacré. Arnie est là ?

– Qui dois-je annoncer ?

– Kippie, dit le jeune homme.

– Est-ce qu'il vous attend ?

– Demandez-le-lui, vous verrez bien ce qu'il dira.

Il lui adressa un sourire qu'il savait irrésistible, mais sans ouvrir la bouche ; il lui manquait une dent.

Adrienne ferma la porte et le laissa attendre pendant quelques minutes. Il regarda autour de lui pour voir si personne ne pouvait le voir et cracha un flot de sang dans une jarre en terre cuite contenant un bonzaï. Quand Adrienne revint, elle ouvrit la porte toute grande et lui fit signe d'entrer.

– Arnie sera là dans une minute, dit-elle. Il est dans son sauna. Puis-je vous offrir quelque chose ?

– Une boîte de Kleenex, dit Kippie.

– Qu'est-ce qui vous est arrivé ? demanda-t-elle.

– Pourriez-vous me trouver une boîte de Kleenex ? Après, nous pourrons bavarder.

– Vous vous conduisez en enfant gâté, fit-elle.

– Je suis un enfant gâté, répliqua-t-il.

– Ne faites pas tomber du sang sur le tapis d'Arnie, pour l'amour du ciel ! dit Adrienne. Il en ferait une maladie.

C'est alors qu'Arnie Zwillman entra. Il était très bronzé, portait une robe de chambre en velours froissé et lissait, avec un peigne, sa crinière blanche encore humide. Il portait au petit doigt une bague en diamant. Kippie l'avait une fois décrit comme un bel homme, un peu dans le style Las Vegas. Pendant un instant, il regarda fixement Kippie, l'observant avec attention.

— Je me demandais qui pouvait bien venir nous voir à dix heures du soir, dit Adrienne rompant le silence.

— Tire-toi ! grogna Arnie, avec un signe de la tête et un mouvement du pouce pour lui ordonner de quitter la pièce.

Adrienne, sans un mot, obéit.

— Viens dans le sauna, dit-il à Kippie, nous serons tranquilles, et pour l'amour de Dieu ne laisse pas couler ton sang sur mes tapis blancs ! Quel genre d'ennuis as-tu ? demanda-t-il quand Kippie eut fini de se déshabiller.

— Qu'est-ce que ça peut vous faire ?

— Je peux te tirer de là, c'est tout. Voilà ce que ça peut faire.

— Comment ?

— C'est le juge Quartz qui a recueilli tes premières dépositions.

— Oui. Comment le savez-vous ?

— C'est mon boulot de savoir ces choses. Je l'ai su dix minutes après qu'ils t'eurent piqué. Un ami à moi est arrivé de Paris par le même avion que toi. Ils recherchaient ce qu'il transportait et, à la place, ils ont trouvé ce que toi tu transportais.

— Je n'ai pas compris pourquoi ils m'étaient tombés dessus comme ça, dit Kippie. J'avais deux malheureux joints sur moi et ils se sont comportés comme si j'avais toute une cargaison en provenance de Colombie.

— Ces connards ont fait une erreur, c'est tout, dit Zwillman.

— Ma famille va me tuer.

— Tu as perdu une dent ?

— Le flic m'a cogné.

— Ce n'est pas très courant que les flics frappent les jeunes, du genre étudiant comme toi. Tu lui as fait ta grande scène du trois, au flic ?

Ils partirent ensemble d'un grand éclat de rire.

— Je peux lire en toi comme dans un livre, Kippie.

– Le douanier a appelé à la rescousse deux grands flics. L'un des deux m'a pris sous une aisselle ; le second sous l'autre. Ils m'ont soulevé, tant et si bien que mes pieds ne touchaient plus le sol. J'avais l'air fin, vous imaginez ! Ils m'ont fait déshabiller et m'ont mis le doigt dans le cul pour chercher de la drogue. J'étais fou de rage.

Sur l'interphone du sauna, on entendit une voix de femme :

– Vous êtes prêt pour votre massage, monsieur Zwillman ?

Arnie s'approcha de l'appareil et pressa un bouton.

– Okay, Wanda. J'arrive dans une minute. Installez la table.

Il se retourna vers Kippie :

– Tu veux un massage ?

– Non merci, répondit Kippie, qui n'avait pas envie non plus de rester dans le sauna.

– Elle est bonne cette Wanda, tu sais ! Si tu bandes elle te mènera à bon port.

– Okay, fit-il en haussant les épaules.

– Je suppose que tu n'as pas mis Jules et Pauline au courant de cette petite aventure.

Il prononçait «Jules et Pauline» avec une affectation comique, faisant ainsi allusion à un style de vie qu'il n'était pas invité à partager.

– Tu devrais les appeler d'ici, dit Arnie. Simplement, ne leur dis pas ce qui est arrivé. N'en parle à personne sauf à ton avocat. Je t'en trouverai un. Mais ça va te coûter dix gros billets, payables d'avance.

– Allez-vous me les prêter ? demanda Kippie.

– J'ai déjà payé ta caution pour te faire sortir, mon grand ! Ma générosité a des limites.

– Où est-ce que je vais trouver dix mille dollars ?

– Ta riche maman.

– Elle ne voudra pas. Je le sais ; elle me l'a déjà dit la dernière fois.

– Sois adorable, Kippie, comme tu sais l'être, et elle cédera. Et quand tu comparaîtras devant le juge Quartz lundi matin, l'affaire sera classée. Tu peux y compter.

– Que voulez-vous en échange, Arnie ? Je n'imagine pas que vous fassiez tout ça, uniquement parce que je suis un gentil garçon. Que voulez-vous ?

– Une recommandation.

– À qui diable pourrais-je bien vous recommander ?

– À ton père.

– Mon père habite à Long Island. Il est marié avec l'ex-Sylvia Beauchamp et joue au bridge toute la journée au Palm Beach ou au Rocquet club de New York. Quelle raison auriez-vous de vouloir rencontrer Johnny Petworth ?

– Ne sois pas désagréable avec moi, fils à papa ! Je parle de Jules Mendelson.

– Ce n'est pas mon père, c'est mon beau-père.

– C'est ça, ton beau-père. Je veux rencontrer ton beau-père.

Kippie hésita ; il savait par expérience qu'il n'avait aucune prise sur Jules.

– Je ne suis pas en odeur de sainteté auprès de lui, dit-il calmement.

– Tu veux que ton affaire soit réglée sans que ta famille en sache rien, n'est-ce pas ?

– Arnie, s'il vous plaît, mon vieux ! Mon beau-père ne viendra jamais chez vous, je le sais.

– Je le sais aussi, mon petit gars. Ce que je veux c'est que tu t'arranges pour que tes parents viennent voir un film chez Casper Stieglitz. J'y serai aussi, mais ça, tu n'es pas censé le leur dire.

– Qui est Casper Stieglitz ?

– Un producteur.

– Mais ma mère et mon beau-père ne fréquentent pas cette sorte de gens. Je ne dis pas que c'est bien. Je dis simplement que c'est comme ça.

– Arrange-moi ça, petit con. Tu ne veux pas voir ton nom dans les journaux, n'est-ce pas ? Je n'ai pas l'impression que Jules et Pauline apprécieraient beaucoup, avec la Conférence économique de Bruxelles qui approche, et tout ça !

Kippie abasourdi, regardait fixement Arnie sans dire un mot. Arnie se contenta de hocher la tête :

– Bon. Maintenant, tu ferais mieux d'appeler ta maman pour lui dire que tu as un cruel besoin de dix mille dollars. Moi, je vais me faire masser.

Dans les jours qui suivirent, Jules, Pauline et Kippie se virent une seule fois en famille. Hector Paradiso gisait alors encore dans un cercueil ouvert dans la salle mortuaire de Pierce Frères, mais la vie continuait comme d'habitude, en ville, malgré des spéculations sans fin sur les causes de sa mort.

Pour Jules, c'était une période particulièrement chargée. Le moment de la Conférence économique de Bruxelles approchait, ce qui impliquait nombre de dispositions à prendre. Il avait promis à un groupe de la National Gallery de Washington de les convier à un déjeuner aux « Nuages », puis à une visite de sa collection, et rien de tout cela ne pouvait être remis à une autre date. En même temps, il avait de multiples démarches à faire pour les funérailles d'Hector auxquelles il semblait prendre un intérêt démesuré. Pauline s'étonnait qu'il attachât tellement d'importance à ce que d'anciens ambassadeurs et d'autres notables de la ville tiennent les cordons du poêle, bien que tous ces personnages, tout le monde le savait, n'aient eu que de très vagues relations avec Hector.

Durant toutes ces journées, Kippie resta à peu près silencieux, limitant sa conversation à Dudley et à Blondell. Il passait son temps à faire des balles contre un mur pendant des heures, allait à des rendez-vous avec le Dr Shea pour l'implantation d'une nouvelle dent, ou avec le Dr Wright pour faire soigner son index de la main droite, dont Astrid, la chienne d'Hector Paradiso, avait arraché l'extrémité.

Le jour où il se trouva seul entre sa mère et son beau-père, Kippie se mit à gratter sa guitare, ce qui rendait Jules fou. Cependant celui-ci ne protesta pas. Bettye, la secrétaire de Casper Stieglitz, avait téléphoné à Miss Maple, la secrétaire de Jules, pour inviter M. et Mme Mendelson à venir dîner et voir un film un dimanche soir. La date était suffisamment éloignée pour rendre difficile un refus. Pourtant, quand Miss Maple l'appela ce jour-là chez lui pour lui transmettre l'invitation, Jules dit :

– Refusez. Ce Caspar Stieglitz, nous ne le connaissons même pas.

Kippie quitta sa guitare des yeux et plaqua un accord si discordant que Jules, interrompu dans sa conversation, se tourna vers lui exaspéré.

– Non, Jules, ne refuse pas !

Le ton catégorique de Kippie attira l'attention de son beau-père, qui, mettant la main sur le combiné, dit :

– Qu'est-ce que tu dis ?

– Je te le répète : accepte cette invitation.

– Mais que sais-tu de cette invitation ?

– Dis à Miss Maple d'accepter, Jules.

Jules et Kippie se défièrent du regard.

– Dites qu'on rappellera, Miss Maple, dit Jules, et il raccrocha. Ta mère ne voudra jamais aller chez Casper Stieglitz.

– Elle ira si tu lui dis qu'il faut y aller.

– Il y a dans tout cela quelque chose qui m'échappe. Tu connais ce Casper Stieglitz ?

– Non.

– Alors, comment sais-tu tout ça ?

– Je sais, c'est tout.

– Mais qu'as-tu à voir là-dedans ?

– Quelqu'un sera là et ce quelqu'un veut te rencontrer.

– Qui ?

– Arnie Zwillmann.

– Arnie Zwillman ? dit Jules, atterré.

– Tu le connais ? interrogea Kippie.

– Évidemment non, je ne le connais pas. Tu le connais, toi ?

– Oui.

– Comment peux-tu connaître des gens comme lui ?

– Tu parles comme ma mère, dit Kippie : « Comment peux-tu connaître ce genre de gens ? »

Jules fit comme s'il n'avait pas entendu.

– Cet homme est un gangster. Il a mis le feu au Vegas Seraglio pour toucher la prime d'assurance.

– Il n'y a pas de preuves.

– Et c'est un tricheur. Il a un système de surveillance dans sa salle de jeu et un comparse caché au-dessus de lui envoie de minuscules décharges pour lui indiquer ce que les autres joueurs ont en main.

– Tu en sais bien long sur Arnie, pour un homme qui ne le connaît pas !

À ce moment précis, Pauline entra dans la pièce. Elle revenait de la maison funéraire où était exposé le corps d'Hector Paradiso.

– Comment était-ce ? demanda Jules.

– Un véritable cauchemar, répondit Pauline. Pauvre Hector ! Il aurait détesté ça. Tous ces sanglots ! Des prières interminables. J'ai cru mourir. Et ces fleurs ! On ne peut imaginer plus laid. Demain, pour l'enterrement, ce sera mieux. Rose Cliveden et Camilla s'occupent de tout, et c'est Petra von Kant elle-même qui fera les bouquets.

Elle se tourna vers Kippie :

– Comment vas-tu, mon chéri ? Comment est ta dent ? Laisse-moi regarder. Oh ! très bien. Notre Dr Shea fait des merveilles. Et ton doigt ? Est-ce douloureux ? Je suis ravie que ce petit chien ne soit plus chez nous. Donne-moi un verre de vin, veux-tu, chéri ? Ta maman est en mille morceaux.

Kippie versa du vin dans un verre. Il l'apporta à sa mère, étendue sur un canapé, les jambes surélevées par un coussin :

– Merci, mon chéri. Comme c'est agréable d'être en famille sans personne d'autre. Il y a si longtemps que nous n'avons pas été ensemble, comme aujourd'hui !

Pauline regarda son mari et son fils en souriant. Ni l'un ni l'autre ne firent écho à son enthousiasme, mais tous deux hochèrent la tête. Puis il y eut un moment de silence.

– Casper Stieglitz nous invite à dîner, dit Jules.

– Casper Stieglitz? Pour quoi faire? s'étonna Pauline avec un petit rire ironique devant l'absurdité d'une telle éventualité.

– Pour voir un film.

– Oh! Grands dieux! Tous ces gens que nous ne connaissons pas...

Pour elle, la question était entendue. Jules se tourna vers Kippie et haussa les épaules comme pour montrer qu'il avait fait une tentative et qu'il avait échoué.

Kippie, le regard fixé sur Jules, recommença à gratter sa guitare:

– Voici ma dernière composition, dit-il. Je crois que les paroles sont bonnes... et il se mit à chanter mezza voce.

« Elle s'appelle Flo, la maîtresse de beau-papa.

La rue où elle habite c'est la rue Azelia.

Tous les après-midi à quatre heures moins le quart... »

Jules, rarement pris de court, resta interdit et regarda Kippie, effaré.

– C'est certainement très bien, chéri, dit Pauline, mais je ne peux pas supporter la guitare pour le moment: j'ai une migraine terrifiante.

– Désolé, maman, dit Kippie, en posant sa guitare. Arnie Zwillman sera là, lui aussi.

– Et qui donc est cet Arnie Zwillman, s'il te plaît? demanda Pauline.

Elle avait une telle façon de prononcer «cet Arnie Zwillman», qu'aucun doute n'était possible sur l'opinion qu'elle avait du personnage en question.

– Il te plaira, maman. Arnie Zwillman vient d'une vieille famille. Avec une vieille fortune. Il figure au Gotha de la mafia. Rien à voir avec les nouveaux riches. Tu l'adoreras.

Pauline dit en riant:

– Pensez-vous que mon fils se moque de moi, Jules?

Jules ne répondit pas.

– Comment peux-tu connaître des gens de ce genre? demanda-t-elle à Kippie.

Kippie se contenta de rire. Il aimait beaucoup sa mère. Il était fier de sa beauté. Dans toutes les écoles qu'il avait fréquentées, les élèves et les professeurs rivalisaient d'efforts pour lui être présentés, et elle ne manquait jamais d'être parfaitement charmante avec eux. Kippie avait toujours, pour son anniversaire ou à Noël, une attention pour elle. Mais, en même temps, il était déconcerté par sa vie mondaine, et il avait une véritable aversion pour Jules Mendelson. Tout en sachant fort bien qu'elle garderait jalousement ses secrets, il ne se confiait jamais à elle.

– Je n'arrive pas à comprendre, dit-elle, quel plaisir tu peux avoir à rencontrer de telles personnes.

– Bon, Pauline, trancha Jules brusquement, je crois que nous devrions aller chez Casper Stieglitz. Juste pour cette fois.

– Je n'imaginais pas que vous puissiez dire cela. Je croyais que tous ces gens de cinéma vous étaient insupportables, répliqua Pauline.

– Je pense qu'il faut y aller, répéta Jules d'une voix douce, mais avec un regard qui disait clairement qu'elle devrait se soumettre à ses décisions.

– Faites comme vous l'entendez, dit Pauline. Allez-y. Mais pour ma part, je n'ai aucune intention de vous suivre. Je ne connais pas cet homme et je n'ai aucune raison d'aller dîner chez lui.

Jules regarda de nouveau Kippie et fit un geste vague signifiant qu'il persuaderait sa femme de l'accompagner le moment venu.

Quand Kippie Petworth passa voir Arnie Zwillman, celui-ci était en train de se faire masser par Wanda.

– Tu veux un massage ? demanda Arnie en sortant de la salle de musculation, et en nouant la ceinture de sa robe de chambre en velours froissé.

– Non, merci, dit Kippie.

Il alla jusqu'au bar et se versa un grand verre de jus de pamplemousse.

– Qu'a dit ton beau-père ? demanda Arnie Zwillman.

– Il ira. Pour ma mère, c'est plus compliqué.

– Compliqué, pourquoi ?

– Elle a dit très exactement : « tous ces gens que nous ne connaissons pas... »

– Très chochotte !

– C'est ma mère. Elle est comme ça.

– Dis à ta mère...

Kippie leva la main en signe de protestation.

– Je ne peux pas lui dire où il faut qu'elle aille ! Il n'y a que mon beau-père qui puisse le faire. Il la fera venir.

Arnie secoua la tête.

– Qu'est-ce qui est arrivé à ton doigt ?

– J'ai été mordu par un chien.

– Tu as perdu ton doigt ?

– Un bout.

– Pouah ! J'ai horreur du sang ! Et sur moi, qu'est-ce qu'il t'a dit, ton vieux ?

– Ce n'est pas mon vieux, je vous l'ai déjà dit !

– D'accord. Qu'a dit de moi, Jules Mendelson ?

– Il a dit que vous aviez mis le feu au Vegas Seraglio pour toucher la prime d'assurance.

Arnie rougit et haussa les épaules.

– Quel con ! Et qu'est-ce qu'il t'a dit d'autre à mon sujet ?

– Il a dit que vous trichiez aux cartes.

– La belle affaire ! Je ne connais personne qui ne triche pas aux cartes, ça fait partie du jeu pour moi. C'est le meilleur tricheur qui gagne.

– Il a dit que vous aviez un système de surveillance dans le plafond de votre salle de jeu.

– Bon dieu ! Comment il sait tout ça ?

– Écoutez, Arnie, ne voyez là aucune critique de ma part. Je ne suis que le porteur des messages.

– Ton assignation est pour demain. Le juge Quartz déclarera le non-lieu. Tes parents iront-ils au tribunal avec toi ?

– Mes parents ne savent rien ! Par-dessus le marché, ils seront à un enterrement.

– Entre un instant, Kippie, dit Jules le lendemain matin.

Il était sur le seuil de la bibliothèque, habillé de noir pour les funérailles d'Hector, une tasse de café à la main, tandis que Kippie se dirigeait vers la pièce du petit déjeuner.

– Il y a quelque chose dont nous devons parler avant que ta mère ne descende.

Jules retourna à sa chaise sous les *Roses Blanches* de Van Gogh, et déplaça quelques journaux. Kippie entra, ferma la porte derrière lui, mais il ne s'assit pas.

– J'ai appelé le Centre à Lyon, dit Jules. J'ai parlé au Père Laflamme. Ils vont te reprendre. Je crois que c'est là que tu seras le mieux. Miss Maple a pris ton billet.

Kippie acquiesça.

– Mais mets-toi bien dans la tête que c'est pour ta mère que je fais tout cela. Pas pour toi.

– Merci quand même, dit Kippie.

On m'avait inscrite au fichier du personnel comme « consultant ». Dieu seul sait sur quoi je pouvais bien être consultée. Il faut le dire en sa faveur, Jules était un homme très généreux. Chaque mois je recevais mon chèque libellé au nom de F. Houlihan. Houlihan est mon vrai nom, bien que je ne l'utilise plus depuis des années. March est un nom d'emprunt au cas où je deviendrais actrice ou mannequin. D'ailleurs je n'ai réussi à être ni l'un ni l'autre. Quelquefois, si Jules avait à m'écrire à propos d'une chose ou d'une autre, il commençait toujours ses lettres par « cher ami ». C'était censé tromper la secrétaire et l'inciter à penser que F. Houlihan était un homme et non une petite amie. Seulement, il était difficile de mener Miss Maple en bateau. Elle a toujours su qui j'étais. Un jour même, elle m'a appelée au téléphone pour me dire, avec la plus grande gentillesse, qu'elle trouvait que je dépensais trop d'argent. Bien entendu, Jules n'a jamais su qu'elle m'avait appelée. Si seulement elle m'avait dit : « Mettez un peu de cet argent à la banque et gardez-le pour les mauvais jours ! »... Mais je ne l'aurais probablement pas écoutée. Vous voyez, ma grande erreur, c'était de croire que les chevaux de bois tourneraient éternellement.

Si Flo March avait su que l'incendie allait être si vite maîtrisé, elle ne se serait pas affolée quand une femme à deux heures du matin avait hurlé « Au feu ! », d'une voix absolument hystérique, en passant, devant la suite qu'elle occupait à l'hôtel Meurice à Paris. Et si elle avait gardé son calme, sa photographie n'aurait pas été publiée en première page du Figaro et de deux autres journaux parisiens, sans compter l'*International Herald Tribune*, avec sa belle chevelure rousse totalement ébouriffée, une couverture jetée par-dessus sa veste de renard argenté et, à la main, une mallette Vuitton qui ne pouvait contenir que des bijoux.

Et tout cela aurait encore pu passer inaperçu, – car Flo March était relativement inconnue, comme le sont la plupart des maîtresses – si son bienfaiteur et amant, habillé mais sans cravate, n'avait figuré à l'arrière-plan de la photo. En fin de compte, il ne s'agissait pourtant que d'un matelas qui se consumait à cause d'une cigarette tombée des mains d'une star de la télévision dans la suite voisine. Or, l'amant et bienfaiteur de Flo March était très connu. Il était si connu qu'on savait qu'il était descendu à l'hôtel Ritz, place Vendôme, à deux pas du Meurice, où il ne pouvait se trouver que pour un rendez-vous amoureux.

Cyril Rathbone, le chroniqueur mondain du magazine *Mulholland*, par hasard à Paris au même moment, avait noté sur les coupures de journaux qu'il adressait à son vieil ami Hector Paradiso : « Pauvre Pauline !... »

Cyril Rathbone n'avait jamais porté dans son cœur Pauline Mendelson, tout simplement parce qu'elle lui refusait l'autorisation de rendre compte de ses réceptions dans son journal. Aucun effort, même de la part de son grand ami Hector Paradiso, n'avait rien pu y faire. « Mon chéri, n'insistez pas », avait dit Pauline à Hector, à l'époque. « Nous ne pouvons recevoir chez nous des journalistes comme ce M. Rathbone. Jules déteste ce genre de publicité. Par-dessus le marché, M. Rathbone écrit beaucoup à notre sujet, sans avoir jamais mis les pieds chez nous. » Tout cela faisait que, selon la déontologie personnelle de Cyril Rathbone, la très magnifique Mme Mendelson était une proie rêvée.

En plusieurs occasions, et très récemment à la soirée des Mendelson, la nuit même de sa mort, Hector Paradiso avait tenté de mettre Pauline au courant, afin de lui éviter une surprise désagréable si la photo se répandait dans le public. En réalité, chaque fois qu'il avait essayé – avec répugnance – d'aborder le sujet, il avait remercié le ciel d'en avoir été empêché, car il savait à quel point elle allait être blessée.

Aucun homme n'était plus satisfait de son mariage que Jules Mendelson. Dès l'instant où il avait vu Pauline Mac Adoo Petworth, vingt-trois ans auparavant, à l'occasion du bal d'anniversaire de Laurence Van Degan, il avait su qu'elle était la femme de ses rêves. Ce soir-là, elle dansait avec Johnny Petworth, bien que leur divorce fût déjà en cours. Elle était, aux yeux de Jules, l'image parfaite de l'élégance et de la distinction. En ce temps-là, il n'était pas considéré comme un parti enviable. Il était pataud et vaguement négligé, le genre d'homme très corpulent et un peu fripé qui n'attache aucune importance à son aspect extérieur. En outre, sa réputation de génie de la finance et d'homme colossalement riche n'avait pas pénétré le monde que fréquentait Pauline. Les gens de Palm Beach le trouvaient ennuyeux et difficile à placer dans les dîners : « Ma chérie, est-ce que ça t'ennuie beaucoup, je t'ai placée à côté de Jules Mendelson ? » disaient les maîtresses de maison à leurs meilleures amies.

C'est ainsi qu'un soir, chez Rose Cliveden, Pauline se trouva assise à côté de Jules dont elle devina immédiatement les capacités virtuelles.

Quand Forbes publia sa liste des quatre cents personnes les plus riches d'Amérique et qu'on s'aperçut que Jules Mendelson figurait dans le groupe de tête, les mêmes gens qui l'avaient trouvé ennuyeux furent les premiers à le trouver fascinant. Mais entre-temps, Pauline était devenue Mme Mendelson depuis plusieurs années. Aucun de ceux qui l'avaient connu n'aurait soupçonné qu'il se laisserait métamorphoser par Pauline, de la même façon qu'elle avait transfiguré l'ancienne maison de von Stern que Jules avait achetée à Beverly Hills et dont elle avait fait un musée et une fête pour les yeux. De fait, elle avait totalement modifié l'aspect de son mari, avait donné des instructions à Willi, son coiffeur, pour qu'il déplace la raie de ses cheveux et raccourcisse la longueur de ses pattes, choisi elle-même ses cravates, ses boutons de manchettes et de plastron, l'avait emmené chez le tailleur de Londres qui faisait depuis des années les costumes de son père, puis chez son chemisier et son bottier, et avait pris pour lui toutes les décisions jusqu'à ce qu'il comprenne à quoi ressemblaient les gens qu'elle appréciait. Chacun avait pu remarquer les immenses progrès de son allure en même temps que son talent à tenir une conversation.

– Avez-vous une maîtresse, Jules ? lui avait demandé une fois Pauline, plus d'un an avant que Cyril Rathbone eût découvert dans la presse de Paris la photo de Flo March avec Jules à l'arrière-plan.

La question était insolite et la surprit elle-même au moment où elle la posait. Elle n'était pas une femme gouvernée par la passion, mais elle trouvait l'adoration de son mari trop platonique, et c'est un certain instinct féminin, plus qu'autre chose, qui l'avait amenée à cette question. La conversation avait lieu dans la pièce exposée à l'ouest où les Mendelson se retrouvaient chaque soir pour boire ensemble un verre de vin et parler des événements du jour, avant de s'habiller pour le dîner.

– Qu'est-ce que cela veut dire ? répondit Jules, étonné, se détournant du coucher de soleil rouge orangé pour écouter sa femme avec la plus grande attention.

– Je posais simplement la question, dit Pauline en levant les mains comme pour se défendre.

– Mais que signifie une telle question ? répéta-t-il.

– Vous pouvez certainement trouver une meilleure réponse, vous qui êtes habitué à manipuler des millions de dollars.

Dans la voix de Pauline, habituellement si sereine, il y avait une pointe d'aigreur.

– Pourquoi êtes-vous comme cela, Pauline ? dit Jules, dans l'attitude d'un homme qui n'a rien à cacher.

– Encore des questions ! Vous me répondez avec des questions. Cela peut marcher dans votre vie professionnelle, Jules – mettre les gens sur la défensive, les intimider – mais avec moi cela ne marche pas. Je suis probablement une des seules personnes que vous ayez rencontrées qui n'aient pas peur de vous.

Jules eut un sourire.

– Je le sais, Pauline. Je le sais depuis toujours, c'est l'une des nombreuses choses que j'aime en vous.

– Je suis considérée comme une femme belle. Du moins les gens me disent que je suis belle, et les journaux me décrivent comme telle. Je le dis sans vantardise. On me le dit depuis mon enfance. C'est une chose que j'entretiens. C'est pourquoi je nage tous les jours quarante longueurs dans la piscine ; tous les jours, qu'il pleuve ou que le soleil brille ; c'est pourquoi je passe une partie de ma journée avec Pooky pour mes cheveux et avec Blanchette pour mes ongles. C'est pourquoi je vais deux fois par an à Paris pour m'habiller.

– Je sais tout cela, dit Jules.

– Oh, oui ! Je sais que vous le savez. Je sais aussi que vous aimez m'avoir à vos côtés quand vous êtes invité à l'un de ces interminables dîners auxquels vous êtes obligé d'assister. Je sais que vous aimez, et même que vous avez besoin, que je sois capable d'amuser et d'attirer des gens intéressants dans vos réceptions, lorsque vous voulez impressionner des hommes avec qui vous êtes en affaires.

– Oui, c'est vrai.

– Pour moi, ce n'est plus suffisant, Jules. Je pourrais aussi bien être la femme d'Hector, avec le genre d'amour que vous me témoignez.

– Je vous aime vraiment.

– Vous comprenez, n'est-ce pas, que l'amour dont je veux parler, c'est celui qui *se fait*. Je suis autre chose qu'un mannequin. Je suis plus qu'une maîtresse de maison.

Bien sûr, il comprenait. Il vénérait sa femme. Il ne pouvait pas imaginer la vie sans elle. Son mariage était un contrat aussi strict que tous les contrats d'affaires qu'il avait signés.

Pour écarter d'autres soupçons, il redevint, du moins pendant un certain temps, attentif aux obligations de son mariage. Mais une complication surgit, une complication d'ordre sexuel qu'il n'aurait jamais crue possible.

Au départ, elle s'appelait Fleurette Houlihan, mais elle trouvait ce nom insupportable. Quand elle espérait faire un jour du théâtre, alors qu'elle travaillait comme serveuse au café Viceroy sur Sunset Boulevard, elle avait changé son nom pour celui de Rhonda March qui évoquait Rhonda Fleming, une vedette de cinéma à la chevelure rousse, que sa mère admirait.

Le Viceroy avait la réputation de servir le meilleur café de West Hollywood. C'est là qu'elle avait rencontré Jules Mendelson, grand buveur de café, qui en prenait jusqu'à dix par jour. Il était entré au Viceroy un jour où le distributeur de café de son bureau était en panne. Elle portait accrochée à son corsage une petite plaque sur laquelle était écrit : « Rhonda ».

Jules Mendelson n'était pas homme à bavarder avec les serveuses de bar, mais ce jour-là, sans trop savoir pourquoi, il lui avait dit :

– Je suppose qu'on vous appelle Red !

– Non, pas du tout, avait-elle répondu énergiquement.

– Comment vous appelle-t-on, alors ?

Il y avait dans le ton de la voix un intérêt véritable, et elle sentit qu'elle l'avait pris à tort pour un dragueur.

– Vous voulez dire, comment je m'appelle ?

– Oui.

– Rhonda, dit-elle en tapotant la plaque de son ongle rouge vif.

Quand, un moment après, il leva les yeux de son *London Financial Times* et la regarda essuyer la table avec une éponge couleur turquoise, il lui dit :

– Vous n'avez pas l'air d'une Rhonda.

– J'avais l'intention de transformer mon nom en Rondell.

– Oh ! non ! fit-il, pas Rondell. Mais quel était votre nom avant que vous le changiez !

– Vous voulez vraiment le savoir ?

– Oui, certainement.

– Fleurette Houlihan, dit-elle à voix basse. Ça me donne le mal de mer. Imaginez ça sur un écran !

Il rit et dit :

– J'aime assez Fleurette.

– Pas possible ? Vous êtes dingue !

Mais on voyait qu'elle aimait bien parler d'elle-même.

– Que penseriez-vous de Flossie ?

– Encore plus tarte que Fleurette.

– Flo ?

– Hum !...

Elle réfléchit un instant.

– J'ai connu une Flo autrefois, dit Jules.

Il n'avait pas eu l'intention de s'aventurer aussi loin dans une telle conversation. « C'était une jolie fille, elle aussi... »

C'est ainsi qu'elle était devenue Flo.

Flo March avait alors vingt-quatre ans. Ce n'était peut-être pas la fille la plus intelligente d'Hollywood, mais l'une des plus sympathiques, et certainement l'une des plus jolies pour ceux qu'attiraient une chevelure rousse, des yeux bleus et une peau d'une blancheur laiteuse. Elle donnait parfois rendez-vous à de petites cadres à qui elle servait le café le matin, mais ils ne l'emmenaient jamais au cinéma ou au restaurant, ce dont elle mourait d'envie. Ils l'invitaient à dîner dans d'autres cafés et ne recherchaient qu'une seule chose, qu'elle leur accordait généralement, parce qu'il était plus facile de dire « oui » que de dire « non » et d'avoir à jouer la comédie habituelle...

Hector Paradiso, qui habitait dans Hollywood Hills au-dessus du Viceroy, prenait son petit déjeuner dans ce café tous les matins et décrivait souvent à Flo les endroits où il avait passé sa soirée de la veille : chez Faye Converse, Rose Cliveden, ou ce qui était le plus intéressant, chez Pauline Mendelson. Flo adorait qu'on lui raconte les réceptions, surtout celles des Mendelson. Elle lisait tout ce qu'écrivaient les journalistes sur Pauline, dans les chroniques mondaines et les magazines de mode qu'Hector lui apportait quand il avait fini de les lire. Flo, pas folle, connaissait aussi toute l'autre partie de la vie d'Hector. Tous les prostitués du Strip fréquentaient eux aussi le Viceroy, et ils lui racontaient leurs aventures avec les richards à Mercedes et à Rolls.

Depuis cette conversation, Jules était retourné chaque jour au Viceroy. Il avait toujours un journal financier à la main, s'asseyait à la même table, bien que Curly le géant vît d'un mauvais œil un seul client occuper un coin prévu pour quatre personnes, et ne commander rien d'autre qu'un café. Il est vrai que Rhonda, qui maintenant se faisait appeler Flo, avait précisé que le gros monsieur lui laissait toujours un billet de dix dollars comme pourboire pour un unique café.

– Je ne veux pas que vous pensiez un seul instant que j'ai l'intention de faire ce métier pour le restant de ma vie, dit

Flo quelques jours plus tard en versant à Jules une seconde tasse de café d'une main, tout en essuyant de l'autre la table en formica avec une éponge turquoise. Ça, continua Flo, parlant de son travail de serveuse, ce n'est qu'un moyen de vivre, pas mon but dans la vie.

– Et le but, c'est de devenir une vedette ? dit Jules en la regardant par-dessus son *Wall Street Journal*.

– Je me contenterais de moins, répliqua Flo, très sérieusement.

– De quoi vous contenteriez-vous ?

– Par exemple d'un second rôle dans une série à la télévision. D'ailleurs même une figuration ferait l'affaire.

Jules éclata de rire. Flo rougit.

– Pourquoi riez-vous ? dit-elle sur la défensive. Je parle sérieusement.

– C'est un rire ravi et non pas ironique, dit-il.

– Un rire ravi et non pas ironique, répéta-t-elle lentement comme pour retenir une phrase qu'elle pourrait ressortir dans une conversation. Hé, dites donc, c'est vraiment gentil, ça !...

– Et que faites-vous pour y arriver ?

– Qu'est-ce que vous voulez dire ?

– Étudier, trouver un agent, faire des visites, tout ce que font les actrices pour réussir. Vous n'attendez tout de même pas qu'on vous découvre derrière un comptoir, non ?

– Il faut avoir des photos, dit Flo, sinon ils ne veulent même pas vous recevoir.

– Alors faites faire des photos, dit Jules simplement.

– Faire faire des photos !... Écoutez-moi ça !

Elle roulait des yeux effarés comme si Jules avait proféré une idiotie.

– Avez-vous la moindre idée de ce que ça coûte les photos ?

– Vous avez l'air vaincue avant de commencer, dit-il. Si vous pouvez vraiment vous représenter ce que vous voulez devenir, vous le deviendrez, croyez-moi.

Elle le regarda avec attention. Ce n'était pas le genre de conversation galante à laquelle ses clients l'avaient habituée.

– Le problème, c'est que j'ai ce grand désir d'être célèbre, mais je ne sais pas si je suis bonne à quoi que ce soit pour le devenir.

– Vous êtes superbe aujourd'hui, lui avait dit Jules un autre jour, en remarquant son nouvel uniforme rose.

– Ma mère disait toujours que Maureen O'Hara a été la première rousse de l'histoire du cinéma, qui a osé porter du rose à l'écran, dit Flo.

Jules, dérouté, hocha la tête. Il ne comprenait pas la moitié de ce que disait Flo, mais, peu à peu, il s'était mis à aimer ses bavardages. Elle avait une opinion sur tout. Sa secrétaire Miss Maple, qui travaillait avec lui depuis des années, n'arrivait pas à comprendre pourquoi Jules quittait son bureau tous les matins vers dix heures pour aller prendre un café au Viceroy, alors que Beth, son assistante, en faisait un, excellent, dans le bureau même. Mais Jules disait qu'il aimait prendre l'air et lire en paix le *London Financial Times* et le *Wall Street Journal*. Miss Maple avait cessé de poser des questions.

– Flo regarda dans la rue. Au bord du trottoir de Sunset Boulevard était garée une Bentley bleu foncé.

– C'est votre voiture, là-bas ? demanda-t-elle.

Jules regarda la voiture comme si elle ne lui appartenait pas, puis ramena son regard vers Flo.

– Qu'est-ce qui vous fait penser que c'est ma voiture ?

Flo haussa les épaules.

– C'est un peu votre genre, dit-elle. Il n'y a personne dans ce bistrot qui a une tête à pouvoir s'offrir une voiture comme ça. Vous l'avez en location ou elle est à vous ?

Jules, embarrassé, marmonna :

– Elle est à moi.

Il voulait en finir avec ce sujet.

– Alors, un jour j'irai faire un tour avec vous !

Elle partit d'un grand éclat de rire tout en rougissant légèrement.

– Hé! je blague. Toute ma vie j'ai rêvé de me balader dans une Rolls Royce.

– Ce n'est pas une Rolls.

– Qu'est-ce que c'est?

– Une Bentley.

– Une Bentley. C'est quoi, une Bentley? Je n'ai jamais entendu parler de ça.

Dans sa voix, il y avait une grande déception.

– Hé bien, c'est comme une Rolls. C'est fabriqué par la même compagnie, dit Jules comme s'il prenait la défense de sa voiture. Il savait que c'était une conversation absurde, indigne de lui.

– C'est un modèle un peu moins cher? questionna Flo.

Regardant vers les tables voisines, il se demanda si les gens les écoutaient ou s'ils savaient qui il était. Il voulait quitter la banquette orange sur laquelle il était assis. Mais il n'en fit rien. Il poussa sa tasse vers elle pour lui indiquer qu'il voulait un autre café.

Comme un insecte attiré par une flamme, Jules commença à fréquenter plus assidûment le Viceroy. Par la vitre proche de l'endroit où il s'asseyait toujours, on pouvait voir les lettres d'or du «Jules Mendelson Building». C'est là que se trouvait son bureau, mais jusqu'ici personne n'avait établi le rapprochement entre lui et ce nom ou ce bâtiment.

Un matin, Flo le fit attendre pendant qu'elle bavardait au bar avec un jeune homme que Jules avait déjà vu plusieurs fois dans le café. Il remarqua que le garçon portait un jean noir trop serré et qu'il était beau. Il se surprit à ressentir une certaine irritation et une pointe de jalousie. Quand, finalement, Flo vint vers lui, il se montra froid et distant.

– Vous avez avalé votre langue? demanda-t-elle.

Elle employait fréquemment des expressions qui l'irritaient.

– Qui est ce type avec qui vous parliez au bar? interrogea-t-il quand elle lui eut servi son café.

– Ah! celui-là? C'est Lonny. Elle fit un geste un peu méprisant.

– Vous avez l'air très amie avec lui. Pourquoi traîne-t-il toujours par ici?

– Il vient boire un café, comme vous. Dites donc, vous n'êtes pas jaloux de Lonny, non?

– Jaloux? Pourquoi serais-je jaloux? Je voulais seulement savoir qui c'était.

– Laissez-moi vous mettre au parfum à propos de Lonny. Lonny ne s'intéresse pas du tout aux filles jeunes et jolies comme moi, croyez-moi. Lonny s'intéresse aux vieux messieurs pleins de fric comme vous et qui conduisent le même genre de voiture que vous.

Jules rougit. Il n'aimait pas être classé dans la catégorie des vieux messieurs. Il avait cinquante-trois ans et avait commencé à maigrir. Même Willi, le coiffeur qui le rasait tous les matins à cinq heures et demie, lui avait fait remarquer qu'il était en pleine forme et qu'il ne paraissait pas son âge.

Flo se rendit compte qu'elle l'avait froissé.

– Je ne voulais pas dire «vieux» dit-elle, je voulais dire «plus vieux». Lonny était un ami de cet écrivain fameux qui est mort. Comment s'appelait-il? Je suis sûre que vous avez entendu parler de lui.

Elle tapotait du doigt sa lèvre supérieure en essayant de se rappeler son nom.

– C'était… Basil Plant, je crois. De toute façon, on dit que Lonny lui a piqué le manuscrit d'un roman inachevé… ou quelque chose comme ça. Quelqu'un m'a raconté l'histoire, mais j'en entends tellement ici au Viceroy que je ne m'en souviens pas toujours dans le détail.

Jules hocha la tête. L'histoire de ce jeune homme ne l'intéressait pas du tout.

– Curly pense que vous avez le béguin pour moi.

– Qui est Curly?

– Le directeur, là-bas, qui cause avec Lonny. Il dit que vous vous mettez toujours à la table dont je m'occupe et que, de tous les clients qui viennent ici, c'est vous qui laissez les plus gros pourboires.

Jules ne répondit pas. Il leva le *London Financial Times* un peu plus haut, comme s'il venait de découvrir dans le journal quelque chose qu'il était urgent pour lui de lire, mais en réalité c'était pour dissimuler la rougeur qui lui était montée au visage. Il craignait par-dessus tout qu'on parle de lui, bien qu'il eût la certitude que Curly, pas plus que les autres clients du Viceroy, ne savait qu'il était Jules Mendelson. Il se demanda si lui-même le connaissait, Jules Mendelson!... Le Jules Mendelson qu'il croyait être ne serait pas resté assis tous les jours pendant plus d'une heure dans un café de Sunset Boulevard pour contempler une serveuse rousse appelée Flo March. Ce jour-là, il l'invita à faire un tour dans sa Bentley.

Elle avait une robe bon marché, un peu voyante, que Jules trouvait trop courte, même pour ses très belles jambes. Il avait l'habitude de la voir dans son uniforme rose de serveuse et fut d'abord déçu par l'allure qu'elle avait hors de son lieu de travail.

– Vous savez ce qui me plaît en vous? demanda-t-elle.

– Quoi donc?

– Vous étiez gauche et maladroit quand vous m'avez demandé de sortir avec vous, comme si vous n'aviez pas l'habitude de draguer des filles comme moi. Ça m'a touchée.

– Je pensais que c'était la voiture qui vous avait plu.

– Elle aussi m'a plu, dit-elle, et ils s'esclaffèrent ensemble.

Il remarqua qu'elle paraissait enchantée de son propre humour. Si elle disait quelque chose de drôle, ou racontait une histoire, parfois très salée, elle riait de bon cœur en même temps que son interlocuteur.

– Vous ne riez pas assez, Jules. On vous l'a déjà dit?

– C'est sans doute vrai.

– Vous voulez savoir autre chose qui me plaît chez vous?

– Bien sûr!

– Vous ne m'avez pas sauté dessus à la minute même où nous nous sommes trouvés seuls dans la voiture.

– Ça ne veut pas dire que je n'en avais pas envie.

– Je comprends bien, mais pourtant vous vous êtes comporté en homme bien élevé et c'est une chose dont je n'ai pas l'habitude avec le genre de mecs qui m'invitent à sortir. Je ne connais même pas votre nom de famille, dit Flo en ouvrant la portière de la Bentley garée dans le parking derrière le Viceroy.

– Cela fait une différence ?

– Non. Allez, dites-le-moi.

– Mendelson, répondit-il tranquillement.

Elle le regarda bouche bée :

– Comme le pavillon Mendelson à l'hôpital de Cedars Sinaï ?

Jules fit « oui » de la tête.

– Alors, c'est vous ?

Jules fit le même signe de tête.

– C'est là que ma mère est morte, dans le service des grands brûlés. Elle avait été brûlée dans un incendie.

– Je suis désolé.

La bonne humeur de Flo avait disparu. Elle était devenue grave.

– B'soir, dit-elle.

Elle descendit de la voiture et claqua la portière derrière elle. Elle fit quelques pas vers sa propre voiture, puis revint vers Jules. Il était assis au volant et la regardait. Elle ouvrit la portière de la Bentley et passa la tête à l'intérieur.

– Est-ce que ça veut dire que vous êtes le mari de Pauline ? demanda-t-elle.

Il inclina la tête de façon presque imperceptible. Il avait entendu dire que les fleuristes, les coiffeuses et les vendeuses appelaient sa femme par son prénom, mais c'était la première fois qu'il l'entendait de ses propres oreilles.

– Pas étonnant que vous ne vouliez pas qu'on sache votre nom, dit Flo. Vous feriez mieux de rentrer chez vous. Votre femme a probablement une réception et doit se demander où vous êtes.

Elle claqua de nouveau la portière et monta dans sa voiture.

Le lendemain Flo était lointaine. Quand Jules fut assis à sa place habituelle, elle demanda à Belle de s'occuper de son secteur – son poste comme elle disait –, en précisant qu'elle entendait prendre son temps de repos très tôt. Puis elle s'installa au bar et échangea très gaiement des plaisanteries avec Joël Zircon, l'agent d'Hollywood, et Manning Einsdorf, le patron du « Miss Garbo's ». Jules, furieux, lisait son *Wall Street Journal*.

Par la vitre, derrière lui, Flo remarqua pour la première fois les lettres d'or qui formaient les mots : « Jules Mendelson Building ». Il ne prit que deux tasses de café, se leva et laissa à Belle le même pourboire de dix dollars qu'il laissait toujours à Flo. Quand il sortit, elle ne quitta pas le bar.

Le lendemain, il apporta un cadeau : une petite boîte bleue de chez Tiffany, attachée avec un ruban blanc.

– C'est pour vous, dit-il en faisant glisser le paquet vers elle sur le formica.

– C'est vrai ? Il y avait sur son visage une expression de joie enfantine.

– Ouvrez.

– Maintenant ?

– Bien sûr.

Elle dénoua le ruban blanc avec soin, comme si elle avait l'intention de le garder. Elle lui sourit, puis elle ouvrit lentement la petite boîte bleue. À l'intérieur, il y avait du papier de soie qu'elle déchira. Dessous, une couche de coton, et sous le coton, le cadeau de Jules. Elle le prit entre deux doigts. La déception se peignit sur son visage.

– Faites-moi une faveur, voulez-vous, monsieur Plein-aux-As ? Reprenez votre petit truc du rayon bonnes affaires de Tiffany et faites-en ce que vous voudrez. Mon ancien copain Mikey, de la station service Mobil, là-bas, m'aurait donné mieux. Qu'est-ce que c'est ? Un laissé-pour-compte de vos cadeaux d'entreprise ? Gardez-le pour l'anniversaire de votre réceptionniste. Eh !... Belle ! Tu veux prendre mon poste ? C'est mon temps de repos.

Jules restait assis, le visage fermé. C'était un cadeau bien mince au regard de ses intentions, et elle ne le lui avait pas envoyé dire. Elle avait frappé juste aussi. C'était un laissé-pour-compte des cadeaux d'entreprise de fin d'année.

Ce soir-là, comme il s'habillait pour le dîner, il lui téléphona chez elle afin de lui présenter ses excuses. C'était la première fois qu'il l'appelait, et c'était la première fois qu'il téléphonait de chez lui à une femme. La ligne était occupée. Il prit sa douche et rappela. La ligne était toujours occupée. Il mit ses boutons de manchettes et fit une nouvelle fois le numéro de Flo. La ligne était toujours occupée. Il noua sa cravate noire. Encore occupée. Il mit ses chaussures vernies. Toujours occupée. Il passa sa veste de smoking. Occupée.

– Jules ! appela Pauline, nous allons être en retard.

«Une dernière fois», pensa-t-il. Il refit le numéro. Le téléphone sonna chez Flo.

– Allô !

– Votre ligne était occupée, dit-il sur un ton qui révélait un certain agacement.

– Oui, c'est vrai, dit-elle sèchement.

– À qui parliez-vous ?

Il savait que ce n'était pas une question à poser.

– Qu'est-ce que ça peut vous foutre ?

– Mais que se passe-t-il ?

– Vous me parlez d'une voix agacée comme si je n'avais pas le droit de parler au téléphone.

– Je vous demande pardon. Je vais vous dire ce qu'il faut faire : appelez la compagnie des téléphones demain matin et faites poser une autre ligne. Je m'occuperai du reste.

– Vous êtes très généreux, monsieur Plein-aux-As !

On frappa à la porte du dressing-room ; la porte s'ouvrit et Pauline entra :

– Jules, s'il vous plaît. Nous allons être en retard. C'est

une surprise-partie pour Madge et Rose sera folle de rage si nous gâchons sa soirée.

– J'arrive, Pauline. J'ai encore une petite chose à dire à Sims et ce sera fini.

– Mon Dieu ! dit Flo aux anges, je n'arrive pas à y croire. Pauline Mendelson !... « Jules s'il vous plaît, nous allons être en retard. C'est une surprise-partie pour Madge et Rose sera folle de rage si nous gâchons sa soirée... » Flo imitait parfaitement Pauline et ses intonations de grande bourgeoise.

– Jésus ! dit Jules, paniqué.

À ses yeux la complicité parfaite qu'il avait avec Pauline et l'amour physique qu'il brûlait de partager avec Flo March n'étaient pas incompatibles, mais pour lui il était impensable que les deux puissent jamais empiéter l'un sur l'autre.

– Écoutez, il faut que je parte.

– Au revoir, dit-elle.

Son indifférence l'exaspéra.

– Vous êtes toujours fâchée ? demanda Jules.

– Non.

– Avec qui parliez-vous avant ?

– Un de mes amants de chez Watts, répondit-elle et elle raccrocha.

Le lendemain Jules se rendit chez un fourreur de San Fernando Valley qui avait peu de chance d'avoir parmi ses clients des gens connus de Pauline. Il envoya à Flo un manteau de renard argenté.

– Maintenant, c'est du sérieux, dit Flo quand elle eut ouvert la boîte et en sortit son cadeau.

Même les femmes qui étaient jalouses de Pauline Mendelson étaient forcées d'admettre que dans le rôle d'épouse du chef de la Délégation américaine à Bruxelles auprès de la Communauté européenne elle ferait merveille. Bien que Jules n'eût pas encore été confirmé à ce poste, le Président lui avait assuré que l'affaire était gagnée d'avance et qu'il pouvait se préparer au départ. Dans un premier temps, la possibilité d'une telle nomination, puis la certitude de l'obtenir lui avaient permis de conserver son équilibre alors que son désir obsessionnel de Flo March le tourmentait de plus en plus.

À l'occasion de ses voyages bisannuels à Paris pour renouveler sa garde-robe, Pauline avait fait plusieurs sauts à Bruxelles et avait retenu une grande maison située dans un parc verdoyant sur l'avenue du Prince-d'Orange. Jansen, le décorateur français, était venu en avion avec elle et ils avaient choisi les couleurs des murs à repeindre et l'emplacement des tableaux qu'elle avait l'intention d'apporter : les *Roses Blanches* de Van Gogh, un Degas et le portrait de Misia Sert par Bonnard. Pauline, qui était méticuleuse dans tous les domaines, avait perfectionné son français avec tant de raffinement que ses amies françaises, qui étaient nombreuses, ne tarissaient pas d'éloges sur son parfait maniement des verbes et l'élégance de sa prononciation.

Quand Pauline était allée en Chine avec sa sœur et son beau-frère, Louise et Lawford Orlano de Philadelphie, Jules avait emmené Flo à Paris où il avait des affaires à traiter. Dans le Concorde, ils étaient assis loin l'un de l'autre, à Paris, ils descendirent dans des hôtels différents. Les Mendelson réservaient toujours au Ritz, sur la place Vendôme, Flo résidait tout près, au Meurice.

Dans la limousine qui quittait l'aéroport Charles-de-Gaulle, Flo regardait par la portière de la voiture, folle de joie d'être à Paris.

– Est-ce la tour Eiffel ? demanda-t-elle.

– Non, c'est la tour de l'aéroport, répondit Jules.

– Oh !... Ça ressemble à la tour Eiffel.

Il lui avait donné une carte de crédit pour faire des achats mais avait refusé de l'accompagner aux défilés de mode. Le choix pour elle était difficile. Une vendeuse compatissante, devinant son embarras, lui conseilla d'essayer Chanel. « Avec Chanel, on ne peut pas se tromper », avait-elle dit. La première fois qu'elle alla chez Chanel, elle commanda quatre ensembles, la seconde fois, six. Quand l'essayeuse lui demanda des précisions sur la couleur et la longueur, elle se tourna vers la vendeuse et lui dit : « Faites pour le mieux. Je m'en remets entièrement à vous. »

En deux jours, elle avait dépensé presque cinquante mille dollars. Un caissier qui, évidemment, ne reconnaissait ni son nom ni son visage fut intrigué par l'importance de la somme et téléphona pour vérifier son crédit. On lui répondit qu'il y avait des fonds suffisants pour couvrir toutes les dépenses de Miss March et qu'elle disposait d'un crédit illimité.

Chaque soir, ils dînaient dans l'appartement de Flo au Meurice. C'est là, finalement, que Jules fit l'amour avec elle pour la première fois. Il découvrit qu'il avait pour elle un désir insatiable. Ses exigences n'avaient rien de vulgaire, et Flo ne lui refusa rien. Dans la jeune femme qui s'appelait autrefois Fleurette Houlihan, Jules venait de trouver sa partenaire idéale pour l'amour physique. Si Flo souffrait des limites imposées à son escapade parisienne, elle ne le laissa pas voir. À cette époque de sa vie, le simple fait d'être allée à Paris lui suffisait, même si c'était clandestinement. Les quatre coups de sirène de l'alerte au feu qui n'était en fait rien d'autre qu'un matelas se consumant lentement dans la suite voisine mirent fin au voyage plus tôt que prévu.

En dépit de sa passion pour Flo, Jules n'envisageait pas une seconde de quitter Pauline. Chacune des deux femmes lui était nécessaire, et il ne lui venait pas à l'esprit qu'il pourrait ne pas les avoir toutes les deux à la fois. Il avait exclu Flo de tout ce qui n'était pas sa vie sexuelle, et exigeait qu'elle soit à son entière disposition. Pour cela il donnait beaucoup d'argent.

Si, par un hasard très improbable, les deux femmes que Jules avait dans sa vie s'étaient rencontrées et avaient comparé leur sort, chacune aurait trouvé que l'autre avait la meilleure part. Pauline si belle et si élégante aurait préféré des rapports plus passionnels avec son mari, tandis que l'amoureuse ardente et si désirable qu'était Flo aurait aimé régner sur des tablées de gens riches et célèbres.

Jules se réveilla à trois heures du matin et ne put se rendormir. L'image et le souvenir de Flo occupaient entièrement son esprit. Il brûlait de l'avoir auprès de lui. Se retournant dans tous les sens, il tira les draps à lui si brutalement qu'il découvrit entièrement Pauline étendue à son côté.

– Jules ! Pour l'amour du ciel, qu'est-ce que vous avez ? demanda Pauline, maintenant tout à fait réveillée et glacée. Elle ramena les draps sur elle.

– Pardon, dit-il.

Il y avait dans sa voix une telle détresse que Pauline fut incapable de lui en vouloir d'avoir troublé son sommeil.

– Jules, y a-t-il quelque chose dont vous voulez parler ? Est-ce la Conférence ? Quelque chose qui ne va pas ?

– Non, non. Pardon, Pauline. Rendormez-vous. Tout va bien. C'est seulement…

– Seulement quoi ?

– Rien, vraiment. Rien.

Il se mit à ronfler légèrement pour faire croire qu'il s'était rendormi, ce qui n'était pas le cas.

Il ne s'était pas vu tomber amoureux de Flo March. Son intention avait été de l'installer et d'aller la voir quand il en aurait envie, de lui faire des cadeaux et de l'avoir à sa disposition. Il ne lui était jamais venu à l'esprit qu'il pourrait vouloir mener une nouvelle vie dans laquelle elle occuperait une place essentielle.

Récit de Flo   Cassette n° 10

Une fois Jules m'avait parlé de ce type qui l'avait tellement exaspéré quand, à cause de lui, il avait fait tomber la danseuse de Degas, l'un des véritables trésors de sa collection, mais je ne m'étais jamais rendu compte que le type dont il parlait c'était *Philip Quennell*. Si j'avais su que Jules avait un tel problème avec Philip, jamais je ne serais allée chez lui au Château-Marmont, le soir où j'ai décidé de quitter Jules. Plus tard, j'ai découvert que Philip s'était posé des questions sur la mort d'Hector Paradiso, dès le premier jour. Après tout, il était l'un des seuls à être entré dans la maison et à avoir vu le corps de ses propres yeux. Il était allé voir le directeur du *Los Angeles Tribune* pour lui demander pourquoi le journal n'avait pas dit un mot de l'histoire. C'est ce qui avait rendu Jules fou furieux.

Jules, qui pouvait être le gars le plus gentil du monde, était aussi très capable de se conduire comme un salaud. Je n'ai vraiment jamais vu ce côté de sa personnalité, mais je sais que c'est lui qui a fait virer Philip du film qu'il écrivait pour Casper Stieglitz.

11

– Hollywood ne pardonne pas les échecs, dit Casper Stieglitz dont les quatre derniers films avaient été des fiascos. On vous pardonnera, ou même on oubliera tout : faux, usage de faux, escroqueries et, à l'occasion meurtres, mais on ne vous pardonnera pas vos échecs.

À travers les verres fumés de ses lunettes noires qu'il ne quittait jamais, Casper observait la salle de restaurant d'un œil critique. Pendant un moment il se demanda si Michel, le maître d'hôtel, l'avait bien placé où il fallait, il envisagea de faire un scandale et d'exiger une table dans la seconde salle où il avait aperçu Marty Lesky, le patron des films Colossus. « Le Dôme », avait-il indiqué à Philip Quennell quand il l'avait appelé afin de convenir d'une date pour un déjeuner au cours duquel ils pourraient discuter de leur projet. « Le Dôme » attirait les gens du cinéma et des musiciens, et c'était le bon endroit pour se faire voir en train de débattre d'un futur projet.

Casper déplia sa serviette d'un geste large et la posa sur ses genoux. Philip nota que sa perruque était dans la phase de la première quinzaine du mois : deux semaines après sa dernière « coupe de cheveux » et seize jours avant la suivante, il la portait ce jour-là avec une queue de cheval, attachée par un bracelet de caoutchouc en guise de catogan. Sa veste de velours noir « Armani » s'ouvrait sur un T-shirt sur lequel était reproduite une partie du *Guernica* de Picasso. Philip dut admettre que la perruque était presque indécelable. Il se demanda si Willard, son valet de chambre, qui semblait si méticuleux, l'aidait chaque jour à la fixer à grand renfort de colle et de rubans adhésifs.

Casper, toujours préoccupé par la place de sa table, était d'une extrême nervosité. Tout d'un coup, il bondit de son siège.

– Il faut que j'aille pisser.

À ce moment, il aperçut Mona Berg :

– Oh, tiens ! Mona est ici ! dit-il.

Il ne s'adressait à personne en particulier, mais sa voix devint considérablement plus calme dès l'instant où il se rendit compte qu'une personnalité aussi importante que Mona Berg se trouvait dans la même salle que lui.

– Salut, Mona ! dit-il.

– Salut, Casper ! répondit Mona lui signifiant d'un geste qu'ils devraient s'appeler au téléphone plus tard dans la journée.

– Dis bonjour à Philip Quennell, invita Casper en guise de présentation... Mona Berg est le meilleur agent de la ville. Philip et Mona échangèrent des saluts.

– Hé, Mona ! C'est Phil qui a écrit ce livre très, très virulent sur Reza Bulbenkian : *La Reprise*. Tu l'as lu ?

– Je n'ai jamais le temps de lire autre chose que des scripts, Casper. Tu le sais bien. Mais je trouverai un moment pour lire votre livre, Philip, je vous le promets. Que penses-tu de mon idée de prendre Elliott Carver pour le rôle de Bligh ?

Casper secoua la tête lentement de droite à gauche pour signifier sa désapprobation.

– Elliot Carver vient de se planter six fois de suite... Elliot Carver est bon pour un « sitcom » sur le câble, mais pas comme premier rôle dans un film de Casper Stieglitz.

– Tu es en train de faire une grosse erreur, Casper, insista Mona, bien connue pour son opiniâtreté quand il s'agissait de vendre un ses poulains. Marty Lesky a regardé les «rushes» de *Career Girl* hier soir chez lui et il a dit qu'Elliott était fabuleux. Même Sylvia Lesky a trouvé qu'il était formidable. Et tu sais comme Sylvia est difficile !

– Excusez-moi une seconde, il faut que j'aille pisser, dit Casper.

– Un de ces jours, il va tomber raide mort avec tout ce qu'il se fourre dans le nez, dit Mona. J'ai entendu dire que vous prépariez un documentaire sur la drogue. Pas facile !

– Je suis en train de m'en apercevoir.

– Si vous n'utilisez pas de vrais flics, mais des acteurs jouant le rôle de flics, ce qui marche toujours mieux, appelez-moi. J'aimerais que vous rencontriez Elliot Carver.

– Certes ! Mais c'est plutôt du ressort de Casper.

– Voici l'abruti à qui j'ai donné rendez-vous pour le déjeuner. Tu me fais toujours attendre, Joël, dit Mona en regardant sa montre.

Il y avait un reproche dans sa voix.

– Comment vous appelez-vous déjà ? demanda-t-elle à Philip.

– Quennell. Philip Quennell.

– Joël Zircon, Philip Quennell.

– Est-ce que je ne vous ai pas vu à l'enterrement d'Hector Paradiso ? demanda Joël. Vous êtes le gars qui a donné son mouchoir à Flo March, c'est bien ça ?

– Il faut changer votre façon de vous habiller, Phil, dit Casper Stieglitz quand il revint à sa table. Pour ici, vous n'avez pas le bon look. Blazer bleu marine, pantalon de flanelle, chemise de chez Brooks. Ça suffit comme ça ! Ce style-là n'a plus cours depuis des années. Vous avez l'air d'un professeur d'histoire, pas d'un type qui écrit des scénarios. Surtout pour le genre de documentaire que nous sommes en train de faire. Les flics des stups ne vous diront rien si vous êtes habillé comme ça.

– J'avais cru comprendre que vous aimiez ce que j'avais écrit jusqu'ici.

– Oui, oui, c'est vrai.

154

– C'est donc que les flics me parlent malgré mon blazer bleu marine, mon pantalon de flanelle grise, ma chemise Brooks, ma cravate à pois et tout le reste.

– Je veux seulement dire que ce n'est pas le bon look, ici. Rien de plus.

– Dites-moi, Casper, je n'aime pas non plus votre look. Je n'ai jamais beaucoup apprécié le velours noir. Mais la façon dont vous vous habillez ne me regarde pas, aussi je n'en parle pas ; de même, la façon dont je m'habille n'est pas votre affaire.

– Okay ! okay ! Ne montez pas sur vos grands chevaux. J'essaie simplement de vous expliquer la Californie, c'est tout.

– Je ne fais que passer en Californie, répliqua Philip.

Casper fit claquer ses doigts.

– Écoutez, vous venez de me donner une idée. Tout d'un coup j'aime la façon dont vous vous habillez. Y compris les cravates à pois. J'ai un service à vous demander.

– À propos du film ?

– Non, à propos d'un dîner, dimanche en huit.

– Oh, merci ! Mais je ne peux pas. Je serai au ranch de ma petite amie, près de Solvang, dit Philip.

– Ce n'est que ça ? Revenez tôt !

– Pourquoi ?

– J'ai des gens chics à dîner et il m'est venu à l'esprit que vous seriez tout à fait à votre place parmi eux. Je ne sais jamais de quoi parler avec cette sorte de gens.

– Qui recevez-vous ?

– Arnie Zwillman.

– Qui est Arnie Zwillman ?

– C'est le type qui a mis le feu au Vegas Seraglio pour toucher la prime d'assurance.

– C'est comme cela que vous voyez les gens chics ?

– Non. Il n'est pas du tout chic. Ce sont les autres qui le sont. Jules et Pauline Mendelson.

– Jules et Pauline Mendelson viennent dîner chez vous ? demanda Philip, sans faire aucun effort pour cacher son étonnement.

– Vous les connaissez ?

– S'il vous plaît, dites-moi que vous n'avez pas l'intention d'avoir Ina Rae et Darlene à ce dîner.

Casper éclata de rire.

– À la réflexion, je ne crois pas qu'Ina Rae convienne à ce groupe, dit-il. Je pourrai l'inviter pour le film plus tard, mais mieux vaut l'éviter pour le dîner. Il me faut donc une autre femme pour compléter la table. Parlez-moi de cette fille que vous voyez. Comment s'appelle-t-elle ?

– Camilla Ebury.

– Actrice, mannequin, danseuse, quoi ?

– Rien de tout cela.

– Amenez-la.

– Elle passe le dimanche soir avec sa fille. Elles dînent ensemble au Country Club de Los Angeles. C'est un rituel familial.

Casper claqua des doigts à nouveau :

– Hortense Madden, voilà qui je vais inviter !... La critique littéraire de *Mulholland*.

– Pour l'amour du ciel ! ...

– Vous la connaissez ?

– Non, je ne la connais pas, mais elle a descendu en flammes mon livre sur Reza Bulbenkian.

– C'est bien d'Hortense. Elle descend en flammes tout ce qui a du succès.

– Quel est le but de cette soirée, Casper ?

– Arnie Zwillman veut rencontrer Jules Mendelson, c'est tout ce que je sais, et il m'a demandé d'organiser ce dîner.

Philip réfléchit un instant.

– Okay, je viendrai, dit-il.

Après Paris où ils étaient devenus amants, Jules Mendelson, en proie aux tourments de la passion, avait décidé de louer une maison pour Flo, afin de préserver leur intimité. Elle cessa de travailler au Viceroy, quitta son logement dans le quartier de Silverlake, et habita temporairement au Sunset Marquis Hotel dans West Hollywood. La première intention de Jules avait été de louer un appartement dans un grand immeuble sur Sunset Boulevard, lorsque, visitant les lieux sous un nom d'emprunt, il rencontra dans l'ascenseur Marty Lesky, le patron des films Colossus et soupçonna qu'il entretenait là une jeune femme qui n'était pas la sienne. Il ne revint pas.

– Aujourd'hui, j'ai vu une très jolie maison dans Bel Air, lui dit Flo.

Visiter des maisons dans ce qu'elle appelait les quartiers les plus « Ritz » de la ville la passionnait. La recherche d'un logis était une aventure qu'elle adorait. Jules lui avait offert une Mercedes rouge vif, et elle partait pendant des heures à la découverte des beaux quartiers de Beverly Hills, Holmby Hills et Bel Air, qu'elle n'avait jamais vus, en compagnie d'un agent immobilier, une femme nommée Elaine, qui avait été actrice et connaissait l'histoire de chaque maison. « C'est ici que la fille de Lana Turner a tué Johnny Stompanato », disait-elle en montrant une maison. « C'est là que Judy Garland a pris une overdose », en en désignant une autre. Ces détails la transportaient.

– Où ? demanda Jules.

– En haut de Stone Canyon, après l'hôtel Bel Air. Elaine dit qu'elle appartenait à l'une des ex-femmes d'Amos Swank.

– Bel Air ? Oh non, non, dit Jules en secouant la tête. Non, pas Bel Air !

Flo avait fini par comprendre que toutes les fois que Jules disait « oh ! non, non », en secouant la tête, cela voulait dire que, par étourderie, elle avait empiété sur sa vie privée, celle qu'il partageait avec Pauline. Pour lui, une maison à Bel Air où vivaient tant de leurs amis, c'était courir le risque de rencontrer sur les routes étroites de cette enclave privilégiée des gens qui le connaissaient.

– Je crois que ce serait mieux de chercher du côté des grands Canyons comme Benedict ou Coldwater, dit Jules à Flo.

Les Canyons Benedict et Coldwater étaient des secteurs où il aurait le moins de chances de rencontrer des gens avec qui sa femme et lui dînaient presque tous les soirs.

– C'est un joli quartier, convint Flo, et elle débita les noms de plusieurs stars de la télévision qui habitaient dans les Canyons.

Finalement, elle trouva une maison parfaite, dissimulée aux regards par une végétation exubérante, dans une petite rue toute proche de Coldwater Canyon, appelée Chemin Azelia. Elaine lui dit que le propriétaire était Trent Muldoon, une vedette de la télévision dont les séries avaient été retirées des programmes et qui s'était laissé aller à des dépenses inconsidérées pendant ses quatre années de semi-vedettariat.

– C'est la maison de Trent Muldoon, c'est vrai ? avait demandé Flo, enchantée.

– Sa femme le traîne devant les tribunaux et il a besoin de se renflouer, avait dit Elaine.

Flo était folle de joie d'avoir enfin une maison à elle, avec une piscine, en même temps qu'une adresse à Beverly Hills, un numéro de téléphone avec l'indicatif 274 et 90210 comme numéro de code postal. Elle pouvait à peine contenir sa joie. Quand elle avoua à Jules que les têtes de bisons empaillées et le mobilier Western la déprimaient, il lui permit de stocker quelque part la plupart des pièces du mobilier comprises dans la location et de redécorer la maison à son goût à elle.

Pendant quelque temps, elle fut heureuse comme elle ne l'avait jamais été. Mais elle était très seule. Quelquefois, elle avait l'impression de n'être rien d'autre qu'un réceptacle pour la satisfaction des désirs de Jules. Elle buvait alors un peu de vin, l'après-midi, et, très souvent, fumait de la marijuana.

– Allô !

– J'arrive bientôt.

– Et alors ?

– Sois nue quand tu m'ouvriras.

Comme il le voulait, elle était nue quand elle ouvrait la porte.

Elle lui demandait :

– Tu veux boire quelque chose ?

– Non.

Il regardait le corps de Flo avec avidité et arrachait sa cravate et sa chemise.

– Allons dans la chambre !

Toute tendresse était absente dans sa façon de faire l'amour. Pas de caresses, très peu de baisers. Il voulait uniquement satisfaire son besoin impérieux de pénétrer ce corps qu'il désirait tellement et rester en elle aussi longtemps que possible. Son envie d'elle semblait insatiable. À cette époque il n'avait aucune crainte qu'elle prît une place importante dans sa vie. Il ne voyait en elle que la partenaire rêvée pour les jeux d'un amour physique devenu de plus en plus nécessaire. Elle était une parenthèse dans son existence, rien de plus. C'était un collectionneur d'œuvres d'art, un adepte de la grande vie et les goûts de cette fille étaient trop frustes pour provoquer une autre sorte d'attachement. Certaines choses en elle l'exaspéraient : par exemple, elle prononçait « sandwich » comme si c'était une rime à « derviche ». Elle remuait les lèvres en lisant. Elle ne savait rien sur aucun sujet important...

Il n'avait jamais eu l'intention d'être le Pygmalion de cette Galatée, mais il découvrit que, s'il la reprenait, quand elle disait ou faisait quelque chose qui l'irritait, elle ne se vexait jamais. Elle était même contente s'il corrigeait ses erreurs et ne refaisait jamais la même faute. Elle parlait mieux, se tenait mieux, marchait mieux. Au fond de lui-même, il avait conscience que cette belle jeune femme gâchait ses chances en menant une vie aussi clandestine, mais il ne voulait rien y changer. Sur un simple appel à Marty Lesky, il aurait pu obtenir pour elle un petit rôle dans une des nombreuses séries télévisées tournées dans ses studios ou dans une figuration pour un film, n'importe quoi d'autre dans les possibilités de Flo.

Marty Lesky se serait exécuté. C'était là le genre de services que pouvaient se rendre les hommes riches pourvus de maîtresses. Mais il n'arrivait pas à se résoudre à donner le coup de téléphone qui aurait comblé l'immense désir qu'avait l'ancienne petite serveuse de devenir quelqu'un. Il voulait la garder pour lui tout seul.

Après avoir fait l'amour, quand il était épuisé et repu, il commençait à lui parler comme il avait parlé à très peu de gens au cours de sa vie : de ses affaires, de l'éventuelle disposition de sa collection d'œuvres d'art, ou de l'appartement qu'il avait en vue pour elle à Bruxelles sur l'avenue Hamoir, quand il serait appelé à passer une année là-bas pour la Constitution de l'Union européenne. La perspective de vivre dans cette ville pendant un an enchantait Flo.

Puis, invariablement, il regardait sa montre et disait : « Il faut que je m'en aille. » Il sautait hors du lit, s'habillait et partait juste à temps pour arriver chez lui et prendre son verre de vin quotidien avec Pauline avant de se changer pour dîner et se rendre à la soirée où sa femme et lui étaient attendus. Parfois, en rentrant aux « Nuages », il l'appelait du téléphone de sa voiture.

– Que fais-tu ?

– Tu veux dire depuis que tu as joui pour la troisième fois, il y a onze minutes ? lui répondit-elle un jour, exaspérée. Elle savait qu'il n'aimait pas qu'elle soit vulgaire, et elle faisait exprès de l'être quand il en prenait trop à son aise avec elle. En percevant le silence désapprobateur de Jules, elle se radoucit.

– Je suis couchée dans les draps tout neufs de chez Porthault que tu m'as achetés à Paris, épuisée par l'amour que tu m'as fait, et je suis en train de boire un verre du vin de la vente Bresciani que tu m'as apporté, Jules. Voilà ce que je fais.

Elle n'ajoutait pas qu'elle était également en train de fumer un joint. Elle savait qu'il n'aurait pas aimé cela. Il lui avait dit une fois qu'il ne pouvait pas supporter les gens qui se droguaient.

À la longue, Flo devint esclave des exigences de son amant. Il voulait qu'elle soit perpétuellement à sa disposition, au cas où il passerait la voir à l'improviste, ou aurait envie de lui téléphoner, ce qu'il faisait souvent dix fois par jour, ou même davantage. Si la ligne était occupée, il pouvait entrer dans une fureur noire. À plusieurs reprises elle menaça de le quitter, mais ce genre de menaces n'impressionnait pas Jules. Dans son esprit, il n'y avait aucun doute : il représentait ce que Flo avait connu de plus extraordinaire dans sa vie. Il connaissait parfaitement le pouvoir de l'argent. Comme il était facile de s'y habituer et comme il était terrifiant d'imaginer la vie sans, lorsqu'on avait pris l'habitude d'en avoir ! Sauf quand il conduisait Pauline à une réception, le soir, il avait cessé d'utiliser sa Bentley, de crainte d'être reconnu quand il se rendait chaque jour chez Flo. Il avait loué une Cadillac coûteuse mais anonyme, avec des vitres fumées qui lui permettaient de voir les passants sans être vu lui-même. Un soir que Pauline était à New York, il ramena Flo à son ancienne adresse de Silverlake, pour rechercher du courrier. Quand ils s'arrêtèrent à un feu rouge sur Melrose Avenue, Flo avisa dans la rue une clocharde, qui faisait ses préparatifs pour la nuit. Une véritable terreur s'empara d'elle.

– Elle me rappelle ma mère, dit Flo.

– Qui ? demanda Jules.

– Elle !

Et, montrant la clocharde du doigt :

– Je parie que cette femme était jolie autrefois, comme l'était ma mère.

Jules hocha la tête.

– Ma mère est morte dans un asile.

– Tu me l'as déjà dit à Paris.

– Tu t'occuperas de moi, n'est-ce pas, Jules ? Je ne peux pas mourir dans la misère comme ma mère. Simplement, je ne peux pas.

– Mais je m'occupe de toi, non ?

– Je veux dire après…

– Après quoi ?

– Rien.

Il savait ce qu'elle voulait dire. Ils restèrent silencieux tout le long du trajet.

Tous les matins, Philip Quennell se rendait à la réunion des AA, dans la maison en bois de Robertson Boulevard. Il restait assis à lire le journal avant le début de la réunion, et se mêlait rarement à la conversation des autres membres de la Société.

Ce matin-là, un ongle rouge vif tapota la page du *Los Angeles Tribune* qu'il était en train de parcourir.

– Vous croyez que Mc Enroe va réussir son *come-back* ?

– Hello, Flo ! dit-il.

– Hello, Phil, répondit-elle.

Elle ouvrit son sac et en tira le mouchoir qu'il lui avait tendu le jour de l'enterrement d'Hector Paradiso. Flo l'avait lavé et repassé.

– Merci de m'avoir dépannée.

– C'était quelque chose, cet enterrement, dit-il en prenant le mouchoir.

– Qui aurait pu penser que nous assisterions tous les deux au même enterrement superchic si tôt après la réunion ? Je suppose que vous êtes allé au déjeuner offert par Rose Cliveden au Country Club de Los Angeles, après la cérémonie ?

– Non, je n'y étais pas.

– J'ai lu le compte rendu dans la chronique de Cyril Rathbone dans *Mulholland*. Pauvre Rose !

– Pourquoi pauvre Rose ?

– Vous ne savez pas ! Elle est tombée et s'est cassé la jambe à ce déjeuner. Elle a trébuché sur Astrid, la chienne d'Hector Paradiso.

– Vous avez lu ça aussi dans la chronique de Cyril Rathbone ?

– C'est là que je pêche toutes mes informations.

Après la réunion, alors qu'ils quittaient la salle, Philip dit à Flo :

– Quel était donc le nom de ce club dont vous m'avez parlé, et où Hector Paradiso était allé le soir où il se serait suicidé ?

– Le « Miss Garbo's ».

– Où est-il ? interrogea Philip.

– Dans une rue entre Santa Monica et Melrose, rue Astopovo. Je ne sais pas pourquoi, mais j'avais tendance à penser que ce n'est pas le genre de bar que vous fréquentez.

– Vous ne voudriez pas venir avec moi chez « Miss Garbo » ? J'aimerais savoir avec qui Hector est parti cette nuit-là.

– J'aimerais bien Phil, mais je ne peux pas.

– Pourquoi ?

– Je vous ai déjà dit que j'étais en main.

– Écoutez, je n'essaie pas de vous draguer, je vous le jure. Je voulais dire : allons-y en copains, tout simplement. Je n'avais pas envie d'y aller tout seul.

– Mais j'ai un monsieur très jaloux. Il me téléphone vingt fois par jour pour vérifier que je suis chez moi.

– Alors, vous me laissez tomber ?

– Désolée, Phil.

– En réalité, mon nom est Philip. Je n'aime vraiment pas qu'on m'appelle Phil.

– Oh, désolée, Philip ! Ça fait plus chic en effet…

– Vous êtes sûre que vous ne voulez pas venir ?

– Des jolies filles comme moi, on n'en veut vraiment pas chez « Miss Garbo », après minuit. Mais je serais très contente de savoir si vous avez trouvé. Demandez à voir Manning Einsdorf. C'est lui qui organise les rencontres.

– Je vois !…

Ce jour-là, Philip Quennell appela au téléphone Sandy Pond, directeur du *Los Angeles Tribune*.

– M. Pond sait-il pourquoi vous l'appelez ? demanda la secrétaire de Sandy Pond après que Philip eut donné son nom.

– Dites-lui que je suis l'auteur du livre sur Reza Bulbenkian, dont le titre est *La Reprise*, répliqua Philip.

– Voudriez-vous me dire à quel sujet vous appelez M. Pond ? demanda la secrétaire.

– La seule chose que vous ayez à faire, c'est de l'appeler

et de lui donner mon nom. Ce sera alors à M. Pond de décider s'il consent à me parler, vous ne croyez pas ?

Il y eut un silence glacial. Puis :

– Un instant, dit-elle.

Un court moment après, Sandy Pond prit le téléphone.

– J'ai bien aimé votre livre, c'est vrai, monsieur Quennell, dit-il. Est-il exact que Reza Bulbenkian vous a menacé de vous briser les jambes ? C'est ce que nous avons entendu dire.

Philip rit.

– C'était à peu près ça.

– Ma femme m'a dit que vous sortiez avec notre grande amie, Camilla Ebury.

– Oui.

– Que puis-je faire pour vous ? demanda Sandy Pond.

– Je trouve curieux que votre journal n'ait rien dit sur le meurtre d'Hector Paradiso, poursuivit Philip.

– Meurtre ? Quel meurtre ?

– Disons « la mort ».

Sandy Pond restait muet.

– Vous connaissiez bien Hector Paradiso, n'est-ce pas ?

– Oui, je le connaissais bien. J'ai tenu un cordon du poêle à ses obsèques. Un homme charmant, grand ami de ma femme. Elle disait toujours qu'il était le meilleur danseur de Los Angeles. C'est triste, terriblement triste.

– Il a reçu cinq balles, monsieur Pond, dit Philip. Je suis allé chez lui quelques heures après, avec Camilla Ebury. J'ai identifié son corps pour la police.

– Mais c'était un suicide, monsieur Quennell. J'ai vu le rapport d'autopsie.

– Vous ne trouvez pas bizarre que quelqu'un arrive à se tirer cinq balles à la suite dans le corps ?

– Apparemment, il était profondément déprimé. Dans la suite du rapport il est indiqué qu'il était un piètre tireur. Je serais très heureux de vous en faire adresser une copie par ma secrétaire, dit Sandy Pond.

Le ton de sa voix indiquait clairement qu'il souhaitait mettre un terme à la conversation.

– Mais vous ne pensez pas que cette histoire mérite de faire l'objet d'un article ?

– Pourriez-vous vous expliquer ?

– Un homme très connu, qui évolue dans les milieux les plus distingués de la société, dîne et danse chez Jules Mendelson, puis se suicide en se tirant cinq balles dans la poitrine, dans mon pays c'est une information. Si vous ajoutez à cela qu'il descend d'une famille très ancienne et qu'un boulevard porte son nom, l'affaire mérite un gros titre en première page.

– C'est tout, monsieur Quennell ?

– Pour certaines raisons que je ne comprends pas, je crois qu'on est en train d'étouffer l'affaire, et votre journal y participe.

– Ridicule et diffamatoire, dit Sandy Pond.

Toute trace d'amabilité avait disparu de sa voix.

Philip, craignant que Sandy Pond ne raccroche, se mit à parler très vite.

– Est-il exact que Jules Mendelson soit allé vous voir le matin suivant le meurtre d'Hector Paradiso ? Je vous demande pardon, le suicide d'Hector Paradiso ?

– Au revoir, monsieur Quennell.

Ce soir-là, à un dîner chez Ralph et Madge White à Hancock Park, Sandy Pond se dirigea vers Jules Mendelson et le suivit sur la terrasse après le repas.

– Avez-vous entendu parler d'un nommé Philip Quennell ? demanda-t-il. C'est lui qui a écrit ce livre sur votre ami Reza Bulbenkian.

– Oui, je le connais, il sort avec Camilla. Pourquoi ?

– Cet après-midi, j'ai reçu de lui un coup de téléphone très inquiétant.

Le même soir, dans un autre quartier de la ville le « Miss

Garbo's» était bondé. Le «Miss Garbo's» était d'ailleurs bondé tous les soirs. Marvene Mc Queen la chanteuse en était à la moitié de son numéro. Elle chantait : « Tu n'es pas mon premier amour, j'ai connu d'autres hommes. »

Elle avait les yeux braqués sur le projecteur. Ses lèvres étaient entrouvertes sur ses dents proéminentes. Des larmes emplissaient ses yeux entourés d'un maquillage sombre, tandis qu'elle chantait son air préféré. Une des bretelles de sa robe avait glissé de son épaule. Elle laissait pendre ses cheveux sur un œil comme une star des années quarante. Peine perdue. Personne dans la salle ne lui accordait la moindre attention.

– Zane ! lança Manning Einsdorf en direction du barman.

Manning était assis sur un haut tabouret d'où il pouvait embrasser du regard la salle entière.

– Ne sers plus à boire à M. Coughlin et à son invité, à la table vingt-six. Ils ont assez bu. Et dis au voiturier d'appeler un taxi et de ne pas le laisser rentrer chez lui en voiture. Je n'ai pas envie que la police d'Hollywood ferme ma boîte à cause de deux ivrognes.

– Calme-toi, calme-toi, Manning ! dit Zane, on s'occupe de tout.

– Mademoiselle Einsdorf est très nerveuse ce soir, dit Joël Zircon qui se tenait debout au bar et avait entendu leur dialogue.

– Mademoiselle Einsdorf, dit Zane, est très nerveuse depuis le jour où tu sais qui est parti avec qui tu sais et a terminé la nuit avec cinq balles dans le buffet.

Philip Quennell fit son entrée dans le club. Pendant plusieurs minutes, personne ne le remarqua. Se frayant un chemin à travers la foule, il réussit à se glisser jusqu'au bar. Joël Zircon, qui avait été présenté à Philip au «Dôme» par Mona Berg, le regarda avec surprise, Philip concentrait son attention sur le tour de chant de Marvene Mc Queen. Elle chantait :

« Tu ferais mieux de partir maintenant

Parce que je t'aime trop.

Tu ferais mieux de partir maintenant. »

– Une bière ? demanda Zane quand il eut trouvé le temps de s'approcher de Philip.

– Soda, rectifia celui-ci.

– Citron ? citron vert ?

– Citron.

Zane emplit le verre à un tuyau de caoutchouc relié à un bocal et le posa devant Philip.

– Qui est cette chanteuse ? demanda Philip.

– Marvene Mac Quelque chose, répondit Zane.

– Elle a des dents de cheval. Travesti ?

– Non. Une vraie fille.

– Je cherche un certain Manning Einsdorf, dit Philip.

Il s'était penché au-dessus du bar vers Zane de façon à ne pas avoir à élever la voix. Zane regarda Philip :

– C'est le type assis sur le tabouret au bout du bar. Il est plutôt occupé ce soir. Est-ce qu'il vous attend ? Qui dois-je annoncer ?

– Je le lui dirai moi-même répondit Philip.

Il se dégagea de sa place au bar et se dirigea vers l'endroit d'où Manning Einsdorf surveillait ce qui se passait dans son club. Joël Zircon appela Zane. Quand celui-ci se retourna, Joël lui fit signe de le rejoindre :

– Que voulait ce type ?

– Il a demandé après Manning. Qui est-ce ? Il n'a pas l'air d'être des nôtres, si tu vois ce que je veux dire, dit Zane, mais de nos jours, on ne sait jamais.

– Non, il écrit un documentaire pour Casper Stieglitz, ce qui évitera à Casper d'aller en prison pour avoir été pris avec cinq kilos de cocaïne, dit Joël. Mona Berg m'a tout raconté. Qu'est-ce qu'il peut bien foutre ici d'après toi ?

– Qui ? demanda Manning Einsdorff en se penchant du haut de son tabouret et en portant une main en cornet à son oreille.

Philip répéta le nom :

– Lonny.

– Je n'ai jamais entendu parler de ce gars-là, dit Manning.

– Blond. Beau garçon apparemment.

– Ce pourrait être n'importe lequel des deux cents types qui viennent ici chaque nuit.

– Le nom ne vous dit rien ?

– Absolument rien.

– Je vois, dit Philip. Connaissez-vous Hector Paradiso ?

– Non, pas du tout, répondit Manning Einsdorf.

Il se détourna et interpella le barman :

– Zane, les verres sont vides à la table vingt-deux. Et envoie une coupe de champagne à Marvene. Dis-lui qu'elle a été formidable ce soir. Dis-lui aussi de ne pas oublier *Moaning low* dans son prochain tour de chant.

Philip ainsi congédié ne s'en alla pas.

– Vous affirmez que vous ne connaissiez pas Hector Paradiso ? répéta-t-il.

– Je vous l'ai déjà dit.

– Mais vous êtes allé à son enterrement.

– Qui vous a dit que j'étais allé à son enterrement ?

– Personne.

– Alors d'où vous vient cette idée ?

– J'étais assis dans la rangée derrière vous. Vous étiez avec Joël Zircon, l'imprésario qui travaille chez Mona Berg, et avec Willard, le valet de chambre de Casper Stieglitz.

Manning Einsdorf commençait à se sentir mal à l'aise.

– Bon, bien sûr, je connaissais un peu Hector, dit Manning. Tout le monde connaissait Hector Paradiso, que Dieu le garde, mais ce n'était pas un ami proche.

– Si je comprends bien, il était venu ici dans votre boîte, la nuit où il a été assassiné.

– Il n'a pas été assassiné.

– Je vous demande pardon. La nuit où il s'est suicidé.

– Non, je ne me rappelle pas l'avoir vu.

– Réfléchissez bien.

– Regardez autour de vous. C'est bondé tous les soirs. Je

ne peux pas me rappeler tous ceux qui viennent ici. Le «Miss Garbo's» n'était pas le genre d'endroit que fréquentait Hector, vous savez. Hector appartenait à la haute société.

Philip persista :

– Il est venu cette nuit-là, en smoking ; il sortait d'une soirée chez Pauline Mendelson. On m'a dit qu'il vous a même décrit la robe que portait Pauline ce soir-là.

– Je ne me souviens de rien.

– Et vous ne vous rappelez pas l'avoir vu partir avec un jeune homme blond nommé Lonny ?

– Combien de fois faudra-t-il vous répéter que je n'ai jamais entendu parler de ce Lonny, et que je n'ai pas vu Hector ici cette nuit-là ?

– Merci.

Dans le parking, Philip tendit un ticket au gardien. Derrière lui, une porte s'ouvrit. Zane passa la tête dans l'entrebâillement et siffla dans ses doigts. Quand Philip se retourna, Zane lui fit signe de le rejoindre.

– Je suis juste sorti pour une pause-pipi, faut que je parle à toute vitesse.

– Votre patron ne sort pas directement du puits de la vérité, dit Philip.

– Non, non, la vérité n'a jamais été le fort de Manning.

Zane jeta un coup d'œil derrière lui vers le club, avant de continuer :

– Vous cherchez Lonny ?

– Oui, je cherche Lonny, et je ne connais même pas son nom de famille.

– Edge. Il s'appelle Lonny Edge. Il habite sur Cahuenga Boulevard, au 7204, près d'Ivar. Je ne connais pas son numéro de téléphone et il est sur la liste rouge... mais il est parti d'ici avec Hector vers deux heures et demie, cette nuit-là.

– Comment vous appelez-vous ?

– Zane.

– Merci, Zane. Pourquoi me racontez-vous tout ça ? Votre patron pourrait vous virer...

– Hector Paradiso était très gentil avec moi et je ne peux pas avaler cette histoire de suicide. Rien ne permet de penser qu'il était sur le point de se supprimer. Rien. Quelqu'un essaie de couvrir un assassinat...

Philip acquiesça :

– C'est exactement ça. À quoi ressemble ce Lonny ?

– Vous verrez par vous-même. Il est connu dans le métier comme fouteur de première classe. Les hommes, les femmes, tout lui est bon. Des mecs pleins aux as l'emmènent en avion à New York ou à Hawaii pour le week-end. C'est une petite vedette du porno en vidéo... Écoutez, il faut que je retourne au bar. Miss Einsdorf va avoir la colique. Elle est très nerveuse ces temps-ci.

– Merci, Zane.

– Vous ne m'avez jamais adressé la parole, O. K. ?

– Je ne vous ai jamais vu, Zane.

Quand Philip monta dans sa voiture, il remarqua Marvene Mc Queen qui quittait la boîte par la porte de derrière que venait de prendre Zane. Elle portait des lunettes noires comme un vedette de cinéma.

L'ennui c'est qu'on ne peut pas bavarder avec un tailleur Chanel. Excepté Glyceria qui était la femme de chambre de Faye Converse et Pooky, mon coiffeur, et peut-être Nellie Potts la décoratrice, je n'avais personne à qui parler. Quelquefois j'appelais Curly, le gérant du Viceroy et nous riions comme au bon vieux temps. En fait c'est à Curly que j'achetais mon herbe, pour dire la vérité.

Un jour, je me suis rendu compte qu'entre la marie-jeanne et le vin blanc de la vente Bresciani que Jules voulait avoir toujours à sa disposition chez moi, j'étais dans les vapes presque tous les après-midi. Quand j'étais plombée comme ça, ça m'était un peu égal de n'avoir personne à qui parler. Mais mon teint commençait à se faner et, sans me vanter, il se trouve que j'ai une très belle peau. Tout le monde me le dit. Si bien que j'ai arrêté le vin et l'herbe. Pourtant, c'était dur. Pooky le coiffeur, qui utilisait pas mal de coke, m'a parlé des AA. J'en ai parlé à Jules qui s'est mis en colère. Il détestait ce genre de choses. « Il ne faut pas qu'on te voie là-dedans », me dit-il. C'est alors que Pooky m'a parlé des réunions matinales dans le chalet en bois de Robertson Boulevard à sept heures du matin. J'avais gardé, du temps où j'étais serveuse, l'habitude de me lever très tôt. C'est là que j'ai rencontré Philip Quennell.

12

On ne sait trop comment – personne en fait n'en avait été témoin, puisque c'était arrivé dans les toilettes – Rose Cliveden était tombée et s'était cassé la jambe au Country Club de Los Angeles, pendant le déjeuner qu'elle avait organisé après les funérailles d'Hector Paradiso.

Madge White racontait que Rose avait trébuché sur Astrid, la petite chienne qu'Hector avait léguée à Rose par testament. Rose adorait les chiens et n'aurait jamais dit du mal d'Astrid, même si celle-ci était responsable de sa jambe cassée. Le fautif c'était Clint, le barman du club, qui, prétendait-elle, préparait des Bloody Mary, généralement beaucoup trop forts, et *a fortiori*, pour un repas de funérailles. En réalité, Rose en voulait à Clint pour une tout autre raison ; quelqu'un lui avait rapporté qu'il l'avait appelée « la mère Cliveden » lors d'un précédent accident, quand elle s'était démis l'épaule et qu'il l'avait transportée jusqu'à l'ambulance.

Quand Madge White avait raconté l'histoire de la jambe cassée à Pauline Mendelson, celle-ci avait demandé :

– Mais pourquoi diable Rose aurait-elle amené ce chien au déjeuner du Country Club ?

– Mais si, je t'assure... Il portait même un collier noir en signe de deuil.

Comme tous les amis de Rose, Pauline était à la fois amusée et irritée par son comportement.

– Cette Astrid est une méchante petite chienne, dit Pauline. Tu n'imagines pas la façon dont elle a attaqué Kippie lorsque Camilla l'a apportée ici pour la donner à Rose juste après la mort d'Hector. Personne n'arrivait à comprendre. Elle est allée droit sur Kippie qui revenait du court de tennis, et lui a arraché le bout de l'index d'un coup de dent, ici même. Il y avait du sang partout.

– De toute façon, dit Madge pour changer de sujet, Rose a déjà donné ce chien. À Faye Converse... Faye recueille tous les chiens perdus...

Pauline revint à la conversation sur Rose – la pauvre Rose, comme on s'était mis à l'appeler – dont le goût pour l'alcool commençait à préoccuper sérieusement tous ses amis.

Elle avait été mariée trois fois et avait divorcé trois fois. Un beau jour ses maris disparaissaient tout simplement. Jamais de scandale, jamais d'éclats, du moins en public. « Où est Bakie ? » « Où est Ozzie ? » « Où est Fiske ? » avaient demandé les gens à propos de son premier, de son deuxième et de son troisième mari, quand elle avait fait sa réapparition, seule, dans diverses réceptions. Elle avait toujours répondu calmement : « En voyage. » Puis, on entendait dire qu'un divorce rapide et sans histoires avait été prononcé, généralement dans un pays des Caraïbes. Tout ce qui d'ordinaire faisait des divorces des affaires compliquées et interminables, avec des problèmes de garde d'enfants et de pensions alimentaires, n'existait pas dans ceux de Rose. D'abord, dans chaque cas, c'était elle qui possédait l'argent, et son unique enfant, une fille issue de son premier mariage, dont on disait qu'elle avait subi une lobotomie, séjournait dans un lieu que Rose désignait toujours sous le nom de « Foyer ».

Elle avait pris l'habitude de parler indéfiniment au téléphone pour raconter par le menu les déjeuners et les dîners auxquels elle avait assisté, et il était impossible de s'en débarrasser.

Quand Philip Quennell dit à Camilla Ebury qu'il était allé dans un Club appelé le «Miss Garbo's» et avait appris le nom du jeune homme avec qui Hector Paradiso avait quitté ce même club la nuit de sa mort, elle resta silencieuse et comme absente. Ils étaient chez elle à Bel Air, assis sur le divan de la bibliothèque. Elle s'écarta de lui, puis elle éteignit la télévision qui était allumée au fond de la pièce.

– Comment pouvez-vous connaître un endroit appelé le «Miss Garbo's»? demanda-t-elle, finalement. J'ai passé toute ma vie ici et je n'en ai jamais entendu parler!

– C'est le valet de chambre de Casper Stieglitz qui m'a renseigné, dit Philip. Il y était en même temps qu'Hector, ce soir-là, et il l'a vu.

– Évidemment, il n'y a qu'un valet de chambre pour raconter des histoires de ce genre.

– Mais c'est une histoire vraie, répliqua Philip.

– Quel genre d'endroit est-ce?

– Le genre d'endroit où des messieurs riches, d'un certain âge, rencontrent des jeunes gens à louer.

– Je ne peux absolument pas croire une telle histoire, dit Camilla en secouant la tête avec énergie.

– Vous ne pensiez tout de même pas que votre oncle avait une folle passion pour les femmes, non?

– Vous n'êtes pas drôle, Philip!

– De quoi avez-vous peur, Camilla? Qu'on ne permette pas à votre fille d'aller au bal des débutantes à Las Madrinas dans dix ans, parce que son grand-oncle est mort assassiné par un pédé?

– Quelle est cette expression vulgaire que je vous ai entendu employer?... Mariolle, c'est cela... Eh bien, Philip, ne jouez pas au mariolle avec moi!

– Je ne fais pas «le mariolle», Camilla, et je suis désolé si j'apparais comme tel, mais soyons réalistes.

– Très bien! Soyons réalistes. Pourquoi attachez-vous tant d'importance à tout cela? La mort de mon oncle ne vous regarde pas. Vous ne le connaissiez même pas.

– Et pourquoi vous, y attachez-vous si peu d'importance ?

Philip s'en rendit compte, sa question était provocante. Le rouge de la colère monta au visage de Camilla et, quand elle reprit la parole, il y avait dans sa voix une dureté qu'il n'avait jamais entendue auparavant.

– Je n'y attache pas si peu d'importance, dit-elle en pesant chaque mot. Nous avons examiné les choses avec la plus grande attention. Mon oncle s'est suicidé.

– Non, il ne s'est pas suicidé.

Camilla regarda Philip un long moment avant de continuer :

– Si je comprends bien, vous avez appelé Sandy Pond au journal. Sandy l'a dit à Jules... Ils avaient l'air de penser que vous agissiez pour mon compte, c'est pourquoi ils m'ont adressé le rapport d'autopsie. Je suis satisfaite. Pour moi, il n'y a rien de mystérieux dans cette mort. Maintenant, je voudrais que vous cessiez de vous occuper de mes affaires.

– J'ai remarqué une chose : dans votre milieu, quand il arrive une sale histoire, vous vous tenez les coudes.

Camilla, piquée au vif, se leva du sofa où elle était assise et dit :

– Je crois que vous feriez mieux de vous en aller.

– Ah ! La réponse classique de la riche héritière ! rétorqua Philip. Soyez d'accord avec moi ou partez ! Eh bien, je pars, madame Ebury.

Camilla avait l'habitude de voir les gens à genoux devant sa fortune. Depuis le début, Philip était resté indifférent à son argent et c'était nouveau pour elle. Elle ne voulait pas qu'il s'en aille mais ne pouvait se résoudre à le lui dire. Orin, son défunt mari, et le père de son enfant, faisait toujours ce qu'elle lui demandait de faire, comme c'est le devoir d'un mari qu'on a acheté et qu'on rétribue, mais Philip était différent. Elle savait qu'il la quitterait si elle ne le retenait pas, car il ne dépendait d'elle en aucune façon. Mais elle garda le silence et s'engagea dans l'escalier menant à sa chambre.

Philip l'avait suivie jusque dans le vestibule et il la regarda monter.

– Jules Mendelson essaie de nous faire prendre des vessies pour des lanternes et, parce qu'il est tellement riche et puissant, la plupart des gens – mais pas moi – ont l'air de le croire, du moins en public. Il se trouve que je ne suis pas dupe d'un système dans lequel un individu peut se permettre de prendre un téléphone, d'appeler un journal et de dire : « N'écrivez pas cette histoire », puis d'appeler la police et de dire : « Ne trouvez pas les coupables de ce meurtre. » Je me rends bien compte que cela ne pose pas de problème pour les gens de votre milieu, mais moi, ça me gêne.

Camilla, arrivée en haut de l'escalier, se retourna vers lui, déchirée entre les conventions que son éducation lui avait inculquées et les sentiments très forts qu'elle éprouvait pour cet homme qui la défiait.

– Moi non plus, je ne suis pas dupe de ce système, dit-elle.

– Bon ! Alors changez-le. Au revoir, Camilla. Vous connaissez mon numéro de téléphone.

– Vous n'avez rien à prendre ? demanda-t-elle, cherchant à le retenir.

– L'avantage des rasoirs jetables, c'est qu'on n'a rien à emporter quand on rompt avec sa petite amie.

Le 7204 Cahuenga Boulevard où habitait Lonny Edge n'était pas un lieu facile à trouver. Bettye, la secrétaire de Casper Stieglitz, pensant que cette adresse avait un rapport quelconque avec le documentaire que Philip était en train d'écrire, lui avait remis un papier avec les indications qui permettaient de s'y rendre. Philip remonta Highland Avenue et tourna sur la droite dans une petite rue appelée rue Odin. Il passa sous un « toboggan » qui débouchait sur Cahuenga Boulevard, une grande artère qui avait été autrefois taillée au bulldozer dans une montagne. À l'arrière-plan, venant de Hollywood Boulevard, on pouvait entendre un orchestre philharmonique qui répétait le thème de *La Guerre des étoiles*, en vue d'un concert en plein air qui devait avoir lieu dans la soirée. De chaque côté de Cahuenga Boulevard, des bungalows, des logements à loyer modéré, des immeubles de trois ou quatre étages, bâtis dans les années cinquante, étaient adossés à la montagne… Les numéros des immeubles au niveau de la rue avaient été détruits par des vandales ou détériorés par des véhicules se garant en marche arrière. De place en place, il y avait un numéro intact peint au pochoir sur une planche en forme de flèche.

Quand Philip vit un panneau portant un nombre avoisinant les sept mille, il trouva une place pour garer sa voiture et rechercha à pied le bungalow de Lonny. Le trottoir était fissuré et couvert de déchets variés – bouteilles de bière, vieilles seringues, vieux condoms – que des sans-logis avaient simplement répandus en fouillant les poubelles pour y trouver des bouteilles de soda consignées.

Au 7200 Cahuenga Boulevard, il y avait un escalier de bois branlant, si étroit que deux personnes n'auraient pu y monter en même temps. Cinquante-cinq marches plus haut, Philip atteignit une cour entourée de plusieurs dizaines de minuscules bungalows de style régional comme on en construisait à Hollywood dans les années trente. Des bougainvillées violettes, dont personne ne prenait soin, poussaient à profusion et avaient envahi la plupart des toits. Au centre de la cour se trouvait une fontaine aux bords crevassés ou cassés, qui paraissait inutilisée depuis des années. Sur la margelle traînait un pamplemousse à demi mangé, avec une cuiller de plastique et un verre à café en carton, abandonnés comme si celui qui prenait là son petit déjeuner avait été appelé au téléphone et avait oublié de revenir.

La porte du 7204 était ouverte, mais l'écran antimoustiques qui la doublait était fermé. On entendait vaguement la musique provenant de l'Hollywood Bowl. Pour le moment, c'était une valse de Strauss. Elle s'arrêtait au milieu d'un passage, puis reprenait. Philip trouva la sonnette, mais elle avait été fraîchement repeinte et ne fonctionnait plus.

– Ho! Ho!… appela-t-il, en frappant sur le cadre de l'écran.

– Hé ! tu es en avance, Cyril, répondit une voix, de l'intérieur du bungalow.

Philip, gêné, frappa à nouveau.

– La porte est ouverte, dit encore la voix. Je vais prendre une douche en vitesse. Tu es en avance, mon vieux ! Je ne t'attendais pas avant quatre heures ! ...

Philip entendit le bruit de la douche qui commençait à couler. Il ouvrit la porte-écran et entra dans le petit living. La pièce était en désordre mais pas sale. Des vêtements étaient éparpillés sur le sol. Un mini-slip noir était pendu au mur à un crochet. Le mobilier était celui d'un appartement meublé, encore utilisable mais en très mauvais état.

Une bouteille de bière était posée sur une pile de feuillets, un manuscrit mis en tas n'importe comment sur la table de bois peint.

– Installe-toi, Cyril, dit la voix venant de la salle de bains, par-dessus le bruit de la douche. Le gin est dans la cuisine et la glace dans les bacs.

Philip, très mal à l'aise en dépit de l'invitation, resta assis sur une chaise de cuisine, devant la table peinte. Il était arrivé sans avoir téléphoné auparavant, le numéro de téléphone de Lonny ne figurant pas dans l'annuaire, et il se rendait compte que le garçon attendait un visiteur. Le téléphone sonna. Dès la première sonnerie, un répondeur prit la communication.

– « Je ne peux pas vous répondre pour l'instant. Laissez votre nom et votre numéro de téléphone, même si vous pensez que je l'ai déjà, et indiquez l'heure de votre appel. Je vous rappellerai dès que possible. Parlez après le top sonore. »

« Salut, Lonny. C'est Ina Rae. Ça fonctionne toujours bien, mon chou ? Écoute, j'ai dégoté une petite fiesta pour nous, une partouze à quatre chez mon coquin dimanche soir, tard. Beaucoup de fric. Toi, moi et Darlene. Tu te rappelles Darlene ? Tu l'as vue chez moi. Une blonde. Elle adore les feuilles de rose. Amène tes capotes. Je rigole, Lonny. Appelle-moi, mon joli. J't'embrasse. Tu connais mon numéro. Bye bye. »

Philip fixait du regard le répondeur pendant qu'Ina Rae laissait son message. Combien pouvait-il y avoir d'Ina Rae ? se demandait-il. C'était certainement celle qui avait oublié d'apporter les godemichés chez Casper Stieglitz.

De la bouteille ouverte sortait une forte odeur de bière. Philip l'éloigna de lui. Par habitude, il retourna la première page du manuscrit, se demandant si par hasard Lonny Edge, vedette du porno vidéo, n'était pas en train de rédiger ses mémoires. Le feuillet portait la trace humide de la bouteille de bière. En haut de la page, était écrit : « Chapitre quatre ». Il se mit à lire machinalement. À sa grande surprise, le style de la prose qu'il lisait lui fut instantanément familier. D'instinct, il eut la certitude que son auteur n'était pas Lonny Edge. Philip, avant l'accident qui l'avait obligé à quitter Princeton, avait écrit son mémoire de diplôme sur l'œuvre du romancier Basil Plant, mort à Los Angeles quelques années plus tôt, d'une overdose de médicaments pris en état d'ivresse.

Basil Plant avait toujours proclamé que son roman attendu depuis longtemps, *Déjeuner aux chandelles*, était achevé, tandis que ses détracteurs, qui étaient légion, disaient qu'il était victime d'un blocage et que sa carrière d'écrivain était terminée. Trois chapitres de *Déjeuner aux chandelles*, publiés dans le magazine *Monsieur*, avaient provoqué un scandale après lequel Basil avait été frappé d'ostracisme par les gens mêmes qu'il décrivait. Le reste du livre n'avait jamais paru, alors que Basil affirmait à son éditeur que le livre était fini et lui serait remis incessamment. Après sa mort, le manuscrit n'avait jamais été retrouvé et les trois premiers chapitres avaient finalement été édités comme « fragment d'un roman inachevé ».

Philip était tellement fasciné par sa lecture, qu'il ne se rendit pas compte que le bruit de la douche dans la salle de bains avait cessé. Il comprenait pourquoi le manuscrit de Basil Plant n'avait jamais pu être retrouvé : il dormait dans le bungalow d'un prostitué, vedette de films porno, habitant sur Cahuenga Boulevard, celui-là même qui était rentré avec Hector

Paradiso la nuit où il avait été assassiné. Il n'entendit pas non plus Lonny fredonner *Singin'in the rain* tout en se séchant. Si bien qu'il fut pris à l'improviste quand le garçon, complètement nu, entra dans la pièce en chantant toujours, à la manière de Gene Kelly.

Les deux jeunes gens se regardèrent avec stupéfaction.

– Bon Dieu de merde ! s'écria Lonny.

– Apparemment, je ne suis pas celui que vous attendiez, dit Philip en même temps.

– Vous pouvez le dire ! s'exclama Lonny. Je pensais que c'était Cyril Rathbone ! ajouta-t-il en attrapant sa serviette humide accrochée derrière la porte de la salle de bains pour la nouer autour de sa taille.

– Je m'appelle Philip Quennell, dit Philip en tendant la main. J'ai eu votre adresse par Zane, le barman du « Miss Garbo's ». J'aurais voulu vous appeler d'abord, mais il ne m'a pas donné votre numéro de téléphone et vous n'êtes pas dans l'annuaire.

Lonny contempla Philip d'un œil connaisseur, avec des yeux polissons injectés de sang, et dit en souriant :

– Soyez le bienvenu. Tous les amis de Zane et cetera… et cetera… Je veux dire, j'aurais préféré le savoir à l'avance. J'ai un autre rencard à quatre heures, il faut qu'on se presse, ou bien on peut remettre à demain. Le problème, c'est que Cyril est un client régulier. Tous les jeudis à quatre heures. C'est un type à histoires, très ponctuel, assez odieux si je suis en retard.

Philip ne savait que dire…

– Écoutez, pourquoi ne vous habillez-vous pas ? On pourrait parler avant l'arrivée de votre ami.

– Je n'ai pas froid ! dit Lonny en resserrant la serviette autour de ses hanches.

Il se dirigea vers la table où Philip avait feuilleté le manuscrit pour remettre les pages en ordre.

Pendant un moment, l'intérêt de Philip oscilla entre le manuscrit et la raison pour laquelle il était venu.

– Je suppose que vous trouvez bizarre ma visite, dit-il en essayant d'entrer dans le vif du sujet.

– Mon Dieu ! Comment se fait-il que vous ayez besoin de payer pour ça, un beau garçon comme vous ? demanda Lonny en examinant Philip.

– Non, je ne suis pas ici pour ce que vous croyez, Lonny.

Le garçon, soudain soupçonneux, retourna dans la salle de bains et prit une robe de chambre, suspendue derrière la porte. Sur la poche, on pouvait lire : « Hôtel Beverly Hills ».

– Qu'est-ce qui se passe ? dit-il. Qu'est-ce que vous voulez ? Qu'est-ce qui vous autorise à entrer comme ça chez moi ? C'est une propriété privée ici.

– Je voulais vous poser deux ou trois questions.

– Vous êtes un flic ?

– Non.

– Un journaliste ?

– Non.

– Quoi alors ?

Philip ne répondit pas. Les questions n'étaient pas si absurdes. Qui suis-je ? se demanda-t-il. Pas un flic. Ni un journaliste. Il ne savait pas comment expliquer sa présence à Lonny. Le garçon ne correspondait pas à l'image qu'il se faisait de l'assassin d'Hector Paradiso.

– Je suis curieux de savoir comment est mort Hector Paradiso, dit-il enfin.

Lonny, terrorisé, avala sa salive.

– Comment voulez-vous que je sache comment est mort Hector Paradiso ?

– Vous étiez avec lui quand il a quitté le « Miss Garbo's » la nuit de sa mort.

– Qui a dit ça ?

– Plusieurs personnes. Dont Zane.

– Et qu'est-ce que vous êtes par rapport à Hector Paradiso ? Vous êtes de sa famille ? Son avocat ? ou quoi ?

De nouveau, Philip fut embarrassé pour répondre. Pour Hector Paradiso, il n'était rien. Il ne l'avait vu que deux fois dans sa vie. Une fois chez Pauline Mendelson où Hector passait la soirée à danser, sans le moindre souci, et une autre fois, quelques heures plus tard, raide mort dans sa bibliothèque, avec cinq balles dans le corps. Il ne pouvait même pas dire : « Je suis l'amant de sa nièce », car il ne l'était plus et la nièce d'Hector Paradiso elle-même paraissait aussi désireuse que tous les autres de croire à la théorie de Jules Mendelson, selon laquelle il s'était suicidé.

– Je pense qu'il a été assassiné, finit par dire Philip.

– Et vous pensez que c'est moi qui l'ai tué ?

– Je n'ai pas dit cela.

– Alors, qu'est-ce que vous faites ici ?

– Je ne sais pas pourquoi je suis ici, avoua tranquillement Philip. Je voulais seulement savoir de quoi vous aviez l'air, et vous n'êtes pas du tout comme je vous imaginais.

Pendant un moment les deux hommes restèrent silencieux, prenant chacun la mesure de l'autre.

– Comment vous appelez-vous, déjà ? demanda Lonny.

– Quennell. Philip Quennell.

– Bon. Je l'ai cogné un peu parce qu'il le voulait. Je lui ai flanqué des tapes avec les semelles de ses souliers vernis, parce que c'était ce qu'il avait envie que je lui fasse... c'est comme ça qu'il prenait son pied ! Et je l'ai frappé avec une ceinture... mais ce n'est pas allé plus loin. Vous savez, ces types pleins d'argent, ils ont tout, mais ils se détestent eux-mêmes... Et ils aiment que quelqu'un d'inférieur à eux, comme moi, leur disent qu'ils ne sont que de la merde, et même de la sous-merde. Vous connaissez des mecs comme ça ?

Philip, qui ne connaissait pas de « mecs comme ça », fit « oui » d'un signe de tête comme s'il en connaissait.

– Il n'y a pas eu de bagarre au sujet de l'argent ou je ne sais quoi d'autre ?

– Ouais. On a eu des mots à propos de l'argent. Il me proposait un chèque. Je n'accepte pas les chèques. Les affaires de ce genre se règlent strictement au comptant, en espèces. Même avec mes clients réguliers, comme Cyril.

– Alors, comment vous a-t-il payé ?

Lonny haussa les épaules.

– Il m'a dit que tout avait été arrangé avec Manning Einsdorf. Je n'ai su sa mort que par un appel de Manning, le lendemain. Je le jure devant Dieu.

– Vous vous êtes battus pour le revolver ? demanda Philip.

– Il n'y avait pas de revolver, je le jure devant Dieu.

– Alors la police ne vous a pas interrogé ?

– Non.

– Est-ce qu'un homme du nom de Mendelson vous a posé des questions ?

Lonny regarda fixement Philip. On entendit un bruit de pas et une voix cria : «Hello-o-o-o. »

– Bon Dieu, c'est Cyril ! dit Lonny. Entre !

– Je t'ai apporté des petits fours, dit Cyril qui tenait un carton de pâtisseries à la main. Il parlait avec un accent anglais d'une mièvrerie étudiée.

Il avait une quarantaine d'années, était vêtu d'un complet croisé d'été avec une chemise blanche et une cravate rose, et avait sur la tête un canotier incliné avec désinvolture.

– Je vous présente Cyril. Voici mon ami... euh... Phil Queen.

Philip inclina la tête vers Cyril Rathbone qui se détourna. Il paraissait très ennuyé par une tache qu'il venait de découvrir sur sa cravate rose.

– Merde ! s'écria-t-il.

– Qu'est-ce qu'il y a ? demanda Lonny.

Cyril montra sa cravate.

– Mayonnaise, dit-il.

Puis :

– As-tu du soda ?

– Je m'en allais, dit Philip. Il se dirigea vers la porte.

– Le gin est dans la cuisine, Cyril. La glace est dans les bacs. Prépare-toi quelque chose à boire.

Lonny suivit Philip et les deux hommes sortirent.

– C'est mon rendez-vous de quatre heures, précisa Lonny.

– J'avais compris.

– Cyril ne sait pas que j'étais avec Hector la nuit de sa mort. Je ne veux pas qu'il le sache. Ils étaient très amis et il n'aurait pas aimé que je traficote avec Hector.

– Je ne vais pas le lui raconter ! Est-ce qu'il y avait chez lui, cette nuit-là, son valet ou quelqu'un d'autre ? ...

– Non. Seulement ce sale petit clebs, Astrid.

– Vous n'avez pas répondu à ma question au sujet de Jules Mendelson, tout à l'heure.

– Jules qui ?

Une voix venant d'un bungalow voisin cria :

– Hé Lonny ! tu as laissé ton pamplemousse et ton gobelet à café sur la fontaine ce matin. Le gardien est furax !

– Ça va, ça va, je vais tout ramasser.

– Il dit que tu transformes cet endroit en porcherie.

– Bon dieu ! grogna Lonny exaspéré, il faut que j'y aille !

Il se dirigea vers la fontaine et ramassa les restes de son petit déjeuner. Philip allait tourner les talons, mais il s'arrêta net et se retourna vers Lonny :

– Vous connaissiez bien Basil Plant ?

– Basil Plant ? répéta Lonny, surpris. Oui, je le connaissais assez bien.

– D'où sortez-vous ce manuscrit que j'ai vu sur votre table ?

– C'est une longue histoire.

– J'aimerais bien l'entendre.

– Je le lui ai piqué une nuit qu'il était complètement soûl et agressif. Pourquoi ?

– Il ne vous l'a jamais réclamé, plus tard ?

– Il avait oublié que je lui avais pris. Et puis, il est mort.

– Et vous ne l'avez jamais montré à Cyril Rathbone ?

– Cyril vient ici pour une seule et unique raison. Nous ne parlons pas beaucoup...

184

– Ce manuscrit vaut beaucoup d'argent, si c'est ce que je pense.

– Vraiment ?

Tout à coup, Lonny sembla intéressé.

– Si un jour, vous voulez en parler, je suis au Château-Marmont…

– Entendu. Dommage que vous ne soyez pas amateur ! Je ne vous aurais rien fait payer…

Philip éclata de rire.

– Oh ! dit-il avec un claquement de doigts comme s'il se souvenait de quelque chose.

– Quoi ?

– Ina Rae a appelé pendant que vous étiez sous la douche. Elle a besoin de vous pour une partie carrée dimanche soir, tard.

– Il faut que je vous dise une chose, cria Lonny du haut des marches.

– Qu'est-ce que c'est ?

– Je n'ai pas été le seul visiteur chez Hector, cette nuit-là, dit Lonny.

Philip le considéra avec étonnement, puis commença à grimper quelques marches. Mais Lonny l'arrêta de la main :

– Pas maintenant, mec ! J'ai un client qui m'attend. Ma pension est arrivée.

Quand Philip entra dans sa chambre au Château-Marmont, il fut surpris de trouver ouverte la fenêtre du balcon qui donnait sur Sunset Boulevard. Pendant un instant il pensa qu'il avait été cambriolé ou même que le cambriolage était en cours. Lentement, en restant hors de vue, il longea le mur dans la direction de la fenêtre et, quand il l'atteignit, la ferma brusquement. Au même instant, un visage de femme apparut derrière la vitre. C'était Camilla Ebury. Ils se regardèrent un moment, puis Philip ouvrit la fenêtre.

– J'ai pensé qu'il était temps que je voie où vous viviez, dit-elle.

Elle le regardait timidement, comme si elle se demandait comment il allait l'accueillir.

Il lui sourit.

– Comme je suis content de vous voir ! dit-il. Je croyais avoir affaire à un cambrioleur.

– Non. Seulement à une femme qui est à la recherche d'un homme qui lui manque.

Elle était embarrassée par sa franchise.

– Je suis profondément touché. J'ai détesté la manière dont je vous ai quittée.

– Je n'avais pas compris à quel point je tenais à vous. Puis, tout à coup, je m'en suis rendu compte. D'ailleurs, je l'avais pressenti dès notre première rencontre. Je ne voulais pas que vous me quittiez.

Camilla semblait au bord des larmes. Philip alla vers elle et la prit dans ses bras.

– Je suis heureux que vous soyez ici.

Il la serra très fort contre lui pendant un long moment, puis il la regarda et caressa son visage avant de l'embrasser. Plus qu'un désir purement physique, ce baiser exprimait les premiers émois de l'amour.

– Il faut que je vous avoue quelque chose, pour qu'il n'y ait aucun malentendu entre nous, dit Philip.

Il fit un pas en arrière et la regarda droit dans les yeux :

– Je suis allé voir Lonny Edge. Le type du bar « Miss Garbo's », celui dont on m'a dit qu'il avait accompagné Hector chez lui.

Elle hocha la tête.

– J'étais sûre que vous y étiez allé. Il était affreux ?

– Pas du tout affreux. Un peu louche peut-être, mais pas du tout affreux.

– Bon. Racontez-moi. Je veux tout entendre. Je veux savoir. Tout.

– Il tourne dans des pornos vidéo, et apparemment c'est une vedette dans ce domaine.

– Vous dites qu'il a quitté le «Miss Garbo's» avec mon oncle? Alors, qu'est-il arrivé?

– Quelque chose de bizarre. Je ne pense pas que ce soit lui l'assassin de votre oncle.

Récit de Flo   Cassette n° 12

Comme vous savez, j'ai toujours eu l'ambition de devenir une actrice, mais jamais je n'ai fait grand-chose pour y arriver, à part les photos pour mon press-book. Et comme une fois ma maison en ordre, je n'avais plus rien à faire et beaucoup de temps à moi, je me suis dit : « C'est maintenant ou jamais. » Je ne savais pas du tout par où commencer, et certainement je n'allais pas en parler à Jules qui aurait aussitôt trouvé une bonne raison pour m'empêcher d'agir. Curieusement, qu'on le veuille ou non, ce n'était pas Faye Converse qui avait un très bon contact avec le show-business mais Glyceria. Sa sœur était la femme de chambre d'un « régisseur d'acteurs » chez Colossus. Elle s'est arrangée pour me le faire rencontrer. Il m'a envoyée passer une audition pour un petit rôle dans une mini-série, pour le cas où ils prendraient une inconnue. C'était le rôle d'une fille un peu marginale qui épouse un type de la haute société, puis tue son mari à coups de revolver... mais vous n'avez pas besoin de connaître cette intrigue à la gomme...

Alors, je me suis faite belle. Pooky m'a coiffée, Blanchette m'a fait les ongles, et je suis arrivée dans ce studio comme si j'avais le monde à mes pieds. Je parlais avec ma nouvelle voix distinguée, comme celle de Pauline que j'avais entendue une fois ; comme Madge White et Camilla Ebury. On me présente au producteur et au metteur en scène, je bavarde avec eux et je les fais rire. Ils disent sur mon compte des choses incroyables,

comme quoi je pouvais devenir la nouvelle Maureen O'Hara,
ou Rhonda Fleming, ou Arlene Dahl, à cause de mes cheveux
roux. Tout marchait comme sur des roulettes. Puis, ils me
demandent de lire. Alors, je panique et c'est la catastrophe. Je
ne peux pas y arriver, je me trompe de ligne, je prononce cer-
tains mots de travers. Je deviens rouge comme une écrevisse,
et je sais que ce rouge-là va très mal avec celui de mes cheveux.
Je demande si je peux recommencer, ils répondent « bien
sûr »! mais à la façon dont ils disent « bien sûr », je sais déjà
que je n'aurai pas le rôle.

Je n'en ai jamais parlé à Jules. Le régisseur pour qui tra-
vaillait la sœur de Glyceria a dit qu'il m'appellerait la prochaine
fois que quelque chose se présenterait, mais je n'ai jamais plus
entendu parler de lui. De toute façon, ils ont donné le rôle à
Ann Margret. Je crois qu'ils avaient besoin d'un nom connu.

13

– Qui est cette femme ? demanda la décoratrice Nellie Potts à propos de la cliente qui venait de sortir.

Nellie déjeunait à l'Ivy, sur Robertson Boulevard, avec Petra von Kant, la fleuriste à la mode dont la boutique se trouvait non loin de là.

– J'ai mon idée, répondit Petra, en tapant sur son verre pour indiquer au garçon qu'elle voulait un autre Bloody Mary.

– Elle dépense quarante mille dollars pour de nouveaux rideaux dans une maison de location, sans compter qu'elle a fait abattre un mur pour agrandir son dressing-room et ses armoires, dit Nellie.

– Et tous ces tailleurs Chanel ! dit Petra qui, depuis quelque temps, composait des bouquets pour la dame en question.

– Comment peut-elle dépenser tout cet argent dans cette maison alors qu'elle n'a qu'un bail de trois ans ? …

– C'est son affaire.

– Elle n'a pas l'air d'avoir fait un héritage. Elle ne semble pas travailler.

– Ni faire quoi que ce soit, d'ailleurs, dit Petra. Elle m'interroge sans arrêt. Elle veut savoir pour quelles soirées je prépare des bouquets, et quel genre de fleurs mes clientes ont commandées et même combien elles coûtent.

– Elle veut tout savoir sur mes clients également. Elle ne prend de décision sur rien tant que je ne lui ai pas dit que quelqu'un de très lancé et qu'elle connaît par la chronique de Cyril Rathbone a exactement le même divan, avec le même tissu. Alors, elle le veut… Pourtant, je l'aime bien…

– Moi aussi.

– Elle doit être entretenue par quelqu'un de très riche, dit Nellie.

– C'est sûr ! répondit Petra.

– Paye-t-elle ses factures ?

– Rubis sur l'ongle. Elle n'attend même pas le premier du mois.

Sans sa perruque blonde, sans son maquillage bleu autour des yeux et les lentilles de contact bleutées qu'elle portait pendant sa vie secrète dans les boîtes de nuit, Marvene Mc Queen, alias Hortense Madden, la redoutable critique littéraire du magazine *Mulholland* retournait à son véritable métier, écrasant de son mépris tous les auteurs à succès.

Ses cheveux étaient tirés en arrière et rassemblés en un chignon de vieille fille, et elle portait des verres si épais qu'ils agrandissaient ses yeux. Ce jour-là, la constante moue de mécontentement de son visage s'était encore accentuée. Elle venait de mettre un point final à une critique venimeuse sur la dernière œuvre d'un romancier populaire qui serait à coup sûr profondément blessé par ses attaques personnelles. Ce qui était exactement le but recherché par Hortense Madden, bien que cette satisfaction mauvaise n'ait pas apporté un instant de répit à ses tourments.

Elle venait d'ouvrir une lettre de refus de Derrick Lafferty, disc-jockey d'une station F. M., jointe à une cassette qu'on lui renvoyait : des chansons tristes sur des amours perdues, qu'elle avait enregistrées à ses frais. Ce disc-jockey vouait un véritable culte à des chanteuses depuis longtemps disparues des clubs où l'on va souper, et qu'il appelait « des magiciennes » : Libby Holman, Mabel Mercer Spiwy et Bricktop.

Hortense Madden chantait les mêmes chansons que ces artistes dont Derrick Lafferty vénérait la mémoire, mais il avait jugé inadaptées à son programme celles qu'Hortense avait enregistrées. Ce refus de reconnaître son talent artistique personnel était plus insupportable à Hortense Madden qu'elle ne l'avait imaginé.

Dans le bureau voisin, à travers des murs guère plus épais que du papier, elle pouvait entendre Cyril Rathbone, chargé des potins à *Mulholland*, qui bavardait en riant au téléphone, acceptant des invitations, notant des ragots pour sa chronique, et arrangeant des rendez-vous pour déjeuner dans des restaurants à la mode. Hortense Madden n'avait que mépris pour Cyril Rathbone qu'elle considérait comme un philistin.

Juste au moment où elle allait commander par téléphone un sandwich pour son déjeuner, qu'une fois de plus, elle prendrait seule au bureau, la sonnerie retentit. Elle laissa sa mauvaise humeur apparaître dans son «allô» qui ressembla à l'aboiement d'un chien furieux.

– Hortense ? demanda la voix à l'autre bout du fil.

– Qui est-ce ? dit-elle d'un ton rogue.

– Casper Stieglitz.

– Oh, bonjour, Casper.

– Mais, qu'est-ce que tu as ? Le son de ta voix me flanque la colique.

Hortense détesta l'expression.

– Je travaille, c'est tout !

– Qui est-ce que tu crucifies aujourd'hui ?

Elle fit semblant de n'avoir pas entendu.

– Tu avais quelque chose de spécial à me dire, Casper ?

– Je t'appelle pour t'inviter à dîner dimanche soir. Une petite soirée chez moi.

Comme tout le monde en ville, Marvene savait que Casper était en perte de vitesse ; elle faillit décliner son invitation.

– Il y aura Jules et Pauline Mendelson, et quelques autres, ajouta Casper sans attendre la réponse. Il était impossible de ne pas remarquer sa jubilation lorsqu'il prononça le nom des Mendelson.

Hortense fut suffoquée. Elle n'arrivait pas à croire qu'elle était invitée à un dîner où seraient présents les Mendelson.

Dans le bureau d'à côté, le rire caquetant de Cyril Rathbone continuait à se faire entendre. Elle savait à quel point Cyril brûlait de faire la connaissance de Pauline Mendelson, et elle savait aussi que celle-ci lui avait toujours refusé l'autorisation de rendre compte de ses réceptions. La perspective de mettre Cyril au courant de l'invitation qu'elle venait de recevoir lui était si agréable que, pour la première fois depuis la réception de la lettre de refus de Derrick Lafferty, elle se sentit le cœur léger.

– Laisse-moi regarder mon carnet, Casper, dit-elle.

Elle n'avait nul besoin de le consulter car elle n'avait absolument aucun engagement, sauf son tour de chant au « Miss Garbo's », mais elle laissa passer un bon bout de temps avant de dire :

– C'est quand ?

– Dimanche.

– Il faudra que je fasse des acrobaties, mais ce sera possible, dit Hortense.

– À huit heures. On visionnera un film après le dîner.

– Merveilleux, Casper !

Flo March était étendu sur une chaise longue toute neuve, au bord de sa piscine. Elle avait retiré le soutien-gorge de son maillot de bain. Elle s'était placée de façon à recevoir sur le dos et sur les épaules, le soleil de la fin d'après-midi, au moment où ses rayons étaient moins violents. Sur la table auprès d'elle étaient posés un réveil réglé pour sonner au bout de vingt minutes, limite que recommandait son professeur d'aérobic, un téléphone blanc au bout d'un très long fil au cas où Jules appellerait, ce qu'il ferait certainement, et puis un seau à glace, plusieurs boîtes de Coca, de la lotion solaire, un exemplaire du dernier numéro de *Mulholland* ouvert à la page de la chronique de Cyril Rathbone, et une paire de jumelles, sa dernière acquisition. Flo, qui était plus solitaire qu'elle ne consentait à l'admettre, s'était mise à observer ses voisins du chemin Azelia, plus haut sur les collines. Elle était mi-endormie, mi-éveillée, quand le gémissement d'un petit chien la fit sursauter. Elle ouvrit les yeux, ôta ses grosses lunettes noires et vit un West Highland terrier qui la regardait fixement.

– Eh bien, bonjour ! dit Flo au petit chien. Que diable fais-tu ici ? À qui es-tu ?

Elle frappa dans ses mains et le chien sauta sur la chaise longue.

– Es-tu perdu ?

Elle se dressa sur son séant et remit le haut de son maillot.

– As-tu soif ? demanda-t-elle.

Elle se leva et alla sur le côté de la maison où son nouveau jardinier avait soigneusement enroulé un tuyau d'arrosage.

Quand le chien arriva près d'elle, Flo s'assit sur une chaise et le regarda boire. Quand il eut terminé, il sauta de nouveau sur les genoux de Flo, et elle le tint contre elle comme si c'était un bébé.

– Oh ! mon doux joli ! dit-elle.

Elle se sentait tout heureuse, assise là, en compagnie du chien.

– Pardon excuses, madame, dit une voix lui parvenant à travers la haie qui séparait sa maison de la maison voisine.

Flo resta muette pendant un moment, surprise de s'entendre appelée Madame pour la première fois. Mais elle tendit l'oreille.

– C'est moi que vous appelez ? cria Flo, sans rien voir derrière les arbustes.

– Avez-vous vu notre petit chien ?

– Oui, oui, dit Flo. Il est ici.

– Ça ne fait rien si je fais le tour par l'entrée pour venir le prendre, madame ? Miss Converse va m'attraper s'il s'échappe encore une fois. C'est moi qui suis censée le surveiller mais je ne peux pas m'occuper de faire marcher la maison de Miss

Converse, et garder en même temps un œil sur cette petite Astrid.

– Non, non, faites le tour, dit Flo.

– Te voilà, petite coquine ! dit la femme de chambre de la maison voisine en arrivant dans le jardin. Elle est venue vous déranger, madame. Excusez-nous…

– Oh, non ! Ne la grondez pas. Elle ne m'a pas dérangée du tout. C'est une merveilleuse petite chienne, si affectueuse, n'est-ce pas, chérie ? Vous m'avez dit qu'elle s'appelait comment ?

– Astrid.

– Drôle de nom pour un chien.

– Elle s'appelle comme ça en souvenir d'une championne de patinage disparue, ou je ne sais qui du même genre. En tous les cas, Miss Converse l'a eue par Mme Rose Cliveden, cette dame du grand monde, quand elle s'est cassé la jambe parce qu'elle s'était pris les pieds dans Astrid au déjeuner après l'enterrement, tout juste après l'avoir reçue en héritage d'Hector Paradiso qui s'est tiré cinq coups de revolver, même qu'ils disent que c'est un suicide. C'est quelque chose comme ça. Je m'y perds avec tous ces gens !

Flo la regarda, fascinée.

– Vous voulez dire que c'était la chienne d'Hector Paradiso ?

– Faites attention à elle, parce qu'elle a arraché le bout du doigt d'un jeune homme. J'ai oublié son nom…

– Mais c'est la plus gentille petite chienne que je connaisse, dit Flo, en prenant l'animal dans ses bras. Comment vous appelez-vous ? ajouta-t-elle.

– Glyceria, m'dame. Pardon de vous déranger comme ça !

– Oh, non ! Vous ne me dérangez pas du tout, dit Flo vivement.

Flo n'avait parlé à personne excepté Jules, depuis la visite, deux jours avant, de Nellie Potts venue surveiller la pose des nouveaux rideaux à quarante mille dollars.

– Puis-je vous offrir quelque chose à boire ? demanda-t-elle à Glyceria, n'ayant aucune envie de la voir partir.

– À boire ? Oh, non, m'dame ! dit Glyceria.

– Je ne veux pas dire à boire pour boire vraiment. Je veux dire, vous savez, un Coca ou un thé froid, ou quelque chose comme ça…

– Bon, peut-être un thé froid ne serait pas désagréable, mais je ne pourrai pas entendre le téléphone et Miss Converse ne sera pas contente.

– Quelle est cette Miss Converse ? demanda Flo, prudemment.

– Eh bien quoi ? Miss Faye Converse, bien sûr, répondit Glyceria.

– Faye Converse ! s'exclama Flo, ayant peine à contenir son émotion. La vedette de cinéma ? Faye Converse habite la porte à côté, derrière cette haie ?

– Vous ne saviez pas ? Vous n'avez pas remarqué le car de touristes qui passe par ici tous les jours ?

– Non, non, pas du tout. C'est extraordinaire dit-elle. Faye Converse est ma voisine, je n'arrive pas à le croire. Vous pouvez laisser Astrid ici tant que vous voulez. Je m'occuperai d'elle si vous avez à faire. Toute ma vie j'ai eu envie d'avoir un chien.

Jules Mendelson avait vu Astrid pour la première fois quand il était allé chez Hector Paradiso après avoir reçu le coup de téléphone matinal lui annonçant qu'Hector était mort. Il ne l'avait pas dit à Flo. Il ne partageait pas son enthousiasme pour Astrid, et la petite chienne avait conçu pour lui, en retour, une antipathie immédiate. Toutefois Astrid ne mordit pas Jules comme elle avait mordu Kippie, mais elle aboyait après lui avec tant de hargne que Jules entra en fureur. Flo ne l'avait jamais vu dans cet état.

– C'est la chienne de Faye Converse, Jules. Elle vient juste me faire une petite visite, dit Flo, comme si le fait de révéler l'identité de l'illustre propriétaire du chien devait pouvoir atténuer la colère et de son amant et du chien… Flo adorait pouvoir citer le nom de Faye Converse, maintenant qu'elle avait découvert qu'elle était sa voisine. Et peu lui importait que la grande star ne sût pas, pour sa part, qui elle était.

– Viens ici, vilaine, et cesse d'aboyer de cette façon, dit Flo à Astrid en tapotant de la main une place à côté d'elle sur son divan tout neuf dont Nellie Potts lui avait dit que le même satin rose recouvrait celui du salon de Rose Cliveden.

– Sors-moi ça de là ! cria Jules, furieux. Je ne veux pas de ce chien dans mes jambes !

Par la suite, chaque fois que, l'après-midi, Flo entendait la voiture de Jules dans l'allée, elle renvoyait Astrid chez la voisine par le trou de la haie, craignant que son amant ne finisse par lui interdire absolument de laisser entrer l'animal.

La petite chienne tenait maintenant une place importante dans sa vie. Tous les matins, après sa réunion chez les Alcooliques Anonymes, elle sifflait d'une façon particulière et Astrid venait faire sa visite. La chienne était dévorée du besoin d'être aimée et Flo ne se lassait jamais de la prendre dans ses bras, de la caresser, de lui parler.

Souvent Glyceria arrivait par la grande porte pour prendre un verre de thé glacé ou une tasse de café, selon le temps, et bavarder un peu avec Flo qui, toujours avide d'informations sur son illustre voisine, écoutait, ravie, les menus détails que lui communiquait Glyceria. Quelquefois le soir, quand elle était seule, Flo braquait ses jumelles sur la maison d'à côté, elle brûlait du désir de pénétrer dans le monde des gens célèbres et à la mode, mais elle finit par comprendre qu'elle n'aurait jamais dans ces milieux d'autre place que celle de maîtresse secrète de Jules Mendelson.

Je n'avais pas grandi dans le genre de milieu où l'on joue au golf ou au tennis. Mais le tennis a toujours été à mes yeux un sport qui avait de la classe. Et j'aimais les tenues, les shorts très courts et les coiffures avec une visière. Alors j'ai pris des leçons à l'Hôtel Beverly Hills trois fois par semaine. Et devinez ce qui est arrivé? Eh bien, j'étais assez bonne. Le prof de l'hôtel m'a dit qu'il n'avait jamais eu une élève ayant compris le jeu aussi vite que moi.

Quand Faye Converse recommença à tourner en extérieurs, Glyceria me dit qu'à son avis, le court de Faye étant disponible, je pourrais l'utiliser sans problème. Ç'aurait été comme si j'avais un court de tennis à moi. Le problème, c'est que je n'avais personne avec qui jouer.

14

Philip embrassa Camilla en lui disant au revoir.

– J'aimerais bien aller avec toi, dit-elle.

– Ça ne me paraît pas une très bonne idée.

– Je voudrais seulement voir de quoi a l'air une star du porno, dit Camilla.

– Oh ! Oh ! Comme vous avez changé, madame Ebury, dit Philip.

Quand Lonny Edge avait accepté de rencontrer Philip au café Viceroy sur Sunset Strip, il avait posé pour seule condition de ne pas parler d'Hector Paradiso, et Philip avait donné son accord.

– Il s'agit de ce manuscrit que vous avez en main, avait dit Philip. Pourquoi ne pas l'apporter ?

– Je ne veux pas le perdre de vue, mon vieux ! avait répondu Lonny.

Depuis que Philip Quennell lui avait donné l'idée que le document représentait peut-être beaucoup d'argent, il avait commencé à considérer la pile de papier froissé comme une sorte de trésor. À l'époque du sida, les fornicateurs réputés étaient moins sollicités, et Lonny, qui approchait de la trentaine, commençait à penser à son avenir. Il n'avait pas laissé le manuscrit sur la table du living, mais l'avait caché dans une boîte, au fond de son armoire, derrière une pile de chemises Lacoste.

Curly, le gérant du Viceroy, salua Lonny d'un signe de tête.

– Tiens ! Un revenant ! dit-il.

Lonny fit lui aussi un signe.

– Je cherche un M. Quennell, dit-il en parcourant les lieux d'un regard exercé.

– Il vous attend à la table treize.

Quand Lonny fut assis à la table de Philip, ils commandèrent deux cafés.

– Aimeriez-vous un petit déjeuner ? demanda Philip.

Lonny, né dans une famille pauvre, n'était pas de ceux qui refusent un repas gratuit, même après avoir déjà mangé, ce qui était le cas.

– Pour sûr ! répondit-il. Donnez-moi des crêpes et des œufs au plat avec du bacon. Bien cuit. Ce sera tout.

– Vous ne l'avez pas apporté ?

– Quoi ?

– Le manuscrit de Basil Plant.

– Je vous ai déjà dit que je ne voulais pas m'en séparer.

– Mais je ne peux pas vous indiquer ce qu'il vaut sans l'avoir lu !

– Je croyais que vous l'aviez lu chez moi.

– J'ai jeté un coup d'œil dessus pendant une minute et demie. D'après moi c'est le fameux manuscrit disparu de la circulation. Cela dit, il faut que j'en sois sûr avant de bouger le petit doigt. Avez-vous remarqué des annotations sur certaines pages ?

– Qu'est-ce que c'est des annotations ?

– Des notes, des rajouts, des choses de ce genre. Tout ce qui est écrit dans les marges.

Lonny haussa les épaules.

– Je n'en sais rien. Je n'ai jamais lu ce foutu machin. Combien ça peut valoir d'après vous, si c'est ce que vous pensez ?

– Je suis incapable de le dire. On en a déjà publié trois chapitres, et on n'a jamais trouvé la suite après la mort de Basil.

– Basil était un terrible pochard. Après boire, il devenait méchant. Le reste du temps, c'était le type le plus gentil du

200

monde. Même approximativement, vous n'avez pas idée de ce que ça vaut ?

– Je ne sais pas. Ce pourrait être beaucoup, mais il faut que je vérifie si ce n'est pas un faux avant de m'engager.

Comme Philip commençait à expliquer à Lonny les complexités de l'identification du manuscrit perdu, il leva les yeux et vit Jules Mendelson qui entrait dans le café, un exemplaire du *Wall Street Journal* sous le bras. Lonny, assis le dos à l'entrée, ne le vit pas. Philip observa Curly qui s'adressait à Jules d'une manière familière mais respectueuse. Jules s'assit, déplia son journal sur la table en formica et se mit à lire.

– Excusez-moi, dit Philip à Lonny. Je reviens tout de suite.

– C'est là-bas, la porte orange à côté de la caisse, dit Lonny.

Philip remercia d'un signe de tête et se dirigea vers les toilettes. En revenant, il alla jusqu'à la table de Jules Mendelson.

– Monsieur Mendelson ? dit-il.

Jules leva les yeux de son journal mais fit comme s'il ne connaissait pas Philip.

– Philip Quennell, insista-t-il.

– Oui ! fit Jules sur un ton qui n'invitait pas à poursuivre la conversation.

Il avait pris Philip en grippe depuis l'accident arrivé à la statuette de Degas.

Comme s'il lisait dans l'esprit de Jules, Philip ajouta :

– Je suis désolé pour la danseuse de Degas. J'ai écrit un mot d'excuses à Mme Mendelson.

– Elle me l'a dit, murmura Jules sans lever les yeux.

– Je ne me serais pas attendu à vous trouver en train de prendre votre petit déjeuner dans un endroit pareil, s'étonna Philip.

– Je ne prends pas mon petit déjeuner. Je bois un café. Je viens ici à cette heure, pour lire mon journal.

Il frappa du plat de la main le quotidien déployé sur la table, d'un geste manifestement destiné à dissuader Philip de s'attarder.

– Curieuse clientèle ici, remarqua Philip. Vous voyez ce type là-bas en train d'engloutir des crêpes ? En jean, T-shirt et blouson ?

– Qui est-ce ?

– Une star du porno. Prostitué.

Jules hocha la tête avec une totale indifférence et revint à son journal.

– Je ne savais pas que vous étiez porté là-dessus, dit-il avec un petit rire ironique.

Philip sourit et poursuivit :

– Bien entendu, vous ne savez pas ce qu'on dit de lui, n'est-ce pas ? On dit que c'est le type qui a tué Hector Paradiso.

Jules eut un sourire las.

– Oh ! Encore cette vieille histoire ! Hector s'est suicidé, monsieur Quennell. Vous n'avez qu'à lire le rapport de police.

– Hector est allé dans un bar, le « Miss Garbo's » après la soirée chez vous, cette nuit-là. Plusieurs témoins pourraient vous dire qu'Hector a quitté le « Miss Garbo's » accompagné de ce jeune homme.

– Jouer au détective est peut-être ce qui vous est arrivé de plus important dans la vie, mais pour moi ça n'a absolument aucun intérêt, dit Jules.

– Il tourna lentement la page qu'il était en train de lire et prit connaissance d'un article sur la sortie de prison, après cinq années passées sous les verrous, d'Elias Renthal, le financier de Wall Street.

– Ce problème n'a absolument rien à voir avec ma vie, reprit Philip. Pourquoi diable me préoccuperais-je de savoir si on a arrêté ou non le meurtrier ? Ce qui m'intéresse, moi, c'est de savoir ce que signifie le silence autour de cette affaire. Vraisemblablement, il s'agit de ce que les journaux à sensation vendus dans les supermarchés intitulent « Meurtre chez les homos ». Il a ramassé un type au « Miss Garbo's ». Il l'a emmené chez lui, s'est battu avec, probablement pour une histoire d'argent (on dit qu'il était radin), et il s'est fait tuer.

Ce n'est pas un scénario très exaltant, mais cela arrive assez souvent. C'est arrivé l'an dernier à un grand décorateur de New York : Bertie Lightfoot. Vous vous rappelez ? Je suis sûr que Pauline le connaissait. Et à San Francisco, au propriétaire d'une galerie. Comment s'appelait-il ? Ludovic Cato, non ? Même histoire. Poignardé à mort par un mystérieux étranger. Mais pourquoi ces cachotteries ici, à Los Angeles ? Qui donc essayez-vous de protéger ?

— Dites donc, Quennell, dit Jules levant enfin les yeux de son journal.

Il était habitué à être traité avec plus de déférence et sa voix était devenue rauque.

— Oui ?

— Écoutez bien ce que je vous dis, jeune couillon : vous ne savez pas de quoi vous parlez.

— Ah ! le grand collectionneur d'œuvres d'art, le grand philantrope a parlé !

Ils se défièrent un moment du regard, puis Philip s'en alla sans un mot de plus.

Quelquefois, quand ils avaient fini de faire l'amour, Jules encore tout nu, au lit, s'emparait du téléphone et appelait son bureau pour demander à Miss Maple s'il y avait des messages pour lui. Par deux fois, couché près de Flo, il parla au Président, à la Maison Blanche, le téléphone posé sur sa poitrine. Un jour, elle l'entendit dire très simplement, comme s'il s'agissait d'une personne ordinaire : « Mes hommages à Barbara », comme elle le raconta plus tard à Glyceria.

Flo était éblouie par la façon dont Jules pouvait traiter par téléphone des affaires concernant d'énormes sommes d'argent. Achetez ici, vendez ça. À entendre discuter de sommes aussi considérables chez elle, au moyen de son propre téléphone, elle se sentait devenir importante. Elle apprit peu à peu que Sims Lord était l'avocat de Jules et son plus proche associé, que Reza Bulbenkian était son contact à New York, que

Miss Maple était sa secrétaire depuis vingt ans. C'était elle qui payait toutes les factures de Flo et lui versait sa pension.

Ce jour-là, alors que Flo tendait à Jules une tasse de thé glacé, celui-ci dit :

– Je déteste le thé glacé en boîte. En fait, toutes les boissons en boîte. Point final.

– Oh !

Flo se sentait toujours blessée quand Jules critiquait ses façons de faire.

– Dis-moi, demanda-t-il en lui prenant la main, comment s'appelle ta décoratrice ?

– Nellie Potts.

– C'est ça. Nellie Potts. Dis-lui d'appeler Steuben à New York et de commander pour toi des verres convenables. Douze de chaque. Et fais-les venir par le Federal Express ; ils arriveront dans deux ou trois jours. Alors, tu pourras me servir à boire dans des verres décents.

– J'appellerai Nellie plus tard, répliqua Flo, enchantée quand elle avait un projet qui l'aidait à tuer le temps.

– À propos de Nellie Potts, continua Jules en étendant un bras hors du lit pour saisir à pleines mains un des nouveaux rideaux de Flo. As-tu une idée de ce qu'ils coûtent, ces rideaux ?

– Oui, bien sûr Jules.

– C'est vraiment beaucoup d'argent !... En avais-tu demandé le prix ?

– Mais oui, Jules.

– Et tu n'as pas discuté une note aussi exorbitante ?

Flo leva les sourcils.

– C'est dans tes moyens, Jules, dit-elle.

– Là n'est pas la question. Cette maison est en location. Dépenser quarante mille dollars pour des rideaux dans une maison en location n'a pas de sens. Tu ne pourras pas les emporter quand tu partiras, et ce ringard de la télé à qui tu loues sera le seul à en profiter.

– C'est inutile de me faire remarquer que cette maison ne

m'appartient pas, Jules et, incidemment, l'aménagement de mon dressing-room va te coûter encore autant.

– C'est incroyable !

– Est-ce que je ne vaux pas cela ? Si tu n'es pas satisfait de mes services, je serai heureuse de conclure d'autres arrangements, dit Flo avec hauteur.

– Allons, ne tombons pas dans ce genre de conversations. Je suis fatigué. J'ai un tas de choses importantes en tête.

Il ramassa son peignoir de tissu-éponge et l'endossa.

– Je veux que tu m'achètes cette maison, Jules. L'homme d'affaires de Trent Muldoon m'a dit qu'il était prêt à la vendre.

– Ce n'est pas l'heure de parler d'acheter des maisons. Je viens de te dire que je suis fatigué et que j'ai des soucis plein la tête.

– Tu remets sans cesse à plus tard. Aucun moment n'est le bon pour toi. Je veux quelque chose à mon nom. Je vis dans une maison en location, j'ai une voiture en leasing. Que vais-je devenir s'il t'arrive quelque chose ? Je me suis habituée à ce genre de vie.

– On va s'occuper de toi. Sims Lord prendra les dispositions nécessaires.

– Tu sais, je passe mes journées ici à t'attendre. Je n'ai pas d'amis sauf la femme de chambre de Faye Converse. Je n'ai pas de travail. Tu as peur d'être vu avec moi en public, alors je ne sors presque jamais... J'ai trente tailleurs Chanel et des rideaux à quarante mille dollars mais ce n'est pas une vie vraiment satisfaisante.

– D'accord, d'accord ! Je t'achèterai la maison...

– Merci, Jules, et je veux aussi la carte grise de la voiture à mon nom.

– Je ferais mieux de m'habiller, dit-il en sortant du lit et cherchant ses vêtements épars.

– Hé, il faudrait perdre un peu ce lard que tu as autour de la taille, dit Flo. Pauline t'emmène dans trop de banquets. Quand tu te baisses pour nouer tes lacets, ton visage devient tout rouge et tu souffles comme un phoque.

Jules fut à la fois vexé et touché. Il n'aimait pas qu'on lui rappelle sa corpulence. Mais il était frappé par la différence de ses relations avec Pauline. Avec Pauline, il s'habillait et se déshabillait dans son dressing-room et elle faisait de même dans le sien. Ils ne se présentaient pas l'un à l'autre avant d'être prêts à affronter le monde ou à aller au lit.

Flo vint vers lui et lui passa les bras autour du cou.

– Écoute, ça ne m'ennuie pas du tout. Ma façon de voir, c'est que j'en ai davantage à aimer...

Quand Jules eut fini de s'habiller, il passa dans le living de Flo. Elle était assise sur son canapé flambant neuf et lisait les potins de Cyril Rathbone dans *Mulholland*. Il fut absurdement touché de la voir remuer les lèvres en lisant.

– Oh là ! dit Flo, en tenant le petit doigt en l'air, ce qu'elle considérait comme un geste très élégant.

– Quoi ? demanda Jules.

– Pauline Mendelson ouvre sa serre aux orchidées pour la visite du Club Jardinage de Los Angeles, lut-elle. Mme Mendelson, la très distinguée épouse du milliardaire Jules Mendelson, a réussi à faire pousser un phalaenopsis jaune, très rare. C'est comme ça qu'on prononce ?

Jules se détourna. Il ne pouvait supporter que les deux parties de sa vie empiètent l'une sur l'autre.

– Tu sais, Flo, il ne faut pas remuer les lèvres en lisant, dit-il.

– J'ai fait ça ? demanda-t-elle en se donnant une petite claque sur la bouche. Quand j'étais en classe à l'école du Saint-Sacrement, Sœur Andretta, mon professeur, me disait toujours : «Fleurette, tu bouges les lèvres», et toutes les gamines de la classe riaient. Je croyais que je ne le faisais plus.

– Demain, je t'apporterai des livres que tu dois absolument lire plutôt que tous ces ragots.

– Pas des trop longs, pour l'amour du ciel ! Sinon mes lèvres vont s'user.

Pauline n'avait pas posé de questions à Jules à propos de

cette odeur de femme qu'elle avait flairée un jour sur ses doigts. Mais elle avait commencé à l'observer avec plus d'attention. Il n'y avait aucun signe révélateur, rien d'évident comme des traces de rouge à lèvres sur ses mouchoirs ou sur ses cols. Pour la première fois depuis qu'ils avaient emménagé aux «Nuages» vingt-deux ans auparavant, l'habitude qu'ils avaient de se rejoindre chaque soir pour prendre un verre de vin avant de s'habiller pour dîner avait pourtant été rompue. Quand ils étaient ensemble en voiture pour aller à une soirée ou en revenir, elle avait l'impression que l'esprit de Jules était ailleurs, mais une fois arrivés chez les gens qui les avaient invités, ils reprenaient immédiatement leur rôle d'époux entièrement dévoués l'un à l'autre, sans donner jamais, même à l'observateur le plus attentif, le sentiment qu'ils étaient en train de jouer une comédie. Plusieurs fois Pauline s'éveillait la nuit et voyait Jules, étendu auprès d'elle, regarder fixement le plafond, elle ne disait rien. Elle savait que le moment était venu d'aller voir son père dans le Maine, mais elle ne souffla mot de ses projets.

Elle s'était habituée à son rôle de femme d'un des plus éminents personnages du pays et elle savait qu'un homme, de l'importance de son mari, serait très difficile à remplacer, même pour l'une des filles Mac Adoo, ces spécialistes des beaux mariages. Elle avait choisi la voie de la prudence. Jules, voyant le changement d'attitude de sa femme, comprit que quelque chose n'allait pas. Il pensa même qu'elle avait peut-être entendu parler de sa liaison, malgré tous ses efforts pour la garder secrète.

En butte au soupçon, redoutant l'écroulement d'un mariage qu'il voulait préserver à tout prix, il n'en poursuivit pas moins ses visites de l'après-midi au chemin Azelia, son désir pour Flo ne lui laissait pas une seconde de répit. Ses ardeurs érotiques devenaient chaque jour plus violentes; il voulait voir à l'instant même où il en avait envie ses seins et son ample toison qui, pour lui, étaient plus attrayants que son visage. «Sois nue», lui disait-il au téléphone, de sa voiture, afin que pas une minute du temps qu'ils avaient à passer ensemble ne soit perdue. Il la désirait de plus en plus et elle se soumettait toujours à son désir.

– Ton parfum naturel me rend fou, disait-il, lui demandant de débiter des obscénités pendant qu'ils faisaient l'amour.

– Où diable as-tu appris à parler comme ça? demanda-t-il un jour.

Elle était étendue sur le dos dans le lit et fumait une cigarette, en regardant dans le vide, et elle répondit sur un ton étonnamment dur:

– Ne me fais pas la morale après avoir pris ton plaisir, Jules. J'ai fait ce que tu as voulu.

Il la regarda. Il savait qu'elle avait raison. Le lendemain, il lui apporta une bague avec un saphir entouré de diamants.

– Comme Lady Di, remarqua-t-elle. En plus gros. J'ai toujours pensé que si j'avais une bague un jour, une bague vraiment belle, j'adorerais avoir un saphir. Je te l'avais dit, Jules? Non, n'est-ce pas? Comment as-tu su?

– C'est la couleur de tes yeux.

Elle fut touchée.

– Tu es surprenant, Jules. Quelquefois tu es si bourru et si peu sentimental! Je ne pensais pas que tu aies remarqué quoi que ce soit en moi, sauf les poils de mon pubis.

Jules éclata d'un grand rire. Il savait qu'elle était inférieure à lui, à la fois socialement et intellectuellement, mais il l'aimait. Il l'aimait comme un fou.

– Je t'aime, Jules, dit-elle simplement.

– Vraiment?

Elle pensa à ce qu'elle venait de dire. Peut-être avait-elle pour lui une sorte de vénération plutôt que de l'amour, mais certainement l'amour était présent lui aussi.

– Oui, vraiment, répliqua-t-elle.

Quand il partit ce jour-là, elle l'accompagna jusqu'à sa voiture.

– Je suis folle de cette bague, Jules. Je ne la quitterai jamais. Mais tu n'oublieras pas la maison, n'est-ce pas ? Je veux être propriétaire de cette maison.

Quelques jours plus tard, les deux femmes qui occupaient la vie de Jules Mendelson se rencontrèrent par hasard sur le parking du salon de coiffure de Pooky. Pauline y allait rarement. Elle était l'une des très rares clientes pour lesquelles Pooky modifiait volontiers son emploi du temps. Généralement il montait jusqu'aux « Nuages » pour la coiffer. Mais le jour du dîner de Casper Stieglitz, auquel elle n'avait pas du tout envie d'aller, Pooky, ayant été prévenu trop tard, Pauline dut prendre la Bentley pour aller jusqu'à Beverly Hills se faire coiffer au salon. Comme elle se garait derrière la boutique, un cabriolet Mercedes rouge fit une marche arrière et heurta sa voiture. C'était Flo March qui quittait le salon après son rendez-vous.

– Je suis absolument désolée, dit Flo en bondissant hors de sa voiture pour courir vers celle de Pauline.

– C'est entièrement ma faute. Mais je suis assurée. Ne vous en faites pas. Et ce n'est rien… juste une égratignure.

En regardant à l'intérieur de la voiture, Flo se rendit compte que c'était Pauline Mendelson.

– Oh, mon Dieu ! madame Mendelson, dit-elle, vous n'avez rien ?

– Non. Tout va bien. J'ai à peine senti le choc, dit Pauline.

Elle sortit de sa voiture et en fit le tour pour constater les dégâts. Pauline eut l'impression que la jeune femme n'était pas pour elle une inconnue.

– Est-ce que nous nous connaissons ? Nous sommes-nous déjà rencontrées ? demanda-t-elle.

– Non, non, pas du tout.

Flo était intimidée et parlait très vite.

– Je sais seulement qui vous êtes. Je vous reconnais parce que je vois tout le temps votre photo dans les magazines. Vous êtes sûre que vous n'avez rien ?

Elle ne ressentait rien d'autre que de la fascination pour la femme de son amant. Pauline sourit.

– J'adore votre tailleur, dit-elle.

– Oh ! mon dieu ! c'est vous qui me dites ça ! répliqua Flo, ravie d'un tel compliment.

Puis, regardant le tailleur Chanel, Pauline se souvint :

– Je sais où je vous ai vue. À l'enterrement d'Hector Paradiso. Vous étiez une amie d'Hector ?

Flo commença à devenir nerveuse.

– Oui, je connaissais Hector. Il faut que je me dépêche. Merci d'avoir été si aimable.

– Dites-moi votre nom, je dirai à Jules que je vous ai rencontrée.

– Au revoir, madame Mendelson.

Elle courut vers sa voiture et s'y jeta. Puis elle mit le contact et la Mercedes fit un bond en avant. Flo était toute retournée. Il ne lui était jamais venu à l'esprit que Pauline Mendelson pouvait être aimable.

Pauline n'était certes pas le genre de femme qu'on pouvait acheter avec un bijou, quel qu'en fût le prix. Mais Jules, dans l'espoir de dégeler leurs rapports, prit des dispositions pour faire un cadeau à sa femme. Il avait entendu dire par le grand ami de Pauline, le prince Friedrich de Hesse-Darmstadt, directeur du département joaillerie à la salle des ventes Boothby de Londres, qu'une certaine paire de boucles d'oreilles en diamants jaunes serait mise en vente au cours de la semaine, et il avait donné des instructions pour que soient faites des enchères en son nom.

Ce dimanche, jour du dîner de Casper Stieglitz, Willi, le coiffeur de Jules, vint à la fin de l'après-midi pour lui couper les cheveux. C'est seulement la veille que Jules avait réussi à persuader Pauline de l'accompagner chez Casper.

– Ce serait très important pour moi, avait-il dit.

Elle avait perçu dans sa voix une insistance qu'elle n'entendait pas souvent. Elle sentait que c'était le moment d'aborder le sujet de l'autre femme. Mais elle se retint, ne voulant pas approcher ce tournant de leur vie d'une manière aussi détournée.

« Très bien, Jules », avait-elle dit simplement.

– Attendez que je vous montre ce que j'ai acheté pour Pauline, dit Jules au coiffeur, dans un rare moment d'intimité avec cet homme qui venait le raser chez lui depuis vingt-cinq ans.

Il tendit le bras vers le tiroir du haut de la coiffeuse et prit une petite boîte de velours. Il l'ouvrit et montra une paire de boucles d'oreilles en diamants jaune canari, entourés de diamants plus petits.

– Regardez ! dit-il avec fierté, elle cherche depuis un certain temps les boucles d'oreilles assorties à son collier et son bracelet de diamants jaunes.

Willi, le coiffeur, ne connaissait rien aux diamants canari, mais il vit qu'ils étaient très gros et il eut le cri d'admiration adéquat. À ce moment précis, Pauline entra en négligé dans le cabinet de toilette de Jules, portant deux robes sur des cintres recouverts de velours.

– Laquelle de ces deux robes serait mieux appropriée à vos amis, M. Zwillman et M. Stieglitz ? demanda-t-elle.

Jules qui savait mieux que personne que nul ne pouvait rivaliser avec sa femme en matière d'élégance et de goût perçut le côté sarcastique de la question, mais il ne le releva pas.

– Bonjour, Willi, dit-elle au coiffeur.

– Bonjour, madame Mendelson, dit Willi.

Il continua son travail, mais tout en coupant et en coiffant les cheveux de son client, il sentit qu'un changement était survenu dans les relations du couple qu'il avait fini par si bien connaître.

– Je choisirais celle-ci, dit Jules, désignant l'une des deux robes. Vous savez, c'est un dimanche soir, pas trop habillé, vous ne croyez pas ?

– Je ne suis jamais allée à un dîner de gangsters, un dimanche soir, alors, je ne sais pas.

– M. Stieglitz est un producteur de films.

– Mais M. Zwillman est un gangster, c'est du moins ce que dit Rose Cliveden, répliqua Pauline. Elle a suggéré un corsage.

– J'ai un cadeau pour vous, dit Jules rapidement, pour changer de sujet. Le voici.

Il lui tendit la boîte de velours.

Pauline ouvrit la boîte et regarda les diamants jaunes.

– Très joli, dit-elle, sans cette sorte d'enthousiasme qu'un cadeau aussi extravagant aurait dû provoquer.

Il sembla à Jules qu'elle était sur le point de dire quelque chose d'autre et il attendit, la regardant dans le miroir, tandis que Willi continuait de lui couper les cheveux.

– Je les ai vues dans le catalogue de Boothby que m'a envoyé Friedrich. Elles appartenaient à une Mme Scorpios.

– À quelle heure sommes-nous attendus chez M. Stieglitz ?

Jules et le coiffeur échangèrent un regard dans le miroir, Jules, gêné, haussa les épaules.

Pauline Mendelson était connue pour être l'une des plus agréables hôtesses en société, mais ses talents n'entraient en jeu que lorsqu'elle se trouvait avec les gens de son monde. Ceux qu'elle s'attendait à rencontrer ce dimanche soir n'y appartenaient absolument pas et elle était bien décidée à ne faire aucun effort d'aucune sorte.

Lorsque les Mendelson entrèrent dans le salon de Casper Stieglitz, ils furent étonnés du nombre des invités. Arnie Zwillman avait insisté pour qu'il y ait beaucoup de monde... Ainsi, lorsque Arnie proposerait à Jules une conversation à deux pendant la projection du film, leur absence serait moins remarquée. Pearl Silver, femme d'un producteur en renom, et hôtesse bien connue dans les milieux du cinéma, avait été ajoutée sur la liste la veille. Elle avait accepté l'invitation en apprenant que Marty et Sylvia Lesky l'avaient eux aussi acceptée, Marty Lesky, le patron des films Colossus, considéré par beaucoup comme l'homme le plus puissant de l'industrie cinématographique, et Sylvia Lesky, dont le père avait été à la tête des mêmes studios, dirigés maintenant par son mari. Les chroniqueurs, tels que Cyril Rathbone, la décrivaient comme une des reines d'Hollywood. Marty Lesky, farouchement opposé à la drogue, ne serait jamais allé chez Casper Stieglitz, si la veille, au cours d'une partie de cartes au Hillerest Country Club il n'avait appris que les Mendelson seraient présents.

– Vous voulez rire ? avait-il dit, Jules Mendelson chez Casper Stieglitz ? Et avec Pauline ? Quelqu'un pourrait-il m'expliquer s'il vous plaît ?

Certainement, Marty Lesky n'avait aucune ambition sociale, mais comme beaucoup de gens de cinéma, il s'était mis à collectionner des œuvres d'art avec passion et venait d'être choisi comme membre du Conseil d'Administration du Musée d'Art du Comté de Los Angeles. À ce titre, il espérait que Jules Mendelson léguerait au musée sa célèbre collection.

Dom Belcanto, le fameux chanteur de rengaines populaires, dont on disait qu'il avait des rapports avec la mafia, et Pepper, sa quatrième épouse, faisaient aussi partie du groupe. On savait que Dom jouait aux cartes tous les vendredis soir à Palm Springs avec Arnie Zwillman, et c'était ce dernier qui avait demandé à Dom et à Pepper de venir. À la dernière minute, on avait invité aussi Amos Swank, le présentateur des émissions de la nuit, qui n'allait presque jamais dans les réceptions et n'articulait pratiquement pas un mot quand il acceptait de s'y rendre, alors qu'il faisait rire aux larmes presque toute l'Amérique cinq soirs sur sept, avec les interviews de son émission «Après minuit». Amos venait tout juste de se marier pour la quatrième fois, et c'était sa nouvelle épouse qui l'avait persuadé de se rendre à cette invitation.

Bien que n'étant pas liée d'amitié avec elles, Pauline avait participé à divers comités avec Pearl Silver et Sylvia Lesky, et elle les salua avec chaleur. Elles en firent autant. Tout le monde l'avait compris, chacun se trouvait là, contraint et forcé. Pauline se tenait un peu à l'écart et faisait semblant de regarder les tableaux de Casper Stieglitz qu'elle trouvait tous également détestables. Puis, au milieu de ce groupe disparate, elle aperçut Philip Quennell qu'elle n'avait pas vu depuis le jour où il avait tellement exaspéré Jules à ce déjeuner aux «Nuages», juste après l'enterrement d'Hector Paradiso.

– Vous admirez les œuvres d'art? interrogea Philip en s'approchant d'elle.

Jules, qui se tenait tout près, gratifia Philip d'un bref signe de tête, mais ne lui tendit pas la main.

– J'ai horreur de ce genre de choses, ces grandes toiles blanches avec un point bleu en plein milieu, pas vous? demanda Pauline.

– Ce ne sont pas exactement les *Roses Blanches* de Van Gogh, répondit Philip.

– Vous nous avez manqué! dit-elle.

– J'ai l'impression que vous avez changé...

– Comment cela?

Philip réfléchit quelques instants.

– Vous semblez un peu triste. Est-ce le mot qui convient?

Cette fois le sourire de Pauline fut vraiment affectueux.

– Vous savez, Philip, si je n'étais pas profondément attachée à l'institution du mariage, et si Camilla Ebury n'était pas une de mes meilleures amies, je vous jouerais le grand jeu, même avec quinze ans de plus que vous...

Philip, enchanté, rougit.

– De ma vie, je ne me suis senti aussi flatté!...

– Ce n'est certainement pas le lieu idéal pour des retrouvailles, dit Pauline en montrant la pièce et les autres invités.

– Vous avez raison. Quand on m'a dit que vous veniez j'ai eu toutes les peines du monde à le croire.

– Moi aussi, dit-elle.

– Comment va la danseuse de Degas? demanda Philip.

– Elle est allée à Paris pour se faire réparer. Jules l'a emportée dans notre avion.

Elle serra son sac contre elle en regardant tout autour de la pièce.

– Dites-moi, Philip, M. Stieglitz est-il marié?

– Il est récemment redevenu célibataire, avec beaucoup de drames apparemment. Mon informateur, c'est Willard, le maître d'hôtel.

Pauline rit aux éclats.

– Dites-moi, qui sont ces autres gens ? Je connais un peu Pearl Silver, mais les autres ? qui sont-ils ? Les connaissez-vous ?

– Non, mais pour certains, je sais qui ils sont, dit Philip. Je ne connais pas Amos Swank, mais c'est celui de la fameuse émission…

– Ah, bien sûr !

– Et je ne connais pas Dom Belcanto.

– Oh, je sais de qui il s'agit. Il a chanté à un de mes galas. Mais qui sont les autres ? Qui est cette vieille fille toute raide avec les dents qui avancent ?

– C'est Hortense Madden, la critique littéraire de *Mulholland*.

– Et la dame qui parle de cinéma avec Marty Lesky, à la vitesse de dix mille mots à la minute ?

– Mona Berg, imprésario très connu ; l'homme qui l'accompagne est Joël Zircon, imprésario lui aussi.

Si la soirée n'était pour les Mendelson et les Lesky qu'une corvée assommante, elle représentait pour Joël Zircon un grand pas en avant dans la vie sociale. Il avait été pressenti à la dernière minute pour accompagner Mona Berg qui ne souhaitait pas arriver seule.

Joël n'avait jamais entendu parler des Mendelson, mais il était ivre de joie de se trouver dans la même pièce que les Marty Lesky, les Dom Belcanto et les Amos Swank. Quand il repéra Willard, le maître d'hôtel de Casper Stieglitz, avec qui souvent il buvait et cherchait aventure au « Miss Garbo's », il fit semblant, par discrétion, de ne l'avoir jamais rencontré auparavant.

– Et lequel est Arnie Zwillman ? interrogea Pauline. C'est l'un de ces personnages dont on entend parler, mais je ne sais même pas de quoi il a l'air.

– Très bronzé… celui qui bavarde avec Dom et Pepper Belcanto, répondit Philip.

Pauline se tourna pour le regarder avec attention.

Arnie Zwillman ne se laissait jamais photographier. Lorsque le *Los Angeles Tribune* avait fait un reportage sur la pénétration de la mafia à Las Vegas plusieurs années auparavant, le journal avait été incapable d'illustrer la partie concernant Arnie Zwillman, autrement que par une photo vieille de quinze ans, prise dans une boîte de nuit de Londres à l'époque où il avait une aventure avec une chanteuse qui jouait dans *Talk of the Town*.

– Mais, finalement, qui diable est cet Arnie Zwillman ? demanda Pauline. Pouvez-vous me l'expliquer ?

– C'est le type qui a fait flamber le Vegas Seraglio pour toucher la prime d'assurance.

– C'est toujours ce qu'on raconte, mais ça n'explique pas qui il est.

– Son frère a été tué à coups de revolver dans sa piscine à Las Vegas. Sa femme précédente a été hospitalisée plusieurs fois après avoir été battue par lui, et aucune plainte n'a jamais été déposée. Il a été vaguement impliqué dans un certain nombre de règlements de comptes entre truands…

Mais Pauline avait cessé d'écouter. Quelqu'un entrait dans la pièce, qu'elle n'avait pas envie de rencontrer.

– Grands dieux ! décidément, tous mes favoris sont là ! …

– Qui voyez-vous ? demanda Philip.

– M. Cyril Rathbone…

Philip regarda dans la même direction que Pauline et reconnut immédiatement l'homme qu'il avait rencontré chez Lonny Edge, le jour où il était allé l'interroger sur la mort d'Hector Paradiso.

– Oui. Il me rend folle. Il fait une fixation sur moi. Il n'arrête pas de me citer dans sa rubrique. Je vous en prie, ne m'abandonnez pas.

Malheureusement, Cyril Rathbone n'était pas du genre à attendre d'être présenté. Apercevant la fameuse Pauline

Mendelson, il abandonna Pepper Belcanto au milieu d'une phrase et fila vers Pauline en gambadant comme un cabri. La main tendue, il glapit avec son accent anglais affecté, comme s'ils étaient les plus grands amis de la terre :

– Pauline ! Comme c'est merveilleux ! Quel bonheur !

– Comment allez-vous ? répondit Pauline, les trois mots débités d'un trait.

Il lui était impossible de refuser la main qu'il lui tendait sans créer un petit incident, mais elle n'avait aucunement l'intention de permettre à un homme qu'elle détestait d'aller jusqu'à l'embrasser. Voyant son visage s'approcher du sien, elle s'écarta en disant : « Je suis très enrhumée » et secoua la tête en même temps pour éviter tout contact.

Rathbone, ainsi rembarré, rougit très fort. Il haïssait Pauline pour le mépris hautain qu'elle lui manifestait mais il était en même temps flatté de se trouver près d'elle. Le moindre sourire qu'elle lui eût adressé, ou la moindre invitation à l'une de ses soirées fameuses aurait suffi à effacer sa haine, il serait devenu aussitôt l'un de ses plus fervents adorateurs.

– Vous connaissez Philip Quennell ? Cyril Rathbone, dit Pauline.

Cyril regarda Philip avec curiosité. L'espace d'un éclair, il eut l'impression que Philip ne lui était pas inconnu.

– Rappelez-moi votre nom, lui demanda-t-il.

– Quennell. Philip Quennell.

Si Philip s'était trouvé auprès de n'importe qui d'autre que Pauline, Cyril se serait instantanément souvenu des circonstances de leur rencontre. Il se retourna vers Pauline :

– Sans vous, sans Lesky et Pearl, ce serait vraiment une soirée catégorie B, dit-il, comme si lui-même, avec les Mendelson, les Lesky et Pearl Silver, surpassait de cent coudées les autres invités.

S'il croyait que ce commentaire lui attirerait les faveurs d'une femme qui avait toujours résisté à ses flatteries, il se trompait lourdement, car elle n'eût pas le moindre sourire ni le moindre mot d'approbation.

– Je pensais aujourd'hui même à notre ami commun, Hector, dit-il, usant de ce dernier recours pour tenter d'entamer une conversation.

Elle se contenta d'incliner la tête.

– Il se passe rarement une journée sans qu'il arrive quelque chose que j'aurais eu envie de partager avec Hector, dit Cyril.

C'est lui qui avait envoyé à Hector Paradiso la coupure de journal parisien montrant Flo fuyant un incendie à l'hôtel Meurice avec Jules Mendelson à l'arrière-plan.

– Chaque jour, nous nous voyions, ajouta-t-il.

Pauline ne voulait absolument pas se laisser entraîner sur le terrain, elle n'avait jamais compris ce qu'Hector pouvait trouver de si amusant chez ce personnage, et elle savait pertinemment que la plus insignifiante déclaration serait rapportée dans un écho, et pas forcément avec exactitude. Elle garda les yeux baissés, remarqua que Cyril Rathbone portait la cravate d'un collège anglais qu'il n'avait pas fréquenté et qu'il avait des pieds minuscules chaussés d'escarpins étincelants de chez Lobb de St James's Street.

À ce moment on annonça que le dîner était servi et Pauline saisit immédiatement l'occasion de fuir.

– Grands dieux ! dit-elle avec un frisson, en se demandant encore une fois ce que Jules et elle faisaient dans une telle maison.

– Vous n'avez pas été très polie avec M. Rathbone, dit Philip.

– Il n'existe aucune insulte assez forte pour qualifier M. Rathbone, répliqua Pauline. J'espère que vous serez placé à côté de moi au dîner, Philip.

– Si je ne le suis pas, je me transformerai en Hector Paradiso et je changerai les cartons de place.

Ailleurs, dans la pièce, Jules était entouré de Marty Lesky, Dom Belcanto et de leur hôte. Il faisait semblant d'admirer les œuvres d'art sur les murs, alors qu'en fait, comme sa femme, il les détestait, mais le grand collectionneur qu'il était parlait toujours avec courtoisie des collections des autres, même si elles lui paraissaient de mauvaise qualité. Sa haute compétence, partout reconnue en matière d'art, faisait autorité, et Casper était subjugué par l'admiration feinte de Jules Mendelson. Il aurait bien voulu se rappeler le nom de l'artiste qui avait collé des assiettes cassées et des tasses à café sur une toile, mais il n'y arrivait pas. Il s'excusa et dit à voix basse à Jules qu'il allait «pisser» et ensuite vérifier où en était la préparation du dîner. Casper tenait absolument à ce que le repas commence à l'heure pour que le film puisse débuter à temps, car il attendait Ina Rae et Darlene ainsi qu'une vedette du porno appelée Lonny pour une partie carrée après le film et il fallait que les invités de marque aient quitté la maison avant leur arrivée.

Arnie Zwillman saisit l'occasion de la disparition de Casper, pour se présenter à Jules.

C'est Bettye, la secrétaire de Casper, qui avait préparé les cartons portant le nom des invités. Ni Jules ni Pauline ne firent remarquer à leurs voisins que Mendelson avait été mal orthographié, mais l'erreur était tout à fait dans le ton d'une aussi absurde soirée. Pauline regrettait que la place qu'elle occupait l'empêchât d'échanger avec Jules un regard ironique à propos de l'orthographe erronée de leur nom, des serviettes et des assiettes noires que Pauline détestait ; ils ne pouvaient pas non plus se permettre d'échanger le moindre regard chaque fois que des extra fournis par un traiteur servaient les invités du mauvais côté, en remplissant les verres d'un vin sans caractère.

Jules savait que cette soirée avait lieu pour une raison précise, que cette raison avait quelque chose à voir avec Arnie Zwillman et il attendait que celui-ci fasse le premier pas.

À table, presque tout le monde s'en remettait à Jules Mendelson. On l'interrogea sur la politique présidentielle, les problèmes économiques et, finalement on évoqua une enquête sénatoriale en cours à Washington où un candidat à la Cour

Suprême soutenu par la Présidence était en butte à des attaques embarrassantes à propos d'histoires de femmes et d'alcool.

– Je n'ai pas d'informations de première main, mais apparemment il y a quelque chose dans le passé de John, dit Jules prudemment. Il ne voulait pas entrer dans une conversation de ce type avec des gens qu'il ne connaissait pas et qui, certainement, citeraient ses paroles le lendemain, en particulier Cyril Rathbone, le spécialiste des ragots.

En réalité, Jules en savait beaucoup sur cette enquête, et il ne lui avait pas échappé que la conduite du candidat comportait des similitudes avec la sienne, et que celle-ci risquait d'être évoquée lorsque viendrait le temps de sa propre confirmation sénatoriale, si jamais des informations filtraient au-dehors sur sa liaison avec Flo. Cette perspective lui fit froid dans le dos. Il regarda de l'autre côté de la table sa femme si belle, si élégante, et réalisa – ce n'était pas la première fois – à quel point elle lui était indispensable.

– Mais tous les hommes publics ont des secrets qui ne leur font pas honneur, dit Pearl Silver dont le talent pour faire repartir n'importe quelle conversation était bien connu. Vous ne croyez pas, Jules ? Même Roosevelt dans sa chaise roulante… Il avait – comment s'appelait-elle ? cette Lucy *quelque chose**, censée être l'une des grandes amies d'Eleanor.

– Je suppose que chaque individu a dans son passé quelque chose qu'il redoute de voir apparaître au grand jour, dit Sylvia Lesky.

– Pas moi, dit Casper Stieglitz, alors que toutes les personnes présentes savaient qu'il avait été arrêté pour détention de drogue et que Marty Lesky, le patron de son studio, avait dû faire appel à une personnalité de Washington pour lui éviter la prison.

– Alors, vous êtes une exception, Casper, dit Pearl Silver en échangeant un coup d'œil avec Sylvia Lesky.

---

* En français dans le texte.

– J'ai toujours eu l'impression, dit Philip, que si l'on a quelque chose à cacher cette chose ressortira un jour ou l'autre.

Il fixa Jules assis en face de lui, mais celui-ci se détourna pour répondre à une question que lui posait Pepper Belcanto.

– Vous croyez vraiment ? demanda Pauline.

Elle aussi regardait Jules, de l'autre côté de la table.

Philip, ayant retenu l'attention des convives, poursuivit :

– Mais croyez-moi, chère madame, les gens haut placés, et ceux qui les côtoient, trouvent toujours le moyen de se tirer d'affaire. C'est clair comme le jour. Cela fait partie des privilèges du pouvoir...

Il y eut un silence gêné et Philip put deviner le regard noir que lui décochait Jules Mendelson.

– Qui est ce type ? demanda Arnie Zwillman à Casper Stieglitz.

– Il a écrit un livre, répondit Casper pour expliquer qui était Philip.

Puis Casper s'excusa et quitta la table. Philip se rendait compte que ces fréquents déplacements à la salle de bains commençaient à faire de l'effet. Il ne mangeait presque rien et se mouchait sans arrêt, feignant un rhume. Joël Zircon, qui n'avait pas dit un mot pendant tout le cours du repas, suivit Casper et sortit de la pièce dans l'espoir d'être invité à partager ce qu'il appelait «quelques lignes».

Pendant tout le dîner, Hortense Madden garda un silence agressif. Sa soirée avait été gâchée par l'arrivée inattendue de Cyril Rathbone que tout le monde semblait connaître, alors qu'aucun des convives auxquels on l'avait présentée ne l'avait reconnue. Elle avait rêvé d'être remarquée par Pauline comme faisant partie des «gens intéressants» qu'elle invitait à ses dîners. Ce rêve s'était écroulé au moment même où, avant le repas, Cyril monopolisait Pauline, et elle n'était pas arrivée à la rencontrer. Philip Quennell était assis à côté d'Hortense, mais n'avait d'yeux que pour Pauline Mendelson, assise de l'autre côté. Les quelques fois où Hortense tenta de converser avec Arnie Zwillman assis à gauche, celui-ci ne lui accorda qu'un oui ou un non et se retourna immédiatement vers Adrienne Basquette, son autre voisine. Quand Casper eut quitté la table, la conversation devint moins générale et Philip se tourna vers elle.

– Vous réalisez la critique littéraire dans *Mulholland* m'a dit Casper ?

– Oui, c'est moi, répondit-elle d'un air important.

C'était bien la première fois qu'on la reconnaissait au cours de cette soirée.

– J'ai été un peu froissé de ce que vous avez écrit au sujet de mon livre, dit-il.

– De quel livre s'agit-il ? demanda-t-elle, alors qu'elle le savait parfaitement.

– Le titre c'était *La Reprise*, répliqua Philip. J'y parlais de Reza Bulbenkian, le financier de Wall Street.

– Ah, oui, je vois, dit-elle d'un ton peu engageant. Ce n'est pas le genre d'œuvre que j'apprécie.

– Je m'en serais douté, dit Philip, qui ajouta : Mais il a eu du succès.

– Comme si cela avait de l'importance.

Elle eut un rire qui ressemblait à une sorte de grognement.

– C'est tout ce qui vous intéresse, vous les auteurs, n'est-ce pas ?

– Et vous ? Vous n'avez pas envie que votre talent soit reconnu ?

– Bien sûr que non !

Elle secoua la tête. Philip eut l'impression de l'avoir déjà vue quelque part. Elle prit sur la table le carton qui portait le nom de Philip et le regarda attentivement comme si elle faisait un effort pour s'en souvenir. Elle eut un regard de biais et pinça les lèvres sur ses dents proéminentes.

– Gagnez-vous votre vie en écrivant, monsieur Quennell ?

– Oui, certes.

– Humm ! grogna-t-elle en hochant la tête.

Philip l'observait.

– Moi, je sais que vous ne gagnez pas de quoi vivre en chantant dans les boîtes de nuit !

Elle le regarda stupéfaite.

– Que voulez-vous dire par là ?

– Comme Pearl Silver vient de le dire à Jules Mendelson, tous ceux qui mènent une vie publique ont des choses à cacher.

– Je ne vois absolument pas ce que vous voulez dire, répliqua Hortense.

Philip se mit à chantonner doucement en direction d'Hortense, si doucement que même Pauline assise à côté de lui ne pouvait l'entendre : « Tu n'es pas mon premier amour. J'ai connu d'autres sortilèges, mais ce n'était qu'illusions, dans d'autres bras… »

Hortense le regardait, terrifiée d'avoir été démasquée.

– Marvene Mc Queene ? La chanteuse du « Miss Garbo's » ? À propos de mauvaises critiques, est-ce que votre confrère Cyril Rathbone, là-bas au bout de la table, a déjà fait la critique de votre numéro ? Ça m'intéresserait énormément de la lire, dit Philip.

Et il recommença à chanter un peu plus fort.

– Que voulez-vous ? demanda-t-elle.

– J'ai un manuscrit. Je voudrais que vous le lisiez.

– Il est de vous ?

– Non, il n'est pas de moi.

– De qui est-il ?

– C'est justement ce que je n'ai pas l'intention de vous dire. Je veux que vous le lisiez et que vous me disiez qui, d'après vous, en est l'auteur.

– Qu'est-ce que c'est ? Un petit jeu ?

Les Lesky s'en allèrent tout de suite après le dîner, expliquant qu'ils avaient déjà vu le film. Pearl Silver, prétextant une migraine, partit en même temps qu'eux. Dom Belcanto la suivit, disant que Pepper et lui devaient rentrer le soir même à Palm Springs. Quant à Amos Swank et sa nouvelle épouse, ils quittèrent la pièce sur la pointe des pieds, sans donner de raison et sans même dire au revoir.

Le film était commencé depuis une quinzaine de minutes dans la salle obscure quand Arnie Zwillman donna une tape discrète sur le genou de Jules, puis se dirigea vers la porte et quitta la pièce.

– Si vous n'êtes pas fou de ce film, on peut en passer un autre, dit Casper dans le noir.

– Oh, non, j'aime beaucoup, dit Adrienne Basquette. J'adore les costumes !

Quelques minutes après la disparition d'Arnie, Jules chuchota à l'oreille de Pauline :

– Je reviens tout de suite, il faut que je téléphone à Sims Lord.

Il se leva. Pendant un instant, il traversa le rayon de lumière du projecteur et sa silhouette massive occupa la quasi-totalité de l'écran.

– Assis, devant ! cria une voix – c'était celle d'Hortense Madden que les impressionnants Mendelson n'impressionnaient plus depuis que ni l'un ni l'autre n'avait fait mine de la reconnaître.

Pauline vit Jules quitter la pièce par la même porte qu'Arnie Zwillman. Cette soirée était restée pour elle incompréhensible depuis le moment même où on lui en avait parlé. Elle devinait que le départ prématuré d'Arnie Zwillman de la salle obscure avait provoqué celui de Jules, mais elle n'arrivait pas à saisir le rapport qui pouvait exister entre les deux hommes et elle espérait seulement qu'il n'aurait rien à voir avec Kippie.

– N'est-elle pas divine ? murmura Cyril Rathbone en se penchant vers Pauline, depuis le siège qu'il occupait derrière elle.

Cyril Rathbone n'était pas homme à lâcher prise facilement.

– Qui ? demanda Pauline.

Cyril nomma l'actrice qu'on voyait sur l'écran. Pauline acquiesça d'un signe de tête. Bien que n'intervenant jamais dans les affaires de Jules, elle avait cette fois le sentiment qu'elle aurait dû le suivre.

Quand Jules rentra dans la maison de Casper, il resta un moment dans le living-room sans trop savoir vers où se diriger.

– M. Zwillman m'a dit de vous dire qu'il était dans le fumoir, dit une voix derrière lui...

Jules se retourna. C'était Willard, le maître d'hôtel.

– Où est-ce ? demanda Jules.

– Prenez ce couloir, c'est la première porte à gauche.

Dans la situation où il se trouvait, Jules se sentait mal à l'aise, mais il marcha vers le fumoir et ouvrit la porte. Arnie était assis, un verre à la main. Les deux hommes se regardèrent.

– Fermez la porte derrière vous, dit Zwillman. Vous buvez quelque chose ?

– Non, merci. Je ne bois jamais après le dîner.

– Sauf ce soir, dit Zwillman.

Il prépara un whisky-soda et le tendit à Jules.

– Votre femme est-elle toujours aussi silencieuse ? ou bien estime-t-elle que la compagnie n'est pas digne d'elle ? demanda Arnie.

– Ma femme ne se sent pas bien, ce soir, dit Jules.

– Sait-elle que votre grand-père était le comptable d'Al Capone et a fait de la prison pour fraude fiscale ? interrogea Arnie.

– Non, elle ne le sait pas, répondit Jules, impavide. Mais ce qui s'est passé il y a cinquante-cinq ans n'a plus grand intérêt pour nous aujourd'hui.

– Ne me balance pas tes grands airs à la gueule, Julot, poursuivit Arnie.

– Jules. Jamais Julot.

– Oh, mille pardons, Jules, dit Arnie sur un ton de solennité ironique.

– Dites-moi, Zwillman, qu'est-ce que vous cherchez ? Je n'accepte pas ces provocations de la part d'un escroc minable et d'un tricheur professionnel.

Il n'essayait en aucune manière de dissimuler son mépris. Arnie Zwillman regarda Jules dans les yeux. Quand il ouvrit la bouche, il parla avec le plus grand calme.

– Est-ce que votre épouse si distinguée a entendu parler de la fille au bras cassé qui est tombée du balcon de l'hôtel Roosevelt à Chicago en 1953 ? demanda-t-il.

Jules blêmit. Arnie Zwillman sourit.

– Et votre ami le Président qui va vous nommer à la Conférence économique de Bruxelles n'en a pas non plus entendu parler, je suppose.

Jules suffoqua ; son cœur battait à se rompre. Il posa sa main sur sa poitrine.

– Ce n'était qu'un accident, dit-il d'une voix presque inaudible.

– Assis ! dit Arnie.

Il lui parlait comme à un de ses employés. Jules, respirant avec difficulté, laissa tomber son corps immense dans un fauteuil et regarda fixement Arnie Zwillman.

– Vous avez pas mal de lard à trimballer, mon pote, dit Arnie. Quel âge avez-vous, Jules ?

– Venons-en à la véritable raison de votre invitation, Zwillman.

– Quel âge ? Cinquante-sept, cinquante-huit ? Quelque chose comme ça ! Il faudrait vous entretenir un peu mieux. Regardez-moi. J'ai le même âge que vous. Voyez ce ventre, plat comme un fer à repasser. Vous savez pourquoi ? Je mange des fruits. Je fais sept ou huit kilomètres à pied tous les jours. Je me fais masser quotidiennement. Je vais au sauna ou aux bains de vapeur régulièrement. Il faut perdre un peu cette graisse. Mauvais pour le cœur. Qu'en pense votre belle amie ?

– Si Mme Mendelson a des doléances à ce sujet, elle ne les a pas exprimées.

– Je ne parlais pas de Mme Mendelson, Jules.

Jules resta silencieux pendant un moment, puis il demanda :

– Pourquoi sommes-nous ici ?

– Je suis un ami de votre fils, Kippie, dit Arnie.

– Mon beau-fils, pas mon fils, dit Jules.

– Oh, bon! Votre beau-fils. Il n'arrête pas de dire la même chose en parlant de vous: mon beau-père, pas mon père. Pas très sage, votre beau-fils, mais charmant. L'ambition ne l'étouffe pas, mais avec un beau-papa comme vous, je suppose qu'il a de grandes espérances.

– Non, non, il n'en a pas du tout, dit Jules en secouant énergiquement la tête.

– Peut-être pas directement par vous, mais indirectement par sa mère, à coup sûr! Bien entendu si vous crevez le premier, ce qui n'est pas impossible, dit Arnie.

L'idée de la mort faisait horreur à Jules Mendelson. Quoique au sommet de la réussite, il faisait encore des projets qui lui permettraient d'accroître sa richesse et son pouvoir. Et le couronnement de sa carrière était à portée de main: ses fonctions à la tête de la Délégation économique américaine à Bruxelles, l'année de la mise en place de l'Union européenne.

– C'était très gentil de la part de Kippie d'arranger cette rencontre pour moi, dit Arnie. Vous n'êtes pas facile à joindre par téléphone.

– Je ne sais vraiment pas comment mon beau-fils peut vous connaître, dit Jules.

– Oh! Kippie a de petits ennuis de temps en temps, vous devez le savoir, et quand il ne peut pas aller trouver son fameux beau-papa ou sa brillante maman, il vient me voir pour me demander une petite aide. Un de ces jours il finira mal. Vous le connaissez, n'est-ce pas?

Jules écoutait. Ce n'était pas la première fois qu'il entendait une prédiction de ce genre à propos de son beau-fils.

– Je pense que les préliminaires sont terminés, Zwillman. Qu'est-ce que mon beau-fils a à voir avec tout cela? Pourquoi suis-je assis sur ce divan, à parler avec vous chez ce cocaïnomane, ce Stieglitz que je n'ai jamais rencontré auparavant? demanda Jules.

– Rien à voir. Je ne suis pas ici pour vous parler de Kippie. Puisque vous êtes sur le point de participer activement aux Affaires bancaires internationales à Bruxelles, qu'est-ce que ça vous dirait de blanchir de l'argent avec moi, Jules ?

– Jolie fille, n'est-ce pas ? dit Pauline dans l'obscurité de la salle de projection.

Elle adressait cette remarque sur l'actrice du film à Philip Quennell, mais elle fut entendue par Casper Stieglitz qui, maintenant très excité, revenait d'une autre incursion dans la salle de bains.

– C'est une gouine terrible, dit Casper.

Il prit un siège dans la rangée derrière Pauline, tout près du projectionniste, de façon à pouvoir communiquer avec lui.

– Oh non ! Je ne peux pas croire une telle histoire, dit Pauline en secouant la tête.

– Mais c'est vrai. Elle s'est farci la moitié des chattes de Californie.

Pauline, scandalisée, resta clouée sur sa chaise. Elle se demanda où était Jules et il lui vint à l'esprit qu'il était parti et qu'il l'avait laissée là. Il était d'un tempérament trop actif pour prendre plaisir à regarder jusqu'au bout un film ou une pièce de théâtre. Elle tourna la tête vers Philip. Il lui sourit dans la pénombre, réalisant la gêne qu'elle avait dû éprouver en entendant la grossière remarque de Casper Stieglitz. Mais Pauline ne voulait pas que Philip intervienne le moins du monde dans cette affaire, car elle savait qu'il travaillait sur un projet de film pour ce curieux personnage. Finalement, rassemblant son courage, elle se leva dans l'obscurité. Comme Jules, elle traversa le rayon de lumière du projecteur qui se trouvait juste derrière elle et son ombre apparut sur l'écran.

– Vous cherchez les toilettes, Pauline ? demanda Casper.

– Où est mon mari ? interrogea-t-elle.

– Il discute avec Arnie Zwillman dans la maison.

– Comment puis-je le rejoindre ?

Dans l'obscurité apparut Willard, le maître d'hôtel.

– Je vais vous conduire, madame, dit-il.

– Le film ne vous plaît pas ? s'enquit Casper.

Il appuya sur le bouton du téléphone intérieur et dit très fort au projectionniste :

– Qu'est-ce que tu as comme autres films, Bernie ?

– Mais ce film, il me plaît à moi, Casper, dit Hortense Madden.

Pauline ne réagit pas. Philip surgit à côté d'elle.

– Tout va bien, Pauline ?

– Très bien, Philip, asseyez-vous. Je vais bien. Il faut que je retrouve Jules, c'est tout, murmura Pauline.

Le maître d'hôtel tendit la main et elle la saisit.

Dehors, dans la nuit, Pauline aspira une grande bouffée d'air frais.

– Désolé, madame, pour ce qu'a dit M. Stieglitz, dit le maître d'hôtel.

– De ma vie, je n'ai entendu pareille expression, dit Pauline.

– Il devient un peu nerveux quand il consomme, dit Willard.

Se demandant si elle avait bien compris ce que le maître d'hôtel entendait par « consommer », Pauline le regarda mais ne lui posa aucune question. Dans sa famille il y avait toujours eu des domestiques et elle comprenait bien ce que son père appelait les limites de la communication. Elle se contenta de dire :

– Voyez ces roses, elles ont besoin d'être taillées. Il faut les arroser davantage. Ce jardin est une honte.

– Il laisse tout aller à vau-l'eau depuis que sa femme l'a quitté.

– J'ai l'impression qu'il se laisse aller lui aussi.

– Nous irons par ici, en faisant le tour de la piscine. Faites attention, certaines ampoules sont grillées. Un invité de M. Stieglitz est tombé la semaine dernière.

– Mon dieu ! J'espère que je ne vais pas en faire autant, dit Pauline en prenant le bras de Willard.

– Je connais votre maison, madame Mendelson.

– C'est vrai ?

– On l'appelait la maison von Stern avant que vous l'achetiez.

– Oui, on l'appelait comme cela il y a des années. C'est M. von Stern qui nous l'a vendue.

– Ce que beaucoup de gens ne savent pas, c'est que von Stern l'avait fait construire pour Carole Lupescu, une vedette du muet. C'est là qu'elle s'est suicidée.

– Grands dieux !

– J'ai une passion pour les maisons, les maisons des vedettes, surtout. Je connais l'histoire de toutes celles qui ont appartenu à des stars.

– La nôtre ressemble très peu, je crois, à ce qu'elle était du temps où M. von Stern en était le propriétaire.

– Je sais. J'ai entendu dire que vous aviez refait tout l'intérieur, et que vous en aviez doublé la surface.

– Vous savez vraiment tout.

Comme ils approchaient de la terrasse de la maison, Willard dit très vite :

– Hector Paradiso était un de mes amis.

Si Hector Paradiso avait été encore en vie, Willard ne se serait pas permis de parler de lui comme d'un ami, mais seulement d'une relation. Cependant, Hector étant mort, il pouvait prétendre à son amitié sans crainte d'être contredit.

– Je vous ai vue aux obsèques d'Hector à l'église du Bon Pasteur.

– C'était bien triste, dit Pauline.

Ils avaient maintenant atteint la terrasse, et Pauline reconnaissait le chemin.

– Oh, oui ! c'est par ici que nous sommes sortis, n'est-ce pas ? À présent, je me souviens.

– Madame Mendelson… Hector ne s'est pas suicidé. Vous le savez, n'est-ce pas ?

Pauline regarda Willard.

– Non, je ne sais pas. Le suicide a été la conclusion officielle du rapport d'autopsie, dit-elle, tout en se demandant pourquoi elle se sentait obligée d'expliquer tout cela au maître d'hôtel de Casper Stieglitz que, vraisemblablement, elle ne reverrait jamais. En même temps elle songeait que cet homme avait été serviable avec elle et elle se rendait compte qu'il était sincère.

– S'il vous plaît, écoutez-moi, insista-t-il d'une voix pressante. C'est un voyou du nom de Lonny Edge qui l'a assassiné. Croyez-moi, madame Mendelson. Je vous dis cela uniquement parce que je sais que vous aviez une grande amitié pour Hector.

Pauline ne savait que dire. Elle n'avait jamais compris la mort d'Hector ni l'acharnement de son mari à soutenir qu'il s'agissait d'un suicide.

Un rire sonore troua la nuit, interrompant le cours de ses réflexions. Elle et Willard se retournèrent en même temps pour voir d'où il venait. Trois personnes, deux jeunes femmes et un homme à la démarche vacillante tournaient le coin de la maison et se dirigeaient vers la piscine.

Willard avait reconnu les voix, mais il cria :

– Qui est là ?

– Salut, Willard ! Ce n'est que nous, Ina Rae, Darlene et Lonny, cria Ina Rae.

– Dieu du ciel ! dit Willard en regardant Pauline, vous arrivez tôt, Ina Rae. M. Stieglitz est en train de passer un film. Vous pourriez peut-être attendre dans sa chambre que les invités soient partis. Faites le tour et entrez par la cuisine.

– Il y a quelque chose à boire, Willard ?

– Demandez à la cuisine, dit-il, puis il se retourna vers Pauline qui regardait le trio avec effarement.

– « L'équipe de nuit », dit-il simplement en guise d'explication.

– Est-ce qu'elle n'a pas dit que le jeune homme s'appelait Lonny ? demanda Pauline.

– Oui.

– Est-ce le Lonny dont vous venez de me parler ?

Willard fit « oui » de la tête, et ouvrit la porte.

– C'est une maison qui n'est pas de tout repos, dit Pauline. Où pensez-vous que se trouve mon mari ?

– Dans le fumoir avec M. Zwillman.

Pauline regarda Willard comme si elle voulait fixer les traits de son visage dans sa mémoire, puis ouvrit la porte du fumoir, sans frapper. À l'intérieur, assis côte à côte Jules et Arnie discutaient avec gravité. Les deux hommes avaient un verre à la main. Surpris par l'irruption de Pauline, ils s'arrêtèrent de parler. L'expression de Jules était celle qu'il avait quand il s'entretenait avec ses amis du monde de la finance.

– Jules, je voudrais rentrer, dit Pauline sans franchir le seuil.

Jules regarda sa montre.

– Le film est terminé ? demanda-t-il.

– Pour moi il l'est.

– Quelque chose ne va pas, Pauline ?

– J'ai une migraine épouvantable, et je m'en vais immédiatement avec ou sans vous.

– Avez-vous rencontré M. Zwill… ?

– Oui, oui. Vous venez ?

Elle tourna les talons et quitta la pièce.

– Hé ! Willard ! cria Ina Rae depuis la chambre de Casper où Darlene, Lonny et elle fumaient des joints et buvaient du punch en attendant que le film soit terminé et que le beau monde soit parti pour que puisse commencer l'orgie. Viens une petite minute, tu veux ?

– Qu'est-ce qu'il y a ? interrogea Willard.

– Mon ami Lonny voudrait que tu fasses quelque chose pour lui, dit-elle.

Willard regarda Lonny. Il avait enlevé son blouson et son jean et il était assis sur le lit de Casper, vêtu d'un T-shirt et d'un mini-slip, un joint au coin de la bouche.

– Il me semble t'avoir déjà vu, Willard, dit Lonny.

– J'étais au «Miss Garbo's» la nuit où tu es parti avec Hector Paradiso, répondit Willard.

– Le monde entier devait être au «Garbo's» ce soir-là, dit Lonny. Pauvre Hector ! qui aurait pensé qu'il allait se prendre tout ce plomb dans le corps !

Pendant un instant, les deux hommes se regardèrent fixement.

– Tu voulais quelque chose ? dit Willard.

– Ouais. Est-ce que M. Philip Quennell est dans la salle de projection ?

– Oui, il y est, dit Willard, surpris.

– Quand il sortira, tu veux lui donner ça ?

Il lui tendit une grande enveloppe de papier kraft, avec sur le dessus, maladroitement écrit : « M. Ph. Quinel – Personnel » – et dessous : « photocopie ».

– Tu écris tes mémoires, Lonny ? demanda Willard. Il faudrait apprendre l'orthographe.

– Donne-lui ça, connard, et ne la ramène pas avec moi ! Okay ?

La Bentley de Jules était garée dans la cour de Casper Stieglitz. Il ouvrit la portière pour Pauline, puis s'installa au volant. En opérant une marche arrière, il heurta violemment le flanc d'une petite Honda.

– Bon dieu ! gronda Jules.

Il ouvrit sa portière et regarda au-dehors.

– Il faudrait que j'aille dire au maître d'hôtel que j'ai embouti cette voiture, dit Jules. C'est peut-être celle de Zwillman.

– Zwillman n'a certainement pas une aussi petite voiture, croyez-moi. Heureusement vous n'avez pas heurté cette Rolls dorée là-bas, qui est probablement celle de Zwillman. Vous appellerez demain… C'est tout juste une bosse…

– Une bosse à neuf cents dollars, dit Jules.

– Ce n'est pas que vous n'ayez pas les moyens de payer ! Partons. Je veux quitter cette maison. De ma vie je n'ai passé une soirée aussi pénible.

Jules sortit de la grande allée, prit l'impasse et se dirigea vers Mountain Drive où il brûla un feu rouge.

– Êtes-vous ivre ? demanda Pauline.

– Oui, un peu.

Jules stoppa. Il ouvrit la portière et fit lentement le tour de la voiture. Pauline s'installa au volant. Elle embraya et se dirigea vers Sunset Boulevard.

– Ce Zwillman ! dit Jules, comme la voiture s'arrêtait aux feux de signalisation.

– Que voulez-vous dire ?

– Je ne bois jamais après le dîner, jamais, vous le savez, mais il m'a préparé trois verres.

– Vous n'étiez pas obligé de les boire.

– Je sais, mais je les ai bus.

– N'est-ce pas à cause de Zwillman que nous sommes allés à cette épouvantable soirée dans cette épouvantable maison ?

– Oui.

– Si, dans l'avenir on vous demande – la police ou un juge d'instruction par exemple – « Comment avez-vous connu Arnie Zwillman ? » vous pourrez toujours répondre : « Je l'ai rencontré lors d'une soirée chez Casper Stieglitz, le producteur. Ma femme et moi y étions invités à dîner. Nous avons vu un film. M. Zwillman était l'un des convives, avec Marty et Sylvia Lesky, le patron des films Colossus, etc. C'est cela ?

– Vous comprenez très vite les choses, Pauline. Zwillman savait très bien que nous n'irions jamais chez lui, et que personne d'autre qu'un cocaïnomane comme Casper Stieglitz, qui lui-même n'est plus invité nulle part, ne voudrait l'avoir à sa table. Aujourd'hui c'est un pestiféré.

– Et pourtant, vous m'amenez dans la maison de ce pestiféré, renifleur de cocaïne, et là, vous avez un entretien avec un gangster, dit Pauline. Tout cela fera un écho merveilleux dans la chronique de Cyril Rathbone. Je me demande s'il parlera également de Ina Rae, Darlene et Lonny.

– Qui ? demanda Jules.

– La fine équipe qui arrivait au moment où je partais.

– Mon dieu ! fit Jules.

– Que voulait Zwillman ? Des renseignements confidentiels pour son portefeuille ?

– C'était en rapport avec l'installation de l'Union Européenne en 1993, dit Jules.

– En quoi Zwillman qui a mis le feu au Vegas Seraglio pour toucher la prime d'assurance peut-il s'intéresser à l'Union Européenne ?

– Ce n'est pas tant l'Union Européenne qui l'intéresse que le rôle que je vais y jouer comme représentant des États-Unis, dit Jules lentement.

– Ne m'obligez pas à vous arracher les mots de la bouche un à un, Jules. Parlez-moi jusqu'à ce que je comprenne de quoi il s'agit, dit Pauline.

– Apparemment, Zwillman est impliqué dans des trafics de drogue et dispose d'énormes sommes d'argent, et il pensait que je pourrais faciliter ses opérations en les mettant en circulation sur le marché européen.

Jules eut un hoquet.

– Pourquoi pensait-il que vous accepteriez pareille proposition ?

– Il m'a menacé.

– De quoi ?

Jules regarda d'un autre côté sans rien répondre. Pauline tourna la tête vers lui :

– Que lui avez-vous répondu ?

– D'aller se faire foutre.

– Quand je suis entrée dans la pièce, ce n'est pas du tout l'impression que j'ai eue.

Jules ne répondit pas.

– Allez-vous raconter tout cela à la police ou au FBI, ou à la CIA, ou au Président, ou à quelqu'un d'autre ?

– Non, dit Jules tranquillement.

– Il y a longtemps, au tout début de notre mariage, vous m'avez dit qu'il vous était arrivé quelque chose dans le passé, quand vous étiez jeune.

– Je ne veux pas parler de ça, dit Jules très vite.

– Vous n'avez pas confiance en moi, Jules, après vingt-deux ans de mariage ?

– J'ai une totale confiance en vous, Pauline, mais je ne veux pas parler de ça.

– Alors, dites-moi une seule chose. Est-ce qu'Arnie Zwillman a connaissance de ce qui vous est arrivé et dont vous ne voulez pas me parler ?

De nouveau, Jules regarda par la vitre de la portière.

– Et êtes-vous sûr qu'il n'enregistrait pas votre conversation ?

– Je n'en sais rien. Je n'y ai pas du tout pensé.

Ils poursuivirent leur route en silence pendant quelques minutes.

– Vous est-il venu à l'esprit que nos vies, nos vies qui passent pour parfaites, sont en train de prendre des voies différentes, Jules ?

– Oui.

– Est-ce que cela vous peine ?

– Évidemment, Pauline. Je ne veux pas de cela. Que pouvons-nous faire ?

– Ce n'est pas moi qui ai une liaison !…

À ce moment, elle prit un brusque virage sur la droite et stoppa devant les grilles fermées des « Nuages. » Elle forma un numéro de code et les imposantes grilles s'ouvrirent lentement. Jules, les yeux fixés sur elle, dit :

– Vous êtes une femme étonnamment efficace, Pauline.

– Je sais.

La voiture commença à gravir la côte et les portes se refermèrent derrière eux. Quand ils s'arrêtèrent dans la cour privée, les chiens aboyèrent.

– Vous êtes là, Smitty ?

– Par ici, monsieur Mendelson, dit le gardien. Allez, les chiens ! Calmez-vous maintenant. Je vais vous ouvrir la porte, madame Mendelson. J'espère que vous avez passé une bonne soirée.

– Merci, Smitty. C'était une très bonne soirée, vraiment.

Le père de Pauline avait appris à ses trois filles que, même en butte aux pires difficultés, il fallait toujours sauver les apparences devant les domestiques.

236

Une fois à l'intérieur de la maison, Pauline se dirigea vers l'escalier et se mit à monter, une main posée sur la rampe. Jules qui la suivait étendit le bras et posa sa main sur celle de sa femme.

– Peut-être pourrions-nous prendre le petit déjeuner ensemble demain matin ? dit-il.

C'était là une invitation insolite, car Jules était toujours parti depuis plusieurs heures quand Pauline sonnait pour que Blondell lui monte le plateau du petit déjeuner.

– J'ai l'intention de dormir tard ! répondit Pauline en retirant sa main.

Elle continua de monter. Le troisième des six Monet sur le mur de l'escalier était légèrement de travers. Elle s'arrêta pour le remettre en place.

Arrivée à mi-chemin, elle se retourna et le regarda. Ils savaient tous les deux que le moment était venu de parler. Mais elle dit, de façon tout à fait arbitraire, et c'était la première des décisions arbitraires qu'elle allait prendre au cours de l'année pour affirmer son autorité :

– Finalement, je ne veux pas que ces Monet soient prêtés pour une exposition au Carnegie Museum de Pittsburgh.

– Mais ils ont été promis ! dit Jules. Je suis sûr que le catalogue est déjà imprimé…

– Ça m'est égal. Je ne veux pas les prêter. Je veux qu'ils soient ici pour la visite du Garden Club.

– Très bien, dit Jules en haussant les sourcils.

Cette décision le bouleversait, car il prenait très au sérieux son rôle dans le monde de l'art, mais en négociateur de talent, il savait à quel moment il fallait lâcher du terrain.

Les quelques invités qui étaient restés pour voir le film étaient maintenant en train de partir. Casper, ravi d'être débarrassé d'eux, n'était même pas allé jusqu'au parking pour leur dire au revoir. Il avait filé tout droit vers la chambre où Ina Rae, Darlene et Lonny l'attendaient.

Philip Quennell, lorsqu'il ouvrit la portière de sa voiture, fut surpris de voir une grande enveloppe de papier kraft sur son siège. Il la prit, remarqua que son nom était mal orthographié et comprit immédiatement de quoi il s'agissait.

– Hé !... On a cabossé ma voiture ! glapit Hortense Madden, au moment où elle allait ouvrit la portière de sa Honda. Je suis sûre que c'est ce lèche-cul de Cyril Rathbone. Dès le départ de Pauline Mendelson il a perdu tout intérêt pour la soirée ; il est devenu très nerveux et il a disparu. C'est exactement le genre de type qui vous rentre dedans et fiche le camp sans laisser sa carte.

Philip claqua la portière de sa voiture et alla vers Hortense, l'enveloppe à la main.

– C'est bien enfoncé, dit-il. Est-ce qu'on peut ouvrir la portière ?

– Ce salaud de Rathbone ! proféra Hortense, bouillant de rage. Oh ! Pauline ! Comme c'est merveilleux ! minauda-t-elle en imitant exactement la diction mielleuse de Cyril.

– Je comprends que vous soyez de mauvaise humeur, et ce n'est probablement pas le moment, mais voici le manuscrit dont je vous ai parlé au dîner.

– Que voulez-vous que j'en fasse ? grogna-t-elle.

– Lisez-le, tout simplement. Et dites-moi qui, d'après vous, l'a écrit. Je suis au Château-Marmont.

Il y a des tas de gens qui croient que j'allais me faire coiffer chez Pooky parce qu'il était le coiffeur de Pauline Mendelson mais ce n'est pas le cas. Je connais Pooky depuis le temps où je travaillais au Viceroy. C'était un client fidèle. Un jour, il me dit : « Rhonda – on m'appelait encore Rhonda à cette époque, c'était avant que je devienne Flo – vous avez vraiment de beaux cheveux, mais cette coiffure ne vous convient pas. Venez me voir et je m'occuperai de vous. » J'étais folle de joie. Dans le journal, il y avait des articles sur toutes les femmes connues qu'il coiffait. Je lui ai dit : « Vous rigolez ! Comment est-ce que je vous paierai ? » et il m'a répondu : « Je vous l'offre. » Alors, évidemment, j'y suis allée. C'était avant que je rencontre Jules Mendelson. Quand j'ai commencé à porter des vêtements de luxe, à conduire une Mercedes, à habiter Beverly Hills, Pooky s'est certainement demandé d'où venait tout cet argent, mais il ne m'a jamais posé de questions. Je sais pourtant qu'il était content que les choses aient bien tourné pour moi.

Pauline Mendelson se faisait toujours coiffer à domicile. Mais un jour qu'on me coiffait elle est venue. J'étais presque morte d'émotion. Imaginez un peu, j'étais justement en train de lire un écho de Cyril Rathbone à son sujet. J'ai pensé pour la première fois que peut-être Pooky avait des soupçons sur Jules et moi, car il a tiré très vite le rideau de la cabine, comme *s'il avait peur qu'elle me voie, et il est passé de l'autre côté du rideau pour lui parler. En revenant pour me donner le dernier coup de peigne, il n'a pas dit un mot.*

15

– Dudley, s'il vous plaît, jetez les pivoines qui sont sur la table du vestibule au premier étage. Il y a des pétales partout, dit Pauline le lendemain matin du haut de l'escalier.

– Oui, madame, répondit Dudley en montant au pas de course.

Dudley tenait beaucoup à sa situation auprès de l'illustre famille Mendelson, et il souhaitait qu'aucun changement n'intervienne dans sa vie. Nul n'ignorait, parmi les domestiques des maisons les plus fastueuses du pays, que Dudley recevait un salaire beaucoup plus élevé que le leur. Ce qui lui avait permis d'acquérir une sorte de célébrité. Lui-même savait que les invités des Mendelson étaient les personnages les plus importants et les plus puissants du pays, et il était heureux qu'ils l'appellent par son nom, surtout d'anciens présidents des États-Unis devenus des habitués de la maison. Lui seul était autorisé à épousseter les *Roses Blanches* de Van Gogh, le bien le plus précieux de la maison, et ce privilège lui donnait la mesure de la haute estime dans laquelle le tenait Jules Mendelson.

Quand Pauline descendit pour prendre le petit déjeuner avec Jules, elle était déjà vêtue d'un costume de voyage en tweed. Son manteau de vison, qu'elle portait uniquement sur la côte Est, était posé sur une chaise dans le hall d'entrée. La taille de ses deux valises que Dudley avait déjà descendues indiquait qu'elle avait l'intention de ne faire qu'un bref séjour. Elle tenait à la main une liste des tâches à effectuer par le personnel pendant son absence.

– Et, Dudley, j'ai oublié de dire à Blondell que les Kleenex dans la salle de bains de M. Mendelson doivent toujours être blancs. Jamais roses. Assurez-vous qu'elle les change.

– Oui, madame, dit Dudley.

En entendant Pauline descendre l'escalier, Jules sortit de la bibliothèque. Il avait une tasse de café à la main.

– Où allez-vous ? demanda-t-il surpris, en voyant ses valises et sa tenue de voyage.

Il avait espéré la voir dans un de ces négligés transparents qu'elle affectionnait lorsqu'elle passait la matinée à la maison.

– Je retourne sur la côte Est pendant quelques jours pour voir mon père, répondit-elle.

– Il est malade ?

– Pas particulièrement, mais je ne l'ai pas vu depuis des mois, et j'ai pensé que c'était le moment de lui rendre visite.

– Quand avez-vous pris cette décision ?

– Cette nuit.

– Je vais donner des instructions pour que vous preniez l'avion, dit Jules.

– Non, non, ne vous tracassez pas. Je me suis déjà arrangée avec Miss Maple, dit Pauline. L'avion me déposera à Bangor, puis fera demi-tour et reviendra ici de façon à vous emmener à Fort Worth pour votre réunion au Musée ce soir.

– Vous êtes très efficace.

– Vous me l'avez déjà dit hier soir, Jules.

– Avez-vous pris un petit déjeuner ?

– Non, évidemment pas. N'avions-nous pas un rendez-vous pour ce petit déjeuner ?

Sa sécheresse inquiétait Jules. Il la connaissait sous un autre jour, chaleureuse, complaisante, et il se sentait déboussolé par ce comportement glacial. Elle passa devant lui et traversa le vestibule pour entrer dans la pièce exposée à l'est, qu'ils n'avaient jamais utilisée ensemble puisque les heures où ils se levaient étaient si différentes. Pauline vérifia la disposition de la table et l'approuva d'un signe de tête. La table était dressée avec une nappe et des serviettes Porthault. Des roses du jardin, fraîchement coupées, étaient disposées dans un surtout au centre de la table. Les journaux du matin de Los Angeles et de New York étaient posés sur une petite table à côté. Même dans une vie au bord du désastre, aucun menu détail de son métier de maîtresse de maison n'échappait à son attention. Jules l'observait.

– Voilà qui est très joli, dit-il.

– C'est vrai, c'est très joli.

Dudley, dont l'instinct était sûr, avait conscience du caractère insolite de ce petit déjeuner. Avec la solennité d'usage, il entra dans la pièce avec deux pots d'argent et versa du thé à Pauline puis du café à Jules.

– Merci, Dudley, dit Pauline. Je prendrai seulement du melon et un toast. Dites à Gertie d'utiliser du pain complet. Pour monsieur Mendelson, je suis sûre que vous savez ce qu'il veut.

– Oui, madame, répondit Dudley.

– Laissez le café ici, Dudley, dit Jules en tapotant la table pour lui montrer l'endroit près de sa tasse. J'aime bien me servir moi-même.

– Est-ce que vous buvez toujours six tasses de café au petit déjeuner ? demanda Pauline.

– À peu près, oui.

– Ce n'est pas très bon pour votre cœur.

– Mon cœur ? Je n'entends parler que de mon cœur ces jours-ci, dit Jules.

– Par qui d'autre ? interrogea Pauline.

– Par Arnie Zwillman, hier soir.

– Oh, dit-elle, l'air dégoûté, et elle agita la main comme si une mauvaise odeur était soudain entrée dans la pièce.

Dudley arriva avec le bacon et les œufs brouillés pour Jules dans un plat muni d'un couvercle en argent. Pauline prit sa fine tasse de porcelaine Minton dans ses mains et, les coudes sur la table, observa Jules en train de se servir.

Quand Dudley fut ressorti de la pièce elle dit :

– Je vous rends ces boucles d'oreilles en diamants jaunes, Jules.

Elle secoua les diamants dans sa main comme des dés puis les lança sur la nappe dans sa direction. Jules, surpris, les ramassa.

– Elles ne vous plaisent pas ?

– Oh si, elles sont très belles, mais je ne pourrais absolument pas les porter.

– Il m'avait semblé que vous les aimiez hier soir.

– Je n'ai pas dit que je ne les aimais pas, j'ai dit que je ne pourrais pas les porter.

– Pourquoi ?

– Parce qu'elles sont le signe d'une faute. Vous me les avez achetées parce que vous avez été démasqué, pour vous rattraper en quelque sorte.

– Je vais les garder. Je les mettrai dans le coffre. Peut-être plus tard…

– Que voulez-vous dire ? Pour Noël ? Pour mon anniversaire ? Non, Jules, je n'en veux pas, renvoyez-les chez Boothby.

– Très bien, dit-il calmement.

Sur le mur près d'elle était accroché un petit tableau de Fantin Latour, représentant des poires et des raisins. Elle se leva et le redressa de quelques millimètres.

– J'ai toujours aimé cette toile, dit-elle.

– Vous rappelez-vous quand nous l'avons achetée ?

– Bien sûr.

Un instant elle parut prête à évoquer l'événement mais elle choisit de ne pas le faire.

– Pensez-vous que nous avons été heureux à une certaine époque ou est-ce que tout ça n'était que vingt-deux années d'une grande comédie ?

– Oh, Pauline, ne parlez pas de cette façon, je vous en prie.

Dudley revint portant le plat d'argent avec le bacon et les œufs brouillés, mais Pauline le congédia d'un geste de la main.

– Quand je pense qu'il faudra partager tout ça !

– Quoi donc ? demanda-t-il.

D'un geste elle montra tout ce que contenait la maison.

– Tout, dit-elle en le regardant fixement.

Une expression de panique apparut sur le visage de Jules. À cet instant précis, ses biens et sa position sociale lui importaient plus que sa passion pour Flo.

– Ne plaisantez pas avec ce genre de choses, dit-il.

– Je ne plaisante pas du tout, Jules. Je ne plaisante pas le moins du monde.

Pauline ne craignait plus d'affronter le regard de son mari. Elle le fixa droit dans les yeux.

– Non, vous ne plaisantez pas, c'est clair.

– Quand vous m'avez demandée en mariage, il y a bien des années, mon père m'avait conseillé de ne pas vous épouser, et maintenant je retourne vers mon père car j'ai besoin de parler à quelqu'un en qui j'ai confiance pour savoir si je dois rester mariée avec vous ou non.

– Écoutez-moi, Pauline, je suis prêt à faire n'importe quoi pour ne pas vous perdre.

– Parlons un peu de cette fille rousse.

– Quelle fille rousse ?

– Si vous ne voulez pas être honnête avec moi, même au point où nous en sommes, il est totalement inutile de poursuivre cette conversation. Il y a plusieurs mois, on m'a fait parvenir, anonymement, bien entendu, une coupure de presse d'un journal parisien à propos d'un incendie à l'hôtel Meurice, avec une photographie de vous à l'arrière-plan, derrière une jeune femme portant une boîte à bijoux. À ce moment-là, vous habitiez au Ritz. J'ai fait comme si je ne savais rien. J'ai même fait en sorte d'oublier l'incident. Mais par la suite, d'autres indices m'ont empêchée de feindre l'ignorance et d'oublier.

– Quoi par exemple ?

– Son odeur, par exemple.

Le visage de Jules devint écarlate. Son expression était aussi claire qu'un aveu.

– Bon, c'est vrai, mais ce n'était rien. C'était sans importance. Et c'est terminé, je vous jure. Qu'un mariage comme le nôtre doive prendre fin à cause d'une seule infidélité, je n'ai jamais rien entendu d'aussi absurde de toute ma vie.

– Il est plutôt difficile de considérer cela comme une simple infidélité, Jules.

– C'était une aberration, rien de plus, je vous le jure. J'ai cinquante-sept ans. Sans doute c'était plus fort que moi.

– Croyez-vous, Jules, que je ne puisse pas ressentir d'émotions de ce genre pour d'autres gens?

Jules la regarda, comme si pareille idée ne lui était jamais venue à l'esprit.

– Eh bien si, dit-elle. Par exemple le jeune Philip Quennell, je le trouve très séduisant. Je le lui ai même dit hier soir, à cet épouvantable dîner.

Le seul nom de Philip Quennell fit sursauter Jules.

– Si j'étais le genre de femmes à aimer les aventures, je pourrais fort bien imaginer en avoir une avec lui. Mais moi, Jules, je n'ai pas eu d'aventure avec lui.

Jules était atterré à la seule pensée que sa femme puisse seulement imaginer avoir une liaison.

– À cause de Camilla? demanda-t-il.

– Oui, certainement, mais aussi à cause de vous, Jules, à cause de notre mariage, qui est une chose que j'ai toujours prise au sérieux.

– Moi aussi.

– Non, vous vouliez une femme décorative, c'est tout. Et pour moi, ce n'est pas assez.

Il y eut un silence.

– D'ailleurs Philip Quennell ne m'a fait aucune avance, et à aucun moment ne m'a fait comprendre qu'il pourrait s'intéresser à moi.

– Je ne peux pas le sentir, votre ami Quennell, dit Jules.

– Il ne croit pas au suicide d'Hector, répliqua Pauline. Ni le maître d'hôtel de Stieglitz. Il me l'a dit hier soir.

Jules secoua la tête avec impatience.

– Qui se soucie de savoir ce que pensent cette sorte de gens ?

– Je n'y crois pas non plus, dit-elle.

– Il faut que vous le croyiez.

– M'ordonnez-vous de croire à ce que je ne crois pas ?

– Oui.

Sa voix était devenue dure. Elle le regarda, intriguée.

On frappa à la porte et Dudley entra.

– Je suis désolé de vous interrompre, dit-il.

– C'est bon, dit Pauline.

– La voiture est ici. J'ai chargé les bagages.

– Oui. J'y vais. Mettez ces journaux dans la voiture, voulez-vous, Dudley ?

Quand Dudley fut ressorti, Jules proposa :

– Je vais vous conduire moi-même à l'aéroport.

– Oh, ne dites pas de bêtises, Jules.

Elle but une dernière gorgée de thé.

– Vous n'avez pas besoin de vous presser, vous savez. Prenez une autre tasse de thé. Ce qui est bien quand on a un avion à soi, c'est qu'on est certain qu'il ne partira pas sans vous, dit Jules.

Pauline secoua la tête. Elle avait souvent entendu cette remarque par le passé. Quand elle parvint à la porte, elle se retourna :

– Cette pièce est vraiment très jolie, c'est dommage que nous ne l'ayons jamais utilisée.

Et elle sortit.

Jules se leva et suivit Pauline jusqu'à la porte donnant sur la cour.

Le chauffeur tenait la portière ouverte. Au moment où elle allait monter, Pauline se tourna vers le maître d'hôtel.

– Dudley, il y a une vitre fêlée dans les toilettes de la bibliothèque. Demandez à Joe de la remplacer, voulez-vous ?

Elle entra dans la voiture.

– Oh, autre chose, Dudley. Voulez-vous vérifier s'il ne manque pas une des assiettes à salade du service Flora Danica. Je n'en ai trouvé que vingt-trois hier.

Jules fit un pas en avant.

– Transmettez mon meilleur souvenir à votre père, dit-il.

– Je n'y manquerai pas.

– Combien de temps resterez-vous absente ?

– Je ne sais pas exactement, Jules. Pas longtemps.

– Quand vous serez disposée à rentrer, faites-le-moi savoir, je m'arrangerai pour que l'avion aille jusqu'à Bangor et vous y prenne. Il n'avait pas envie de la voir s'en aller.

Pauline enfila ses gants.

– Au revoir, Jules, dit-elle.

– Vous allez me manquer, dit-il.

– Maintenant Jim, allons-y, ordonna Pauline au chauffeur.

Comme la voiture s'ébranlait, Jules leva la main pour un geste d'adieu.

Jules fut tout surpris de se sentir comme dépossédé. Il ne s'était jamais avoué à lui-même à quel point Pauline lui était nécessaire, elle était vraiment la moitié de son existence. Pendant toute sa vie d'adulte, il avait été sollicité pour faire partie de conseils d'administration d'entreprises aussi bien que de musées ou d'hôpitaux. On lui avait demandé de prononcer une allocution aux funérailles d'un président des États-Unis, de six sénateurs, de deux gouverneurs et d'une multitude de directeurs de banques et de chefs d'entreprise. Mais c'était le mari de Pauline Mendelson dont on se disputait la présence dans les réceptions. Et, tout au fond de lui, il savait qu'il ne possédait pas un seul ami intime à qui se confier dans un moment difficile. Pas un, excepté Pauline.

– Est-ce qu'il t'arrive d'aller chez le médecin, Jules ? demanda Flo.

– Pour quoi faire ?

– Je ne sais pas, moi. Un check-up, tu devrais.

– Je sais, je sais.

Flo avait acheté pour Jules un tapis-jogging. Elle l'obligeait à l'utiliser vingt minutes chaque après-midi pour qu'il perde du poids. Quand la facture acquittée était arrivée chez Miss

Maple, il avait été heureux de voir tout ce qu'elle avait dépensé pour lui sur son propre argent.

– Jules chéri, je ne comprends pas ce que veut dire «blanchir de l'argent», dit Flo, qui, assise sur une chaise, le regardait.

Jules empoigna les tiges chromées de l'appareil et se mit en place. Les vingt minutes sur le tapis étaient devenues pour eux l'occasion de bavarder agréablement.

– Bon, laisse-moi t'expliquer, dit Jules. Supposons que j'aie un tableau qui vaut un million de dollars. Arnie Zwillman me l'achète pour ce prix mais il me paie en argent liquide qu'il tire de sa serviette. Puis, avec le marché de l'art tel qu'il est, la valeur du tableau augmente. Son prix monte et il peut le vendre soit à une galerie soit dans une vente aux enchères.

– Ah, je comprends, c'est comme ça que l'argent sale devient propre.

– C'est ça, seulement, il ne s'agissait pas d'œuvres d'art.

– Chéri, tu ne peux pas te laisser entraîner là-dedans. Tu le sais, n'est-ce pas ? Dis à Arnie Zwillman d'aller se faire voir ailleurs.

Jules hocha la tête. Il aurait bien voulu que tout soit aussi simple. Il arrêta le tapis-jogging. Pendant un moment, il resta sur la machine sans parler. Puis il se dirigea vers la salle de bains. À l'entrée de celle-ci, il s'arrêta et dit tranquillement :

– Il y a dans cette histoire d'autres éléments que tu ne connais pas.

– Quoi ?

– Il sait à mon sujet des choses que tout le monde ignore.

– Même Pauline ?

– Même Pauline.

– Quoi par exemple ?

Il se retourna, ouvrit la bouche pour parler, puis jeta un coup d'œil à sa montre.

– Il faut que je m'en aille. Il est tard. J'ai un dîner avec Sims Lord.

– Je veux savoir, dit Flo.

Jules était un homme qui savait garder les secrets des autres et lui-même n'était pas homme à se confier à autrui. Même Sims Lord, son conseiller, en qui il avait une entière confiance, ne savait pas tout sur lui. Sims savait seulement tout ce qui concernait ses affaires financières. En le rencontrant ce soir-là, il avait l'intention de lui parler de l'extraordinaire conversation qu'il avait eue avec Arnie Zwillman sur d'éventuelles opérations de blanchiment d'argent, mais il se sentait incapable de lui raconter ce qu'Arnie Zwillman savait sur sa vie, sur la fille qui était tombée du balcon de l'hôtel Roosevelt à Chicago en 1953. Ou sur Kippie. Parfois il s'inquiétait de l'état de son cœur. Il se mettait à battre trop vite quand il pensait à toutes ces choses enfouies au plus profond de lui-même. Il savait qu'il devrait prendre rendez-vous avec le Dr Petrie, mais il avait toujours trop à faire, et remettait sans cesse cette démarche.

– Raconte-moi, insista Flo.

Lorsque finalement il se mit à parler, il le fit à voix basse, lentement, presque comme s'il se parlait à lui-même.

– Quand j'étais encore un jeune homme, une chose horrible m'est arrivée, à Chicago, et j'en porte toute la responsabilité.

À Northeast Harbor, dans l'État du Maine, quand on le décrivait comme «le père de Pauline», Neville Mac Adoo s'en amusait. Il était encore plus amusé quand il s'entendait appeler «le beau-père de Jules Mendelson». L'été précédent, on avait fêté son soixante-quinzième anniversaire. Tous ses petits-enfants étaient venus, même Kippie, que dans la famille on appelait le cousin de Californie. Les hommes étaient tous en blazers et pantalons de flanelle blanche et les femmes, plus habillées que les hommes, portaient des robes d'été en tissu imprimé ou en mousseline, avec un minimum de bijoux. Entre eux ils se moquaient des prétentions et des chichis de la vie mondaine de Newport et de Southampton.

– C'est si beau ici, papa, je l'oublie toujours, dit Pauline. Pourtant j'ai toujours envie de revenir, et plus souvent.

– Les Van Degan t'attendent pour le déjeuner, dit Neville Mac Adoo.

– Oh, non ! Merci ! Je veux rester ici avec toi, papa.

Elle trempa sa serviette dans un verre d'eau et, sans interrompre la conversation, enleva une tache de jus de carotte sur la veste de toile blanche de son père.

– Comment va Kippie ? demanda-t-il.

– Eh bien, ce n'est pas réjouissant. Kippie n'a ni projet, ni ambition, mais il a gardé son charme extraordinaire. Il est toujours en France, dans ce centre de réadaptation pour drogués.

Neville Mac Adoo caressa légèrement la main de sa fille… Toujours svelte, il avait joué au tennis jusqu'à son attaque quelques années auparavant. Pour abriter son visage du soleil, il portait un chapeau de toile blanche qui avait été lavé si souvent qu'il était devenu mou et informe. Ils étaient assis dans la véranda de la grande maison en bois de cèdre devenue toute grise après cinquante hivers. La maison des Mac Adoo avait été entièrement détruite dans le grand incendie de 1947, un malheur qui n'en avait pas été un car, à cette époque, la fortune de la famille avait fondu et ils n'auraient certainement plus eu les moyens d'entretenir la propriété longtemps encore. Avec la prime d'assurance, le père de Neville Mac Adoo avait fait construire une maison plus commode à North-East Harbor qui comprenait seulement dix chambres au lieu de trente, et c'est là que Pauline et ses sœurs avaient passé tous leurs étés avant leurs mariages.

– Qu'y a-t-il, Pauline ? demanda-t-il.

– Lorsque quelque chose va de travers, tu le devines toujours, n'est-ce pas, papa ?

– Tu ne débarques pas à Northeast à l'improviste avant le début de la saison sans avoir quelque chose d'important derrière la tête, répliqua-t-il.

Pauline noua, puis dénoua les manches d'un pull-over de cachemire qu'elle avait jeté sur ses épaules. Elle se leva de la chaise d'osier sur laquelle elle était assise, alla jusqu'au bord de la véranda et se jucha sur la balustrade en face de son père.

– J'envisage de quitter Jules, dit-elle.

– Où est Northeast Harbor ? interrogea Flo.

– Dans le Maine. Pourquoi ? répondit Jules, méfiant.

– J'ai entendu dire que Pauline est allée voir son père là-bas.

Jules resta silencieux un moment.

– Et où as-tu entendu cela ? demanda-t-il.

– En fait, je ne l'ai pas entendu, je l'ai lu dans les échos de Cyril Rathbone.

– J'aurais dû le deviner. L'essentiel de tes informations semble toujours venir de ce sale porc.

– Je mourrais de joie si je voyais mon nom dans la chronique de Cyril Rathbone.

– Oh, je t'en prie !

– C'est vrai, Jules. J'adore lire ce qu'il écrit sur tous ces gens, et sur les endroits qu'ils fréquentent. C'est un autre univers pour moi.

– Je ne serais pas contre un autre verre de vin, dit Jules.

– Avec Pauline en voyage tu n'es pas obligé de rentrer chez toi ce soir, tu ne crois pas ?

– Si, il faut que je rentre mais je n'ai pas besoin de rentrer tout de suite. J'étais censé dîner en ville, mais j'ai annulé l'invitation. Je pensais que nous pourrions rester ici.

– Et si tu m'emmenais dîner dehors ?

– Pourquoi pas ici ?

– Parce que j'en ai plein le dos de manger ici les plats chinois préparés de chez M. Chow ou les pizzas de Spago. Je veux sortir.

Elle se leva d'un bond pour montrer son impatience.

– Ce n'est pas très commode, dit Jules, écartant la suggestion d'un mouvement de tête.

– Et pourquoi ? insista Flo qui récapitulait les raisons pour lesquelles, dans l'immédiat, Jules pouvait se sentir libre : Pauline est partie pour Northeast Harbor, dans le Maine, pour voir son père. Tu n'es pas obligé d'aller à un dîner de Rose Cliveden, parce qu'elle est au lit avec une jambe cassée et une bouteille de vodka, le type du musée d'Hartford a dû remettre son rendez-vous parce que sa belle-mère s'est suicidée, Sims Lord est à un congrès de banquiers à Chicago, le mec du musée du Louvre à Paris n'arrivera pas avant demain soir. Donc tu es libre et tu vas m'emmener dîner dehors.

Jules éclata de rire.

– Grands dieux, comment peux-tu savoir tout ça ?

– Parce que je sais écouter, Jules. Tu restes couché dans mon lit avec le téléphone sur l'estomac et tu appelles à droite et à gauche, je n'ai qu'à écouter et à me souvenir.

Il lui caressa la main.

– Écoute, Flo, ma chérie. Ce n'est pas une bonne idée de dîner dehors, dit-il avec calme, surtout en ce moment.

– Je ne te demande pas de m'emmener au Bistro Garden ou chez Chasen. On peut aller simplement du côté de San Fernando. Tu n'y rencontreras sûrement personne, et on dînera ensemble, tous les deux, comme deux personnes normales qui ont une liaison. S'il te plaît, Jules. S'il te plaît. Je suis toujours habillée comme une reine, mais je ne peux aller nulle part. Tu ne peux pas savoir à quel point je suis seule.

– Okay, dit-il tranquillement.

Il tendit le bras, posa sa main sur la cuisse de Flo et commença à la caresser.

– Ah non, non, ça va maintenant, dit-elle en lui donnant une tape sur la main. Ne recommence pas à t'exciter. Je connais le truc, on va remettre ça et nous ne sortirons pas.

Elle bondit hors du lit et se précipita vers le cabinet de toilette.

– Un nouveau Chanel est arrivé aujourd'hui. Noir, avec des boutons dorés, et une jupe très courte, à peine jusqu'ici.

Vingt-deux ans plus tôt, le père de Pauline lui avait conseillé de ne pas épouser Jules Mendelson. Il admirait la santé physique et l'embonpoint de Jules le gênait presque autant que l'impossibilité de le faire admettre dans aucun des Clubs dont les Mac Adoo faisaient partie depuis des générations. Pourtant, au fil des années, il avait fini par aimer et respecter son gendre.

Quant à Jules, sans jamais vouloir le reconnaître, il était très impressionné par la généalogie de sa belle-famille. Au début, il s'était demandé comment des gens dont on avait tant parlé à l'occasion des brillants mariages des trois sœurs pouvaient avoir si peu d'argent. C'était lui, le nouveau venu dans cette famille, qui avait financé les travaux de remise en état de la maison de Poppy après son attaque : un nouveau toit et l'isolation thermique. C'est lui qui avait fait agrandir la véranda, déjà très vaste, pour qu'une rampe d'accès facilite les déplacements du fauteuil roulant, devenu un élément essentiel de la vie de Poppy. À l'intérieur, la bibliothèque de Poppy était devenue sa chambre, et il avait fallu donner au cabinet de toilette voisin les dimensions d'une véritable salle de bains.

Pour Pauline raconter son histoire était très difficile et très pénible. Elle, qui était toujours précise dans ses descriptions des événements quotidiens, s'exprimait d'une façon hésitante et heurtée, en détournant les yeux pour que son père ne puisse pas voir la honte et la désolation peintes sur son visage.

– C'est tellement mortifiant, papa. Non, non, je ne peux pas te dire comment j'ai découvert la vérité. Il a une maîtresse. Il l'entretient. Il voue une véritable passion à cette femme.

– T'a-t-il dit qu'il s'agissait d'une passion ?

– Plusieurs fois, je me suis réveillée au milieu de la nuit. Il était là auprès de moi, les yeux grands ouverts, le regard fixé sur le plafond.

– Est-ce que tu l'as vue ?

– Un correspondant anonyme m'a envoyé une photographie

d'elle parue dans un journal de Paris. Il l'avait emmenée à Paris. Te l'ai-je dit?

– Est-elle plus jeune que toi?

– Pas tout à fait assez jeune pour être ma fille, mais presque. Et elle est jolie. Un peu quelconque, mais jolie.

– Fait-elle partie de votre cercle d'amis?

– Grands dieux, non.

– As-tu une chance de la rencontrer?

– Je ne le pense pas.

– Et vos amis, comme Rose Cliveden et Camilla Ebury, y a-t-il un risque qu'elles la rencontrent?

L'un des chats abyssins entra nonchalamment. Quand il arriva près du fauteuil de Neville Mac Adoo, il leva la patte pour s'agripper à sa jambe.

– Ah! la voilà, dit-il, enchanté.

Il se cala alors confortablement dans le fauteuil avec le chat dans ses bras.

– Y a-t-il des commérages à votre sujet? demanda-t-il, comme si le chat n'avait pas interrompu leur dialogue.

– Pas que je sache, en tout cas je n'ai remarqué aucun changement dans l'attitude de mes amis.

– Jules veut-il te quitter pour l'épouser?

– Non, je ne pense pas. J'ai l'impression que c'est le contraire. Je sens qu'il ne veut pas me quitter, et qu'il ne veut pas que je le quitte. Il veut garder les deux femmes.

– C'est peut-être à cause de cette vie mondaine épuisante que vous menez là-bas, dit Poppy. Quand tu l'as rencontré, Jules n'était pas un grand amateur de mondanités. C'est possible qu'il trouve une sorte de repos auprès de cette femme après toutes ces festivités.

Pauline se sentit piquée au vif.

– Les femmes des hommes brillants se doivent d'occuper une place éminente dans la société, dit-elle comme pour se défendre. J'ai joué un très grand rôle dans la réussite de Jules, et il en est conscient, mais notre réussite commune est construite autour de Jules. C'est un homme hors du commun. C'est une chose dont je n'ai jamais douté, dès notre première rencontre à cette sauterie chez Laurence Van Degan à Palm Beach.

– On dirait que tu l'aimes toujours.

– C'est vrai, dit-elle.

– Alors, tiens bon. Tout passe. Il n'est pas le premier à avoir une liaison, et il est hautement improbable que tu puisses être gênée par cette personne comme tu le serais s'il s'agissait d'une de vos proches relations.

Son père leva lentement la main et pointa un doigt décharné vers Somes Sound.

– Qu'est-ce que c'est, papa ? demanda Pauline.

– C'est le nouveau bateau de Bill Twombley.

– Ah, oui, oui. Il est vraiment superbe, non ? dit Pauline.

Son père, elle le savait, en avait maintenant terminé avec Jules Mendelson.

Flo et Jules allèrent en voiture jusqu'à San Fernando Valley, sur Ventura Boulevard. Attentive à tout ce qui se disait autour d'elle, Flo savait déjà que les Mendelson et ceux qui évoluaient autour d'eux considéraient la vallée de San Fernando comme aussi lointaine que si elle appartenait à un autre État.

– Vous avez réservé ? demanda le maître d'hôtel.

– Non, répondit Jules.

– Je pense qu'il y aura vingt minutes d'attente, déclara le maître d'hôtel en parcourant la liste des réservations. Vous pouvez attendre au bar.

– Je ne veux pas attendre vingt minutes, dit Jules tranquillement.

Jules fouilla dans sa poche et en sortit une liasse informe de billets. Il n'avait jamais de portefeuille. Il en extirpa une coupure qu'il tendit au maître d'hôtel.

Celui-ci jeta un regard sur le billet et son expression changea.

– Laissez-moi voir s'il y a quelque chose qui s'est libéré dans la seconde salle.

– Je ne veux pas de la seconde salle, dit Jules. Je veux cette table là, dans ce coin.

– Suivez-moi, dit le maître d'hôtel.

– Combien de pourboire lui as-tu donné ? s'enquit Flo à voix basse, comme ils suivaient l'homme jusqu'à la table.

– Cinquante, répondit Jules.

– Wouahouh ! dit Flo.

Une fois assis, Jules commanda un Martini et Flo un Coca-Cola. En public, il se sentait mal à l'aise en sa compagnie. Chez elle, ils pouvaient bavarder des heures, mais au restaurant, même si une rencontre avec des gens qu'il connaissait était très improbable, il trouvait très difficile d'entretenir la conversation. Il se saisit du menu placé dans une couverture de cuir orné d'un pompon et le parcourut du regard.

– Voyons ce qu'ils ont.

– En fait, Jules, je ne mange pas de viande.

– Pourquoi ne me l'as-tu pas dit quand nous avons choisi ce restaurant ?

– J'avais peur que tu changes d'avis.

Il baissa les yeux à nouveau sur le menu.

– Ils ont du homard. Congelé, sûrement. Cela te fait-il envie ?

– Oui, bien sûr. Je n'arrive pas à croire que nous sommes ici ensemble.

Elle regarda autour d'elle vers les autres tables. Elle sembla soudain reconnaître quelqu'un.

– Tu as vu quelqu'un que tu connais ?

– Trent Muldoon, l'acteur de la télévision, le propriétaire de ma maison, que tu parles toujours de m'acheter sans jamais le faire.

– Ne lui dis pas bonjour, pour l'amour du ciel.

– Je ne vais pas lui dire bonjour alors que je ne le connais même pas…

Il y eut un moment de silence.

– À quoi t'es-tu occupée, pendant toute cette journée ? demanda-t-il enfin.

– J'ai lu. J'adore lire, tu sais, répliqua-t-elle.

– Je ne le savais pas, mais je suis ravi de l'apprendre. Quel genre de choses lis-tu ? À part Cyril Rathbone, je veux dire.

– Des biographies, principalement, dit-elle, sentant vaguement l'importance du mot.

– Des biographies ? Vraiment ? Quel genre ?

– Marilyn Monroe surtout, répondit-elle très spontanément. Je crois que j'ai lu tout ce qui a été écrit sur Marilyn Monroe.

Jules éclata de rire.

Elle secoua la tête pour exprimer qu'elle n'admettait pas son attitude.

– Vois-tu, moi je suis sûre que Marilyn Monroe a été assassinée. Toutes sortes d'indices le démontrent. Elle est morte dans l'ambulance, et ils l'ont ramenée chez elle où on l'a trouvée plus tard.

À son tour Jules secoua la tête, mais c'était pour une tout autre raison. Il était follement amoureux d'une femme dont l'expérience ne correspondait pas à la sienne. Ce n'était pas là le genre de conversation qu'il aurait eue avec Pauline. Pauline comprenait assez bien les problèmes économiques et politiques du monde pour en parler avec intelligence. Avec elle pas de théorie à dormir debout sur Marilyn Monroe.

– Toute cette histoire n'a aucun sens, dit Jules.

– C'était une femme encombrante, tu sais, affirma Flo, sans tenir compte de sa remarque.

Elle hocha la tête avec l'air de suggérer qu'elle en savait beaucoup plus long sur le sujet.

– J'ai entendu dire des tas de choses.

– Où ?

– Au café. Tu serais surpris de tout ce que je pouvais entendre là. Et par Glyceria aussi. Elle sait des choses que lui a racontées Faye Converse. Faye était une amie de Marilyn.

– Quelles choses ?

– Les gens qui ont du pouvoir, que font-ils d'une personne qui devient encombrante ? On s'en débarrasse ; et ils se sont débarrassés de Marilyn.

– Oh, pour l'amour du ciel, dit Jules impatiemment, tu es de ces gens qui gobent n'importe quelle bêtise !

– Et toi, tu es de ceux qui prétendent que les magouilles, ça n'existe pas.

Sa voix était devenue dure. Pendant un moment ils se mesurèrent du regard.

– Est-ce que nous allons nous disputer ? demanda Jules.

Flo sourit.

– Je bats en retraite, dit-elle, je ne veux pas flanquer en l'air ma grande soirée en ville.

Pauline passa par un couloir encombré de maillets de croquet, de raquettes de tennis, de bottes et de parapluies divers, et entra dans un petit salon suranné mais qui dénotait un goût parfait. Auprès d'un divan vaguement recouvert d'un chintz extrêmement usé, elle trouva sur une table quelques albums de photographies.

– Les voici, dit-elle en revenant à la véranda. Je savais bien que je les avais vus quelque part.

Son père lui sourit. Il mit ses lunettes rondes cerclées d'or. Elle plaça une chaise près de son fauteuil roulant et posa les albums sur une table devant eux. Il commença à tourner les pages, lentement, et quelques minutes après ils riaient tous les deux en évoquant le passé. Quand ils arrivèrent au dernier album et aux images de son anniversaire, il feuilleta encore quelques pages en faisant des commentaires.

– Tu ne m'as pas dit ce qui te tracasse, n'est-ce pas ? Alors ?

– Je ne sais pas pourquoi, mais j'ai l'impression que Jules est victime d'un chantage de la part d'un gangster, dit Pauline.

– Parce qu'il a une maîtresse ? demanda Poppy. Ça ne se fait plus beaucoup de nos jours.

– Ce n'est pas cela. Il m'a dit une fois, au début de notre mariage, qu'il avait eu des ennuis des années auparavant. Il m'a priée de ne pas lui poser de questions à ce sujet. À l'époque je lui ai seulement demandé quelles en avaient été les conséquences, ou quelque chose de ce genre. Il m'a dit alors, et je m'en souviens parfaitement : « Un des avantages d'avoir des parents riches c'est qu'ils peuvent toujours vous tirer d'affaire. » Puis, ne voulant pas qu'il se sente gêné, je lui ai raconté l'histoire du mari de Tante Maud, trouvé mort, déguisé en femme, dans un hôtel louche de West Side.

– Tu ne lui as pas raconté ça ?

– Si.

– Mais nous avions tous promis de ne jamais en parler.

– Je sais, mais Jules ne bavarde jamais, et il ne ferait rien qui puisse me mettre dans l'embarras. De cela, je suis absolument certaine.

– Sauf avoir une maîtresse.

Pauline détourna les yeux.

– Nous n'avons plus jamais parlé de ce qui était arrivé à Jules. Mais ce qui est arrivé, je crois que le gangster – il s'appelle Arnie Zwillman – lui, le sait fort bien. J'ai pensé que peut-être il avait fait un enfant à une fille, quand il était jeune, mais maintenant je crois qu'il s'agit de quelque chose de bien plus grave. Jules m'a semblé vieux pour la première fois et presque défait l'autre soir, après avoir vu ce M. Zwillman. Je pense que, si la chose apparaît au grand jour, la nomination de Jules à Bruxelles pourrait s'en trouver compromise, et cette nomination est plus importante que tout au monde à ses yeux.

Neville Mac Adoo referma l'album de photographies et enleva ses lunettes cerclées d'or avant de reprendre la parole :

– Autant de raisons pour rester avec Jules, Pauline.

Jules sortit de sa poche son ticket de parking et le tendit au gardien.

Flo, toujours curieuse, se retourna pour regarder les gens qui attendaient leur voiture.

– C'est encore Trent Muldoon, dit-elle, tout excitée, et elle donna des tapes sur le bras de Jules pour qu'il se retourne et regarde la vedette de la télévision. Je crois que je vais aller me présenter pendant que tu reprends ta voiture. J'ai lu dans un écho qu'il va tourner dans un film en Yougoslavie.

– Non, non, ne fais pas ça, dit Jules.

– Jules ! Bonjour ! Comment ça va ?

Flo, sans se retourner, reconnut immédiatement la voix d'une femme de la bonne société. Elle se demanda comment elles apprenaient toutes à parler de cette façon, avec cette intonation légèrement stridente qui proclamait leur classe sociale et leurs privilèges. Plus tard, toute seule, elle se répéterait maintes et maintes fois ce « Jules ! Bonjour ! Comment ça va », jusqu'à ce que l'imitation soit parfaite.

Elle entendit Jules dire : « Madge ». Elle ne se retourna pas mais elle savait qu'il l'embrasserait sur une joue d'abord puis sur l'autre, à la manière des gens du monde. Elle aurait voulu le voir participer à ce rituel, mais elle eut la force de ne pas se retourner.

– Que diable faites-vous dans ces parages ? poursuivit la femme prénommée Madge.

Elle entendit Jules répondre :

– Un petit dîner d'affaire avec Sims Lord. Et vous, que faites-vous par ici ?

– Nous sommes en route vers le ranch, pour le week-end, répliqua Madge. Ralph adore ce qu'on mange ici, ne me demandez pas pourquoi. Où donc est Sims ? J'adorerais lui dire bonjour, je ne l'ai pas vu depuis des lunes.

– Je pense qu'il est aux toilettes, dit Jules.

– Ralph aussi, dit Madge. Comment va le père de Pauline ?

– Oh, bien, dit Jules. Une petite attaque ne saurait venir à bout de Neville Mac Adoo.

– Quand revient Pauline ?

La Bentley stoppa devant le restaurant et le gardien du parking en jaillit. « Votre voiture, monsieur », cria-t-il à Jules. Il fit le tour de la voiture et ouvrit la portière pour Flo.

Celle-ci se retourna et resta debout sans bouger, l'air emprunté, ne sachant trop que faire, et Madge White devina immédiatement que la jolie rousse en tailleur Chanel accompagnait Jules.

Homme d'affaires habitué à affronter des situations difficiles,

Jules resta impassible comme au moment délicat d'une négociation où il fallait absolument contrôler ses nerfs.

– Oh, puis-je vous présenter, euh, Miss, euh… Aidez-moi, dit-il à Flo, comme s'il la connaissait à peine. Je n'arrive jamais à me rappeler les noms.

– March, murmura Flo, désarçonnée par l'attitude de Jules.

– Oui, oui, bien sûr. Excusez-moi, Miss March. Je n'arrive jamais à me souvenir des noms. Madame White. Miss March travaille avec Sims.

– Bonjour, comment allez-vous ? dit Madge White en regardant Flo avec des yeux ronds.

Flo, confuse, inclina la tête mais ne dit rien. Elle voyait à l'air condescendant de Madge White que celle-ci avait compris la situation, et elle évita son regard.

Un klaxon retentit, signalant que la Bentley bloquait la sortie.

– Votre voiture, monsieur, cria de nouveau le gardien, mais ni Jules ni Flo ne bougèrent. Un taxi s'arrêta à côté de la Bentley. Un couple en descendit. Flo cria :

– Je prends ce taxi, et elle partit en courant.

Jules bouleversé s'écria :

– Je me ferais un plaisir de vous déposer, Miss March.

Il se demanda si Madge White percevait son angoisse.

Flo, dans le taxi, regarda Jules. Elle avait les larmes aux yeux.

– Non, non, je suis sûre que M. Lord et vous avez à discuter d'affaires importantes, monsieur Mendelson.

Elle se tourna vers le chauffeur et lui dit :

– Fichons le camp. Cette Bentley va nous suivre, et je ne veux pas être suivie.

– Où allons-nous, madame ? demanda le chauffeur.

Il sentait bien que la jeune femme était extrêmement agitée, mais il ne voulait pas se mêler de ses affaires.

– S'il vous plaît, s'il vous plaît, partez vite ! supplia-t-elle.

Elle donna son adresse à Beverly Hills, Flo jeta un coup

d'œil par la vitre arrière du taxi et vit que Jules serrait la main de Madge White puis montait dans sa voiture. Elle comprit immédiatement qu'il irait chez elle pour la retrouver.

– Non, écoutez, j'ai changé d'avis. Menez-moi au Château-Marmont sur le Strip.

L'après-midi du jour où Pauline était partie voir son père à Northeast Harbour, Jules, comme toujours, était chez moi vers quatre heures moins le quart. On avait fait deux fois l'amour. Il était étendu sur mon lit à parler au téléphone, et il a eu besoin de son petit carnet de rendez-vous qu'il avait toujours sur lui et qui contenait la liste de soixante ou soixante-dix numéros de téléphone d'utilité immédiate dans sa vie personnelle et professionnelle. Moi, j'avais droit à une seule lettre : R. pour Rousse, au cas où Miss Maple ou Pauline mettraient leur nez dans ce carnet, je suppose. En tous les cas, ce jour-là, il causait avec quelqu'un d'important, peut-être Myles Crocker du Département d'État, et il m'a fait signe, sans interrompre sa conversation, d'aller chercher son agenda dans son veston.

Alors j'ai trouvé le petit carnet, et naturellement, comme je suis curieuse, je me suis mise à le feuilleter à toute vitesse pour voir à quels dîners chics il était invité cette semaine-là. Et c'est là que j'ai vu qu'il avait plusieurs rendez-vous avec le Dr Petrie, l'un des grands cardiologues de Los Angeles. J'ai eu l'impression tout d'un coup d'être glacée jusqu'aux os. Je me suis demandé s'il était okay côté santé.

Plus tard, je l'ai interrogé : « Tu vas bien, Jules ? » Il m'a demandé : « De quoi veux-tu parler ? » Je lui ai répondu : « Ton cœur ». Il m'a dit : « Qu'est-ce que tu racontes ? » J'ai dit : « J'ai *vu dans ton agenda que tu avais des rendez-vous avec le Dr Petrie. »* Quand Jules se mettait en colère, il devenait tout rouge et ne disait plus un mot. C'est ce qui est arrivé. Il était furieux. Parce que je n'aurais pas dû regarder dans son carnet, c'était très mal élevé, disait-il.

Vous voyez, j'avais toujours pensé que la fête allait durer éternellement, mais ce jour-là j'aurais dû commencer à apercevoir les premiers signes de la fin.

16

L'après-midi du jour où Jules et Flo dînaient ensemble à San Fernando Valley, une autre rencontre, à Beverly Hills, allait, elle, provoquer une rupture. Camilla Ebury, la riche et jolie veuve qui vivait une aventure avec Philip Quennel, commençait à éprouver pour lui des sentiments qu'elle n'avait jamais eus pour son défunt mari, et des idées de mariage lui venaient à l'esprit, bien qu'elle ne sût rien de la vie de son amant avant leur rencontre chez Pauline Mendelson. Elle savait seulement qu'il n'était pas un homme d'argent. De son côté Philip trouvait leurs rapports extrêmement agréables mais, pour diverses raisons, il n'avait pas envisagé une liaison durable. Il n'était qu'un hôte de passage dans cette ville où Camilla avait ses racines. Depuis le début il avait l'intention de retourner chez lui à New York, une fois achevé le scénario du documentaire que finalement il était en train d'écrire pour Casper Stieglitz. Il était à peu près sûr qu'à ce moment-là la tempête soulevée par son livre sur Reza Bulbenkian serait calmée.

Comme nombre de femmes de sa catégorie sociale, Camilla Ebury consacrait beaucoup de temps aux bonnes œuvres et aux activités culturelles. Elle passait de longues heures à travailler pour des institutions charitables à la mode comme la « Guilde de l'Orphelinat de Los Angeles », les « Collegues », les « Blue Ribbon Four Hundred ».

Elle était excellente au tennis aussi bien qu'au golf, et participait souvent à des tournois. Sur son propre court de tennis à Bel Air, elle jouait souvent avec Philip, tôt le matin, avant qu'il ne retourne chez lui au Château-Marmont travailler son scénario. Plusieurs fois par semaine, elle jouait au golf au Country Club de Los Angeles sur Wiltshire Boulevard.

– Vous vous ressemblez tous dans ce Club, lui avait dit Philip un dimanche soir en promenant son regard autour de la salle à manger.

Elle savait ce qu'il voulait dire.

– Eh bien, nous nous connaissons tous, répondit-elle.

Toute sa vie elle avait appartenu à ce Club, comme son père et son mari y avaient appartenu avant elle ; elle connaissait les noms de la plupart des autres membres et de la plupart des employés. Tous les dimanches soir elle allait y dîner avec sa fille, comme elle y était allée avec son père et Philip maintenant les accompagnait.

– Pas de gens du spectacle ?

– Non.

– Pas d'ethnies différentes ?

– Si, rappelle-toi, M. et Mme Watkins.

– À titre symbolique.

– Eh bien, c'est comme ça, et ça a toujours été comme ça, dit-elle à Philip en haussant les épaules. Eux aussi, ont des clubs où nous n'avons pas accès. Ne l'oublie pas.

Philip s'esclaffa. Ce n'était pas la première fois qu'il entendait utiliser cet argument.

– Même les Mendelson n'ont pu entrer au Country Club de Los Angeles et Dieu sait que Pauline Mac Adoo appartient à l'une des meilleures familles qui soient sur la côte Est, dit Camilla.

– Je parie qu'en cherchant bien tu constaterais que c'est Jules qui faisait problème et non Pauline, répliqua Philip.

Camilla ne répondit pas.

– Voilà Bunty. Ne poursuis pas cette conversation devant elle.

Philip ne jouait pas au golf, mais ce jour-là Camilla lui avait demandé de la rejoindre pour déjeuner. Il aimait l'allure qu'elle avait avec sa casquette à large visière, son short blanc immaculé et son chemisier de sport aux tons pastel. Rose réapparaissait pour la première fois au Club depuis qu'elle s'était cassé la jambe. Elle avait un don particulier pour les entrées théâtrales, et elle arriva au grill room dans un fauteuil roulant poussé par une infirmière, alors qu'elle était parfaitement capable de se déplacer par ses propres moyens à l'aide de béquilles.

– Me revoilà ! cria-t-elle d'une voix tonitruante en entrant.

Tous ses amis se précipitèrent pour la saluer et l'on commanda des Bloody Mary pour tout le monde.

Comme toujours, quand Rose était présente, ce fut immédiatement la fête. De la sacoche de son fauteuil roulant, elle tira divers cadeaux joliment enveloppés. Un pour Clint, le barman, un autre pour sa chère amie Camilla qui avait trente-trois ans ce jour-là.

– Tu ne m'as pas dit que c'était ton anniversaire, dit Philip quand Camilla et lui furent installés à leur table.

Camilla rougit légèrement.

– Je ne dis jamais à personne que c'est mon anniversaire, mais on peut compter sur Rose pour l'annoncer à tout le monde.

– Que fais-tu après le déjeuner ? demanda Philip.

– J'ai une réunion de la « Guilde de l'Orphelinat » à quatre heures.

– Alors entre maintenant et quatre heures, je t'emmène, précisa Philip.

– Où ?

– T'acheter un cadeau d'anniversaire.

– Ce n'est pas du tout obligatoire.

– Je le sais bien, mais j'en ai très envie.

Une demi-heure plus tard Philip et Camilla marchaient main dans la main en regardant les vitrines le long de Rodeo Drive. Tous deux se sentaient libres de tout souci comme s'ils faisaient l'école buissonnière. Philip aperçut une très jolie jeune femme venant vers lui. Il fut si surpris qu'il s'arrêta net. Elle aussi parut surprise par cette rencontre.

– Bonjour, dit Philip.

– Bonjour, répondit la jeune femme.

Camilla, déconcertée, lâcha la main de Philip.

– Quelle surprise ! C'est incroyable ! dit Philip. Tu habites ici ? demanda-t-il.

– Non, et toi ?

– Non, j'ai seulement un travail pour quelques mois. Où vis-tu ?

– Je suis toujours à San Francisco. Tu es à New York ?

– Philip, dit Camilla, je crois que je vais retourner à la voiture.

– Oh, je te demande pardon, dit Philip. Je te présente Camilla Ebury. Terry, euh ? Comment t'appelles-tu maintenant ?

La jeune femme rit.

– Toujours Sigourney, dit-elle.

Les deux femmes échangèrent un vague salut.

– J'ai lu ton livre sur le type de Wall Street, dit Terry à Philip.

Il hocha la tête. De nouveau il y eut un silence gêné.

– Est-ce qu'il t'a vraiment brisé les jambes ? J'ai lu quelque chose là-dessus.

– Oh, non. C'était une menace qui n'a jamais été suivie d'effet.

– Philip, je vais prendre un taxi là-bas, devant l'hôtel Wilshire, dit Camilla avec impatience.

– Non, non, attendez, dit Philip en cherchant à lui prendre une main qu'elle retira violemment.

– Écoutez, je crois qu'il vaut mieux que je m'en aille, dit Terry.

Se tournant vers Camilla, elle lui dit :

– A-t-il toujours ce charmant tatouage, par là en bas ?

Camilla, furieuse, devint toute rouge. Terry regarda Philip :

– Au revoir, Philip, dit-elle. Si jamais tu passes par San Francisco, j'ai une galerie. Des gravures d'oiseaux. Je suis dans l'annuaire.

Camilla et Philip se regardèrent pendant un instant.

– Tu t'es conduite comme une garce, dit Philip.

– Moi ? Je me suis conduite comme une garce ? Et elle ? Qu'est-ce que c'est que cette plaisanterie sur le tatouage ?

– Tu l'as bien cherché, tu sais.

– Pourquoi ai-je l'impression que Terry Sigourney est bien davantage qu'une amie de rencontre ? demanda Camilla.

Pendant un moment, Philip ne répondit rien.

– Qui est-elle ?

– Une intrigue secondaire.

– Que veux-tu dire ? insista Camilla.

– Autrefois, nous avons été mariés.

Camilla s'arrêta :

– Marié avec elle ? Tu ne m'avais jamais dit que tu avais été marié.

– Parce que j'ai presque oublié que je l'ai été.

– Comment un mariage a-t-il pu te sortir de l'esprit ?

– Je n'avais que dix-huit ans à l'époque. Je l'ai épousée à Mexico après l'avoir enlevée. Personne n'a jamais su si le mariage était légal ou non.

– A-t-il été annulé ?

– Non, nous avons divorcé.

– Combien de temps êtes-vous restés mariés ?

– Moins d'un an.

– Ramène-moi chez moi, veux-tu ? J'ai ma réunion à quatre heures et je veux prendre ma propre voiture.

– Je ne t'ai pas acheté de cadeau.

– Je ne veux pas de cadeau.

Ils revinrent en silence à Bel Air chez Camilla. Comme elle allait descendre, il posa une main sur son bras.

– Pourquoi es-tu comme cela ? demanda-t-il.

– Je sors avec toi depuis combien de temps maintenant ? Depuis la nuit où Hector a été tué, et je viens seulement de me rendre compte que je ne sais rien de toi... Absolument rien.

– Il ne m'est jamais venu à l'idée qu'il fallait présenter un curriculum vitae avant d'entamer une aventure amoureuse.

Elle ne releva pas sa réflexion.

– Je ne sais pas si tu as un père, une mère, un frère, une sœur, ou même un enfant.

– Pour toutes ces questions, la réponse est non.

– Et maintenant je découvre que tu as été marié.

– Toi aussi.

– Que tu aies été marié n'est pas ce qui me gêne. C'est que tu as tout simplement négligé de me donner cette importante information sur toi-même.

– Cela s'est passé il y a douze ans. J'ai été marié sept mois. Pourquoi toute cette histoire ?

– Il n'y a pas d'histoire.

– Écoute... Dans ce temps-là, j'étais différent de ce que je suis aujourd'hui. Plus fou. Révolté. Mes parents m'ont envoyé en pension lorsque j'avais onze ans à peine, parce qu'ils divorçaient, et j'ai passé les sept ou huit années suivantes à ruminer une vengeance. Quoi de mieux que d'enlever une fille et de l'épouser à Mexico ? J'y pense comme à une erreur de jeunesse, rien de plus.

– Quel est ton secret, Philip ?

– Quel secret ?

– Tu as un secret. Je le sens. Je le sais.

Philip détourna les yeux.

– Tu ne veux pas me le dire, n'est-ce pas ?

Philip ne répondit pas.

– Je ne veux plus te voir, Philip.

– Tu ne penses pas que c'est de l'enfantillage ?

– Il faut que je te dise à quel point j'ai été idiote. Je pensais que, peut-être, tu me demanderais de t'épouser. Je suis même allée voir mes avocats. Ils m'ont dit que si nous envisagions le mariage tu devrais signer un contrat.

Philip, étonné, éclata de rire.

– Je ne l'aurais pas signé.

– Alors, ils ne m'auraient pas laissée t'épouser.

– Mais je ne voulais pas t'épouser.

Camilla, piquée au vif, rougit :

– Tu ne voulais pas ?

– Non, les hommes ne devraient jamais épouser des femmes plus riches qu'eux. Ça ne marche jamais. Alors dis à tes avocats de flanquer leur contrat aux cabinets et de tirer la chasse.

– Tu n'es pas obligé d'être grossier.

– Je ne suis pas grossier. J'énonce un fait. Où est le mal dans une aventure amoureuse ? Une aventure toute simple et toute claire ? Je ne suis pas de ceux qui pensent que toute aventure doit nécessairement se terminer par un mariage.

– Adieu, Philip. Quand tu seras prêt à me révéler ton secret, peut-être pourrons-nous déjeuner ensemble, un jour ou l'autre.

Elle descendit de voiture. Alors qu'elle avait déjà le dos tourné, Philip lâcha dans un souffle :

– À cause de moi, une jeune fille est paralysée parce que j'ai conduit trop vite après avoir bu trop de bière. Ma vie a été bouleversée à tout jamais.

Il partit sans un regard en arrière.

Philip Quennel ne s'était pas fait beaucoup d'amis à Los Angeles. Dès son arrivée, le premier soir, il avait rencontré Camilla Ebury et n'avait pas cherché à voir d'autres gens à Los Angeles. Leur rupture l'empêcha de continuer à fréquenter les gens qu'il avait connus par son intermédiaire. Il n'avait aucune envie de recourir à Casper Stieglitz pour trouver de la compagnie, car il s'était mis à le détester cordialement. Il n'avait guère envie non plus de rechercher la société de Lonny Edge même pour en apprendre davantage sur ses liens avec le grand écrivain Basil Plant pour qui il avait un immense respect. Il voulait simplement terminer la tâche qu'il avait entreprise pour Casper Stieglitz, avant de retourner à sa vie new-yorkaise.

Ce soir-là, il était au travail dans sa chambre du Château-Marmont lorsqu'il entendit un coup frappé à sa porte. Quand il ouvrit, il fut stupéfait de se trouver face à face avec la jolie femme qu'il connaissait sous le nom de Flo. Elle était vêtue, comme il l'avait toujours vue, d'un tailleur Chanel, et paraissait très agitée. Elle n'avait plus cette froideur, cette réserve et ces façons un peu mystérieuses auxquelles elle l'avait accoutumé quand il la rencontrait le matin aux réunions des AA.

– Vous ne me demandez pas d'entrer ? demanda-t-elle.

– Mais si, bien sûr.

Il ouvrit grand la porte.

– Alors c'est ici que vous habitez, hein ? dit-elle. Je n'étais jamais venue. Quand je travaillais au Café Viceroy, plus haut sur le Boulevard, les écrivains qui habitaient au Château venaient toujours prendre leur petit déjeuner, et c'est pour ça que j'entendais toujours parler de cet hôtel. C'est sympathique, non ?

– J'ai comme l'impression que vous n'êtes pas venue ici à dix heures du soir pour me parler des écrivains qui habitent et travaillent au Château-Marmont. Est-ce que je me trompe ? interrogea Philip.

– Est-ce que je savais que vous étiez écrivain, moi ? Vous ne me l'avez pas dit. J'ai dû le deviner. Je veux dire, vous avez l'air d'un écrivain.

Elle fit le tour de la pièce en examinant tout ce qui s'y trouvait. La machine à traitement de texte était posée sur un bureau avec son imprimante à côté. Elle se pencha et lut le texte qui se trouvait sur l'écran.

– Vous écrivez un scénario, je vois, dit-elle.

– Avez-vous un ennui ? demanda Philip.

– Bon dieu, non. Vous travaillez toujours en robe de chambre ? Elle est très jolie cette robe de chambre avec ces rayures bleues et blanches. Je parie que c'est un cadeau de votre petite amie.

– Dites donc, vous parlez à cent à l'heure, on dirait que

vous êtes sous amphétamines. Et pourtant je suis sûr que ce n'est pas le cas.

Elle ouvrit les portes-fenêtres et passa sur le balcon :

– Holà ! Venez voir toutes ces voitures sur le boulevard, lui cria-t-elle.

Il la rejoignit sur le balcon. Elle regardait en bas, appuyée sur la rambarde. Elle alluma une cigarette avec son briquet en or et, d'une profonde inspiration, avala la fumée.

– Que se passe-t-il, Flo ? demanda-t-il.

Il lui enleva la cigarette des lèvres et la jeta dans la rue.

– Vous ne pourriez pas m'héberger pour cette nuit, Phil ?

– On va être un peu serré ici.

– Ça ne me gêne pas du tout.

Ils se regardèrent.

– Etes-vous toujours en main ? interrogea-t-elle.

Il eut un sourire mélancolique :

– À dire vrai, non. Pourquoi ?

– Moi non plus, dit-elle.

Quand Ralph White sortit des toilettes du restaurant de San Fernando Valley, Jules Mendelson était déjà parti. Il avait sorti sa Bentley du parking à une allure telle que Madge avait pensé qu'il aurait sûrement une amende si un agent de police le voyait conduire de cette façon. Il quitta Ventura Boulevard, prit la côte par Coldwater Canyon en actionnant son klaxon sans arrêt.

Tout en conduisant, il avait pensé à ce qu'il allait lui dire. Ce n'était pas lui qui avait voulu sortir. Ce qu'il craignait le plus était arrivé. C'était sa faute à elle, pas la sienne. Il le lui ferait comprendre. En même temps, il ne pouvait chasser de sa mémoire le regard triste et blessé qu'elle avait eu lorsqu'il avait fait semblant de ne pas se souvenir de son nom.

Il s'arrêta dans l'allée de la maison, bondit hors de sa voiture et sonna. Mais, n'obtenant pas de réponse, il prit ses propres clefs, ouvrit la porte et entra. Les lumières étaient allumées comme ils les avaient laissées en partant. Les verres dans lesquels ils avaient bu étaient encore sur la petite table.

– Flo ! appela-t-il, Flo ! Où es-tu, Flo ?

Il alla dans sa chambre, dans sa salle de bains, ressortit sur le patio. Aucun signe de vie. Il courait comme un fou d'une pièce à l'autre, n'arrivait pas à imaginer où elle avait bien pu aller. Elle n'avait pas d'amis sauf la femme de chambre de la maison d'à côté, et il était certain qu'elle n'oserait pas aller la chercher.

En entendant ce remue-ménage, la chienne Astrid accourut. Jules crut que c'était Flo qui arrivait ; il quitta la chambre et se précipita dans le salon pour se trouver en face d'Astrid. Ils se regardèrent de la même façon qu'ils s'étaient regardés chez Hector Paradiso, ce matin, très tôt, où Hector gisait sur le sol avec cinq balles de revolver dans le corps. Ce même matin où Jules avait mis dans sa poche, avant l'arrivée de la police, le papier qu'Hector avait griffonné juste avant de mourir. La petite chienne se mit à aboyer furieusement comme si elle craignait qu'il fût aussi arrivé malheur à Flo.

– Sors-toi de là, petite salope ! dit Jules d'un air menaçant.

Sur la cheminée, il saisit l'un des deux chandeliers de cuivre que Nellie Potts avait vendus à Flo pour plusieurs milliers de dollars, en lui assurant qu'il s'agissait d'antiquités venant du palais où le dernier empereur de Chine avait passé son enfance. Il brandit le chandelier et la petite chienne, terrifiée, battit en retraite.

– Sors de là ! hurlait Jules.

Il revint vers le bar. Des douzaines et des douzaines de verres de chez Steuben étaient alignés sur des tablettes. Il en prit un, ouvrit le réfrigérateur, en tira une bouteille de vin blanc dont il se versa une rasade. Finalement il s'assit sur le canapé, prit le téléphone et composa un numéro.

– Dudley, c'est M. Mendelson, dit-il au maître d'hôtel des « Nuages ». Je suis désolé de vous déranger si tard. Mme Mendelson a-t-elle appelé ? Je vois. Dudley, je ne rentrerai pas ce soir. Je resterai ici à mon bureau, j'ai encore du travail et j'ai une réunion très tôt demain matin. Quoi ? Non, non, merci. Ce n'est pas nécessaire. Il y a des chemises propres là-bas, je veux dire, ici, au bureau, et aussi du linge de corps. Mais c'est très gentil à vous. Non, je ne pense pas que Mme Mendelson appellera ce soir. Il doit déjà être une heure du matin dans la Maine. J'appellerai dans la matinée, Dudley. Bonne nuit.

Quand Jules se réveilla sur le canapé à cinq heures du matin, il se leva d'un bond, furieux de s'être endormi. Il était sûr que Flo était rentrée pendant la nuit, et, ne voulant pas le réveiller, était allée directement dans sa chambre. Mais il ne l'y trouva pas. À son bureau il prit un bain et se changea. Willi qui lui faisait la barbe dut s'arrêter à deux reprises de peur de le couper, tant il était agité. Toute la matinée, il essaya de joindre Flo par téléphone. À l'heure du déjeuner, il annula un rendez-vous et se précipita au Chemin Azelia. Il était devenu à moitié fou. Il appela la police pour essayer de savoir si un taxi de San Fernando avait eu un accident, puis les services des urgences des hôpitaux pour demander si on avait admis une Miss Flo March ou une Miss Fleurette Houlihan, alla au café Viceroy. Le soir, il retourna aux «Nuages» et resta assis dans sa bibliothèque, où on lui apporta son dîner sur un plateau.

Deux jours plus tard, il appela Sims Lord, son avocat et ami. Celui-ci était au courant de sa liaison. C'est lui qui avait acheté la bague de saphir et de diamants que Jules voulait offrir à Flo, le manteau de vison et divers autres cadeaux. Sims, deux fois divorcé, s'était fait un plaisir de lui rendre service. Il était né à Pasadena, mais avait été élevé sur la côte Est. C'était un bel homme que Pauline qualifiait d'«hivernal». Ses cheveux avaient blanchi prématurément, et il avait des yeux très bleus. Il pouvait être aussi bien charmant que glacial. C'étaient là des qualités qui l'avaient rendu cher au cœur de Jules. On disait de lui qu'il était l'avocat d'un seul client – Jules Mendelson – ce qui était faux car il en avait beaucoup, mais vrai en même temps, puisque les affaires de Jules Mendelson l'occupaient à 80 % depuis deux décennies.

Ce que Sims ignorait, c'était l'étendue de la passion de Jules pour l'ancienne serveuse de bar. Il fut choqué par l'état dans lequel il trouva son ami ce matin-là.

– Flo m'a quitté, dit Jules.

Il avait les larmes aux yeux. Sa voix exprimait une souffrance que Sims l'aurait cru bien incapable d'éprouver. Les deux hommes parlèrent pendant des heures. Jules lui raconta tout.

– Si elle revient, je veux que tu achètes la maison pour elle, Sims. Et la voiture aussi. Je veux que tout soit à son nom au cas où il m'arriverait quelque chose. Je ne veux pas qu'elle se retrouve sur le sable, ni mettre Pauline dans l'embarras en aucune façon. Il vaut mieux régler toutes ces questions à l'avance.

– Où penses-tu qu'elle puisse se trouver ? demanda Sims pour la énième fois.

– Je n'en sais rien.

– A-t-elle de la famille ?

– Aucune.

– Pourrait-il y avoir un autre homme ?

– Grands dieux !…

La seule idée qu'un autre homme pourrait toucher Flo était pour Jules la pire des tortures.

– As-tu envisagé d'engager un détective privé ?

– Est-ce que ça se saurait ? Je veux dire les journaux, ou je ne sais qui… Il faudrait la plus grande discrétion… Rien ne doit transpirer.

– J'ai l'homme qu'il te faut. La discrétion même. Il s'appelle Trevor Dust.

Quand Philip Quennell se rendit chez Casper Stieglitz pour lui remettre sa première ébauche de scénario, Flo ne bougea pas de l'hôtel. Ils n'avaient guère quitté le Château-Marmont depuis son arrivée, sauf pour assister aux réunions matinales des AA dans le chalet en bois de Robertson Boulevard ou pour dîner chez Musso et Frank sur Hollywood Boulevard, un restaurant que Philip aimait bien et où il était pratiquement certain que Jules ne risquait pas de mettre les pieds.

Flo entendit frapper à la porte un coup discret et timide. Enveloppée dans la robe de chambre de Philip, elle était assise et lisait la chronique de Cyril Rathbone de *Mulholland Magazine*. Croyant qu'il s'agissait de la femme de chambre, elle cria :

– Entrez !

Quand Camilla pénétra dans la pièce, Flo sut immédiatement qui elle était. Pendant ces deux jours, Philip et elle s'étaient raconté leurs histoires respectives.

– Oh ! Je vous demande pardon, dit Camilla, je me suis trompée de chambre.

Aux yeux de Flo, Camilla était l'image même de la perfection, des cheveux blonds partagés par une raie au milieu, et retenus par deux barrettes d'or, un collier de perles véritables, une robe de soie imprimée dans des tons vert et blanc. On percevait son extrême raffinement jusque dans son parfum. Flo était certaine que si les conditions s'y prêtaient elle dirait « Boujoucomment allez-vous » sur le même ton que Madge White, l'autre soir.

Camilla recula légèrement pour regarder le numéro de la chambre sur la porte, mais elle avait immédiatement reconnu la robe de chambre que portait la jeune femme. Elle constata d'ailleurs que le numéro de la chambre était bien le bon.

– Je suis absolument désolée, dit-elle. Je crois que je me suis trompée.

– Non, vous ne vous êtes pas trompée. Je m'appelle Flo March.

– Boujoucommentallezvous ?

Flo sourit.

– Vous êtes Camilla, n'est-ce pas ?

– Oui. Comment le savez-vous ?

Flo la regarda attentivement. À la différence de son propre visage, les traits charmants de Camilla ne portaient aucune trace d'un quelconque combat pour la vie. Dès le départ, tout lui avait été donné à profusion. Elle n'avait pas été abîmée par ses privilèges, mais elle les considérait comme lui revenant de droit.

– Je n'ai plus qu'à m'en aller, dit-elle. C'était stupide de ma part de venir ici.

– Je parie que vous pensez qu'il y a quelque chose entre lui et moi, n'est-ce pas ? Eh bien, vous êtes complètement dans l'erreur. Phil est un ami et c'est tout. Rien de plus. J'avais besoin d'un endroit où me poser pendant quelques nuits et il m'a hébergée.

Camilla regarda Flo sans trop savoir si elle devait la croire ou non.

– Il est très possible qu'un homme et une femme soient des amis sans qu'il y ait rien d'autre entre eux, même avec un joli garçon comme Philip. Dans le temps, je n'y croyais pas. Maintenant, si. D'ailleurs, je ne suis pas libre. Je le lui ai dit la première fois que nous nous sommes rencontrés, et il m'a dit qu'il ne l'était pas non plus... et je crois que c'est à cause de vous.

– Il a dit cela ? Il a dit qu'il n'était pas libre ? demanda Camilla qui paraissait très étonnée.

– Ouais, dit Flo. Il l'a dit.

– Comme je suis bête ! dit Camilla. Je lui ai déclaré déjà deux fois que je ne voulais plus le voir, mais sans en avoir jamais vraiment envie.

– Vous avez l'air d'être amoureuse de ce gars, affirma Flo.

– C'est vrai, je le suis.

– Vous voulez un bon conseil ? Attendez un moment ici. Il revient bientôt. Moi j'allais m'habiller et sortir.

Elle ouvrit la porte du placard et y prit son tailleur Chanel noir et blanc.

– Il est allé chez Casper Stieglitz pour remettre son projet de film.

– Oh !...

Camilla, fascinée, observait Flo. À l'évidence, le tailleur était un tailleur du soir, pas un tailleur pour l'après-midi ; mais elle aperçut la griffe de Paris dans la doublure de la veste. Le vêtement et la femme n'allaient pas ensemble. Elle était jolie, très jolie, et sur son visage on pouvait lire le sens de l'humour et même de la bonté, mais dans sa voix il y avait une note qui révélait un tout autre entourage que celui de Camilla, et une vie beaucoup plus difficile.

– Etes-vous actrice?

– J'ai passé une fois une audition pour un petit feuilleton à la télé. C'est ma seule et unique expérience dans le métier. Inutile de dire que je n'ai pas eu le rôle. C'est Ann Margret qui l'a eu. Ils ont dit qu'il leur fallait un nom connu.

– Je me posais la question, c'est tout, ça ne me regarde pas.

– Je suis difficile à situer, je sais, dit Flo. Je n'appartiens à aucune catégorie bien définie.

Elle ajusta sa veste et enfila ses chaussures. Puis elle prit le sac à main à la longue chaîne d'or et le suspendit à son épaule.

– Eh bien, je crois que je suis parée. Quand vous verrez Philip, remerciez-le pour moi, okay?

Camilla fit «oui» de la tête.

– Il doit être très mignon en mini slip! plaisanta Flo.

– Il ne porte pas de slip, mais des caleçons.

– Vous voyez à quel point je le connais mal!

Chez Flo, Jules était assis sur l'un des canapés en satin gris, engagé dans une conversation sérieuse avec Trevor Dust, le détective privé recommandé par Sims Lord. Sur la table étaient étalées des photos de Flo qu'elle avait fait faire quand elle travaillait encore au café Viceroy, et des instantanés plus récents pris au bord de sa piscine.

Trevor Dust ôta ses verres teintés qu'il remplaça par ses lunettes ordinaires. D'une poche revolver, il extirpa un carnet à spirale et consulta ses notes: «Le chauffeur de taxi était un Iranien. Nommé Hussein Akhavi. Très correct. Vérifications faites. Akhavi se souvient d'une dame correspondant à la description de Miss March, qui est montée dans son taxi ce soir-là devant le restaurant. Dit qu'elle était très nerveuse. Pleurait peut-être. Dit qu'elle a donné d'abord une adresse à Beverly Hills, vraisemblablement la sienne, puis elle a changé d'avis et lui a demandé de la conduire à un hôtel sur Sunset Boulevard : le Château-Marmont. A payé avec un billet de vingt dollars, lui a dit de garder la monnaie. Aucune trace dans les registres de l'hôtel d'une cliente inscrite ce soir-là ou les jours suivants sous l'un ou l'autre des deux noms indiqués, March ou Houlihan. »

– Bon travail, dit Jules en hochant la tête. Maintenant je vais vous dire ce que j'attends de vous : trouvez-moi la liste de tous les clients du Château-Marmont ce soir-là et tous les soirs suivants.

– C'est déjà fait, dit Trevor Dust, qui ouvrit sa serviette et en tira une enveloppe. Voici la liste pour ce soir-là. J'ai payé l'employé qui fait la nuit pour l'avoir.

À ce moment précis, un taxi s'arrêta dans l'allée. Flo en descendit. Elle remarqua qu'il y avait deux voitures : celle de Jules et une autre sans caractéristique particulière.

– Salut ! dit-elle tranquillement.

– Flo ! s'écria Jules. Où diable étais-tu ?

– J'ai réfléchi, dit Flo. J'en avais assez de porter les mêmes vêtements.

Jules se précipita vers elle et essaya de la prendre dans ses bras, mais elle s'était aperçue qu'il n'était pas seul.

– Qui est-ce ton ami, là ? Et pourquoi a-t-on sorti mes photos ? Et tous mes tailleurs ? Qui êtes-vous ? Un flic ? Ou un privé ?

– J'étais fou d'inquiétude, Flo. J'ai demandé à M. Dust d'essayer de te retrouver.

– Je ne vais sûrement pas avoir une discussion devant ce type, dit Flo, en montrant du pouce Trevor Dust. Vide-moi ce poulet, on causera après.

– Bon. Merci, monsieur Dust, ce sera tout. Envoyez votre note à mon bureau, dit Jules.

Pendant que Jules accompagnait le détective jusqu'à la

porte, Flo se dirigea vers son bar, prit une boîte de Coca-Cola dans le réfrigérateur et commença à boire à la régalade, puis se souvenant de son nouveau service de chez Steuben, elle versa le contenu de la boîte dans un verre à eau.

Quand Jules revint, elle lui dit :

— Ils sont jolis les verres que tu m'a achetés.

— Avec qui étais-tu ? demanda-t-il.

— Avec quelqu'un.

— Qui ?

— Quelqu'un, c'est tout.

— Un homme ou une femme ?

— Ça, c'est mes oignons ! À toi de trouver, si ça t'intéresse.

Fou de jalousie, Jules attrapa son bras avec tant de force que le verre s'échappa des mains de Flo et se brisa sur le dallage. Elle hurla de douleur. Immédiatement, il la lâcha.

— C'est ce qui est arrivé à la fille de Chicago qui est tombée du balcon de l'Hôtel Roosevelt en 1953 ? questionna-t-elle.

— Flo, pardonne-moi, supplia-t-il.

Il s'agenouilla devant elle, mit ses bras autour de ses cuisses et la serra contre lui.

— Je te demande pardon, Flo. Je t'aime, Flo. Je t'aime. Je t'en prie, pardonne-moi.

C'était la première fois que Flo voyait pleurer Jules Mendelson.

— Pauline est-elle toujours à Northeast Harbor ? demanda Flo.

— Oui.

— Il y a quelque chose que je veux faire. Je veux voir « Les Nuages »

— Oh, non ! Ce ne serait pas raisonnable.

— Pourquoi ?

— Tu ne devrais pas avoir besoin de poser la question. C'est la maison de Pauline.

— C'est la tienne aussi. Je veux seulement regarder... juste passer dans les pièces, c'est tout.

282

– Ce pourrait être catastrophique.

– Qui le saurait ?

– Dudley, pour commencer, ensuite Blondell, et enfin Smitty.

– Qui sont Dudley, Blondell et Smitty ?

– Le maître d'hôtel, la femme de chambre et le gardien.

– Tu n'as jamais de rendez-vous d'affaires aux « Nuages » ?

– Si, parfois.

– Et si j'étais un rendez-vous d'affaires ?

– Oh, allons ! Flo !

– Non. Écoute. Tu rentres. Tu dis à Dudley : « J'ai un rendez-vous avec une certaine Miss March. » Puis, vers huit heures, j'arrive. Dudley me fait entrer. Il m'amène jusqu'à la bibliothèque où tu es assis en train de lire *Time* et *Newsweek*. Il dira : « Miss March ». Nous nous serrerons la main comme si nous nous voyions pour la première fois, et tu me feras visiter la maison et le jardin. Avec tous ces gens des musées qui viennent tout le temps pour voir tes collections, une petite personne comme moi n'aura pas l'air suspecte. Je veux voir ce tableau avec les roses blanches.

– J'en ai fait faire une reproduction sur cartes postales.

– Eh bien, les cartes postales ne m'intéressent pas. Je veux voir l'original.

– C'est trop dangereux.

– Quarante minutes plus tard, je dirai : « Bonsoir, merci beaucoup, monsieur Mendelson, c'était très aimable à vous de prendre sur votre temps pour me montrer votre belle collection. » Puis, je retournerai à la porte d'entrée, je reprendrai ma Mercedes et je disparaîtrai dans la nuit.

– Pourquoi veux-tu faire ça ?

– Je m'intéresse à ta vie, Jules. Est-ce si extraordinaire ? Tu ne peux tout de même pas me reprocher d'avoir de la curiosité à ton sujet !

– Okay ! dit-il. Mais pas de fausses manœuvres. Dudley a des yeux derrière la tête.

– Oh! là! là! dit Flo, à peine eut-elle mis le pied dans le hall d'entrée des « Nuages ».

Muette d'admiration, elle regardait. Devant ses yeux émerveillés un escalier s'envolait en décrivant une courbe harmonieuse. Au pied de l'escalier, d'immenses bouquets d'orchidées. « Même quand elle n'est pas là, pensa-t-elle, elle veut que la maison soit pleine de fleurs… » Flo se faisait une telle joie de sa visite aux « Nuages » qu'une déception était presque inévitable.

Et elle était déçue.

En imagination elle avait pu affronter la maison de Pauline Mendelson, mais la splendeur de la réalité la dépassait. Elle avait toujours imaginé Pauline en fonction de ses belles toilettes, de ses colliers de perles et de ses réceptions. Elle n'avait jamais pensé aux tables et aux chaises, qui n'étaient pas seulement des tables et des chaises, mais des meubles précieux, d'un raffinement tel qu'une fille née, comme elle, d'une malheureuse mère célibataire n'avait jamais pu en avoir la moindre idée. Si tout au fond d'elle-même il lui était arrivé d'espérer devenir un jour la femme de Jules Mendelson, elle sut, à ce moment-là, que cela n'arriverait jamais.

Jules l'attendait dans la bibliothèque. Elle y entra, précédée par Dudley. Ils jouèrent alors la petite comédie qu'elle avait imaginée.

Elle regarda les yeux de l'homme avec qui elle faisait l'amour trois heures plus tôt, à qui elle avait murmuré à l'oreille des obscénités pour allumer son désir, cet homme dont elle connaissait intimement le corps et les exigences, et elle le reconnut à peine dans le décor de sa maison.

– Bonsoir, monsieur Mendelson.

– Vous venez d'arriver à Los Angeles? Avez-vous fait bon voyage? Si vous le voulez, je vais vous faire visiter la maison et vous montrer les tableaux… Voulez-vous boire quelque chose?

– Non, merci.

– Dudley, je sonnerai si Miss March change d'avis. Voulez-vous allumer les lumières du jardin de sculptures?

– Oui, monsieur.

Quand ils furent seuls, ils restèrent silencieux. Flo aurait voulu être ailleurs.

– Voici les *Roses Blanches* de Van Gogh, dit finalement Jules, en désignant le tableau au-dessus de la cheminée.

– C'est épais comme peinture, remarqua-t-elle.

– La pièce où nous nous trouvons est la bibliothèque. C'est là que nous passons la plupart de nos heures de liberté, quand nous sommes seuls, dit Jules qui lui aussi sentait à quel point la situation était gênante.

Flo regardait autour d'elle sans bouger.

– C'est bien arrangé, dit-elle d'une voix presque inaudible.

Jules détestait le mot «arrangé» quand on l'appliquait aux arts décoratifs, mais il comprit l'étendue de l'embarras de Flo et, pour une fois, ne la corrigea pas. Au lieu de cela, il lui prit la main et la serra, et elle lui en fut reconnaissante.

– Je pense que je devrais m'en aller, dit-elle.

– T'en aller ? Mais tu n'as encore rien vu ! Il faut au moins que tu voies les sculptures ! Ça aura l'air bizarre si tu t'en vas si vite.

Le téléphone sonna. Jules se dirigea vers l'appareil.

– Je suis sûr que c'est Sims Lord. Il recherchait un renseignement pour moi à propos de la maison du chemin Azelia, dit Jules en la regardant avec attention pour voir si elle avait compris son allusion.

– Allô ! Oh ! Pauline ! Comment allez-vous ? Et comment va votre père ? Quoi donc ? Non, non, il n'y a personne ici.

Il leva les yeux sur Flo et leurs regards se rencontrèrent. Elle ouvrit la porte donnant sur la terrasse et sortit.

– Qu'est-ce que c'est ? continuait Jules au téléphone. C'est vrai ? Ah ! Très bien ! Quand ? Oui, parfait. Je vais faire en sorte que l'avion parte pour Bangor le matin. Vous m'avez manqué…

Quand sa conversation avec sa femme fut terminée, il se leva et sortit sur la terrasse. Il passa devant le Rodin, dépassa le Henri Moore, il ne voyait pas Flo. Il alla jusqu'au Maillol.

– Flo! cria-t-il, Flo!...

Derrière lui, il entendit qu'on ouvrait puis refermait la porte de la terrasse. Il se retourna et vit Dudley qui traversait la pelouse.

– Vous cherchiez Miss March, monsieur?

– Oui. Elle est sortie pendant que je répondais au téléphone. J'ai oublié de la prévenir au sujet des chiens.

– Miss March est partie, monsieur, dit Dudley. Elle a dit qu'elle avait tout vu.

– Ah! dit Jules.

Plus tard, cette nuit-là, en plaçant son vêtement sur un cintre, Jules remarqua dans la poche intérieure de sa veste une enveloppe qu'il avait oubliée. Il la prit. En haut à gauche, il y avait le nom du détective privé: Trevor Dust. Il l'ouvrit et trouva la liste des hôtes du Château-Marmont la nuit où le chauffeur de taxi avait conduit Flo March. Il parcourut la liste. Flo n'y figurait pas. Il la relut et sursauta quand il tomba sur le nom de Philip Quennell. Une rage folle, aveugle, s'empara de lui.

À neuf heures, le lendemain matin, Jules demanda à Miss Maple d'appeler au téléphone Marty Lesky aux Studios Colossus. Pendant plusieurs minutes les deux hommes échangèrent des plaisanteries, puis Jules en vint à la véritable raison de son appel qui n'avait rien à voir avec le Musée du Comté de Los Angeles contrairement à ce que Marty Lesky avait espéré.

– Il y a un type qui travaille chez vous, qui s'appelle Philip Quennell...

– Que fait-il chez moi?

– On me dit que c'est un écrivain qui travaille sur un scénario de film documentaire pour Casper Stieglitz.

– Ah, oui! J'y suis! Je l'ai rencontré l'autre soir. Il était à ce dîner chez Casper. Pourquoi me parles-tu de lui, Jules?

– Renvoie-le chez lui.

– Où est-ce chez lui ?

– Je n'en sais rien, mais peu importe, renvoie-le là d'où il vient.

– Il faudrait que j'aie une raison, Jules. C'est un studio que je dirige et je ne peux pas vider les gens sans raison.

– ... À quelle date a lieu la réunion à propos de la nouvelle aile du Musée ?

– Mardi. Ta secrétaire a téléphoné pour transmettre ton accord.

– Je ne vais pas pouvoir le donner, Marty.

– Tu ne peux pas revenir sur un engagement, Jules. Même Jules Mendelson ne peut pas faire ça...

– Je me fous de cet engagement, Marty. Que veux-tu que ça me fasse après tout, qu'il y ait ou non un pavillon avec mon nom écrit dessus ?

– Comment s'appelle-t-il déjà, ce type ?

– Quennell ! Philip Quennell.

Récit de Flo   Cassette n° 16

« *Les Nuages* » ! *Mon Dieu ! Quelle maison !… Je ne l'ai vue qu'une seule fois et je crois que je n'y suis même pas restée une demi-heure, mais j'en ai vu assez, je veux dire que c'était parfait. Chaque détail. Tout bien à sa place et tout superbe. Quand ils tournent des films sur les riches, à Hollywood, ils ne trouvent jamais de décors aussi beaux que* « *Les Nuages* ».

Ces grandes dames dont on parle dans les magazines, comme Mme Paley et Mme Guiness et la duchesse de Windsor, eh bien, Mme Mendelson, elle était à la hauteur de ces femmes-là.

17

Quand Philip Quennell, tard dans l'après-midi, appela à tout hasard le secrétariat de Casper Stieglitz pour connaître la réaction de celui-ci à la première ébauche de son scénario, Bettye lui répondit que Casper avait décidé de prendre un autre scénariste.

– Quest-ce que ça veut dire ?

– Autrement dit, vous êtes viré.

– Il me semblait bien que c'était ça. Ne vous vexez pas chère Bettye, mais j'aimerais mieux que ce soit mon patron qui me vire plutôt que sa secrétaire.

– Je suis absolument désolée, monsieur Quennell, mais M. Stieglitz a une réunion importante en ce moment.

– Naturellement ! C'est un monsieur très occupé, dit Philip. Voulez-vous lui demander de m'appeler ?

– Dans quels délais comptez-vous libérer votre studio au Château-Marmont ?

– Et qui a dit que j'allais le libérer ?

– J'ai informé l'hôtel qu'à partir de minuit ce soir la Société Colossus cesserait de prendre en charge vos frais d'hébergement.

Philip ne fut pas surpris de n'obtenir aucune réaction aux quelques coups de téléphone qu'il donna au domicile de Casper Stieglitz.

Le soir même, il prit sa voiture et se rendit chez Casper,

persuadé que Willard, le maître d'hôtel lui dirait : « Monsieur n'est pas là ! » Il appuya sur le bouton de l'interphone de la porte d'entrée ; une lumière rouge s'alluma – la télévision en circuit fermé.

– Oui ?

– Willard, je voudrais vous parler une petite seconde, dit Philip très vite en levant la tête vers l'œil de la caméra.

– M. Stieglitz n'est pas là, dit Willard.

– C'est vous que je voulais voir, Willard. J'ai obtenu de Lonny Edge une information intéressante sur la mort d'Hector Paradiso, et j'ai besoin que vous m'aidiez à identifier quelqu'un.

La voix de Willard baissa de plusieurs tons : « Écoutez, M. Quennell, je ne dois pas vous laisser entrer si vous vous présentez ici. Je ne sais pas pourquoi, mais j'ai ordre de dire que M. Stieglitz n'est pas là, et de ne pas vous ouvrir.

– J'avais cru comprendre que vous étiez très désireux d'y voir plus clair à propos de la mort de votre ami Hector.

– Bien sûr ! dit Willard, mais sa voix manquait d'assurance.

– Je ne resterai qu'une minute, Willard !

– Je vais ouvrir la grille mais, je vous en prie, ne montez pas en voiture jusqu'à la maison. Je vous retrouverai derrière le pavillon, près de la piscine.

Les grilles s'ouvrirent ; Philip s'engagea dans l'allée et passa devant le court de tennis. Les projecteurs étaient allumés et une partie était engagée. Il reconnut le rire strident d'Ina Rae et de Darlene. Willard descendait l'allée pour venir à sa rencontre. Il agitait les bras frénétiquement pour faire signe à Philip de s'arrêter.

– Non ! Non ! n'allez pas jusqu'à la maison, hurla-t-il. Je vous avais dit qu'on se retrouverait près du pavillon !

Philip lui fit un signe de tête amical comme s'il n'avait pas compris et poursuivit son chemin. Quand il arriva dans la cour, il s'aperçut que Willard avait laissé ouverte la porte d'entrée. Il bondit hors de sa voiture et franchit le seuil de la porte qu'il ferma à clef.

Il traversa le salon et alla jusqu'à la salle de projection où Casper passait le plus clair de son temps.

Dans la pénombre, il l'aperçut avec ses lunettes noires sur le nez, qui se levait en titubant et se dirigeait vers le bar. À demi vêtu d'une chemise de velours noir, il n'avait ni pantalon ni sous-vêtements. Un parfum entêtant de marijuana flottait dans la pièce. Philip comprit qu'une séance avec les filles du court de tennis venait d'avoir lieu. Casper se contemplait dans les miroirs qui recouvraient les murs, comme s'il admirait les vestiges d'une beauté passée. Sans enlever ses lunettes noires, il tournait lentement son visage, d'un côté puis de l'autre en prenant une expression destinée à faire disparaître le sillon qu'il avait entre les sourcils. Il tordait sa bouche dans tous les sens pour escamoter l'affaissement des chairs sous son menton. Finalement, satisfait de son apparence, il releva le pan de sa chemise de velours noir et entreprit de soulager sa vessie dans l'évier du bar.

– Ça, c'est classe ! lança Philip. Et également très hygiénique.

– Bon Dieu ! fit Casper en sursautant.

Dans le miroir, il vit Philip apparaître derrière lui.

– Vous m'avez fait peur ! Je me suis pissé dessus ! J'ai pissé sur ces verres et ces bouteilles ! Qu'est-ce que vous foutez ici ?

– Non, je ne boirai rien pour cette fois-ci. Merci.

– Bettye ne vous a pas appelé ?

– En fait, c'est moi qui ai appelé Bettye et elle m'a transmis votre message. Je lui ai répondu que je voulais entendre ça de votre propre bouche, c'est pourquoi je suis venu moi-même.

– Je vais flanquer ce pédé à la porte. Je lui avais dit de ne pas ouvrir les grilles, dit Casper en tendant la main vers le téléphone.

– C'est moi qui lui ai raconté des craques pour qu'il me laisse entrer. Il ne faut pas virer le pauvre Willard ! D'ailleurs, les gens qui savent astiquer correctement l'argenterie ne sont pas faciles à trouver.

– Qu'est-ce que vous me voulez, Quennell ?

– Ah ! maintenant, c'est Quennell tout court, n'est-ce pas ? Eh bien, je vais vous dire ce que je veux, Stieglitz, je veux savoir pourquoi vous me virez !

– J'ai tout simplement décidé de prendre un autre scénariste.

– Exactement la même phrase que Bettye. Comment se fait-il que je n'en croie pas un mot ?

Casper regarda Philip et adopta une attitude moins abrupte :

– Vous et moi, Philip, on est tombé en panne. N'en faites pas une question personnelle. Ici, à Hollywood, ça arrive tout le temps. Savez-vous combien j'ai utilisé de scénaristes pour *Déjeuner aux chandelles*, par exemple ?

– Non. Je n'en sais rien et ça m'est complètement égal.

Casper retourna vers l'endroit où il était assis un moment plus tôt et enfila son pantalon.

– J'exige une réponse, Casper.

Casper, agacé, prit une poignée de noix de cajou sur la table basse et se mit à en lancer dans sa bouche plusieurs à la fois.

– J'ai été déçu par votre interview des Stups. Je n'ai pas... heu... Je n'ai pas vraiment perçu... heu... cette espèce d'obsession qu'ont ces gars, d'attraper les dealers dans ce combat qu'ils mènent contre la drogue. La drogue, je n'ai pas besoin de vous le dire, est en train de détruire la jeunesse de ce pays.

– Est-ce que vous vous foutez du monde, Casper ?

– Que voulez-vous dire ?

– Vous échappez à une condamnation pour la détention de cinq kilos de cocaïne en faisant intervenir quelques-uns de vos avocats marrons et de vos amis influents comme Arnie Zwillman auprès du juge Quartz pour qu'il n'applique pas la sentence, en échange de la réalisation par vos soins d'un film contre la drogue. Et vous, pendant ce temps-là, vous continuez à vous droguer. Je pourrais tout mettre sur la place publique, Casper, ça ne ferait pas un très bon effet dans les journaux.

– Je ne me drogue pas ! rétorqua Casper avec indignation. Je veux bien admettre que dans le passé j'ai tâté à la drogue plusieurs fois, mais je n'y ai pas touché depuis le jour de mon arrestation due à un fonctionnement aberrant de la justice.

Sa voix était devenue stridente.

Philip s'approcha de la petite table et ramassa sur le plancher un flacon couleur d'ambre que Casper avait laissé tomber. Il le rapporta au bar et vida dans l'évier la poudre blanche qu'elle contenait.

– Mélangé à votre urine ce sera encore meilleur.

– Sortez d'ici ! cria Casper, pris de peur.

Philip le toisa et lui dit :

– Est-ce que Ina Rae vous a passé la main dans les cheveux ? Votre perruque n'est pas bien mise. On dirait qu'elle est de travers.

Casper, fou de rage, se précipita sur Philip :

– Sortez !

Philip se pencha vers lui et lui arracha ses lunettes en les attrapant par le milieu.

– Qu'est-ce que vous faites ? Je ne vois plus rien sans mes lunettes !

Casper éternua. Philip leva les mains et fit un pas en arrière.

– Ah ! non ! s'il vous plaît, je ne tiens pas à recevoir en pleine figure la moitié des cajous que vous êtes en train de mâchonner, Casper. Vous m'avez déjà fait le coup une fois !

– À partir de demain, la société ne paiera plus vos notes d'hôtel au Château-Marmont.

– Oui, oui, je sais. Votre secrétaire me l'a déjà dit. Mais attention, Casper, ça m'est tout à fait égal d'être éliminé ; seulement j'ai l'impression que l'idée ne vient pas de vous et je veux savoir qui l'a eue.

Casper regarda Philip sans répondre.

– Qui vous a dit de me virer ?

– Personne, je vous le jure… Je pense que vous n'avez pas traité l'interview avec les Stups comme elle aurait dû l'être.

– C'est cette même séquence dont vous m'avez dit avant-hier

que vous l'aimiez tellement, Casper... Qui vous a demandé de me virer ?

Stieglitz secoua énergiquement la tête.

Philip laissa tomber les lunettes sur le sol et posa son pied dessus. Casper se mit à quatre pattes pour les récupérer. Philip le saisit par le col de sa chemise de velours noir.

– Vous savez, Casper, quand j'étais à Princeton, j'ai vu trois fois votre film *Un château dans les limbes* parce que je le trouvais magnifique. À l'époque j'avais très envie de vous rencontrer. Maintenant, c'est fait et je constate que vous n'êtes rien d'autre qu'un drogué pathétique. Qu'est-ce qui vous est arrivé, Casper ?

– Laissez-moi !

– Qui vous a dit de me vider ? Ou bien vous me le dites, ou bien je vous arrache cette perruque et j'appelle vos petites amies qui jouent au tennis pour qu'elles voient leur joli petit chéri mignon avec son crâne tout nu.

Casper, atterré, leva les yeux vers Philip.

– Ne faites pas ça, Philip ! Je vous en supplie !

– Qui vous a dit de me virer, Casper ?

Arnie Zwillman, surpris de ne pas avoir de nouvelles de Jules Mendelson, lui téléphona à son bureau pour convenir d'une seconde rencontre. Miss Maple ne connaissait pas le nom d'Arnie Zwillman et lui posa toutes les questions qu'une secrétaire zélée se doit de poser à un correspondant inconnu.

– Est-ce que M. Mendelson connaît l'objet de votre appel ?

– Oui, il l'attend.

– M. Mendelson est en réunion pour le moment. Pouvez-vous me donner votre numéro de téléphone et je lui dirai que vous avez appelé. Voulez-vous me rappeler votre nom ?

– Zwillman. Arnie Zwillman. Appelez-le immédiatement et dites-lui qu'Arnie Zwillman est en ligne. Il va me répondre, croyez-moi.

Quand Miss Maple informa Jules qu'un personnage très

grossier appelé Zwillman était en ligne et avait insisté pour qu'elle l'interrompe, Jules se tourna vers Sims Lord :

– C'est Zwillman, murmura-t-il.

– Vous feriez mieux de le prendre, dit l'avocat. Il faudra bien que vous lui parliez tôt ou tard ! J'ai vérifié ; tous les rapports sur ce qui s'est passé à Chicago en 1953 ont été détruits à l'époque. C'est comme si rien n'était arrivé.

Jules acquiesça. Il pressa un bouton sur son appareil :

– Allô !

– Il faudrait vraiment que vous mettiez au parfum la fille de votre bureau pour qu'elle sache qui je suis, Jules. Je n'aime pas beaucoup subir un interrogatoire en règle. Elle m'a demandé si M. Mendelson connaissait l'objet de mon appel.

– Quel en est l'objet ? demanda Jules.

– J'attendais de vos nouvelles.

– Eh bien ! je suis là.

– Il serait bon que nous nous voyions le plus tôt possible. 1993 approche. Il y a des tas de trucs à régler, ce que vous appelez, vous, dans votre sphère, des problèmes de procédure.

– Je n'ai pas l'intention de vous rencontrer, Zwillman, ni maintenant, ni jamais.

– Vous plaisantez !

– Non, je ne plaisante pas et cessez de m'appeler, sinon, moi, je vais appeler le F. B. I.

– Vous êtes en train de faire une très très grosse erreur, Mendelson.

– Je ne pense pas, Zwillman.

– Vous avez été très bien, dit Sims Lord quand Jules eut raccroché.

– C'est une bonne chose de savoir que ces rapports ont été détruits. Je vais aller boire un café. J'ai besoin de prendre un peu l'air.

Une heure plus tard, Arnie Zwillman informait le Secrétaire d'État par l'intermédiaire d'un personnage haut placé de l'événement malheureux survenu dans le passé de

Jules Mendelson : un accident ayant entraîné la mort d'une jeune femme, tombée ou poussée d'un balcon de l'hôtel Roosevelt à Chicago, après un rendez-vous d'amour.

L'intermédiaire haut placé avait été averti que les doubles des rapports sur cette mort – rapports détruits par le maire de la ville à la demande des parents de Jules Mendelson – étaient entre les mains de M. Zwillman et à la disposition du Secrétaire d'État. La famille de la jeune morte avait reçu une très forte somme à l'époque, des mains de la famille de M. Mendelson.

Ce jour-là, au café Viceroy, Jules Mendelson, contrairement à son habitude, ne lut pas ses journaux financiers. Il avait en tête d'autres préoccupations. Le soulagement qu'il avait escompté après avoir dit à Arnie Zwillman qu'il ne le reverrait jamais n'était pas aussi net qu'il l'aurait cru. Peut-être était-ce le ton sur lequel Zwillman lui avait lancé : « Vous faites une très très grosse erreur, Mendelson » ? Jamais personne ne l'appelait Mendelson tout court. Il était plongé dans ses pensées, quand Philip s'avança vers le box où il était assis et se glissa sur le siège qui lui faisait face.

– Salut, Jules !

– Fichez-moi le camp, Quennell, gronda Jules.

Autant il redoutait Arnie Zwillman, autant il était dénué de crainte devant Philip Quennell et il éprouva même une sorte de soulagement à pouvoir ainsi déplacer le centre de son attention d'un homme vers l'autre. Il détestait Philip Quennell. Il l'avait détesté dès leur première rencontre et chaque moment passé avec lui n'avait fait qu'accroître son aversion.

– Alors, il paraît que vous avez réussi à me faire virer de chez Colossus ? lança Philip.

Jules n'essaya pas de dissimuler l'expression de mépris qui avait envahi son visage.

– Je ne perds pas mon temps à faire virer des pauvres types, répondit-il. Disparaissez, voulez-vous ?

– Ah! vraiment? répliqua Philip très calmement sans faire le moindre effort pour disparaître. Ce que je veux savoir c'est ceci : m'avez-vous fait congédier à cause de l'accident arrivé à la petite danseuse de Degas? parce que je refuse d'avaler votre histoire de suicide et pense que vous avez je ne sais quel intérêt à dissimuler les véritables causes de la mort d'Hector Paradiso? Ou encore, et c'est probablement la vraie raison, parce qu'il se trouve que nous avons une amie commune en la personne de Miss Flo March?

Jules ne put supporter d'entendre ce nom sortir de la bouche de ce beau jeune homme plein d'assurance. Il haïssait la jeunesse de Philip Quennell; il haïssait son aisance. Mais ce qui lui inspirait le plus de haine, c'était de penser que Flo, dans un désir de vengeance, avait fait l'amour à Philip Quennell. Fou furieux, le visage cramoisi, il se leva, se pencha au-dessus de la table et prit Philip au collet. Le jeune homme ne se démonta pas le moins du monde :

– Si vous êtes aussi intelligent qu'on le dit, vous allez mettre bas les pattes immédiatement. Je me fiche de savoir si vous êtes jeune ou vieux, riche ou pauvre, important ou non, vous allez vous retrouver par terre sur votre gros derrière, ici même dans ce café, devant tous ces clients qui vous regardent!

Jules lut dans les yeux de Philip qu'il n'hésiterait pas à mettre sa menace à exécution et le relâcha.

– Vous avez un problème, monsieur Mendelson? demanda Curly, le gérant du café, qui était accouru.

– Flanquez-moi ce type à la porte, Curly, gronda Jules.

– Non, non Curly! dit Philip en agitant son index sous le nez du gérant. Il n'est pas question de me flanquer dehors. Je sortirai d'ici de mon propre gré. J'ai presque fini de dire ce que j'avais à dire à monsieur Jules Mendelson. Mais il y a encore une petite chose, Jules.

Philip se retourna vers Jules. Les deux hommes étaient debout et les gens les regardaient :

– Ne pensez pas un seul instant que je vais disparaître gentiment dans la nuit, en dépit des ordres que vous avez donnés pour qu'on me réexpédie chez moi. Je ne vous aime pas, pas plus que je n'aimais votre copain Reza Bulbenkian. Je n'aime pas les gens qui se permettent d'ordonner à des journalistes de ne pas publier une histoire que le public, normalement, a le droit de connaître, ou de recommander à la police de laisser un tueur se promener en toute liberté parce que vous avez décidé d'inventer une rocambolesque histoire de suicide. Vous couvrez quelqu'un, Jules, et je ne retournerai pas à New York avant d'avoir découvert de qui il s'agit. Après tout… peut-être que c'est vous qui avez tué Hector Paradiso, Jules !…

— Fichez le camp, hurla Mendelson.

Jules se laissa retomber sur son siège et suivit du regard Philip Quennell qui sortait.

Au fond de lui-même, il savait que Philip, malgré sa jeunesse et sa belle allure, n'était pas un rival sérieux en ce qui concernait Flo March. Il savait aussi que sa folle jalousie l'avait conduit à faire une erreur tactique qu'il n'aurait jamais commise dans une affaire financière.

Jules, d'habitude, arrivait chez Flo à quatre heures moins le quart, tous les après-midi. Comme il était au bureau dès six heures du matin, personne ne trouvait anormal de le voir partir à trois heures trente précises, quelles que soient les circonstances, et disparaître jusqu'au moment où, une heure et demie plus tard, il appelait pour prendre connaissance des messages qu'on avait à lui transmettre. Ce que personne ne savait, c'est qu'à cette heure-là il avait déjà fait l'amour trois fois avec Flo March.

Ce jour-là, après sa conversation au téléphone avec Arnie Zwillman et son altercation avec Philip Quennell, il sortit de son bureau à trois heures et demie tapant, comme d'habitude.

Miss Maple nota qu'il avait l'air abattu. Quand il passa devant son bureau, elle lui fit signe de la main en guise d'au revoir, tout en continuant sa conversation au téléphone.

— M. Mendelson n'est pas au bureau, disait-elle. Allô !

Monsieur Crocker. Si vous voulez bien me laisser votre numéro, je serai en contact avec lui dans une heure et demie environ et je transmettrai. Oh! oui, monsieur Crocker. Oh oui, je sais que le code de Washington est 202. C'est bien normal, n'est-ce pas? après tous ces coups de téléphone entre vous et M. Mendelson...

Jules se trouvait à la porte d'entrée de ses bureaux quand il entendit le nom de Crocker. Il retourna immédiatement vers Miss Maple et demanda:

– Est-ce Myles Crocker?

– Voulez-vous attendre un moment, monsieur Crocker? On appelle sur une autre ligne.

Elle appuya sur un bouton et dit à Jules:

– Oui, c'est lui, Myles Crocker, du Département d'État. Adjoint au Secrétaire d'État.

– Je sais de qui il s'agit.

Il posa sa serviette sur la table de Miss Maple et rentra dans son bureau. La secrétaire fut surprise par cette entorse à la routine journalière. Elle pensa une fois de plus qu'il avait l'air plus vieux depuis quelques jours.

Miss Maple reprit le combiné:

– M. Mendelson vient de rentrer à l'improviste, monsieur Crocker. Je vous le passe.

– On m'a demandé de vous appeler, Jules, dit Myles Crocker. Le Secrétaire d'État a passé toute la matinée avec le Président à parler de la crise des otages. Il n'a pas pu vous appeler lui-même, mais il prendra certainement contact avec vous quand les choses seront plus calmes ici.

– Oui, dit Jules, imperturbable.

Il savait qu'il était sur le point d'apprendre une nouvelle consternante.

– Je crains d'avoir à vous annoncer une très mauvaise nouvelle, Jules, dit Myles Crocker.

– Oui?

– Le Secrétaire d'État ne voulait pas que vous l'appreniez par un autre que lui.

– Oui ?

– C'est au sujet de votre nomination à la tête de la Délégation américaine à Bruxelles.

– Oui ?

– Une information est parvenue au Secrétaire d'État, qui nous met dans un grand embarras.

– Quel genre d'information ?

– Un événement tragique. Il s'agit d'un drame survenu dans une chambre d'hôtel de Chicago en 1953. Il n'y a aucune chance que vous soyez nommé si cette histoire arrive au grand jour, et l'on pense ici que la meilleure solution serait que la proposition de nomination soit annulée.

Jules resta parfaitement calme.

– J'ai entendu cette histoire abjecte moi-même. Elle ne contient pas l'ombre d'une vérité. Un homme occupant ma position sociale est toujours exposé à de telles calomnies. S'il y avait le moindre fondement à une telle histoire, il y aurait des rapports de police à Chicago, or il n'existe aucun rapport.

– Ces rapports ont été détruits à l'époque, Jules, mais sans qu'on sache comment, il en existe des copies. Il en existe au moins une. Un monsieur Arnie Zwillman, originaire de Chicago, a transmis un Fax au Secrétaire d'État et au Post.

– Mon dieu !

– C'est extrêmement embarrassant pour moi, Jules, d'avoir à vous transmettre cette nouvelle après avoir été reçu si magnifiquement et si souvent par vous et Pauline.

Jules ne répondit pas.

– Êtes-vous là, Jules ?

– Oui, je suis là, Myles. Écoutez, dites au Secrétaire d'État qu'il ne se donne pas la peine de m'appeler.

Quand il eut raccroché le téléphone, Jules Mendelson posa la tête sur son bureau. Il pleurait.

Ma mère me disait toujours : « Ton père nous a plaquées quand tu avais deux ans. » Mon père, comment était-il ? J'imaginais des tas de choses à son sujet. Je pensais qu'un jour il reviendrait et qu'alors la vie pour nous deviendrait moins difficile. Je pensais aussi que peut-être il se demandait quelle tête j'avais.

Mais en grandissant, j'ai commencé à réaliser que mon père n'avait probablement pas épousé ma mère. Et quelquefois, il me venait même à l'idée que ma mère ne savait pas trop qui il était.

Une fois, Jules me dit : « En as-tu seulement parlé à ta mère ? » Bien sûr que non ! La vie était déjà assez dure comme ça ! …

18

– Tu es en retard, Jules, dit Flo. Je commençais à penser que tu ne viendrais pas.

– Pourquoi y a-t-il toutes ces voitures garées sur le chemin Azelia ? demanda Jules. C'est tout juste si j'ai pu pénétrer dans l'allée.

– J'ai pourtant dit aux garçons qui s'occupaient du parking de ne pas stationner là, répondit Flo. Il y a un barbecue chez Faye Converse.

Manifestement elle était transportée d'enthousiasme à la vue de ce qui se passait dans la maison voisine. Elle avait observé le déroulement des festivités à la jumelle depuis la fenêtre de sa chambre.

– Regarde, Jules ! L'ombrelle de Faye est assortie à son caftan. Elle a chez elle la moitié des vedettes d'Hollywood. Pratiquement tous ceux dont on parle. Oh ! mon dieu ! Il y a Dom Belcanto et Pepper, sa nouvelle femme. Glyceria m'a dit que, parfois, Dom chante aux réceptions de Faye. Oh ! regarde ! Amos Swank, l'animateur de la télé. Je l'ai justement vu hier soir, et le voilà ici !... Et je vois aussi ton préféré, Cyril Rathbone...

Elle tendit les jumelles à Jules.

– Tu n'aimes pas les bruits d'une fête, Jules ? demanda Flo en les reprenant.

Jules trouvait qu'elle avait l'air d'une courtisane en extase quand, pour la première fois, on l'invite dans une loge à l'opéra.

– Le bruit des voix! et ces rires! Peut-être dans ton monde, je ne serais pas bien à ma place, mais avec ces gens de cinéma, je me sentirais comme un poisson dans l'eau. Ça, j'en suis sûre!

Jules secoua la tête et quitta la chambre de Flo. Au bar, il sortit une bouteille du réfrigérateur, et se versa un verre de vin. Puis il se laissa tomber sur le divan, le regard perdu dans le vague. Il était obsédé par le coup de téléphone de Myles Crocker. Il imaginait Myles rendant compte de sa réaction au Secrétaire d'État, lui-même en rendant compte au Président, et il en éprouvait un sentiment de désespoir tout nouveau pour lui qui, jusque-là dans sa vie, n'avait connu que des succès spectaculaires.

– Ça va, Jules? demanda Flo en revenant de sa chambre.

– Très bien. Pourquoi?

– Tu as l'air, je ne sais pas comment dire, lointain, silencieux. Ai-je fait quelque chose qu'il ne fallait pas? Es-tu en colère contre moi parce que je regardais la fête de Faye à la jumelle?

Jules lui sourit.

– Non! dit-il.

– Je suppose que ce n'est pas très distingué. Je n'imagine pas Pauline faisant ça...

Pour une fois, il ne rougit pas quand elle prononça le nom de sa femme. Il gardait les yeux sur elle, comme s'il voulait fixer ses traits dans sa mémoire.

– Quelquefois, tu me regardes comme si c'était pour la dernière fois. Es-tu sûr que tu n'as rien, Jules?

– Je te l'ai déjà dit, je vais très bien.

– Je sais comment te remonter, mon bébé.

Elle se mit à chanter:

Donne-moi, donne-moi, donne-moi,
Ce que je réclame à grands cris

Donne-moi ces baisers qui me font mourir…

Jules sourit.

Elle l'embrassa et lui caressa doucement le visage et il commença à la désirer. Quand il lui fit l'amour, il se montra plus passionné que jamais. Il ne pouvait se rassasier d'elle. Sa langue fouilla sa bouche. Il but sa salive. Et, sans relâche, lui répéta qu'il l'aimait.

Ensuite, il téléphona à Miss Maple. D'un geste il fit comprendre à Flo qu'il avait besoin de son agenda. Il posa sa main sur le téléphone et dit : « Sur le divan, dans le salon. »

La réception se poursuivait dans le jardin d'à côté, Flo enfila une robe de chambre. Au moment où elle entrait dans le salon, elle entendit Jules dire au téléphone : « Appelez chez moi. Dites à Jim d'aller la chercher à l'avion, et d'être en avance d'une demi-heure pour qu'il n'y ait aucune confusion possible. Attendez, je vous donne le numéro de téléphone de Friedrich de Hesse-Darmstadt dans une seconde. »

Elle comprit que Pauline rentrait de Northeast Harbor et que, dès le lendemain, Jules retrouverait avec elle ses innombrables obligations. Comme cela lui arrivait parfois, elle en ressentit de la jalousie. Au-dehors, elle pouvait entendre les invités de la fête qui commençaient à partir. « Au revoir, Faye, au revoir », les entendait-on dire l'un après l'autre.

Flo plongea la main dans la poche gauche de la veste de Jules et y trouva son agenda. Comme elle le saisissait, sa main rencontra une petite boîte recouverte de velours. À l'intérieur il y avait la paire de boucles d'oreilles que Jules avait donnée à Pauline et qu'il avait l'intention de renvoyer chez Boothby mais il avait oublié de les remettre à Miss Maple en revenant du café Viceroy le matin.

Flo pensa que Jules les avait achetées pour elle. Émerveillée, elle lâcha un petit cri d'admiration. Dès qu'il eut raccroché, elle courut vers lui, se suspendit à son cou et l'embrassa.

– Elles sont fantastiques, Jules, dit-elle. Je n'ai jamais rien vu d'aussi beau de toute ma vie.

– Quoi ? demanda Jules, interloqué par sa véhémence.

Elle accrocha les bijoux à ses oreilles et rejeta ses cheveux en arrière.

– Voilà quoi ! ...

Jules la considéra d'un œil ébahi. La réaction follement enthousiaste de Flo, il l'avait attendue de Pauline quelques jours auparavant. Il n'eut pas le courage de lui dire que ces boucles d'oreilles ne lui étaient pas destinées, ni qu'il venait de dire à Miss Maple de contacter le prince Friedrich de Hesse-Darmstadt, chez Boothby à Londres, pour les remettre en vente.

– Pourquoi me regardes-tu de cette drôle de façon ? demanda-t-elle.

Sa voix trahit sa lassitude et son souci.

– Je suis tout simplement en admiration. Elles sont superbes sur toi.

– Crois-tu que c'est bien de porter en même temps la bague avec le saphir bleu et les boucles d'oreilles en diamants jaunes ?

– Il me semble que ça va très bien ensemble, dit Jules.

Rien ne pouvait rendre Flo plus heureuse qu'un beau cadeau. Elle brancha la radio sur de la musique et lentement laissa glisser sa robe de chambre. Elle se mit à faire le tour de la pièce en dansant, sans rien d'autre sur elle que ses mules de satin à hauts talons. Elle savait que Jules l'aimait ainsi. Il était resté couché sur le lit et la contemplait. Cette danse érotique et lascive réveillait lentement son désir. Il était hypnotisé par la beauté de son jeune corps, par la blancheur éclatante de sa peau, par sa croupe superbe, ses seins parfaits et sa toison rousse qu'il ne se lassait jamais de pénétrer, d'embrasser ou de respirer en y enfouissant son visage. Toujours dansant, elle alla de la chambre au living-room et il la suivit. Sans perdre le rythme de la musique sur lequel elle dansait, elle se jucha sur le dossier, puis se laissa tomber en arrière en écartant les jambes, si bien que seul restait visible son sexe ouvert. Brutalement il la pénétra et s'empara d'elle à grands coups de reins, sans aucune subtilité, dans une chevauchée frénétique jusqu'à l'explosion d'un plaisir partagé qui, l'espace d'un instant, oblitéra la grande déception de la journée.

L'accident cardiaque foudroyant qui suivit coïncida avec son éjaculation et Flo prit les tremblements de son corps et ses gémissements pour des manifestations de sa passion. C'est seulement quand l'homme s'écroula sur le tapis qu'elle comprit ce qui venait d'arriver. Elle s'arracha littéralement du canapé et se précipita. Le visage de Jules était devenu gris. De la bave coulait de sa bouche. Elle crut qu'il était mort. Elle poussa un hurlement terrifiant qui résonna dans le canyon. Des gens l'entendirent dans des maisons situées plus haut, mais ils ne purent déterminer avec certitude d'où il provenait. Évidemment, on entendit aussi ce cri dans le patio de la maison voisine, chez Faye Converse.

Tous les invités au barbecue étaient finalement partis sauf un, Cyril Rathbone, l'échotier de *Mulholland* qui ne pouvait se résoudre à quitter la grande star et continuait à l'entretenir de sujets futiles, alors qu'elle était lasse de ses flagorneries. Il connaissait les intrigues des cinquante-sept films qu'elle avait tournés.

– C'est tout de même extraordinaire que vous vous souveniez de *La Tour*, Cyril, dit Faye poliment, en étouffant un bâillement. Rien ne pouvait lui déplaire davantage qu'une discussion sur ce sujet, un de ses grands échecs dans lequel elle avait tenu le rôle de Mary, reine d'Écosse, que tout le monde lui avait déconseillé. Elle regrettait d'avoir envoyé Glyceria faire une course, car elle savait toujours la débarrasser de ces admirateurs importuns qui ne se décidaient pas à admettre que la fête était terminée.

C'est à ce moment que le cri de Flo March, venu de la maison d'à côté, derrière la grande haie, retentit dans tout le canyon.

– Qu'est-ce que c'est ? demanda Cyril en bondissant hors de la chaise longue.

– Allez donc voir, répliqua Faye qui avait l'intention de s'éclipser dès que Cyril serait parti.

– Croyez-vous qu'on a tué quelqu'un ?

Tout émoustillé, il écarquilla les yeux.

– Oh, non ! ça ne me paraît pas du tout le genre de cri qu'on pousse lorsqu'on vous assassine.

– Qui habite à côté ?

– Je n'en ai pas la moindre idée. La maison appartient à Trent Muldoon, mais elle est louée.

– Peut-être faudrait-il appeler la police !…

– Il serait bon que vous alliez d'abord voir ce qui a pu se passer. C'était peut-être la télévision !…

– Y a-t-il un passage dans la haie ?

– Non, je ne crois pas. Il faut faire le tour. Descendre mon allée pour remonter celle de la maison d'à côté. C'était un grand plaisir de vous avoir parmi nous, Cyril. Quand vous ferez le compte rendu de ma fête, ne dites pas que Pepper Belcanto a bu trop de tequila et qu'elle a vomi sur tous les murs de mon cabinet de toilette. Vous savez comment est Dom. Ces temps-ci on se retrouve facilement avec les jambes criblées de balles… Au revoir, Cyril.

– Je reviens tout de suite pour vous dire ce qui s'est passé à côté.

– Oh, non ! ce n'est pas nécessaire.

Faye tourna les talons et rentra chez elle. Cyril ne s'attendait pas à être congédié de cette façon, mais sa curiosité était telle qu'il ne put résister à l'envie d'aller vérifier d'où était venu le cri. Il descendit donc jusqu'au chemin Azelia. De la rue, on ne pouvait rien voir de la maison voisine, totalement dissimulée par des buissons et des arbres. Cyril remonta lentement l'allée qui y conduisait. Juste devant elle était garée une Bentley bleu foncé qui bloquait l'entrée d'un garage où l'on pouvait voir un cabriolet Mercedes rouge. De l'intérieur de la villa, provenaient les sanglots hystériques d'une femme. La porte d'entrée était fermée à clef. Il fit le tour du bâtiment jusqu'à la piscine. Personne en vue. Il alla vers les portes de verre coulissantes, mit ses mains de chaque côté de ses yeux et essaya de distinguer ce qui se passait à l'intérieur. Sur le sol était étendu un homme énorme, totalement nu. Une belle jeune femme rousse, également nue, essayait de le ranimer par la méthode du bouche-à-bouche.

Cyril ouvrit la porte.

– Puis-je vous aider ? demanda-t-il.

– Appelez une ambulance, hurla Flo entre deux inspirations.

Sans relever la tête, elle montra du doigt un téléphone sur le bar.

– Quelle est votre adresse ici ?

– Huit cent quarante-quatre, chemin Azelia. Dites que c'est à côté de la maison de Faye Converse.

Cyril fit le 911. Il remarqua les verres de chez Steuben sur les étagères du bar, nota que les divans étaient recouverts de satin gris et reconnut un des tissus favoris de Nellie Potts, à quatre-vingt-quinze dollars le mètre. Il se demanda chez qui il se trouvait.

– Oh, allô ! Le 911 ? Oh, oui ! Dieu merci. Il y a une urgence au 844 chemin Azelia. À mi-chemin dans la côte de Cold Canyon, tournez à droite dans Cherokee. C'est la maison située immédiatement à côté de celle de Faye Converse. Un homme vient d'avoir une attaque, ou une crise cardiaque. Je ne peux pas dire s'il est mort ou non.

Il se tourna vers Flo :

– Est-il mort ?

Flo, sans interrompre le bouche-à-bouche, fit «non» de la tête.

– Dépêchez-vous ! dit Cyril au téléphone. Il n'est pas mort.

Il raccrocha, puis s'approcha de ces deux êtres qui luttaient contre la mort, pour mieux les voir.

– Ils envoient une ambulance, dit-il.

La jeune femme, tout en continuant le bouche-à-bouche, montra d'un signe de tête qu'elle l'avait entendu. Même dans des circonstances aussi critiques, Cyril ne manqua pas de remarquer que les attributs de l'homme à terre rivalisaient avec ceux de Lonny Edge. Quand la belle jeune femme releva la tête pour reprendre son souffle, il vit, pour la première fois, le visage de l'homme étendu sur le sol.

– Dieu du ciel ! dit-il à mi-voix, constatant que cet homme n'était autre que le milliardaire Jules Mendelson, le grand collectionneur.

– Dieu du ciel ! répéta-t-il, comprenant que la rousse en costume d'Ève qui essayait de maintenir Jules Mendelson en vie n'était autre que celle dont il avait envoyé la photo à Hector Paradiso, cette photo où on la voyait fuyant l'incendie au Meurice et plus tard, anonymement, une autre à Pauline elle-même.

– Dieu du ciel ! reprit-il pour la troisième fois.

Cyril, après tout, appartenait au monde de l'information, et il savait qu'il était la première personne, à part les protagonistes du drame, à connaître ce qui sans aucun doute allait devenir une histoire énorme.

– Dites, mademoiselle, prévint Cyril, j'ai appelé l'ambulance. Elle arrive. Quant à moi, je suis obligé de partir.

Flo qui continuait d'insuffler de l'air dans la bouche de Jules, releva la tête, le temps de dire : « Passez-moi ma robe de chambre, voulez-vous ? Sur le lit. » Elle indiqua du doigt la direction de la chambre et lui cria : « Apportez son pantalon » puis elle se remit à la réanimation.

Une fois dans la chambre, Cyril appela le rédacteur en chef de *Mulholland* et demanda qu'on envoie immédiatement un photographe à l'entrée des Urgences de l'hôpital Cedars Sinai. « Peux pas parler, siffla-t-il dans le téléphone, mais faites-moi confiance. »

Depuis des années, Cyril rêvait d'un hasard qui lui permettrait de passer de la chronique mondaine à un fait divers dont on parlerait dans tout le pays. Son heure était enfin venue.

– Vous lui avez fait du bouche-à-bouche, ma petite dame ? demanda Charlie, l'un des cinq infirmiers qui étaient arrivés avec l'ambulance.

– Oui, dit Flo.

Elle ne quittait pas Jules des yeux.

– Ce n'est pas ce qu'il fallait faire ?

– Vous avez fait exactement ce qu'il fallait. Très bon boulot. Comment avez-vous appris ça ? La plupart des femmes ne savent pas comment s'y prendre.

Il avait sorti son bloc-notes et son crayon et se disposait à lui poser quelques questions tandis que deux infirmiers dépliaient le chariot sur lequel le brancard serait placé.

– C'est quand je travaillais. Nous devions apprendre à faire du bouche-à-bouche au cas où un client aurait une crise cardiaque ou quelque chose de ce genre. Mais c'est la première fois que je l'ai mis en pratique, ajouta Flo machinalement sans cesser d'observer les hommes qui étaient en train d'attacher Jules sur le brancard.

Elle avait réussi à lui remettre son pantalon avant l'arrivée de l'ambulance, mais elle n'avait pas eu le temps de lui passer son caleçon ni sa chemise. Quand elle avait entendu l'ambulance entrer dans l'allée, toutes sirènes hurlantes, elle s'était rhabillée en toute hâte avec les vêtements qu'elle portait au moment où elle observait avec ses jumelles la réception de Faye Converse par la fenêtre de sa chambre.

– C'est votre mari ? demanda l'infirmier.

– Non.

– Le nom ?

– Jules Mendelson.

Il commença à écrire le nom, puis :

– Comme le pavillon Jules Mendelson à l'hôpital de Cedars Sinai ? demanda-t-il.

– Oui.

– Oh ! Merde ! dit-il en la regardant. Quel âge ?

– Cinquante-six ans, je pense. Ou peut-être cinquante-sept, je ne suis pas sûre.

– Vous n'êtes pas Mme Mendelson, vous m'avez dit ?

– Je ne suis pas Mme Mendelson. C'est bien ça !

– Y a-t-il une Mme Mendelson ?

– Oui.

– Est-ce que Mme Mendelson est au courant ?

– Il n'y a que vous qui êtes au courant. C'est arrivé il y a seulement vingt minutes... une demi-heure au plus. Il est tombé comme une masse. Quelqu'un est venu de la maison d'à côté où il y avait une réception et a appelé l'ambulance. Est-ce qu'il va s'en tirer ?

– Dois-je prévenir Mme Mendelson ?

– Elle doit arriver dans la soirée, je ne sais pas quand exactement. Elle revient de Northeast Harbor dans le Maine. Je vous ai demandé s'il allait s'en tirer...

– On le mettra en réanimation dès son arrivée à l'hôpital, dit l'infirmier.

– Voulez-vous venir avec nous dans l'ambulance ? Je compléterai le questionnaire en route...

– Okay ! dit Flo.

Charlie l'aida à monter. Le chauffeur demanda :

– C'est quoi cette voiture, Charlie, la bleue, là ?

– Bentley 90, répondit Charlie. Elle est belle hein. Si tu as quatre-vingts briques, tu peux te payer la même. Tu sais qui est ce mec ?

– Non. Qui est-ce ?

– Jules Mendelson, le milliardaire ? Comme le pavillon Mendelson à l'hôpital. Aussi, ne perds pas de temps ; sinon on va tous être au chômage !

– Sans blague ? C'est Jules Mendelson ? Alors, je comprends pourquoi le standard m'a dit qu'il y aurait des photographes à l'arrivée.

– Il a dit qu'il y aurait des photographes à l'hôpital ? demanda Flo à Charlie d'une voix inquiète.

– C'est ce que le standard vient de lui dire.

– Écoutez ! Il faut vous arrêter et me laisser descendre. S'il vous plaît, c'est très important.

– Qu'est-ce qui se passe ?

– Écoutez, Charlie, c'est bien votre nom ? Je suis la petite amie, pas la femme. Vous comprenez ? Je ferais mieux de vous suivre dans ma voiture.

Charlie ne dit pas «c'est bien ce que je pensais» mais Flo put le lire sur son visage avec une précision absolue. Les gens éprouvaient toujours de la sympathie pour Flo. Charlie n'échappait pas à la règle.

– Arrête-toi, Pedro ! lança-t-il au chauffeur. Madame descend.

L'ambulance stoppa au bout de l'allée. Charlie ouvrit le hayon pour permettre à Flo de descendre.

– Jules, mon chéri ! dit-elle en lui parlant à l'oreille.

Il avait sur la bouche un masque à oxygène.

– Je vais prendre la voiture pour aller à l'hôpital. Je te rejoindrai dans quelques minutes. Tu es entre de bonnes mains, Jules. Je t'aime, mon bébé.

– Savez-vous où se trouve l'entrée des urgences à Cedars ? lui demanda Charlie.

– Oui, dit-elle. Ma mère y est morte.

Dans sa hâte à s'extirper de l'arrière de l'ambulance, Flo fit un faux pas. Elle tomba dans l'allée en déchirant sa jupe et se fit une entaille au genou.

– Nom de d…, s'écria-t-elle.

– Pas de mal ? s'inquiéta Charlie.

– Ça va ! Ça va ! cria Flo, en agitant la main pour leur faire signe de continuer.

La sirène commença à hurler. Quand Flo essaya de se relever sur la pente raide de l'allée, elle entendit les aboiements d'Astrid. La chienne avait fait le tour de la maison et arrivait en courant. Elle se précipita vers Flo et se mit à lui lécher le visage.

– Non, non, Astrid, pas maintenant… Rentre chez toi, chérie ! Passe par le trou de la haie.

Flo, en boitillant à cause de sa blessure au genou, remonta l'allée en courant pour rejoindre sa voiture. Mais elle s'aperçut que la Bentley de Jules bloquait l'entrée du garage et qu'elle ne pourrait pas sortir sa Mercedes. Désespérée, elle poussa un cri: «Bon dieu !» Elle sentit venir les larmes qu'elle retenait depuis près d'une heure, mais elle parvint à les refouler. Elle courut jusqu'à la voiture de Jules et ouvrit la portière.

– Dieu soit loué! dit-elle, en voyant que les clefs étaient restées sur le tableau de bord.

Elle s'installa au volant et mit le contact sans fermer la portière. La radio se mit en marche, branchée sur les «informations continues» que Jules avait l'habitude d'écouter dans sa Bentley. Astrid essaya de sauter sur les genoux de Flo.

– Non, non! Sors! cria celle-ci en essayant de la repousser. Il faut que j'aille à l'hôpital, expliqua-t-elle à la chienne comme si elle pouvait la comprendre. Mais Astrid ne pouvait pas comprendre, elle partit en courant sur l'allée en direction du chemin Azelia.

Flo n'avait jamais conduit la Bentley et n'avait aucune idée de son énorme puissance. Quand elle appuya le pied sur l'accélérateur, un peu trop fort, la voiture partit comme une flèche. À mi-chemin de l'allée, avant d'avoir pu freiner pour ralentir, elle sentit un choc, entendit un bruit mou, puis un cri perçant. Une petite boule blanche jaillit au-dessus du radiateur et retomba sur le capot, juste devant le pare-brise. Flo poussa un hurlement. La chienne roula sur le capot puis tomba sur le sol. Flo freina brutalement, gara la voiture sur le bas-côté et ouvrit la portière.

– Oh, non! gémit-elle, oh! non!

Elle ramassa le corps disloqué de la petite bête, et les larmes qu'elle refoulait depuis près d'une heure jaillirent enfin.

– Oh! Astrid! Astrid! Ma petite chérie, je t'aime tant! Ne meurs pas, Astrid! Ne meurs pas, Astrid! Je t'en prie! Je t'en prie!

Elle sentit le corps de l'animal devenir mou, elle entendit une faible plainte. Astrid était morte.

Comme elle était là debout avec Astrid dans ses bras, elle entendit une voix à la radio, venant de l'intérieur de la voiture: «Nous interrompons cette émission, pour vous informer que le financier milliardaire Jules Mendelson a été emmené d'urgence à l'hôpital Cedars Sinai, à la suite d'un grave accident cardiaque survenu chez des amis à Beverly Hills. On croit savoir que sa femme Pauline, figure bien connue de la haute société, est en route dans son avion personnel, de retour du Maine. Restez à l'écoute.»

Flo déposa le petit terrier sur le bas-côté de l'allée : « Je reviens », dit-elle au chien à voix basse, et elle remonta dans la voiture. Les larmes ruisselaient sur ses joues, elle ne faisait aucun effort pour retenir ses sanglots.

Elle descendit le chemin Azelia à tombeau ouvert, puis se dirigea vers Beverly Drive, en doublant tout le monde jusqu'à Sunset Boulevard. Là, elle brûla un feu et fonça jusqu'à l'hôpital. Il n'y avait aucune place dans la rue pour garer la voiture. Elle s'aperçut qu'elle n'avait pas pris d'argent et qu'elle ne pourrait pas entrer dans le parking de l'hôpital. Quant à celui qui était réservé aux médecins et au personnel, elle n'en possédait pas la carte d'accès.

Désespérant de rejoindre Jules, elle enfonça la barrière de bois. Un gardien siffla. Au même moment la voiture de police qui la suivait pénétra sur le parking. Elle descendit de la Bentley sans plus se soucier des infractions qu'elle venait de commettre que des dégâts qu'elle avait peut-être causés dans sa course folle.

– Où sont les urgences ? cria-t-elle en direction de deux infirmières qui fumaient une cigarette derrière une des voitures garées là.

Elles lui en indiquèrent l'entrée d'un geste de la main. Flo partit en courant.

Derrière elle, un agent de police hurlait :

– Attendez ! Attendez !

– J'ai pas le temps d'attendre, répliqua-t-elle.

Rose Cliveden, qui écoutait la radio toute la journée, entendit elle aussi l'information sur la crise cardiaque de Jules. Elle enleva ses lunettes et passa à l'action.

Pendant un instant, elle se demanda si elle devait appeler en premier Camilla Ebury, Miss Maple ou Dudley.

Elle avait parlé plusieurs fois à Pauline depuis son départ pour Northeast Harbor, et savait qu'elle devait revenir le jour même. Elle avait aussi entendu dire à la radio qu'il y avait des tempêtes dans le Maine et elle pensa que l'avion avait pu être retardé.

Rose appela Dudley :

– Est-ce que l'avion de Mme Mendelson est arrivé, Dudley ?

– On l'attend pour huit heures, madame.

– Est-ce que vous pensez qu'elle sait ?

– Pardon ?

Dudley ne comprenait pas ce que voulait dire Rose. Lui pensait qu'il n'ignorait rien des Mendelson.

– Pensez-vous qu'elle ait entendu les nouvelles ?

– Quelles nouvelles ? Les tempêtes dans le Maine ?

– Vous voulez dire que vous n'avez pas entendu à propos de M. Mendelson ! demanda Rose, imbue de l'importance que lui conférait le fait d'être la première à savoir la nouvelle.

– Qu'est-ce qui est arrivé ?

– Il a eu une crise cardiaque. On l'a emmené à l'hôpital. Je viens de l'entendre aux informations.

– Oh, non ! ...

Il y eut un long silence.

– Je n'arrive pas à comprendre pourquoi Miss Maple n'a pas appelé ici ! dit-il.

– Peut-être qu'elle ne le sait pas encore, elle non plus ! Apparemment, ce n'est pas arrivé au bureau. Le communiqué disait que c'était arrivé chez des amis.

– Qui ? demanda Dudley.

– Je ne sais pas. Ils ne l'ont pas dit à la radio. Qui va chercher Mme Mendelson à l'avion ?

– Jim le chauffeur ira à l'aéroport à sept heures. M. Mendelson voulait qu'il y soit une demi-heure à l'avance.

Rose commença à donner des ordres, comme si c'était à elle de prendre la direction des opérations.

– Dites à Jim de me prendre en passant, Dudley. Je pense qu'il vaut mieux que je sois là quand elle atterrira. Il faut qu'elle apprenne la nouvelle par une amie. Ensuite, j'irai à l'hôpital avec elle.

– Oui, madame, dit Dudley.

Quand il eut raccroché, il appela à grands cris tout le personnel : Blondell, la femme de chambre de Pauline, Gertie la cuisinière, Smitty, le gardien, et Jim le chauffeur.

– M. Mendelson vient d'avoir une crise cardiaque, leur dit Dudley.

Ils restèrent silencieux, désemparés comme si tout à coup leur existence était menacée. Dudley était le plus ancien dans la maison et on le savait très attaché à Jules Mendelson. Blondell eut l'impression qu'il était au bord des larmes. Puis, le téléphone sonna. C'était Miss Maple.

Elle avait appris la nouvelle par sa sœur qui l'avait elle-même entendue à la radio dans sa voiture à Long Beach. Dudley répondit qu'il avait déjà été mis au courant par Mme Cliveden qui l'avait entendue elle aussi à la radio. Il ajouta que Mme Cliveden allait à l'aéroport avec Jim et apprendrait la nouvelle à Mme Mendelson.

– C'est bien la dernière personne qu'elle aura envie de voir en un pareil moment, dit Miss Maple.

– C'est exactement ce que je pensais, répondit Dudley.

En attendant que le chauffeur de Pauline passe la prendre, Rose appela Camilla Ebury pour la mettre au courant.

– Je ne peux pas m'attarder au téléphone. – Rose débordait d'énergie. – Le chauffeur de Pauline doit passer me prendre pour m'amener à l'aéroport de façon que ce soit moi qui lui apprenne la nouvelle. Elle adore Jules...

Camilla appela Philip Quennell au Château-Marmont.

– C'est arrivé où ? demanda Philip.

– D'après Rose, on a dit aux informations que c'était arrivé chez des amis.

Philip comprit immédiatement que par ces « amis » il fallait entendre Flo March, mais il n'en dit rien à Camilla. Il ne lui avait pas révélé que la jeune femme qu'elle avait rencontrée dans sa chambre au Château-Marmont et qu'elle

316

avait trouvée sympathique était la maîtresse de Jules Mendelson.

Philip téléphona à Flo et tomba sur le répondeur. Son premier mouvement fut de raccrocher. Puis, il se ravisa et dit sans mentionner son nom : «Flo, si tu as besoin de moi, je suis au Château.»

Comme l'avion avait du retard, Rose but plusieurs verres au bar du petit aéroport où atterrissaient les avions privés. Jim, par deux fois, la rattrapa alors qu'elle était sur le point de se prendre les pieds dans ses béquilles. Lorsque, finalement, l'avion arriva, elle sanglotait comme une folle en pensant à ce malheur qu'il lui fallait annoncer à sa plus chère amie.

En voyant Rose dans cet état, Pauline sut immédiatement qu'il était arrivé quelque chose de grave. Sa première pensée fut pour Kippie.

– Oh! mon Dieu! Kippie! C'est Kippie?

– Non, pas Kippie, Jules, dit Rose en étreignant Pauline. Pauline blêmit.

– Jules?...

Elle avait décidé de suivre les conseils de son père, de rester avec Jules, d'effacer tout et de recommencer de zéro. Quel mari n'avait jamais eu de faiblesses ? Elle avait aussi pensé aux nombreux agréments de la vie qu'elle menait : sa magnifique maison, ses fleurs, ses amis, ses voyages et la constante préoccupation de Jules pour son bien-être. Elle pensait à l'avenir immédiat, cette année qu'elle passerait à Bruxelles, et à toutes les satisfactions qu'elle allait en tirer. Et, le plus important, elle savait que, en dépit de sa liaison, Jules avait besoin d'elle, et même l'aimait encore.

Jim, le chauffeur, lisant l'angoisse sur son visage, comprit immédiatement que Rose Cliveden lui avait fait penser au pire.

– Non, non, madame, dit-il, M. Mendelson a eu un acccident cardiaque. On l'a annoncé aux informations. Il est à l'hôpital Cedars Sinai, je vais vous y conduire immédiatement.

– Dans quel état est-il ? demanda Pauline.

– Nous ne savons pas, dit Jim.

– Nous ne savons pas, répéta Rose entre deux sanglots.

– Ramenez Mme Cliveden chez elle, Jim, puis revenez s'il vous plaît.

– Mais je veux rester avec toi, Pauline. Tu as besoin de moi.

– Non, Rose. Tu dois comprendre que je veux être seule avec mon mari. Tu as été absolument merveilleuse, ma chérie. Merci. Merci. Je ne pourrai jamais te remercier assez.

– Avez-vous besoin de l'une ou l'autre de vos valises, madame ? demanda Jim.

– Uniquement ce petit sac, Jim. Pour l'amour du ciel, emmenez-la.

– Oui, madame. Et pour M. Mendelson…

– Oui ?

– Dites-lui que nous sommes tous de tout cœur avec lui.

– C'est vrai, Pauline. Dis à Jules que nous sommes de tout cœur avec lui, cria Rose par la vitre ouverte de la voiture.

La jeune femme rousse, avec un tailleur déchiré et des genoux en sang, traversa l'entrée des urgences du Centre Médical de Cedars Sinai dans un état d'agitation extrême. Elle se dirigea vers le guichet des admissions, suivie par un agent de police qui lui énumérait les diverses infractions dont elle était coupable, à mesure qu'il rédigeait un procès-verbal : « excès de vitesse, franchissement d'un feu rouge, détérioration de biens publics et conduite dangereuse ». Elle se retourna vers son poursuivant, et lui jeta avec colère : « Je n'ai tué personne, non ? »

Le policier continua d'écrire.

– Ni même blessé qui que ce soit !

– Vous auriez pu, dit l'homme.

– Donc, le procès-verbal que vous êtes en train de rédiger n'est pas une urgence ! En revanche, la raison de mon excès de vitesse en était une. Donc, je vais prendre votre papier si vous arrivez à en venir à bout, puis je ferai ce qu'il y a à faire : j'irai au tribunal, je paierai l'amende ou j'irai en prison s'il le faut, je paierai également pour la barrière que j'ai défoncée. Tout sera fait en temps utile. Mais, pour le moment, j'ai autre chose à faire, c'est une question de vie ou de mort. Je vous prie donc, aussi poliment que possible, de ne pas me retenir une minute de plus.

– Bien parlé, ma sœur ! s'exclama une femme avec deux enfants, dont l'amant, blessé de plusieurs coups de couteau, venait d'arriver.

D'autres personnes, assises sur des bancs, applaudirent. L'agent de police regarda la belle jeune femme qui l'avait envoyé promener. Elle ne baissa pas un instant les yeux et soutint fermement son regard. Finalement, il lui sourit et lui tendit l'avis de contravention.

– Écoutez, mademoiselle, je ne peux pas le déchirer. Il faut que je vous le donne.

– Bien sûr ! dit Flo qui commençait à se calmer.

– J'espère que ça va s'arranger pour votre malade.

– Merci.

Elle prit la feuille de papier et se tourna vers l'infirmière de service.

– Jules Mendelson, demanda-t-elle.

L'infirmière, dont le nom, Mimosa Perez, était inscrit sur une plaque épinglée à son uniforme, avait observé la façon dont Flo avait parlé au policier et elle lui dit :

– Vous êtes sans doute la fille de M. Mendelson. Non ?

Flo parut prise de court par la question. Jules aurait détesté que quelqu'un la prenne pour sa fille. Mais en se reportant à l'époque où sa mère avait été conduite dans ce même pavillon des urgences, elle se rappela que seuls les proches parents étaient autorisés à monter dans les services et à parler aux médecins. Ne sachant trop que répondre, elle fit un signe de tête affirmatif.

– Seuls les proches parents peuvent monter, reprit l'infirmière. Il y a des journalistes qui ne reculent devant aucune combine pour pénétrer dans le secteur des soins intensifs quand il s'y trouve un personnage important ou une célébrité.

Il fallait voir comment ça s'est passé quand Lucille Ball est morte ! Ça grouillait de reporters.

Flo ne put se résoudre à dire qu'elle était la fille de Jules, et elle n'aurait jamais osé prétendre qu'elle était sa femme. L'infirmière, désireuse d'aider cette jeune personne affolée mais si élégamment vêtue, lui dit :

– Je vous annonce sur l'interphone, mademoiselle Mendelson. Prenez ce couloir. Tournez à droite jusqu'aux ascenseurs. Montez au sixième étage. Là, on vous donnera les indications nécessaires.

Flo jeta un coup d'œil sur la plaque accrochée à la blouse.

– Merci, Mimosa, fit-elle.

Sur le même banc que la femme aux deux enfants était assis Cyril Rathbone. « En tailleur Chanel. Jupe déchirée. S'est fait passer pour sa fille », écrit-il à propos de Flo March dans son carnet à spirale.

Tous les médecins et toutes les infirmières de l'unité de soins intensifs savaient que Jules Mendelson avait fait don à l'hôpital du pavillon qui portait son nom. À deux reprises, le Dr Petrie, son médecin traitant, croyant qu'elle était une de ses proches parentes, envoya un interne auprès de Flo pour lui donner des indications sur l'état du patient.

– Nous restons réservés, dit l'interne.

– Vous voulez dire simplement qu'il est encore en vie.

– C'est déjà plus que nous ne pouvions raisonnablement espérer quand il est arrivé ici, dit le médecin.

– Puis-je le voir ?

– Pas encore.

Flo passa plusieurs heures dans la salle d'attente à regarder la télévision en buvant du Coca-Cola. Elle essaya de lire les journaux et les magazines qui traînaient sur les tables, mais elle était incapable de fixer son attention. Elle sentait la peur l'envahir, pour Jules et pour elle-même.

Elle fut distraite de ses pensées par un bulletin d'information du présentateur des nouvelles du soir sur la chaîne

NBC, Bernard Slatkin : « Jules Mendelson, le banquier milliardaire, collectionneur d'œuvres d'art et mécène, candidat pressenti par le Président pour prendre la tête de la Délégation américaine à Bruxelles pendant l'année de l'installation de l'Union européenne, a été victime d'un grave accident cardiaque cet après-midi dans une maison amie à Beverly Hills. L'équipe médicale arrivée très rapidement sur les lieux, a pratiqué une réanimation cardio-respiratoire dans le but de le faire revenir à lui avant de l'emmener au Centre Médical de Cedars Sinai à Los Angeles. Un porte-parole de l'hôpital n'a pas voulu se prononcer sur son état. »

Flo, tout en continuant à regarder la télévision, était bien consciente que la maison de Beverly Hills dont on avait parlé était la sienne. Elle sentit un frisson glacé la parcourir quand elle comprit que si Jules mourait, elle ne tarderait pas à être citée à la radio elle aussi.

– Vous pouvez entrer maintenant, mais ne restez pas plus de dix minutes.

– Est-il conscient ?

– Par intermittence. Il ne faut pas l'énerver ni le fatiguer.

– Je suis madame Mendelson, dit Pauline à Mimosa Perez, au guichet des admissions du service des urgences.

– Ah oui ! Mme Mendelson ! dit Mimosa, éblouie par l'élégance et le calme souverain de la femme qui se tenait debout devant elle.

Cyril Rathbone se garda bien d'adresser la parole à Pauline Mendelson et fit en sorte de ne pas être vu d'elle. Il s'appuya au dossier du banc sur lequel il était assis et dissimula son visage derrière son journal. Il nota dans son carnet à spirale : « Pauline Mendelson arrive au Centre Médical de Cedars Sinai dans sa limousine conduite par son chauffeur. Elle porte un ensemble de voyage gris ; corsage de Givenchy. Vient directement de l'aéroport. Arrivée dans le 727 personnel de son mari, en provenance de Bangor dans le Maine. A rendu visite à son père, le sportif bien connu Neville Mac Adoo. »

Quand Pauline pénétra dans la chambre de son mari, Flo y était encore. Jules était allongé, inconscient. Elle était assise sur le bord du lit serrant sa main entre les siennes et lui chuchotant à l'oreille des paroles d'encouragement.

– Tout va s'arranger, Jules. Aie confiance. Tu seras debout et en pleine forme dans très peu de temps. Tout ça est arrivé à cause du surmenage. Tu as été constamment sous pression ces derniers temps, avec Arnie Zwillman, et l'Union européenne et tout le reste.

Pauline regardait fixement la scène.

– J'aimerais rester seule avec mon mari, s'il vous plaît, dit-elle.

Flo sursauta comme si elle avait été frappée par une décharge électrique. Terrifiée, elle fixa Pauline en mettant sa main devant sa bouche. Son visage ruisselait de larmes, mêlées au rimmel et au rouge à lèvres. Sa jupe était déchirée. Elle avait enlevé le sang de ses genoux, mais elle savait qu'ils étaient pleins de vilaines éraflures.

– Oh !... madame Mendelson ! dit-elle.

Sa voix était faible et à peine audible.

Pauline alla de l'autre côté du lit. Prenant la main de son mari inconscient, elle se mit à parler comme si Flo n'existait pas.

– Salut, Jules. C'est Pauline. Les infirmières disent toutes qu'on n'entend rien lorsqu'on est dans le coma, mais je n'en ai jamais cru un mot. Mon père m'a dit qu'il pouvait entendre tout ce qui se disait autour de lui quand il a eu son attaque l'an dernier, vous souvenez-vous ? L'avion a eu des heures de retard. À cause des tempêtes terribles dans le Maine, sans compter les problèmes d'atterrissage à Los Angeles. Papa vous envoie ses amitiés. Bien entendu, il ne sait pas ce qui vous est arrivé. Rose est venue à l'aéroport pour m'annoncer la nouvelle. Elle était soûle comme une grive. Je vous raconterai tout quand vous irez mieux. Je suis sûre que vous rirez beaucoup... J'ai parlé avec le Dr Petrie, avant de vous voir. Il est absolument charmant et je suis certaine que c'est un très bon médecin. On a appelé en consultation le Dr Rosewald.

Il arrive de New York en avion. Dans quelques jours, si tout va bien, on vous transportera au pavillon Mendelson. À quoi servirait de leur faire cadeau d'un pavillon entier si vous ne pouvez pas l'utiliser ? Vous ne trouvez pas ? Vous seriez mieux là-bas. Tout ira bien, Jules, le Dr Petrie a bon espoir.

Flo était subjuguée par l'assurance de Pauline Mendelson. Elle n'avait jamais vu un cou aussi long, un port de tête aussi magnifique et un visage aussi aristocratique, ni entendu une femme parler avec une voix de contralto aussi profonde. Comme une domestique qui viendrait d'être congédiée, Flo s'était glissée vers la porte, écoutant chaque mot de Pauline.

Au moment où elle mettait la main sur le bouton de la porte, celle-ci s'ouvrit et une infirmière entra.

– Une seule personne à la fois ! lança-t-elle d'un ton rogue.

– Je m'en vais, dit Flo.

Elle se retourna vers Jules une fois encore. Les regards des deux femmes se croisèrent, mais celui de Pauline s'arrêta sur les grandes boucles de diamants jaunes. Le calme et la réserve de Pauline disparurent d'un seul coup.

– Vous ? dit Pauline. Maintenant je me souviens ! Il me semblait bien vous avoir déjà vue. C'est vous qui avez heurté ma voiture. Pourquoi n'ai-je pas compris que c'était vous ? Vous avez dû me prendre pour une belle idiote ce jour-là ! Quand je pense que je vous ai même fait des compliments sur votre tailleur !

– Non, madame, je n'ai pas pensé une seconde que vous étiez idiote, répondit Flo.

– Et par la suite, est-ce que cela ne vous a pas paru très amusant ? Est-ce que vous en avez ri avec mon mari ?

– Jamais, jamais, je vous le jure.

En examinant Flo avec attention, Pauline se rappela le moment où, sur la terrasse, juste après les funérailles d'Hector Paradiso, elle avait demandé à Jules qui était cette femme à qui il parlait devant l'église du Bon Pasteur ; il avait prétendu ne pas la connaître. Là encore, elle se rendit compte qu'elle avait été trompée.

– Sortez d'ici, ordonna-t-elle, d'une voix très basse et neutre.

– J'ai déjà dit que je m'en allais, dit Flo, terrorisée.

Mais Pauline n'en avait pas dit assez ; sa colère demeurait entière.

– Petite grue ! ajouta-t-elle.

– Je ne suis pas une grue, dit Flo, et les larmes lui vinrent aux yeux.

Le mot « grue » la blessait profondément. Autrefois, elle avait entendu un homme traiter sa mère de « grue ».

– Vous pouvez appeler ça comme vous voudrez, dit Pauline, et elle se retourna vers Jules.

La colère de Flo monta d'un seul coup.

– Vous pouvez vous permettre de prendre des grands airs, madame Mendelson, parce que tout vous a toujours été apporté sur un plateau d'argent. Vous n'avez jamais eu à gagner votre vie.

– Se faire entretenir pour des coucheries, vous appelez ça gagner sa vie ?

– Oui, trancha Flo, et elle soutint le regard de Pauline.

Elle n'ajouta pas qu'elle comblait des besoins dont Pauline ne se souciait pas, ne pouvait ou ne voulait se soucier, mais Pauline comprit ce qu'elle voulait dire, sans qu'aucun mot eût été prononcé. Elle détourna les yeux.

– Je vous ai demandé de quitter cette pièce avant que cette infirmière ne vous l'ait elle-même demandé. Alors, s'il vous plaît, allez-vous-en.

Dans son lit, Jules poussa un gémissement. L'infirmière, qui avait observé toute la scène, dit :

– Oui, mademoiselle, il faut laisser votre mère avec votre père. Une seule personne à la fois.

– Sa mère ! cria Pauline outragée. Je ne suis pas la mère de cette putain. Est-ce qu'elle a pris cette fausse identité pour entrer ici ?

– Je vous interdis de me traiter de putain ! dit Flo, et elle sortit de la chambre.

L'infirmière de service n'arrivait pas à croire à la réalité de la scène à laquelle elle venait d'assister. Sans attendre une minute, elle la raconta à l'infirmière-chef, qui la raconta à un interne. En moins d'une heure, la nouvelle était arrivée à l'entrée des urgences au premier étage, où Cyril Rathbone consigna dans son carnet à spirale : « Rencontre embarrassante entre épouse et maîtresse dans une chambre de l'Unité de soins intensifs, au chevet de Jules Mendelson dans le coma. »

– Ne me traitez plus de putain ! hurlait Flo March.

Récit de Flo   Cassette n° 18

Cyril Rathbone dit que c'est à cause de moi que Jules n'a pas été nommé à la tête de la Délégation américaine à Bruxelles. Ce n'est pas vrai. Jules avait perdu ce poste avant qu'on ait entendu parler de moi. Moi, je sais pourquoi il n'a pas été nommé. Je suis une des très rares personnes qui savent. Pauline même n'était pas au courant. Mais lui me l'avait dit. Arnie Zwillman savait, lui aussi. Vous voyez qui? le gangster! C'est à cause de lui que Jules n'a pas eu le poste. Arnie Zwillman a dénoncé Jules parce que Jules ne voulait pas se mouiller avec lui.

19

Autrefois, avant d'être le chroniqueur mondain de *Mulholland*, Cyril Rathbone avait eu de plus grandes ambitions littéraires. À l'Université, en Angleterre, il avait adopté le maniérisme, l'élégance tapageuse et les tics de langage d'un Oscar Wilde vieillissant, et les pièces qu'il avait écrites à ses débuts en « hommage au grand écrivain » lui avaient valu une certaine notoriété parmi les jeunes. Mais les incursions qu'il avait tentées ensuite dans les théâtres du West End londonien n'avaient pas été à la hauteur de ses espérances. En arrivant à Hollywood une douzaine d'années auparavant, il avait le profil d'un scénariste d'avenir. Il laissait entendre qu'il était le fils naturel d'un aristocrate britannique, un comte, bien entendu défunt, donnait à croire qu'il était venu chercher fortune en Amérique parce que le fils légitime de son père, l'actuel possesseur du titre, le détestait et lui avait rendu la vie impossible en Angleterre. Cette histoire romanesque lui avait immédiatement procuré des entrées dans la bonne société. Spirituel, d'une exquise politesse, vêtu avec raffinement dans un style très anglais, doué d'un certain talent pour raconter avec malice des histoires amusantes, il avait aussitôt été happé par les épouses des producteurs et des patrons de studios qui voyaient en lui un personnage amusant, nouveau, et toujours disponible pour leurs dîners.

On disait de Pearl Silver, figure mondaine bien connue,

qu'elle devait avoir l'œil fixé en permanence sur l'aéroport, car elle savait toujours avant tout le monde qui venait de débarquer. Pearl qui recevait à déjeuner et à dîner plusieurs fois par semaine était toujours à l'affût de nouveaux arrivants intéressants, et elle avait été la première parmi les gens de cinéma à inviter Cyril Rathbone. Puis Sylvia Lesky, plus exigeante dans ses choix, qui recevait moins fréquemment que Pearl, mais dans un style plus somptueux, avait trouvé que Cyril apportait à ses réceptions une note amusante. Elle disait de lui à l'époque : « C'est une bouffée de printemps. Il nous faut du sang nouveau de temps en temps. »

Sylvia avait raffolé de Cyril toute une saison et lui avait même rendu un grand service en le faisant engager comme scénariste permanent par son mari, Marty Lesky. Mais aucun des trois scénarios de Cyril n'avait jamais été tourné. « Trop chochotte », avait dit Marty à l'époque. Cyril n'avait pas été réengagé. Par la suite, il ne fut plus invité chez les Lesky, où seuls étaient conviés les gens qui réussissaient. Pearl continua de le voir, plutôt d'ailleurs aux déjeuners qu'aux dîners, car il était, tout comme Hector Paradiso, l'un des rares hommes sur qui l'on pouvait compter, pour ce genre de rendez-vous. Au cours des années, et comme le succès lui échappait toujours, Cyril changea de groupes plusieurs fois. Puis, après les « piges » dans la page des mondanités du *Los Angeles Tribune*, il obtint une chronique permanente dans *Mulholland*.

Certains ne croyaient pas un mot de son roman sur sa noble ascendance. Pauline Mendelson en était. À ses yeux exercés, les belles manières de Cyril paraissaient apprises par imitation plutôt qu'acquises dès l'enfance. Il se levait un peu trop vite quand une femme entrait dans la pièce où il se trouvait, il avançait une chaise avec trop de contorsions inutiles lorsqu'elle s'asseyait à table. Et son accent, qui paraissait parfait à la plupart de ceux qui l'écoutaient, lui semblait à elle un peu trop affecté. Pauline connaissait très bien l'Angleterre et les Anglais. Quand elle était jeune, on avait pensé qu'elle épouserait Lord Saint-Vincent et vivrait à Kilmartin Abbey dans le Wiltshire, mais Neville Mac Adoo ne possédait pas la fortune considérable dont Lord Saint-Vincent avait besoin pour entretenir son abbaye, et il avait épousé une héritière Van Degan, tandis que Pauline épousait Johnny Petworth. Pauline avait parlé à l'actuel Lord Rathbone de ce Cyril qui prétendait lui être apparenté. «C'est une imposture! Une imposture complète! avait dit le comte. Mon père n'a jamais entendu parler de lui.»

Pauline n'était pas le genre de femme à colporter une telle histoire, et elle n'en souffla mot. Pour elle, il était sans importance que Cyril se soit inventé une telle ascendance. C'est seulement quand il fut devenu chroniqueur mondain et qu'il voulut, en tant que tel, être invité aux réceptions des Mendelson aux «Nuages», qu'elle révéla la vérité à Hector Paradiso quand celui-ci intervint en sa faveur.

– Recevez-le, Pauline, supplia Hector.

– Jules ne veut pas entendre parler de publicité mondaine, dit Pauline; ce n'est pas bon pour sa situation dans les sphères gouvernementales.

– Mais Cyril n'est pas comme les autres! insista Hector. Vous savez, bien sûr, qu'il est le fils naturel de feu le comte Rathbone. C'est un gentleman.

– Non, pas du tout! C'est une histoire fabriquée de A à Z.

– Comment le savez-vous?

– J'ai posé la question. Au comte actuel, celui qui d'après lui l'aurait chassé d'Angleterre. Il ne l'a pas chassé, il n'a simplement jamais entendu parler de lui. Mais il faut garder cela pour vous, Hector.

– Vous avez ma parole.

Hector Paradiso était absolument incapable de tenir sa langue, c'était là un de ses moindres défauts. Quand il raconta à Cyril Rathbone ce que lui avait dit Pauline Mendelson, Cyril eut un de ses rires charmants. «Mais évidemment! Est-ce que Pauline pouvait dire autre chose?» Et il changea de sujet. Mais

Cyril Rathbone n'oubliait pas les affronts. Il savait qu'un jour il prendrait sa revanche.

Sa rencontre avec Pauline Mendelson laissa Flo March brisée et mortifiée. Quand elle revint chez elle, la première chose qu'elle vit dans le faisceau des phares de la Bentley, ce fut le corps de la petite Astrid, à l'endroit même où elle l'avait laissé cinq heures plus tôt. Il ne lui était jamais venu à l'esprit qu'elle ferait finalement la connaissance de Faye Converse, la grande vedette, le jour où elle sonnerait à sa porte pour lui dire qu'elle venait de tuer son chien.

Celle-ci, épuisée après son barbecue, était allée se reposer. Elle ne savait rien de la crise cardiaque dont Jules Mendelson avait été victime. Elle s'était démaquillée, avait défait ses cheveux, mis un peignoir et un turban, et s'était installée devant la télévision avec une pizza au fromage de chèvre de chez Spago pour regarder *La Tour*, son échec le plus retentissant.

– Vous savez, Glyceria, Jack Warner me disait toujours : « Vous n'avez pas le physique adéquat pour les grandes machines en costume d'époque, Faye. » Bien entendu, ce salopard avait raison ! Mon Dieu ! comme je l'ai détesté, ce Jack Warner !

– Oui, madame, dit Glyceria.

À ce moment, on sonna à la porte d'entrée.

– Il disait que pour faire dégringoler le Box Office, j'étais une championne.

On sonna de nouveau.

– Je n'y suis pour personne, dit Faye.

– Oui, madame.

– On n'a pas idée de sonner chez les gens à cette heure-ci !

Quand Glyceria ouvrit la porte d'entrée, elle fut surprise de voir son amie Flo March.

– Oh ! Dieu merci, vous êtes là ! J'ai cru qu'il n'y avait personne. J'ai sonné et resonné plusieurs fois.

– Mais que faites-vous ici, Flo ? demanda Glyceria en regardant derrière elle pour voir si sa patronne l'observait.

– Il faut que je vois Miss Converse, dit Flo. C'est très important.

– Elle ne veut voir personne ce soir, dit Glyceria en se retournant de nouveau. Elle se regarde à la télévision, et elle n'aime pas être dérangée.

– C'est très, très important, répéta Flo.

Glyceria regarda son amie. Elle lui parut fatiguée et tendue. Son exubérance habituelle avait disparu.

– Ça va bien, Flo ? interrogea-t-elle.

– S'il vous plaît, dites-lui que je suis ici, Glyceria…

– Mais elle vient de me dire à l'instant qu'elle ne voulait pas être dérangée !

Flo mit ses mains en porte-voix devant sa bouche et rassembla tout ce qui lui restait d'énergie après les cinq heures terribles qui venaient de s'écouler, pour crier aussi fort que possible :

– Miss Converse, s'il vous plaît ! …

Faye Converse apparut dans le hall.

– Que se passe-t-il, Glyceria ? demanda-t-elle.

– Miss Converse, c'est Miss March, la voisine d'à côté. Elle dit qu'il faut absolument qu'elle vous voie. Elle dit que c'est très important.

– Je suis désolée de vous déranger, Miss Converse, dit Flo, c'est au sujet d'Astrid.

– Oh, Astrid ! dit Faye Converse en levant les bras au ciel. Cette pauvre petite chienne a encore disparu. Depuis le début, elle me pose des problèmes. Elle a arraché un bout de doigt à Kippie Petworth, elle a fait tomber ma grande amie Rose Cliveden qui s'est cassé la jambe. Et elle disparaît sans arrêt. Vous l'avez trouvée ?

– Je l'ai tuée, dit Flo.

– Vous l'avez quoi ?… s'exclama Faye.

– Je l'ai écrasée avec ma voiture. Je ne l'ai pas fait exprès. Je descendais l'allée. Quelqu'un a eu une crise cardiaque chez moi et une ambulance est venue pour l'emmener à l'hôpital.

Je suivais en voiture. Et la petite chienne a bondi devant mes roues, dit Flo en éclatant en sanglots.

Le téléphone sonna dans la bibliothèque.

– Je n'y suis pour personne, dit Faye à Glyceria.

– J'adorais cette petite chienne, continua Flo. Vous ne pouvez pas savoir à quel point je l'aimais, Miss Converse. Pour rien au monde je n'aurais voulu lui faire du mal. Je suis désolée, vraiment désolée.

Glyceria regarda les deux femmes l'une après l'autre puis s'en alla répondre au téléphone.

Faye Converse écoutait la jeune femme. Elle remarqua qu'elle était très jolie bien que son rimmel eût coulé et que son rouge à lèvres fût étalé autour de sa bouche, qu'elle portait un tailleur Chanel, tout déchiré et effrangé, que ses genoux étaient écorchés, qu'elle avait de grandes boucles d'oreilles en diamants jaunes pareilles à celles qui figuraient dans le catalogue de Boothby que lui avait adressé le prince Friedrich de Hesse-Darmstadt.

– Ma pauvre chérie, dit-elle.

Elle alla vers Flo et la prit dans ses bras.

– C'est très gentil de votre part de venir vous-même me dire que vous avez écrasé ma petite chienne. Ça n'a pas dû être une tâche facile. Quelquefois, je suis vraiment épouvantable. Vous avez dû l'entendre dire, j'en suis sûre.

– Vous n'êtes pas en colère ? demanda Flo.

– Je suis triste, mais pas en colère. C'était une petite bête très bizarre. Avez-vous entendu parler de quelqu'un qui s'appelait Hector Paradiso ?

– Hector ? Je le connaissais.

– Apparemment tout le monde connaissait Hector ! Et bien, c'était la chienne d'Hector, dit Faye.

– Je sais.

– C'est vous qui avez poussé ce cri il y a quelques heures ?

– Oui, c'est moi. Mon ami a eu une crise cardiaque.

– C'est décidément une journée terrible ! J'espère qu'il va s'en tirer.

– Miss Converse, on vous demande au téléphone, dit Glyceria.

– Qui est-ce ?

– Monsieur Cyril Rathbone.

– Dieu du ciel ! Ce salopard m'appelle certainement pour me dire que *La Tour* passe à la télé.

– Je crois que je vais rentrer chez moi.

– Non, non, restez une minute. Vous avez été si gentille. Entrez prendre un verre.

– Oh, non merci, je ne bois pas.

– Alors vous prendrez un peu de pizza. Vous devez être épuisée. Vous restez ?

– Entendu. Puis-je utiliser vos toilettes ?

– Bien sûr ! C'est là. J'espère que ça ne sent pas trop mauvais : Pepper Belcanto a couvert les murs de vomissures cet après-midi, et la pauvre Glyceria a dû nettoyer de fond en comble...

Le cabinet de toilette sentait le désodorisant Floris parfumé à la jacinthe. Flo se lava le visage et se donna un coup de peigne. Elle en sortit au moment où Faye, atterrée, raccrochait le téléphone. Cyril Rathbone venait de lui dire que Jules Mendelson avait eu un accident cardiaque sévère dans la maison voisine, chez sa maîtresse appelée Flo March et qu'il y avait eu une scène entre elle et Pauline Mendelson dans l'unité de soins intensifs de l'Hôpital Cedars Sinai.

Jules resta dans l'unité de soins intensifs pendant trois nuits et deux jours avant d'être transporté dans la plus belle chambre du Pavillon Mendelson. Il avait des infirmières autour de lui vingt-quatre heures sur vingt-quatre. Le Dr Rosewald était arrivé de New York pour s'entretenir avec le Dr Petrie. Le Dr Jeretsky était venu de San Francisco et on avait envoyé l'avion personnel des Mendelson à Houston pour ramener le Dr de Milhau. Les pronostics n'étaient guère encourageants. À plusieurs reprises, Flo March en uniforme d'infirmière avait réussi à entrer dans la chambre pour parler avec le malade.

Le temps était infect. Il pleuvait depuis le matin des averses incessantes parfois torrentielles, entremêlées de brumes épaisses qui masquaient totalement la ville. Pauline répondit par un signe de tête affirmatif quand Dudley lui demanda si elle aimerait avoir du feu dans la bibliothèque. Même les roses qu'elle avait coupées dans son jardin et artistiquement disposées dans ses potiches chinoises ne réussissaient pas à chasser la tristesse de cette journée. Elle plaça un compact-disc sur la chaîne : la neuvième symphonie de Mahler, sa préférée, et tenta de relire les soixante-dix pages de Marcel Proust sur la réception de la duchesse de Guermantes dans *À la recherche du temps perdu*, qu'elle avait toujours aimées, mais elle n'arrivait pas à se concentrer.

Elle alla vers son bureau, y prit une feuille de papier et se mit à écrire à son père : « Jules va très mal. Les médecins sont perplexes. Il a eu un accident cardiaque grave. Il est très courageux, mais également très faible. Je te tiendrai au courant. C'était merveilleux de te voir, papa. Merci à toi d'être toujours le meilleur père. Affectueusement, Pauline. »

Dudley entra dans la pièce pour annoncer l'arrivée de Sims Lord.

– Ah ! Enfin ! dit Pauline, faites-le entrer.

Quand il apparut, Pauline fut frappée, comme toujours, par sa fière allure.

– Salut, Pauline, dit-il.

– Vous êtes trempé, remarqua-t-elle. C'est très aimable à vous de venir jusqu'ici, au sommet de ma montagne, par une journée aussi effroyable. Venez vous asseoir près du feu. Que puis-je vous offrir ? Dudley va vous préparer quelque chose à boire…

– Non, merci Pauline. J'étais à Westwood au Regency Club quand vous avez appelé, et je viens de finir de déjeuner.

– Merci, Dudley ! dit Pauline.

Elle était installée dans un coin du canapé.

– Comme c'est bon d'être au coin du feu, dit Sims. Regardez comme les flammes font scintiller votre diamant.

Pauline baissa les yeux sur sa bague de fiançailles.

– Cette bague et vous êtes entrés le même jour dans ma vie. Vous vous rappelez ?

Sims rit. Jules l'avait choisi comme avocat, après avoir congédié Marcus Stomm. Dans la même semaine, il avait offert à Pauline ce diamant historique, le «Lamballe», et l'avait épousée à Paris. Au cours des années suivantes, la réussite professionnelle de Sims avait été à la fois mise en valeur et estompée par la présence prestigieuse de Jules Mendelson.

– Certainement, je me rappelle.

– J'en suis arrivée à détester cette bague, dit-elle. Pendant des années, j'ai eu du plaisir à observer les réactions des gens quand ils la voyaient. Et maintenant, ce diamant me paraît faux. Comme mon mariage.

– Oh ! Pauline, protesta Sims.

– C'est vrai. N'essayez pas de me persuader du contraire, Sims. Je comprends votre loyauté vis-à-vis de Jules, mais il faut que vous sachiez ce qui s'est passé avec cette Miss Flo March… c'est comme ça qu'elle s'appelle, je crois.

Pauline se leva et enleva la bague de son doigt.

– Je n'ai pas l'intention de continuer à la porter, dit-elle. Plus jamais.

Pendant un instant, Sims crut qu'elle allait la jeter au feu, mais elle la rangea dans une petite boîte en argent, sous les *Roses Blanches* de Van Gogh.

– Je la mettrai dans le coffre plus tard, dit-elle, comme si elle refusait d'y penser davantage. Mais évidemmment, je ne vous ai pas demandé de venir ici par ce temps affreux, pour vous parler du «Lamballe». Sims, je sais tout. J'ai rencontré cette femme. Elle était dans la chambre de Jules à l'unité de soins intensifs quand je suis arrivée. Lorsque je suis entrée, elle lui parlait à l'oreille. La seule chose à laquelle cette femme s'intéresse, c'est l'argent de Jules. Vous voyez le tableau : avec un homme aussi malade que lui, peut-être près de mourir, elle était là en train d'essayer de lui soutirer de l'argent. C'est répugnant, mais pas surprenant. Si j'ai bien compris, elle est revenue deux fois depuis que je l'ai priée de s'en aller. Elle s'est déguisée en infirmière et s'est débrouillée pour pénétrer dans sa chambre.

Sims ne dit pas à Pauline que Jules lui avait demandé de faire le nécessaire pour que Flo soit à l'abri du besoin, pour que la maison du Chemin Azelia soit achetée à son nom, sans discuter sur le prix, et que soit constitué pour elle un capital qui ne figurerait pas sur le testament de façon à ne pas mettre Pauline dans une situation gênante.

Pauline continua :

– Je veux que vous fassiez quelque chose pour moi, Sims. Je veux faire sortir mon mari de l'hôpital et le ramener ici. Il faut que vous obligiez les médecins à accepter. Moi, je n'y arriverai pas. Nous savons tous à quel point vous pouvez être tenace.

– Etes-vous sûre que ce soit bien raisonnable, Pauline ? Jules est très mal en point. Il n'est pas encore tiré d'affaire. Il en est même très loin.

– Je prendrai des infirmières à plein temps, des infirmiers capables de le porter jusque dans la salle de bains et de le laver. Je ferai venir les médecins deux fois par jour. Je veux qu'il revienne ici, chez lui.

– Tout cela va coûter très cher, dit Sims.

– Oh ! pour l'amour de Dieu, Sims ! Ce seul tableau, dit-elle en montrant les *Roses Blanches* de Van Gogh, ce seul tableau vaut au moins quarante millions de dollars. Ne perdons pas notre temps à nous demander combien va coûter ceci ou cela.

– Quand souhaitez-vous que la chose se fasse ?

– Dès que possible.

Lucia Borsodi, la rédactrice en chef de *Mulholland*, n'enlevait jamais ses lunettes noires, même dans l'obscurité. Tout le monde dans les milieux journalistiques lui attribuait le mérite d'avoir sauvé le magazine en train de sombrer, et même transformé le désastre en réussite. Non seulement elle a un sens extraordinaire de l'événement, disait d'elle un article paru dans la rubrique « Arts et Loisirs » du *Sunday Tribune*, mais elle a le sens du moment précis où il faut le livrer au public. Lucia, jouant son rôle de rédactrice en chef, imposa à Cyril Rathbone, consterné, de garder sous le coude son histoire sur Jules Mendelson.

– C'est trop tôt, Cyril. Ne t'emballe pas.

– Mais Lucia !… dit Cyril au bord des larmes.

– Non, non, fais-moi confiance. C'est l'échotier en toi qui est pressé de sortir cette histoire ; mais il s'agit d'une affaire bien plus importante, comme tu l'as indiqué toi-même. Tu veux simplement te venger de Pauline Mendelson parce qu'elle t'a toujours snobé.

Cyril rougit.

– Tu comprends, n'est-ce pas ? dit-elle avec gentillesse à l'homme qu'elle venait de plonger dans l'embarras. Tu dois bien te rendre compte que tu as sous les yeux une histoire en train de se développer. Elle n'est pas complète. Tu es en très bonne position. Tu étais sur place. Tu as vu l'accident cardiaque. Tu as vu la fille insuffler la vie dans la bouche de son amant. Tu as les photos prises à l'hôpital. Tu as interviewé l'agent de police qui a collé un procès-verbal à Flo, vu arriver Pauline Mendelson, entendu l'infirmière des admissions raconter que les deux femmes avaient échangé des paroles malsonnantes au chevet de Jules Mendelson moribond.

– Oui, jubila Cyril, comme un avare couvant son or. Ce sera le reportage de ma carrière.

– Mais tu n'as rien venant d'aucun des protagonistes. Il faut interviewer Flo March. Si tu obtiens d'elle une interview, c'est toi qui couvriras l'affaire.

– Couvrir l'affaire, dit Cyril, le souffle coupé. Ses rêves les plus fous étaient dépassés.

– En attendant, commence à semer quelques petits riens dans ta chronique. Des insinuations légères… Ainsi tu te constitueras un public pour la grande histoire quand nous serons prêts à la faire sortir.

BRÈVE dans la page de Cyril Rathbone de *Mulholland* : « Rumeurs dans les cafés… Qui était la superbe rousse aux côtés du milliardaire Jules Mendelson, dans l'ambulance qui le transportait à l'hôpital après le grave accident cardiaque dont il a été victime dans une maison isolée près de Coldwater Canyon vendredi dernier ? »

Madge White, qui était d'une loyauté exemplaire quand ses amis étaient en cause, raconta à Rose Cliveden sous le sceau du secret qu'elle avait bel et bien rencontré la fille – incroyablement vulgaire – dans un restaurant de Ventura Boulevard.

– Non ? s'exclama Rose, stupéfaite.

Mais elle ne voulut pas en entendre davantage et coupa court :

– C'est trop triste ! Pauvre Pauline ! Crois-tu que je devrais lui en parler ?

– Grands dieux ! Non, Rose, il ne faut pas.

– Mais c'est ma meilleure amie !

– Elle en mourrait. Elle mourrait purement et simplement.

– Je crois que tu as raison, admit Rose.

– Il faut que nous gardions ça pour nous. N'en disons rien à qui que ce soit.

– Oh, ma chérie ! Tu sais bien que je suis muette comme une tombe.

Rose eut à peine raccroché, qu'elle appela immédiatement Camilla Ebury pour lui dire, sous le sceau du secret :

– Personne d'autre que nous ne le sait, ma chérie, n'en parle à personne, que Jules a eu sa crise cardiaque chez une prostituée et devine… »

Ce soir-là, Camilla dînait avec Philip au restaurant Morton. En raison de la grande amitié qui existait entre Camilla et les Mendelson, Philip ne lui avait pas raconté comment Jules était intervenu pour l'empêcher de faire le scénario sur la drogue. Camilla resta exceptionnellement silencieuse pendant tout le repas.

– Tu as un problème ? demanda Philip.

Elle promena ses regards dans la salle du restaurant.

– Je ne sais jamais qui sont ces célébrités autour desquelles on fait tant de bruit… Tu en connais ?

– Tu as Barbra Streisand sous les yeux. Il faudrait au moins que tu la reconnaisses.

Il était toujours agacé de constater que la bonne société de Los Angeles mettait un point d'honneur à garder une certaine distance avec les gens de cinéma.

– Tu détournes la conversation. Je t'ai demandé si tu avais un problème. Tu en as un, j'en suis sûr. Quand tu es silencieuse, c'est que quelque chose te tracasse.

– Rose m'a dit aujourd'hui une chose tellement renversante qu'elle me trotte sans arrêt dans la tête.

– Quoi donc ?

– J'ai promis de ne pas en parler.

– Très bien.

– Mais j'ai besoin d'en parler.

– Alors, parle.

– C'est au sujet de Jules et de Pauline.

Philip la regarda.

– De quoi s'agit-il ?

– Sais-tu où il a eu sa crise cardiaque ?

– Non, répondit Philip, pourtant presque sûr de le deviner.

– Chez une prostituée.

Philip, y voyant clair maintenant, secoua lentement la tête.

– Ce n'est pas une prostituée, protesta-t-il. C'est sa maîtresse. C'est très différent.

– Jules a une maîtresse ?

– Oui. Et depuis longtemps.

Camilla, incrédule, fixa Philip, bouche bée.

– Comment peux-tu être au courant ?

– Parce que je connais la jeune femme.

– Tu me surprendras toujours, Philip !

– Toi aussi, tu la connais.

– Je la connais ?

– Tu l'as rencontrée. Flo March.

– Tu veux dire cette jolie rousse que j'ai trouvée assise dans ta chambre au Château-Marmont ? Elle m'avait dit qu'elle était sûre que tu devais avoir très belle allure en caleçon...

Philip sourit.

– Elle, au moins, ne m'a pas parlé de ton tatouage.

Cette fois, Philip éclata de rire.

– Tu veux que je te dise, Philip ?... Elle m'était plutôt sympathique.

BRÈVE dans la page de Cyril Rathbone de *Mulholland* : « On en parle dans les cafés. Qui était cette rousse ravissante qui réconfortait le milliardaire Jules Mendelson à l'hôpital lorsque son épouse, la très élégante Pauline Mendelson, est entrée dans la chambre ? »

– Allô ?

– Miss March ?

– Oui.

– Cyril Rathbone à l'appareil.

– Oh, mon Dieu !

– J'espère que je vous ai pas surprise en plein milieu d'une tentative de suicide.

– Ça veut dire quoi, exactement ?

Cyril eut un petit rire.

– Ce n'est qu'une petite plaisanterie, Miss March.

– Vous avez un sens particulier de l'humour, monsieur Rathbone.

– Eh bien, vous aviez l'air tellement... comment dire ? tellement désespérée. Est-ce le mot qui convient ? Désespérée ?

– Que puis-je pour vous ?

– J'aimerais vous voir, Miss March.

– Oh ! non.

– J'aimerais beaucoup vous interviewer.

– Oh ! non.

– On dit que c'est grâce à vous qu'il a eu la vie sauve, Miss March.

– Vraiment ?

– Grâce à la réanimation par la méthode du bouche-à-bouche que vous aviez apprise lorsque vous étiez serveuse au café Viceroy.

– Comment le savez-vous ?

– J'étais chez vous.

– Vraiment ! Et quand ?

– C'est moi qui ai appelé l'ambulance pour vous.

– C'était vous ? Ce type chez moi, c'était Cyril Rathbone, le journaliste ?

– Exactement.

– Écoutez, monsieur Rathbone…

– J'écoute.

– J'avais toujours pensé que je mourrais de joie si je figurais dans votre rubrique, ne serait-ce qu'une seule fois ; mais maintenant je ne veux plus, même si vous ne prononciez pas mon nom.

– Je crois que nos devrions nous rencontrer.

– Il faut que je raccroche maintenant, monsieur Rathbone.

BRÈVE dans la rubrique de Cyril Rathbone : « On en parle dans les cafés. Pourquoi le milliardaire Jules Mendelson a-t-il été transporté en secret du secteur des VIP de l'hôpital Cedars Sinai aux « Nuages », sa propriété de la montagne ? Est-ce parce qu'une superbe rousse a réussi à pénétrer dans sa chambre sous un déguisement d'infirmière ? »

Devant l'hôpital, puis devant le portail des « Nuages », Pauline resta constamment aux côtés de Jules, lui tenant le bras et gardant un visage souriant, tandis que les flashes des photographes crépitaient autour d'eux.

Une fois passées les grilles, la Bentley, lentement, prit le tournant de l'allée et entra dans la cour. Pauline descendit la première. Puis Jim le chauffeur aida Jules à sortir. Dudley, le maître d'hôtel, accourut, poussant devant lui un fauteuil roulant. Pendant un moment, Jules resta debout appuyé sur une canne. On aurait dit un vieillard, alors qu'il avait moins de soixante ans.

À l'intérieur de la maison, Pauline garda la même attitude, face à Dudley.

– J'aimerais un peu de thé, lui dit-elle.

Elle sentait qu'il était sur le point de lui exprimer sa compassion et elle avait hâte d'être débarrassée de lui avant qu'il ait eu le temps de parler.

– Et autre chose aussi. Je suis sûre que M. Mendelson aimerait prendre un verre. N'est-ce pas, Jules ?

– Oui, oui, très bien. Un scotch, Dudley, avec un peu d'eau gazeuse, dit Jules.

Il était très pâle et avait considérablement maigri. Sa voix n'était guère plus qu'un chuchotement.

– Il faut que ce soit très léger pour M. Mendelson, Dudley, dit Pauline. J'ai oublié de demander au Dr Petrie si c'était permis.

Seuls, dans leur splendide vestibule, devant la courbe à la grâce ailée de leur escalier, Jules et Pauline Mendelson se regardèrent.

– Il faut que je me repose un moment ici, dit Jules. Je suis incapable de monter.

– Bien entendu. Restez assis. Olaf va arriver incessamment ; il vous portera là-haut.

– Dire qu'il faut me porter comme un enfant ! Je ne veux pas que vous me voyiez quand il m'emmènera.

– Mais vous n'avez pas voulu d'un brancard pour quitter l'hôpital, Jules.

– Je voulais en sortir sans l'aide de personne quoi qu'il arrive. Tout ma vie j'ai évité la publicité dans les journaux, je n'allais certainement pas permettre à ces salauds de me photographier sur une civière. J'aurais eu l'air encore plus atteint que je ne le suis en réalité.

Leurs regards se croisèrent. Tous deux savaient pertinemment qu'il était bien plus gravement malade que ne le
donnaient à entendre les informations optimistes répandues
consciencieusement dans les milieux d'affaires par Sims Lord
et d'autres associés. Jules s'affala sur le siège canné d'une
chaise dorée.

– Le Dr Petrie vous a-t-il donné les pilules ? demanda-
t-il.

– Oui, répondit Pauline. Il a dit : « Seulement toutes les
quatre heures », Jules. Vous avez pris la dernière il y a à peine
plus d'une heure.

– Le trajet m'a fatigué. J'en veux une maintenant.

Elle ouvrit son sac et y prit un flacon de plastique de couleur ambre. Il saisit la pilule qu'elle lui tendait et l'avala.

– Est-ce que c'est là le genre de vie que nous allons mener
maintenant, Jules ? interrogea Pauline. Des photographes à
l'affût devant chez nous. Des journalistes qui nous harcèlent
de questions grossières ? Il y a des limites aux obligations du
mariage, Jules, et, en toute honnêteté, je dois vous dire que
je les ai atteintes.

Il inclina faiblement la tête pour indiquer qu'il comprenait ce qu'elle venait de dire. De nouveau, elle remarqua à
quel point il avait vieilli.

– Je ne suis pas la première femme dont le mari a une maîtresse, continua-t-elle. Sans doute, ce n'est pas agréable,
mais j'aurais pu apprendre à m'en accommoder si une telle
situation n'avait jamais empiété sur ma vie. Mais de cette
façon, non, jamais. Cette petite grue a réduit mon mariage à
un faux semblant.

– Ne croyez pas que ce soit une mauvaise fille, Pauline. Ce
n'est pas cela du tout. Moi, sans doute, je suis mauvais. Mais
elle, ce n'est pas une mauvaise fille. Si seulement vous la
connaissiez, vous vous en rendriez compte.

– Connaître cette Miss March est une expérience dont j'ai
bien l'intention de me dispenser, répliqua Pauline. Je ne sais
pas ce que je redoute le plus : faire jaser tous les gens que je

connais et des dizaines de milliers d'autres que je ne connais pas, ou leur inspirer de la pitié.

Jules, épuisé, n'avait plus la force de répondre et fixait Pauline d'un air égaré.

– Ne m'abandonnez pas, Pauline, parvint-il à articuler.

– Non, évidemment, je ne vais pas vous abandonner, alors que vous êtes si malade et si faible.

Elle allait en dire davantage, mais elle se tut. Elle alla jusqu'au pied de l'escalier et arracha la feuille jaunie d'une orchidée.

Jules, qui avait compris, hocha la tête.

– Comme c'est terrible, Jules, de voir s'achever une vie aussi remarquable dans le scandale et la débauche. C'est seulement de cela que les gens se souviendront quand ils parleront de nous, dit Pauline.

Jules inclina de nouveau la tête. Il avait conscience qu'elle disait la vérité, mais il ne savait que répondre.

– Je ne m'étais jamais assis sur une de ces chaises dorées, se contenta-t-il de dire.

– C'était un cadeau de mariage de Laurance et Janet Van Degan. Absolument d'époque ! Je ne sais plus qui, du musée Getty, les a expertisées, une madame Gillian Quelque chose, mais elles ne vous plaisaient pas. Vous détestiez les sièges dorés. Trop graciles, disiez-vous.

– Merci, Laurance et Janet Van Degan, murmura-t-il.

De la cour parvint un bruit de voix et de moteurs. Il se leva lentement et regarda par la fenêtre.

– Qu'est-ce que c'est que toutes ces voitures ? demanda-t-il.

– Des voitures ? répéta Pauline.

– J'en vois trois, quatre, six, huit, avec tout un tas de dames en chapeau fleuri. Qu'est-ce que ça peut bien être ?...

– Oh, mon Dieu ! s'écria Pauline. J'avais oublié.

– Quoi donc ?

– C'est le Club des Jardinières de Los Angeles. J'ai accepté, il y a des mois, de leur faire faire le tour des jardins et des serres. Elles ont entendu parler des phalaenopsis jaunes que Jarvis et moi avons créés, et j'ai promis...

– Je vais dire à Dudley de leur faire savoir que vous n'êtes pas bien et que vous ne pouvez pas sortir. Elles peuvent revenir un autre jour.

– On ne peut pas faire cela, Jules.

– Alors, laissez Jarvis conduire la visite.

– Non, Jules, non. Elles ont payé cinquante dollars par personne pour cette visite. Voyons les choses en face. C'est moi qu'elles veulent voir, tout autant que les phalaenopsis jaunes et non le pauvre Jarvis qui a pourtant fait tout le travail.

– En l'occurrence, je ne pensais qu'à vous.

– Je sais.

Leurs regards, une fois de plus, se rencontrèrent.

– Nous nous comportons comme si nous étions encore mariés, vous ne trouvez pas ? dit Pauline en effleurant de la main son épaule.

Dudley apparut dans le vestibule en toussant légèrement pour signaler sa présence.

– Des gens viennent d'arriver. Ils disent qu'ils sont attendus.

– Dudley, j'avais complètement oublié que le Club des Jardinières venait aujourd'hui. Je vais sortir et les emmener faire la visite. Dites à Gertie de préparer du thé pour je ne sais combien de personnes, des sandwiches au concombre, et ces petits gâteaux au citron qu'elle a fait hier. Nous prendrons le thé dans la bibliothèque. Elles adoreront les *Roses Blanches*. C'est le tableau idéal pour ce groupe. Mais d'abord, aidez M. Mendelson à monter l'escalier, puis demandez à Blondell de préparer son lit. Une infirmière va arriver bientôt. Elle s'appelle Miss Toomey. Mae Toomey. Faites préparer pour elle la pièce à côté de la chambre de M. Mendelson. Ah !... encore une chose, Dudley : dites à Gertie que les repas de Miss Toomey devront lui être servis dans le salon du premier étage. Assurez-vous qu'il y a un poste de télévision dans sa chambre, ainsi que des magazines : tous ceux que j'ai déjà lus.

Elle alla jusqu'au miroir Chippendale accroché au-dessus de la console dorée, se pinça légèrement les joues pour leur donner un peu de couleur, remit du rouge à lèvres et se donna un coup de peigne.

– Demain, deux infirmiers arriveront. Ils porteront M. Mendelson et l'emmèneront chez le médecin quand il se sentira mieux. Cette robe est convenable, n'est-ce pas ?

Sans attendre la réponse, elle ouvrit la porte d'entrée et sortit dans la cour.

– Bonjour, Blanche. Bonjour, Marie. Soyez les bienvenues aux « Nuages ».

Je me suis fait traiter de putain et de traînée et d'autres choses tout aussi agréables à entendre. Et ça m'a fait mal. Aussi, je tiens à ce que les choses soient parfaitement claires : à part une fois et une seule fois, j'ai fait une infidélité à Jules, et c'était après le jour où il avait fait semblant de ne pas savoir comment je m'appelais, quand nous avions rencontré cette espèce de snob, Madge White, dans un restaurant, il y a eu ce garçon qui m'a hébergée. Il s'appelle... heu... – non, je ne vais pas donner son nom, parce qu'il est retourné avec la fille avec qui il venait de rompre et à qui j'ai fait croire qu'il ne s'était rien passé entre nous. Je mentirais si je disais que c'est uniquement pour me venger de Jules que je me suis envoyée en l'air avec lui. Ce mec était vraiment très chouette. La première fois que je l'avais rencontré c'était à une réunion des AA, mais quand j'ai débarqué chez lui, il était seul, j'étais seule moi aussi ; nous nous sommes raconté tous nos secrets et pendant ces quelques jours où je suis restée cachée chez lui, nous nous sommes consolés.

Puis, j'ai fait la connaissance de son amie. Je ne vais pas non plus donner son nom. Parce que je l'ai trouvée très sympathique et par la suite elle a été très gentille avec moi. Du premier coup j'avais senti qu'ils étaient faits l'un pour l'autre. Après ça, je me suis remise avec Jules.

20

– Secrétariat de M. Mendelson. J'écoute.
– Miss Maple ?
– Oui.
– Ici, heu… Flo s'interrompit, hésitant à dire son nom.
– Je sais qui vous êtes, dit Miss Maple qui avait reconnu la voix de Flo March qu'elle n'avait pourtant eue au téléphone qu'une fois.
– Red Houlihan, dit Flo en même temps, lâchant finalement le nom que Jules utilisait quelquefois par précaution.
– Oui, oui, je sais.
– Je n'ai pas reçu mon chèque. Depuis deux semaines.
– Je sais.
– Où est-il ? J'étais censée être prise en charge définitivement.
– Je crois que vous auriez intérêt à contacter Sims Lord.
– J'ai des factures à régler. Il y a des menuisiers qui installent de nouveaux placards. Nellie Potts dit que ce sont des ouvriers syndiqués et qu'il faut les payer dans les délais.
– Écoutez, dit Miss Maple, je crois que vous devriez d'abord donner l'ordre à ces hommes et à Nellie Potts d'arrêter le travail. Ensuite, appelez Sims Lord. Le connaissez-vous ?
– Oui. Je sais qui il est, mais en fait je ne l'ai jamais rencontré.

– Je vais vous donner son numéro de téléphone.

– Je l'ai, son numéro. Jules a laissé son carnet ici.

– Ah ! c'est vous qui l'avez, ce carnet ! Nous l'avons cherché partout. Je vais envoyer quelqu'un pour le récupérer.

– Non, pas question. Je ne vous le donnerai pas.

– Écoutez, Flo, il faut que vous compreniez. Moi, je travaille ici. Je ne fais que ce qu'on m'a dit de faire.

– C'est elle ? c'est elle, n'est-ce pas ?

– Comprenez-moi. Je ne peux pas parler. Il faut que vous appeliez Sims Lord. C'est la personne qui connaît le mieux la situation.

Flo décela une certaine bienveillance dans la voix de Miss Maple.

– Vous m'écoutez, Miss Maple ?

– Il faut vraiment que je m'en aille.

– Vous montez chez lui ? Vous allez le voir ? Dites-lui, s'il vous plaît, qu'elle m'a coupé les vivres. Il ne sera sûrement pas d'accord.

Si Miss Maple n'en fit pas part à Jules ce n'est pas qu'elle ait été insensible à la requête de Flo March. Chaque après-midi, Jim, le chauffeur des Mendelson, la prenait au bureau et l'emmenait aux «Nuages» où elle restait avec Jules un quart d'heure au plus. Pendant ces quelques minutes, Miss Maple le mettait au courant des affaires du bureau, des cours de la Bourse, de l'appel des nombreux amis qu'il avait dans le monde des affaires et de la Banque. La plupart du temps, Jules se contentait d'un léger signe de tête pour exprimer son accord ou sa désapprobation. Parfois, pourtant, il esquissait un sourire pour manifester son plaisir en entendant le nom de tel ou tel de ses associés qui avait téléphoné. Quand il faisait l'effort de parler c'était d'une voix qui s'élevait à peine au-dessus d'un chuchotement et cet effort l'exténuait. Miss Maple était atterrée de voir la dégradation physique de celui qui avait été une véritable force de la nature pendant toutes les années qu'elle avait passées à son service. Elle savait qu'il entrerait en fureur s'il apprenait que Flo March n'avait pas reçu son chèque hebdomadaire depuis deux semaines et elle avait conscience qu'une telle fureur risquait de le tuer.

Faye Converse se trouvait dans une situation extrêmement gênante : Pauline Mendelson était une amie intime et l'invitait fréquemment aux «Nuages». En outre, Jules lui avait donné des conseils sur différents investissements qui assuraient son avenir. Elle sentit qu'il valait mieux prendre une certaine distance vis-à-vis de sa voisine, que pourtant elle aimait bien. Elle sentit aussi que Cyril Rathbone, qui paraissait au courant de toute cette affaire, pourrait bien avoir le projet de traiter cette histoire plus sérieusement que dans une rubrique mondaine. La dernière fois qu'elle vit Flo, elle lui dit : «Quoi qu'il arrive, Flo, ne parlez pas à Cyril Rathbone. Il ne vous créera que des ennuis. »

Cependant, Glyceria continua ses visites chez Flo. Elle remarqua que celle-ci, parfois, ne prenait plus la peine de s'habiller. Elle passait son peignoir en tissu-éponge le matin et le gardait toute la journée. Glyceria remarqua également que Flo ne buvait plus autant de Coca-Cola sans sucre, que parfois elle ouvrait une bouteille de vin blanc et en avalait un verre ou deux.

– On n'entend plus de coups de marteau, dit Glyceria un jour.

– Oh ! les ouvriers ne travaillent plus, répondit Flo.

– Comment ça se fait ?

– Je ne peux pas les payer. Je n'ai pas reçu de chèque depuis trois semaines.

– Je ne savais pas que votre ami était M. Jules Mendelson, s'étonna Glyceria.

Elle avait dit «monsieur Mendelson» d'une façon telle que Flo l'interrogea du regard.

– Vous connaissez M. Mendelson ? demanda-t-elle.

– Oui, m'dame. Mon frère est son coiffeur.

– Willi ? Willi qui rase Jules tous les matins depuis vingt-cinq ans, c'est votre frère ?

– Oui, m'dame. Vous connaissez Willi ?

– Non. Mais j'ai entendu parler de lui.

– M. Mendelson a donné de l'argent à Willi pour ouvrir sa boutique sur Sunset Boulevard.

Flo regarda son amie dans les yeux :

– Dites-moi une chose, Glyceria. Est-ce que Willi va encore aux «Nuages» tous les matins pour le raser ?

– Oui, m'dame.

– Même maintenant qu'il est si malade ?

– Oui, m'dame.

Quand Marty Lesky, le patron des films Colossus, arriva dans le salon de coiffure de Willi, sur Sunset Boulevard, – sans rendez-vous, comme d'habitude – personne ne trouva extraordinaire que Joël Zircon l'imprésario qui, lui, avait un rendez-vous mais n'était pas considéré comme aussi important dans la profession, soit prié de quitter son fauteuil et de laisser la place à Marty.

Joël Zircon fut trop heureux de s'effacer pour être agréable à Marty Lesky. De son point de vue, les quelques mots qu'ils échangèrent ne pouvaient être que bénéfiques pour sa carrière.

– Nous nous sommes rencontrés chez Casper Stieglitz, monsieur Lesky, dit-il.

– C'est ça, c'est ça…, marmonna Marty qui ne se souvenait de rien et ne se souciait pas d'entrer en conversation avec un impresario de second ordre.

Joël poursuivit :

– La réception où étaient Pauline et Jules Mendelson.

– C'est ça, c'est ça… Vous êtes prêt, Willi ? cria Marty, et il disparut dans la cabine où Willi teignait les cheveux des célébrités.

En attendant, Joël s'occupa à lire les journaux et c'est là que son attention fut attirée par un entrefilet annonçant que Hortense Madden, la critique littéraire de *Mulholland*, avait peut-être découvert le manuscrit de *Déjeuner aux chandelles*, le fameux roman inachevé de Basil Plant. Mais la capacité d'attention de Joël était faible et il se lassa de l'histoire avant d'avoir fini de la lire.

La porte de la boutique s'ouvrit : une jeune femme entra. Elle eut un moment d'hésitation, comme gênée d'être là, puis elle se dirigea vers Lupe, la réceptionniste. Très calmement, elle demanda :

– Puis-je parler à Willi, s'il vous plaît ?

– Avez-vous un rendez-vous ?

– Non.

– Il ne coiffe pas les femmes.

– Je ne viens pas pour me faire coiffer.

– Il est occupé avec un client.

– Voulez-vous lui demander si je peux le voir une minute ?

– Il est avec Marty Lesky, le patron des films Colossus, dit Lupe, d'un air important. Je ne peux pas lui demander de venir maintenant.

– Je vais l'attendre.

Flo March prit un siège en face de Joël Zircon. Lupe, qui l'observait depuis le comptoir de la réception, remarqua que le style de sa coiffure ne pouvait être que celui de Pooky, que son tailleur venait d'une maison de haute couture, et que son sac et ses chaussures avaient dû coûter très cher.

Elle se leva et disparut dans l'arrière-boutique.

– Flo ? dit Joël Zircon. C'est bien vous ? Vous vous souvenez de moi ? Le café Viceroy... Vous me serviez tous les matins...

– Deux œufs au plat bien cuits, pain grillé, saumon fumé et café.

Joël éclata de rire :

– Vous vous souvenez de tout ! Quelle mémoire !

– On a beau faire, chassez le naturel... etc.

– Tout a l'air de bien marcher pour vous, Flo, très très bien. Je parie que vous ne savez pas où je vous ai vue pour la dernière fois !

– Non.

– À l'enterrement d'Hector Paradiso. Vous pleuriez, non ? Et ce type assis derrière moi à l'Église du Bon Pasteur, Philip Quennell, qui écrivait le scénario d'un film pour Casper Stieglitz avant de se faire flanquer dehors, il vous avait bien passé son mouchoir, non ?

– J'ai bien entendu. Philip Quennell s'est fait flanquer dehors ?

– Vous n'êtes pas au courant ? Quelle histoire !

– Qu'est-ce qui est arrivé ?

– Avez-vous entendu parler de ce milliardaire, Jules Mendelson, qui habite une grande propriété tout en haut de la montagne ?

Flo faillit s'étrangler de surprise. Avant que Joël ait parlé, elle savait ce qu'il allait lui dire.

– Ce type, Mendelson, déteste Philip Quennell. Pourquoi ? Je n'en sais rien ; mais un jour il appelle Marty Lesky et lui dit : « Débarrassez-vous de Quennell ! »

En prononçant le nom de Marty Lesky, il baissa le ton en montrant du doigt la pièce où Marty se faisait teindre les cheveux, pour indiquer que le patron du studio était dans les lieux. – « Ou bien – écoutez-moi ça ! – je ne donnerai pas suite à mon projet de donation de cinq millions de dollars pour l'aile que vous voulez ajouter au musée du Comté de Los Angeles. Et ça, c'est d'une importance capitale pour Marty ! Là-dessus, Marty appelle Casper et lui dit : " Videz-le ". C'est Casper lui-même qui me l'a dit. »

Flo regarda fixement Joël Zircon sans dire un mot. Elle se leva lentement comme pour s'en aller.

– Mais je ne suis pas arrivé au bout de l'histoire, continua Joël. Le jour même, Jules Mendelson a une formidable crise cardiaque chez une pute qu'il était en train de sauter, pas loin de Coldwater. Maintenant, sa vie est suspendue à un fil. Ça, c'est la justice divine ou je ne m'y connais pas….

Flo fit un pas vers la porte. Comme elle l'ouvrait pour s'en aller, une voix derrière elle dit :

– Mademoiselle, vous vouliez me voir ?

Elle se retourna et se trouva face à Willi. Elle jeta un regard en direction de Joël Zircon et vit qu'il les observait.

– Y a-t-il un endroit où je pourrais vous parler seule à seul pendant une minute ? demanda Flo.

– Entrez ici, dit Willi. Et, s'adressant à Joël : Je m'occupe de vous dans dix minutes. Un quart d'heure au plus.

– Je suis une amie de votre sœur.

Flo ouvrit le sac suspendu à son épaule par une chaîne d'or et en tira une lettre.

– Je m'appelle Flo March. Je suis une amie très intime de Jules Mendelson. Je sais que, même maintenant, vous allez le raser tous les matins. Voudriez-vous lui donner cette lettre, s'il vous plaît ? C'est très important. Très. Si vous pouvez la lui passer, il vous en sera très reconnaissant, j'en suis sûre.

Il jeta un coup d'œil sur l'enveloppe. Elle ne portait qu'un mot : « Jules ».

– Si je comprends bien, c'est confidentiel ? dit-il.

Flo fit « oui » d'un signe de tête.

– Hé, Willi ! Combien de temps allez-vous me faire poireauter ici ? cria Marty depuis l'arrière-boutique.

Willi mit la lettre dans sa poche revolver et la tapota du plat de la main. Il sourit à Flo, puis tourna les talons et alla retrouver Marty Lesky.

Le lendemain soir, on sonna chez Flo March. Elle était assise devant sa télévision et regardait un des vieux films de Faye Converse, en buvant du vin blanc dans un verre de chez Steuben. Comme elle n'attendait personne, elle se leva et écartant légèrement le rideau, tenta de voir qui était devant la maison. Elle put distinguer les feux d'une voiture, mais pas la voiture elle-même. Elle alla jusqu'au vestibule :

– Qui est là ? demanda-t-elle à travers la porte.

– Olaf.

– Je ne connais pas d'Olaf.

– Je suis l'un des infirmiers de M. Mendelson. J'ai un message pour vous, Miss March.

Flo ouvrit la porte. Olaf était un jeune homme à la carrure imposante, vêtu d'un T-shirt et d'un pantalon blancs.

– Je viens de quitter mon service, Miss March. Il a eu votre petit mot par Willi ce matin. Je ne sais pas ce qu'il y avait dedans, mais il était bouleversé. Madame le surveille de très très près, vous savez. Et aussi cette Miss Toomey, l'infirmière.

– Oui ?

– Je suis le seul qui soit assez fort pour le porter jusqu'aux toilettes. Je passe beaucoup de temps seul avec lui. Je dois l'emmener vendredi chez le médecin pour un scanner. Il s'arrêtera ici à l'heure du déjeuner. Il m'a prié de vous dire que M. Lord sera là, lui aussi. Il a dit également qu'il ne fallait pas vous faire de soucis pour quoi que ce soit.

Les yeux de Flo se remplirent de larmes.

– Merci, Olaf. Quand ? À quelle heure ?

– Vendredi midi, midi et demi, une heure. Ça dépend du temps que durera l'examen.

– Faut-il que je prépare à déjeuner pour lui ? demanda Flo, avec entrain.

– Quelque chose de simple.

– Oh ! c'est merveilleux ! Je vais aller chercher toutes les choses qu'il aime. Et vous ? Et Sims Lord ? Est-ce que vous déjeunez ici aussi ?

– Ce n'est pas la peine de préparer quelque chose pour moi.

– Oh, si !... J'aimerais faire quelque chose ! Et d'ailleurs, je le ferai. Oh ! Merci, Olaf ! Je me faisais tellement de souci pour lui ! Entrez donc. Voulez-vous boire quelque chose ? Je viens justement d'ouvrir une bouteille de vin...

– Non, merci. Il faut que je remonte là-haut. J'ai la Bentley devant la porte. Il tient à ce que je m'habitue à elle parce qu'il ne veut pas que Jim la conduise quand nous viendrons ici, vendredi prochain.

Récit de Flo   Cassette n° 20

Je me suis souvent demandé pourquoi Jules n'avait jamais eu d'enfant. Il m'a toujours semblé qu'il aurait aimé avoir un garçon, un petit Jules, pour lui laisser tout cet argent. Il détestait qu'on parle de lui dans les journaux, mais, pour sûr, il aimait bien voir son nom sur les bâtiments un peu partout. Et quoi de mieux qu'un gosse pour perpétuer un nom ? Je lui ai posé la question une fois. Je pensais que c'était peut-être Pauline qui ne voulait pas d'enfant. Mais Jules m'a répondu que c'était lui qui n'en voulait pas. Peut-être était-ce en rapport avec ce qui était arrivé à Chicago, avec cette fille au Roosevelt Hotel. Peut-être avait-il peur de transmettre une tare.

J'aurais adoré avoir un enfant de lui. Il ne l'a jamais su, mais pendant la dernière année que j'ai passée avec lui, je ne prenais plus aucune précaution.

21

Ces longues semaines de maladie passèrent lentement. La vie de la maisonnée tournait autour de la chambre du malade, de l'infirmière, des aides, des visites quotidiennes des médecins. En dépit des fréquentes allusions dans les échos de Cyril Rathbone à «une certaine rousse», Pauline se comportait comme si elle ignorait totalement son existence. Elle ne se confiait à personne. À tous ceux qui l'appelaient au téléphone, qu'il s'agisse de son père, de l'une de ses sœurs, d'une amie très proche comme Camilla Ebury ou Rose Cliveden, ou même d'un conservateur de Musée qui avait été reçu chez elle, elle donnait des détails précis sur l'état de son mari et affirmait qu'il allait de mieux en mieux. «Oui, oui, il est déjà rentré de l'hôpital. C'est merveilleux, n'est-ce pas ? Vous savez, Jules est une force de la nature. Nous avons eu très peur tous les deux. C'est un sérieux avertissement. Il faut qu'il perde du poids, et maintenant il va faire des efforts. Je lui dirai que vous avez appelé. Cela lui fera un très grand plaisir. Merci encore.» Et tous ceux qui avaient entendu des rumeurs de désaccord entre eux cessaient d'y ajouter foi.

Une fois Jules ramené aux «Nuages», d'ailleurs contre l'avis des médecins qui jugeaient ce retour prématuré, Pauline se remit à sortir le soir pour des dîners intimes. «Non, non, bien sûr, je viendrai. Ça me fait un plaisir fou. Jules veut absolument que je recommence à sortir. Je crois qu'il adore écouter les petits potins que je lui raconte le lendemain. Dans quelques semaines, il sera d'attaque lui aussi… Robe du soir ou non ? »

Quand le prince Friedrich de Hesse-Darmstadt, directeur du département Joaillerie de la salle des ventes Boothby appela Pauline de Londres pour prendre des nouvelles de Jules, et lui annoncer qu'il avait l'intention de se rendre à Los Angeles dans une quinzaine de jours, elle dit :

– Je donnerai un dîner pour vous, Friedrich.

Elle aimait beaucoup le prince.

– Non, non, Pauline, je ne peux pas accepter, tant que Jules sera dans cet état, répliqua le prince.

– Mais vous n'imaginez pas à quel point il est mieux, dit Pauline. Je ne voulais pas parler d'un grand dîner : seulement dix ou douze personnes.

– Ce serait merveilleux, Pauline.

– Y a-t-il quelqu'un que vous aimeriez particulièrement rencontrer ?

– Je meurs d'envie de voir Faye Converse.

– Parfait. Faye vient justement d'envoyer à Jules des fleurs magnifiques.

Flo, étendue sur son lit, cet après-midi-là, entendit le téléphone sonner plusieurs fois. Elle pensa qu'il valait mieux laisser fonctionner le répondeur, puis elle se dit que c'était peut-être un appel de Jules et elle saisit le combiné. Un instant elle craignit que Pauline ait eu vent de leur projet pour le déjeuner du vendredi.

– Allô ! dit-elle, sur la défensive.

– Flo ?

– Oui.

– Philip Quennell

– Oh ! Philip ! répondit Flo, rassurée.

– Depuis un bout de temps, je ne te vois plus aux réunions du matin. Tu vas bien ?

– Heu… oui, oui… Il est arrivé des tas de choses, Philip. Tu as dû en entendre parler. C'est passé aux informations.

– Évidemment, j'en ai entendu parler. Si j'ai bien compris, il a déjà quitté l'hôpital pour rentrer chez lui…

– Oui, mais c'était bien trop tôt. Il n'était pas encore en état de retourner aux «Nuages».

– Alors, pourquoi l'ont-ils fait sortir de l'hôpital?

– C'est Pauline. Elle a entendu dire que j'étais entrée dans la chambre de Jules, habillée en infirmière. Même, elle voulait qu'on mette à la porte tout le personnel soignant. C'est pour ça qu'elle l'a fait ramener à la maison.

– Mais comment le sais-tu?

– C'est Mimosa Perez, une des infirmières, qui m'a tout raconté. Les médecins étaient furieux qu'on le fasse sortir si tôt.

– Mais on le soigne certainement chez lui!

– Oui.

– Ce doit être un moment très dur à passer, Flo!

Il y eut un long silence.

– Flo?

– Oui?

– Tu ne bois pas, n'est-ce pas?

– Non.

Elle savait qu'elle avait répondu trop vite et trop catégoriquement. Lui le savait aussi.

– Je suis là, tu sais, si tu as besoin de parler.

– Tu es gentil, Philip.

– Même en pleine nuit.

– Merci. Je n'oublierai pas ton offre. Et j'espère que ta petite amie si bien élevée apprécie la chance qu'elle a d'être tombée sur toi.

Philip rit.

– Veux-tu que je passe te prendre le matin pour t'emmener à la réunion?

– Non. Je vais y retourner très bientôt, Philip, je te le promets.

Elle allait raccrocher quand elle se ravisa.

– Écoute, Philip!

– Oui.

– C'est vrai que Jules t'a fait virer de ton travail sur le film documentaire ?

– Il te l'a dit ?

– Non, c'est un minable nommé Joël Zircon qui m'en a parlé.

– Bon. Ne t'en fais pas pour ça !

– Ça me tracasse terriblement. Je veux que tu saches que je ne lui ai pas parlé des quelques jours que nous avons passés ensemble.

– Je le sais parfaitement, Flo.

– Il m'a fait rechercher par un détective privé.

– Ça ne m'étonne pas.

– Ça m'ennuie beaucoup. Je me sens responsable.

– Jules m'en veut depuis le jour où il a fait tomber la statuette de Degas.

– Pauline nous a invités à dîner vendredi soir, dit Camilla.

– Elle m'a invité, moi ? Voilà qui me surprend, s'étonna Philip.

– Si, si absolument. Elle t'aime beaucoup. Elle a insisté pour que tu viennes avec moi. Seulement douze ou quatorze personnes, je crois. Parce que Jules est encore malade et tout ça…

– C'est un curieux moment pour donner un dîner, tu ne crois pas ?

– Pauline assure qu'il est parfaitement rétabli. Ç'a été seulement une très chaude alerte. D'après elle, il sera bientôt sur pied !

– Comment Pauline fait-elle face à tout cela ?

– Un comportement modèle. C'est ce que tout le monde dit. La grande classe, tu sais ! J'ai toujours détesté ce mot «classe», mais il dit bien ce qu'il veut dire, tu ne trouves pas ? Apparemment, l'épouvantable Cyril Rathbone a écrit des choses affreuses sur la fille rousse que j'ai rencontrée chez toi.

– Mais pourquoi Pauline choisit-elle ce moment pour ce dîner ?

– C'est en l'honneur du prince Friedrich de Hesse-Darmstadt.

Philip éclata de rire.

– Et qui diable est ce prince Friedrich de Hesse-Darmstadt ?

– C'est le directeur du département Joaillerie de chez Boothby à Londres.

Philip rit de nouveau.

– Ah, bien entendu ! J'aurais dû y penser.

– Pourquoi est-ce si drôle ? s'étonna Camilla.

– Ça m'amuse, tout simplement.

– Quelquefois, je ne te comprends pas, Philip !

– Quelquefois, je ne te comprends pas, Camilla !

Le vendredi matin, Jules Mendelson devait subir un examen au Centre Médical Cedars Sinai, ce même jour où Pauline donnait un dîner intime en l'honneur du prince Friedrich de Hesse-Darmstadt. Flo March, elle, se leva de bonne heure afin de préparer le déjeuner pour Jules et son avocat, ce Sims Lord qu'elle n'avait jamais rencontré. À sept heures, elle alla chez Pooky pour se faire coiffer, et se faire manucurer par Blanchette. Comme Pooky aimait beaucoup Flo, il ne lui demanda pas si elle était bien la jolie rousse dont tout le monde parlait et qui faisait l'objet d'obscures allusions dans la rubrique de Cyril Rathbone.

Flo n'avait jamais appris à cuisiner assez bien pour s'enhardir jusqu'à préparer elle-même le soufflé au fromage qu'elle avait projeté de servir, mais elle savait parfaitement comment dresser un couvert dans la grande tradition. Des mois auparavant, elle avait découpé dans une revue la photographie d'une table que Pauline avait préparée pour un déjeuner aux « Nuages » en l'honneur d'un ambassadeur de passage. En utilisant ses verres de chez Steuben, sa vaisselle et son argenterie neuve de Tiffany, sa nappe et ses serviettes achetées chez Porthault, elle reproduisit exactement la table de Pauline. Petra von Kant, la fleuriste, arriva de très bonne heure pour composer le centre de table. Les tulipes hors saison qui venaient de Hollande n'étaient pas assez ouvertes pour plaire à Flo.

– Elles sont trop fermées, gémissait-elle, je voudrais qu'elles aient l'air d'avoir été cueillies dans mon jardin. Vous m'aviez promis qu'elles seraient ouvertes.

Petra, habituée aux caprices de ses riches clientes, emprunta le séchoir à cheveux de Flo et répandit de l'air chaud sur les tulipes jusqu'à ce qu'elles soient complètement épanouies. Petra ne pouvait pas savoir que, selon le même magazine, il était de règle chez Pauline Mendelson que les fleurs d'un centre de table ne puissent gêner en rien les conversations.

– Je veux que les gens puissent bavarder, dit-elle comme s'il s'agissait d'un repas de quarante personnes au lieu d'une table de quatre. Elle mourait d'envie d'utiliser des bristols blancs avec le nom de ses invités soigneusement calligraphié. Mais elle saisit un regard de Petra qui la persuada, sans qu'aucun mot ait été prononcé, que des bristols pour quatre couverts ne seraient pas exactement dans la manière de Pauline.

Le bistro Garden, où elle déjeunait parfois avec Nellie Potts et où Flo se délectait de la vue des dames de la bonne société prépara pour elle un soufflé au fromage – « Trente à trente-cinq minutes », précisa Kurt quand elle vint le prendre. Flo répéta et prit par écrit ces instructions et aussi comment ajouter la sauce vinaigrette à la salade mixte d'endives et de laitues, « juste quelques minutes avant de passer à table », combien de temps il faudrait faire chauffer les petits pains. Elle écrivit tout ce qu'il lui disait, comme si elle prenait des notes à un cours. Elle alla jusqu'à la pâtisserie de Farmers Market pour prendre le « Mocha cake » que Jules adorait et qu'elle avait commandé pour le dessert. Enfin, elle mit au réfrigérateur le vin blanc de la vente Bresciani.

Pendant l'heure qui précéda l'arrivée de Jules chez elle, elle changea de tenue trois fois. Elle tenait par-dessus tout à ce qu'il soit fier d'elle en présence de Sims Lord. Elle décida de ne pas mettre ses boucles d'oreilles en diamants jaunes, trop éclatantes pour ce moment de la journée, écarta les tailleurs Chanel trop habillés pour un déjeuner dans sa propre maison, comme l'idée de porter du noir, couleur trop sévère pour ce repas qui devait être une fête pour Jules. Au troisième essai, elle sut qu'elle avait trouvé exactement ce qui convenait. Elle choisit un pantalon beige, un sweater de cachemire du même ton avec une chaîne d'or comme ceinture, et comme bijou uniquement sa bague de saphir entouré de diamants dont elle avait dit à Jules, quand il la lui avait offerte, qu'elle ne la quitterait jamais sauf pour se baigner.

Quand elle entendit la Bentley monter dans l'allée, Flo se précipita vers la porte d'entrée et l'ouvrit toute grande. Olaf, en T-shirt et pantalon blancs, était au volant. Sims Lord, très droit, était assis sur le siège arrière et la regardait avec insistance. Une sensation de froid l'envahit. Si elle avait connu le mot «impérieux» elle l'aurait employé pour décrire le personnage. Jules était affalé à son côté. On voyait à peine dépasser sa tête. Flo le vit lever la main avec effort et l'agiter faiblement dans sa direction.

Olaf salua Flo, bondit hors de la voiture et en fit le tour pour aller ouvrir la porte arrière. Il se pencha à l'intérieur, glissa un bras vigoureux sous les jambes de Jules, l'autre derrière son dos, le souleva et le porta jusqu'à la maison. Flo, immédiatement consciente que Jules était affreusement gêné de se trouver dans cette situation sous ses yeux, rentra dans la maison. Elle ne s'attendait pas à le voir dans cet état. Le col de sa chemise était beaucoup trop grand pour son cou. Ses traits étaient tirés et grisâtres ; il avait de larges cernes noirs sous les yeux. Elle eut l'impression qu'il avait perdu quinze ou vingt kilos depuis qu'elle l'avait vu à l'hôpital.

– Y a-t-il un siège particulier sur lequel vous voudriez qu'il s'assoie ? demanda Olaf qui tenait toujours Jules dans ses bras.

Jusqu'à ce moment, Flo n'avait pas pensé à ce genre de problème, mais elle fit comme si cela avait été sa principale préoccupation de la matinée.

– Oui, là, sur le sofa, j'ai pensé, dit-elle, dans le coin où il peut s'appuyer sur son bras ou reposer sur le dossier s'il le veut. Laissez-moi glisser ce coussin derrière lui, d'abord. Est-ce que ça va comme ça, Jules?

Jules inclina la tête, enveloppa Flo du regard et lui sourit. Un large sourire qui effaça les traces de fatigue sur son visage, et pendant un court instant il redevint lui-même. Sims Lord et Olaf le remarquèrent tous les deux et jetèrent un coup d'œil vers Flo. Jules examina chaque détail de la pièce et son regard s'arrêta sur la table. Il sourit de nouveau. D'un simple signe de tête il fit savoir qu'il appréciait vivement toute cette peine qu'elle s'était donnée uniquement pour lui, il le savait.

– Oh, Jules! c'est si bon de te revoir, s'écria Flo en venant s'agenouiller près de lui. Tu m'as tellement manqué! Tu ne peux pas savoir! Je ne me rendais pas compte à quel point j'avais besoin de toi!

– Tu m'as manqué aussi, dit Jules.

Sa voix se brisa, comme s'il était sur le point de pleurer. Mais il se ressaisit.

– Je devenais folle quand tu m'appelais vingt fois par jour. Mais maintenant, tu sais, tes appels me manquent.

Il lui sourit de nouveau.

– Tu connais Olaf?

– Oh, oui, je connais Olaf. Il a été si gentil quand il est venu ici l'autre soir! Mais évidemment, je ne connais pas M. Lord. Bonjour, monsieur Lord.

Elle se leva et tendit la main à Sims.

Bien que séduisant et apparemment amical, il lui parut très froid. Elle remarqua ses yeux d'un bleu glacial et ses cheveux prématurément blanchis.

– Appelez-moi Sims, s'il vous plaît, Flo, dit-il en lui serrant la main.

Finalement, l'idée qu'il s'était faite d'elle était très différente de ce qu'elle était en réalité. Il l'avait imaginée jolie mais commune. Il avait pensé qu'elle s'intéressait uniquement à l'argent de Jules. Il ne s'attendait pas à la voir aussi belle et aussi bien habillée. Surtout, il ne s'attendait pas à une relation si tendre entre Jules et elle.

– Très honnêtement, je ne savais pas si vous alliez être amical ou non avec moi, dit Flo.

– Amical, dit Jules, devançant Sims.

Sans aucun doute, tout avait été organisé à l'avance entre eux. Quand Jules parlait, sa voix s'élevait à peine au-dessus d'un chuchotement, mais c'était lui qui gardait la direction des opérations.

– J'en suis très heureuse, dit Flo.

Elle adressa un sourire à Sims.

– J'ai au frais un vin merveilleux. De la vente Bresciani.

Jules et Sims eurent un petit rire.

– Jules, en voudras-tu ?

Jules regarda Olaf comme s'il lui demandait la permission, puis fit « oui » de la tête.

– Sims ?

– Parfait.

– Olaf ?

– Pas pour moi, Flo. Merci.

Elle alla au bar, déboucha la bouteille et versa le vin dans trois verres. Jules, surpris, la regarda.

– Tu bois du vin ? demanda-t-il. Je croyais que tu ne prenais jamais rien d'autre que du Coca-Cola.

– Oh ! pour une fois ! C'est la plus belle des fêtes aujourd'hui. Bienvenue à toi, Jules.

Elle leva son verre et les autres l'imitèrent.

– Il faut que je mette le soufflé au four : après, nous pourrons parler.

– Elle est tout à fait charmante, Jules, dit Sims quand Flo eut quitté la pièce.

Il y avait dans le ton de sa voix un soupçon de condescendance qui n'échappa pas à Jules. Contrarié, il acquiesça. De la main, il fit signe à Sims d'ouvrir sa serviette. Sims comprit et s'exécuta. Il sortit les papiers que Jules, il le savait, était impatient de voir.

Quand Flo revint, il y avait des feuillets et des stylos sur le plateau de verre de la table basse.

– Encore quelques minutes et nous pourrons déjeuner, dit-elle.

– Il y a quelques chose qui sent délicieusement bon, fit Olaf.

– Mon soufflé au fromage. Qu'est-ce que c'est que tous ces papiers ?

– Lis-les, dit Jules.

Flo prit l'un des feuillets. C'était un document d'allure officielle avec le nom de Jules et l'adresse de son bureau en tête. Puis, en haut à droite, son nom à elle, Miss Flo March, 844, Chemin Azelia, Beverly Hills, Californie 90210.

Flo leva les yeux vers Jules puis vers Sims Lord. Les deux hommes la regardaient.

– Lis, lis, répéta Jules.

– « Chère Flo, lut-elle à voix haute. Je donne mon accord pour que te soient versés 20 000 dollars par mois pendant cinq ans, à dater de ce jour. Cette somme sera payée le 13 de chaque mois sur les bénéfices des centres commerciaux de Santa Ana, San José et Santa Cruz. Sims Lord, mon attorney, est mandaté pour ce faire. Bien à toi. Jules Mendelson. Témoins : Olaf Pederson, Margaret Maple ». Elle leva les yeux, regarda Jules et fondit en larmes.

– C'est un peu plus d'un million de dollars, dit Jules. Tu es une riche héritière.

– Oh, Jules ! dit-elle – elle s'agenouilla devant lui, posa sa tête sur ses genoux –, je le savais, j'ai toujours su que tu prendrais soin de moi.

Jules posa sa main sur la tête de la jeune femme.

– Il y a plus, dit-il à voix basse.

De nouveau il fit signe à Sims Lord qui lui remit un autre papier. Flo releva la tête et Jules lui tendit la feuille.

– Cette maison est à toi.

– Presque, corrigea Sims indiquant d'un geste de la main qu'il fallait rester prudent. L'acteur propriétaire de cette maison tourne un film en Yougoslavie. Les papiers ne m'ont pas encore été retournés ; mais nous avons son accord de principe.

– Oh, Jules ! Je ne sais pas quoi dire !

Elle mit ses bras autour de son cou et l'embrassa sur la joue.

– Je crois que votre soufflé est en train de brûler, Flo, prévint Olaf.

– Oh, mon Dieu ! s'écria-t-elle, en se levant d'un bond pour se précipiter dans la cuisine.

Quand elle revint dans le salon, elle portait sur un plateau le soufflé brûlé.

Jules enchanté se mit à rire et Sims l'imita.

– Il y a encore de la salade, des petits pains et ton gâteau favori de la pâtisserie de Farmers Market.

– Voilà qui me paraît parfait, dit Jules.

Olaf le prit dans ses bras et le porta jusqu'à la table.

– Jules, assieds-toi ici, près de moi, dit Flo en tapotant le dossier de la chaise à sa droite comme si elle avait l'habitude d'avoir des invités à déjeuner. Il n'y a pas de bristol à vos noms. Olaf, mettez-vous là, près de Jules et Sims ici, à ma gauche. Je suis enchantée de faire enfin votre connaissance. Jules me parle tout le temps de vous.

Sims avança la chaise de Flo. Elle s'assit, très contente d'elle-même, consciente d'avoir bien fait les choses.

– Ta table est superbe, dit Jules quand il fut installé.

Il savait tout ce que représentait pour Flo le fait d'avoir des invités à sa table. Il avança la main et toucha les tulipes.

– Pauline dit toujours qu'aucune fleur ne meurt avec autant de grâce qu'une tulipe.

Cette étrange remarque tomba dans le silence, puis Jules ajouta :

– Je ne comprends pas pourquoi cette phrase me revient à l'esprit à ce moment précis.

Au début, la conversation languit. L'état de faiblesse de Jules ne lui permettait pas d'occuper le devant de la scène. Olaf, peu habitué à la vie mondaine, sentait très nettement qu'il n'était rien de plus qu'un employé et se contentait de rester muet. Quant à Sims Lord c'était un convive très distant dont la froideur aurait pu gâcher complètement le déjeuner sans la présence chaleureuse et la personnalité de Flo.

Recevoir des amis de Jules avec une distinction dont il pourrait être fier était une chose qu'elle désirait ardemment et elle n'était pas disposée à voir réduite à néant sa première chance, soufflé brûlé ou non. En très peu de temps, le récit qu'elle fit en se moquant des mésaventures de sa première réception fit rire aux larmes les trois invités. Sims Lord, qui aimait beaucoup les femmes et particulièrement celles qui étaient mariées à d'autres, se demanda pourquoi aucune de celles avec qui il s'engageait dans de galantes escapades n'était aussi amusante que la maîtresse de Jules.

Jules, épuisé, se contentait de manifester son plaisir par des hochements de tête silencieux. Quand Flo se leva pour débarrasser la table, elle annonça :

– Vous allez me dire des nouvelles de ce gâteau.

Alors qu'elle était dans la cuisine, Olaf fut le premier à remarquer que Jules s'était affaissé sur son siège.

– Ça va bien, patron ? demanda-t-il.

La tête de Jules était retombée sur sa poitrine et oscillait lentement de droite à gauche. Olaf et Sims se levèrent d'un bond.

– Jules ! Qu'est-ce qui t'arrive ? cria Flo, quand, revenant dans la pièce avec le gâteau, elle trouva les deux hommes agenouillés devant lui.

– C'est toutes ces émotions, dit Sims à voix basse à Olaf, je pense que nous ferions mieux de le ramener chez lui.

Olaf se leva, prit Jules dans ses bras et le transporta sur le canapé où il l'étendit et commença à lui masser la poitrine. En quelques minutes les couleurs réapparurent sur le visage du malade.

– Olaf, je pense vraiment que nous devrions le ramener chez lui, répéta Sims. – Il devenait nerveux et fébrile. – Nous ne pouvons pas le laisser ici à la merci d'un nouveau malaise. « Elle » aura une attaque... Le « elle » auquel il faisait allusion était transparent.

Jules, qui entendait, acquiesça d'un signe de tête.

– Ce serait mauvais pour Flo, souffla-t-il à Olaf.

Celui-ci le reprit dans ses bras et l'emporta vers la sortie. Quand Jules passa devant Flo, elle lui prit la main et l'accompagna jusqu'à la voiture. Elle ouvrit la portière arrière de la Bentley et Olaf installa Jules sur le siège.

– Au revoir, Jules, dit Flo sans lui lâcher la main.

Jules la regarda. Il avait la bouche ouverte et sa mâchoire pendait. Il paraissait épuisé. Il serra la main de la jeune femme et parvint à la porter à ses lèvres sans quitter son amie des yeux un seul instant.

– S'il vous plaît, Flo, il faut que nous partions, répéta Sims.

Il y avait maintenant dans sa voix une note d'impatience.

Flo se redressa et ferma la portière. Elle et Jules continuaient à se regarder tandis qu'Olaf faisait une marche arrière pour se remettre dans le sens de la pente. Elle courut à côté de la voiture jusqu'au Chemin Azelia. La Bentley la dépassa, elle la suivit des yeux jusqu'à sa disparition dans Cold Water Canyon. Elle savait qu'elle ne reverrait jamais Jules Mendelson.

– Personne ne sait recevoir comme Pauline ! s'exclama le prince Friedrich de Hesse-Darmstadt.

Nul n'était mieux placé que lui pour en juger : il était reçu par des femmes du grand monde qui, toutes éblouies par son nom prestigieux, lui faisaient une cour éhontée.

Nul ne se souciait qu'il n'ait pas un sou vaillant et soit obligé de travailler à Londres chez Boothby à la tête du département de joaillerie, ne fût-ce que pour payer les frais de nettoyage et de blanchissage de ses trois smokings et de ses neuf chemises à plastron plissé qui étaient en quelques sorte ses tenues de travail. Dans les dîners et les réceptions il était partout considéré comme un convive précieux parce qu'il connaissait toutes les nouvelles internationales dont les gens du monde raffolent. Il avait promis à Pauline qu'il ne parlerait pas de la réception d'un milliardaire à Tanger à laquelle il venait d'assister avant que tous les invités soient arrivés, car tout le monde avait envie d'en écouter le récit.

– Mais où est donc votre «Lamballe»? demanda-t-il à Pauline avant même de s'enquérir de la santé de Jules. Elle arborait un collier et des bracelets de diamants mais elle avait renoncé à son magnifique anneau de fiançailles.

Personne ne s'intéressait davantage aux bijoux que Friedrich de Hesse-Darmstadt. Et peu de pierres suscitaient autant d'admiration de sa part que le «Lamballe» porté par Pauline pendant vingt-deux ans, comme symbole de son brillant mariage. Il n'avait pas besoin de regarder à travers une loupe de joaillier pour déterminer avec exactitude le nombre de carats d'une belle pierre. Il savait charmer un acheteur éventuel en lui racontant la provenance d'une pièce de valeur, en lui disant qui l'avait portée, en lui décrivant l'un après l'autre ses propriétaires successifs et en l'informant de ce que chacun était devenu.

Pauline abaissa son regard sur son doigt nu et dit seulement: «J'ai dû l'oublier.»

Il y avait quatorze invités, ce qui pour un dîner chez les Mendelson était peu. Chaque détail était étudié à la perfection. C'était une nuit tiède; on attendait la pleine lune, les jardins fleuris de Pauline n'avaient jamais paru plus beaux et les statues de Jules n'avaient jamais été mieux mises en valeur. On servit à boire dans le pavillon près de la piscine; l'air était embaumé par la senteur des fleurs d'orangers. Rose Cliveden buvait plus que de raison et chacun la trouvait très amusante, tout au moins pour le moment. Il y avait Faye Converse, Camilla Ebury avec son ami Philip Quennell, Ralph et Madge White, Freddie et Betty-Ann Galavant, et Sandy et Eve Pond, ces gens qu'Hector Paradiso appelait «les vrais Angelinos».

Tout le monde demandait des nouvelles de Jules. Pauline répétait sans arrêt, avec quelques variantes, «il va beaucoup mieux, les médecins sont ravis», et pourtant, quand Olaf l'avait ramené de l'examen au scanner dans l'après-midi, elle l'avait vu dans un état inquiétant.

Sous les yeux de tous les domestiques de la maison, postés aux fenêtres, Dudley s'était précipité dans la cour poussant une chaise roulante, mais Olaf l'avait écarté et avait pris Jules dans ses bras, comme un enfant, pour le porter jusqu'au premier étage de la maison. Quand Jules, incapable de parler, était passé devant elle en haut de l'escalier, Pauline avait vaguement envisagé d'annuler son dîner. Mais, plus tard, il avait semblé reprendre des forces et avait lui-même insisté pour que le dîner eût lieu.

Miss Toomey, l'infirmière, répétait qu'elle ne comprenait pas pourquoi ils étaient restés si longtemps absents. « Ce n'est pas comme si M. Mendelson devait attendre son tour à l'hôpital, disait-elle. C'est lui qui a fait don de ce pavillon après tout. On aurait dû lui donner une priorité. »

– Jules est tout simplement furieux que le Dr Petrie le confine au premier étage ce soir. Mais il vous envoie toutes ses amitiés, dit Pauline.

– Son jardin de sculptures me coupe le souffle, dit le prince Friedrich. J'aimerais courir là-haut, passer la tête par la porte et le lui dire. Je n'avais jamais vu le jardin illuminé la nuit.

– Plus tard, peut-être, coupa Pauline. Écoutez, Dudley nous appelle pour le dîner.

Elle prit le bras du prince et ils traversèrent les pelouses jusqu'à la terrasse.

– Je suis désolé que vous n'ayez pas aimé les boucles d'oreilles en diamants jaunes. Il me semblait que c'était exactement ce que vous cherchiez.

La vision de Flo portant ces boucles d'oreilles, dans la chambre d'hôpital de Jules, surgit dans l'esprit de Pauline. Elle réprima la colère qui remontait en elle.

– Pourquoi dites-vous cela ? demanda-t-elle.

– La secrétaire de Jules m'a appelé pour me dire qu'il me les renvoyait. Il voulait qu'elles soient remises en vente.

– Vraiment ?

– Vous ne le saviez pas ?

– Quand était-ce, Friedrich ?

Elle essayait de garder le ton d'une conversation banale.

– Le jour même de son accident. Miss Maple m'a appelé pour me dire qu'on les réexpédiait, et c'est dans la soirée que j'ai appris par Yvonne Bulkenkian que Jules avait eu cette crise cardiaque.

– Je vois, dit Pauline avec un calme parfait.

Mais elle pensa que Flo March avait sans doute volé les bijoux après que Jules se fût écroulé chez elle. Elle eut un sursaut de dégoût. Pour elle, Flo était devenue l'incarnation du mal.

– Ai-je dit quelque chose qui vous contrarie, Pauline ? demanda le prince.

Compte tenu de la tiédeur de la nuit, Pauline avait prévu que le dîner aurait lieu dans le patio plutôt qu'à l'intérieur.

– Vous êtes à côté de moi, Friedrich, et j'ai placé Faye Converse à votre droite.

– Je serai entre les deux amies que j'aime le plus, dit le prince en battant des mains.

– Il faut absolument que vous nous racontiez votre réception à Tanger.

– Un cauchemar ! Un cauchemar d'un bout à l'autre, Tanger au mois d'août ! Vous ne pouvez pas imaginer la chaleur ! Et tous ces gens ! Et ces odeurs ! Le tout sans air conditionné. Pour la moindre chose il y avait des files d'attente interminables. Et partout des visages sinistres. Quant au plan de table, un véritable désastre ! Les gens comme nous étaient assis à côté de gens dont ils n'avaient jamais entendu parler et qu'ils n'avaient aucune envie de connaître. Il fallait voir la tête de Lil Altemus découvrant l'hôtel où nous avait mis Cyrus ! Rien que cela valait le voyage. – Il fit une grimace qui exprimait à la fois le mécontentement et le dégoût, et tout le monde éclata de rire. – Elle est tout simplement partie se réfugier sur le yacht de Reza Bulbenkian. En réalité c'était fantastiquement amusant ; pour rien au monde je n'aurais voulu manquer cela.

Philip Quennell, assis de l'autre côté de Faye Converse, observait Pauline. La réception de Tanger n'avait pour lui aucun intérêt : il ne connaissait aucune des personnes dont on parlait. Au lieu d'écouter, il admirait la suprême élégance de Pauline assise en bout de table, le menton délicatement posé dans le creux de sa main, dans une attitude d'une grâce extrême. Elle écoutait ainsi avec la plus grande attention son invité d'honneur qui, sur cette réception, ne tarissait pas d'anecdotes apparemment passionnantes pour tous ses auditeurs. Il sembla à Philip qu'elle avait toutes les apparences d'une personne qui écoute, mais dont les pensées sont ailleurs.

Dudley, tout en faisant son service, observait Pauline lui aussi. Il avait remarqué la tension qu'elle dissimulait sous un calme de façade. Après que, d'une façon charmante, elle eut prié qu'on l'excusât de quitter la table afin d'aller régler un problème domestique, elle alla dans la cuisine pour se plaindre auprès de Dudley que l'une des bonnes mâchonnait du chewing-gum en servant les invités.

– Je ne mâchonnais pas, Dudley, dit la jeune fille quand Pauline fut retournée à table. Je l'avais dans la bouche, c'est vrai, mais je ne le mâchonnais pas. Comment peut-elle savoir ?

Miss Mae Toomey, l'infirmière chargée de s'occuper de Jules, entra comme une furie dans la cuisine.

– Je n'arrive pas à comprendre comment il peut y avoir une fête au rez-de-chaussée de cette maison, alors qu'un homme est en train de mourir au premier étage.

Dudley ne tenait pas à s'engager dans une polémique avec cette infirmière efficace et dévouée, et il ne pouvait lui imposer silence devant les autres domestiques. Il échangea un regard avec Blondell qui aidait Gertie, la cuisinière, à disposer sur des plats en argent des bonbons à la menthe pour l'après-dîner au salon. Avec Blondell, qui était au service des Mendelson depuis presque aussi longtemps que lui, il pouvait avoir ce genre de conversation, mais certainement pas avec Miss Toomey. Il se dirigea donc vers l'office, où personne ne pourrait les entendre, et elle le suivit. Quand il eut fini de disposer les petites tasses à café sur un plateau, il regarda Miss Toomey et lui demanda :

– Est-ce que M. Mendelson va plus mal ?

– Il ne passera pas la nuit, répondit-elle. Il faut que cet homme soit soigné dans un hôpital. Je vais appeler le Dr Petrie et le faire hospitaliser de nouveau.

On entendit des rires venant du patio : le prince terminait une nouvelle anecdote… Puis une sonnerie retentit.

– Elle m'appelle, dit Dudley s'excusant d'avoir à quitter l'infirmière toujours furieuse.

– Encore quelques minutes à perdre avec ce gros lard de prince, sûrement !

Elle suivit Dudley jusqu'à la porte.

– Dites-lui qu'il faut que je lui parle. Dites que c'est urgent.

Quand Dudley ouvrit la porte donnant sur le patio, on entendit de nouveau un grand éclat de rire. Pendant le dessert, il essaya d'attirer l'attention de Pauline pour lui dire à l'oreille que l'infirmière voulait lui parler sur le téléphone intérieur. Mais elle leva la main pour lui signifier de ne pas interrompre l'histoire du prince. Puis, quand rires et commentaires élogieux eurent cessé, elle se tourna vers Dudley pour l'écouter.

– C'est Miss Toomey, lui chuchota-t-il à l'oreille.

– Je l'appellerai après le dessert, répondit Pauline. Dites à Gertie que le sorbet au pamplemousse est divin. Peut-être devriez-vous le faire passer une fois encore, ainsi que les framboises. C'est une combinaison merveilleuse. Je ne sais pas pourquoi nous n'y avons pas pensé plus tôt.

Dudley insista. Il esquissa le mot « urgent » avec ses lèvres sans le dire à voix haute.

Pauline porta à ses lèvres sa serviette damassée et repoussa sa chaise.

– On me demande au téléphone, dit-elle au prince, mais elle ne quitta pas la table avant de s'être assurée que la conversation ne retomberait pas pendant son absence. Friedrich, vous avez certainement lu le livre de Philip Quennell sur Reza Bulbenkian ? C'est merveilleux. Quelle est la première ligne, Philip ? Jules trouvait ce début si drôle !

Philip, qui n'aimait pas tellement être au centre de l'attention, dit : « Reza Bulbenkian a édifié l'une des plus grandes fortunes d'Amérique en ne fréquentant que des gens infréquentables. »

— Très drôle ! dit le prince qui ramena immédiatement l'attention vers lui en se lançant dans une longue histoire sur les exploits d'Yvonne Bulbenkian pour arriver en haut de l'échelle sociale, et sur les fortunes qu'elle dépensait.

Une fois l'attention de ses invités de nouveau accaparée par le prince, Pauline rentra dans la maison et traversa le hall. Elle appuya sur le bouton du téléphone intérieur.

— Oui, Miss Toomey ? Excusez-moi de vous avoir fait attendre si longtemps, mais vous savez bien que je recevais ce soir. Ce que vous avez à me dire est vraiment urgent ?

— Je suis désolée, madame Mendelson, mais je crois qu'il faut que vous montiez tout de suite, répliqua Miss Toomey.

L'adoration contenue dans la voix de Miss Toomey chaque fois qu'elle s'adressait à Pauline avait complètement disparu. Elle était grave, directe, et ne faisait aucun effort pour minimiser l'urgence de ce qu'elle avait à communiquer. Pauline saisit le sens de ce ton nouveau.

— Je monte, dit-elle.

Puis elle raccrocha le téléphone et sortit de la bibliothèque. Elle fut surprise de voir Dudley debout devant la porte, dans le vestibule.

— Est-ce que tout va bien, madame ? demanda-t-il, le visage soucieux.

— Oui, oui bien sûr ! Retournez auprès des invités, Dudley. Et peut-être pourriez-vous servir le café à table plutôt qu'au salon. Ils ont tous l'air si bien. Ce serait dommage de rompre le charme.

Dudley comprit que Pauline redoutait de monter et essayait de gagner du temps.

– Faut-il appeler le Dr Petrie ? questionna-t-il.

– Non, c'est à Miss Toomey de le faire, et je suis sûre que ce n'est pas nécessaire.

– Je pourrais demander aux invités de s'en aller, madame ; je suis certain qu'ils comprendraient tous très bien.

– Oh, non ! Ne faites pas cela s'il vous plaît. Vous êtes défaitiste, Dudley. M. Mendelson va se remettre. Maintenant, il faut que je monte. Rappelez-vous, on sert le café dans le patio.

Elle gravit l'escalier, se tenant à la rampe de velours rouge. Arrivée sur le palier, elle tourna à droite et traversa le hall jusqu'à la chambre de Jules. Elle resta debout devant la porte pendant une seconde, respira profondément et ouvrit.

D'abord, elle ne put le voir. Olaf était de l'autre côté du lit, penché sur lui, et Miss Toomey était en face, le dos vers la porte. En l'entendant, ils se tournèrent vers elle.

– Il est très mal, madame Mendelson, dit Miss Toomey.

Il y avait dans sa voix une note de reproche à l'adresse de cette femme qui, sur le point de perdre son mari, avait mis si longtemps à arriver au chevet du moribond.

– Je ne crois pas qu'il en ait pour longtemps, ajouta-t-elle.

Pauline, effrayée, regarda l'infirmière un instant, puis s'approcha du lit. Jules était étendu, les yeux fermés. Sa tête était tournée sur le côté et sa bouche était grande ouverte. Sa respiration était irrégulière et entrecoupée de râles.

– Je désire être seule avec mon mari, dit Pauline. Peut-il m'entendre, Miss Toomey ?

– Demandez-le-lui, répliqua Miss Toomey.

– Jules, pouvez-vous m'entendre ? Jules ! C'est Pauline.

Jules ouvrit les yeux et regarda sa femme. Sa main se déplaça lentement à la surface de la couverture comme s'il cherchait à saisir les doigts de Pauline. Celle-ci regarda Miss Toomey et Olaf sortir de la pièce et fermer la porte derrière eux.

– Avez-vous jamais pensé que vous m'entendriez dire que j'aie peur, Pauline ?

La maladie avait assourdi la sonorité de sa voix.

– Certainement pas, répondit-elle.

– Vous avez l'air très en forme, murmura-t-il. Comment se passe le dîner ?

– Ce satané dîner !… J'aurais dû l'annuler cet après-midi quand vous êtes revenu de l'hôpital.

– Si on vous critique, dites que j'ai insisté pour qu'il ait lieu.

– Oh ! Jules ! dit-elle les yeux fixés sur lui. Je me sens si impuissante ! Si vous étiez croyant, j'appellerais un prêtre ou un rabbin. Ou même Rufus Browning de l'Église de Tous-les-Saints.

– Non, non ! Pas de derniers sacrements pour moi. Je meurs, Pauline.

Elle le regarda sans répondre.

– Pas de larmes, je vois, dit Jules d'une voix à peine audible.

– J'ai épuisé toutes mes larmes.

Il cligna les yeux.

– Si cela ne tient qu'à vous, Pauline, je ne serai pas bercé par les anges dans mon dernier sommeil.

– Si vous pensez que je souhaite pour vous la moindre souffrance, Jules, vous vous trompez. Je ne veux pas cela, dit-elle en détournant les yeux.

Elle tenait ses bras croisés sur sa poitrine comme si elle avait froid.

– Je me rappelle cette nuit au Palm Beach, il y a des années quand je vous ai vue pour la première fois au bal des Van Degan. Vous représentiez tout ce dont j'avais toujours rêvé. Je suis désolé, Pauline, je suis vraiment désolé.

– Oh, Jules ! Je vous en prie ! De grâce, ne faisons pas de sentiment à propos du passé.

– Écoutez, Pauline – il y avait quelque chose de pressant dans sa voix exténuée – ce n'est pas une mauvaise fille.

– Je n'ai aucune envie d'écouter la liste de ses vertus.

– Occupez-vous d'elle, Pauline.

– Vous êtes devenu fou ? Comment pouvez-vous me demander une chose pareille ?

– Je ne fais que vous donner un bon conseil.

– Non. Je n'ai absolument pas à m'occuper d'elle.

– Ce sera terrible pour vous si vous ne faites rien pour elle, Pauline. Il y a dans la vie des problèmes que je connais bien. L'argent en est un. Dans ce domaine vous pouvez me faire confiance.

Cet effort pour parler l'avait épuisé. Sa tête retomba en arrière et roula sur le côté. Pauline jeta un regard vers la porte. Elle avait envie de quitter la chambre mais son instinct lui intima de ne pas le faire. Elle savait qu'il était sur le point de mourir. En tendant la main vers le bouton de sonnette sur la table de chevet, pour appeler Miss Toomey, elle remarqua sur le téléphone la petite lumière indiquant qu'une des lignes était en service. Elle se demanda si Miss Toomey était en train d'appeler le Dr Petrie.

– N'appelez pas Miss Toomey, dit Jules. Je ne veux pas d'un nouveau sursis.

Elle prit le récepteur et écouta. Elle entendit la voix d'Olaf qui parlait à toute vitesse : « Désolé, Flo. Il ne peut pas vous parler. C'est presque fini. Je crois que Toomey soupçonne que nous étions chez vous aujourd'hui. »

Pauline raccrocha brutalement.

– Il faut que vous sachiez quelque chose, Pauline, dit Jules.

Elle ne pouvait supporter d'entendre un seul mot de plus au sujet de Flo March. Elle qui n'avait jamais détesté personne auparavant dans sa vie, elle haïssait Flo March de toutes ses forces. Quand elle parla, sa voix était lasse.

– Non, Jules, je n'ai pas besoin d'en savoir plus. Je sais tout, sur tout... comme tous les gens que nous connaissons.

– C'est Kippie qui a tué Hector, dit Jules d'une voix si basse qu'on pouvait à peine l'entendre.

Pauline, frappée d'horreur, le regarda, le souffle coupé. Leurs regards se croisèrent.

– Non ! Non ! dit-elle d'une voix étouffée en secouant la tête comme pour nier ce que son mari venait de dire, bien qu'elle fût certaine qu'il avait dit la vérité.

– Ouvrez le coffre-fort dans la bibliothèque, dit-il. Il y a là une enveloppe de papier kraft, fermée. Le message d'Hector est à l'intérieur.

– Où l'avez-vous trouvé ?

– Chez lui. Je l'ai pris avant l'arrivée de la police.

– Que disait-il ?

– Hector avait écrit le nom de son meurtrier.

Pauline fondit en larmes, en reconstituant mentalement les événements. Kippie... C'était donc lui. Kippie avait besoin d'argent ce soir-là et elle le lui avait refusé. Et Kippie était allé voir Hector. Et l'histoire du suicide qu'elle n'avait jamais comprise n'était qu'un camouflage imaginé par Jules pour la protéger, elle, en faisant tout pour qu'elle ignore que son fils avait assassiné son meilleur ami.

Pauline en larmes tomba à genoux.

– Oh, Jules, pardon ! Oh, mon Dieu, Jules ! C'était uniquement pour moi. Oh, Jules ! Je suis anéantie !

Elle saisit sa main et se pencha pour l'embrasser. Elle sentait renaître son amour pour lui. Mais ce sentiment fut balayé par une interrogation brutale qui surgit dans son esprit.

– Jules ! Est-ce que quelqu'un d'autre sait ce que vous venez de m'apprendre ? S'il vous plaît, dites-le-moi. Est-ce que quelqu'un d'autre sait ?

Les yeux de Jules avaient déjà commencé à se voiler à l'approche de la mort, mais dans un ultime sursaut il parvint à retarder cette fin qu'il considérait maintenant comme une délivrance. Pendant quelques secondes, il retrouva le regard de Pauline. La panique qu'il lut dans ses yeux l'empêcha de répondre à la question qu'elle venait de poser. Impossible d'avouer que c'était chez Flo March qu'il avait caché Kippie pendant les six heures passées à faire les démarches nécessaires pour camoufler le meurtre d'Hector en suicide. Par respect pour sa femme, il ne put se résoudre à ce que le dernier mot qu'elle entendrait de lui soit le nom de sa maîtresse.

– Qui, Jules ? S'il vous plaît, dites-le-moi.

Mais Jules était mort. Toujours agenouillée à son chevet,

le visage enfoui dans les mains, Pauline redisait les prières de sa jeunesse, ces mêmes prières qu'elle avait récitées à genoux devant le lit de mort de sa mère, des années auparavant. Puis elle se leva. Elle était à peine arrivée aux dernières paroles du «Notre Père» qu'elle fut assaillie par la pensée des multiples tâches qui l'attendaient, ce qui chassa les prières de son esprit. «Car c'est à toi qu'appartiennent dans tous les siècles le règne, la puissance et la gloire», chuchota-t-elle comme à l'église. Mais elle pensait déjà à ses obligations. Elle se vit dans le miroir au-dessus de la cheminée. Elle aurait bien voulu ne pas être couverte de ces bijoux dont elle s'était parée uniquement pour faire plaisir au prince Friedrich de Hesse-Darmstadt et qui n'étaient plus de mise. Mais elle ne pouvait les enlever avant de retrouver ses invités au rez-de-chaussée. Ils le remarqueraient certainement et tout le monde saurait – car ils ne manqueraient pas d'en répandre le bruit – que Jules était mort pendant qu'elle donnait un dîner pour un prince qui n'était rien d'autre qu'un placier en bijoux.

Quand elle sonna Miss Toomey, la porte s'ouvrit immédiatement, comme si l'infirmière était restée aux aguets. Elle entra et courut jusqu'au lit.

– C'est fini, dit Pauline tranquillement.

– Mon Dieu ! dit Miss Toomey, pourquoi ne m'avez-vous pas appelée ?

Elle était sincèrement désolée de n'avoir pas été présente à l'instant de la mort.

– Il s'est éteint paisiblement, dit Pauline. D'un seul coup. Je ne m'en suis pas rendu compte immédiatement.

– Je vais appeler le Dr Petrie, dit Miss Toomey.

– Je ne veux pas qu'on le sache tout de suite.

– Mais il faut que j'appelle le médecin !

Puis, martelant ses mots, elle répéta :

– Je veux que personne ne le sache, Miss Toomey. Vous avez compris ?

– Jusqu'à quand, madame ?

– Jusqu'au moment où j'aurai pu faire partir tous mes invités. Dans une demi-heure au maximum. Je ne veux pas qu'ils sachent que mon mari est mort. Il est essentiel que les journaux l'ignorent. Essentiel. Restez simplement avec lui jusqu'à ce que je remonte.

Pauline se dirigea vers la porte.

– Je vais appeler Olaf, dit Miss Toomey.

En entendant le nom d'Olaf, Pauline s'arrêta net. Sa voix se durcit.

– Non, n'appelez pas Olaf. Je ne veux pas de lui dans cette maison une minute de plus. Je ne souhaite pas qu'il voie le corps de mon mari. Je le tiens pour responsable de sa mort. Jetez-le dehors.

Miss Toomey regarda Pauline avec stupéfaction.

– Oui, madame Mendelson.

Pauline sortit de la chambre et retraversa le hall. Elle s'arrêta devant un miroir accroché au-dessus d'une commode et se regarda comme elle l'aurait fait devant sa coiffeuse, tournant son visage successivement à droite puis à gauche. Comme elle était extrêmement pâle, elle se pinça fortement les joues pour leur redonner un semblant de couleur. Puis, elle ouvrit un tiroir et prit un bâton de rouge que Blondell plaçait toujours pour sa maîtresse au même endroit, et le passa légèrement sur ses lèvres. Puis elle se tapota les cheveux.

Tenant fermement la rampe gainée de velours rouge, elle descendit l'escalier. Elle se rendit compte que ses convives avaient quitté le patio et étaient rentrés au salon. D'après le ton des voix elle pouvait dire que Rose Cliveden était déjà complètement ivre et qu'elle agaçait Friedrich de Hesse-Darmstadt par ses incessantes interruptions. Les autres invités semblaient muets. Connaissant parfaitement son métier de maîtresse de maison, elle savait qu'elle s'était absentée trop longtemps et que sa présence était nécessaire pour ramener l'harmonie, mais quand elle fut au bas de l'escalier, elle obliqua vers la bibliothèque, entra et referma la porte derrière elle. Pendant un instant elle fut tentée de donner un tour de clef, mais elle se dit que Dudley trouverait cela suspect s'il venait à la chercher.

Elle alla rapidement jusqu'aux *Roses Blanches* de Van Gogh. Tenant le précieux trésor par son cadre, elle défit un crochet derrière le tableau qu'elle fit pivoter pour découvrir un coffre-fort scellé dans le mur. Elle tira vers elle un tabouret, monta dessus et approcha son visage de la combinaison. Avec une grande dextérité, elle fit tourner le système d'abord vers la gauche, puis vers la droite, puis encore à gauche, lui fit faire deux tours complets et s'arrêta sur le chiffre zéro. La porte s'ouvrit. Il y avait à l'intérieur une petite lampe qu'elle alluma. Toutes les boîtes gainées de cuir et de velours contenant ses colliers, ses bagues et ses bracelets étaient là. Elle écarta quelques papiers au fond du coffre et trouva une enveloppe de papier kraft de format commercial fermée par du scotch, qui portait, écrite de la main de Jules, la mention « confidentiel ».

Toujours debout sur le tabouret, elle ouvrit cette enveloppe dont elle tira une feuille de papier bleu qu'elle reconnut aussitôt. C'était un papier à lettres de chez Smythson, la papeterie de Bond Street à Londres, qu'elle avait offert à Hector Paradiso comme cadeau de Noël l'année précédente. Elle avait fait graver le nom d'Hector en lettres d'un bleu plus foncé en haut de chaque feuille. Celle-ci était pliée en deux. Elle l'ouvrit d'une main tremblante. Sur toute la page s'étalaient des traînées de sang. Tracés à l'encre bleue, de l'écriture descendante et tremblée d'un mourant, chaque lettre moins lisible que la précédente, apparaissaient les mots : « Kippie Petworth coupable. »

Pauline se sentit sur le point de défaillir. Elle mit sa main devant sa bouche et fut secouée de violents haut-le-cœur. Des souvenirs de Jules, d'Hector et de Kippie se bousculaient dans sa tête.

La porte de la bibliothèque s'ouvrit et Philip Quennell entra.

– Excusez-moi, Pauline. Je ne savais pas que vous étiez ici.

Elle était toujours perchée sur le tabouret, le dernier message d'Hector à la main. Avec un calme étonnant, elle dit :

– Je suis venue chercher ma bague, Philip. J'avais oublié de la sortir du coffre ce soir avant la réception, et évidemment, la première chose que Friedrich a remarquée en arrivant c'est que je ne l'avais pas au doigt.

Elle se retourna vers le coffre, y replaça la feuille de papier bleu et prit un écrin de cuir qu'elle ouvrit. Elle passa le «Lamballe» à son doigt, ferma la porte du coffre-fort, manipula la combinaison, remit en place les *Roses Blanches* et descendit du tabouret.

– Maintenant, vous savez où est le coffre…, plaisanta-t-elle.

Philip, fasciné, l'observait :

– Je cherchais la salle de bains, dit-il.

– C'est là.

– Je sais. Nous avons déjà joué cette scène.

– C'est vrai, la première fois que vous êtes venu ici.

En disant ces mots, elle se rappela que ce jour-là elle était au téléphone en conversation avec Kippie. Il l'avait appelée pour lui demander de l'argent. Elle ne savait pas alors, que ce coup de téléphone marquait le début du naufrage de sa vie…

– Oui, oui. Je me souviens. Est-ce que tout va bien, Pauline ? interrogea Philip.

– Bien sûr ! Pourquoi cette question ?

– Vous êtes partie si longtemps !

– Il fallait que je réponde à un appel venu de loin. Mon père a eu un malaise, là-bas dans le Maine. Les invités sont revenus au salon ? J'ai entendu leurs voix…

Philip n'entendait pas se prêter à une conversation mondaine.

– Est-ce que Jules va bien, Pauline ?

– Oui, très bien, pourquoi ?

– Voulez-vous que je fasse partir vos invités ?

– Grands dieux, non ! Il faut que j'aille les retrouver. Le pauvre Friedrich doit penser que je l'ai abandonné.

Quand Philip, de retour dans la maison, chercha Pauline des yeux, elle avait rejoint le groupe de ses amis et était assise sur un canapé entre Camilla et Madge White. Très belle, elle souriait sans dire un mot, se contentant d'écouter Rose Cliveden qui jacassait sans arrêt et répétait indéfiniment la même histoire. Philip sentit que Pauline avait abdiqué toute autorité, que son esprit était ailleurs. Quand elle souriait ou riait il ne décelait aucune trace de joie dans ses yeux et il avait l'impression que peut-être, elle ne savait même pas ce qui la faisait rire.

Finalement, sur le coup de dix heures et demie, Faye Converse dit :

– Il faut que la star rentre à la maison.

– Oh, excusez-moi ! dit Pauline, immédiatement debout, j'appelle Dudley pour qu'il vous apporte votre manteau. Ma chérie, pouvez-vous raccompagner Rose ? Je crois qu'elle court un risque dans ces routes de montagne.

Il parut clair à tout un chacun qu'elle souhaitait les voir partir. Mais elle n'aurait rien dit si Faye Converse n'avait pas fait le premier pas.

Dehors, dans la cour, Ralph White dit à Madge :

– Tu ne crois pas que Pauline nous a un peu poussés dehors ?

Avec Jules je faisais l'amour, mais je n'ai jamais eu l'impression de partager sa vie. Par exemple, je ne l'ai jamais vu se raser. Le genre de choses que voit une femme mariée. Il n'a jamais laissé une paire de chaussures dans mon placard.

Je ne veux pas que vous pensiez que je suis prétentieuse, mais je peux vous dire que Jules m'aimait vraiment, c'est un fait. Mais, croyez-moi, ce n'était pas dans ses plans. Au début, c'était une toquade. Selon moi, il pensait certainement qu'après notre voyage à Paris par exemple, le charme serait rompu et qu'il me laisserait tomber avec un joli cadeau, bijou ou manteau de fourrure, et probablement un peu d'argent, comme le font tous les mecs riches. Et tout se serait terminé sans histoire. Je serais retournée au Viceroy, et lui, avec Pauline.

Je pensais que les choses se passeraient comme ça. Je m'attendais à ce qu'il me plaque. Mais il ne l'a pas fait.

22

Finalement, quand tous les invités furent partis, Pauline retourna dans la bibliothèque. D'abord, elle enleva tous ses bijoux et les plaça dans le coffre. En même temps, elle prit le dernier message d'Hector et le mit dans son sac ; puis, elle saisit le téléphone intérieur et appela la chambre de Jules.

– Oui ? répondit Miss Toomey.

– Téléphonez au Dr Petrie, Miss Toomey, et faites-lui part de la mort de mon mari.

Pauline parlait sur le ton autoritaire qu'elle avait avec sa femme de chambre, son maître d'hôtel ou son jardinier.

Ensuite, Pauline appela Dudley.

– Pouvez-vous venir dans la bibliothèque, s'il vous plaît, Dudley ?

Quand le maître d'hôtel apparut quelques instants plus tard, elle dit :

– M. Mendelson vient de mourir, Dudley.

– Oh, madame ! Je suis désolé.

– Merci, Dudley. Et merci pour toutes ces semaines difficiles pendant lesquelles vous avez fait marcher la maison. Je vous en suis reconnaissante. À présent, il y a mille choses à faire, et j'ai grand besoin de votre aide.

Dudley se détourna pour que Pauline ne puisse pas voir son visage. Elle comprit qu'il pleurait. Les gens qu'employait Jules avaient toujours eu de l'affection pour lui. Pauline en avait toujours été émerveillée. Elle savait qu'il avait avec eux des rapports affectifs, qu'il leur achetait des maisons, des fonds de commerce, payait leurs frais d'hospitalisation ou contribuait à l'éducation de leurs enfants.

– Voulez-vous avertir le personnel, Dudley? demanda Pauline. Sauf Blondell. Je le lui dirai moi-même. Je me suis fait du souci pour monsieur toute la soirée. J'ai vraiment regretté de ne pas avoir annulé ce dîner cet après-midi, quand il est revenu du scanner. Olaf a-t-il quitté la maison?

– Oui.

– Avec toutes ses affaires?

– Oui. Il a dit que vous l'aviez mis à la porte.

– C'est vrai. Il méritait d'être congédié.

– Puis-je savoir ce qu'il avait fait?

– Oui, mais pas maintenant. Miss Toomey a appelé le Dr Petrie, il ne devrait pas tarder à arriver. Probablement, il y aura aussi une ambulance. Ou un corbillard. Je ne sais comment ils procèdent. Voulez-vous téléphoner à Miss Maple et lui demander d'appeler les pompes funèbres? Bien entendu, nous utilisons les services de Pierce Brothers. Voulez-vous demander à Miss Maple de se trouver ici dès demain matin, aussi tôt que possible? Voulez-vous également m'apporter mon agenda? Il est dans mon bureau. Je dois appeler Sims Lord ce soir et le mettre au courant mais je n'arrive pas à retrouver son numéro.

– Oui, madame, dit Dudley.

Il alla jusqu'à la table et nota par écrit tout ce que Pauline lui avait demandé. Même dans la douleur et le chagrin, elle restait parfaitement calme et méthodique. Il n'en était pas surpris.

– Encore une chose, Dudley!

– Oui, madame.

– Dites au personnel, s'il vous plaît, et également à Miss Maple, que personne, je dis bien personne, ne doit répandre la nouvelle hors de la maison. Je ne veux pas que la presse apprenne la mort de mon mari avant qu'aient eu lieu les funérailles.

– Et quand auront-elles lieu ?

– Si possible demain. Dans la plus stricte intimité.

Restée seule, elle jeta un regard sur la pendule. Il était onze heures et quart. À Paris, il était huit heures et quart du matin. Elle savait qu'Hubert était debout dès sept heures. Elle avait toujours appelé son couturier parisien par son prénom. Il l'habillait depuis vingt-cinq ans et elle le connaissait bien.

– Hubert ! dit-elle en prononçant son nom à la française.

Elle lui apprit ce qui était arrivé.

– Je suis navré, Pauline, dit-il.

Elle n'avait pas de temps à perdre à écouter des manifestations de sympathie.

– Pouvez-vous me faire différentes choses pour les mois qui viennent ? du noir, du gris et peut-être du blanc. – Il fait très chaud ici. – Je me fie entièrement à vous. Rien au-dessus du genou ; ce que vous considérez comme convenable. Mais j'ai besoin immédiatement de deux robes noires. J'enverrai l'avion. Oh, Hubert ! autre chose aussi : un de ces voiles noirs dans lesquels on peut s'envelopper entièrement, vous ne croyez pas ?

Olaf Pederson, congédié par l'intermédiaire de Miss Toomey, prit sa voiture et quitta « Les Nuages. » Miss Toomey ne l'aimait pas beaucoup depuis qu'il était devenu très intime avec Jules. Elle ignorait pourquoi elle avait reçu l'ordre de le congédier, mais elle aurait aimé qu'il soit là pour l'aider à faire ce qui restait à faire avant l'arrivée du Dr Petrie. Olaf Pederson était un brave garçon. Il regrettait d'avoir mis Mme Mendelson hors d'elle, mais il avait promis à Flo qu'il l'appellerait dans l'après-midi pour lui donner des nouvelles de Jules. Il habitait à Silverlake, et, en retournant chez lui, il remonta Coldwater Canyon jusqu'au chemin Azelia. Il annonça à Flo March que son amant était mort.

Quand l'ambulance arriva pour emporter le corps de Jules, Pauline attendit avec Dudley et Blondell que les croquemorts aient fini d'enfermer le cadavre dans un sac en plastique. Puis, lorsque ce fut fait, ils sortirent tous les trois dans le vestibule afin de voir Jules descendre pour la dernière fois son superbe escalier. Comme ils passaient devant le troisième des six nymphéas de Monet, l'un des porteurs heurta de l'épaule le cadre doré de la célèbre toile.

— Faites donc attention ! cria Pauline depuis le bas de l'escalier.

Le porteur ne saisit pas clairement si l'apostrophe concernait le corps du défunt ou le tableau.

Le Révérend Rufus Browning de l'Église épiscopalienne de Tous les Saints à Beverly Hills fut contacté pour conduire la cérémonie dans une stricte intimité qui devait assurer le secret absolu exigé par la veuve de Jules Mendelson.

— Rufus fera quelque chose de très bien, dit Pauline à Sims Lord, et de très discret. Je veux que tout soit terminé avant que cette horrible femme soit au courant. Je ne veux pas que ces funérailles se transforment en cirque.

— Vous auriez pu le faire incinérer, dit Sims. Dans ce cas, il n'y a pas de cercueil à manipuler, rien qui attire l'attention.

— Une incinération, oui, voilà ce qu'il faudrait faire. Il faudrait l'incinérer, dit Pauline saisissant l'idée au vol.

— Oh, non, madame, protesta Miss Maple, levant le nez de ses notes. Il détestait l'idée d'être incinéré. Il l'a toujours dit. Il voulait être enterré à Westwood où il avait prévu deux places, une pour lui, une pour vous, tout près du mausolée d'Armand Hammer... N'est-ce pas, monsieur Lord ? C'est dans son testament, n'est-ce pas ?

— Oui, convint Sims Lord.

— Eh bien, il ne sera pas enterré à Westwood, trancha Pauline. Il sera incinéré. Autrement, cette femme convoquera des photographes qui la montreront se jetant sur la tombe. Je connais le genre, croyez-moi.

Miss Maple regarda dans la direction de Sims Lord, mais celui-ci évita son regard. Il n'échappait ni à l'un ni à l'autre que Pauline perdait toute raison lorsqu'il était question de Flo March.

– Croyez-vous que les gens diront de moi : « C'est l'épouse d'un homme qui aimait une autre femme ? » demanda Pauline.

– Non, ils ne le diront pas, affirma Sims. Jules vous aimait, je le sais.

Elle n'entendit pas ce que lui disait Sims. Elle poursuivit imperturbablement le fil de sa pensée :

– Son mari est mort dans les bras de sa maîtresse ?

– Il n'est pas mort dans les bras de sa maîtresse, Pauline. Il est mort ici, chez vous.

– C'est exactement comme s'il était mort là-bas. C'est dans ses bras qu'il a eu une crise cardiaque. Et il est allé la voir après le scanner. Ce faux jeton d'Olaf l'a conduit chez elle. Si mon mari n'était pas allé chez cette femme aujourd'hui, il serait encore en vie. Le Dr Petrie m'a dit que les résultats du scanner montraient une amélioration certaine de son état.

Dudley ouvrit la porte et entra dans la bibliothèque.

– Si on m'appelle au téléphone, Dudley, je n'y suis pour personne, sauf pour mon père et mes sœurs, dit Pauline. Et évidemment, la Maison Blanche, mais ils ne sont sûrement pas au courant...

– C'est Kippie, dit Dudley.

– Kippie ? – Elle regarda Dudley avec étonnement. – Il appelle de France ? Est-ce qu'il sait ?

– J'ai pensé que vous souhaiteriez le mettre au courant, madame...

– Oui, oui, bien sûr, Dudley.

– Voulez-vous que nous vous laissions, Pauline ? demanda Sims.

– Oui, certainement, répondit Pauline.

Quand elle fut seule, elle saisit le combiné.

– Allô ?

– Mère ? C'est Kippie.

Il y eut un long silence. Pauline, égarée, regardait l'appareil sans répondre.

– Mère ? Êtes-vous là ?

– Oui, je suis là, finit-elle par dire.

– Écoutez, je suis tout à fait désolé, mère. Je sais que Jules et moi, nous ne nous sommes jamais entendus et c'était probablement ma faute… mais je suis désolé.

– Oui.

– Je viendrai pour la messe. Je trouverai une place sur le Concorde demain.

– Non, ce n'est pas la peine.

– Pas la peine ? répéta Kippie, stupéfait.

– Ne viens pas. La messe sera déjà terminée. Il aura déjà été incinéré.

– Mais c'est pour vous voir ! Pour être avec vous !

– Non, ne viens pas.

Elle parlait à voix très basse.

– Maman, que se passe-t-il ?… Je veux dire, je suis bien maintenant. Je ne touche plus à la drogue. J'en suis venu à bout. Je ne vous mettrai pas dans une situation gênante. Je vous le promets.

Pauline ne répondit pas.

– Maman ? Est-ce que vous m'entendez ? La liaison est mauvaise ?

– Je sais tout, Kippie. Jules m'a tout dit.

Kippie n'était pas sûr de comprendre ce qu'elle voulait dire.

– Au sujet de Flo March, vous voulez dire ?

– Oui, au sujet de Flo March, entre autres choses.

– Quelles autres choses ?

– À ton sujet. Toi et Hector.

– Hector ?

– C'est toi qui as fait le coup.

Il y eut un long silence. Pauline pouvait entendre la respiration haletante de son fils. Elle reprit la parole d'une voix brisée :

– Pourquoi ? Pourquoi ? Hector était mon ami !

– Mais ce n'est pas vrai! protesta Kippie. – Il se mit à parler très vite : – Il y avait un prostitué chez lui, un beau blond qu'il avait ramassé dans un bar d'homosexuels appelé «Miss Garbo's». – Votre grand copain Hector n'était pas seulement le cher vieux chevalier servant que vous connaissiez, mère. Il avait une vie privée très compliquée, et les gens qui mènent ce genre de vie ont ce genre d'ennuis avec ce genre de personnages.

– Oh! ne me raconte pas d'histoires, Kippie! C'est inutile. Je ne suis pas d'humeur à les écouter. Jules Mendelson ne se serait pas fourvoyé dans cette sombre affaire de suicide pour les beaux yeux d'un prostitué habitué d'une boîte d'homosexuels, crois-moi. Et tout cela va se savoir un jour ou l'autre. Tu le sais parfaitement.

– Maman. Je ne peux pas l'avoir fait. Je ne peux pas avoir tiré cinq fois de suite sur Hector. C'est impossible.

– Oh, Kippie! Ne mens pas. Hector a laissé un message. Sur le papier, il y avait du sang. Et ton nom.

– Mais maman! Écoutez-moi. Ce petit chien, ce petit chien hargneux d'Hector… comment s'appelait-il déjà ?

– Astrid!

– Oui, Astrid… Astrid m'avait arraché un morceau d'index. Vous en souvenez-vous ? On ne peut pas tirer cinq fois de suite sur quelqu'un sans son index, mère !

– Oh, Kippie! Ne me prends pas pour une idiote! Ça, ça s'est passé après. Il t'a mordu le doigt le lendemain, ici, aux «Nuages».

– Mais il n'y a que vous à le savoir, mère! Et justement, vous l'avez oublié.

Il y eut de nouveau un silence pesant. Pauline s'était aperçue que son fils avait repris mot pour mot ce que son mari lui avait dit à l'époque.

– Au revoir, Kippie, dit-elle. Ne reviens pas. Pas maintenant. Jamais. Maintenant, je raccroche. J'ai beaucoup à faire.

– Maman! s'il vous plaît, maman! cria Kippie.

Mais Pauline avait déjà raccroché. Elle ouvrit son sac et prit le message d'Hector. Puis elle saisit une boîte d'allumettes posée dans un cendrier et en alluma une. Tenant le papier au-dessus de la flamme, elle y mit le feu et le regarda se consumer jusqu'au bout. Puis elle alla vers le divan et s'y jeta, à plat ventre. Elle s'empara d'un oreiller qu'elle serra contre elle. D'abord vinrent les larmes, puis les sanglots, de profonds sanglots irrépressibles qui la soulevaient tout entière. Quand Sims Lord, Miss Maple et Dudley revinrent dans la bibliothèque afin de demander les dernières instructions pour les funérailles, ils furent émus de voir que le chagrin provoqué par la mort de Jules avait finalement eu raison du calme stoïque de Pauline Mendelson.

– Jules est mort, dit Camilla en raccrochant le téléphone.
– Quand? demanda Philip.
– Hier soir apparemment.
– Comment se fait-il qu'on n'en ait pas parlé aux informations?
– Écoute, Philip, c'est un secret. Personne n'est au courant. Pauline tient à ce que personne ne le sache avant la fin des obsèques.
– Quand aura lieu la cérémonie?
– À quatre heures.
– Je pense à une chose...
– Quoi donc?
– Je pense qu'il est mort pendant que nous étions en train de dîner.
– Ne dis pas de bêtises, Philip.
– Te rappelles-tu? Pauline a quitté la table et elle est restée absente un très long moment. Je pense que c'est à ce moment-là qu'il est mort.
– C'est impossible. Elle est revenue!
– Pauline est un animal à sang froid.

Quelles que soient les précautions prises pour garder un secret, des rencontres imprévisibles, des indiscrétions inévitables, font qu'il est impossible de le préserver totalement. Dans l'ambulance qui emportait le corps de Jules se trouvait un certain Faustino, employé des pompes funèbres. Quelques mois auparavant, il avait accompagné dans un autre fourgon, vers un autre salon mortuaire, le corps d'Hector Paradiso. Il avait alors tout raconté à Joël Zircon qui, lui, avait passé un certain temps à boire et à chercher aventure au « Miss Garbo's », en compagnie d'Hector, quelques heures avant sa mort.

Cette fois encore, la mort de Jules Mendelson, comme la mort de tous les gens riches et célèbres, fascinait Joël Zircon, et il pressa Faustino de lui énumérer tous les détails pour les communiquer à ses amis et à Cyril Rathbone. Il se délectait particulièrement du récit de Faustino racontant comment, en descendant le corps du financier, il avait heurté de l'épaule un tableau représentant des nénuphars et comment la veuve avait crié : « Faites donc attention ! »

Le lendemain matin, au Viceroy, à l'heure du petit déjeuner, Joël Zircon faisait rire aux larmes Curly, le gérant, en faisant une imitation de Pauline Mendelson poussant des cris à propos de son tableau.

Pooky, le coiffeur, demanda pourquoi Zircon et Curly s'amusaient tellement, et ils lui racontèrent l'histoire. Il ne pensa qu'à Flo qu'il avait coiffée la veille pour son déjeuner, et se demanda si elle était au courant. Cyril Rathbone qui ne parlait jamais à personne avant d'avoir avalé sa troisième tasse de café était en train de lire les journaux ; il demanda avec quelque irritation ce qui se passait de si drôle au comptoir, et Joël raconta donc son histoire pour la troisième fois, en agrémentant le portrait de Pauline de nouveaux détails.

Aussitôt Cyril Rathbone appela Lucia Borsodi, la rédactrice en chef de *Mulholland*, qu'il réveilla pour la mettre au courant des derniers développements de la Saga des Mendelson. « Trouve un photographe, dit-elle à Cyril, et voyons si nous pouvons avoir une photo de Flo March éconduite devant les grilles des "Nuages". »

Quand Pooky appela Flo pour lui apprendre la triste nouvelle, celle-ci la connaissait déjà depuis la veille au soir. Ce qu'elle ignorait, c'était l'endroit où on avait transporté le corps de Jules, aussi décida-t-elle de se rendre chez Pierce Brothers pour le voir une dernière fois.

– Crois-tu qu'ils me laisseront entrer, Pooky ?

– Prends un air dégagé. Fais comme si tu étais une dame de la bonne société. Il est trop tôt pour qu'ils puissent vérifier…

C'est au moment où elle quittait sa maison, vingt minutes plus tard, vêtue d'un tailleur Chanel noir et tenant à la main le milieu de table de tulipes hollandaises que Petra von Kant avait composé pour le dernier déjeuner avec Jules que le téléphone sonna de nouveau. C'était Cyril Rathbone.

– Je crains fort d'être le porteur d'une bien triste nouvelle, Miss March, dit-il.

– Je sais déjà ce que vous allez me dire, monsieur Rathbone, dit Flo…

– Oh ?…

Il était déçu de n'être pas le premier à lui communiquer la nouvelle, et il se demanda combien d'autres personnes la connaissaient déjà.

– Qui vous l'a dit ? interrogea-t-il.

Flo resta muette.

– Je voudrais savoir si je pouvais faire un saut chez vous pour vous présenter mes très sincères condoléances.

– Excusez-moi, monsieur Rathbone, j'allais sortir.

– Vous allez aux « Nuages » ? questionna-t-il, tout émoustillé.

– Non, monsieur Rathbone.

– Je pourrais vous rendre célèbre, Miss March !

– Je ne veux pas être célèbre, monsieur Rathbone.

– Une seule photo pour mon magazine : vous, debout devant les grilles des « Nuages ». Elle ferait le tour du monde.

– Au revoir, monsieur Rathbone.

Elle raccrocha. Cyril se demanda où elle pouvait bien aller à cette heure matinale. À tout hasard, il appela le photographe que Lucia Borsodi avait affecté à son service pour la journée et lui ordonna de « foncer, foncer, foncer » chez Pierce Brothers à Westwood.

– Au bout de Wilshire Boulevard ! dit-il avec impatience. Ce sont eux qui ont fait Marilyn Monroe, Natalie Wood, Peter Lawford, les Zanuck… tout le monde ! glapit Cyril.

– Ils ont fait ?… Ils ont fait quoi ?… demanda le photographe.

– Ils les ont préparés, embaumés, crétin !… Allez-y à toute vitesse !

– Vous voulez que je photographie un cadavre ?

– Non ! Je veux seulement un cliché d'une très jolie femme rousse, d'environ trente ans, qui portera probablement un tailleur Chanel.

Le service funèbre, célébré dans une stricte intimité à l'Église épiscopalienne de Tous les Saints, à Beverly Hills, contrastait singulièrement avec la cérémonie minutieusement organisée pour les obsèques d'Hector Paradiso à l'Église catholique du Bon Pasteur, située deux rues plus loin. En face de l'église, il n'y avait, dans Camden Drive, aucune limousine susceptible d'attirer l'attention des curieux. Jim, le chauffeur, déposa Pauline, le visage caché par un voile opaque, cinq minutes avant l'heure fixée, devant une petite porte latérale. Elle entra d'un pas rapide, sans regarder ni à droite ni à gauche. Il n'y avait pas de fleurs, pas de musique. Seuls assistaient au service, Miss Maple, le personnel du bureau et des « Nuages » ainsi que Willi Torres son coiffeur, et Sims Lord son avocat. La seule personne extérieure à ce groupe était Camilla Ebury, la grande amie de Pauline. Rose Cliveden, qui ne pouvait supporter l'idée d'être laissée en dehors de quoi que ce soit, était persuadée que Pauline avait eu l'intention de l'inviter, mais, dans l'agitation des derniers moments, avait oublié de le faire. Elle était donc arrivée inopinément et s'était agenouillée discrètement dans la dernière rangée des bancs de l'église presque vide. Elle priait pendant que le Révérend Rufus Browning officiait.

Tandis qu'elle avait la tête baissée, une seconde silhouette inattendue elle aussi entra sans bruit dans l'église. C'était Flo

March qui avait entendu dire chez Pierce Brothers qu'une messe serait célébrée au moment même de l'incinération. Elle avait eu seulement l'intention d'entrer, de dire une prière, puis de s'en aller sans se faire remarquer. Elle n'avait jamais mis les pieds dans une église épiscopalienne et ne savait pas bien en quoi les rites différaient de ceux d'une église catholique. Elle fit une rapide génuflexion, comme on lui avait appris à le faire dans son école paroissiale lorsqu'elle était enfant, et fit le signe de la croix.

Puis elle se releva et se plaça au dernier rang. Elle fut choquée de voir qu'il y avait si peu de monde, à peine une douzaine de personnes regroupées sur les premiers bancs, pour les funérailles d'un homme aussi connu. Elle fut stupéfaite de ne voir aucune fleur sur l'autel et de n'entendre aucune musique. Elle écouta le pasteur qui lisait les prières dans son livre. «Heureux dès à présent les morts qui meurent dans le Seigneur. Oui, dit l'Esprit afin qu'ils se reposent de leurs travaux.»

Toute sa vie, Flo avait dit ses prières à mi-voix et c'est ce murmure qui troubla la prière muette de la protestante Rose Cliveden, agenouillée de l'autre côté de l'allée centrale. Bien que se trouvant là sans y avoir été invitée, Rose savait qu'elle au moins était une amie de la famille et était plus à sa place dans une cérémonie aussi intime que cette femme inconnue qu'elle prit pour une journaliste. Elle se racla donc la gorge à grand bruit et d'une façon théâtrale pour attirer l'attention des assistants des premiers rangs et les avertir qu'il y avait un imposteur dans l'église. Personne ne se retourna. Elle se leva et parcourut l'allée centrale dans toute sa longueur.

Pauline était assise au premier rang, raide comme la justice. Son visage était dissimulé par le voile de deuil que son couturier lui avait envoyé de Paris. Derrière elle étaient assises Camilla et Blondell. À côté, Dudley, puis Sims Lord. Rose se pencha vers Camilla et murmura assez fort à son oreille :

– Dis à Pauline qu'il y a une journaliste au fond de l'église.

Miss Maple, assise derrière Camilla, entendit la voix de

Rose et se retourna. Flo leva les yeux et vit plusieurs visages au premier rang tournés vers elles. Passant son bras par-derrière le dos de Blondell, Miss Maple donna une petite tape sur l'épaule de Sims Lord.

– Flo March est au fond de l'église, chuchota Miss Maple.

Il se retourna lui aussi pour regarder Flo. La reconnaissant, il se pencha en avant et dit à l'oreille de Pauline :

– C'est cette Flo March ! comme s'il la reconnaissait à peine.

Pour Pauline, la présence de Flo March aux obsèques de son mari était plus qu'elle n'en pouvait supporter. L'impassibilité qu'elle avait réussi à garder pendant des mois tout au long de la maladie de Jules disparut. Folle furieuse, elle se leva. Elle aperçut Flo, rencontra son regard et porta la main à la hauteur de son visage voilé, médusée par l'impudence de sa rivale. À son doigt, le «Lamballe» renvoyait la lumière des rayons du soleil de l'après-midi filtrant au travers des vitraux de la rosace.

– Non, non, asseyez-vous, Pauline. Je vais l'expédier, chuchota Sims en se levant.

Pauline dédaigna l'offre de Sims Lord et remonta l'allée centrale jusqu'au fond de l'église. Les talons de ses chaussures faisaient écho à sa fureur. Seul le Révérend Browning continuait à prier comme si de rien n'était. «Accorde à tous ceux qui sont en deuil une entière confiance en ta tendresse paternelle, afin que, t'offrant tout leur chagrin, ils puissent connaître la consolation de ton amour.»

L'attention des domestiques et des employés du bureau fut détournée des prières pour les morts vers le drame plus fascinant qui se déroulait sous leurs yeux.

– Comment osez-vous venir ici ? demanda Pauline. C'est une cérémonie privée.

Flo, terrorisée, regarda Pauline mais ne put distinguer ses traits sous le voile qui recouvrait son visage.

– Vous allez quitter cette église *immédiatement.*

Elle hurlait, maintenant.

– Je suis désolée, madame Mendelson, excusez-moi, je ne

savais pas que c'était privé, dit Flo, vraiment je ne le savais pas ! On m'a dit chez Pierce Brothers qu'il y avait une messe ici. Je voulais seulement dire une prière.

– Sortez ! vociféra Pauline.

Aucun de ceux qui la connaissaient n'avait jamais vu Pauline Mendelson se comporter de cette façon. Camilla se précipita dans l'allée centrale derrière elle et posa doucement sa main sur son épaule.

– Pauline, ma chérie, reviens, que Rufus puisse finir sa messe.

Les prières continuaient de leur parvenir depuis l'autel : « Donne courage et foi à ceux qui sont dans l'affliction afin qu'ils aient la force d'affronter les jours à venir, consolés par l'espérance divine et humaine, dans l'attente joyeuse de la vie éternelle aux côtés de ceux qu'ils aiment… »

– Qu'on jette dehors cette traînée !

Les larmes coulaient sur le visage de Flo et elle secouait la tête avec énergie comme pour nier ce mot de « traînée ».

– Je suis désolée ! dit-elle encore une fois d'une voix faible.

Elle ressentait une telle humiliation qu'elle restait comme pétrifiée. Camilla regarda les deux femmes face à face, puis elle prit le bras de Flo March.

– Venez, Miss March ! dit-elle avec douceur.

Elle mit un bras autour de ses épaules et lui prit la main pour l'emmener hors de l'église.

Devant l'autel, le Révérend Rufus Browning entama le « Notre Père ». Sims Lord reconduisit Pauline à sa place. Les domestiques de la maison et les employés du bureau gardaient les yeux baissés. Sur les marches, à l'extérieur, Flo recommença à pleurer.

– Je me sens si honteuse ! Jamais je n'aurais dû venir !

– Non, vous n'auriez pas dû venir, dit Camilla calmement.

Il n'y avait aucun reproche dans sa voix.

– Je croyais que c'était un enterrement comme celui d'Hector… Je ferais mieux de m'en aller ! Écoutez, Camilla !

Avant de partir, je voudrais vous dire quelque chose. S'il vous plaît, écoutez-moi.

– Bien sûr !

– C'est très important pour moi que vous sachiez.

Camilla inclina la tête et attendit ce que Flo avait à lui dire.

– Je peux comprendre qu'elle me déteste tellement, mais je veux que vous le sachiez : cet homme, je l'aimais. Ce n'était pas pour le fric, je vous le jure. Je l'aimais vraiment.

Camilla la regardait sans réagir, déchirée entre sa sympathie pour Flo et la fidélité qu'elle devait à son amie.

– Et Jules me disait toujours qu'il m'aimait. Vraiment. Et à la fin, il me disait même que j'étais sa raison de vivre.

Camilla fit un pas en avant et serra Flo sur son cœur. Puis, elle tourna les talons et rentra en courant dans l'église.

La mort à Beverly Hills de Jules Mendelson, le milliardaire, fut annoncée le lendemain de ses funérailles. Le *Los Angeles Tribune*, le *New York Times* et le *Wall Street Journal* donnèrent la nouvelle en première page. Bernie Slatkin, le journaliste qui commentait les informations de la nuit à NBC, présenta une séquence spéciale avec un montage des événements de la vie du grand financier, comprenant des photographies de lui en conversation avec des présidents des États-Unis et d'autres chefs d'État. Plusieurs hebdomadaires, notamment *Time* et *Newsweek*, rendirent hommage à sa brillante carrière.

Hortense Madden travaillait depuis des semaines sur le récit de la découverte du manuscrit perdu de Basil Plant, l'écrivain mort ravagé par la drogue et l'alcool. Elle attribuait à Philip Quennell un certain rôle dans la récupération des feuillets depuis longtemps disparus, mais dans son récit pour *Mulholland*, dont Lucia Borsodi lui avait promis l'exclusivité, elle affirmait avoir reconnu en un instant l'œuvre de Basil Plant que les éditeurs désespéraient de retrouver. Et c'était elle, selon son article, qui avait découvert le mystérieux jeune homme nommé Lonny Egde, chez qui se trouvait le manuscrit. Elle pensait ainsi pimenter son histoire en laissant entendre qu'il y avait eu entre eux des rapports inavouables. Mais comme elle était critique littéraire et faisait partie des intellectuels reconnus de la ville, elle ne s'appesantissait pas sur cet aspect scandaleux des choses. Lonny Edge pour sa part n'avait aucune envie de donner des interviews, sans toutefois se douter que l'incolore Hortense Madden ne faisait qu'une seule et même personne avec la blonde Marvene Mc Queen qui chantait au « Miss Garbo's ».

La fureur d'Hortense Madden ne connut plus de bornes quand Lucia Borsodi l'appela à son bureau pour lui dire que son papier avait été mis sous le coude – « Provisoirement, Hortense, calme-toi ! » – pour être remplacé par le reportage de Cyril Rathbone sur cette serveuse de bar devenue la maîtresse de Jules Mendelson, l'un des hommes les plus riches d'Amérique. Cette femme, d'après les médecins, avait eu le mérite de sauver la vie de son amant après cet accident survenu chez elle.

La photo sur la couverture du numéro de la semaine représentait Flo March portant ses tulipes fanées au salon funéraire de Pierce Brothers à Westwood. À l'intérieur, il y avait la photo oubliée depuis longtemps sur laquelle on pouvait voir Flo fuyant l'incendie de l'hôtel Meurice à Paris, une boîte à bijoux entre les mains, avec Jules à l'arrière-plan.

Le dimanche suivant, l'archevêque, Mgr Cooning, défenseur attitré de la morale, monta en chaire à la cathédrale Sainte-Vibiana et prononça un sermon sur la déchéance d'un homme qui avait utilisé son immense fortune pour entraîner dans l'immoralité une femme assez jeune pour être sa fille.

Quand Dudley retira l'enveloppe de plastique qui entourait le dernier numéro de *Mulholland*, Pauline qui l'observait remarqua qu'il avait paru surpris en voyant la photographie de Flo March sur la couverture.

– Vous la connaissiez, Dudley ? demanda-t-elle.

– Non, non, pas du tout !

Mais son visage devint rouge de confusion. Il s'écarta pour ramasser quelques pétales tombés d'un bouquet envoyé par la Maison Blanche. « – Chère Pauline. Nous sommes avec vous par la pensée. Affectueusement. George et Barbara » – disait la carte. De la main droite il poussa les pétales dans la paume de sa main gauche, une tâche généralement réservée aux femmes de ménage.

– Dudley !…

– Oui, madame.

Il était en train de jeter les débris de fleurs fanées dans une corbeille à papier.

– Regardez-moi en face.

– Oui, madame.

– Est-ce que cette femme a mis les pieds dans cette maison ?

Il y eut un long silence.

– Dites-moi la vérité, Dudley !

– Oui, madame.

À supposer que Pauline Mendelson vive une seconde fois sa vie, elle ne prendrait certainement pas la décision qu'elle prit ce jour-là, décision qu'au fond elle savait mauvaise au moment même où elle la prenait. Mais son orgueil était plus fort que son bon sens. Et elle s'engagea dans une voie dont personne ne put la détourner, même ceux qui avaient le plus grand souci de ses intérêts : elle coupa totalement les vivres à Flo March bien qu'elle sût parfaitement que Jules avait eu l'intention de lui garantir des ressources appréciables.

Cette décision n'avait rien à voir avec l'argent, car de l'argent, elle en avait à profusion. Mais elle ne pouvait se résoudre à subvenir aux besoins d'une femme qu'elle considérait comme une sorte de prostituée, une vulgaire catin qui avait détruit les dernières années d'une union apparemment parfaite.

– Cette femme est venue ici, dans ma maison, tempêta Pauline : quand j'étais à Northeast Harbor auprès de mon père.

Elle est venue ici-même, dans mon foyer !... Quel genre de femme serait capable d'une chose pareille ?

— Pauline, en tant que conseiller de votre mari, il faut que je vous mette en garde. Il a pris des dispositions. Elle a des papiers. Ils portent la signature de Jules. Et la mienne. Ils sont contresignés par des témoins : Miss Maple et Olaf Pederson, l'infirmier de Jules.

— Je sais parfaitement qui est Olaf Pederson. Olaf Pederson était de mèche avec Flo March. Ils en avaient uniquement après l'argent de Jules. Je l'ai entendu parler à cette femme au téléphone, au moment où mon mari était à l'agonie. Il disait : « Elle est avec lui ! » « Elle », c'était moi, sa femme. Je sais avec certitude qu'elle a volé des boucles d'oreilles en diamants jaunes dans la poche de Jules le jour de son accident cardiaque. Friedrich de Hesse-Darmstadt m'a dit lui-même que, très peu de temps avant l'accident, il avait eu une conversation avec Jules qui lui avait annoncé la réexpédition des bijoux à Londres.

— Je ne sais rien de ces boucles d'oreilles en diamants jaunes, Pauline. Ce que je sais c'est que les papiers qu'elle a en main ont force de loi. Je vous le garantis, dit Sims.

— Ces dispositions figurent dans le testament ? demanda Pauline.

— Non, mais les documents ont déjà été établis, la semaine dernière.

— Et quand cette fille a-t-elle reçu ces documents ?

— Vendredi.

— Vendredi ? Vous voulez dire le jour même où Jules est mort ? Le jour du scanner ? Ce jour où le fidèle Olaf l'a déposé chez elle en revenant de l'hôpital ? En prévision de sa mort, donc ?

— On peut, je suppose, formuler les choses de cette manière...

— Je la traînerai devant les tribunaux ! Tout cela constitue une extorsion de signature sur la personne d'un homme malade. Rappelez-vous... des témoins l'ont vue se glisser dans sa chambre de l'unité de soins intensifs de l'hôpital Cedars Sinai, revêtue de l'uniforme qu'elle avait volé à une infirmière! On sait également qu'elle s'est fait passer pour sa fille... Souvenez-vous de tout cela, Sims...

Pour Sims Lord, Pauline Mendelson, cette femme élégante et raffinée, éperdue de haine pour Flo March depuis la mort de Jules, était devenue une autre femme; mais il fut frappé par son énergie.

– Pauline, dit-il, s'armant de patience. Après vous, j'étais sans doute la personne la plus proche de Jules. C'était bien sa dernière volonté.

Pauline haussa le ton. Depuis quelque temps, elle était devenue irascible.

– De quel côté vous rangez-vous, Sims? Nous ferions mieux de mettre tout de suite les choses au point.

– De toute évidence je suis de votre côté, Pauline, répondit Sims d'un ton conciliant. Cela va sans dire. Mais ce que vous suggérez pourrait avoir des conséquences... très désagréables.

– À combien se monte la somme qu'elle réclame?

– Plus d'un million, moins de deux, je suppose. Je vous suggère de la payer, et qu'on n'en parle plus.

– Lui donner plus d'un million de dollars! Êtes-vous fou?

– C'est ce que coûte la bague que vous avez au doigt. C'est le sixième du prix de ce tableau de Sisley, derrière vous... Vous ne vous en apercevrez même pas. Payez-la.

Pauline explosa.

– Jamais! Si elle est si fauchée, dites-lui de vendre les boucles d'oreilles de diamants jaunes qu'elle a volées dans la poche de mon mari le jour où il a eu cette attaque chez elle.

– J'ai bien peur que vous ne vous en mordiez les doigts, Pauline.

J'avais commandé mes nouveaux canapés et j'avais choisi le tissu de satin gris à quatre-vingt-quinze dollars le mètre. Jules disait que c'était une somme exorbitante mais ça m'était égal, il avait l'argent.

Il faut que je vous parle de ces divans parce qu'ils ont une grande importance dans cette histoire. Nellie Potts, ma super décoratrice, m'avait affirmé que c'était la copie exacte de ceux que Coco Chanel avait dessinés pour son appartement à l'hôtel Ritz à Paris. C'était une idée qui me plaisait beaucoup. Je les avais attendus longtemps, en y pensant sans arrêt. Et puis enfin, ils étaient arrivés. J'avais trouvé pour eux l'endroit qui leur convenait et j'étais folle de joie. Pendant quelques jours, je m'asseyais sur chaque coussin à tour de rôle à la recherche de ma place idéale. Puis, je m'étais habituée à eux. C'était de nouveau la vie sans surprise, avec chaque jour, à quatre heures moins le quart, l'arrivée de Jules. Je jouais avec Astrid ou je buvais du thé glacé avec Glyceria la femme de chambre de la maison d'à côté. Ces divans, ils étaient bien jolis mais c'était pas ça. Comprenez-vous ce que je veux dire. Ce n'était plus rien d'autre que des canapés, et moi, je n'étais rien d'autre que la maîtresse d'un homme marié...

23

Flo March. Depuis que sa photo avait paru en première page de *Mulholland*, Flo March était devenue célèbre. Partout on parlait d'elle. Le magazine l'appelait «l'impudente maîtresse d'un milliardaire déconsidéré» «Vous savez, elle a osé se montrer aux funérailles de Jules, et il y a eu, ma chère, une scène incroyable entre Pauline et cette abominable bonne femme». Son nom circulait aussi bien dans les dîners mondains qu'au café Viceroy. Curly et Belle qui la défendaient prirent de l'importance parce qu'ils l'avaient connue. Au «Miss Garbo's», Manning Einsdorf et Joël Zircon ne tarissaient pas d'anecdotes à son sujet. Les femmes qui avaient été assises à côté d'elle sous le séchoir chez Pooky sans la remarquer ni lui parler prétendaient maintenant l'avoir connue. Même les intimes de Pauline Mendelson ne pouvaient pas résister, lorsqu'ils étaient entre eux, au désir d'échanger des bribes d'information sur la femme chez qui Jules Mendelson avait été victime de sa crise cardiaque.

Pendant les deux semaines où sa photographie occupa la première page de *Mulholland*, Flo March, honteuse des discussions qu'elle soulevait, évita tout contact avec les gens qu'elle connaissait. Elle cessa de répondre au téléphone et ne fit même plus fonctionner son répondeur. Des amis vinrent jusque chez elle, sonnèrent à sa porte, mais elle ne répondit pas. Pooky laissa message sur message, mais elle ne répondit pas. Même Glyceria, la femme de chambre de Faye Converse, n'arriva pas à pénétrer dans la maison du Chemin Azelia, bien que chaque jour elle lui apportât de la nourriture qu'elle laissait près de la porte coulissante qui donnait sur la piscine. Certains jours, Flo ne quittait même pas son lit. Elle s'était mise à boire du vin toute la journée et à prendre du valium. Il incombait à Sims Lord d'informer Flo que les dispositions financières prises en sa faveur par Jules le jour de sa mort allaient être contestées par les héritiers et, comme elle n'avait pas répondu à ses appels téléphoniques, il se présenta chez elle pour la mettre au courant de vive voix.

– Qu'est-ce que ça signifie exactement ? demanda Flo atterrée par ce qu'il lui annonçait.

– Il n'y aura rien pour vous, Flo, rien d'autre que ce que Jules vous avait déjà donné.

– Mais pourquoi ? s'étonna Flo.

– Les ayants droit considèrent que Jules a signé sous la contrainte à un moment où il était trop malade pour se rendre compte de ce qu'il signait.

– Contrainte par qui ?

Sims ne répondit pas.

– Contrainte de ma part ? C'est ce que vous voulez dire ?

– En l'occurrence je ne fais que transmettre un message.

– Non, Sims, vous n'êtes pas du tout un messager. Vous êtes partie prenante dans cette affaire. Vous avez signé ces documents en tant que témoin.

– J'agis pour le compte des ayants droit dont je suis le mandataire.

– Les ayants droit, c'est qui exactement, Sims ? Pauline ? C'est Pauline qui pense que j'ai exercé une contrainte sur Jules ! Vous le savez bien que ce n'est pas vrai, n'est-ce pas ?

Flo était assise sur son canapé de satin gris. La panique s'empara d'elle. Elle se leva pour cacher le tremblement de ses mains. Elle passa devant lui pour aller jusqu'au bar. Elle sortit du réfrigérateur une bouteille déjà ouverte et se versa un verre de vin blanc. Il aimait la façon dont elle était habillée d'un pantalon et d'un pull-over, il aimait le parfum qu'elle utilisait, la manière dont elle avait noué ses magnifiques cheveux roux d'un simple ruban. Il réalisa tout à coup qu'elle lui plaisait beaucoup.

Comme elle repassait devant Sims en revenant vers le canapé, il la prit par le bras et l'arrêta.

– Vous ne m'avez pas proposé un verre de vin ! dit-il en souriant.

Elle comprit ce sourire. Elle avait souvent vu le même depuis l'époque de ses quinze ans sur les visages d'hommes plus âgés qu'elle. Elle désigna le bar d'un geste de la tête en disant :

– Servez-vous vous-même !...

Il l'attira à lui et se mit à l'embrasser. Elle restait debout sans bouger, sans réaction aucune. Il se pressa contre elle en haletant. Elle s'arracha à son étreinte.

– Non, Sims ! Pas question !

Il ne la lâcha pas. Il la tenait toujours par les bras.

– Écoutez-moi, Flo, je pourrais m'occuper de vous. Vous pourriez rester dans cette maison. Je vous aiderais.

Elle s'écarta de lui.

– Vous êtes venu ici pour me dire qu'on m'enlève l'héritage auquel j'ai droit et, dans la foulée, vous voulez vous offrir une partie de jambes en l'air ! C'est bien ça ? Comment ai-je pu penser un seul instant que vous aviez de la classe ? Je suis bien certaine que ce n'est pas votre grand ami Jules qui vous a laissé croire que j'étais une femme aussi facile.

Sims avait ouvert sa braguette, en avait extirpé son sexe en érection et le lui tendait comme si, à sa seule vue, elle allait devenir folle de désir. Flo, le regard plein de mépris, ne lui accorda pas la moindre attention.

– Est-ce que j'ai vraiment l'air d'une si pauvre fille ? Est-ce que vous feriez ça devant Pauline, là-haut dans la bibliothèque des « Nuages » ?

Elle se rassit sur le divan et saisit une revue qu'elle

feuilleta, tandis que Sims Lord, rouge de fureur, remontait la fermeture Éclair de sa braguette. Ayant retrouvé une tenue correcte, il se dirigea vers la porte et, devenu distant, les lèvres serrées, il sortit sans un mot d'adieu.

Un jour, Philip Quennell vint chez Flo, sonna plusieurs fois à sa porte et n'obtint pas de réponse. Il pouvait voir sa voiture au garage. Il tourna le bouton de la porte et constata qu'elle était ouverte. Il entra.

– Flo! appela-t-il quand il fut dans le vestibule.

Bien qu'il fît grand jour, le salon était plongé dans une obscurité quasi totale. Quand ses yeux furent habitués à la pénombre, il vit Flo blottie dans un coin de l'un de ses grands canapés. Devant elle, sur la table basse, il y avait une bouteille de vin blanc et un grand verre à eau du service de chez Steuben.

– Ce n'est pas prudent de laisser ta porte ouverte ces temps-ci. Il y a toutes sortes de cinglés qui traînent par ici, dit Philip en saisissant la situation du premier coup d'œil.

– Quelle importance? demanda Flo en levant les yeux vers lui.

– Qu'est-ce que tu fais?

– Je suis en train de faire ce qu'il est convenu d'appeler une petite rechute.

Philip s'empara de la bouteille.

– Merveilleux, vous savez! Cela vient de la vente Bresciani! dit-elle en imitant parfaitement la voix de Jules Mendelson.

– Ça ne va pas te faire du bien.

Flo haussa les épaules.

– Il détestait le vin ordinaire que j'achetais au supermarché, il détestait mes verres ordinaires, mes draps ordinaires... La seule chose ordinaire qu'il aimait, c'était moi...

– Tu n'es pas du tout ordinaire, Flo, protesta Philip.

– Merci, Phil Q. C'est gentil à toi de me dire ça. Mais tu ne sais pas tout ce que je faisais avec lui...

Philip emporta la bouteille dans les toilettes et versa dans la cuvette ce qui restait de vin.

Il revint au salon et déposa la bouteille vide dans la corbeille à papier.

– Il y en a encore beaucoup d'autres ! dit-elle.

– Veux-tu que que je t'emmène à une réunion ?

– Surtout pas ! Je n'ai aucune envie de raconter mes ennuis au monde entier. Je peux m'occuper de ça toute seule.

– T'occuper de ça, en restant couchée dans une pièce obscure, en tête à tête avec une bouteille de vin ?

– Ne me casse pas les pieds, Phil !

Il s'assit et la regarda avec attention.

– Veux-tu que j'allume la lumière ?

– Non, dit-elle, non ! et elle se mit à pleurer. J'ai peur, Phil, j'ai tellement peur !

Elle se leva et partit en titubant vers le bar. Elle ouvrit le réfrigérateur et en tira une autre bouteille de vin. Elle tenta d'enfoncer un tire-bouchon mais sa main glissa et elle s'écorcha un doigt.

– Phil, fais ça pour moi, dit-elle en lui tendant la bouteille et le tire-bouchon.

– Non !

– Il y a quelque chose que tu ne peux pas comprendre. J'ai pris l'habitude de cette vie. Avant de rencontrer Jules, je n'avais ni un pot de chambre ni même une fenêtre par laquelle j'aurais pu le jeter. C'était pas seulement pour les fringues, pour la voiture et la maison. Il me protégeait. Il payait mes impôts, mon assurance maladie et mes découverts à la banque, c'était bon pour moi. Je ne pourrai pas revenir en arrière. Je ne pourrai pas... Et ils vont tout m'enlever.

– Qui, ils ?

– Pauline et Sims.

– Mais comment croyais-tu que ça allait se passer ?

– Je croyais que la fête ne s'arrêterait jamais, que Jules Mendelson était immortel. Oh ! pour l'amour de Dieu ! Ouvre-moi cette foutue bouteille, Philip. J'ai besoin de boire un coup.

– Écoute, je ne peux pas m'occuper de toi quand tu es soûle.

Je suis venu ici pour t'aider. Mais tu es trop ivre. Quant tu auras repris tes esprits, appelle-moi. Autrement, je ne te dérangerai plus.

Il se dirigea vers la porte.

– Comment va Camilla ? lui lança Flo.

– Bien.

– Dis-lui que Flo la remercie.

Philip s'arrêta et se retourna vers elle.

– Merci pour quoi ?

– Elle a été gentille avec moi aux obsèques de Jules.

– Elle ne m'a jamais rien dit.

– Cette fille a de la classe, Philip.

Quand elle avait épuisé ses réserves, elle partait faire ses courses dans des épiceries ou des drugstores ouverts toute la nuit. Elle quittait sa maison à deux heures du matin au moment où elle était sûre de ne rencontrer personne, cachait ses cheveux sous un foulard, mettait de grosses lunettes noires et allait en voiture jusqu'au croisement de Beverly Boulevard et Doheny Drive.

Une nuit, passant avec son Caddie devant le présentoir où se trouvait le magazine qui publiait sa photo en première page, elle tomba nez à nez avec Lonny Edge. Elle ne l'avait pas revu depuis le temps où elle travaillait au café Viceroy.

Vêtu de noir comme d'habitude et appuyé à un comptoir, il était en train de lire dans *Mulholland* l'article la concernant. Pour l'éviter, elle fit rapidement demi-tour, mais maladroitement le heurta. Il la regarda et la reconnut.

– Flo ! Quelle coïncidence ! J'étais justement en train de lire quelque chose sur toi !

– Parle plus bas, s'il te plaît, Lonny !

– Tu es une vraie célébrité !

– C'est un genre de célébrité dont je me passerais bien, Lonny !

– Tu sors bien tard !

– Toi aussi !

– Tu connais mon genre de vie, Flo.

Lonny haussa les épaules en souriant.

– On continue à me dire que j'ai l'étoffe d'une vedette !

Flo dit en riant :

– Je me souviens d'avoir entendu parler de tes dons.

– C'est bon de te voir rire, Flo. Tu veux un café ? ou autre chose ?

– Non. Il faut que je rentre. Contente de t'avoir rencontré, Lonny.

– Écoute Flo, je ne savais pas que Jules Mendelson était ton… comment dire ? ton petit ami ? Je ne le savais pas avant d'avoir lu cet article dans *Mulholland*.

– Il n'y a pas de raison pour que tu l'aies su. Peu de gens étaient au courant.

– Est-ce que tu as rencontré son fils ? demanda Lonny alors qu'elle s'éloignait déjà.

– Son fils ? Jules Mendelson n'avait pas de fils ! Je crois que tu confonds avec quelqu'un d'autre, Lonny.

– Son beau-fils, je veux dire.

– Je ne crois pas non plus qu'il avait un beau-fils. Il me semble que j'aurais dû le savoir ! J'ai été avec lui pendant cinq ans…

– Un môme trop gâté ! Un vrai fils à papa ! Il s'appelle Bippie… ou Kippie… ou quelque chose comme ça ! …

Flo, entendant ce nom, eut un regard étonné.

– Des tas de gens ont cru que c'était moi qui avais tué Hector Paradiso cette nuit-là, y compris Manning Einsdorf, cette tête de nœud. Je suis allé chez Hector, c'est sûr. Je l'ai enfilé, c'est sûr ! Je l'ai même cogné un petit peu parce qu'il en avait envie. Mais je n'ai pas été le dernier à le voir cette nuit-là. Le môme Mendelson est arrivé avant que je parte. Il cherchait de l'argent, beaucoup d'argent… et Hector a voulu que je file rapidement.

Flo regarda Lonny avec stupéfaction :

– Kippie Petworth ? C'était son nom ?

– Ouais… Kippie Petworth. Un petit merdeux. Snobinard !

Elle fut soudain envahie par une foule de souvenirs. Elle

se rappela ce garçon nommé Kippie. Jules était arrivé chez elle avant le lever du soleil et l'avait réveillée.

– J'ai ici avec moi un jeune homme, avait dit Jules. Laisse-le dormir deux heures sur ton canapé. Je reviendrai le chercher.

– Mais qui est-ce, Jules ? avait demandé Flo.

– C'est le fils d'amis à moi.

– Il a des ennuis ?

– Rien de sérieux ! Une histoire de gosses.

Flo, poussant toujours son Caddie, revint vers Lonny.

– Qu'est-ce que tu es en train de me dire ? Que c'est Kippie Petworth qui a tué Hector Paradiso ? demanda-t-elle à voix basse en regardant autour d'elle, bien qu'il n'y eût aucun autre client à ce moment-là dans l'allée du supermarché.

– Quelqu'un l'a fait, et ce n'est pas moi, et certainement ce n'était pas un suicide comme ton ami Jules Mendelson a essayé de le faire croire à tout le monde.

Flo acquiesça :

– Je m'en suis moi-même étonnée bien souvent. Écoute, il faut que je m'en aille, Lonny. Comment te joindre si j'ai besoin de toi ?

Lonny prit un stylo à bille dans sa veste et écrivit un numéro de téléphone sur la couverture de *Mulholland*, il déchira le coin de la page et le lui donna.

Sur le chemin du retour, Flo repensa à cette fin de nuit où Jules avait amené chez elle le jeune homme appelé Kippie. Jusqu'à sa rencontre avec Lonny Edge quelques minutes auparavant dans ce supermarché ouvert la nuit, elle n'y avait jamais repensé.

– Je ne me rappelle pas votre nom, avait dit le jeune homme à son réveil.

Elle aurait bien voulu se rendre à sa réunion des AA, ce matin-là, mais elle ne tenait pas à laisser le jeune inconnu dans sa maison.

– Flo March, avait-elle répondu.

– C'est ça, Flo March, avait répété le jeune homme.

– Je ne suis pas sûre d'avoir saisi le vôtre. Kippie, c'est ça ?

– Kippie. Exact.

– Kippie quoi ?

– Petworth.

Flo avait observé en riant :

– Ça, on peut dire que c'est un joli nom ! C'est pas un nom qui court les rues dans le quartier de Silverlake !

– Non, non. Uniquement dans le *Who's Who*…

Il avait éclaté de rire. C'est seulement à ce moment qu'elle s'était aperçu qu'il lui manquait une dent de devant.

– Je crois que j'ai mis du sang sur votre divan.

– Oh ! mon dieu ! s'était-elle écriée en saisissant l'un des coussins de satin gris couvert de sang. C'est un canapé tout neuf ! On me l'a livré hier. Avez-vous la moindre idée du prix de ce tissu ? Il coûte quatre-vingt-quinze dollars le mètre.

– Il n'y a qu'à le faire recouvrir, je suppose. Jules paiera.

– Mais je ne l'ai que depuis hier ! Il est absolument neuf !

– En attendant, il suffit de le retourner comme ça, avec le côté taché en dessous. Vous voyez ! Il n'y a que vous et votre décorateur qui pouvez faire la différence.

– Ouais, ouais !… avait-elle murmuré, mécontente.

Elle était toute déconfite de voir son beau canapé ainsi abîmé. Elle était contrariée que Jules ait amené chez elle cet inconnu sans-gêne.

– Écoutez, c'est absurde de perdre son temps à se tracasser pour un coussin, avait dit Kippie quand il s'était rendu compte qu'elle était réellement malheureuse.

Flo avait dû admettre qu'il avait du charme et de l'aisance, le genre qu'on possède à la naissance. Elle avait essayé de trouver un mot pour le qualifier, et le mot « adorable » lui était venu à l'esprit. Elle s'était demandé pourquoi Jules l'avait amené chez elle à six heures du matin et lui avait dit : « Garde-le ici jusqu'à ce que je vienne le chercher. Ne me pose pas de questions. »

– Ça vous dérange si je fume ? avait demandé Kippie en prenant un joint dans sa poche.

Il avait tendu la main vers une pochette d'allumettes, sans attendre la réponse.

– Oui, ça me dérange ! avait-elle répondu. Je ne veux pas que vous fumiez chez moi.

Il avait haussé les épaules et remis le joint dans sa poche.

– Est-ce que vous avez du jus d'orange, au moins ?

– Je vais en préparer.

– Et du café ?

– Je vais en faire chauffer. Mais ne me parlez pas comme si j'étais la bonne ! Ici, vous êtes chez moi et apparemment je vous rends service en vous permettant de rester.

– Je vous ai donné cette impression ? Je suis désolé.

Il avait mis sa main devant sa bouche et lui avait adressé un sourire. Manifestement, il savait très bien jouer de son charme, surtout avec les femmes. Il s'était emparé du *Los Angeles Tribune* qu'elle avait déjà lu et laissé sur la table. Il avait semblé bizarrement passionné par la lecture de ce journal, en tournait les pages très vite, parcourant chacune d'elle rapidement, comme à la recherche de quelque chose de précis. Finalement, il avait mis le journal de côté et avait bu son café.

– Mais qu'est-ce que vous êtes par rapport à Jules Mendelson ? avait-elle demandé.

Kippie l'avait regardée sans répondre. Sans doute s'était-il rendu compte que Jules n'avait rien dit.

– Je vous ai posé une question…

– Et vous ? qu'est-ce que vous êtes par rapport à Jules Mendelson ? avait-il ironisé.

Ils s'étaient affrontés du regard. Ni l'un ni l'autre n'avait répondu aux questions posées.

Plus tard, Jules était venu le chercher et ils étaient partis sans échanger un seul mot. Jules n'avait jamais plus parlé du jeune homme. Flo non plus. Par la suite, dans l'émotion qu'avait provoquée la mort d'Hector Paradiso, elle avait complètement oublié ce garçon qui avait passé six heures dans sa maison.

Le lendemain matin, Flo vérifia les dates dans son agenda. Le jour où Jules avait amené Kippie chez elle à six heures du matin était bien celui où Hector Paradiso avait été trouvé mort. Plus tard dans la journée, elle appela Sims Lord :

– Puis-je vous demander de faire quelque chose pour moi, Sims ?

– De quoi s'agit-il ? demanda-t-il d'une voix glaciale.

– Je veux voir Pauline Mendelson.

– Allons, Flo, un peu de bon sens ! Pauline Mendelson n'acceptera jamais de vous rencontrer !

– Peut-être pourriez-vous lui faire savoir que je possède une information susceptible d'être pour elle du plus grand intérêt.

– Oubliez donc Pauline. C'est une cause perdue. Elle pense que vous avez ruiné sa vie et elle ne vous le pardonnera jamais.

– Dites à cette grande dame qu'elle va le regretter beaucoup, beaucoup, si elle ne vient pas me voir.

Comme Sims ne répondait pas, elle ajouta :

– Dites-lui que ça concerne Kippie.

– Que lui est-il arrivé à Kippie ?

– Je ne vous dirai pas un mot de plus, Sims. C'est à elle que je veux parler.

– Jamais, jamais ! dit Pauline. Il n'est pas question que je la rencontre. Avec des gens comme elle, il s'agit de chantage. Tout ce qu'elle veut c'est de l'argent !

– Elle a dit…, risqua Sims.

– Ce qu'elle a dit ne m'intéresse pas !

– Elle a dit qu'il s'agissait de Kippie, insista-t-il.

Il y eut un silence.

– Kippie ? finit-elle par dire.

Pauline Mendelson n'était pas le genre de femme à perdre son sang-froid. Mais quand elle entendit dire que le nom de son fils était sorti des lèvres de Flo March, elle sentit une sueur d'angoisse perler à ses tempes. Elle se rappela la dernière question qu'elle avait posée à son mari. Mais il était mort sans y répondre. Elle se rappela aussi le coup de téléphone de Kippie. « Je sais tout », lui avait-elle dit. « À propos de Flo March ? » avait-il interrogé.

Cet après-midi-là, le Révérend Rufus Browning de l'Église épiscopalienne de Tous les Saints à Beverly Hills vint prendre le thé avec Pauline dans la bibliothèque des «Nuages». Elle n'avait jamais osé dire à quiconque ce qu'elle savait de son fils. Pas même à son propre père en qui, pourtant, elle avait toute confiance, ni à l'une de ses sœurs, ni à Camilla Ebury, ni évidemment à Rose Cliveden. Mais il n'échappa ni à Dudley ni à Blondell que Pauline Mendelson avait pleuré pendant l'heure et demie qu'elle avait passée enfermée dans la bibliothèque avec le pasteur. Ensuite, elle appela Sims Lord à son bureau.

– Je la verrai, lui dit Pauline. Mais pas chez moi. Et il est tout à fait exclu que j'aille chez elle.

– Nous pouvons nous rencontrer dans le bureau de Jules, proposa Sims.

– J'irai en justice, madame Mendelson, dit Flo. J'ai en main les papiers que Jules a signés. Vous remarquerez sur ces photocopies qu'ils ont été contresignés par Olaf Pederson et Margaret Maple en tant que témoins, et le nom de Sims Lord est ici, dans la lettre.

– Ces papiers ont été établis quelques heures avant la mort de mon mari et n'auront aucune valeur aux yeux de la justice. C'est ce que m'ont assuré quelques-uns des meilleurs juristes du pays, rétorqua Pauline. Mon mari a signé ces papiers sous votre contrainte. Vous avez forcé l'entrée de l'hôpital, d'abord en vous faisant passer pour sa fille, puis en vous déguisant en infirmière. Il y a de nombreux témoins qui pourront l'attester. Je vous tiens pour responsable de la mort de mon mari.

Flo, très calmement, inclina la tête. Les deux femmes que Jules avait aimées se mesurèrent du regard. Flo comprit qu'elle était en bonne position:

– La santé de Jules déclinait depuis plus d'un an, madame Mendelson, dit-elle. Et vous le savez aussi bien que moi. Alors, ne me reprochez pas sa mort. Au cas où ça vous intéresserait, mais ce n'est pas le cas j'en suis sûre, les infirmiers du secours d'urgence vous diront que je lui ai sauvé la vie. Et si vous

417

cherchez le responsable adressez vos reproches à Arnie Zwillman qui a raconté à Miles Crocker l'histoire de la fille qui est tombée du balcon à Chicago en 1953, et adressez-les également à Miles Crocker qui a annoncé à Jules environ deux heures avant sa crise cardiaque que sa nomination à Bruxelles était annulée.

Pauline resta silencieuse, ulcérée à l'idée que Flo en savait plus qu'elle-même sur son mari.

Flo se leva comme si elle était sur le point de partir.

– Je connais beaucoup de choses sur Jules, madame Mendelson !

– Ne faites pas attention à elle, Pauline, dit Sims d'une voix glaciale. C'est une femme qui était grassement payée pour des coucheries et qui veut continuer à être entretenue jusqu'à la fin de ses jours.

– Je ne vous parle pas, rétorqua Flo, sans faire aucun effort pour dissimuler son dégoût. Je vous méprise depuis que vous vous êtes exhibé devant moi après la mort de Jules en pensant que j'étais le genre de fille qui tomberait à genoux devant vous.

Sims se tourna vers Pauline.

– Il faut que vous compreniez à quel genre de fille vous avez affaire, Pauline. Elle ne recule devant aucune ignominie.

Pauline ne fut pas sans remarquer que Sims rougissait légèrement tout en restant parfaitement impassible.

– Je ne crois pas que Miss March sache quoi que ce soit, continua-t-il.

– Miss March, en tout cas, sait qui a tué Hector Paradiso, parce que M. Mendelson a amené l'assassin chez elle pour qu'il y reste caché pendant six heures le matin du crime, alors qu'il s'occupait de camoufler le meurtre en suicide.

– Personne ne croira jamais pareille histoire ! dit Sims.

– On la croira pour peu qu'on analyse une tache de sang sur un coussin de mon canapé. Du sang qui avait coulé d'une bouche à laquelle il manquait une dent de devant.

Tandis qu'elle parlait, elle n'avait pas un seul instant quitté Pauline du regard.

Celle-ci baissa les yeux et détourna la tête.

– Je ne demande pas beaucoup, madame Mendelson, uniquement ce que Jules voulait me donner : la maison du Chemin Azelia et le revenu d'un de ses investissements. C'est tout. Pas un sou de plus. Avec tout votre fric, ça ne représente pas beaucoup. Réfléchissez. Et si vous voulez parler seule à seule avec moi, sans Sims qui tourne autour, Miss Maple vous donnera mon numéro de téléphone.

Elle ouvrit la porte du bureau de Jules et sortit.

Sims et Pauline restèrent assis en silence pendant un moment.

– Payez-la, Sims. Donnez-lui ce qu'elle veut. Dieu sait que j'en ai les moyens !

– Ça ne s'arrête jamais une fois que c'est commencé vous savez, dit Sims finalement.

– Payez-la, répéta Pauline.

– C'est une erreur, insista Sims. Si vous êtes d'accord pour payer cette fois-ci, l'année prochaine elle reviendra vous demander davantage. C'est une forme de chantage. J'ai déjà vu des cas similaires. Mais... de quoi parlait-elle ? Cette dent qui manquait ! Le sang sur le coussin !... Je n'ai pas compris.

Pauline secoua la tête.

– Je ne sais pas, murmura-t-elle.

– Pour moi, non seulement c'est une menteuse, une hypocrite, mais elle est cupide et dangereuse aussi bien pour vous que pour la mémoire de Jules.

– Mais je croyais que vous souhaitiez que les engagements de Jules soient respectés.

– Plus maintenant, dit Sims.

Pauline, troublée, hocha la tête. Elle n'avait pas envie de poursuivre la conversation par crainte de voir réapparaître le nom de Kippie. Elle prit son sac et se leva. À la porte, elle se retourna :

– Que va-t-il lui arriver à votre avis ? demanda-t-elle.

– Elle tombera dans l'oubli. On n'entendra plus parler d'elle.

Jules séparait toujours sa vie conjugale de la vie qu'il avait avec moi. Il n'aimait pas me parler de Pauline et je respectais cette discrétion. Mais j'étais arrivée à savoir pas mal de choses sur elle, pendant les cinq années de notre liaison, des choses apprises par petits bouts. C'est tout au long de sa vie qu'elle avait été privilégiée. Par exemple quand elle avait seize ans, elle était dans ce collège très chic en Virginie, dont je ne me rappelle plus le nom. Elle montait à cheval et elle était si forte en équitation qu'elle avait participé au concours hippique du Madison Square Garden à New York et gagné un ruban bleu, ou je ne sais trop quoi, comme premier prix. La seule erreur qu'elle ait jamais faite, c'était d'avoir épousé son premier mari.

Écoutez, il faut regarder les choses en face. C'était la femme idéale pour Jules. C'est dommage de n'avoir pas réussi à trouver un arrangement quelconque entre nous trois, comme on fait dans ces mariages en Europe. J'aurais signé tout de suite. Tout le monde disait que c'était une femme merveilleuse. Je crois que c'était vrai, jusqu'au jour où elle a entendu parler de moi. Je suppose que, si j'avais été à sa place, je me serais détestée, moi aussi.

En très peu de temps, la nouvelle des problèmes financiers de Flo parvint aux oreilles de Cyril Rathbone. Les problèmes des gens - divorces, chômages, cancers, sida, faillites, arrestations, suicides, adultères et perversions – étaient le miel dont il se nourrissait.

Comme il l'avait dit une fois à son grand ami Hector Paradiso : «Quel est l'intérêt d'un secret, s'il reste secret?» Tous ces drames étaient le ciment de sa chronique. C'étaient eux qui faisaient se précipiter les gens sur sa page, avant de lire le reste de la revue.

Dans le cas de Flo March, cependant, ses projets étaient plus ambitieux et allaient bien au-delà de la futilité de sa rubrique, car les personnages qui apparaissaient dans cette affaire étaient très connus. La jeune femme, cette pauvre sotte, était assise sur une mine d'or et il ne parvenait pas à le lui faire comprendre. Flo ne travaillait plus depuis cinq ans, mais Cyril n'arrivait pas à l'appeler autrement que «Flo March, l'ancienne serveuse ». Comme si là était l'explication de son incapacité de saisir la force de sa position. L'idée d'un livre et d'une mini-série télévisée lui était venue à l'esprit. Il imaginait même Flo à l'écran, dans l'émission d'Amos Swank «Après Minuit», vêtue d'un de ses tailleurs Chanel, racontant comment l'horrible Pauline la dépouillait de l'héritage auquel elle avait droit. Cette apparition à la télévision, il en était sûr, garantirait à son livre d'être en tête de la liste des best-sellers.

Faye Converse aimait bien Flo, sa voisine, mais voulait rester à l'écart de ces histoires. Pourtant c'est Faye qui dit à Cyril que Flo sortait rarement de son lit, et que les factures s'empilaient sur le plancher du vestibule.

– Je ne crois pas qu'elle ait les moyens de rester dans cette maison encore longtemps !

– Mais comment savez-vous tout ça ? demanda Cyril en cachant sous un ton compatissant le plaisir que lui procurait cette information.

– Glyceria, ma femme de chambre, l'aime beaucoup.

Faye qui disait toujours aux journalistes qu'elle détestait les cancans, baissa la voix et regarda autour d'elle alors qu'elle était seule dans la maison, et murmura dans le téléphone :

– Je crois qu'elle boit.

Puis, elle regarda de nouveau autour d'elle et ajouta :

– Elle est littéralement prostrée, la pauvre !

Plus tard, par un coup de chance qu'il considéra comme un signe venu du ciel, Cyril Rathbone rencontra Flo.

C'était le lendemain matin très tôt. Elle entra dans le café Viceroy où il était en train de prendre son petit déjeuner. Elle avait pensé qu'on ne la reconnaîtrait pas car elle portait des lunettes noires et sa chevelure rousse était entièrement dissimulée par un foulard. Mais Cyril la repéra immédiatement.

– Curly est-il là ? demanda-t-elle à la caissière.

– Curly ? Je ne connais pas de Curly.

– Et Belle ?

– Belle ? Elle ne travaille plus ici.

Flo n'était pas retournée au Viceroy depuis cinq ans. Jules n'avait pas voulu qu'elle revienne dans ce café et elle lui avait obéi. Malgré tout pendant quelque temps elle avait gardé le contact avec Curly et Belle. Elle resta debout, ne sachant trop si elle allait rester ou s'en aller. Finalement elle s'installa sur un tabouret au comptoir et commanda un café. La serveuse était une nouvelle qui ne la connaissait pas. Cyril remarqua que les mains de Flo tremblaient. Elle prit une cigarette dans son étui en or.

Sans un mot à Joël Zircon avec qui il prenait son petit déjeuner, Cyril saisit sa tasse de café, traversa la salle jusqu'à l'endroit où Flo était assise.

– Bonjour, Miss March ! fit-il. C'est une heure bien matinale pour être debout et dans les rues ! J'ai toujours pensé que vous faisiez partie de ces belles oisives qui dorment tard et prennent leur petit déjeuner au lit, sur un plateau, avec des napperons de chez Porthault.

Elle leva les yeux sur Cyril Rathbone sans répondre.

Il prit place sur le tabouret voisin :

– Je vous ai entendue demander Curly ! Il est mort, le pauvre.

– Mort ? soupira-t-elle, stupéfaite.

– Eh, oui ! Le sida. C'est affreusement triste. Sur la fin, il a pris des cachets. Comment appelle-t-on ce nouveau somnifère que tout le monde utilise maintenant ? C'est ce qu'il a absorbé... Une merveilleuse décision, vous ne trouvez pas ?

– Non, non. Je ne trouve pas du tout.

Flo regarda Cyril Rathbone et secoua énergiquement la tête pour exprimer son désaccord.

– Je n'ai entendu parler de rien. J'avais un peu perdu le contact. Je ne savais même pas qu'il était malade. Pauvre Curly ! Et Belle ?

– Elle est partie travailler au café Nibbler sur Wilshire Boulevard. Elle n'a pas voulu rester ici après la mort de Curly. C'étaient de grands amis ! Nous sommes à Hollywood après tout, Miss March : certains arrivent, d'autres s'en vont, rien ne dure.

Elle fit un signe à la serveuse qui lui tendit un ticket.

– Restez, restez ! Prenez un autre café, dit-il.

– Merci, mais je ne peux pas. J'ai des choses à faire.

– Mais non, vous n'avez rien à faire, affirma-t-il.

Elle lui lança un regard noir. Il lui sourit. Effectivement, elle n'avait rien à faire.

– Voulez-vous servir un autre café à Miss March s'il vous plaît, Maureen ? et il ramassa le ticket que la serveuse avait laissé sur le comptoir. Je sais que vous êtes fauchée, ajouta-t-il en s'adressant à Flo.

– Pas fauchée à ce point ! répliqua-t-elle en lui arrachant le ticket des mains.

Elle ouvrit son sac et y prit un dollar qu'elle laissa en pourboire à la serveuse comme pour prouver qu'elle n'était pas fauchée du tout.

– Beau bijou ! dit Cyril en désignant la bague de saphir entouré de diamants que Jules lui avait offerte. Voilà de quoi éloigner les soucis pendant quelques mois !

– Oh, non ! Je ne vendrai jamais cette bague, protesta Flo. Non, en aucun cas ! Quand je mourrai, elle sera encore à mon doigt.

– Une ravissante jeune femme comme vous ne devrait pas parler de mourir, Miss March. Vous avez un avenir extraordinaire si vous savez jouer les bonnes cartes !

Leurs regards se rencontrèrent. Il souleva la main de Flo et examina attentivement le bijou.

– Un cadeau de Jules Mendelson, je présume ?

Elle ne répondit pas. Elle aspira une grande bouffée de sa cigarette qu'elle écrasa ensuite dans un cendrier.

– C'est très mauvais pour vous de fumer, dit-il.

Elle se leva et se prépara à partir.

– J'ai eu connaissance de votre situation.

– Ma situation ?

– Vos problèmes financiers.

– Oh, je vois ! Qui vous en a parlé ?

– Oh, de grâce, Miss March !

Cyril s'exprimait avec cet accent anglais distingué qu'il s'était fabriqué et qu'il savait propre à impressionner certaines personnes.

– Un bon journaliste ne révèle jamais ses sources. De toute façon, cela importe peu. Ce qui importe c'est que notre rencontre imprévue arrive tellement à propos, ici, au café Viceroy où votre grande histoire d'amour a commencé. Bien entendu,

424

ce n'est pas par hasard. Il était écrit quelque part que vous entreriez ici ce matin. Vous n'êtes pas d'accord?

Flo, perdue, regarda Cyril avec des yeux ronds, ne sachant pas s'il fallait rester et l'écouter.

— Vous avez en main tant d'atouts, que c'est un crime de vous laisser aller comme, semble-t-il, vous le faites en ce moment. J'ai un plan à vous proposer.

— Quel genre de plan?

— Asseyez-vous, Flo. Je suppose que vous me permettez de vous appeler Flo? Ça me paraît si cérémonieux de vous appeler Miss March!

Il se leva et d'un geste large l'invita à se rasseoir. Après un instant d'hésitation, elle obéit.

— Pourquoi n'enlevez-vous pas vos lunettes noires? que je puisse voir vos yeux?

— Mes yeux sont... bouffis, dit-elle.

Il hocha la tête d'un air compréhensif.

— J'ai entendu dire que vous buviez.

Elle avait peur de lui et garda le silence.

— Tout ce bon vin de la vente Bresciani... exceptionnel m'a-t-on dit!...

— Je n'en ai plus du tout, de ce bon vin de la vente Bresciani, répondit-elle, avant d'ajouter: Qu'est-ce que vous attendez au juste de moi, monsieur Rathbone?

— Comme vous êtes cérémonieuse avec moi, Flo! Appelez-moi Cyril, s'il vous plaît! Tout ce qu'il vous faut d'abord, c'est un bon avocat. Et pas un pisse-froid comme Sims Lord. Il n'est pas un ami pour vous; vous avez dû finir par vous en apercevoir. En fait, c'est lui qui mène le combat contre vous. Est-ce que je me trompe?

Flo, comme hypnotisée, acquiesça.

— De plus, vous avez besoin d'un bon imprésario. Et d'un bon rédacteur. Bien entendu, ce sera moi. Mon ami Joël Zircon que vous voyez là-bas dans le box, près de la vitre, la tête enfouie dans les journaux professionnels d'Hollywood, lui, pourrait être votre imprésario. Vous vous souvenez certainement de Joël?

du temps où vous étiez serveuse ici ? Lui se souvient de vous. Probablement il connaît exactement l'avocat qu'il vous faut.

— Mais en quoi ai-je besoin d'un avocat, d'un agent et d'un écrivain ? s'étonna Flo.

— Pour votre livre et votre mini-série, que je vais écrire sous votre nom.

— Quel livre ?

— *La Maîtresse de Jules*. Vous voyez, j'ai déjà votre titre ! Toutes ces factures qui s'empilent dans votre vestibule, en tas énormes, dit-on, vous allez pouvoir les régler, maintenant.

Flo regarda Cyril d'un air ébahi.

Chez Rose Cliveden, l'abus d'alcool était devenu une habitude. Entre elles, ses amies s'en inquiétaient et disaient à mots couverts qu'il fallait faire quelque chose, mais personne n'avait le courage de lui parler. Finalement, certaines avaient cessé de l'inviter.

Le jour où, après avoir ingurgité dix vodkas pendant une soirée de bienfaisance, elle laissa tomber une cigarette sur son lit et mit le feu à sa chambre, Pauline et Camilla, et même Madge qui s'était radoucie, décidèrent que le moment était venu d'intervenir dans sa vie et de l'envoyer dans une clinique de Palm Springs où on la désintoxiquerait. Mais quand il fallut s'exécuter, toutes les trois restèrent muettes, terrifiées à l'idée d'avoir à dire en face à Rose ce qu'elles disaient derrière son dos.

— De toute façon, je mourais d'envie de faire refaire cette pièce, dit Rose à ses amies, sans oser avouer à quel point elle avait eu peur lors de l'incendie. J'étais excédée de ces fleurs violettes sur les murs et sur les rideaux. Le chintz, pour moi, c'est terminé ! J'en ai par-dessus la tête !

— Il me semble que nous sortons du sujet, Rose, risqua Pauline. J'ai appelé la clinique de Betty Ford. C'est complet pour des mois, mais pour toi, ils feront une exception et ils sont d'accord pour t'accueillir immédiatement.

À cette perspective, Rose fut horrifiée.

– Toutes ces stars avec leurs drogues ! Toutes leurs épouvantables histoires ! Très peu pour moi, merci.

– Ou bien tu y vas, Rose, ou bien nous qui sommes les seules amies qui te restent, nous allons t'abandonner à ton triste sort, dit Pauline.

– Non, non, je vais m'arrêter, tout simplement. Sans aucun problème. D'ailleurs, tous les ans, je m'arrête pour le Carême !...

Pauline, exaspérée, se tourna vers Camilla qui sourit sans dire un mot.

– Alors, très bien ! dit Pauline. Arrête-toi. Mais jusque-là, laisse-moi tranquille. Ne m'appelle pas. Je ne veux plus entendre parler de toi.

La scène se passait au Country Club de Los Angeles. Pauline se leva et prit congé, prétextant un rendez-vous avec Sims Lord.

Rose avait été blessée. Sa grande amie ne lui avait jamais parlé sur ce ton.

– Pauline est devenue amère, dit Rose sautant sur l'occasion de détourner la conversation. C'est toutes ces histoires autour de cette petite putain avec qui Jules couchait.

– Ce n'est pas une putain, dit Camilla.

Cette image de la garce voleuse de maris, que les amies de Pauline véhiculaient au sujet de Flo, ne s'accordait pas avec le souvenir de la jolie jeune femme qu'elle avait rencontrée dans la chambre de Philip au Château-Marmont, et qu'elle avait serrée dans ses bras aux funérailles de Jules.

– Pauline n'est plus la même, continua Rose. Vous ne trouvez pas ? Elle est devenue terriblement dure.

– Tu es encore en train de changer de sujet, dit Camilla timidement. Pauline a raison. Elle est la seule d'entre nous qui ait eu le courage de te dire ce qu'elle pensait. Il faut absolument que tu fasses quelque chose. Sinon, tu vas finir par te tuer.

Tout à coup, sans que rien ait pu le faire prévoir, Rose fondit en larmes.

– Tu devrais parler à Philip, suggéra Camilla.

– Philip ? Ton Philip ? Ce beau jeune homme ? Je suis toujours très heureuse de bavarder avec Philip. Mais pourquoi faire ?

– Seras-tu chez toi à six heures ?

– Je pense. Pourquoi ?

– Je vais t'envoyer Philip. Parle-lui, tout simplement, Rose. Écoute ce qu'il a à te dire. Et ne l'interromps pas comme tu interromps tout le monde, comme tu as interrompu l'ancien Président. S'il te plaît, fais-le pour moi !…

Dans les premiers temps, l'arrangement entre Flo et Cyril Rathbone parut donner de bons résultats. Joël Zircon prit des contacts avec plusieurs éditeurs et fit part à Cyril et Flo de l'immense intérêt soulevé par *La Maîtresse de Jules*.

– Ce qu'ils veulent, c'est un premier chapitre et un synopsis pour le reste du livre, rapporta Joël. Ensuite, il n'y aura plus qu'à signer le contrat.

– Quelle somme proposent-ils ? questionna Cyril.

– Avec cinq zéros au bas mot, dit Joël.

C'était ce que Flo souhaitait savoir, mais elle n'avait pas osé poser la question. L'ouvrier qui s'occupait de sa piscine avait, le matin même, laissé un message disant qu'il ne pourrait plus venir tant qu'il n'aurait pas été payé pour ses services. Chaque fois qu'elle pensait à sa situation financière, elle était envahie par le désespoir et le sentiment de son impuissance. Elle commençait à considérer Cyril Rathbone comme sa seule planche de salut.

– Je peux toujours redevenir mannequin, lui dit-elle un jour, comme si elle avait eu d'autres solutions que celle qu'il lui proposait.

– Vous n'avez jamais vraiment exercé ce métier, trancha Cyril. Il est temps pour vous d'être réaliste en ce qui concerne votre avenir. Jules n'est plus là pour s'occuper de vous. Il faut vous assumer vous-même.

Ils se rencontraient tous les après-midi, quand Cyril avait bouclé sa chronique pour *Mulholland*. Il venait chez elle et restait deux heures à enregistrer Flo sur son magnétophone, avant de retourner chez lui s'habiller pour un dîner ou une présentation de film. Au début, elle était prudente dans ses réponses, toujours soucieuse de préserver Jules. Elle était critique vis-à-vis d'elle-même. «Avec l'argent, j'ai été idiote. Jules était très généreux avec moi. Je dépensais, dépensais sans arrêt. Si chaque semaine j'avais mis quelque chose de côté quand arrivait son énorme chèque, je ne serais pas dans la panade où je me trouve maintenant.»

– Vous est-il déjà venu à l'esprit que c'était peut-être ce que souhaitait Jules ?

– Que voulez-vous dire ?

– Aussi longtemps que vous n'aviez pas d'argent à vous, il était sûr que vous ne le quitteriez pas. Et après tout, la fortune de Jules n'avait pas de limites. Vos prodigalités hebdomadaires n'étaient rien pour lui. Vous a-t-il acheté un tableau de valeur que vous auriez pu revendre un jour ? Non. Il ne vous a pas donné la moindre action, Flo. Ne l'oubliez pas.

– Mais il voulait me mettre à l'abri du besoin, insista Flo.

– En attendant, il ne l'a pas fait ! si je ne me trompe.

– Si, si. J'ai ces papiers. Regardez.

– Ils vous ont été remis le jour de sa mort, Flo. Renseignez-vous. Jules était un homme très avisé. Il ne pouvait pas ne pas savoir que Pauline ferait ce qu'elle est en train de faire, et que toutes les Cours de justice du pays seraient d'accord avec elle. Il a eu cinq années pour faire ce qu'il a fini par faire le dernier jour de sa vie.

Les larmes montèrent aux yeux de Flo. Elle ne pouvait supporter l'idée que Jules l'avait laissée sans ressources pour mieux se l'attacher.

– Tout est la faute de Sims Lord ! dit-elle.

– Sims Lord n'est rien d'autre qu'un exécutant grassement payé, Flo.

– Il voulait m'entretenir, et je l'ai envoyé paître.

– Vous entretenir ? Mais comment ?

– Si je devenais sa maîtresse.

Cyril resta impassible. Il avait appris à ne jamais manifester sa joie lorsque la personne qu'il interviewait lui révélait quelque chose qu'elle n'avait pas eu l'intention de lui livrer. Il se contenta d'incliner la tête, comme si ce qu'elle disait n'était pas spécialement intéressant.

– Ici même, sur ce canapé, précisa Flo.

Elle tapotait le coussin à côté d'elle, ce même coussin à l'envers taché du sang de Kippie Petworth, ce dont elle n'avait pas encore parlé à Cyril.

– C'était à peu près un mois après la mort de Jules. Il est venu me dire que les héritiers n'envisageaient pas d'honorer les dispositions prises par Jules en ma faveur.

– Et il vous a fait des avances ce jour-là, vous m'avez dit ?... Il vous a pris la main ? qu'est-ce qu'il a fait ?

– S'il m'a pris la main ?... Pour me la mettre sur sa braguette, oui. Et il était censé être le meilleur ami de Jules ! Et Jules était mort depuis à peine un mois !...

Cyril ne se tenait plus.

– Il faut que je vous dise quelque chose au sujet de Jules, poursuivit Flo. Avec moi, il s'est toujours conduit comme un homme bien élevé. Du premier jour où il m'a rencontrée au café, il ne pensait qu'à me sauter, mais il ne m'a pas touchée avant notre voyage à Paris. C'était la première fois.

– Oui, oui... vous me l'avez raconté. Revenons à Sims Lord pendant un instant.

Au moment choisi par Cyril Rathbone et Joël Zircon qui orchestraient toute l'opération, le bruit se répandit que Flo March, l'ex-serveuse devenue la maîtresse de Jules Mendelson, écrivait ses mémoires, qui s'intituleraient *La Maîtresse de Jules*. Délibérément, le nom de Cyril Rathbone n'était jamais mentionné. On disait que Flo enregistrait ses souvenirs sur cassettes, et qu'il existait déjà quarante heures d'enregistrement.

– Joël Zircon dit que ses téléphones n'arrêtent pas de sonner... dit Cyril à Flo. Les éditeurs sont impatients d'avoir en main les synopsis.

– Pourquoi vous faut-il tellement de temps pour écrire le

premier chapitre et le résumé ? J'ai déjà fait quarante heures d'enregistrement.

– Patience, patience, Flo ! répondit Cyril.

Ce soir-là, tard, une voiture s'engagea dans l'allée de la maison de Flo. Elle était seule, comme toujours, et elle put entendre le crissement des pneus sur le gravier. Elle entendit le moteur qui continuait à tourner, attendit qu'on sonnât à la porte. Silence. Ses rideaux étant tirés, elle les écarta pour jeter un coup d'œil à l'extérieur. Une voiture qui, à première vue lui parut être la Bentley de Jules, était là immobile, moteur en marche et lanternes allumées. Mais, en définitive, la voiture était d'une couleur différente : elle paraissait dorée. La calandre n'était pas non plus celle d'une Bentley mais d'une Rolls Royce. Sur le siège avant étaient assis deux hommes qui regardaient la maison. Un sentiment de panique s'empara d'elle. Elle referma rapidement les rideaux, alla verrouiller la porte d'entrée à double tour, s'assura que portes et fenêtres étaient bien closes. Au bout de vingt-cinq minutes, elle entendit la voiture faire demi-tour et partir.

Elle attendit encore un quart d'heure puis regarda de nouveau dehors. La voiture n'était plus là. Tout semblait normal. À la porte elle écouta, n'entendit aucun bruit, tourna très doucement la clef dans la serrure, entrouvrit la porte sans enlever la chaîne de sécurité, et regarda au-dehors. Tout était calme. Elle allait refermer, quand elle aperçut une boîte blanche posée sur le paillasson. Elle écarta le battant, juste assez pour saisir le paquet, claqua la porte et referma le verrou.

Dans le salon, elle ouvrit la boîte. Il y avait une carte dans une enveloppe. Il y était écrit à la machine, sans signature : « Il est chargé. Mets-le dans ta bouche et tire. » Sous un papier de soie rose pâle, elle découvrit un petit pistolet. Pendant un moment elle le regarda fixement. Puis elle le prit dans sa main. Il lui paraissait impossible qu'il soit chargé, mais elle ne connaissait pas assez le maniement des armes à feu pour l'ouvrir et vérifier. Le tenant à deux mains elle le pointa en direction de la porte coulissante qui donnait sur la terrasse et la piscine. Après quelques hésitations, elle pressa la détente. Un coup de feu partit avec un bruit assourdissant. D'un seul coup la vitre fut étoilée sur toute sa hauteur autour de l'impact.

Couverte de sueur, haletante, elle fut prise d'une peur physique bien différente de l'angoisse qu'elle avait éprouvée à l'idée de manquer d'argent. Sans savoir pourquoi, elle pensa à Marilyn Monroe. Elle se souvint d'avoir dit à Jules : « Ils se sont débarrassés de Marilyn Monroe… »

Le lendemain matin, encore sous le coup des événements de la nuit, elle se rendit à la réunion des AA, dans le chalet en bois de Robertson Boulevard. Elle n'y était pas allée depuis des mois mais elle savait qu'il était temps de remettre de l'ordre dans sa vie. Elle avait mis ses lunettes noires et une écharpe sur sa tête. Elle s'assit à l'écart, but une tasse de café, fuma une cigarette, et chercha des yeux Philip Quennell, mais elle ne le vit pas. Elle fut d'abord déçue par son absence, mais finalement elle en éprouva un certain soulagement. En sa présence, elle n'aurait peut-être pas été capable de faire ce qu'elle avait décidé.

Elle n'avait jamais levé la main pour intervenir dans les réunions, mais ce matin-là elle ressentait le besoin de s'exprimer. Elle leva la main d'une manière si hésitante que le président de séance ne la vit pas tout de suite. Puis, au moment où elle allait renoncer à se manifester, il dit en la montrant du doigt : « La dame avec les lunettes noires et le foulard. »

Flo savait qu'elle ne devait pas dire son nom, ni même son prénom, car tout le monde le connaissait. « Je m'appelle, heu… Fleurette », dit-elle. Elle avait toujours détesté son vrai nom. Même avant d'avoir appris de Jules Mendelson les manières du beau monde, elle le considérait comme vulgaire, elle le murmura donc d'une voix étouffée de même que la phrase qui suivit : « Je suis alcoolique et toxicomane. » Elle regarda autour d'elle, terrifiée, derrière ses verres sombres impénétrables. L'assistance était parfaitement silencieuse. « J'ai tenu bon presque une année, puis je suis retombée. Je reviens ici pour la première fois. »

Les gens applaudirent. Encouragée par leur bienveillance, Flo se remit à parler. «Je suis la maîtresse, ou plutôt j'étais la maîtresse d'un homme très riche qui m'a entretenue pendant cinq ans. Quand j'ai rencontré ce monsieur je n'avais pas un rond et je tirais le diable par la queue.»

Elle raconta qu'elle était au courant de ses affaires les plus secrètes et des marchés qu'il passait, il téléphonait de chez elle, de son lit, après l'amour. Elle évoqua sa crise cardiaque et sa mort. Elle confessa qu'elle avait mené la vie d'une princesse pendant cinq années mais qu'à présent elle était sans un sou et sur le point de perdre la maison qu'elle avait espéré voir mise à son nom. Elle raconta qu'elle avait connaissance d'un meurtre camouflé en suicide et qu'elle savait le nom de l'assassin. Elle ne pouvait plus s'arrêter de parler.

Dans un coin de la pièce, également dissimulée derrière des lunettes noires et un foulard, Rose Cliveden écoutait. Elle avait refusé d'aller à la clinique de Palm Springs, comme ses amies le lui avaient suggéré, mais après une entrevue avec Philip Quennell elle avait accepté de se rendre aux réunions des AA pendant deux ou trois semaines. Ce matin-là, il avait promis de la retrouver au chalet, mais à sa grande déception, il n'était pas là. «Je n'ai rien de commun avec ces gens», pensa-t-elle en ramassant son sac et en se disposant à partir.

C'est à ce moment, alors qu'elle sortait lentement de «l'affreuse petite pièce», que la femme nommée Fleurette commença à parler. Rose était déjà sur le pas de la porte, quand d'un seul coup en entendant les mots «gangster» et «président des États-Unis», il lui vint à l'esprit que Fleurette avec ses lunettes noires et son tailleur élégant n'était autre que la fameuse Flo March, cette fille infâme qui avait apporté le malheur dans la vie de Pauline Mendelson. Clouée sur place elle la regarda avec attention.

Mon Dieu! pensa Rose. C'est elle que j'ai vue en conversation avec Jules aux obsèques d'Hector Paradiso, puis aux funérailles de Jules! Comme si elle était au théâtre, écoutant une pièce dont le second acte promettait d'être encore meilleur que le premier, elle regagna la place qu'elle venait de quitter et écouta, ravie, toute la confession de Flo.

Philip Quennell, qui assistait régulièrement aux réunions matinales du chalet de Robertson Boulevard, arriva très tard ce matin-là. Il avait en effet reçu un coup de téléphone de Lonny Edge qui se plaignait amèrement de l'image qu'Hortense Madden donnait de lui dans *Mulholland* où elle le désignait comme le détenteur du manuscrit d'un roman de Basil Plant qu'on croyait inachevé. Cela avait amené les propriétaires du bungalow qu'il habitait sur Cahuenga Boulevard à lui donner congé.

– Pour quelle raison ? avait demandé Philip.

– Il paraît que l'article insinuait que j'utilisais les lieux aux fins de prostitution. Je veux dire, je reçois seulement un ou deux mecs par semaine dans mon appartement. L'essentiel de mon boulot, je le fais ailleurs, chez mes clients, à domicile. Mais je ne tiens pas à aller en justice pour cette histoire, si vous voyez ce que je veux dire, précisa Lonny.

– Écoutez, Lonny, j'ai un rendez-vous, je ne peux pas vous parler maintenant. Je vous rappellerai.

– Vous voulez vous défiler, Philip ? C'est vous qui m'avez foutu dans ce merdier avec ce manuscrit à la con qui traînait tranquillement sur ma table depuis trois ans, avant que vous ne veniez y mettre le nez…

– Non, je ne me défile pas, Lonny, mais j'ai donné rendez-vous à quelqu'un. Je vous rappellerai plus tard.

Philip arriva à la réunion au moment où elle prenait fin.

– Je suis absolument désolé, Rose, dit-il quand il la vit.

Sachant à quel point elle était capricieuse, il s'attendait à ce qu'elle soit déjà partie, ou d'une humeur massacrante contre lui.

– J'ai reçu au téléphone une sorte d'appel au secours et je ne pouvais pas me dispenser de répondre. Comment s'est passée la réunion ? Au moins, vous êtes restée jusqu'à la fin !

– Mon cher, c'était fascinant, absolument fascinant !

Il ne l'avait jamais vue si excitée, sauf quand elle était ivre.

– Vous n'avez pas idée de ce que vous avez manqué ! Vous ne me croirez jamais si je vous dis qui a parlé !

– Qui ? demanda Philip, dérouté par tant d'enthousiasme.

– Flo March ! C'est elle qui était la maîtresse de Jules, expliqua Rose. Mon Dieu ! Tout ce qu'elle a pu dire ! Je suis littéralement malade que vous ayez raté ça !

– Rose, voulez-vous venir prendre un café et bavarder avec moi ?

– Non, je ne peux pas, très cher ! J'ai des tas de choses à faire. Mais je reviendrai demain matin. Tous les matins. C'est fascinant, absolument fascinant ! Mieux qu'au cinéma. Pourquoi ne m'aviez-vous pas dit que c'était aussi intéressant.

– Écoutez, Rose, vous savez parfaitement, n'est-ce pas que rien de ce que vous entendez ici ne doit être répété au-dehors, dit Philip, que vous ne devez pas mentionner le nom des gens que vous y avez rencontrés. C'est pourquoi les gens sont «anonymes».

– Oh ! mon cher ! mais j'ai un bœuf sur la langue, répondit Rose.

Elle ne pouvait détacher son regard de Flo et se dévissait la tête pour mieux la voir.

– Une jolie petite personne, vous ne trouvez pas ? On ne dirait pas une serveuse de bistrot, non ? À demain, mon cher. Embrassez Camilla. Je vous embrasse.

Elle envoya de la main un baiser à Philip et disparut en courant.

Flo était très entourée. Peu habituée à une telle cordialité, elle avait un sourire crispé en recevant des remerciements pour sa participation à la réunion. Quand elle leva les yeux, elle fut heureuse de voir Philip debout devant elle.

– Oh ! Philip ! dit-elle en se détachant du groupe qui l'entourait.

– Bonjour, Flo. Je viens d'arriver, j'étais très en retard.

– Philip, j'ai levé la main, dit-elle avec fierté. C'est la première fois que je prends la parole dans une réunion.

– On me l'a dit. Je suis désolée de t'avoir manquée. Comment te sens-tu ?

– Merveilleusement bien. Tout le monde a été si gentil !

Elle leva les yeux vers lui. Bien qu'il ne pût distinguer son regard derrière les lunettes noires, il sentit qu'elle était soucieuse.

– Veux-tu que nous allions bavarder devant un café ?

– Bien sûr, dit-elle, mais je préférerais que tu viennes jusque chez moi. Je voudrais te montrer quelque chose.

Quand ils furent arrivés chez elle, elle lui montra le message, le pistolet et la vitre étoilée.

– Grands dieux ! s'exclama-t-il. As-tu vu la voiture ?

– Je crois que c'était une Rolls Royce. Je l'ai aperçue entre ces rideaux. C'était très bizarre. Deux hommes à l'intérieur regardaient en direction de la maison. Il me semble que cette voiture était dorée ou d'un certain jaune.

– Je vais te dire qui possède une Rolls Royce dorée.

– Qui ?

– Arnie Zwillman. Je l'ai vue un soir chez Casper Stieglitz, lorsqu'il y avait Jules et Pauline.

Flo frissonna.

– Arnie Zwillman ?

– Tu le connais ?

– Il a essayé d'entraîner Jules dans une affaire de blanchiment d'argent. Jules a refusé, alors il a appelé le Département d'État pour raconter une chose dont je ne peux rien te dire… une chose qui était arrivée à Jules à Chicago il y a très longtemps. Et le Département d'État a fait savoir à Jules, une heure avant sa crise, qu'il ne serait pas nommé à la Présidence de la Délégation américaine à Bruxelles.

– Avais-tu l'intention de raconter tout cela dans ton livre ?

Flo, embarrassée, fit oui de la tête.

– C'est le genre de chose qui intéresse beaucoup mon collaborateur.

– Vous êtes en train de jouer avec le feu, Flo. Il faut que tu le saches, Arnie Zwillman est un type affreux.

– Je suis fauchée, Philip. J'ai besoin de fric. Le gars qui s'occupe de la piscine s'en va. La compagnie des téléphones me persécute. Cet acteur de troisième ordre qui est propriétaire de la maison veut me mettre dehors. Je n'ai pas le choix.

– Et Pauline ne veut pas t'aider ?

– Tu rigoles ou quoi ?

– C'est bien ce que je pensais. Tu ne vois pas d'objection si j'interviens un peu, à ma manière ?

– Mais comment ?

– Je ne peux pas encore te le dire. Fais-moi confiance.

Comme Philip s'en allait, Flo le suivit jusqu'à la porte.

– Tu ne veux pas t'installer ici avec moi ? Sans aucune obligation. Toi dans cette pièce, moi dans l'autre.

– De toute façon, je ne crois pas que ce serait très agréable pour Camilla, dit Philip en souriant.

Flo éclata de rire.

– Non, je suppose que non.

– C'est bon de te voir rire, Flo.

– Avant, j'avais peur parce que je n'avais plus d'argent. Maintenant j'ai peur, purement et simplement peur.

Pendant que Philip bavardait avec Flo, Rose Cliveden appelait Pauline Mendelson, à qui elle n'avait pas parlé depuis le déjeuner au Country Club de Los Angeles.

– Ma chérie, j'ai une chose absolument stupéfiante à te raconter. Tu ne devineras jamais qui a parlé à la réunion des AA ce matin !

À une heure avancée de la nuit, Flo n'était pas encore arrivée à s'endormir. Elle se leva, monta dans sa voiture, et alla jusqu'au supermarché de Beverly Boulevard. Poussant son Caddie à travers les rayons, elle avisa les bonbonnes de quatre litres de vin italien, s'arrêta pour les regarder, mais reprit sa marche et acheta douze boîtes de Coca-Cola. Devant le présentoir des journaux se tenait Lonny Edge. Quand il leva les yeux du magazine qu'il était en train de lire et qu'il la vit, il lui sourit de ce large sourire que les acheteurs de cassettes porno trouvaient si séduisant.

– Salut, Flo, lança-t-il, agitant le magazine dans sa direction.

La dernière fois que je t'ai rencontrée ici, tu faisais la couverture de *Mulholland*, et maintenant, c'est moi qui suis dans la revue. Tu as lu ce qu'on écrit sur moi ? On essaie de me flanquer à la porte de ma maison à cause de cet article.

– C'est vrai ? Qu'est-ce qu'il dit, cet article ?

– Ce manuscrit que j'avais chez moi, finalement c'est bien le manuscrit perdu de Basil Plant. L'écrivain célèbre qui a cassé sa pipe il y a à peu près deux ans !...

– J'ai toujours entendu dire que c'est toi qui l'avais. Au temps de Viceroy, Curly me l'avait dit. Pourquoi est-ce qu'on te flanquerait à la porte de ton appartement à cause de ça ?

– La souris qui a écrit l'article insinue que j'ai amené des michés chez moi, et le gérant de l'immeuble qui rêve de me flanquer dehors depuis longtemps se sert de cet article comme prétexte.

– C'est vrai que tu amenais des mecs chez toi ?

– Bon dieu, non. Seulement deux habitués. Autrement, je vais ailleurs. De toute façon, je veux me sortir de ce genre de boulot. J'ai plus de trente ans maintenant. Il est temps que je devienne sérieux.

– Nous avons tous des problèmes, Lonny, dit Flo en passant devant lui avec son Caddie.

– Je ne sais vraiment pas où je vais pouvoir crécher. J'habite ce bungalow depuis mon arrivée ici.

Flo s'arrêta et le regarda. Une idée lui était venue mais elle la rejeta aussitôt.

– Bonne chance dans tes recherches, dit-elle.

Récit de Flo   Cassette Nn° 24

Après la mort de Jules, quand l'article de Cyril Rathbone sur moi dans la revue Mulholland *est sorti avec ma photo en couverture, oh là là !... Mgr Cooning a commencé à faire ses fameux sermons du haut de la chaire de Sainte Vibiana. Tout ce qu'il a pu dire sur le pauvre Jules ! Quand j'étais gosse, à l'école paroissiale, nous entendions toujours parler de Mgr Cooning. Il enfourchait toujours le même cheval de bataille : la virginité ou des trucs comme ça... Il fallait se garder pure jusqu'au mariage.*

Mais revenons à Cyril. J'ai toujours su que c'était un ignoble individu. Jules le détestait et Pauline aussi. Et pourtant, j'ai remis mon sort entre ses mains. Ça a été une erreur, une de mes nombreuses erreurs. Le moindre petit espoir d'être comprise de Pauline à propos de l'héritage de Jules s'est écroulé le jour où j'ai annoncé que Cyril Rathbone allait écrire mon livre. Tout ça, j'aurais dû le savoir. Je veux dire... il suffisait de lire l'article qu'il avait écrit sur moi dans Mulholland. *Quand il n'avait rien de précis à raconter il embellissait ses chroniques avec tout ce qui lui passait par la tête.*

Je ne lui ai pas tout dit. J'ai gardé certaines choses pour moi. Tout ce qui concerne Kippie par exemple. Pendant cinq minutes, j'ai été en position de force. Avec ce que m'avait appris Lonny sur Kippie, à savoir qu'il avait tué Hector Paradiso. Mais quand j'ai rencontré Pauline, j'ai lu la terreur dans ses yeux au moment où j'ai parlé de Kippie. Une vraie terreur, je veux dire. Et j'ai reculé. Je n'ai pas profité de mon avantage. C'est comme si j'avais eu pitié de Pauline Mendelson, cette femme si riche à qui jamais rien n'avait été refusé dans la vie. J'aurais bien aimé tirer les choses au clair avec Jules. Tout de même, il avait caché ce garçon chez moi et j'étais là à lui préparer des jus d'orange… Jules n'aurait pas dû me faire ça ! Mais les gens comme lui et Pauline considèrent qu'ils sont au-dessus des lois.

25

À la mort de Jules Mendelson, Dudley avait éprouvé un grand chagrin. Il sentait qu'il ne retrouverait jamais un patron aussi exceptionnel et aussi bienveillant. Il avait été très généreusement traité dans le testament de Jules. En outre, Sims Lord lui avait remis une lettre manuscrite dans laquelle Jules lui demandait de rester aux «Nuages» auprès de Mme Mendelson. Les bruits qui couraient sur l'aventure amoureuse de Jules, Dudley avait choisi de les ignorer. Quand des remarques désobligeantes sur la conduite du grand homme lui venaient aux oreilles – et il en venait beaucoup – il opposait à son intelocuteur une attitude d'une telle hauteur qu'il coupait court à tout autre commentaire. Dudley considérait que son rôle à lui était de maintenir à leur niveau habituel les traditions de la maison.

Quand Philip Quennell, après avoir quitté Flo March, appuya sur le bouton de la sonnette à la porte des «Nuages» et demanda par la télévision en circuit fermé si Mme Mendelson était chez elle, Dudley fut choqué. Il savait que sa patronne aimait beaucoup ce jeune homme devenu l'ami de Camilla, mais il considérait que c'était une impertinence d'arriver sans avoir sollicité un rendez-vous par téléphone.

Dudley n'ignorait pas que son maître n'aimait guère Philip Quennell, et tout comme Jules Mendelson, il le considérait comme responsable de l'accident survenu à la petite danseuse de Degas.

– Est-ce que Mme Mendelson vous attend ? interrogea Dudley sur le circuit de télévision.

– Non, elle ne m'attend pas, répondit Philip en levant les yeux vers la caméra.

– Je ne crois pas qu'elle puisse vous recevoir à cette heure-ci, monsieur Quennell, dit Dudley, laissant passer dans le ton de sa voix une très légère note d'agacement. Vous pourriez peut-être téléphoner plus tard dans la journée pour prendre rendez-vous.

Philip n'était pas homme à abandonner aussi facilement.

– Je sais fort bien que je suis venu sans prévenir, Dudley, mais voulez-vous, s'il vous plaît, demander à Mme Mendelson si elle peut m'accorder quelques instants ?

Dudley, maintenant tout à fait contrarié, appela Pauline sur le téléphone intérieur pour lui annoncer que Philip Quennell était arrivé sans rendez-vous et souhaitait être reçu.

– Mon dieu ! fit Pauline.

– Je l'ai prié de vous appeler plus tard pour prendre rendez-vous, dit Dudley.

– Non, non, je vais le recevoir, Dudley, dit Pauline. Mais entretemps j'ai plusieurs choses à faire. Il faut que je voie Jarvis dans la serre. Faites attendre M. Quennell dans la bibliothèque.

Dudley, sans un mot de bienvenue, pressa le bouton qui commandait l'ouverture des grilles. Quand la voiture de Philip s'arrêta dans la cour, il ouvrit la porte d'entrée.

– Mme Mendelson vous fait dire de l'attendre dans la bibliothèque.

Comme toujours quand il entrait dans cette pièce, Philip alla jusqu'à la cheminée pour regarder les *Roses Blanches* de Van Gogh.

– Aimeriez-vous prendre quelque chose ? Thé ? Café ?

demanda Dudley tout en remettant de l'ordre dans un lot de magazines étalés sur une banquette près du foyer.

– Non, merci. Tout est parfait, répondit Philip sans paraître s'apercevoir du manque de cordialité du maître d'hôtel.

Dix minutes après, Pauline entra dans la pièce par une des portes-fenêtres qui donnaient sur la terrasse. Elle portait un panier plein de roses.

– Bonjour, Philip, dit-elle.

– Pauline, je sais que je suis inexcusable de tomber ainsi chez vous sans prévenir. Je crois que j'ai beaucoup choqué votre majordome.

– Oh, ne vous tracassez pas. J'espère que vous ne voyez pas d'inconvénient à ce que je m'occupe de ces fleurs pendant que nous bavarderons.

Sans attendre la réponse, elle s'empara d'un vase chinois bleu et blanc.

– J'ai quelqu'un à déjeuner, dit-elle, et je ne peux malheureusement pas vous prier de vous joindre à nous.

– Oh, je n'avais pas du tout l'intention de me faire inviter. C'est déjà extrêmement aimable à vous de me recevoir. Je n'en ai que pour quelques minutes.

Il commençait à se sentir inquiet et à se demander s'il pourrait mener à bien sa mission.

Pauline prit une paire de ciseaux dans son panier et entreprit d'effeuiller les roses.

– Vous ne vous êtes pas disputé avec Camilla, j'espère. C'est ce que j'avais d'abord imaginé.

Philip sourit.

– Non.

Elle se mit à disposer les fleurs dans le vase avec l'habileté d'une personne qui a passé sa vie à composer des bouquets destinés à de précieuses potiches chinoises.

– Ce n'est pas très différent de votre tableau, dit Philip.

– La peinture de Van Gogh m'influence toujours, mais certainement, vous n'êtes pas venu ici pour m'entretenir d'art floral.

– Non. Je suis venu vous parler de Flo March.

En entendant ce nom, Pauline se raidit. Elle abandonna ses ciseaux pendant un moment, respira profondément, puis les reprit et continua à s'occuper de ses fleurs.

– Êtes-vous devenu son porte-parole ? demanda-t-elle.

L'expression de son visage avait changé, comme le ton de sa voix.

– Si c'est le cas, prenez contact avec Sims Lord, mon avocat. Je ne souhaite pas recevoir d'elle quelque message que ce soit.

– Non, Pauline, je ne suis pas son porte-parole. Et je ne vous apporte aucun message de sa part. Je ne viens pas non plus pour la défendre. Mais je crois qu'il vous serait utile d'être au courant de certaines choses. Écoutez-moi, je vous en prie.

– Camilla sait-elle que vous êtes venu me voir ?

– Non, pas du tout.

– D'après vous, que dirait-elle si elle savait ?

– Elle dirait que je me mêle de ce qui ne me regarde pas.

– Elle aurait raison.

– Elle aurait effectivement raison, je le sais ; de même que vous avez raison d'être irritée par mon intervention, mais je vois venir une catastrophe si vous refusez de m'entendre, et cela vaut bien que je risque une désapprobation de votre part.

Pauline poursuivit son travail.

– J'ai toujours eu beaucoup de sympathie pour vous, Philip. Vous devez le savoir. Et même de l'amitié. Mais je pense que vous avez dépassé les limites ; j'aimerais donc que vous quittiez ma maison et n'y reveniez plus.

Philip s'inclina. Il gagna la porte de la bibliothèque. Au moment de l'ouvrir, il se retourna.

– Il y a des choses qu'elle sait, Pauline.

– S'il vous plaît, allez-vous-en, dit-elle.

Il continua de parler comme si elle n'avait rien dit.

– C'est une femme désespérée, et les femmes désespérées peuvent commettre des actes irréparables. Elle est manipulée par un individu sans scrupule qui vous déteste.

– De qui s'agit-il ?

– Cyril Rathbone.

– Ah ! S'il vous plaît ! dit-elle avec un rire méprisant. C'est un personnage grotesque. Un imposteur. Il m'en veut parce que je n'ai jamais voulu l'inviter chez moi.

– Il est en train d'écrire un livre sous le nom de Flo March, avec pour titre *La Maîtresse de Jules*. Vous le saviez ?

Le silence de Pauline lui montra qu'elle n'en savait rien.

– Un procédé de fille des rues, dit-elle finalement.

– Cyril Rathbone a déjà enregistré quarante heures sur cassettes. Elle lui a dit certaines choses qui pourraient être embarrassantes pour vous.

Pauline voulait que Philip s'en aille, mais elle voulait aussi qu'il reste.

– Quel genre de choses ? demanda-t-elle.

Pour essayer de dissimuler son intérêt subit, elle continua d'arranger les roses dans la potiche.

– Je ne sais pas, je n'ai pas écouté les cassettes. Il faut que je vous demande quelque chose, Pauline ; vous pouvez ne pas me répondre. D'ailleurs, ne me répondez pas, parce que ça ne me regarde pas. Mais je vais quand même vous poser la question. Connaît-elle quelque chose à votre sujet ? ou au sujet d'Hector ? ou au sujet de votre fils ? Quelque chose qu'elle est seule à savoir ?

– Qu'a-t-elle dit au juste ?

– Elle a fait des allusions, mais elle n'a rien dit de précis.

Blême, Pauline se détourna de Philip.

– Cette femme ment. Elle est prête à dire n'importe quoi.

– Vous êtes dans l'erreur, Pauline. Elle préférerait ne pas avoir à écrire ce livre. Je puis vous l'assurer. Elle me l'a dit il y a moins d'une heure, mais elle est désespérée. Mettez-vous à sa place.

– Une fois qu'on a commencé à céder au chantage, il n'a plus de fin. Tout le monde vous le dira.

– Il s'agit uniquement de ce que Jules lui avait promis. C'est moins que ne vaut cette bague que vous avez là.

Machinalement, elle leva la main gauche, et de l'autre main se mit à jouer avec l'anneau en le faisant glisser sur son doigt. Depuis la mort de Jules, Pauline s'était remise à porter l'énorme «Lamballe». Quand les gens lui en parlaient, elle le regardait, souriait et racontait comment Jules le lui avait offert à Paris, la semaine même où ils s'étaient mariés. Dans le ton qu'elle prenait pour raconter l'histoire, on sentait une grande tendresse pour le mari avec lequel elle avait passé vingt-deux ans de sa vie. Sans aucune amertume, en dépit de l'humiliation qu'il lui avait fait subir.

– Au revoir, Philip, dit Pauline.

– Au revoir, Pauline.

Il comprit que sa démarche avait été un échec et que, par-dessus le marché, il avait perdu une amie. Ainsi congédié, il traversa le vestibule pour sortir de la maison. À ce moment Dudley se précipitait vers la porte pour l'ouvrir. Ce n'était pas pour Philip, contrairement à ce que celui-ci croyait, mais pour un autre visiteur.

– Mme Mendelson m'attend, dit l'homme avec l'accent anglais.

– Certainement, Lord Saint-Vincent, dit Dudley.

Philip Quennell et Lord Saint-Vincent se regardèrent en se croisant. Dudley ne fit pas les présentations.

L'enthousiasme initial que Joël Zircon avait rencontré dans les milieux de l'édition pour le livre de Flo était retombé du jour au lendemain. Des éditeurs qui, une semaine plus tôt s'étaient déclarés prêts à signer un contrat dès la remise du premier chapitre devenaient difficiles à joindre.

– Les gens que j'ai appelés ne réagissent plus, se plaignait Joël Zircon à Mona Berg avec qui il déjeunait. (Joël était monté en grade à l'Agence Berg.) Je n'y comprends rien.

Mona, toujours pratique, trouva instantanément une solution :

– Attaque par le biais de la mini-série, suggéra-t-elle.

– Ce qui veut dire ?

– Tu prends ton premier chapitre et ton synopsis, tu vas trouver des télés et tu leur dis : « J'ai ici le premier chapitre et le synopsis de *La Maîtresse de Jules*, le bouquin de Flo March pour lequel toutes les maisons d'édition me courent après, mais j'ai décidé de passer directement à la suite des opérations et de venir vous trouver pendant que l'affaire est encore très chaude. »

– Ouais ?

– Emploie des mots comme « milliardaire », « haute société », « somptueuse résidence », quand tu parleras de ton scénario. Ils adorent ça.

– Superbe idée, Mona. Tu es la meilleure.

– Je sais, dit Mona.

– Quelque chose a foiré, dit Joël. Ils ne font pas la minisérie.

– Tu avais dit qu'ils allaient l'acheter.

– Ils ont changé d'avis. Les histoires d'adultères ne se vendent plus.

Flo tira ses couvertures sur elle et se tourna contre le mur.

– Quelqu'un est intervenu, dit-elle.

– Qu'est-ce que tu veux dire ?

– Rien d'autre que ce que j'ai dit. Quelqu'un est intervenu.

– Oh, allons donc !

– Tu ne connais pas ces gens comme je les connais.

Joël fit une tentative auprès des deux autres chaînes. Aux échelons inférieurs, on était enthousiaste, puis, quand l'idée était présentée aux plus hautes instances de la programmation, elle était rejetée.

– Je ne comprends pas ce qui se passe, dit Joël à Cyril. Il me semblait que, si quelque chose devait marcher, c'était bien ça. Je veux dire, il y a tous les éléments d'un succès.

– J'ai une idée, dit Cyril.

– Laquelle ?

– Arrange-toi pour que Flo passe dans l'émission d'Amos Swank. Fais-lui raconter son problème à toute l'Amérique des couche-tard. Une belle jeune femme qui a une histoire et n'arrive pas à la faire publier parce que les puissants de ce monde sont ligués contre elle.

– Pour voir ça, je veillerais bien jusqu'à une heure avancée.

– Comme la plupart des gens.

Quand la date de l'apparition de Flo dans l'émission d'Amos Swank, « Après Minuit », fut fixée, une grande excitation commença à régner. Flo elle-même se reprit en main. Tous les matins elle allait à la réunion des AA mais, sur les conseils de Philip Quennell, elle ne levait plus la main pour raconter sa vie.

– Les gens savent qui tu es, maintenant. Ils parlent de toi. Ils ne sont pas censés le faire, mais quelques-uns le font, dit Philip. Ne va plus bavarder autour d'un café avec Rose C. Elle ne sait pas tenir sa langue.

– Mais elle a été si gentille avec moi.

Elle s'inscrivit dans une salle de sports et entreprit de se remettre en forme. Elle retourna chez Pooky pour se faire coiffer et se faire manucurer par Blanchette. Elle amena Pooky chez elle pour qu'il l'aide à décider ce qu'elle porterait le soir de l'émission. Elle n'avait pu se permettre d'acheter de nouveaux vêtements depuis la mort de Jules, mais Pooky lui assura que les Chanel de sa garde-robe étaient des classiques qui ne se démodaient jamais. Ils en choisirent un que le coiffeur alla porter chez une couturière de ses amies à San Fernando Valley pour qu'elle le raccourcisse comme la mode l'exigeait.

– Mets ta bague avec le saphir et les diamants, dit-il, et rien d'autre. Ne mets pas les boucles d'oreilles en diamants jaunes.

– Tu es un vrai copain, Pooky.

Cyril se chargea de la préparer à l'émission. Il lui apporta des cassettes vidéo d'Amos Swank interviewant d'autres célébrités, pour qu'elle les étudie. Il lui disait : « Asseyez-vous comme ceci», ou «N'utilisez pas cette expression»,ou «Si vous parlez de Lonny, n'oubliez pas de le présenter comme une vedette du porno».

– Je ne vais pas parler de Lonny, Cyril.

Elle avait peur.

Un jour, Freddie Galavant, l'ex-ambassadeur, téléphona à Mona Berg pour l'avertir que, si son agence lançait le livre ou la mini-série de la fille March, le fisc ne lui laisserait plus une minute de répit. Mona appela Joël à son bureau et lui dit :

– Laisse tomber.

– Mais j'ai presque signé le contrat.

– Laisse tomber, répéta Mona.

Joël laissa tomber.

Comme Dom Belcanto, le chanteur de charme, était la vedette de l'émission d'Amos Swank, ce soir-là, Arnie Zwillman délaissa sa partie de cartes quotidienne pour rester chez lui avec Adrienne Basquette.

– Je ne manque jamais une émission avec Dom, expliqua-t-il à Adrienne.

C'est seulement après le générique où figuraient tous les invités qu'il se rendit compte que Flo March, «la fille qui écrit le livre que tout le monde a peur de publier», comme disait Amos Swank, devait passer en dernier, après Dom Belcanto.

– Cette salope est un véritable baril de poudre, dit Arnie à Adrienne.

Pauline Mendelson, toujours très occupée, ne regardait presque jamais la télévision, et, bien évidemment, n'avait jamais vu l'émission d'Amos Swank. «J'ignorais absolument qui sont tous ces gens»,disait-elle toujours à Jules, en voyant la liste des invités de la soirée, le plus souvent les premiers rôles de séries télévisées qu'elle n'avait jamais regardées. Mais elle devait présider un gala de bienfaisance pour le Foyer des

Jeunes Aveugles de Los Angeles – charge qu'elle avait acceptée avant la mort de Jules. Dom Belcanto, «qui faisait des choses merveilleuses» pour les œuvres de bienfaisance, avait donné son accord pour chanter au dîner du Century Plaza. C'est pourquoi ce soir-là, elle regarda la télé car elle devait voir Belcanto le lendemain pour parler du gala.

Dans l'après-midi, Flo avait rencontré une collaboratrice d'Amos Swank. Celle-ci avait pris un grand intérêt à son histoire et lui avait assuré que sa séquence – la dernière de l'émission – avait des chances d'être la plus appréciée après celle de Belcanto.

– Si j'ai bien compris, je ne pourrai pas parler à Amos Swank avant ? demanda Flo.

– Exact, dit Laurette. Amos pense que les réactions sont plus spontanées quand on se rencontre pour la première fois en direct. J'ai lu votre premier chapitre et le synopsis. De la dynamite, c'est vraiment de la dynamite. Et il y aura beaucoup de monde à l'écoute ce soir, à cause de Dom Belcanto. Tout le pays sera devant les téléviseurs, croyez-moi. Ce type est une formidable locomotive.

– Je ne veux pas parler du beau-fils de M. Mendelson, dit Flo.

– Non, non, non, ne vous faites pas de souci, répondit Laurette.

– Faites-moi plaisir, Cyril, attendez-moi dehors. Vous me rendez nerveuse, dit Flo, assise dans le fauteuil du maquilleur.

– Je voulais seulement appeler votre attention sur la lettre par laquelle Jules vous laisse un million de dollars. Leur avez-vous donné une photocopie qu'ils puissent montrer sur le monitor ?

– S'il vous plaît, Cyril. J'ai tout vu avec Laurette cet après-midi. Elle a la lettre.

Jess, le maquilleur, plaça des Kleenex tout autour du col de son corsage pour que le fond de teint n'y laisse pas de traces. Il tomba en admiration devant sa chevelure.

– Je n'ai jamais vu d'aussi beaux cheveux, s'exclama-t-il.

Flo était de plus en plus nerveuse à mesure que l'heure approchait, mais en même temps elle était très excitée. Elle avait toujours désiré entrer dans le monde du spectacle. Elle adorait se trouver là, dans cette cabine de maquillage avec Jess qui s'affairait autour d'elle. Elle adorait bavarder dans une loge avec les autres invités de l'émission. Il lui vint en tête que son apparition à l'écran lui vaudrait peut-être d'autres rôles plus importants. Elle pensa à faire faire d'autres photos. Et à contacter un agent. Peut-être Joël Zircon accepterait-il de s'occuper de l'actrice aussi bien que de l'auteur.

– Miss March ?

– Oui ?

Elle leva les yeux et vit un huissier dans un uniforme bleu foncé.

– C'est l'heure d'aller sur le plateau ? J'ai un trac fou.

– Voudriez-vous venir avec moi, Miss March ? dit l'homme. M. Marcuzzi, le producteur, aimerait vous voir ; dans son bureau.

– Oh ! mon dieu !

– Il est dans le bâtiment ouest. Au quinzième étage.

– Reste-t-il assez de temps avant mon passage à l'écran ?

– Certainement. C'est lui qui dirige l'émission.

Elle suivit l'huissier dans les couloirs. Il s'effaça pour la laisser entrer dans l'ascenseur. Quand les portes s'ouvrirent, elle vit Cyril Rathbone sur le palier. Il la regarda longuement.

– Cyril, est-ce que vous aussi vous devez voir M. Marcuzzi ? demanda Flo.

– Ils ont annulé votre séquence, lui jeta Cyril.

– Quoi ? s'exclama-t-elle, abasourdie.

– Je n'en sais pas plus.

– Je ne peux pas le croire. Laurette a passé deux heures chez moi cet après-midi. Nous avons tout revu ensemble. On vient de me maquiller.

– Et puis ils ont annulé.

– Mais M. Marcuzzi veut me voir.

– Il veut vous voir pour vous annoncer que vous ne passerez pas à l'antenne. Savez-vous ce qu'il a dit ? Il a dit « Amos n'aime pas les gens qui écrivent des livres. Il aime les grandes vedettes comme Dom Belcanto, ou les filles avec des gros nichons, comme Roseanne, ou les animaux savants ». Il n'y a plus rien à espérer, conclut Cyril.

Flo sentit ses jambes se dérober sous elle. Sous son maquillage son visage était devenu gris. Elle eut l'impression qu'elle allait s'évanouir si elle ne s'asseyait pas immédiatement. Elle alla jusqu'à une fenêtre et s'appuya contre le rebord.

– Quelqu'un aura téléphoné, dit-elle.

Elle se parlait à elle-même plutôt qu'à lui. Elle regardait par la fenêtre, hébétée. Dans sa détresse, elle n'avait aucune aide à attendre de Cyril. À ses yeux, elle était devenue une personne sans importance avec des problèmes sans importance.

Elle abaissa les yeux sur la rue quinze étages au-dessous d'elle. La circulation était intense sur Ventura Boulevard. Elle se pencha légèrement hors de la fenêtre et regarda en bas. Des souvenirs de sa mère lui passèrent par la tête. Elle la revit dérivant d'asile en asile avec tous ses pauvres biens dans des sachets de plastique en lambeaux.

À l'instant même, Cyril entrevit les possibilités d'exploiter ce qu'il sentait naître dans l'esprit de Flo. Il résista donc à son premier mouvement qui avait été de la prendre par le bras. « J'étais là, j'ai essayé de l'arrêter, dirait-il à la police. J'ai crié : Non, Flo ! Ne faites pas ça ! Mais je n'ai pas pu la retenir. »

– Sautez, lui souffla-t-il. Allez-y.

Flo tourna la tête vers lui et leurs regards se rencontrèrent. Il avait l'air exalté ; il haletait :

– Tout est fini pour vous, dit-il très vite, d'une voix basse mais pressante. Vous n'avez plus de raison de vivre. Jules est parti. À la fin du compte il vous a oubliée. Vous êtes sans un sou. Personne ne veut vous voir, vous connaître. Allez-y. Sautez, Flo. Ce sera dans tous les journaux. Ce sera sensationnel.

Les gens se souviendront de vous pendant des années, Flo. La mort peut être une expérience magnifique. Allez, Flo, allez.

Flo le regardait pétrifiée. Elle regarda la rue au-dessous d'elle. Elle posa d'abord un genou sur le rebord de la fenêtre, puis l'autre. Les voitures se suivaient à toute vitesse sur Ventura Boulevard. Les feux rouges et blancs l'hypnotisaient. Elle se pencha un peu plus.

– Allez, chuchotait Cyril derrière elle. Allez-y.

Il répétait ces mots comme s'il sentait venir un orgasme, et elle, totalement soumise, lui obéissait en se rapprochant du vide. Elle leva les bras.

À ce moment l'ascenseur s'arrêta à leur palier, annoncé par une sonnerie et le bruit de l'ouverture des portes.

– On descend, dit quelqu'un d'une voix forte.

Le charme était rompu. Flo sauta en arrière et tomba sur le sol. Pâle, au bord de l'évanouissement, elle leva les yeux vers Cyril Rathbone et le regarda fixement, puis, lentement, s'écarta de lui en se traînant par terre. Son visage ruisselait de larmes. Elle essaya de se relever mais ses jambes étaient trop faibles pour la porter.

– On descend ! répéta la voix venant de l'ascenseur dont les portes commencèrent à se fermer.

– Attendez ! hurla Flo.

Elle se redressa d'un bond et se rua dans l'ascenseur. Cyril la suivit. Il se mit à lui parler mais elle se détourna de lui. De ses mains tremblantes, elle essuya ses larmes, et, d'un geste machinal, dévissa le capuchon de son bâton de rouge et se le passa sur les lèvres à l'aveuglette.

– Je vais chercher la voiture, déclara Cyril quand ils furent arrivés.

– Pas la peine. Je vais prendre un taxi…, dit Flo en secouant la tête.

– Non, non, chère Flo. Ne faites pas l'idiote.

Sa voix avait repris son accent affecté, comme si rien ne s'était passé entre eux.

Elle s'appuya au mur, épuisée.

– Pourquoi m'avez-vous fait ça ?

Elle lui décocha toute la phrase d'un trait, comme s'il s'agissait d'un seul mot.

– C'était pour rire, Flo. Je plaisantais. Vous saviez bien que je n'étais pas sérieux.

Elle le transperça du regard.

– Pour rire, Cyril ? C'était vraiment très très drôle. Amos Swank aurait pu tirer beaucoup de profit de cette petite scène si drôle.

– Flo ! appela-t-il.

Elle s'arrêta et se tourna vers lui.

– Ne m'approchez pas, Cyril. Ne m'approchez pas !

Le chauffeur de taxi iranien de la Compagnie des Taxis de la Vallée la regardait attentivement dans son rétroviseur. Il avait l'impression de l'avoir déjà vue, mais il n'arrivait pas à mettre un nom sur son visage. Son adresse ne lui était pas inconnue non plus. Il la regarda à nouveau quand elle ouvrit son sac et en sortit un porte feuille. Elle observait constamment le compteur, puis jetait un coup d'œil sur l'argent qu'elle avait à la main, probablement pour voir si elle aurait assez pour régler la course.

– Écoutez, lui dit-elle, quand vous arriverez au carrefour Cold water-Sunset, déposez-moi. Je continuerai à pied.

– Ce n'est pas possible, mademoiselle. Il fait nuit noire et il y a presque trois kilomètres et demi pour monter de Coldwater à l'embranchement du chemin Azelia.

– Je n'ai pas assez d'argent pour aller plus loin. Je ne m'en suis pas rendu compte en prenant votre taxi. Je suis désolée. Je devais revenir chez moi avec la personne qui m'a amenée au studio, puis elle a eu un empêchement et j'ai dû rentrer par mes propres moyens.

Le chauffeur fit claquer ses doigts :

– Le Château-Marmont, sur Sunset Boulevard... Est-ce que je ne vous ai pas amenée une fois, d'un restaurant de la Vallée ? Vous pleuriez et vous aviez l'air toute retournée.

454

Flo sourit.

– Et vous êtes le même chauffeur ? Vous tombez sur moi les grands jours, décidément.

– Vous m'avez donné dix dollars de pourboire ce soir-là. Je ne l'ai jamais oublié. La plupart des gens, c'est quinze pour cent du prix de la course, et encore… Jamais plus en tous les cas. Vous, vous m'avez tendu un billet de dix dollars. J'ai pensé : cette dame, elle a de la classe. Eh bien, je ne vais pas vous abandonner dans les rues, madame. Je vous emmène jusque chez vous. (Il débrancha le compteur.) La course est à mes frais.

– C'est vraiment très gentil à vous.

Quand le taxi quitta Coldwater Canyon pour s'engager dans le chemin Azelia, ils croisèrent une voiture. Flo remarqua que c'était une Rolls Royce dorée. Deux hommes étaient assis sur le siège avant. Ils ne regardèrent pas dans sa direction. Elle frissonna. Comme le taxi montait la côte et se dirigeait vers son allée, Flo se retourna pour suivre la Rolls des yeux.

– Vous ne voudriez pas me rendre un petit service s'il vous plaît ? lui demanda-t-elle au moment où le taxi tournait dans l'allée.

– De quoi s'agit-il ?

– Voulez-vous simplement attendre ici jusqu'à ce que je sois rentrée dans la maison.

– Je vous accompagnerai jusqu'à la porte.

Il descendit et lui ouvrit la portière comme s'il était un chauffeur de maître. Comme Flo sortait ses clefs pour ouvrir la porte d'entrée, elle s'aperçut que celle-ci était simplement tirée.

– Peut-être que vous avez oublié de fermer en partant, dit le chauffeur.

– Peut-être, dit Flo, en ouvrant la porte toute grande.

– Vous voulez que je passe d'abord ?

– Oh oui, je veux bien.

Dans la maison tout semblait en ordre. Elle ouvrit un des tiroirs de rangement de son dressing-room à la recherche de la cassette à bijoux Louis Vuitton qu'elle serrait contre elle sur la photo prise à Paris lors de l'incendie à l'Hôtel Meurice. Elle l'ouvrit et constata, avec soulagement, que les boucles d'oreilles de diamants jaunes, qu'elle considérait comme le dernier cadeau de Jules, se trouvaient toujours à leur place.

– Tout est en ordre ? demanda le chauffeur.

– Il semble que oui.

– Allez-vous appeler la police ?

– Non. Apparemment, il ne manque rien. Je vous remercie mille fois. Je suis vraiment très sensible à votre amabilité. Si vous me donnez votre adresse, je vous enverrai l'argent quand je serai allée à la banque demain matin.

– C'est moi qui paie. Bonne chance ! Vous avez l'air d'avoir beaucoup de difficultés dans la vie, pour une femme aussi jeune.

Quand elle fut seule, elle mit en place la chaîne de sécurité et ferma le verrou de la porte d'entrée. Elle passa dans toutes les pièces de la maison, ferma les volets et tira les rideaux. Puis elle alluma toutes les lumières. Dans sa chambre, elle commença à se déshabiller. Elle s'assit devant sa coiffeuse et se passa de la crème sur le visage pour enlever le maquillage auquel Jess était en train de procéder au moment où l'huissier était venu lui demander de monter au bureau de M. Marcuzzi. À la pensée de ce qui s'était passé, elle se sentit sur le point de défaillir. Elle alla au bar, contempla pendant un long moment la bouteille de Soave achetée au supermarché, la déboucha et vida le vin dans l'évier. Puis elle allongea le bras à l'intérieur du réfrigérateur et en sortit une boîte de Coca-Cola, l'ouvrit et but à la régalade. En se voyant dans les glaces qui tapissaient les murs du bar, elle se rappela à quel point Jules détestait la voir boire du Coca-Cola à même les boîtes, et elle versa le liquide dans un de ses verres de chez Steuben. « J'essaie encore de faire comme tu voulais, Jules », dit-elle à sa propre image dans le miroir, « et ça ne me mène absolument nulle part. »

Comme elle se retournait pour rentrer dans le salon, son

pied nu heurta un objet dur. Elle baissa les yeux et vit sur le plancher le magnétophone de Cyril. Il avait été brisé à coups de marteau. La cassette qui s'y trouvait avait disparu.

Comme elle n'arrivait pas à dormir, elle prit les oreillers de son lit, les apporta dans le salon et s'étendit sur son canapé gris avec un paquet de cigarettes et quelques magazines. Chaque fois qu'elle entendait une voiture remonter le chemin Azelia, elle tendait l'oreille jusqu'au moment où elle était certaine que l'auto avait dépassé son allée.

Elle saisit *Mulholland*. La revue contenait l'article d'Hortense Madden sur le manuscrit perdu de l'écrivain disparu, Basil Plant.

Elle jeta un coup d'œil sur sa montre. Il était deux heures du matin. Elle composa le numéro de Lonny. « C'est Lonny. Je ne peux pas répondre au téléphone pour l'instant. Laissez votre nom et votre numéro, même si vous pensez que je l'ai déjà, ainsi que l'heure de votre appel. Je vous rappellerai aussi tôt que possible. Parlez après le top sonore. »

Elle n'avait pas envie de laisser son nom sur le répondeur, mais juste au moment où elle allait raccrocher, elle entendit la voix de Lonny :

– Allô, Allô ? Ina Rae ? demanda Lonny.

– Non, c'est Flo. Du café Viceroy. On s'est vus au comptoir de journaux au supermarché.

– Flo, mon Dieu ! Comment ça va ? J'attendais quelqu'un d'autre.

– Je comprends. Ina Rae. Qui est Ina Rae ?

Il y eut un silence.

– Qu'est-ce qui se passe ? Il est deux heures du matin.

– Est-ce que tu cherches toujours un endroit pour habiter ?

– Ouais, pour sûr. Ici, on me fout à la porte. J'allais emménager avec mon amie Ina Rae, mais ça ne marche plus.

– Combien es-tu prêt à payer ?

– Six ou sept cents par mois. Pourquoi ?

– Peux-tu aller jusqu'à mille ?

– Peut-être. Pourquoi ? Tu connais quelque chose ?

– Chez moi. J'ai une chambre de bonne inoccupée où tu pourrais t'installer. Ce serait une solution provisoire.

– Vraiment ? Tu veux dire dans ta maison à Beverly Hills ? Ce serait fantastique !

– Maintenant, écoute. Pas de salades entre nous. Pas de mecs dans la maison. Pas de films cochons. Nous sommes strictement des co-locataires. Deux mois de loyer d'avance.

– Pourquoi est-ce que j'ai l'impression que cet appel à deux heures du matin, ce n'est pas seulement pour me dire que tu es fauchée ?

– C'est parce que j'ai peur, Lonny. J'ai peur de rester seule ici.

J'étais comme une feuille morte dans la tempête. Je ne savais plus qui croire, à l'exception de Philip, cet ami que j'avais rencontré chez les AA. Je ne savais plus à quel saint me vouer. Je suppose que c'est comme ça que j'ai fini par héberger Lonny chez moi. Lonny Edge, vous imaginez le tableau. Lonny, au fond, c'est un gentil garçon, mais le problème, c'est qu'il travaille dans un secteur que la plupart des gens n'apprécient pas beaucoup, du moins publiquement. Mon Dieu, les histoires qu'il a pu me raconter sur ces gens fameux qu'il allait voir à Bel Air et Holmby Hills, le genre dont on parle dans les journaux, pour dire qu'ils sont tellement bien, et tout et tout; Lonny m'a tout dit sur ce qui était arrivé cette nuit-là chez Hector. C'était encore une histoire d'argent. Kippie avait besoin d'argent et sa mère ne voulait pas lui en donner, et Jules non plus, apparemment. Alors il est allé chez Hector et l'a surpris avec Lonny. Moi je me demande pourquoi tous ces gens sont tous à s'accrocher à leur fric. Est-ce que ça vaut la peine de causer tous les ennuis qu'ils causent, tout ça parce qu'ils ne veulent pas lâcher leur pognon ?

Probablement, la chose la plus intelligente que j'ai faite, c'est d'aller à la banque retirer les cassettes du coffre et de les rapporter ici, à la maison, le lendemain du jour où Cyril a essayé de me persuader de sauter de la fenêtre du quinzième étage.

26

En s'éveillant, Cyril Rathbone se souvint avec un certain malaise de ce qu'il avait dit et fait la veille au soir. Il savait parfaitement que l'impulsion qui l'avait poussé à profiter du désespoir de Flo March avait mis fin à leur association. Sur le moment, sa démarche lui avait paru logique, car il y avait vu la perspective d'articles en première page, en même temps qu'une fin spectaculaire pour son livre. Il ne parvenait pas à effacer de sa mémoire ce mélange de terreur et de haine sur le visage de la jeune femme, quand elle lui avait crié : « Ne m'approchez pas ! » Pourtant, il essaya de la joindre au téléphone, puis il lui envoya une lettre exprès pour tenter de lui expliquer les faits et les pensées qui avaient traversé son esprit à ce moment-là. Mais il n'eut pas de réponse et comprit qu'il n'en aurait jamais... Pour Flo March, il n'existait plus.

Les trente-neuf heures d'entretien qu'elle avait enregistrées sur cassettes se trouvaient dans un coffre à la Wells Fargo Bank à Beverly Hills. Ils en avaient chacun une clef. Quand il s'y rendit plusieurs jours après, il trouva le coffre vide. Sans Flo, ses espoirs de passer du statut d'échotier à celui d'écrivain s'écroulèrent.

Pauline avait recommencé à sortir en ville ; elle apparaissait à de petits dîners entre amis ou dans certaines manifestations culturelles, mais elle évitait systématiquement les photographes des revues de mode qui avaient épié ses faits et gestes pendant des années.

Ce ne fut pas du tout par hasard, malgré les apparences, si Cyril croisa Pauline Mendelson sur Bedford Drive au moment précis où elle quittait le salon de Pooky. Ce matin-là, au petit déjeuner au café Viceroy, il avait entendu Pooky dire à Blanchette, la manucure, que Mme Mendelson viendrait au salon à onze heures. Quarante-cinq minutes plus tard, Jim, le chauffeur de Pauline, rangeait la Bentley exactement devant l'entrée du salon de coiffure. À onze heures cinquante précises, Pauline en sortait, du pas vif et décidé des célébrités qui n'ont pas de temps à perdre. Les cheveux recouverts d'un foulard, elle traversa le trottoir, sans regarder ni à droite ni à gauche, serrant son sac contre elle, tandis que le chauffeur et le groom se découvraient. Cyril, un attaché-case à la main, prit une allure rapide lui aussi, sans regarder ni à droite ni à gauche. Au milieu du trottoir, ils se heurtèrent et perdirent presque l'équilibre. Le sac de Pauline tomba sur le sol. L'attaché-case de Cyril également.

– Oh, mon Dieu ! fit-il avec un soupçon d'agacement dans son anglais distingué comme s'il n'était pas responsable de l'incident.

Jim, le chauffeur, se précipita, attrapa le bras de Pauline pour l'empêcher de tomber, puis se baissa pour ramasser son sac.

– Tout va bien, madame ? demanda-t-il.

– Oui, Jim, tout va bien. Le fait est que je ne regardais pas où j'allais.

Elle se tourna pour présenter ses excuses :

– Je suis désolée, je crois que je suis fautive.

– Non, non, je vous en prie, protesta Cyril. Pardonnez-moi, j'avais la tête ailleurs. Vous ai-je fait mal ? Oh, ma parole, Pauline !... Je ne m'étais pas rendu compte que c'était vous.

Surprise, elle inclina la tête d'un air lointain quand elle réalisa que l'homme qu'elle venait de heurter n'était autre que Cyril Rathbone.

– C'est tout a fait extraordinaire, s'exclama celui-ci.

Sa voix prit le ton émerveillé de l'amateur de parapsychologie :

– Je pensais justement à vous. Comme vous le savez, rien n'arrive par hasard. Tout est…

Pauline n'attendit pas la suite du discours. Elle se dirigea vers sa voiture et s'installa sur le siège arrière. Comme Jim était sur le point de fermer la portière, Cyril, faisant un pas en avant, la maintint ouverte et se pencha à l'intérieur de la voiture. Il savait qu'il ne retrouverait pas une occasion aussi favorable.

– Il est urgent que j'aie un entretien avec vous, Pauline, urgent !

– Je suis terriblement en retard, coupa-t-elle en se recroquevillant dans le coin de la Bentley. (Il avait envie de dire : « Oui, je sais, l'ambassadeur vient déjeuner », mais il se retint.) Ce que j'ai à vous dire est très important pour vous. Vous me serez très reconnaissante, j'en suis sûr, des révélations que j'ai à vous faire, insista-t-il.

Elle le regardait sans répondre.

– C'est au sujet de Miss March. J'ai entendu les cassettes qu'elle a enregistrées.

Refusant d'en écouter davantage, Pauline secoua la tête.

– Je suis terriblement pressée, répéta-t-elle en levant la main pour prévenir toute tentative de conversation.

– Moi aussi, je suis en retard pour mon rendez-vous, mais pourtant il faut que vous m'entendiez.

– Nous allons directement à la maison, Jim.

– S'il vous plaît, Pauline…, insista Cyril.

Sans le regarder, elle jeta :

– Appelez Miss Maple, la secrétaire de mon mari. Demandez-lui de vous fixer un rendez-vous.

Pendant près de trente ans, Arnie Zwillman s'était débrouillé pour échapper aux journalistes et aux enquêteurs du *Wall Street Journal* et du *Los Angeles Tribune*. Au cours des années, on s'était posé bien des questions sur ses activités à Las Vegas ou ailleurs dans des affaires de transport, dans l'industrie du disque ou du cinéma, la drogue, la prostitution, la pornographie ; son nom revenait sans cesse mais il restait un personnage mystérieux, une éminence grise, rarement vue, jamais photograpiée. Inaccessible à l'extrême, sauf à l'occasion d'incursions au Friars Club, pour jouer aux cartes, sa passion. Il ne fréquentait presque personne. Sa vie sociale était limitée à sa femme du moment (car, selon les méandres de son désir, il en changeait souvent ; environ tous les sept ans) et à quelques copains célèbres comme Dom Belcanto, le chanteur de charme, et Amos Swank, le présentateur de la télévision.

C'était à Amos Swank qu'Arnie Zwillman avait téléphoné la veille au soir, pour lui demander de déprogrammer sa dernière invitée de la soirée.

– Laisse-moi tomber cette connasse !

– Ça me met vraiment dans une situation impossible, Arnie. Je n'ai rien à mettre à la place.

– Dis à Dom que je lui demande de chanter quelques airs de plus. Après tout, c'est lui que le public a envie de voir, pas la mère March !

Plus tard, quand Arnie écouta la seule cassette qui eût été trouvée chez Flo, son visage exprima toutes les nuances du mécontentement. Sa rencontre avec Jules Mendelson chez Casper Stieglitz, pendant que les autres invités regardaient un film, était racontée en détail, comme Jules lui-même l'avait racontée à Flo. L'expression « blanchir de l'argent » revenait souvent, aussi bien que l'exposé de la méthode suggérée par Arnie pour y parvenir pendant que Jules serait à Bruxelles.

Arnie avait cru que seule l'irruption de Pauline Mendelson, offensée par une remarque grossière de Stieglitz avait empêché l'affaire d'être conclue.

– Bon dieu ! la fille March a dû être secrétaire ! Elle a pris en sténo tout ce que Jules disait, tout en lui baissant le pantalon.

Sa remarque provoqua un gros rire dans la salle, mais Arnie

Zwillman n'était pas d'humeur à plaisanter. Il leva la main et les rires se figèrent instantanément.

– Où sont les autres bandes ? Il y a quarante heures d'enregistrement. Je veux entendre le reste de l'histoire de Kippie.

– C'est tout ce qu'on a pu trouver, dit Jo Jo son assistant.

– Elles sont probablement dans un coffre quelconque. Trouvez-moi cet imbécile de Cyril Rathbone et faites-lui cracher le morceau, ordonna Arnie.

– C'est monsieur Rathbone, je suis attendu, dit Cyril d'une voix plus britannique que jamais.

Dudley n'était pas très bien disposé à l'égard de ce collaborateur de *Mulholland Magazine* après avoir lu ses articles d'une honteuse perfidie. Il était allé jusqu'à exprimer sa désapprobation à sa maîtresse lorsqu'elle avait dit qu'elle attendait M. Rathbone. Mais Pauline s'était contentée de hausser les épaules comme s'il s'agissait d'un événement sur lequel elle n'avait aucune prise.

Comme Cyril suivait la longue allée de la propriété des Mendelson, son cœur se mit à battre. Sa rédactrice en chef avait toujours été déçue qu'il n'eût pas accès à cette grande maison. Le fait qu'aucun autre chroniqueur mondain n'y pénétrât, et que feu Jules Mendelson exécrât la publicité, n'étaient pas à ses yeux des excuses valables. Lucia Borsodi lui répétait sans cesse qu'à New York Dolly de Longpré, la célèbre doyenne du genre, était admise dans toutes les meilleures maisons de l'ancienne et de la nouvelle société, y compris aux « Nuages » lorsqu'elle passait par Los Angeles une fois par an. Dès la cour, il fut ébloui. L'immense maison était telle qu'il l'avait imaginée. La porte d'entrée s'ouvrit avant qu'il l'eût atteinte et, sans même un regard pour Dudley, il pénétra dans le vestibule.

– Oh ! Quelles merveilles ! Quelles merveilles ! s'exclamat-il à mi-voix en promenant son regard sur tous les tableaux, élaborant dans sa tête les phrases avec lesquelles il pourrait les décrire.

Dudley, qui s'était bien gardé de lui adresser le moindre mot de bienvenue, le conduisit jusque dans l'ombre fraîche de la bibliothèque. Dehors, il faisait très chaud, mais des stores à rayures bleu et blanc protégeaient la pièce du soleil. Immédiatement sensible à ce luxe, Cyril se sentit d'entrée de jeu parfaitement à son aise. Sur sa droite, au-dessus de la cheminée, les *Roses Blanches* de Van Gogh. Il voulut s'attarder un instant pour les regarder, mais le maître d'hôtel ouvrit les portes de la terrasse et sortit.

– Mme Mendelson est en train de cueillir des roses dans le jardin, dit-il.

– Il leva une main en direction d'une grande sculpture représentant une femme endormie.

– La roseraie est derrière le Henry Moore, sur la gauche.

Il tourna les talons et rentra dans la maison.

L'enthousiasme de Cyril retomba. Il détestait le soleil. Sa peau de blond était de celles qui souffrent facilement de brûlures. Il aurait de beaucoup préféré rencontrer Pauline dans la bibliothèque si fraîche, assis sur une jolie chaise devant de beaux tableaux, avec à la main une boisson glacée dans un verre de cristal. Il aurait aimé une visite guidée, pièce par pièce, antiquité par antiquité, tableau par tableau, ainsi qu'on le proposait parfois – Hector Paradiso le lui avait raconté – à des hôtes de marque.

La rencontre à l'extérieur était une idée de Pauline. Tout ce que ce personnage détestable pouvait avoir à lui dire, elle souhaitait que ce fût loin des oreilles de Dudley et des autres domestiques. Quand Cyril traversa la pelouse, il regretta de ne pas avoir pris son chapeau de paille pour protéger des rayons du soleil sa peau si sensible. En même temps il remarqua les extraordinaires sculptures que Jules Mendelson avait rassemblées. «Derrière le Henry Moore» avait dit le maître d'hôtel. Il tenait à se souvenir de la phrase.

Pauline avait le dos tourné. Elle était penchée au-dessus d'une énorme rose qu'elle coupa puis respira pendant un instant. Elle portait des gants de jardinage et une grande capeline. Sur la pelouse, à côté d'elle, un panier avec plusieurs douzaines de fleurs de toutes les teintes allant du rouge le plus vif au rose le plus tendre. Il la regarda chasser de la main une guêpe qui volait près d'elle, et cette vision l'enchanta.

– Pauline ! appela-t-il d'une voix enjouée comme un invité abordant son hôtesse dans une garden party, plutôt que comme l'auteur – ou presque l'auteur – d'un livre scabreux sur son mari et la maîtresse de celui-ci.

Il était sûr qu'elle l'avait entendu, car la distance entre eux n'était pas excessive, mais elle ne se retourna pas. De nouveau il appela.

– Pauline !

Elle ne s'était pas retournée, tout simplement parce qu'elle trouvait insupportable que cet ancien élève d'Eton aux manières cauteleuses, qui, d'ailleurs, n'avait jamais été à Eton, l'appelât par son prénom.

– Bonjour, monsieur Rathbone, dit-elle avec ce sourire un peu trop aimable réservé par les gens comme elle aux gens qui ne se tiennent pas à leur place. Il comprit et se retint de lui demander de l'appeler Cyril. Il y avait des chaises de jardin à côté du pavillon et elle lui indiqua d'un geste de la main qu'ils allaient s'asseoir là.

– Tout cela est très beau, Pauline, dit-il en désignant la maison et le parc.

– Merci, répondit-elle sèchement.

– La sculpture de Maillol est absolument extraordinaire !...

En l'entendant mentionner l'œuvre favorite de son mari, elle inclina légèrement la tête sans dire un mot. De manière à lui faire comprendre que leur entrevue serait brève, elle n'enleva pas ses gants de jardinage et resta assise sur le bord de son fauteuil.

Ces signaux qu'elle lui adressait le mettaient mal à l'aise. Il n'en adopta pas moins une attitude décontractée comme s'il avait l'habitude de longs après-midi en tête à tête dans la roseraie des « Nuages ».

– Quelle chaleur! soupira-t-il, en mettant sa main en visière au-dessus de ses yeux pour les protéger des rayons du soleil.

Il aurait bien aimé être à l'ombre d'un parasol.

– Je meurs d'envie de voir vos fameux phalaenopsis jaunes!...

– Monsieur Rathbone, répliqua-t-elle, aujourd'hui ce n'est pas le jour de visite des jardins. Dans la rue, vous m'avez parlé d'une affaire urgente. Dites-moi de quoi il s'agit et laissez tranquilles mes phalaenopsis jaunes.

– Comme je l'ai souvent écrit dans ma chronique, personne n'est plus impitoyable qu'une grande dame lorsqu'elle choisit de l'être. Vous ne m'avez jamais aimé, n'est-ce pas, Pauline?

– J'avais pour cela de très bonnes raisons, monsieur Rathbone. Mais encore une fois, venons-en à cette affaire urgente.

Elle retroussa son gant et regarda l'heure, sans essayer de dissimuler son geste. Il esquiva sa demande.

– Dans un instant. Il y a une chose que je voudrais d'abord mettre au point. Est-ce parce que vous ne m'aimez pas qu'on ne m'a pas demandé de prononcer l'éloge funèbre d'Hector, l'an dernier?

– Oh! pour l'amour du ciel! s'exclama-t-elle avec impatience.

– Vous savez, n'est-ce pas, que c'était à moi de le faire, affirma-t-il. Après tout, j'étais son meilleur ami...

Pauline se contenta de hausser les sourcils d'une façon qui rendait parfaitement clair ce qu'elle voulait dire.

– Après vous, bien sûr! rectifia rapidement Cyril. Mais cet ambassadeur qui a prononcé son éloge le connaissait à peine. J'ai toujours eu l'impression d'avoir été écarté à cause de vous.

– N'étiez-vous pas à l'époque sous le coup d'une accusation pour atteinte aux bonnes mœurs, à propos d'une histoire de flagellation ou quelque chose de ce genre?

Cyril surpris, rougit jusqu'aux oreilles et se tut.

– Je crois me rappeler que mon mari avait été informé de cette histoire. Mgr Cooning lui-même était hésitant et votre candidature a été considérée par les organisateurs des obsèques comme… euh… déplacée. Je crois que c'est le mot qu'on a employé à l'époque : « déplacée ».

Cyril continuait à se taire.

– Il y a une abeille sur votre épaule, observa-t-il, finalement.

De peur de paraître efféminé, il ne voulait pas admettre qu'il était terrorisé par ces insectes.

– Est-ce que nous ne devrions pas rentrer ? hasarda-t-il.

– Elle est partie ! assura Pauline avec indifférence. Dites-moi, monsieur Rathbone, puisque, apparemment, nous jouons au jeu de la vérité, est-ce vous qui m'avez envoyé anonymement une photo – découpée dans un journal de Paris – de mon mari et de Miss March fuyant un incendie à l'hôtel Meurice ?

– J'ai pensé qu'il fallait que vous sachiez.

– Oh, je vois ! Vous avez fait cela par bonté d'âme, naturellement ! Vous êtes vraiment l'hypocrisie incarnée, monsieur Rathbone.

– Hector avait vu la photo. Je la lui avais envoyée. Mais il n'a pas eu le courage de vous la montrer.

– Hector était un gentleman. C'est une des nombreuses différences entre vous et cet homme distingué.

Blessé au vif, il ne se risqua plus à faire du charme.

– On est en train d'écrire un livre sur vous et votre mari. Vous en avez certainement entendu parler…

– Cela serait difficile puisque vous en avez largement rendu compte dans votre chronique.

– J'ai entendu les bandes que Miss March a enregistrées. Il y en a déjà quarante heures.

Pauline se contenta de croiser ses mains gantées.

Se sentant libéré de toute contrainte, il se mit à débiter l'histoire de la liaison de son mari avec l'ex-serveuse de bar, en n'épargnant aucun détail. Il se pencha vers elle et d'une

voix sifflante lui raconta l'histoire de Jules, en mêlant véri-
tés et contre-vérités, avec l'unique souci de la blesser.

– Votre mari quittait toujours les réceptions après le
dîner, laissant à Hector le soin de vous ramener chez vous,
sous prétexte qu'il devait se lever très tôt le lendemain. En
réalité s'il se levait tôt, c'était pour aller voir Flo. Son appé-
tit sexuel était insatiable. Il débarquait chez elle tous les après-
midi, à quatre heures moins le quart, sans faute, crise dans
les affaires ou pas. Au cours des quelques moments qu'il passait avec elle, avant de revenir ici pour prendre un verre de
vin avec vous, en commentant les événements de la journée
avant de vous habiller pour dîner, il prenait son plaisir à
trois ou quatre reprises. Il n'était jamais rassasié de cette
femme.

Pauline s'enfonça dans le fauteuil de fer forgé.

– Il y a plus !

– Quoi de plus ?

– Beaucoup plus.

– Vais-je être obligée de tirer de vous chaque phrase une
à une, ou allez-vous parler ? Après tout, c'est pour cela que
vous êtes ici, non ?

– C'est simplement que ce n'est pas très délicat !

– Eh bien, soyez indélicat. Après tout, ce ne sera pas votre
première indélicatesse.

– Vous voyez, il y a quarante heures d'enregistrement, mais
en fait, j'en ai trente-neuf. Une cassette est restée chez Miss
March. Elle paraissait tenir à la garder. Je crois qu'il y a
quelque chose concernant notre ami commun Hector. Même
à moi, elle n'a pas voulu en révéler tout le contenu.

Sous le large bord de sa capeline, Pauline ferma les yeux.
Elle était fermement décidée à ce que Cyril Rathbone n'aper-
çût pas la larme qui venait de lui échapper.

– Pour un prix à débattre, je pourrais vous remettre le tout,
dit-il.

– Voilà donc ce qui était tellement urgent. J'aurais dû m'en
douter. Il s'agit d'un chantage.

– Votre fils, votre fils dévoyé, Kippie, c'est son nom, n'est-ce pas ?

Pauline fronça les sourcils avec une expression de mécontentement destinée à masquer la peur qui s'emparait d'elle. Une autre guêpe vint voleter autour d'elle et se posa sur son épaule. Elle la chassa d'un geste vif.

Cyril Rathbone se pencha vers elle, conscient d'avoir enfin réussi à toucher un point sensible. Un rictus tordit sa bouche et il continua en entrant dans les détails :

– Apparemment – tout ceci d'après Flo March, bien sûr –, votre fils, avec la permission de son centre de cure pour toxicomanes en France, est arrivé à l'aéroport de Los Angeles où il a été arrêté avec de la drogue. Il avait besoin de dix mille dollars immédiatement. Sans doute les lui avez-vous refusés. Tout comme le gangster Arnie Zwillman avec lequel il entretient de curieux rapports d'amitié. C'est ainsi que, cette nuit-là, il est allé trouver Hector, votre meilleur ami et l'a surpris, semble-t-il, en plein milieu d'ébats contre nature, en compagnie d'une vedette bien connue du ciné porno, nommée Lonny Edge. Incidemment, mais c'est sans importance, M. Lonny Edge est venu habiter avec Flo March pour aider la malheureuse à faire face à ses dépenses, puisque vous avez trouvé bon d'annuler les donations de votre mari. De toute façon, votre fils, aux abois à cause de ces dix mille dollars que vous lui refusiez, s'est offert à votre ami Hector, bien que ce ne fût pas dans ses goûts. Hector refusant, il y a eu une petite bousculade, Hector a sorti un pistolet et...

La guêpe que Pauline venait de chasser de son épaule pénétra dans la bouche de Cyril et lui piqua la langue. Saisi d'une atroce douleur, il ne put même pas crier car sa langue avait enflé d'un seul coup sous l'effet du venin. Les yeux exorbités, il implorait l'aide de Pauline. Il transpirait à grosses gouttes et sa chemise était trempée.

Pauline regardait l'homme qui se tordait de douleur devant elle. En nage, il essaya de se lever, puis tomba à genoux. Elle ramassa le panier plein des roses qu'elle venait de cueillir, prit ses ciseaux et commença à préparer un bouquet :

– Il faut toujours enlever les feuilles qui pourraient tremper dans l'eau du vase, expliqua-t-elle en arrachant les feuilles de la tige avec sa main gantée. Et quand vous coupez le bas de la tige, prenez bien garde à la tailler en biseau, comme cela, voyez-vous ?...

À terre, Cyril Rathbone se débattait. Dans sa bouche largement ouverte, elle vit que sa langue avait gonflé et était devenue toute rouge. De la bave coulait de sa bouche sur son menton ; étouffant, il porta ses mains à sa gorge d'où sortaient des râles terribles.

– J'espère que vous souffrez beaucoup, Cyril, dit-elle calmement.

Enfin, elle l'avait appelé par son prénom, mais au point où il en était, il ne pouvait plus y attacher la moindre importance. Cyril Rathbone eut un dernier soubresaut et retomba, mort.

Pauline traversa la pelouse et rentra dans la maison par une des portes-fenêtres de la bibliothèque, portant son panier de roses. À cet instant, Dudley passa dans le corridor.

– Cet homme de *Mulholland Magazine* ?...

– Monsieur Rathbone ?

– Je crois qu'il a eu un malaise. Un accès de toux. Il étouffait... Je ne sais pas... Peut-être Smitty ou Jim pourrait aller voir ce qu'il lui arrive !

– Oui, madame, je vais appeler Smitty sur l'interphone.

Pauline se dirigea vers le hall. Après avoir gravi quelques marches de l'escalier, elle se retourna :

– Autre chose, Dudley.

– Oui, madame.

– Je crois que vous devriez appeler une ambulance.

Elle monta encore quelques marches.

– Et aussi la police.

Récit de Flo   Cassette n° 26

Je me suis souvent étonnée que Jules n'ait pas un garde du corps ou même plusieurs. Tant de vedettes en ont, comme beaucoup de millionnaires de la ville. Bien sûr, il y avait des gardiens aux « Nuages » et des chiens policiers, et une fausse voiture de police dans l'allée pour dissuader les curieux, mais il pensait que ce n'était pas bien pour un homme choisi par le Président, de se déplacer entouré de gardes du corps, simplement parce qu'il était riche.

Un jour que j'étais avec lui pour aller prendre mon courrier à Silverlake, mon ancien quartier, il ouvrit la boîte à gants de la Bentley et en sortit un revolver. J'avais détesté. Mais il me dit que, dans ces coins-là, il y avait des fous toujours prêts à s'en prendre à des gens comme lui.

27

Le temps que Pauline prenne un bain et se change, l'ambulance et la police étaient arrivées. Elle envoya Blondell dire à Dudley qu'elle interdisait aux brancardiers de passer par l'intérieur de la maison ; ils devaient faire le tour. De sa chambre, dont les fenêtres étaient ouvertes, elle put entendre un des brancardiers dire avec un fort accent espagnol : « Ils tombent comme des mouches dans cette maison ! C'est la deuxième fois que je viens ici. La première fois, j'ai cogné un tableau dans l'escalier, il fallait entendre gueuler la patronne !... »

Pauline attendit le départ de l'ambulance pour descendre saluer le capitaine Nelson et l'inspecteur Whitbeck.

Dans la bibliothèque où ils l'attendaient, les deux policiers faisaient le tour de la pièce, regardant sans rien dire les tableaux sur les murs. De temps à autre, l'inspecteur Whitbeck toussait pour attirer l'attention du capitaine Nelson, et lui montrait du doigt un trésor qui avait, semblait-il, échappé à l'attention de son collègue.

La porte de la bibliothèque s'ouvrit et Pauline entra, environnée des effluves d'un parfum de luxe.

– J'espère qu'on vous a servi quelque chose à boire, capitaine, dit-elle en lui serrant la main. Je suis Pauline Mendelson.

– Non, merci, madame Mendelson. Je vous présente l'inspecteur Whitbeck.

Pauline lui adressa un sourire.

– S'il vous plaît, ne restez pas debout. Prenez donc un siège. Asseyez-vous ici, inspecteur. C'était la chaise favorite de mon mari. Excusez-moi de vous avoir fait attendre. Je suis restée là-haut jusqu'à ce que les ambulanciers aient enlevé le corps de M. Rathbone. Cela me rappelait de tristes souvenirs. Mon mari est mort récemment.

– Oui, oui, bien sûr, dit le capitaine qui ne pouvait détacher ses yeux de Pauline, dont la seule présence et le prestige avaient investi la pièce.

Ni l'un ni l'autre des policiers ne connaissaient rien à la mode ni à l'élégance, mais tous les deux devinaient que cette femme était merveilleusement habillée. Elle s'assit avec grâce et d'un geste les invita à prendre la parole comme s'ils menaient le jeu, alors qu'ils savaient – et elle le savait aussi – que c'était elle qui le menait.

– Je vous demande pardon, madame, mais nous devons vous poser quelques questions.

– Je vous en prie.

– Sur votre invité tout d'abord, M. Rathbone ! poursuivit l'inspecteur Whitbeck.

– Je connaissais à peine M. Rathbone, inspecteur. Ce n'était pas un invité ; je veux dire que je ne l'avais pas convié à venir ici. Il est plus ou moins journaliste, il écrit dans *Mulholland Magazine*. Il s'intéressait beaucoup à un phalaenopsis jaune que mon jardinier et moi avons créé, et il m'avait demandé l'autorisation de visiter ma serre.

– Cette fleur jaune ? demanda l'inspecteur, qui prenait des notes. Comment l'épelez-vous ?

– C'est une race d'orchidée. Généralement blanche, mais mon jardinier Jarvis et moi avons réussi à en créer une variété jaune qui a fait une certaine sensation chez les horticulteurs. Mon jardin est ma passion. Le Club des Jardinières de Los Angeles est venu voir la fleur et l'a photographiée pour la faire paraître dans différentes revues de jardinage. M. Rathbone désirait voir ces phalaenopsis, pour un article qu'il voulait écrire, je suppose. J'étais en train de cueillir des roses dans mon jardin, quand il est arrivé.

Elle désigna le panier plein de fleurs qu'elle avait laissé sur la table de la bibliothèque.

– Il faut que je les mette dans l'eau avant qu'elles ne meurent. C'est terrible pour elles de rester là dans la chaleur. Nous pouvons très bien parler en même temps. Est-ce que ça vous dérange ?

– Non, non, continuez madame Mendelson, dit le capitaine.

– Tout d'un coup, il s'est mis à tousser et s'est étranglé ; et j'ai demandé à Dudley, mon maître d'hôtel, d'envoyer quelqu'un voir s'il avait besoin d'aide.

Elle parlait depuis le cabinet de toilette en faisant couler de l'eau pour ses roses.

– Connaissez-vous son âge, madame Mendelson ?

– Il faudra que vous appeliez son journal. En vérité, je ne le connaissais pas. Est-ce une crise cardiaque ? demanda-t-elle en rentrant dans la pièce avec le bouquet dans une vase.

– Il a été piqué dans la bouche par une guêpe, répondit le capitaine Nelson.

– Oh ! mon dieu ! s'exclama-t-elle.

Quand ils furent partis, Pauline prit le téléphone et composa le numéro.

– C'est madame Mendelson. Je voudrais parler à M. Pond... Si vous lui dites qui je suis, je suis sûre qu'il prendra mon appel... Cher Sandy, c'est Pauline, dit-elle quand elle eut le patron de presse au bout du fil. Il vient de m'arriver une chose surprenante. J'ai besoin de votre aide. Cet individu abject qui écrit sans arrêt des choses épouvantables sur Jules et cette femme... Comment ?... oui, oui, c'est son nom... Rathbone... Je vous raconterai. Il vient de mourir chez moi.

On parla beaucoup dans les journaux de la mort de Cyril Rathbone, victime d'une guêpe qui l'avait piqué à la langue, mais le nom de Pauline Mendelson n'apparut que dans un article du *Los Angeles Tribune* où l'on disait qu'elle était absente au moment de l'accident. Ce que faisait exactement Cyril, tout seul dans le jardin des «Nuages» où il avait été découvert par le maître d'hôtel, était un mystère qui souleva beaucoup de questions, car il était de notoriété publique que la maîtresse de maison n'avait que mépris pour lui et ne l'avait jamais invité, auparavant, chez elle...

Personne n'alimenta davantage les spéculations qu'Hortense Madden, la critique littéraire de *Mulholland*, qui, elle aussi, mais pour des raisons différentes, méprisait Cyril. Elle s'attardait avec délices sur les aspects les plus saugrenus de sa mort, tels qu'ils lui avaient été rapportés par l'ambulancier Faustino, dont elle avait réussi à trouver la trace.

– Ma chère, dit-elle à Lucia, sa langue était trois ou quatre fois plus grosse que la normale ; on aurait dit qu'elle était sur le point d'éclater. Et rouge, virant au noir. Imagine un peu ce qu'il devait être en train de dire à Pauline à ce moment-là, pour que Dieu choisisse cet instant précis et cette méthode pour le faire passer de vie à trépas !...

Dieu n'était pas un personnage qui apparaissait souvent dans la conversation ou les pensées d'Hortense, et Lucia, par souci des convenances, arrêta là le dialogue.

– Mais Pauline n'était même pas là, Hortense. Il était allé voir ses phalaenopsis jaunes !

– Je ne crois pas un mot de cette histoire, conclut la journaliste.

– Eh bien, il me faut tout de même écrire sa nécrologie. Je n'ai vraiment pas la moindre idée de ce que je vais pouvoir dire.

– Eh bien, dis que, dans le coin de l'Enfer où se trouve Cyril, il est en train de se vanter auprès des autres damnés qu'il s'est débrouillé pour mourir dans le jardin de Pauline Mendelson.

Sur les conseils de Sandy Pond, Pauline avait quitté «Les Nuages». «Les journalistes vont arriver. Il vaut mieux que vous ne soyez pas là. On a fait bien assez de bruit autour de vous depuis la mort de Jules ! »

Heureusement la Bentley était garée dans la cour, avec les clefs de contact sur le tableau de bord. Elle n'eut qu'à sauter dans la voiture et descendre la route de la montagne jusque chez Camilla Ebury.

Lorsque Camilla, qui jouait au tennis, vit Pauline se diriger vers le court, elle s'arrêta, dit quelques mots à Philip qui se retourna. Tous deux savaient que Pauline n'était pas du genre à débarquer inopinément chez les gens, même chez une amie aussi proche que Camilla, et celle-ci soupçonna quelque événement inattendu.

– Continuez à jouer, continuez à jouer ! Je ne veux pas vous interrompre.

– Tout va bien ? demanda Camilla.

– Bien sûr ! Je passais devant chez toi ; j'ai pensé que je pourrais boire un thé glacé avec toi. Mais je ne veux pas gâcher votre partie. Bonjour, Philip.

– Bonjour, Pauline, répondit-il courtoisement, tout en restant sur ses gardes, car il n'avait pas oublié la façon déplaisante dont s'était terminée leur dernière rencontre.

Elle lui adressa un sourire amical qui le surprit.

– Je vais demander qu'on apporte du thé glacé, enchaîna Camilla.

– Non, non. Terminez votre set. Je vais vous regarder.

Camilla n'arrivait pas à imaginer son amie, passant un après-midi de farniente, assise dans un fauteuil, à suivre une partie de tennis. Elle qui était toujours si frénétiquement occupée à travailler dans son jardin, à écrire des lettres, à préparer un gala de bienfaisance, ou des listes d'invités. Mais elle paraissait absolument détendue et observait la fin du set avec une concentration parfaite, faisant même de temps en temps des remarques pertinentes sur la qualité d'un service, d'un lob ou d'un revers.

La partie terminée, ils retournèrent tous les trois dans la maison et bavardèrent pendant plus d'une heure sur des sujets futiles.

– Est-ce que je suis de trop ? demanda Philip. Peut-être souhaitez-vous toutes les deux parler en tête à tête ?

– Non, non ! s'écria Pauline. Dites-moi, qu'écrivez-vous en ce moment ? J'espère que vous ne travaillez plus pour Casper Stieglitz ! Quelle soirée ! C'était un véritable cauchemar.

– Philip retourne à New York, dit Camilla.

– Quand ?

– La semaine prochaine.

– Déjà ? Et pourquoi, Philip ?

– J'ai fini ce que j'avais à faire ici. J'étais venu pour quelques mois et je suis resté près d'un an. Il est temps.

Pauline jeta un regard vers Camilla qui paraissait démoralisée par cette décision.

– Et voilà que je viens troubler l'un des derniers jours que vous passez ensemble !

Elle se leva pour partir. Comme ils étaient debout dans l'allée et suivaient des yeux la Bentley qui prenait la route de Copa de Oro, Camilla dit à Philip qui la tenait par la taille :

– Je n'avais pas vu Pauline d'aussi bonne humeur depuis la mort de Jules.

Quand Philip, le lendemain matin, lut dans le *Los Angeles Tribune* que Mme Mendelson n'était pas chez elle au moment de la mort de Cyril Rathbone, il comprit.

– Voilà ma rente du jeudi qui s'envole, dit Lonny Edge en posant le journal à côté de lui.

Flo était trop jeune pour avoir l'idée de lire les avis de décès dans un journal. Si son locataire ne le lui avait dit par hasard, au petit déjeuner, elle aurait ignoré la mort de Cyril Rathbone.

– Il est mort ? demanda Flo, stupéfaite. Comment ?

– Piqué à la langue par une guêpe.

Elle réfléchit un instant.

– C'est la mort qui lui convenait.

– Qu'est-ce que ça veut dire ?

– Ce mec avait une langue de vipère. C'est arrivé où ?

– Chez Pauline Mendelson.

– Chez Pauline Mendelson ! Laisse-moi voir ça.

Elle prit le journal et lut le compte rendu.

– Je me demande bien ce qu'il faisait chez Pauline !… Il la détestait ! Et elle ne pouvait pas le voir. Jules me le disait toujours. Je crois savoir ce qu'il faisait là-haut aux «Nuages».

– C'était un de mes habitués. Tous les jeudis après-midi. Qu'il pleuve ou qu'il vente. C'était une sorte de dandy. Il portait toujours des complets légers avec une cravate rose. Pas du tout mon genre. Je vais le regretter.

– Pas moi. Un jour il a essayé de me faire sauter du quinzième étage.

Jo Jo avait expliqué à Arnie Zwillman qu'il n'avait pas réussi à trouver Cyril Rathbone, ni à son bureau au *Mulholland Magazine*, ni à son appartement.

– Tu me déçois, Jo Jo, ça ne te ressemble pas, avait dit Arnie depuis le téléphone installé dans son sauna.

Quand Arnie lut la nouvelle de la mort de Cyril dans le journal le lendemain matin, il comprit tout et appela Jo Jo sur-le-champ : ça veut dire que, maintenant, c'est la fille qui a toutes les cassettes. Elles sont soit dans un coffre soit chez elle.

– C'est ce que je pensais, répondit Jo Jo.

– Je me demande ce que faisait ce connard chez Pauline, s'interrogea Arnie.

Au service religieux célébré dans la minuscule chapelle d'une entreprise de pompes funèbres proche des Studios Paramount, l'assistance était des plus réduites, comme il fallait s'y attendre pour l'enterrement d'un homme que personne n'aimait. Selon l'évaluation d'Hortense Madden, il n'y avait que cinquante sièges dans la chapelle, et ils n'étaient pas tous occupés. La plupart des assistants étaient des employés du journal à qui Lucia Borsodi avait donné l'ordre d'être présents, y compris le garçon qui s'occupait de la photocopieuse. Tout au fond, à côté d'une gerbe de glaïeuls qui aurait offensé le regard de Cyril, était assis Lonny Edge, la vedette des films porno. Hortense Madden, qui avait une imagination fertile, comprit très vite la raison de sa présence.

Des deux femmes, Pauline et Flo, dont les vies (sur un plan purement littéraire s'entend) s'étaient trouvées mêlées à celle de Cyril pendant les mois précédant sa mort, aucune n'était présente. Pauline, toutefois – Cyril étant mort chez elle –, avait envoyé des fleurs pour prévenir les critiques.

– Vous étiez l'ami de mon mari, Sims ? interrogea Pauline.
– Oui.
– Il existe des cassettes enregistrées par Miss March. Le saviez-vous ?
– Non.
– Quarante heures d'enregistrement jusqu'ici... Apparemment, il y a des révélations sur ces cassettes qui peuvent devenir embarrassantes si j'en crois ce que l'abject Cyril Rathbone m'a dit.
– Vous l'avez cru ? La moitié de ce qu'il écrit n'est que balivernes. Tout le monde le sait. A-t-il dit quelque chose de nouveau ?
– Il allait parler au moment où la guêpe est entrée dans sa bouche et lui a piqué la langue.

Il y eut un court silence et Sims demanda :
– Vous pleurez ?
– Un peu, oui. Il faut faire quelque chose. Ces cassettes, si elles existent, il faut les récupérer.
– C'est plus facile à dire qu'à faire. Je ne saurais comment monter une telle opération.
– J'ai une idée, lança Pauline. Avez-vous déjà entendu parler d'un type nommé Arnie Zwillman ?
– Que vient-il faire là-dedans ? Je sais qu'il a essayé d'abattre Jules et que, à cause de lui, Jules n'a pas été nommé à Bruxelles. C'est tout.
– Apparemment, il est question de lui aussi dans les cassettes, de l'histoire de Bruxelles et de l'argent à blanchir.
– Je perds un peu le fil, Pauline.

– Il me semble que M. Arnie Zwillman est homme à trouver le moyen d'entrer subrepticement chez Miss March pour y subtiliser les cassettes. Je veux dire, n'est-ce pas, que c'est tout à fait le genre de choses que ces gens-là savent faire !

La nuit dernière, comme je ne pouvais pas dormir, j'ai regardé Laura à la télévision. Il y avait ce personnage appelé Waldo Lydecker joué par une vieille vedette, probablement morte depuis longtemps maintenant, et qui s'appelle Clifton Webb. Je pensais en moi-même: «Ce type me rappelle quelqu'un. Qui donc?» puis j'ai réalisé que c'était Cyril Rathbone et pas seulement parce que tous les deux étaient journalistes. Mais aussi parce qu'ils étaient habillés de la même manière, parlaient de la même façon.

La dame de la Wells Fargo Bank m'a dit que Cyril avait eu une attaque en découvrant que j'avais retiré les cassettes du coffre. Chacun de nous avait une clef. Je suis à peu près sûre que la raison de sa visite à Pauline avait un rapport avec ces enregistrements. Connaissant Cyril comme j'avais fini par le connaître, il essayait de la faire chanter.

28

Au début, après la mort de Jules, quand l'argent cessa d'arriver, Flo fit des économies. Elle ne renouvela pas ses abonnements à divers magazines et acheta des marques moins chères d'eau minérale. L'ouvrier qui nettoyait régulièrement sa piscine commença par accepter de ne pas être payé, mais il finit par s'en aller. En son absence, la surface de l'eau se couvrit d'une sorte d'écume et le trop-plein fut envahi par les feuilles. Puis Flo laissa partir son jardinier quand Lonny lui assura qu'il était capable de faire aussi bien que ce « petit Jap », mais Lonny se lassa très vite, oublia de brancher les arroseurs, remit sans cesse au lendemain le soin de tailler la pelouse ou de désherber le jardin, si bien que le gazon jaunit et que les plates-bandes furent envahies par le chiendent, spectacle qui ne plaît à aucun propriétaire et, bien évidemment, irrita Trent Muldoon.

Il appuya sur le bouton de sonnette de la porte d'entrée et entendit retentir à l'intérieur de la maison un joli carillon. Ce n'était là qu'une des nombreuses améliorations apportée par sa locataire. Quand il sonna pour la seconde fois, c'est Lonny Edge qui lui ouvrit, l'air endormi, une serviette de toilette autour des reins.

— Je voudrais voir Miss March, dit Trent.

— Elle dort, elle ne se lève pas avant midi.

— Dites-lui que Trent Muldoon est là.

– Oui, oui, dit Lonny qui venait de reconnaître en Trent l'homme de la télévision.

Une fois dans le salon, il vit l'éclat que le coup de revolver avait fait dans la vitre. Flo ne l'avait pas remplacée. On lui en demandait mille huit cents dollars qu'elle n'avait pas. Elle avait bien porté ses boucles d'oreilles de diamants jaunes chez un revendeur de bijoux anciens à Beverly Hills. Mais ses difficultés financières étaient si connues que le commerçant, profitant de son besoin d'argent, lui proposa une somme représentant moins de la moitié de leur valeur. Au dernier moment elle ne put se résoudre à se séparer d'elles. C'était le dernier cadeau de Jules. Alors, elle vendit une seule boucle au joaillier, pour le prix du diamant. Avec cet argent, Flo avait eu l'intention de remplacer la vitre endommagée, mais une fois réglées les factures les plus urgentes, il ne lui resta rien.

Trent Muldoon était debout près de la porte coulissante et promenait ses doigts sur la vitre étoilée, quand Flo entra suivie de Lonny. Elle était pieds nus, en peignoir de bain, et portait des lunettes noires. Ses cheveux étaient en désordre.

Pendant des années, sous l'influence de Jules Mendelson, elle avait appris ce qu'étaient la véritable élégance et les bonnes manières. Maintenant, elle se rendait parfaitement compte de l'effet désastreux qu'elle allait produire sur Trent Muldoon. Elle savait qu'elle offrait une image totalement dépourvue de charme et d'élégance et que Lonny Edge, star du porno, debout derrière elle avec sa serviette nouée autour des reins, ne faisait qu'aggraver l'atmosphère de laisser-aller général.

– Je vais vous expliquer… C'est ce paquet qu'on m'a apporté en pleine nuit… Une boîte plate qui aurait pu contenir un chemisier ou quelque chose comme ça… Je l'ai ouverte. Il y avait beaucoup de papier froissé à l'intérieur… vous savez, du papier de soie rose… et au fond, un pistolet, avec une carte sur laquelle était écrit : «Mets-le dans ta bouche et tire.» Je le jure devant Dieu. De toute ma vie je n'avais jamais tenu un revolver dans mes mains, et je ne savais pas quoi faire, alors j'ai visé la porte et j'ai pressé la détente, juste pour vérifier s'il était chargé, et comme vous pouvez voir, il l'était. Mais maintenant tout est arrangé, je vous assure. J'ai déjà commandé une vitre neuve.

Elle tenta de lire sur le visage de Trent l'effet de ses explications. Elle regarda Lonny. Elle aurait bien voulu ne jamais lui avoir demandé de venir loger chez elle.

– Je suis désolé, Miss March. Voilà quatre mois que vous n'avez pas payé votre loyer, et ma maison n'est pas seulement négligée mais littéralement ravagée. Je me vois donc obligé de donner des instructions à mon homme d'affaires pour que soit mise en route une procédure d'expulsion, dit Trent.

– S'il vous plaît, monsieur Trent, non, monsieur Muldoon, je veux dire… Accordez-moi un délai, s'il vous plaît ? J'adore cette maison. Si j'avais su que vous veniez j'aurais fait en sorte qu'elle ait l'air en parfait état, comme elle l'a toujours été. Je suis dans une mauvaise passe. Mais vous aurez votre loyer et la vitre remplacée, je vous le jure.

Trent traversa le salon sans répondre et sortit de la maison. Elle le poursuivit en criant :

– Hé !… Trent, écoutez-moi, s'il vous plaît. J'ai mis beaucoup d'argent dans cette maison. Vous avez vu le dressing-room ? Il a été dessiné par Nellie Potts. C'est la meilleure décoratrice de Beverly Hills. Il a coûté des milliers de dollars. Et le bar ! C'est moi qui l'ai fait installer, et j'ai fait poser des glaces sur les murs…

Debout devant la porte, Flo continuait à parler tandis qu'il montait dans sa Ferrari et démarrait.

– Comment pouvez-vous me jeter dehors, Trent, alors que j'ai donné de la valeur à votre maison ? S'il vous plaît, donnez-moi seulement trois mois que j'aie le temps de terminer mon livre !

Trent Muldoon n'était pas insensible. Il savait ce qu'était une mauvaise passe et il était navré pour Flo March, mais son instinct lui disait qu'elle n'allait pas s'en sortir. Il savait reconnaître la panique et le désespoir, et il était clair que Flo March était paniquée et désespérée.

Quand le congé lui fut notifié, Flo, paralysée, fut incapable de se mettre en quête d'un endroit où habiter. Elle avait un délai de trente jours pour quitter les lieux mais ce n'est qu'au bout de trois semaines qu'elle commença à chercher un nouveau gîte.

– Ne dis pas mon nom, Lonny, quand on visitera. On me fuit comme la peste.

Elle détestait tous les appartements qu'elle voyait dès qu'elle les comparait à sa maison du Chemin Azelia. Tous les jours elle se maudissait d'avoir dépensé tant d'argent du temps où elle en avait. En allant dans la voiture de Lonny visiter avec lui des endroits qu'elle ne pouvait pas se payer, elle ressassait continuellement la litanie de ses dépenses :

– Les rideaux, à eux seuls, m'ont coûté quarante mille dollars, et l'espace de rangement avec les placards encastrés, encore quarante mille. Rien que ça, j'en suis déjà à quatre-vingt mille. Tu veux savoir ce que j'ai dépensé pour les miroirs ?

– Hé là ! Flo !… On dirait un disque rayé. Tu m'as déjà dit tout ça cent fois ! J'en ai marre de t'entendre.

– Je sais, je sais. Écoute, Lonny. Peux-tu me trouver du valium ? J'ai les nerfs en pelote, il faut que je me calme.

– Je croyais que les AA n'avaient pas le droit de prendre des tranquillisants.

Flo ne tint aucun compte de ce qu'il venait de dire et insista :

– Pourrais-tu m'en trouver, Lonny ? Quand j'aurai déménagé, je serai plus calme.

Ils avaient commencé à se disputer. Ils étaient fatigués l'un de l'autre. Elle n'aimait pas être vue en public avec lui et en même temps elle avait peur qu'il ne s'en aille. De nouveau elle avait cessé d'aller aux réunions matinales des AA. Elle ne pouvait supporter l'idée de rencontrer Philip Quennell. Par un membre des AA qu'elle avait croisé par hasard, elle avait appris qu'il retournait à New York. Elle essaya de l'appeler au Château-Marmont pour lui dire au revoir mais il était déjà parti. Le numéro de téléphone qu'il avait indiqué était celui de Camilla Ebury.

– Allô ?

– C'est vous, Camilla ?

– Oui.

– C'est Flo March.

– Oh, bonjour.

Flo parla très vite comme si elle craignait que la communication ne soit coupée :

– Écoutez, Camilla, je sais que vous êtes l'amie de Pauline et je ne veux pas vous mettre dans une situation gênante vis-à-vis d'elle. Laissez-moi vous parler très rapidement. D'abord, merci d'avoir été si gentille avec moi aux obsèques de Jules, j'en suis très touchée ; ensuite, j'ai besoin de joindre Philip. On m'a dit qu'il retournait à New York, et il faut que je lui parle avant son départ. Je crois que mon téléphone est sur écoute, ce serait mieux s'il ne m'appelait pas chez moi. Demandez-lui s'il viendra à la réunion de jeudi. Là, nous pourrons causer. Okay ? Je veux simplement discuter d'un problème matériel avec lui.

– Je le lui dirai. Et... Flo ?

– Oui ?

– Bonne chance !

Chaque après-midi, depuis qu'il habitait au Chemin Azelia, Lonny Edge descendait en voiture par Coldwater Canyon jusqu'à Beverly Park et courait un cinq mille mètres. Plusieurs jours de suite, il remarqua une Rolls Royce dorée garée dans l'allée. Le deuxième jour, il nota que les hommes assis à l'avant le regardaient. Le troisième jour, il répondit à leur salut. Le quatrième jour, il ne trouva pas curieux qu'ils lui proposent de le déposer quelque part. Il avait l'habitude d'être racolé et, dans le quartier luxueux où il vivait maintenant, il regrettait les aventures de la nuit.

Celle-ci était d'un genre tout différent, mais elle était de nature à rapporter une somme inespérée. Il s'agissait seulement de laisser une porte ouverte...

– Laisser une porte ouverte ? Qu'est-ce que vous voulez dire ?

– Rien d'autre. Ne pas la fermer à clef. Simple !

– Et alors, vous faites quoi ?

– Une visite, c'est tout. Il y a des cassettes que je veux récupérer dans cette maison.

– Des cassettes ? Vous voulez dire mes vidéos ?

– Non, des audiocassettes. Quarante heures d'enregistrement.

– Je n'en ai jamais entendu parler.

– Elles étaient dans un coffre à la Wells Fergo Bank de Beverly Hills, mais maintenant elles sont là, dans cette maison.

– Et Flo ? demanda Lonny. Rien n'arrivera à Flo, n'est-ce pas ?

– Grands dieux, non ! Elle ne m'intéresse pas du tout. C'est seulement les bandes enregistrées qui m'intéressent.

Ils revinrent déposer Lonny à Beverly Park.

Un peu plus tard, de retour à l'ancienne maison de Charles Boyer, Arnie Zwillman téléphona à Sims Lord :

– Je l'ai vu, je l'ai emmené faire un tour.

– Et alors ?

– Le Q. I. de Lonny Edge est à peu près au niveau de la bonne température pour un appartement.

Derrière lui, Jo Jo qui écoutait la conversation se mit à rire, mais Arnie leva la main pour lui signifier sa désapprobation et le rire se figea instantanément.

C'est Lonny qui trouva la solution au problème du logement. Il raconta à Flo qu'il avait rencontré son ancien propriétaire, qui lui avait dit qu'il serait le bienvenu s'il voulait revenir.

– Mais je croyais que vous vous étiez séparés très fâchés,

dit Flo, qu'il t'avait accusé d'amener des mecs dans ton bungalow.

– Exact.

– Alors, pourquoi serait-il content de te voir revenir ?

– Je lui ai dit que tout ça c'était fini et que j'avais commencé une nouvelle vie.

Flo hocha la tête. Il lui semblait que, dans cette histoire, quelque chose clochait...

– Mais tu m'as dit que c'était un endroit minuscule avec à peine assez de place pour toi !

– Tu m'as rendu service quand j'avais besoin d'un toit. Je te renvoie l'ascenseur.

De plus en plus, Flo regrettait Jules. Elle regrettait qu'il ne fût plus là pour prendre les décisions à sa place.

– Écoute, insista Lonny, ce sera seulement une solution provisoire. Tu pourras mettre tes affaires au garde-meuble. Puis, quand tu auras trouvé quelque chose tu reprendras une vie normale. C'est une bonne chose de disparaître un moment, et dans mon ancien quartier tu ne rencontreras certainement personne de Beverly Hills qui te connaisse.

Grimpées sur une échelle Flo et Glyceria passèrent une journée entière à décrocher les rideaux.

– Ils ne pourront jamais être utilisés ailleurs, remarqua Glyceria.

– Ça m'est égal. Je ne veux pas que Trent Muldoon les récupère.

– Qu'allez-vous en faire.

– Vous les voulez, Glycie ?

– Certainement pas. Chez moi il n'y a que trois fenêtres toutes petites.

– Alors je vais les mettre au garde-meuble.

Le dernier soir que Flo passa chez elle, le vestibule était encombré de caisses et de cartons destinés au garde-meuble, de sacs en plastique pleins de choses qu'elle emportait avec elle au bungalow de Cahuenga Boulevard. Ses canapés de satin gris et ses fauteuils portaient des étiquettes avec l'adresse de l'entrepôt. Glyceria l'aida à emballer ses verres Steuben dans du papier journal, ses assiettes et son argenterie de chez Tiffany. Les camions de déménagement venaient le lendemain à dix heures. Il ne lui restait plus à prendre que ses vêtements. Elle n'avait pas encore débarrassé les nombreux tiroirs et étagères du dressing-room de ses chemisiers, sweaters, chemises de nuit, bas et sous-vêtements. Derrière les piles de lingerie, était caché le petit sac marron contenant les trente-neuf heures d'enregistrement.

– Voici la clef du bungalow, lui dit Lonny.

Elle fut soulagée d'apprendre qu'il avait «des choses à faire » ce soir-là et qu'il serait absent de chez elle. Elle pensa qu'il était peut-être revenu à ses habitudes nocturnes avec lesquelles il prétendait avoir rompu. Depuis qu'il avait pris la décision de revenir dans son ancien bungalow de Cahuenga Boulevard, des hommes l'avaient appelé et il avait passé plusieurs soirées ailleurs, sans explications. Il avait beaucoup plus d'argent que d'habitude et se montrait avec elle d'une générosité légèrement ostentatoire à laquelle il ne l'avait pas habituée. Quand elle lui demandait d'aller au supermarché faire quelques courses il y allait sans rechigner, et payait même pour ses achats à elle, tels que mouchoirs en papier ou vernis à ongles, sans demander à être remboursé.

– Je crois que tu ne devrais pas rester ici ce soir, dans cette maison sens dessus dessous, dit Lonny. Trop déprimant. Va chez moi. Je n'y serai pas avant minuit. Je te ramènerai demain matin avant l'arrivée des déménageurs.

– Okay, Lonny ! Redonne-moi cette adresse.

– Sept deux zéros quatre sur Cahuenga. Tu remontes Highland Avenue jusqu'à Odin Street, là tu passes sous le pont et tu te retrouves sur Cahuenga Boulevard, expliqua Lonny patiemment. C'était la troisième fois qu'il lui donnait son adresse.

– C'est bon, c'est bon, je me rappellerai. Je veux seulement rester ici un petit moment. Tu sais… Les souvenirs…

Que tu le croies ou non, j'ai connu de bons moments dans cette maison.

Il se pencha et l'embrassa sur la joue.

Elle avait besoin d'être seule pour cette dernière soirée à Beverly Hills. Elle ne se lassait pas de parcourir toutes les pièces de cette charmante maison où tant de choses lui étaient arrivées. Elle revivait en imagination les joies et les tristesses qu'elle y avait connues. Elle se demanda si elle mènerait un jour de nouveau le genre de vie qu'elle avait menée là. Finalement – il était déjà tard – elle s'étendit sur son canapé, prit le coussin taché du sang de Kippie, qui n'avait laissé qu'une traînée sombre sur l'envers, et le cala derrière sa tête. Son unique atout, c'était les bandes enregistrées. Elle était sûre qu'elle pourrait trouver quelqu'un capable de l'aider à en tirer un livre. Ce quelqu'un elle aurait souhaité que ce fût Philip Quennell. Elle était certaine qu'il comprendrait à la fois la grandeur et les faiblesses de Jules Mendelson.

Avec tout ce qui lui restait à faire, elle n'avait pas l'intention de dormir. Mais, sans même s'en apercevoir, elle s'assoupit.

Un bruit la réveilla. Elle comprit qu'il y avait quelqu'un dans la maison. D'abord elle pensa à Lonny qui, ne la trouvant pas au bungalow de Cahuenga Boulevard, était peut-être revenu la chercher. Mais les bruits qu'elle entendait n'étaient pas ceux de Lonny. Elle resta étendue sur le divan, immobile, comme si elle dormait encore. Elle entendit un souffle derrière elle et réalisa que l'intrus était dans la pièce même, tout près de la cheminée. Très lentement, elle se dressa, tourna la tête et vit un homme en train de fouiller dans les cartons épars sur le plancher. Les traits de son visage étaient dissimulés par un bas de femme.

– C'est toi, Lonny ? demanda-t-elle d'une petite voix grêle, tout en sachant déjà que ce n'était pas lui.

Épouvantée, elle sentait son cœur battre à grands coups dans sa poitrine. Ses doigts se raidirent.

– Qu'est-ce que vous faites chez moi ? Pourquoi éventrez-vous ces cartons et ces sacs ? Qui êtes-vous ? Que cherchez-vous ?

L'homme ne répondit pas. Très calmement, il se releva. Elle vit qu'il tenait dans ses mains l'un des chandeliers qui devaient partir pour le garde-meuble le lendemain matin.

– C'est chinois, bafouilla Flo, haletante. C'est une antiquité. D'époque, m'a dit Jules. Qu'est-ce que vous faites avec ça ? Pourquoi venez-vous vers moi ? S'il vous plaît, arrêtez ! C'est à cause des cassettes ? C'est elles que vous voulez ? C'est bien ça ? Prenez-les, elles sont dans l'autre pièce. Oh ! Non...

Elle vit le chandelier de cuivre descendre vers sa tête, leva les deux mains pour protéger son visage.

– Non ! Pas mon visage s'il vous plaît ! monsieur. Pas mon visage, s'il vous plaît !

Le saphir de la bague que Jules lui avait donnée et dont elle avait dit à Cyril Rathbone qu'elle la porterait jusqu'au jour de sa mort éclata sous la violence du coup. Ses lèvres remuaient encore mais son agresseur savait que ce n'était plus que pour une prière.

– Oh ! mon Dieu ! Aidez-moi ! Aidez-moi !... furent ses derniers mots intelligibles.

Les sons qui sortirent de sa bouche sous les huit coups suivants n'étaient plus que des bribes de prières, incompréhensibles pour l'assassin et par lesquelles elle demandait à Dieu de lui pardonner ses péchés, à sa mère de l'aider ; à Jules de lui permettre de mourir avant d'être frappée encore, parce qu'elle savait depuis le premier coup que personne ne pourrait plus la sauver.

Je sais que je devrais penser à ce satané bouquin, mais tout ce que je suis capable de faire ces jours-ci, c'est de réfléchir à ce qui va m'arriver. J'ai la terrible impression que tout ce que j'ai connu de meilleur appartient au passé, et qu'à partir de maintenant il va falloir redescendre la pente. Mais j'ai beau essayer de faire des efforts pour imaginer à quoi va ressembler ma vie maintenant, je n'arrive pas à distinguer la moindre image. Qu'est-ce que ça peut bien vouloir dire ?

– Philip, un jour tu m'as dit que, par ta faute, une jeune fille avait été paralysée, et que ta vie en avait été bouleversée à tout jamais, dit Camilla.

La liaison de Philip Quennell et de Camilla Ebury durait depuis près d'un an. Pendant ce temps elle avait souvent pensé au mariage, mais Philip très régulièrement lui faisait comprendre qu'il répugnait à s'engager pour toujours. Et Camilla avait appris à accepter ce qu'il lui offrait pour le temps que cela durerait. Ils s'étaient aimés, disputés, séparés, réconciliés et aimés de nouveau, et leur arrangement, finalement accepté par l'un et l'autre, leur apportait du plaisir à tous deux.

La dernière nuit qu'ils passèrent ensemble avant le départ de Philip pour New York, ils dînèrent en tête à tête chez Camilla et firent l'amour avec la même ardeur sauvage que lors de leur première nuit.

Philip sortit du lit. Camilla le regarda ouvrir la porte du placard, y prendre son peignoir de bain à rayures bleu et blanc. Il alla jusqu'à la coiffeuse, saisit la chaise qui se trouvait devant, regarda Camilla pendant un moment et se mit à parler.

– Elle s'appelait Sophie Bushnell. Elle s'appelle Sophie Bushnell, devrais-je dire. Elle vit toujours, mais dans un fauteuil roulant, et à cause de moi.

– Je veux que tu me racontes, Philip.

En parlant, il suivait du doigt la forme du dossier sans cesser de la regarder.

– Nous étions dans sa voiture, mais c'est moi qui conduisais – trop vite. Nous avions beaucoup bu. J'ai heurté une pile de pont. Elle a eu la colonne vertébrale brisée.

Il leva les yeux et regarda Camilla.

– Y a-t-il autre chose ? interrogea-t-elle.

– Oui.

– À ce moment-là, je n'avais pas de pantalon.

Il quitta sa chaise pour aller dans la salle de bains.

– C'est pour cela que tu as eu peur de t'engager ? questionna-t-elle quand il fut de retour dans la chambre.

– Je vais te regretter, murmura-t-elle en posant sa tête sur la poitrine de Philip.

– Moi aussi, répondit-il.

Il l'entoura de ses bras.

– Tu as fait de moi une femme impudique.

– C'était ton destin.

– Tout ne va pas être fini, n'est-ce pas ?

– Non. Tu le sais bien.

– Tu ne disparaîtras pas tout à fait ?

– Non, sûrement pas.

Philip ne pouvait pas supporter les départs. Il avait été convenu entre eux qu'il n'y aurait pas d'adieu le lendemain matin. Alors qu'il lui souhaitait bonne nuit, il lui avait dit qu'il serait parti avant qu'elle ne s'éveille. Lui-même était toujours debout avant six heures pour assister à la réunion des AA et Camilla dormait très tard. Son départ ne devait rien changer à la routine quotidienne, pourtant elle se leva et lui prépara une tasse de café pendant qu'il prenait sa douche et se rasait. Leurs lèvres s'effleurèrent à peine pour le baiser d'adieu, comme s'il allait pour la journée à son bureau. Pourtant il klaxonna deux fois au bout de l'allée.

Il avait prévu de voir Flo March à la réunion et de l'emmener prendre un café avant de filer à l'aéroport.

– Tu n'as pas à te faire de souci pour moi, lui avait-elle dit à la réunion de la veille, lorsqu'ils avaient pris rendez-vous pour un dernier café.

– Je m'en fais pourtant. Tu es à la fois la femme la plus forte et la plus fragile que je connaisse.

Il avait une envie folle de l'embrasser.

– Comment va Camilla ? avait-elle coupé, devinant ses pensées. Il rit.

– Écoute, Philip, il faudra que je te parle d'une chose avant ton départ. Il s'agit de mes affaires, avait précisé Flo.

Dans sa voiture, en allant vers West Hollywood, il pensa qu'elle voulait lui parler du livre qu'elle avait projeté d'écrire avec l'aide de Cyril Rathbone. Il avait l'intention de lui conseiller de quitter Los Angeles et de recommencer une nouvelle vie dans une autre ville où son nom serait moins connu.

Il lui réserva une place près de lui en déposant ses clefs sur la chaise à côté de la sienne, mais Flo March ne parut pas. Quand la salle fut bondée et qu'il n'y eut plus assez de sièges pour tout le monde, il libéra la chaise. Chaque fois qu'arrivait un retardataire, il regardait vers la porte avec impatience.

Une véritable inquiétude commença à s'emparer de lui. Il y avait un téléphone public au coin de la rue. Il fit le numéro de Flo. Il entendit la voix d'un opérateur lui dire que la ligne n'était plus en service. Son inquiétude grandit.

Quand il voulut reprendre sa voiture, il s'aperçut qu'elle était coincée par d'autres. Il héla un taxi.

– Pouvez-vous me conduire au chemin Azelia ? C'est dans la montée de Coldwater Canyon, à peu près à mi-côte.

– Je peux pas, mon vieux. Je suis un taxi de Beverly Hills, je n'ai pas le droit de prendre des clients dans la rue, hors de mon propre district. Je risque une amende.

– C'est très important, insista Philip.

Il ne comprenait pas pourquoi, mais il sentait qu'il fallait absolument aller vite. Il sortit de sa poche un billet de vingt dollars et le tendit au chauffeur.

– Le prix de la course est compris dans les vingt dollars ?

– Non. Les vingt dollars, c'est en plus.

– Montez.

Ils quittaient Colwater Canyon pour prendre le chemin Azelia, quand le chauffeur dit :

– Ah !… Le chemin Azelia, c'est là qu'habite Faye Converse.

– La maison où je vais est juste à côté de la sienne.

– Je connais sa femme de chambre. Glyceria.

– Quoi ?

– Sa femme de chambre s'appelle Glyceria. Je la conduis tous les soirs à l'arrêt du bus. C'est Faye qui paye…

– C'est là, dit Philip. Prenez l'allée.

Philip se rua hors du taxi. Il courut jusqu'en haut de la côte. L'herbe toute jaunie n'avait pas été fauchée. Les buissons, tout le long du chemin, avaient poussé n'importe comment. En arrivant à la porte, il sonna. Pas de réponse. Sonna de nouveau. Toujours rien. Il tourna le bouton de la porte d'entrée. Elle n'était pas fermée à clef. Il l'ouvrit et appela. Il attendit un instant, puis appela de nouveau :

– Flo ! Tu es là ? Flo ? c'est Philip ! Puis-je entrer ?

Il vit dans la pénombre du vestibule des paquets, des cartons et des sacs en plastique préparés pour le départ, mais déchirés et éventrés, leur contenu éparpillé sur le sol. Il se demanda s'il y avait eu un cambriolage ou si des vandales s'étaient introduits dans la maison. En passant il vit que le salon était sens dessus dessous. Il traversa le hall jusqu'à la chambre. Le lit n'avait pas été défait et il y avait dessus des valises à demi remplies. La porte du dressing-room que Flo avait fait si joliment aménager était ouverte. Tous les tiroirs avaient été retirés, les chemisiers, les sweaters, les bas et la lingerie s'en échappaient comme si la pièce avait été mise à sac.

— Flo ! appela-t-il de nouveau.

Il sortit de la chambre à pas lents et revint dans le salon. Face à lui, le dossier du canapé de satin gris. Sur le sol, deux chaussures, l'une à moitié engagée sous le canapé, l'autre à côté d'une chaise. Un candélabre de cuivre était tombé par terre.

La base était ensanglantée et avait laissé des traces sur le tapis blanc. Il se baissa et le ramassa. Des fragments de cheveux roux étaient mêlés au sang. Il se releva et, très lentement, fit le tour du sofa. Horrifié, il découvrit à ses pieds le corps de Flo March. Ses cheveux étaient emmêlés et pleins de sang, ses mains crispées sur son visage comme si elle avait voulu le protéger, et le saphir de sa bague était brisé ainsi que son doigt.

« Ô Flo ! ... » gémit Philip. Sur le bar, il y avait un téléphone. Il s'en saisit mais n'entendit pas de tonalité et il se rappela que la ligne était interrompue. Il se précipita hors de la maison. Pour aller jusqu'à celle de Faye Converse. Il sonna et resonna, mais sans succès. Tout était fermé. Faye Converse était à New York pour lancer son nouveau parfum, et Glyceria n'avait pas encore pris son service.

Philip redescendit le chemin Azelia puis remonta chez Flo avec l'espoir que les clefs seraient sur la voiture, mais elles n'y étaient pas. Une fois de plus, il redescendit l'allée précipitamment, puis tout le chemin Azelia jusqu'à Coldwater Canyon. Il était en nage. Il essaya de faire du stop, mais aucune voiture ne s'arrêta. Il se remit à courir frénétiquement. Un automobiliste qui passait appela la police de Beverly Hills sur le téléphone de sa voiture :

– Il y a un type qui court comme un fou dans tous les sens sur Coldwater Canyon...

Blondell, au service de Pauline Mendelson depuis plus de vingt ans, frappa à la porte de sa chambre et entra sans attendre la réponse. Elle alla ouvrir les rideaux pour laisser entrer la lumière du matin.

– Pour l'amour du ciel, Blondell ! Que faites-vous ? Quelle heure est-il ?

– Tôt. Êtes-vous bien réveillée ? demanda Blondell.

– Pas vraiment, répondit Pauline. Revenez dans une heure. Je vais essayer de dormir encore un peu.

– J'ai pensé que vous voudriez savoir... que cette femme qui était à l'église le jour des obsèques de M. Mendelson...

– Oh, je vous en prie ! Je ne veux pas être réveillée pour entendre quoi que ce soit à son sujet !

– Elle est morte, madame Mendelson.

– Quoi ?

Pauline s'assit dans son lit.

– Assassinée, précisa Blondell. C'est aux informations.

– Comment ?

– Assommée avec un candélabre en cuivre.

– Grands dieux ! Sait-on qui l'a tuée ?

– On a arrêté un homme qui s'enfuyait de la maison en courant dans Coldwater Canyon. Ils n'ont pas donné son nom.

Dans l'ancienne maison de Charles Boyer, Arnie Zwillman était en train de faire des « tours de pistes » sur son tapis-jogging quand il vit à la télévision les mêmes informations que Blondell. Il ne fut pas troublé par l'annonce de la mort de Flo – ce personnage gênant ou plutôt « cette sale connasse » comme il préférait dire. Mais il fut complètement dérouté par ce qu'on disait d'un homme qui fuyait le lieu du crime en courant comme un fou. Il fut agacé d'avoir à arrêter ses exercices pour aller jusqu'au téléphone de la salle de gymnastique.

– Enfin, merde ! Qu'est-ce qui se passe ? demanda-t-il quand il eut au bout du fil la personne qu'il avait appelée.

– Ils se sont trompés de mec, c'est tout !

Philip Quennell, gardé à vue dans les locaux du poste de police de Beverly Hills, resta impassible pendant qu'on prenait ses empreintes digitales et qu'on enregistrait son identité. Son attitude et son comportement exaspéraient l'inspecteur Whitbeck qui l'avait interpellé sur Coldwater Canyon.

– Tu es dans une belle merde, mon gars ! répéta ce dernier.

Tôt ou tard il serait établi que Flo était morte depuis plusieurs heures au moment où Philip était arrivé chez elle. Il savait que Camilla Ebury témoignerait qu'il avait passé la nuit chez elle. Au moins cinquante personnes se rappelleraient l'avoir vu à la réunion des AA, tôt le matin, sur Robertson

Boulevard. On retrouverait sa voiture garée devant le chalet et le chauffeur de taxi de Beverly Hills serait identifié facilement ; sa feuille de route témoignerait de l'heure à laquelle il avait conduit Philip à la maison du chemin Azelia.

– Je crois qu'en bonne logique je n'aurais pas proposé à l'inspecteur Whitbeck de remonter avec lui jusqu'à la maison de la victime si c'était moi qui avais cassé la tête de cette pauvre fille, dit Philip au capitaine.

– Trouvez-vous un avocat et racontez-lui votre histoire, conclut le policier.

– On a arrêté Philip Quennell, dit plus tard Sims Lord à Pauline.

– Philip Quennell ? Non, ce ne peut pas être lui, répondit-elle, incrédule.

– Pourtant on l'a arrêté dans Coldwater Canyon, alors qu'il prenait la fuite.

– Ça ne veut pas dire qu'il l'a tuée !

– Les gens ne disent pas de bien de lui.

– Quelle sorte de gens ?

– Casper Stieglitz le producteur, déjà. Puis Marty Lesky, le patron des films Colossus. Et, Jules, comme vous le savez, n'avait aucune estime pour lui.

– Ça ne veut toujours pas dire qu'il l'a tuée, je ne le crois pas. Elle se leva et fit le tour de la bibliothèque.

– Oh, mon dieu ! Comment tout cela a-t-il pu arriver ? Savez-vous quelque chose, Sims ? Si j'avais donné à Flo March ce malheureux million de dollars qu'elle réclamait, rien de tout cela ne serait arrivé.

Elle se dirigea vers le téléphone.

– Qui appelez-vous ?

– Camilla Ebury.

Pendant les quelques semaines de son séjour à Beverly Hills, Lonny Edge ne s'était jamais senti très à l'aise. Dans cette maison du chemin Azelia, l'homme qui s'occupait de la piscine le regardait de travers quand il se promenait tout nu et Trent Muldoon, la vedette de la télévision, lui avait lancé le même regard désapprobateur au moment où, vêtu d'une simple serviette, il lui avait ouvert la porte.

– Il y a tout un tas de snobs à Beverly Hills, se plaignait-il alors devant ses amis du Viceroy. Même les flics font des manières dans ce foutu quartier !…

Quand les policiers de Beverly Hills, justement, accompagnés de leurs collègues de La Brea, frappèrent à la porte du 7204 I/4 Cahuenga Boulevard et déclinèrent leur qualité, Lonny Edge fut tout d'abord inquiet, pensant que son passé douteux motivait leur visite.

– Un moment ! hurla-t-il, en arrachant du mur un poster de son film le plus connu *Dur*, *Dur*, *Dur* sur lequel il apparaissait dans un jean débraguetté qui laissait voir les poils de son pubis. Oui ?… dit-il en ouvrant la porte.

– Pouvons-nous entrer ? demanda le capitaine Nelson.

– Ouais… Qu'est-ce qui se passe ?

– Nous avons quelques questions à vous poser.

– À quel sujet ?

– Au sujet de Flo March.

Il fut infiniment soulagé.

– Oh, Flo ? Bien sûr, je connais Flo. Elle habite avec moi. Pas exactement. Elle habite chez moi, si vous voulez. Pourquoi ?

– Vous l'avez vue quand, pour la dernière fois ?

– Hier soir. Pourquoi ? J'habitais dans sa maison, mais nous devions la quitter aujourd'hui. Il faudrait que j'y aille d'ailleurs : les déménageurs vont arriver à dix heures. Normalement, elle devait venir ici hier soir. Je ne sais pas pourquoi elle n'est pas venue, et son téléphone est en dérangement ou débranché, je ne sais pas. Je ne voulais pas qu'elle reste seule cette nuit parce qu'elle était déprimée et tout ça… De quoi s'agit-il ? Vous savez qui est Flo March, n'est-ce pas ?

Il disait ce nom comme s'il était celui d'une vedette de cinéma très connue.

– Elle était dans tous les journaux. C'était la maîtresse de

Jules Mendelson, vous savez ? Le milliardaire ! Celui qui collectionnait les œuvres d'art... L'ami intime d'un tas de présidents des États-Unis. Il habitait tout en haut de la montagne, une propriété appelée « Les Nuages ». Et vous avez entendu parler de Pauline Mendelson ?

Les policiers regardèrent longuement Lonny. Finalement, le capitaine Nelson dit :

– Voudriez-vous nous accompagner, monsieur Edge ?

– Où ça ?

– Au commissariat de police de Beverly Hills.

– Vous ne pouvez pas m'interroger ici ? Que vont dire mes voisins en me voyant sortir avec toute une bande de flics ?...

Comme les deux policiers s'approchaient de lui, Lonny s'élança vers la porte. L'un des deux le ceintura.

– Mais qu'est-ce qui se passe ? hurla Lonny en se débattant.

Quand il fut maîtrisé, les policiers lui mirent les mains dans le dos et lui passèrent les menottes. Un autre s'agenouilla sur le sol et lui fixa des fers aux pieds.

– Pourquoi tu as tué ta petite amie, Lonny ? demanda l'inspecteur Whitbeck.

– Flo ?... Flo est morte ?... Oh, non ! Vous n'allez pas me faire porter le chapeau ! Pas question ! Je sais trop de choses sur tous ces gens. Le fils de Pauline Mendelson a tué Hector Paradiso. Il s'appelle Kippie Petworth, cria-t-il. Je l'ai vu ! J'étais là ! Kippie, le fils de Pauline Mendelson, a tiré cinq coups de revolver sur Hector, et Jules Mendelson a tout camouflé et a dit à tout le monde que c'était un suicide. C'est pour ça qu'on a tué Flo March. Elle savait. Elle en savait trop !

– Ce type est cinglé, dit l'inspecteur Whitbeck au capitaine Nelson.

Quand Glyceria, l'amie de Flo, qui l'avait aidée à faire ses paquets en vue du déménagement, arriva pour prendre son service chez Faye Converse, elle fut immédiatement mise au courant des tragiques événement de la maison voisine. À cette heure le corps de Flo avait déjà été emporté à la morgue et la nouvelle de sa mort était dans tous les journaux. Deux hommes enfermés dans deux cellules séparées étaient soupçonnés du meurtre. L'allée devant la maison de Flo était envahie par les journalistes.

Glyceria, les évitant, se glissa jusqu'au bord de la piscine, là où elle avait l'habitude de s'asseoir avec Flo aux premiers temps de leur amitié. Elle fut surprise de constater que la porte coulissante avec sa vitre étoilée était entrebâillée. Elle se demanda pourquoi il n'y avait pas un policier de garde, et pourquoi les scellés n'avaient pas été apposés sur cette maison où un meurtre venait d'être commis.

Pendant six heures, les deux hommes furent tenus pour les auteurs d'un même meurtre. Quand, finalement, Philip Quennell fut libéré avec de plates excuses pour avoir été soupçonné à tort, on lui remit son argent, ses cartes de crédit, sa montre et ses boutons de manchettes. Il avait perdu sa cravate. Il se sentait sale et las au milieu des reporters qui se pressaient autour de lui.

– Flo March était une amie, dit-il, j'ai le cœur serré à la pensée que sa vie s'est terminée de cette façon tragique.

– Ressentez-vous de l'amertume d'avoir été arrêté par erreur ?

– Non.

– Allez-vous intenter une action ?

– Non.

Philip mit une main devant ses yeux pour se protéger des lumières aveuglantes des projecteurs. En regardant au-delà de la foule des reporters qui l'entouraient, il vit Camilla qui l'observait, tranquillement assise sur un banc.

– Comme je suis heureux de te voir !

– Oh, Philip ! Est-ce que ça va ?

– Partons ! dit-il.

– Ta voiture est à la fourrière, mais j'ai pu récupérer tes valises.

Dehors, sur les marches, il répéta :

– Je suis vraiment heureux que tu sois là. Je ne peux pas te dire tout ce que ça représente pour moi... J'ai envie de te serrer dans mes bras et de t'embrasser, mais en même temps j'ai peur qu'ils nous photographient. Sais-tu de quoi j'ai envie ?

– De pleurer.

– C'est vrai. Comment le sais-tu ?

– Parce que je t'aime. Allons. Ma voiture est sur le parking. Philip prit la main de Camilla et ils se mirent en route.

– Il faut que je te demande quelque chose, dit-il. Quand tu as appris que j'avais été arrêté...

– Oui ?

– As-tu pensé que c'était vrai ? que je l'avais tuée ?

– Pas un instant.

Lonny m'attend là-bas dans son petit bungalow de Cahuenga Boulevard, mais j'ai vraiment envie de passer cette dernière nuit ici, dans cette maison. Mon Dieu, comme je l'aime cette maison ! Que de souvenirs ! Y compris les mauvais, mais c'est ce qui transforme un endroit en un « chez-soi ». J'ai besoin de penser à Jules dans la solitude, parce que, demain, quand les déménageurs seront là, tout sera différent. Bien sûr, il avait un tas de défauts, mais il était bon pour moi. Si je pouvais tout recommencer, en sachant ce que je sais maintenant, est-ce que je retomberais dans les bras de Jules ? En y pensant beaucoup, en fin de compte, je peux répondre : ouais, je recommencerais.

Personne, sauf Philip Quennell, qui s'était chargé des démarches nécessaires, ne sut que Camilla Ebury avait assumé les frais de l'incinération et de l'inhumation des cendres de Flo March au cimetière de Westwood.

Pendant les trois semaines que dura le procès de Lonny, Ina Rae assista à chaque audience. Lui, pâle, maigre, apathique, paraissait content de la voir dans la salle du tribunal. Mgr Cooning qui, comme toujours, brandissait l'étendard de la moralité prononça des sermons du haut de la chaire de Sainte-Vibiana sur la vie tragique de Flo March. L'archevêque ne s'en prenait pas à son assassin présumé, Lonny Edge, mais au défunt milliardaire qui avait entraîné la jeune femme sur les chemins de la perdition. « Pauvre Jules ! disaient ses amis en privé. Il vaut mieux qu'il soit mort, lui qui ne supportait même pas de voir son nom dans les journaux ! »

Tout se passait comme si la vie de Lonny, marquée par sa marginalité scandaleuse, n'avait pas grande importance. Il est maintenant à la prison de Saint-Quentin, où il passera selon toute probabilité le restant de ses jours, ce qui ne sera pas très long, car le bruit court qu'il est atteint d'une maladie sans recours. Ceux qui l'ont vu disent qu'il paraît deux fois son âge et ne pèse plus que la moitié de ce qu'il pesait quand il tournait ses vidéo pornographiques. Son visage autrefois si beau est très marqué.

Tout a mal tourné pour Lonny. Les avocats de l'éditeur du

manuscrit perdu de Basil Plant l'ont accusé de l'avoir volé et en ont tiré argument pour qu'il n'ait droit à aucune rémunération d'aucune sorte. C'était particulièrement désolant pour Mary Pink, l'avocate, qui n'avait accepté de le défendre qu'à condition de toucher cinquante pour cent du produit de la vente du manuscrit. Finalement, le livre sortira au printemps prochain. Il soulève un grand intérêt dans les clubs littéraires et chez les cinéastes.

Philip Quennell est allé voir Lonny plusieurs fois à Saint-Quentin. Philip est de ceux – et ils sont nombreux – qui ne croient pas à sa culpabilité. Ils pensent que Lonny, persuadé que Flo serait chez lui à Cahuenga Boulevard cette nuit-là, s'était contenté de laisser ouverte la porte de la maison pour permettre à des inconnus d'entrer et de s'emparer des bandes magnétiques. «Les empreintes digitales de Lonny n'étaient pas sur l'arme du crime», répétait sans arrêt Philip, mais personne ne l'écoutait. Pas plus qu'on ne faisait état du fait que les tiroirs et les cartons de Flo avaient été bouleversés. Lonny Edge qui habitait dans la maison n'aurait pas eu besoin de faire de tels ravages. Une des nombreuses choses que Philip n'arrivait pas à comprendre, c'était la disparition d'un des coussins du canapé de satin gris. Les cassettes, si elles existaient, et Philip était sûr qu'elles existaient, n'avaient jamais été retrouvées.

Kippie Petworth n'a pas aussi mal tourné que l'avaient prédit Arnie Zwillman et les directeurs de plusieurs écoles huppées. Jusqu'ici en tout cas. Il est devenu le gigolo de Mme Reza Bulbenkian qui est folle de lui et l'entretient sur un grand pied dans un appartement de Beekman Place à New York. Yvonne paie un attaché de presse pour qu'on parle d'elle, de ses robes et de ses réceptions dans les journaux, mais surtout pas de Kippie. Son mari, Reza, ignore évidemment tout de cet arrangement.

La mère de Kippie, Pauline Mendelson, est devenue Lady Saint-Vincent et vit à Kilmarin Abbey, dans le Wiltshire. Il n'y a plus aucun contact entre la mère et le fils. Outre l'immense fortune de Jules Mendelson, qui maintenant lui appartient, elle a apporté avec elle quelques souvenirs du passé, et particulièrement deux œuvres d'art qu'elle n'a pas vendues. D'abord les *Roses Blanches* de Van Gogh qu'elle a essayé d'accrocher à différents endroits de sa nouvelle maison, mais le tableau semble déplacé au milieu des Canaletto du salon, et tout à fait incongru parmi les dessins de Raphaël alignés sur les murs de la bibliothèque. La compagnie d'assurances n'accepte pas qu'il soit exposé dans l'un des vestibules, pour des raisons de sécurité, ni dans aucune des pièces que le public est autorisé à visiter, certains jours. Finalement, Lord Saint-Vincent a suggéré à Pauline de le mettre dans le boudoir où elle se tient pour faire sa correspondance, mais elle trouve l'œuvre trop écrasante pour une si petite pièce et elle lui rappelle trop de souvenirs. Il ne peut être question pour elle de mettre le tableau en vente, car l'événement ne manquerait pas d'éveiller l'attention sur le marché international de l'art. En faire don à l'un des nombreux musées qui brûlent de l'avoir dans leurs collections provoquerait l'intérêt des médias et rappellerait inévitablement l'histoire de son deuxième mariage et de la mort tragique de Flo March. Finalement, elle l'a fait envelopper dans des couvertures attachées avec de la ficelle et déposer dans l'un des greniers de l'Abbaye.

La dernière fois que Philip a vu Pauline Saint-Vincent, elle était assise à l'arrière d'une Daimler, à Beauchamp Place, à Londres, et regardait droit devant elle. Elle l'avait reconnu, il en était sûr, mais n'en avait rien laissé paraître.

«Les Nuages» ont finalement été vendus à un Japonais qui, depuis peu, s'intéresse au cinéma et a acheté les Films Colossus à Marty Lesky. Les projets de M. Ishiguro pour sa magnifique résidence ont dépassé en grandiose tout ce que les Mendelson auraient pu imaginer. Deux de ces projets, parmi d'autres, comportaient la construction d'un bowling et d'une patinoire couverte. En fin de compte M. Ishiguro est arrivé à la conclusion qu'il serait moins coûteux de démolir la maison et d'en construire une autre sur le même site. Le bâtiment est complètement rasé. Mais on a gardé les chenils et les serres. La nouvelle demeure sera terminée dans trois ans.

Le Livre de Poche / Thrillers

Extrait du catalogue

Dans Le Livre de Poche policier

Extraits du catalogue

Composition réalisée par INFOPRINT

IMPRIMÉ EN FRANCE PAR BRODARD ET TAUPIN
Usine de La Flèche (Sarthe).
LIBRAIRIE GÉNÉRALE FRANÇAISE - 6, rue Pierre-Sarrazin - 75006 Paris.

ISBN : 2 - 253 - 06419 - X   ⟐ 30/7607/2